KB052297

물의 자흔을 쫓는다

2

물의 자흔을 쫓는다

Remember the river of the day

신여리 장편소설

가하epic

물의 자흔을 쫓는다 2

지은이 신여리
펴낸이 이형기
펴낸곳 도서출판 가하

초판인쇄 2015년 11월 13일
초판발행 2015년 11월 20일
출판등록 2008년 10월 15일 제 318-2008-00100호

주소 서울 영등포구 양평로 67, 1209 (당산동5가, 한강포스빌)
전화 02-2631-2846 **팩스** 02-2631-1846

www.ixbook.co.kr

ISBN 979-11-295-8739-8 04810
979-11-295-8737-4 04810(set)

값 12,000원

여섯 번째 장

엘올라의 봄

물의 자흔을 쫓는다 2

왕궁 안 연못 위에 작은 놀잇배를 띄운 뉘사나는 배 위에 올라 팔베개를 하고 누웠다. 잔잔한 바람에 일어난 물결이 그의 몸을 흔들었다. 날씨는 선선하고 햇살은 아름다운, 더할 나위 없이 편안한 하루였다.

'리안은 출발했으려나.'

리안은 그의 부인이었다. 얼마나 요망한 부인인지, 벌써 수년째 함께하고 있는데도 하루라도 얼굴을 보지 않으면 눈에 가시가 돋을 만큼 사랑스러웠다. 설상가상 배 속에 제 아이까지 들어섰으니 그의 기쁨은 정점이었다. 사실 오늘뿐만 아니라 요 근래는 단 한 가지를 제외하면 모든 게 완벽했다. 정말로.

세드로와 알렉시스만 없다면 더할 나위 없을 터인데.

얼마 지나지 않아 심부름꾼이 다가왔다. 혹여 리안이 돌아온 걸까 하는 기대감으로 몸을 일으킨 그는 쪽배를 타고 다가온 심부름꾼을 향해 노골적으로 실망스러운 기색을 내비쳤다.

"퀸시오로 보냈던 사람이 돌아왔습니다. 초대에 대한…… 회신은 없다 합니다."

그는 심드렁히 자세를 편히 되돌렸다.

"회신이 없다? 그런 빈손으로 그냥 돌아왔다는 거냐?"

"예. 그리고 함께 보냈던 성의도 그대로 돌려보냈습니다."

"왜?"

"받을 이유가 없다 하시며."

느릿느릿 대꾸하던 뉘사나의 표정이 서서히 찡그려지자 심부름꾼의 긴장은 더 팽팽해졌다. 아직 전하지 못한 다른 이야기가 있는데, 그것을 말해도 좋을지 판단이 서지 않았다. 입술이 바짝 마른 심부름

꾼이 눈동자를 굴리며 그의 눈치를 보았다. 이럴 때 옆에 소겔가드의 영애라도 있으면 마음이 좀 놓이련만.

"그런데 이쪽 사람이 퀸시오에서 돌아오기 전에 살펴본 바로는…….”

"말해."

"……퀸시오의 카르시탄이 왕도로 행차하실 준비를 하는 것 같다 합니다. 엘올라에 머무는 동안 원한다면 만나러 와도 좋다는 이야기를 하셨다고…….”

잠깐 자신이 들은 게 진짜인지 아니면 농지거리인지 생각하기 위해 침묵하던 뉘사나의 표정이 서서히 일그러졌다.

'……역시 제이하이라, 이건가?'

헛웃음도 나지 않는 교만함이었다. 자신의 호의를 그따위로 박대하고서도 무사히 엘올라에 머물 수 있을 거라 생각한 건가.

뉘사나는 사실 처음 타라히엔이 그녀에 대해 언급했을 때도 크게 관심이 있지는 않았다. 그러나 얼마 전, 망나니로 소문난 사니잔이 퀸시오의 카르시탄에게 톡톡히 당했다는 소문이 암암리에 떠돌기 시작하면서 그는 다른 의미로 그녀에게 흥미를 두기 시작했다.

그래서 더 관심을 두고 귀 기울이니 별별 소문이 다 도는 여자였더라. 전 수령 힐레인에 관한 것도 있었고, 공작 대리인 에들렌을 축객했다는 이야기도 있었고, 무엇보다도 혈서를 써서 보냈다는 이야기는 모르는 이가 없이 자자했다. 요크에서 돌아온 이후로 매일 밤마다 발작을 일으킨다는 사니잔의 이야기까지 종합해보면, 그의 관심을 받기 충분한 여자였다. 그런 자극적인 소문들은 듣는 이들을 매료시키는 구석이 있으므로.

유스카리를 따르는 사니잔에게도 그리 대했고, 알렉시스의 잔당인

게 확실한 쇼하인의 아들에게도 냉대를 했다는 것을 높이 사서 친분이라도 다져둘까 했더니만.

'그저 윗물 아랫물 가리지 못하는 계집이었던 건가.'

"또 다른 이야기는?"

"없습니다."

뉘사나는 화를 내는 대신 끓는 음성으로 나직이 명했다.

"……스턴 경에게 찾아가 제이하이 혈통에 대한 족보와 모든 정보를 알아 오라 일러라. 특히 그 여자에 관한 것에 대해서는 무엇 하나 빠뜨리지 말고."

아무리 같은 왕명 아래 있다곤 하나 그는 카르시타의 첫 번째 왕위 계승권자였다. 높은 확률로 차기 왕이 될 남자다. 어디서 굴러먹다 온지도 모를 방계 왕족에게 모욕당한다는 건 그의 자존심이 용납하지 않았다.

심부름꾼은 고개를 깊이 조아린 후, 할 수 있는 한 가장 빠르게 뉘사나의 배와 멀어졌다.

혈서 사건이 있은 후로 달이 두 번 차기도 전이었다. 겨우내 얼었던 눈이 순하게 녹아 바다로 흘러가는 봄의 문턱, 유스카리의 사자가 찾아왔다.

봄을 기리는 국경절 네반 플라무나에 비공식 참석을 윤허한다는 서신을 들고서.

혈서 사건이 불러올지 모를 파장을 두려워하던 이들은 '비공식'이라

는 말에 주저하는 기색을 띠었지만 제르는 그것이 유스카리가 제게 건네는 최대한의 사과라는 것을 알았다.

그녀는 얼굴도 기억나지 않는 아이의 아비를 떠올려보았다.

선한 인상과 달리 묵직하던 목소리, 보기 싫지 않게 난 턱수염, 밝게 형형한 눈동자. 제게 마지막 희망을 심어주고 간 사내. 아직도 선명히 기억난다. 그러나 사실 그와 자신은 아무런 관계가 없다는 것도 알고 있었다.

'그때도 나를 불쌍히 여기더니, 지금도 나를 불쌍히 여기시는가.'

자조 어린 웃음의 끝은 스스로를 향한 채찍이었다. 그녀는 기꺼이 왕명에 따를 요량이었다. 다만 바로 직전 뉘사나로부터 서신이 온 게 공교로웠다.

제1 왕위 후보인 그가 자신에게 관심을 가질 줄 몰랐다. 하지만 그녀는 그와 친분을 쌓을 생각이 없었다. 일방적인 고집 아래 뉘사나라는 이름은 자체로 명확한 거절의 이유였다.

하지만 그녀는 마음 쓸 여력이 없었다.

엘올라로 출발하는 당일. 그녀는 테일런과 함께 성 밖으로 나왔다. 이미 그들을 배웅하기 위해 서 있는 이들이 한가득이었다. 벌써 그녀와 수개월 동고동락한 사람들이었다. 그녀 또한 사람인지라 조금은 마음이 쓰였다.

왕도로 함께 가기로 한 아스난과 페이랑은 이미 준비를 다 마치고 서 있었다. 렐딘과 셀파는 그들의 반대편에서 그녀를 배웅하기 위해 막 나온 참이었다. 그리고 가장 중요한 르니아는 그녀의 심부름으로 인해 에오판 섬에 가 있었으므로 후일에야 합류하게 될 것이다.

"출발 준비가 마무리되었습니다."

말쑥하게 차려입은 아스난의 얼굴에 약간의 홍조가 도는 듯했다. 평소보다 말이 빠른 게 조급한 것 같기도 했다. 분명 그다운 모습은 아니었지만 거줌 넉 달 만에 돌아가는 왕도이니 그럴 수도 있겠다 싶었다.

"거취는 정하셨습니까?"

렐딘이 물었다. 그는 퀸시오에 남아 치안과 군사 훈련을 도맡기로 약속되어 있었다.

"에드하인다의 저택이 왕궁과 지근거리에 있다 하니, 그곳으로 가야겠지. 좀 오랫동안 성을 비우겠구나. 르니아가 돌아오거든 그리로 오라 전해라."

"예, 알겠습니다. 얼마 정도를 예상하십니까?"

"두 달."

듣고 있던 이들의 눈이 휘둥그레졌다. 마차의 점검을 확인하던 아스난 또한 예상 밖의 일정에 놀란 사람처럼 다가왔다.

제르가 모호하게 말을 이었다.

"아마도."

"주군, 그리 길게 자리를 비우시면……."

제르는 품 안에 소중히 가둬둔 엔사의 핀을 만지작거렸다. 그러나 이번 기회를 놓치게 되면 또 언제 자신이 자유로이 움직일 수 있을지 모르니 그녀에겐 선택권이 없었다. 그들은 이유를 경청하고 싶은 얼굴이었지만 제르는 설명 대신 말을 맺었다.

"용무가 끝나면 최대한 빨리 돌아오지. 수고해라. 중요한 일이 있다면 따로 왕도로 연락을 하고."

셀파가 물었다.

"곧 무역항이 번잡해질 터인데, 그때까지는 돌아오실 수 있으십니까?"

"장담은 하지 않겠다. 로마탄 그레온이 입항하는 시기가 내달 말이니 방심하지 말고 그들의 동태를 살피고, 허튼짓 못 하도록."

말이야 쉽습니다. 그리 말하려던 셀파가 무례를 삼켰다. 제르는 그의 속마음을 읽어내기라도 한 사람처럼 가느스름하게 눈을 접어 웃었다.

"변고가 생기거든 꼬릴 내리고 도망친다 해도 비난하지 않을 테니 염려 마라."

막 마부와 이야기를 나누던 아스난은 그녀답지 않게 개구진 농담에 작게 너털웃음 지었다. 셀파만 얼굴을 붉힌 채로 "목숨 걸고 지킬 겁니다." 하는 맹세를 더했을 뿐이다.

"출발하자."

"영주님, 다녀오십시오."

"기다리고 있겠습니다."

남는 이들도, 떠나는 이들도 설레는 아침이었다.

마차는 만백성들이 열망하는 아침의 도시를 향해, 무르익은 봄을 쫓아 남쪽으로 달렸다. 그리고 보름을 내리 달린 그녀는 이른 새벽의 희붐한 빛 덮인 도시의 문턱을 건넜다.

봄비가 내리는 날이었다.

소파에 한 팔을 거만하게 걸치고 앉은 알렉시스는 쏟아지는 봄비를

응시했다. 코끝을 괴롭게 하던 꽃가루가 가라앉으니 좀 살 것 같았다. 따뜻한 차 한 잔에 그 자체로 아름다운 비 내리는 내정의 풍경이 더해져 그야말로 낙원이었다.

계속해서 그의 앞에 앉아 새침 떨며 말을 붙이는 여자만 없었으면 참 좋았을 것이다.

"왕하, 제 말 듣고 계세요?"

"물론입니다."

이른 아침부터 진한 분 냄새를 풍기며 들어와 앉은 여자는 그가 왕도로 돌아온 이후 만나는 일곱 번째 여자였다.

라니 로웬이 뉘사나의 측근 기사인 세반테와 바람이 난 것이 알려진 후로 그는 어쩔 수 없이 파혼을 선택해야 했다. 배신감도 있었지만 사실 그보다는 대외적인 시선도 무시할 수 없었던 터라 불가피했다. 알렉시스는 소블란 가문의 재산을 목적으로, 라니는 미래의 왕비가 될 가능성을 목적으로 이루어져 사랑이 존재하는 관계는 아니었다지만 이래저래 그의 속도 뒤숭숭했다.

'차라리 걸리지라도 말지.'

그녀가 아쉬워서는 아니었다. 대대적인 파혼이 있은 후, 필연적으로 그의 옆자리가 공석이 되었다는 걸 안 여자들이 끊임없이 추파를 보내고, 설상가상 레피스까지 그를 결혼의 늪으로 밀어 넣고 있기 때문이었다.

이름만 들으면 웬만큼 알 만한 가문의 젊은 영애들, 심지어 열 살도 안 된 영애까지 명단에 넣어 만남을 주선하는데 알렉시스로서는 내키지 않았다.

달그락.

건넌 자리의 여자는 슬쩍 그의 눈치를 보더니 입술을 가리며 말했다.

"저는 조금 일찍 자리를 잡고 싶어요."

"아아. 일찍 자리를 잡는 게 무엇이든 좋지요."

"예. 말 난 김에…… 혼인에 관한 것도 그렇고요. 나이도 찼지만…… 그보다는 조금 더 빨리 가정을 꾸리고 내조하고 싶다는 생각이 커요. 이번에 왕하의 소식을 듣고 어찌나 마음이 아프던지…… 얼마나 속이 상하셨을까요."

알렉시스가 어설프게 웃어 보였다. 속이 상하긴 했다. 라니가 그런 사고를 치는 바람에 지금 그는 마음에도 없는 여자와 앉아 이리 시간을 죽여야 하지 않나.

"이 비가 그치면 곧 꽃들이 만개하겠네요. 올해에는 여느 때보다도 아름다운 네반 플라무나가 될 것 같아요."

동의의 표시로 고개를 끄덕이던 알렉시스는 다시금 창 밖의 풍경 속으로 빨려 들어갔다. 확실히…… 올해도 봄꽃 축제는 아름다울 것이다. 예년보다 아름다울까. 알렉시스는 목 언저리를 문지르듯 매만졌다. 한곳에 오래 있지 못하는 그의 방랑벽이 다시 발동하기라도 한 건지 사방이 답답했다.

"혹시…… 왕하, 이번 축제에 파트너는……."

알렉시스가 퍼뜩 정신을 차리고 고개를 돌렸다.

얼굴도 예쁘장하고 말투도 사근사근하며 웃기도 잘 웃는 여자는 나쁘지 않은 상대였다. 그러나 어째서인지 재미가 없다. 분명 얼굴, 몸매, 무엇 하나 빼놓을 것 없는 아가씨들이었다. 하지만 톡톡 쏘는 맛도 없고, 무슨 뒷말이 이어질까 기대되지도 않고.

'재미없어.'

이런 그의 생각을 레피스가 알게 된다면 멱살을 잡아 올리며 끊이지 않는 잔소리를 늘어놓을 테지만 마음이 가지 않는 걸 어째.

그는 지난 여섯 명의 영애들을 물리친 방법 그대로 그녀를 떨쳐냈다.

"아직은…… 잘 모르겠군요. 아시다시피 제가 큰일을 겪은 지 얼마 되지 않아, 아직도 마음이 편치 않다 보니 이리 말씀 드리는 것을 용서하십시오."

다행히 일곱 번째 여자는 지난 여섯 명의 여자들과는 달리 눈치가 제법 빨랐다. 여자는 얼마 지나지 않아 조심스레 일어섰다.

"이해해요. 이렇듯 오늘 만나 뵌 것만으로 영광인걸요. 왕하, 평안한 하루 되시기를."

내키지 않는 오전의 티타임을 마무리한 후 알렉시스는 어슬렁거리며 왕성을 산책했다. 레피스가 곧 그 여자가 어땠는지, 마음에 드는지 꼬치꼬치 캐묻기 위해 찾아올 것을 알아 미리 피신한 셈이었다.

그러나 그는 자신이 호랑이를 피하려다 하이에나를 끌어들인 것을 깨달았다. 최근 그의 피로의 원흉이 된 라니가 나타나 그의 뒤를 졸졸 쫓아다니기 시작한 것이다. 왕성 내의 어지간한 샛길은 다 파악하고 있다고 자부하는 그로서도 따돌리기가 몹시 힘들었다. 그녀는 작고 가느다란 발목으로 어찌 그리 빨리 쫓아오는지. 무서울 정도였다.

"테피온!"

"그만 좀 가라."

"언제까지 이렇게 피할 거야?"

긴 한숨을 내쉰 알렉시스의 눈빛에 난처함이 떠올랐다. 알렉시스 스스로도 자신이 뻔뻔하다 생각했지만 라니는 한 수 위였다. 라니는 한 몇 주 잠잠하더니, 생각을 어떻게 고쳐먹었는지 도리어 큰소리였다.

"오늘 로일라의 영애를 만났다고? 지난번에 만난 아가씨랑은 잘 안 됐나 봐?"

"또 어디서 주워들은 거냐."

"지난번 아가씨가 말하는데 나를 못 잊어서 거절했다고 하던데?"

알렉시스가 그도 모르게 헛바람 빠지는 웃음소릴 냈다. 거절할 구실이 없어 대충 그리 둘러댄 거란 걸 그도 알고 그녀들도 잘 안다.

"자숙해."

"이미 충분히 했어."

"더 해."

애초에 라니가 불러일으킨 추문은 이렇듯 작게 넘어갈 만한 문제가 아니었다.

외도는 위법이라는 법령까지 있듯이 카르시타는 정절에 제법 무게를 두고 있었다. 하지만 알렉시스는 일을 더 키우고 싶지 않아 단순히 소블란에게서 막대한 위자료를 뜯어내고 파혼하는 것으로 사건을 일단락 지었다. 라니로서는 약혼 단계에 머물러 있었던 것이 천만 다행이었다.

"그놈이랑은 헤어졌냐?"

"애초에 그, 그냥 몇 번 어쩌다가 만난 것뿐이야!"

알렉시스가 벌건 얼굴로 강하게 부정하는 그녀를 향해 혀를 찼다.

"이렇게 쫓아다니지 마. 귀찮아."

"오, 테피온. 그래, 내가 다 잘못했어. 하지만 너도 알잖아. 우리가 약혼하고 그 긴 시간 동안 서로가 서로한테 불성실했다는 걸. 난 정말 외로웠다고. 너는 틈만 나면 엘올라 밖으로 나가서 몇 날 며칠, 아니, 며칠이 뭐야, 몇 달을 사라져 돌아오지도 않고 내가 뭘 어쩌길 바랐어?"

"그래, 그래."

"이젠 우리 둘 다 뭐가 잘못된 건지 아니까."

"둘 다라니? 내가 지금 뭘 잘못 들었나? 라니."

알렉시스가 미덥잖다는 눈빛으로 라니를 내려다보았다. 가문 안에서 어지간히 궁지에 몰리긴 한 모양이었다. 라니가 다시 목을 가다듬으며 한발 물러섰다.

"……그래, 내가 다 잘못했어. 테피온…… 한 번만 용서해주면 안 될까? 응?"

"없던 일로 하고 그전으로 되돌아가자는 게 말이 되냐. 툭 터놓고 말해 몸이 달아 남자가 필요했다면 그래, 그러려니 넘어갔겠어. 그런데 말이야, 내가 용납이 안 되는 건 하필이면 왜 형님의 기사인데? 어이, 그건 아주 내 자존심이 상하는 일이라고. 들키지나 말든가."

라니가 입술을 잘근잘근 씹었다. 상대가 알렉시스가 아닌 다른 남자였다면 이 자리에 주저앉아 매달려 울었을 것이다. 그러나 눈물 따위 그에겐 씨알도 먹히지 않을 것이었다.

알렉시스의 짐작처럼 그녀는 몹시 곤란한 상황이었다. 집안에서는 그녀가 일으킨 추문을 수치스러워하며 그녀를 없는 사람 취급하고 있고, 사교계는 온통 라니 로웬의 방탕함에 대한 이야기로 연일 뜨겁다. 어떻게든 돌파구를 찾아야 했다.

"이, 일단 좀 들어봐, 테피온. 다시는 그런 일 없도록 할게. 테피온,

한 번만…… 응? 우리 집안만큼 너를 잘 받쳐줄 가문이 또 어디 있겠어?"

알렉시스의 낯 위로 경멸감이 떠오르자, 라니는 침을 삼키고 허겁지겁 말을 이었다.

"알아, 염치없는 말인 거. 하, 하지만 불가능하진 않잖아. 네가 나를 너무 사랑해서 놓지 못하겠다고 하면 되잖아. 생각해봐. 너는 지조 없는 여자를 사랑해서, 반성하고 용서를 구하는 그 여자를 너그럽게 받아주는 관대한 남자가 되는 거야. 얼마나 낭만적이야? 다들 너를……."

"희대의 얼간이라 부르겠지?"

알렉시스가 심드렁히 말을 받았다.

"널 도량이 큰 남자라고 부를 거야!"

"헛소리도 참 재미없게 하네."

"그, 그리고 넌 다시 소블란 후작가의 지원을 받을 수 있게 될 거고. 욕은 내가 먹을 테니까."

그리 일이 쉽게 마무리가 된다면 세상살이가 참 쉬울 것이다.

"대체 너 머리에 뭐가 들어 있는 거냐?"

그녀가 입술을 오물오물거리다가 말했다.

"이제야 깨달았어. 내가 진심으로 너를 사랑……."

"계속 그렇게 헛소리 할 거면 난 간다."

라니가 양 볼을 부풀렸다. 그의 넉살 좋은 성격 이면에 있는 냉담함을 알기에 더 말을 이을 수도 없었다. 그녀가 자포자기의 심정으로 발끝을 내려다보았다. 금방이라도 울 것 같은 얼굴이었다.

"평소에 소블란 후를 생각하면 오냐오냐 하느라 정신이 없으셨던 것 같은데, 네가 지금 이 정도로 구차한 꼴을 자진하게 만들다니. 화가 많이 나긴 했나 보군."

"웃을 일 아냐. 넌 그게 웃기니? 솔직히 못살겠어. 내가 잘못한 거 나도 알고 있고, 이미 충분히 반성도 했는데 계속 벌주는 건 너무하잖아. 그리고 막말로 이제 어느 남자가 나와 혼인하려 하겠어. 너도 그래. 명색이 왕위 후보인데 뼈대 있는 가문과 연을 맺어야지. 하지만 대부분 이름 있는 귀족 영양들은 다 정약혼자가 있고, 너랑 그다지 어울리는 계집애들도 아니야."

저 미친 소릴 듣고 있느니 차라리 레피스에게 잔소리를 듣는 게 더 나을 것 같다. 짜증을 감추지 않은 그는 냉정히 대꾸했다.

"남의 혼사까지 걱정해줘서 고맙다, 라니. 그런데 너도 알겠지만 넌 내 취향이 아니잖아. 차라리 잘됐어. 나도 이제 내 취향의 아가씨나 만나련다."

"네게 취향이란 게 있긴 있니? 대체 뭔데? 들어나 보자, 그 잘난 취향."

"난 뻔뻔한 여자가 싫어."

"니가 더 뻔……."

라니가 발끈해 소리치려다 합죽이처럼 입을 다물었다. 치맛자락을 움켜쥔 손가락이 꼬물거리는 게 어지간히 반박하고 싶은 모양이었다. 그러나 상황상, 그녀는 굽혀야 했다.

"네가 싫어하는 거 말고, 좋아하는 걸 얘기해봐."

알렉시스는 미간을 느리게 문지르며 상황과는 별개로 자신의 취향을 되짚어보았다.

'취향이라…….'

확실히 여자들과 놀아나는 것보다 여행을 다니며 구경하는 것을 더 좋아하는 성정 탓에 스스로의 취향을 확실히 알지 못했다.

그는 생각나는 대로 여과 없이 내뱉었다.

"얼굴 하얗고."

"나, 나 정도면 하얀 편 아냐?"

"가녀리고…… 도도하고."

"너, 지금 나는 아니라고?"

"머리 없이 뻔뻔하게 콧대 높이는 거랑 도도는 다르거든."

"너, 너, 지, 지금 나를……."

"널 두고 한 말은 아니고. 괜히 과잉 반응하지 마."

라니의 귀가 새빨갛게 달아올랐다. 알렉시스는 느긋한 음조로 말을 이었다.

"……술도 잘 마시면 좋고. 고양이처럼 좀 그런 거 있잖아. 넌 개상이라 탈락."

"너 자꾸……!"

"예쁘기까지 하면 금상첨화지. 흑발…… 그래, 흑발이 매력적이더라."

거기까지 말한 알렉시스가 서서히 표정을 지웠다.

별생각 없이 뱉은 이야기들이 그의 기억 중 일부를 이룬 한 여자를 표상하고 있다는 걸 깨달은 것이다. 까만 머리칼에 하얀 얼굴, 금방이라도 허물어질 듯 가녀린 온몸으로 보이던 오만한 태도.

퀸시오에서 만났던 그 여자였다.

그제야 그는 왜 지난 일곱 명의 여자들이 그리도 재미가 없었는지 깨달았다. 바닷가 여자들의 드센 모습이 지나치게 인상 깊었던 탓에 물러 터진 엘올라의 영애들이 심심하게 느껴진 것이다. 사근사근하니 그의 비위를 맞추는 여자들은 그다지 귀하지 않았다. 웃음도 헤펐다. 그러나 그 여자의 웃음은 귀했다.

한동안 눈에 박혀 떨어지지 않을 만큼.

곧 그가 고개를 저었다.

이름도 모르는 여자인데 정말 미련이라도 두고 온 사람처럼 왜 이러는지.

"너 지금 나 떼어놓으려고 그런 거짓말 하는 거지."

"마음대로 생각해라."

알렉시스는 성의 없이 대꾸하며 몸을 돌렸다. 라니가 거의 울기 직전의 얼굴로 돌아간 후에야 알렉시스는 짧은 평화를 찾았다.

가림막 아래로 떨어지는 빗물을 피해 망연히 열주에 몸을 기댄 그가 고개를 젖혔다. 비구름 가득한 하늘이 보였다. 비가 쏟아지는데도 춥지 않은 것이 봄은 봄인 모양이었다.

파혼으로 인해 소블란과 척을 지는 바람에 소블란과 관계가 있던 가문들은 다들 제 몸 사리기 급급해 했고, 레피스는 다른 지지 기반을 찾을 때까지 계속 그를 압박할 것이다. 라니도 쉽게 떨어져 나갈 것 같지가 않았다. 그러는 와중에 세드로는 벌써 한 살이 되었고, 뉘사나의 부인인 리안도 회임을 했다는 소문이 있다.

아닌 체해도 몹시 신경이 날카로워졌다.

이렇게 목구멍 안쪽이 깔깔한 날이면 그는 돌아가신 그의 아버지를 원망하지 않을 수가 없었다. 자신이 조금만 더 장성한 후 붕어하셨다면 그는 이런 치열하고도 피곤한 삶을 살지 않아도 될 것이다. 그가 의

도한 것은 아닐 테지만, 자식을 낳자마자 무책임하게 붕어한 선왕으로 인해 그는 강제로 왕위 다툼에 내던져졌다. 큰 숙모 테레지아의 아들인 뉘사나와 숙부인 유스카리의 아들 세드로까지 모두 그의 적이었다.

본디 자신의 것이었어야 할 왕좌를 얻기 위해, 그는 매일 그가 죽어버리길 바라는 사람들 사이에서 살고 있었다.

제 기구함이 슬프지는 않지만 가끔은 이런 번잡한 것들로부터 벗어나고 싶을 때가 있다. 거처로 돌아가고 싶지 않았던 그는 마음을 바꾸어 거처의 반대 방향으로 몸을 돌렸다.

잘 알고 있는 지름길 끝에 위치한 왕궁의 쪽문을 벗어난 그는 커다란 외벽의 둘레 길을 느릿느릿 주회했다. 빗줄기는 많이 가늘어졌지만, 아무 준비도 없이 더 멀리 나가는 건 곤란했다.

그러다 그의 걸음이 멈추었다.

하필이면 오늘이었다.

사실 그는 퀸시오를 떠난 이후로 아주 가끔 그녀를 떠올렸을 뿐이었다. 흔하디흔한 타향에서의 추억을 곱씹고 있기에 그는 너무 바쁜 사람이었고, 현실적인 사람이었다. 퀸시오에서의 기억이 강렬하긴 했지만 추억이라기엔 짧았던 시간.

내리 잊고 있다가, 하필이면 저 여자에 대해 떠올린 게 오늘이라는 건.

정말로 공교로운 일이었다.

'……그럴 리가 있나.'

그녀는 차분하고 질박한 드레스를 입고 서 있었다. 물기 머금은 초목으로 뒤덮인 엘올라의 평화로운 풍경 속에서도 그녀는 어쩔 수없이 눈에 띄었다. 그의 시선이 그녀에게서 떠나지 못하듯 그녀의 시선도 한곳에 머물러 있었다. 전에 없이 흐트러진 눈빛으로, 노려보듯이. 알렉시스는 그녀의 시선을 따라 고개를 돌렸다.

시선 끝에는 카르시타의 왕궁이 있었다.

무얼 그리 보는 걸까.

그는 다시 그녀에게로 고개를 돌렸다. 흐린 빗줄기 속에 선 여자를 가만히 보고 있자니, 현실과 비현실의 경계에 서 있는 기분이 들었다. 처음에는 미열이라도 오르듯 간질거리던 가슴이, 이내 번개라도 맞은 것처럼 들뜨기 시작했다.

얼마간 그리 서 있던 그녀가 몸을 돌렸다. 누군가가 그녀를 마중 나온 것 같았다. 키가 큰 남자의 뒷모습이 그녀를 가렸다. 이유 없는 불안함이 번져들었다.

알렉시스가 마른세수하듯 얼굴을 비볐다. 그리고 다시 고개를 들었을 때, 그녀는 없었다.

착각이었나.

그는 한참이나 그 자리를 떠나지 못했다.

엘올라에 든 지도 벌써 나흘째였다.

긴 여정 끝에 에드하인다 사저에 도착한 제르와 그들 일행은 상견례를 마친 후 행장을 풀고 저택에서 가장 좋은 방을 안내받았다. 아넬라의 섬세한 배려였다. 그 방은 빛이 잘 드는 큰 창을 가지고 있었다. 널찍한 창으로 한눈에 보이는 엘올라의 낮은 건물들, 그사이로 분주히

돌아다니는 백성들과 어린아이들, 온통 알록달록한 몽우리들로 눈 아프 풍경. 그리고 그 귀퉁이에는 왕궁이 비치고 있었다.

왕궁.

그녀는 그런 생각을 하지 않을 수 없었다. 그녀의 아이가 있는 곳. 살아생전 그를 배에 담고 다닐 때를 제하고는 이렇듯 가까이 있던 적이 없었다. 그래, 그래서였다. 그녀는 매일 아침 눈을 뜨면 그 성을 응시했다. 정오 무렵이면 견딜 수 없는 그리움에 걸음을 옮겼다.

하루, 이틀, 사흘, 나흘…… 매일이 같았다.

그저 망연히 올려다보다가 조용히 뒤돌아 왔던 길을 즈려밟는 짧은 여정. 없는 정신으로 오간 길, 기억은 그대로 뭉개진 듯 흐릿했다.

괜한 걸음이라는 것은 누구보다 더 잘 알고 있었다.

가슴은 매일같이 금세 벅차올랐다가, 금세 허물어져 내리길 반복했다. 스스로가 스스로를 고문하는 짓과 진배없었다.

오늘은 무르익은 봄비로 미적지근한 습기가 도처를 덮고 있었다.

물비린내 사이로는 감출 수 없는 꽃 내음이 스며 있었다. 따뜻한 봄비가 그친 후라, 도처에 꽃이며 초목들이 물기를 머금고 찬연했다. 시장은 다시 북적거리기 시작한다. 기묘한 묘기 공연에 우르르 달려가 모여 앉은 아이들이 보이고, 넘쳐나는 꽃 내음에 향기 한 움큼 더해주는 꽃집 아가씨들이 거리로 나오는 풍경. 온 곳에 깔린 소음은 희망이며 기쁨이었다. 숨 쉬는 것만으로도 간질거리는 분위기가 느껴졌다.

사저에 이르자 아스난의 부인인 아넬라가 그녀를 맞이했다.

“오늘도 시내는 잘 보고 오셨나요? 왕하.”

“덕분에.”

제르는 짧게 답했다.

"주군, 돌아오셨습니까."

곧 귀족다운 예복을 갖춰 입은 아스난이 저택 밖으로 나왔다.

평소와는 다른 반지르르한 모습이었다. 넘기지 않아 자연스럽게 흘러내리는 연한 갈색 머리카락이 몹시도 부드러워 보였다. 호리호리한 몸에 잘 맞는 코트 위로는 온통 금실과 은실로 엮인 아름다운 문양들로 뒤덮여 있었다. 저리 두고 보니 기사라도 귀족은 맞는 모양이지. 짧게 코웃음 친 그녀가 물었다.

"경은 어디 가는 길인가?"

"잠시 부친을 찾아뵈러 나가던 길이었습니다."

"그래. 바쁘겠지. 다들 일 보게. 클로이스 경도 들어가 쉬게."

"아닙니다. 방까지 모시겠습니다."

"괜찮아요. 클로이스 경, 왕하는 제가 모실게요."

아넬라가 상냥하게 테일런의 등을 떠밀었다. 마지못한 테일런이 간소한 예를 갖춘 후 물러났다. 아스난 또한 곧 찾아뵙겠다는 짧은 인사를 남기고 자리를 떴다.

제르는 아넬라와 함께 안으로 들었다.

"혹, 시장하시지는 않으신지요?"

아넬라는 상냥하고 사랑스러운 여자였다.

고동빛에 가까운 진한 갈색 머리칼은 푸근히 눈을 달래는 빛이었고 눈빛 역시 사랑이 그득 넘쳐났다. 수수한 차림을 하고 있었으나, 질박한 차림도 그녀의 기품을 가리지는 못했다. 연신 입가에 달린 자연스러운 미소는 제르의 경계심마저 누그러뜨렸다.

아넬라는 이 상황이 이상하지도 않은 모양이었다. 카르시탄이 왕궁

이 아닌 일개 귀족의 저택에 머물게 된 내막도, 자작이라는 지위도 그녀는 개의치 않는 듯했다. 한 치의 의문도 없이 허리를 숙이는 모양새에서 단정한 현모양처의 분위기가 풍겼다. 아스난과 참 잘 어울렸다.

"다음에는 함께 나가보는 건 어떨까요?"

"글쎄."

"한창 꽃이 필 무렵이라 아름다운 곳이 많답니다. 물론 퀸시오도 설경이 아름다운 곳이라 들었어요. 퀸시오는 어떤가요?"

제르는 대답 대신 희미하게 웃어 보였다. 아넬라는 그녀의 미소에 마주 웃으며 고개를 돌리다 주춤했다.

"……아."

아넬라의 낯빛에 민망한 기색이 어린 것을 알아차린 제르가 고개를 비스듬히 돌렸다.

복도 끝에 양 갈래 머리를 한 자그마한 머리통이 비죽 삐져나와 있었다. 곱게 묶은 머리칼이 화들짝 놀라 숨었다. 아스난과 아넬라의 장녀인 테르테오였다.

"송구합니다, 왕하."

아이가 그녀를 피해 숨는 것은 아넬라가 사과할 일이 아니었다. 실제로 테르테오는 제르가 사저에 든 첫날부터 그녀를 무서워하는 기색을 보였다.

복도의 벽을 쥔 소녀의 고사리 같은 손가락이 꾸물꾸물 움직이다가, 이내 시야 밖으로 사라졌다.

아넬라가 어쩔 줄 몰라 하며 거듭 고개를 조아렸다.

"아이가 부끄러움이 많아서…… 송구합니다."

제르는 힘없이 고개를 돌리는 것으로 답을 대신했다.

언짢아서는 아니었다. 다만, 아이를 잡아먹은 어미를 알아보는 천진함이 놀라울 뿐이었다. 한 번 느려진 걸음은 방에 이를 때까지 계속되었다.

“왜 이리 정신머리가 빠져 있는 얼굴이냐?”

뉘사나가 툭 알렉시스의 어깨를 쳤다. 모처럼 왕궁 뒤뜰의 사격장에 나와 있던 알렉시스는 생각에 잠겨 있다 말고 정신을 차렸다.

“나오셨습니까.”

“자리만 차지하고 서 있으려고? 요즘 늘어지고 있다더니 딱 그래 보이는구나.”

뉘사나의 비웃음 어린 안부가 딱히 없는 사실을 짚어내는 건 아니었던지라, 알렉시스는 부정하는 대신 코웃음 쳤다.

이틀 전, 그 여자를 본 이후로 잡생각에 잠기는 일이 부쩍 늘었다. 퀸시오에서 만난 사람을 이곳에서 만날 확률이 얼마나 될까. 국경절을 맞아 네반 플라무나에 참석하기로 한 데바람의 귀족들과 함께 온 건가. 아니면 잘못 보았나. 혹시나 하는 생각에 사람을 보내어 데바람의 사절들과 함께 온 수행원들을 수소문해보기까지 했지만 인상착의에 맞는 이는 없었다.

그는 이제 자신이 사람을 착각한 건 아닐까 하는 데에 무게를 두었다. 알렉시스는 상념을 떨쳐낸 후 시위를 당겨 화살을 쏘았다. 그의 화살은 정중앙을 아슬아슬하게 비껴 나갔다. 과녁 옆에서 대기 중이던 병사가 노란 깃발을 좌로 두 번 흔들었다.

"형님은 오늘 무슨 바람이 불어 시위나 당기러 오신 겁니까? 썩 바쁘신 것 같던데."

알렉시스는 고개를 돌렸다.

"뭐, 바쁘지만 몸을 움직이는 일을 게을리 할 수는 없는 노릇이지."

뉘사나는 기분 좋아 보였다. 리안의 회임 소식 이후로 뉘사나 역시 반쯤 나사 풀린 사람처럼 돌아다니고 있었다는 걸 생각하면 그의 빈정거림은 사실 똥 묻은 개 겨 묻은 개 나무라는 격이었다.

"형님의 낯빛이 더 날아갈 듯합니다만."

"내가? 그리 보이더냐?"

그와 거리를 두고 선 뉘사나가 미간을 좁히더니 곧 가장 강한 활대를 집어 들었다. 그는 딱딱한 활의 시위를 두어 번 가볍게 당겨보며 만족스러운 표정을 지었다. 그리고 알렉시스의 바로 옆에 서서 자리를 잡았다. 그가 쏜 화살은 과녁의 중앙 부근에 박혔다.

노란 깃발이 크게 누운 팔자를 그리며 두 번 펄럭였다.

뉘사나가 말했다.

"오랜만에?"

보란 듯이 턱을 치켜드는 뉘사나와 눈이 마주친 알렉시스가 입가를 끌어당겼다. 그와 쓸데없는 내기로 진을 빼는 건 종종 있는 일이었다.

"해보자는 겁니까?"

"거리낄 것 없지. 경합이라면 상벌이 있어야겠지?"

"이기는 사람에게 상을 주거나, 지는 사람에게 벌을 주거나. 둘 중 하나로 하죠."

"아니, 이기는 사람이 지는 사람에게서 빼앗아오는 걸로 해."

알렉시스가 가볍게 승낙했다. 비록 조금 전까지는 다른 생각에 빠져

집중이 흐트러졌지만 뒤지지 않을 자신이 있었다. 뉘사나도 그의 활솜씨를 알면서 구태여 저리 덤벼드는 걸 보니, 어지간히 기분이 들뜬 모양이었다.

"원하는 것 한 가지, 거절권 없이?"

"하나는 너무 심심하지……. 서너 가지 정도는 내어줘야 뺏는 재미도 있지 않겠나?"

"셋으로 하죠. 목숨은 제하는 겁니다."

뉘사나가 기분 좋게 웃었다.

"물론. 미리 말하지만 난 첫 번째로 네게 율슨을 내놓으라 할 생각이다. 빼앗기기 싫으면 실력 발휘 해."

"의욕을 고취시켜 주시는군요."

뉘사나 또한 답하고도 웃겼던지 어깨를 잘게 들썩였다.

알렉시스가 먼저 시위를 당겼다. 그의 화살은 한 치의 오차도 없이 과녁의 정중앙에 박혔다. 보란 듯이.

과녁 옆에서 대기하고 있던 병사가 깃발을 크게 세 번 흔들었다.

"이거, 오늘 저도 느낌이 썩 좋은데요. 그러면 전 뭘 달라 해야 수지타산이 맞겠습니까?"

"잘 머리 굴려봐."

"형님이 리안 형수님께 주셨던 가네사 장인의 목걸이가 그리 값이 나간다던데."

차례가 되어 막 화살을 메기던 뉘사나의 표정이 일그러졌다. 뉘사나는 대답 대신 화살 끝을 과녁에 겨냥한 후 힘껏 절피를 쥐어 당겼다. 그의 적당히 근육이 붙은 팔꿈치가 아주 잠깐 떨렸다. 화살이 쏘아졌다. 공교롭게도 화살은 중앙의 훨씬 바깥에 박혔다.

노란 깃발이 작게 오른쪽으로 한 번 펄럭였다.

뉘사나가 신경질적으로 활대를 내려뜨리며 쏘아붙였다.

“리안에게 준 선물은 예물이었다. 못 본 사이에 도발의 수준이 저열해졌구나.”

“제가 알기로 그만큼 값진 목걸이가 없다 들었습니다. 왕국 내 제일 귀한 장신구라면 어떤 여잔들 감동하지 않겠습니까.”

차례가 되었다. 알렉시스가 다시 자리를 잡고 화살을 쏘아 날렸다. 화살은 너무나도 손쉽게 과녁을 명중시켰다. 노란 깃발이 크게 세 번 교차된 원을 그리며 펄럭였다. 뉘사나는 못마땅한 기색을 감추지 않으며 빈정거렸다.

“라니 로웬처럼 또 도망갈까 봐 이번엔 아예 발목을 잡으려는 모양이지?”

명백히 그의 자존심을 깎아내리기 위한 말이었음에도 알렉시스는 기분 나쁜 기색 없이 넉살 좋게 받아쳤다.

“뭐, 그렇게 해서라도 남아준다면 좋겠습니다. 비극의 약혼남이 된 것은 한 번으로 족하니까요.”

“내가 가진 것으로 해. 리안에게 준 건 리안 거야. 그리고 아무리 그래도 도의적으로 혼인 예물을 빼앗아 가려는 건 너무하지 않나?”

“그다지 너무하다는 생각은 들지 않습니다만. 어차피 형수님의 것이 형님의 것 아니었습니까?”

“미친 소리.”

“그 얘기는 승패가 갈린 후 다시 하죠. 형님 차례입니다.”

신경질이 오른 얼굴로 알렉시스를 흘기며 화살을 메기던 뉘사나가 문득 생각난 사람처럼 중얼거렸다.

"그나저나…… 이번에 데바람도 반역 도당들로 인해 내전을 벌이기 시작했다지."

"들었습니다."

"나돌아다니느라 바쁜 녀석이 귀는 빨라."

"바로 인접국에서 일어난 난리인데 모를 수야 없지요. 트란실도, 데바람도 변혁의 시기로군요."

팔에 근육이 도드라질 만큼 세게 시위를 끌어당긴 뉘사나가 표정 하나 바뀌지 않고 입술을 달싹였다.

"슬슬 이쪽도 가세해야 하나?"

"그런 무서운 말씀을."

시위를 떠난 그의 화살은 정확히 과녁의 중앙을 꿰었다. 노란 깃발이 크게 펄럭거렸다. 휘유, 짧게 휘파람을 한 번 분 알렉시스가 건조하게 중얼거렸다.

"뭐라도 해보고 싶어도 사랑스러운 사촌 동생이 걸려서 뭐라도 할 수 있겠습니까."

"세상엔 눈물을 머금어야 하는 일도 있는 법이지."

"저는 지금은 다 잊고 지내렵니다."

"어부지리를 노리겠다?"

알렉시스가 듣기 좋은 웃음소리를 냈다.

그 후로도 그들은 묘한 신경전을 주고받으며 차례차례 시위를 당겼다. 알렉시스의 화살은 아까 전 흐트러졌던 것이 거짓말처럼 백발백중이었다. 마지막 화살까지 쏘아 넘긴 후 알렉시스는 우쭐하는 기색 없이 말을 이었다.

"뭐…… 생각해보니 저보다 성격이 급하신 건 형님이니 그것도 좋은

계획인 것 같습니다. 하기야, 우리 앞에 놓인 장애물이 아무리 커도 형님의 영민함으로 어떻게 해결할 수 있을 거라 믿습니다."

"띄우지 마라, 속 시커먼 녀석. 놀러 다닐 시간에 사교 활동이나 해, 넌."

"제 생각을 해주는 건 형님뿐이죠."

"베이하크가 울겠군. 네반 플라무나의 전야제 무도회에도 참석하지 않겠다고 했다지?"

"일단은요?"

"한심하긴."

심드렁히 대꾸한 뉘사나가 마지막 시위를 당겼다. 그의 화살은 정중앙에 먼저 박혀 있던 화살에 부딪쳐 튕겨 나왔다. 뉘사나는 기수의 깃발을 확인하지도 않고 신경질적으로 활을 내려놓았다.

"오늘은 날이 영 아닌걸. 네가 이겼다 치자."

"제가 바라는 게 소겔가드에게 줬던 진귀한 목걸이뿐이라면 주실 겁니까? 거절권은 없다고 합의 봤잖습니까?"

"그건 기각이라고 했다."

"내기에서 이겨도 좋을 것이 없잖습니까. 결국 형님 마음이니."

"그런 거 말고 내가 쉽게 내어줄 수 있는 것들로 말해. 우리가 종종 하던 것들이 있잖아. 아니면 예전에 네게서 빼앗아 온 헬반의 저택을 돌려줄까? 썩 나쁘지 않은 제안인 것 같은데."

"이미 형님 손을 탄 건 갖기 싫습니다. 생각 좀 해보겠습니다."

알렉시스는 영 불만스러운 표정이었지만 더 물고 늘어지지는 않았다.

"까탈스럽게 굴긴."

이번에는 알렉시스가 문득 생각난 사람처럼 화두를 돌렸다.

"그러고 보니 얼마 전에 에드하인다 백이 귀환했다더군요. 제이하이와 함께. 공식 방문은 아닌 것 같던데 얘기 들으셨습니까? 카르시탄인데 왕성으로 바로 들지 않고 에드하인다의 사저에 자리 잡았다던데."

뉘사나의 표정이 순식간에 굳어졌다.

"아아, 그 여자, 말이지…… 퀸시오에 있는 그 시건방진 여자."

알렉시스로서는 그의 즉각적인 반응이 꽤 재미있었다.

"무슨 일 있으십니까?"

"마음에 안 드는 계집이다. 타라히엔이 얼마 전 내게 찾아와 그 여자에 대해 일러준 것이 있었지. 영 수상해. 내 얼마 전 관심이 생겨 초청을 했었는데."

"그런데요?"

"무시하더군."

"형님의 초청을?"

뉘사나는 대답 대신 자존심이 상한 사람처럼 입술을 찡그렸다. 뉘사나의 영향력이 적잖다는 것을 알기에 알렉시스로서도 의외였다.

"제이하이…… 제이하이라면 확실히 콧대가 높을 만도 하지요."

"제이하이의 증손라고 하지만 정확하게 어디서 굴러먹다 왔는지도 모르는 계집이 아니냐. 또 아무리 제이하이라고 해도 그래봐야 방계다. 지금은 피조차 흐린."

알렉시스는 아무것도 모르는 사람처럼 눈을 둥글게 뜨고 고개를 끄덕거렸다. 그러나 제이하이의 성정이 보통이 아니라는 것은 이미 에들렌을 통해 알고 있었다.

뉘사나가 써느런 미소를 지었다.

"기고만장한 그 계집의 콧대를 뭉개줄 거다."

이런, 어떤 사람인지는 잘 모르겠지만 아무래도 상대를 잘못 건드린 모양이었다. 알렉시스는 얼굴 한 번 제대로 본 적 없는 찬 땅의 친척을 향해 내심 애도를 표했다.

"어떻게요?"

"말해봐라. 뭐가 좋을까?"

"글쎄요."

"나를 그따위로 대한 걸 땅을 치고 후회하게 해줄 거다."

"형님은 가끔 이상한 데에서 자존심을 세워서 탈입니다."

뉘사나는 알렉시스의 응수에 비뚤게 입매를 비틀었다. 마음에 들지 않는 모양이었다.

"이왕이면 공개적으로 망신을 주는 게 어떻겠습니까? 얘기를 들어 보니 그쪽도 자존심이 굉장히 대단한 것 같은데, 많은 이들이 보는 앞에서 형님에게 무릎 꿇고 사죄하게 만드는 건……."

알렉시스가 슬그머니 뉘사나의 눈치를 살폈다.

"역시, 명색이 제이하이이니 어렵겠지요. 뭐가 있을까요……."

"왜?"

"제이하이는 명색이 카르시탄입니다. 아무리 형님이 대단타지만 그리 쉽게……."

"못 할 것 같으냐."

알렉시스의 얼굴에 능글거리는 웃음이 배어들었다.

"아무리 그래도…… 그럼 이렇게 할까요. 형님이 제이하이의 무릎을 땅에 닿게 한다면 제가 오늘 얻어 가기로 한 형님의 빚 세 가지 중

두 가지를 탕감해드리겠습니다. 무력행사라도 상관없습니다. 어떻습니까?"

척 봐도 그를 두고 놀리려는 기색이 다분했다. 가만 생각하던 뉘사나가 자신만만한 표정으로 눈썹을 슬쩍 들었다 내렸다.

"나쁘지 않은 제안인데? 두고 봐라. 헌데 오늘 검이 아니라 활을 가지고 노는 걸 보니 아직 수리가 덜 끝난 모양이지? 확실히 데바람 출신 놈들은 게으르다니까."

"형님은요?"

뉘사나는 한층 의기양양해진 음성으로 답했다.

"내 검은 이미 수리가 끝났지."

"아아…… 저도 노엘에게 어찌 되었는지 한 번 찾아가봐야겠습니다."

"사람을 시키지 뭐 하러 귀찮게. 그 핑계로 한 번 더 밖에 나가려는 것 다 안다. 나돌아다니는 것도 적당히 해."

"저는 지금 이별을 극복하는 중이란 말입니다, 형님."

과장하며 울상을 짓는 알렉시스를 향해 뉘사나가 한쪽 입가를 끌어올리며 콧방귀 뀌었다.

"개도 안 웃을 소리를. ……하긴, 그래야 내 아우지."

오늘도 그녀는 어김없이 왕성 앞에 서 있었다. 아무것도 보이지 않는 자욱한 어둠 속에서 하염없이 고개를 젖혔다. 그녀를 아는 이 없는 아득한 땅, 왕성에 덩그러니 켜진 고독한 한 줄기 빛이 유혹하듯 그녀

를 부르고 있었다.

어떠한 강박이 그녀의 전신을 꿰뚫고 있었다.

저곳에 들어갈 수 있다면, 들어갈 수 있다면…….

'들어갈 수 있다면…….'

기원이 닿았는가. 왕궁의 문이 그녀를 환영하듯 열렸다. 마치 꿈같았다. 제르는 홀린 듯 걸음을 옮겼다. 그러다 멈추었다.

들어간다. 들어가서, 들어가면?

제르는 쩡하니 얼어붙으려는 몸을 움츠렸다.

들어가면? 가서 어쩌겠다는 게냐? 순식간에 바닥이 꺼졌다.

불빛이 사라지고 완벽한 어둠이 그녀의 눈을 덮쳤다. 놀란 제르는 허공에서 허우적대다가 가까스로 구명줄을 움켜쥐었다. 누군가의 옷자락이었다. 바닥은 다시 평편해졌다. 놀라 벌렁대는 가슴을 가라앉힌 그녀는 자신이 움켜쥔 것의 정체를 찬찬히 살폈다. 식은땀이 흘렀다. 작은 보자기 안에 싸인 것은 한 아기였다.

아기, 아기가 있었다. 발그스름하고 통통한 볼이 흙투성이였다.

코끝이 찡하게 저려왔다.

이유도 없이 숨이 막혀서 그녀는 입술을 잘게 떨었다.

"누나."

제르는 덜덜 떨리는 고개를 돌렸다. 체렌시와가 그녀의 바로 뒤에서 있었다. 보석처럼 빛나는 보랏빛 눈동자의 의젓한 동생이 그녀의 어깨에 손을 얹었다. 체온이 느껴졌다.

"왜 울어?"

그녀는 자신이 울고 있다는 것도 알지 못했다. 고개를 저으며 얼굴을 한 번 쓸어내린 제르가 젖은 손을 뻗었다. 체렌시와의 둥근 뺨이 느껴졌다. 그는 진짜였다. 그녀는 체렌시와를 끌어안고 소리 없이 울음을 삭였다.

그러던 중 등 뒤에서 또다시 귀에 익은 음성이 들렸다.

가볍고 간드러진, 장난꾸러기들의 목소리였다.

"언니, 언니, 지금 그 애는 누구야?"

"언니, 뭐 하고 있어?"

온몸에서 힘이 빠졌다. 체렌시와에게 기대어 있지 않았다면 그대로 무너져 땅속까지 꺼져버렸을지도 모른다는 두려움이 들 만큼, 그녀의 몸은 힘없이 버티고 있었다. 제르는 차마 뒤돌아보지 못하고 팔을 내렸다.

"누나는 왜 날도 더운데 옷은 겹겹이 껴입고 있어. 감기라도 걸린 거야? 괜찮아?"

그녀를 밀어낸 체렌시와의 따뜻한 손이 이마에 닿았다. 그냥 이대로 죽어도 좋으리라. 북받치는 그리움을 덮는 행복에 그녀는 진심으로 그리 생각했다.

엘지와 엔사가 보자기에 싸인 아기를 내려다보며 조잘거렸다.

"우리 조카야?"

"엔사 이 바보야. 딱 보면 모르겠어?"

"언니를 닮았나 봐. 머리가 까매."

"누나……."

체렌시와가 제르를 지나쳐 아기에게 다가갔다.

맑고 청명한 눈의 청년은 작게 우는 아기를 조심스레 안아 올렸다. 제르는 눈물만 뚝뚝 흘리며 그를 바라보았다. 엘사와 엔지는 체렌시와의 옆에서 환하게 웃었다. 그녀가 우는 것이 보이지 않는 사람들처

럼.

“뤼민느를 버리면 어떻게 해.”

‘뤼민느를 버리면 어떻게 해.’

돌연 멍치를 얻어맞은 듯 숨이 막혀서 제르는 입을 틀어막았다.

뤼민느. 잃어버린 첫 아이의 기억이 해일처럼 밀려들었다.

아이의 태명이었다.

그래, 빛조차 보지 못한 그 아이에게도 이름이 있었다. 또 다른 기억이 꼬리를 물었다. 햇살이 아름답던 날이었다.

‘누나, 이름은 생각해봤어?’

거처에 찾아온 체렌시와가 의자에 거꾸로 앉아 등받이에 팔을 얹은 채로 물었을 때, 그녀는 침대에 기대어 누워 책을 읽고 있었다.

‘……글쎄?’

‘생각도 안 해본 거야?’

‘생각이야 매일 하지. 하지만 이 아이의 이름은 쥬세가 멋대로 지어 붙이겠지.’

체렌시와는 영 아쉬운 기색으로 속삭였었다.

‘그럼 태명이라도 지어주면 안 돼? 쥬세 왕도 태명까지는 무슨 재간이 있어 말리겠어?’

‘……이름이란 건 불러주는 사람이 있어야 하잖아.’

‘우리가 부르면 되지. 우리가 조카의 아명을 불러줄 거야. 늙어죽을 때까지.’

배시시 웃는 장난스러운 미소에 마음이 풀렸다. 그래서 결코 입 밖으로 내지 않고 속으로만 생각해오던 작은 아이의 이름을 불러보았다. 뤼민느.

'생각해둔 이름이라면…… 뤼민느. 하지만 여자일지, 남자일지 모르니까…….'

체렌시와가 듣기 좋은 웃음소리를 냈다.

'뤼민느? 그래, 내 첫 조카의 이름은 이제 뤼민느인 거지? 계속 불러줄 거야. 뤼민느, 여자애면 어떻고 남자애면 어때? 뤼민느. 둘 다 어울리는걸. 그렇지? 너도 그렇게 생각하지? 뤼민느.'

그러나 그 이름은 그대로 무덤으로 되돌아갔다.

시간이 멈추었던 순간.

그대로.

퍼뜩 정신을 차린 제르는 불현듯 느껴지는 불길함에 몸을 떨었다. 사시나무처럼 떨리는 손과 발과 어깨를 주체할 수가 없었다. 어느 순간 보니 체렌시와도, 엘지도, 엔사도, 뤼민느도 사라지고 없었다. 심장이 공포로 쥐어뜯기는 것처럼 아파왔다. 그녀는 견디지 못하고 주저앉았다. 이어 누군가의 인기척이 어둠 속을 울렸다.

그 발자국 소리. 그 보폭의 길이. 그 숨소리. 그 술 내음…….

백 번도 더 죽이고 싶었던 자의 기척이었다.

"베제스으으으!"

그녀는 본능적으로 새까만 어둠을 향해 소리를 질렀다.

세상이 뒤흔들렸다.

비명과 함께 깨어난 제르는 닥치는 대로 손에 잡히는 것을 끌어안았다. 누군가가 그녀의 팔을 쥐고 있었다. 그녀는 미친 사람처럼 비명을 질렀다. 호흡이 가빠져 온몸이 경련을 일으키는 것처럼 떨렸다. 그녀

를 붙잡는 체온이 느껴졌다. 뜨거운 체온에 신경이 얼어붙었다.

체렌시와는 어디 갔을까. 그가 필요했다. 엘지가, 엔사가 필요했다.

"……니까?"

다급한 음성이 들렸다.

반쯤 깨어난 정신 속에서 그녀는 무작정 제 어깨를 감싼 남자의 팔을 움켜쥐었다.

"……군, 주군, 접니다. 정신이 드십니까?"

한참 후, 정신을 차린 그녀는 자신이 에드하인다 사저에 있다는 것을 기억해내는 것과 동시에 제 손이 움켜쥐고 있는 게 무언지도 알아차렸다. 그녀가 절박히 붙잡은 건 테일런의 팔이었다. 테일런은 당황한 사람처럼 그녀를 바라보다가, 제르가 진정하기 시작한 걸 깨닫고 팔을 내렸다. 그러나 제르의 손에서는 힘이 풀리지 않았다.

테일런이 조심스레 그녀를 얼렀다.

"……주군, 괜찮습니다. 악몽을 꾸신 모양입니다. 에드하인다가의 사저입니다."

그의 팔을 놓은 제르는 여직 가라앉지 않는 호흡을 위해 침대 아래로 다리를 내린 채 상체를 수그렸다. 몸을 웅크리고 나자 외려 오그라들었던 폐가 펴지는 듯했다.

내쉬는 그녀의 날숨이 잘게 떨렸다.

꿈.

꿈이었다.

"밤이 늦긴 했지만 나가서 의원을 불러 오겠습니다. 잠시만……."

"……마."

"……."

"그러지 마라."

몸을 숙인 제르가 테일런의 옷자락을 쥐었다. 잠깐 서 있던 테일런은 밖으로 나가는 대신 식은땀으로 범벅이 된 그녀의 얇은 어깨 위로 이불을 끌어다 덮었다. 제르는 가까스로 이불을 끌어당겨 감쌌다.

여직 꿈속에서 느꼈던 절망적인 공포가 귓가에 선연했다.

덜그럭.

바깥에서 자그마한 소리가 나는 것만으로도 제르는 극도의 공포에 휩싸였다. 그녀의 몸은 카르시타에 있었으나 정신은 이미 그날로 되돌아간 후였다. 창 밖을 스치는 바람 소리에도, 방 밖에서 울리는 누군가의 발소리에도 면역 없이 소스라치는 그녀를 바라보던 테일런이 아랫입술을 꾹 깨물었다.

그의 커다란 손이 제르의 오그라든 작은 손을 붙잡았다.

"괜찮습니다."

"……."

제르가 고개를 들었다.

"주군, 이곳의 모든 사람들이 주군을 지킬 겁니다."

테일런의 깊은 남빛 눈동자가 그녀를 다독이고 있었다. 그녀도 알았다. 알고 있었다. 이곳은 데바람이 아니라 카르시타였다. 베제스는 그녀가 어찌 망명을 했고, 어디로 가서 어떻게 살아남았는지 아무것도 모를 터였다.

"나, 나…… 는."

혀가 마비된 것 같아서 그녀는 말하기를 포기했다.

"원하신다면 진정되실 때까지 자리를 지키겠습니다. 아니라면 나가서 오늘 밤새 문 앞을 지키고 있겠습니다."

테일런의 온기는 체렌시와를 대신해 그녀를 진정시켰다. 불현듯 정신을 차린 제르가 테일런의 손을 떨치기 위해 팔을 당겼다. 그러나 테일런은 놓지 않고 가만히 그녀를 들여다보았다. 그와 눈을 마주치는 순간, 뒤늦은 수치스러움이 밀려들었다.

초라한 여자의 두려움을 읽어냈는가.

그의 손이 이윽고 조심스레 떨어져 나갔다. 제르는 미진하게 떨리는 손바닥으로 얼굴을 가렸다.

데바람에서 머물 적의 끔찍한 순간을 떠올리게 하는 꿈 탓인가. 언젠가 퀴네도사이가 그녀에게 건넸던 빈정거림이 되감겼다. 그건 그녀의 가슴 깊숙이 뿌리내린 저주였다.

'멍청하긴…… 데바람의 왕비가 되는 게 뭐가 어때서? 내가 너라면 왕비가 되었을 거야. 쥬세를 종용해 베제스의 목을 치고 저 혼자 사라져버린 지스카르를 파멸시켜버렸을 거야. 살고 싶으면 그래야 하는 거 아냐? 넌 지금 널 탓하는 일밖에 하지 않잖아.'

냉담한 조언이며 충고이며 조롱이었다.

'너 스스로도 이겨내지 못하는데 네가 누군가를 지킬 수 있을 것 같아?'

그의 말은 사실이었다.

한 해, 한 해를 거듭해 그녀는 달거리를 흘려보내듯 동생들을 잃었다.

그리 잃고 남은 건 하나였다.

'세드로.'

제르가 벌떡 일어나 창가로 달려갔다. 꿈속에서 본 휘황한 불빛들로 찬란한 왕성이 저기 있었다. 이 눈을 주체하지 못하는 것조차도 모자람이고 나약함이었다. 간절한 바람에 제르의 손끝이 창문을 긁어내렸다.

숨 쉬듯, 눈물이 함께 떨어졌다.

"……주군?"

그녀는 커튼을 쳤다.

희미한 빛마저 사그라진, 완벽한 어둠이 찾아왔다.

내리 봄비로 우중충하던 하늘은 이튿날 새벽 완전히 갰다.

제르는 동이 틀 때까지 그녀의 방을 지키고 서 있던 테일런에게 휴식을 명했다. 민망하기도 하고, 미안하기도 했다. 테일런이 물러간 후, 가벼운 가운과 외투를 겹쳐 걸친 그녀는 침실을 벗어나 에드하인다 사저의 복도를 거닐었다. 여전히 정신이 몽롱하고 노곤했다.

제르는 간밤의 일을 의식적으로 뇌리에서 지우기 위해 애썼다. 무던한 노력은 어느 정도 성공한 듯도 했다. 목적 없이 떠돌던 걸음이 응접실에 이르렀다.

누군가가 이미 안에 있었다.

'돌아갈까.'

잠시 고민하던 그녀의 걸음을 멈춰 세운 건 반쯤 열린 문 안에서 두런두런 오가는 말소리였다. 엿들으려던 건 아니었지만 제르의 걸음은 의식하지 못한 사이 멈추었다.

"아보인 남작 영애는, 글쎄? 요즘은 소식이 영 들리지 않던걸."

"아, 그래요? 영지로 돌아간 건 아니라던데, 요즘 상황이 좋지 않았다는 얘기가 들려서 좀 걱정스러워서.”

“아보인의 상황이? 글쎄…… 자세한 건 나도 알아봐야 하겠는데. 그나저나 아쉽겠네, 페이랑. 오랜만에 왔는데 이렇게 엇갈려서.”

“일단…… 굳이 부탁드리려는 건 아니고, 혹 소식 들으신다면…….”

페이랑이 멋쩍은 듯 뒷머릴 긁적이며 말끝을 흐렸다. 아넬라의 놀리는 듯한 눈빛을 피하기 위해 고개를 돌리던 페이랑은 문간에 서 있는 제르를 발견하고 반색했다.

“어? 주군, 좋은 아침입니다.”

퀸시오에 있을 때도 참 밝다 싶었던 청년이 엘올라로 돌아오니 물 만난 고기마냥 펄떡이는 것이 썩 나쁘지 않았다. 제르는 가볍게 고개를 끄덕여 그의 인사에 답했다.

“이른 아침부터 다들 부지런하군.”

“아아, 페이랑이 이른 아침부터 제게 정인의 소식을 묻지 뭐예요? 하여간 남자들이란 틈만 나면 여자 생각을 한다니까요.”

“아넬라 님!”

페이랑의 얼굴이 벌게졌다.

“아니, 그, 잠깐 여유가 생겨서…… 펜시 소식이 닿지 않은 지도 오래됐고…….”

“혼인할 여자?”

“아, 아, 아, 아니…….”

제르가 눈을 끔뻑이며 되묻자 페이랑은 무언가 말할 듯 입을 벌렸다가 닫더니 시뻘게진 얼굴로 몸을 돌렸다.

“아, 저, 전 가보겠습니다! 일 생기면 불러주세요!”

아넬라가 그의 뒷모습에 대고 자그마한 웃음소리를 냈다.

"페이랑이 어릴 때부터 꽁무니를 졸졸 쫓아다니던 펜시라는 아가씨가 하나 있었어요. 성격도 괜찮고 그 아비도 인품이 나쁘지 않아 저도 눈여겨보고 있었는데, 왕도와 영지를 오가느라 엇갈린 모양이에요."

어느새 시야 밖으로 사라진 페이랑에게서 시선을 뗀 아넬라가 문득 생각난 사람처럼 물었다.

"그러고 보니 왕하의 부군에 대한 이야기를 들은 적이 없네요. 왕하께서는 미혼이세요?"

예상치 못한 질문에 제르의 입술이 얼어붙었다. 뭐라고 답해야 할지 몰라 주저하는 찰나, 그 짧은 순간을 이기지 못하고 속이 들끓었다. 그녀는 가까스로 일렁거리는 가슴을 달래며 혼잣말처럼 답했다.

"……홀로 살아가는 중이지."

아넬라가 서늘한 제르의 낯빛을 살피더니 작게 입술을 벌렸다. 그녀는 눈치 빠르게 화두를 돌렸다.

"그렇군요. 그나저나…… 간밤에 평온하셨나요? 불편한 건 없으셨고요? 앉으시겠어요?"

아넬라가 손수 그녀의 자리를 마련해주는 바람에 제르는 돌아 나갈 기회를 놓치고 소파에 앉을 수밖에 없었다.

"그럭저럭."

아넬라의 상냥한 목소리는 신기하게도, 그녀의 뒤숭숭하던 속을 달래주는 효과가 있었다. 덕분에 그녀는 평온히 응접실에서 아넬라와 사소한 이야기들을 주고받는 것으로 악몽을 잊을 수 있었다. 그러나 악몽은 좋지 않은 하루 일과의 시작이었을 뿐이었던 모양이다. 불편한 소식들이 연달아 날아 들어왔다.

처음 그녀를 불편하게 한 건 뉘사나의 종복이 방문했다는 소식이었

다.

뉘사나의 심부름꾼이라는 말에 놀란 아넬라가 허둥지둥 달려 나가는 걸 보니, 그가 대단한 자이긴 한 모양이다 싶어 입안이 썼다.

그녀의 앞에 조아린 뉘사나의 종복은 에드하인다 사저에 머무는 카르시탄을 언급하며 퀸시오에서의 무례에 대한 자초지종을 넌짓 거론했는데, 눈치를 보니 좋은 의도의 방문은 결코 아니었다. 고민을 거듭하던 제르는 이번엔 정중히 그 초대를 돌려보냈다. 어떤 자인지 알아두는 것도 나쁘지 않은 일이었지만 오늘은 아니었다. 오늘은.

그러나 그녀를 찾는 이는 뉘사나뿐이 아니었다. 이미 온 왕도 귀족들에게 소문이 나기라도 한 건지, 이곳저곳에서 사교 모임에 참석해 자리를 빛내달라는 초청장을 보내왔다. 사교 활동이 활발한 엘올라의 풍토 때문인지, 아니면 네반 플라무나를 앞둔 연두의 계절이기 때문인지는 모르겠지만 몹시도 귀찮은 일이었다.

인맥을 쌓고 친교를 나누고 정보를 듣기 좋으리라. 좋게 여길 수도 있었지만 제르는 지난 며칠간, 어떤 부인의 와인 파티에 참석한 후 쓸모없는 짓이라고 결론 내렸다. 영양가 없는 이야기를 주고받으며 가식적으로 서로를 치켜세우는 자리는 시간 낭비였다.

모든 초대를 단칼에 거절하는 제르 덕에, 냉담한 무시를 완곡한 거절로 탈바꿈시키기 위해 아넬라가 많은 애를 써야 했다. 어느 이름 모를 귀족의 마지막 종복까지 돌려보낸 후에야 아넬라는 평화를 되찾은 얼굴로 돌아왔다.

제르는 낡은 책장을 넘기며 아넬라의 조심스러운 음성을 귀에 담았다.

"왕하, 다른 이들의 초청이야 그렇다 치지만 전하께서 주최하시는 전야제는…….”

“가야겠지.”

“전야제의 무도회는 정말 재미있답니다. 왕하께서도 즐거우실 거예요. 운이 좋다면 다른 왕실의 분들도 참석하실 거예요.”

“그런가.”

그녀는 고저 없이 답했다.

사실 제르 또한 네반 플라무나의 전야제 사교 무도회가 열리기를 기다리고 있었다. 아넬라가 바람을 불어 넣는 낭만적 사교 무도회에 대한 환상 때문은 아니었다. 유스카리의 명이었고, 이번 엘올라 방문의 명목상의 이유였으므로.

“헌데…… 왕위 후보들도 그런 자리에 나오나?”

“자규 왕하는 친목 모임에 자주 나타나시는 편이지만, 올리비에 왕하는…… 글쎄요. 그분은 측근들이 아니면 뵙기가 어려운 분이신지라 올해도 사교 무도회에는 오지 않으실 거라 들었어요.”

제르는 지끈거리는 관자놀이를 문지르며 미간을 좁혔다.

“괜찮으신가요? 왕하?”

“잠을 좀 설쳤을 뿐이네.”

“어머나, 방이 불편하셨다면…….”

제르가 고개를 저었다. 아넬라는 따뜻한 눈빛으로 제르를 응시하다가 다정하게 웃었다.

“필요하신 게 있다면 언제든지 이야기해주세요. 그나저나, 오늘도 왕성 근처로 산책을 다녀오실 건가요?”

“……아니.”

“왕하께서 오늘 아무 일도 없으시다면 제가 왕하를 모시고 나가 함

께…….”

“거절하겠다.”

그녀의 주저 없는 대꾸에 아넬라는 약간 무안한 표정을 지으며 시선을 내렸다. 제르는 짧게 한숨을 내킨 후 변명하듯 말을 이었다.

“다녀올 곳이…… 있어.”

제르는 잠시 주먹을 쥐었다가 폈다. 여린 손바닥에는 그녀도 모르는 사이에 식은땀이 차 있었다. 별것 아닌 이야기건만 왜 이리 입을 떼기가 어려운 건지 모르겠다.

“……혹, 노엘 존이라는 대장장이가 어디에 머무는지 아나?”

엘올라의 공기는 퀸시오의 것과는 사뭇 다르고 신선했다. 엘올라의 매일같이 쾌청한 날씨가 제르는 무척이나 마음에 들었다.

오늘도 페이랑은 퀸시오에서 함께 온 이들의 관리와 그 밖의 잡무들을 처리하느라 바빴고, 테일런은 밤새 한잠도 자지 않은 것이 딱해 돌려보냈다. 아스난은 에드하인다 가문의 밀린 일들을 처리하는 것만으로도 얼굴 보기 힘들 정도였으므로 제르는 오늘 외출에 에드하인다 가문의 기사를 대동하게 되었다. 엘올라의 복잡한 지리를 알지 못하는 그녀로서는 어쩔 수 없는 선택이었다.

테일런이 그녀의 뒤를 그림자처럼 따를 때도 불편하다고는 생각했지만, 생판 모르는 남자와 함께 있으려니 지난 악몽이 다시 떠올라 몹시도 불편했다. 차라리 테일런이 나았다. 그는 익숙하기라도 했으니까.

이름조차 모를 기사는 시가지를 지나고, 전답을 지나고, 골목골목을 드나드는 동안 그녀에게 갖가지 엘올라의 역사들을 설명해주었다. 그녀는 한 마디도 하지 않고 들었다.

얼마간 걸어 왕성의 동쪽 시가지를 벗어나니 인적이 드물어졌다. 작은 숲과 오솔길이 새새로 나 있었다. 제르는 왠지 모르게 무거워지는 걸음에 얕은 숨을 내쉬었다. 멀찍이 오솔길 끝에서 연기가 오르는 것이 보였다. 작지 않은 크기의 집도 있었다.

노엘 존 펜의 대장간.

그 대장장이의 집에 이르렀을 때 그녀는 이름 모를 기사가 해주었던 이야기 어느 것 하나 기억하지 못했다. 제 발로 노엘에게 찾아간다는 건 그런 의미였다.

제르는 대장간에서 얼마 떨어지지 않은 곳에서 멈췄다.

"이곳인가?"

"예."

그녀는 대장간의 건물을 올려다보았다. 황토와 강모래로 바른 외벽 곳곳이 금이 가거나 파여 있었다. 외관에는 그다지 신경을 쓰지 않은 모양이었다. 노엘의 성정을 떠올려보면 그리 이상한 일은 아니었다.

노엘은 그녀가 데바람에 있었을 당시 연고가 있던 괴팍한 사내였다. 데바람 왕실의 최고 대장장이로 칭송받던 그는 그녀에게 값진 동정을 보여준 유일한 이이기도 했다. 체렌시와가 기사가 되겠다고 하자 쥬세 모르게 그를 위해 귀한 검을 만들어주기도 했다. 그 증거로 지금은 르니아의 것이 된 체렌시와의 검에는 그의 직인이 선명히 새겨져 있다.

흐린 기억 속의 험상궂고 땅딸막한 남자는 간간이 엔사와 엘지에게

투박한 장신구를 선물해주기도 했었다. 엔사와 엘지는 그것들을 몹시 좋아했다. 노엘은 제르 그녀보다 그녀로 인해 성을 떠나지 못하는 그녀의 동생들에게 더 정을 주었었다.

그는 체렌시와가 죽기 1년쯤 전, 쥬세와 크게 언쟁을 벌이고 카르시타로 도망쳤다. 이유는 크게 알려지지 않았다. 카르시타는 그가 가진 재능을 높이 샀는지, 기꺼이 그를 받아주었다고 했다. 그가 왕도에 거취를 두고 있다는 이야기는 데바람에 있을 적부터 들었다. 당시 노엘은 그만큼 대단한 장인이었다.

멀지 않은 곳으로부터 쇠망치 소리가 규칙적으로 울렸다. 한 걸음마다 소리는 점점 커졌다.

"그대는 물러가 있게. 두어 시간쯤 후에 다시 오면 돼."

"분부대로 하겠습니다, 왕하."

기사가 멀리 물러가는 것을 확인한 후 제르는 크게 심호흡했다. 지난 추억의 쇠 냄새가 폐부로 스며들었다. 우습지만 여기까지 와서 한 걸음 떼는 데에는, 전에 없던 큰 용기가 필요했다.

제르는 뜨거운 공기를 헤치고 어둑어둑한 대장간의 실내를 가로질렀다. 곳곳에서 불그스름한 쇳물 튀기는 소리가 들렸다.

각자 무슨 일을 하는 건지는 짧은 식견으로 잘은 모르겠지만 어림잡아 예닐곱 이상의 대장장이들이 제각각의 일에 전념하고 있었다. 곧 화덕 앞에 쪼그리고 앉아 땀을 뻘뻘 흘리며 풀무질을 하는 도제를 발견한 그녀가 다가갔다. 청년 도제의 근육질 팔뚝에는 땀이 쉼 없이 떨어지고 있었다. 제르의 얼굴도 금세 열기로 뜨거워졌다. 숨이 턱턱 막혔다.

그녀가 다가가 근처에 섰지만 도제 청년은 힐끗 시선만 준 후 풀무질만 계속했다.

"이보십시오."

결국 제르가 조용히 그를 불렀다. 하지만 그녀의 목소리는 도처에서 울리며 쾅쾅대는 망치 소리에 묻혀 사라졌다.

도제는 어느 정도 열기가 올랐다 싶자 벌떡 일어나 화덕에 넣어두었던 도가니를 집게를 이용해 꺼내기 시작했다. 뜨거운 열이 훅 끼쳐와 제르는 그녀도 모르게 뒷걸음질 쳤다.

제르가 뒷걸음질 쳤다.

"조심하슈."

도가니 안쪽으로 벌겋게 녹은 쇳물을 살피며 도제 청년이 짧게 조언했다.

제르는 퍼뜩 정신을 차리고 말했다.

"노엘 존 펜이 이곳에 있다 들었습니다."

도제 청년은 사납게 알 수 없는 욕지거리를 내뱉기 시작했다.

"으휴, 미친 놈팡이 새끼. 미친 새끼. 가질간 조수가 아프다 드러누운 바람에 지금 바빠 죽겠소. 부질대장은 안쪽에 있을 거요. 혹시나 해서 하는 말인데 쓸데없는 의뢰를 하려거든 그냥 꺼지슈. 부질대장을 찾아온 거 보면 소문도 알겠지만."

"소문?"

"오늘 지랄맞게 바빠 죽겠으니, 그냥 우리 스승님 성질머리만 건들지 마슈."

도제 청년은 턱으로 안쪽 어느 한 방향을 슥 가리킨 후 다시 화덕으로 되돌아갔다. 제르는 도제가 가리킨 대장간의 깊숙한 안쪽을 응시했다. 가슴이 두근거렸다. 열기를 피해 막 걸음을 옮기던 그녀의 발길이 서서히 느려졌다.

묘하게 눈에 익은 붉은 옆머리가 보였다.

알렉시스는 낡은 탁자 위에 걸터앉아 지그시 노엘의 발랑 까진 뒷머리를 응시하고 있었다. 땅딸막한 키에 우락부락한 어깨를 한 근육질의 대장장이는 시종일관 그를 등지고 눈길조차 주지 않았다.

"노에엘."

기껏 불렀더니만 텅텅거리는 망치질 소리만 되돌아왔다.

'야박하긴.'

알렉시스는 내심 투덜거리며 주위로 시선을 환기했다.

벽은 온통 무기와 쇠붙이들로 가득했다. 벽에 걸린 대부분의 물건들은 싸구려 강철과 청동으로 만들어진 것들이지만, 저것들은 웬만한 대장장이가 심혈을 기울인 것들보다 강도가 좋은 물건들이었다.

그러나 완성된 쇠 공예품들을 날카로운 눈으로 훑는 것도 한두 번이지 벽 너머의 소음, 망치질을 몇 번 하는지 마음속으로 세며 시간을 보내는 것도 지겨웠다.

알렉시스는 은실로 수놓아 꾸밈한 질박한 망토가 그을음과 광물 가루로 지저분해진 것을 깨닫고 탈탈 털며 자리를 바꿔 앉았다.

"부질대장."

"……."

"노에에엘."

"……."

"언제까지 저 무시하려고요?"

포기를 모르는 알렉시스의 나른한 목소리가 대장간 안을 울렸다.

결국 막 망치를 내려놓은 노엘이 신경질적으로 쏘아붙였다.

"귀찮게 굴지 말고 가라, 이 사고뭉치 녀석아. 너한테 다시는 그 검 안 줄 거라고 했잖아!"

"에이, 줬다 뺏는 게 어디 있답니까?"

"여기 있으니, 나가. 바쁘다고 했어, 안 했어?"

노엘은 퉁명스러운 태도를 지우지 않았다. 이유를 모르는 것도 아니라 알렉시스는 그저 난처한 웃음만 흘렸다.

보름쯤 전, 알렉시스는 뉘사나와 사소한 마찰 끝에 검을 맞대었다. 자주 있는 일은 아니지만 가끔은 벌어지는 일이었다. 카르시타의 최고 대장장이인 구네스가 만든 뉘사나의 검과 개인적인 친분으로 알렉시스가 선물받은 노엘의 검이 맞부딪쳤고, 그 결과 알렉시스의 검이 이가 두 개나 나갔다.

그래서 노엘이 저리 기분이 상해 틱틱거리는 것이다. 기분이 상했다기보다는 자존심이 상한 것일 테지만 어찌 되었건 그 화살이 고스란히 제게 돌아온다는 건 기분 좋은 일은 아니었다.

"노엘, 아직도 삐졌습니까? 그럴 필요 없다니까요. 카르시타 최고 대장장이가 만들었다 자부하는 형님의 검에도 금이 갔습니다. 피차 이쪽이나 저쪽이나 기분 더럽기는 마찬가……."

"허이고야, 허이고. 입만 살아서는!"

"다음엔 형님의 검을 작살내서 올 테니 빨리 수리를……."

"그걸 말이라고 계속 지껄여! 그 검을 수리하는 데 얼마나 많은 비용

과 시간이 들어가는지 알고는 있냐, 이 철없는 꼬맹아!"

그의 노호하는 반응에 알렉시스는 어깨를 으쓱거렸다.

"저도 지금 뼈저리게 반성 중입니다."

"퍽이나."

"그래도 노엘, 저 질긴 거 아시죠? 수리해준다고 대답해줄 때까지 저 여기 붙어서 오늘 하루 종일 꼼짝도 안 할 겁니다. 어차피 저 없다고 찾는 사람도 없고……."

노엘은 알렉시스를 곁눈으로 보며 걸걸한 한숨을 내쉬었다.

"못살겠군. 내가 어쩌자고 저거랑 엮여서는. 그만 귀찮게 하고 모레 오후에 다시 와."

장장 두 시간 만의 항복이었다.

"모레면 됩니까? 그럼…… 모레는 해 저물 쯤에 찾아올 테니."

알렉시스는 만족스러운 표정으로 낡은 의자에서 일어섰다.

"네가 직접 찾아올 것도 없다. 그냥 앉아서 기다려. 알겠어?"

"……."

알렉시스는 대답하지 않았다. 그는 눈만 깜빡거리며 막 다가오는 사람을 바라보고 있었다.

'어……?'

또 헛것을 보나. 까만 눈동자가 그를 바라보고 있었다. 알렉시스는 그도 모르게 입을 작게 벌렸다. 그러나 그만 놀란 건 아닌 모양이었다. 상대방의 눈빛에도 적잖은 당혹스러움이 떠올라 있었다.

"왜 대답을 안 해! 저놈이 아주 그냥 노인네 골리는 데에는 도가 터서는……."

그를 등진 채 계속해서 투덜거리는 노엘의 비난을 흘려들으며 뻣뻣하게 굳어 있으려니, 그만큼이나 당황해 눈을 깜빡거리던 제르가 공손한 어조로 말했다.

"저는 노엘 존을 찾으러 왔습니다."

그제야 그들을 등지고 있던 노엘이 움직임을 멈추었다. 그가 굳은 고개를 돌렸다. 제르는 노엘을 돌아보며 조용히 고개를 살짝 숙였다 들었다.

"오랜만입니다, 노엘 존."

노엘의 손에 들려 있던 자그마한 공예품이 텡 소리를 내며 돌바닥 위로 떨어졌다.

노엘의 음성이 사납게 갈라졌다.

"……네…… 가 어찌?"

그건 알렉시스가 묻고 싶었던 말이었다.

"그러게? 네가 왜 여기 있어?"

노엘과 제르가 면식이 있는 사이란 것을 알아차리고 침묵하던 알렉시스가 살짝 들뜬 음성으로 재차 물었다.

"노엘이랑 아는 사이였어?"

제르는 대답하지 않고 노엘과 눈을 맞추었다. 이게 웬일이란 말인가. 멍청하니 그녀를 바라보던 노엘이 가장 먼저 정신을 차리고 한 일은 알렉시스를 내쫓는 일이었다.

"……선객께선 막 떠나려던 참이었으니, 들어오시게."

"아니, 노엘, 얘 압니까?"

"나가, 일단. 네가 낄 자리가 아니다."

알렉시스가 제르에게서 시선을 떼지 않은 채로 오도카니 버티자, 노엘이 다가와 그의 어깨를 툭 치며 눈을 부라렸다. 결코 편안한 분위기

는 아니었다. 가만히 그녀와 노엘을 번갈아 바라보던 알렉시스가 마지못해 밖으로 나갔다.

노엘은 하던 일을 모두 내팽개치고 그녀를 맞이했다. 악수를 청하기에 제르는 너무 높은 여자였다.

"어찌 총비께서 이곳에 계신 거요? 귀한 손님을…… 이리 맞게 될 줄은 몰랐구려. 혹 데바람의 그 잡것들이 나를 잡겠다고……."

"그럴 리가요."

"하기야, 나 하나 잡겠다고 총비를 이리 보내지는 않았을 테지. 어찌 된 거요?"

"카르시타에 온 지 한 해 하고도, 육 개월이 더 되었습니다."

제르는 알렉시스가 앉아 있던 바로 그 의자에 다소곳이 앉아 차분하게 답했다.

"……세월 참 많이 흘렀소이다."

"카르시타로 오면서, 노엘께서 엘올라에 계시다는 이야기를 들어 한 번쯤은 찾아뵈어야겠다 생각했습니다. 놀라셨습니까."

"놀라다마다. 어찌…… 어찌 이곳까지……."

노엘이 입술을 꽉 끌어당겨 다물었다. 차마 묻지 못할 물음이 혀끝에 걸려 아우성치고 있었다.

제르가 먼저 그의 심중을 읽기라도 한 사람처럼 이야기했다.

"노엘께서 떠나신 후, 하나씩 떠났습니다."

"……체렌시와의 이야기는 나 또한 풍문으로 들어 알고 있었소이다. 그 코흘리개들은…….”

“엘지와 엔사도 체렌시와가 있는 곳으로 갔습니다.”

노엘이 노골적으로 한숨을 내쉬었다.

고향인 데바람의 사람과 조우했다는 즐거움도, 기쁨도 누릴 수 없는 조의의 시간이었다. 한참 후에야 그가 힘겹게 입술을 뗐다.

“……내가 체렌시와 그 녀석에게 벼려주었던 검은 데바람 왕실에 있는가?”

“르니아를 기억하시는지요. 그 아이가 대신 맡아 잘 사용하고 있습니다. 명성 자자하신 장인 노엘께서 만들어주신 검이 여러 번 우리를 살렸습니다.”

담담하게 잇는 음성에 괜스레 눈물이 핑 돌았다.

“아, 그 왈패 같은 녀석의 여동생 말이지. 그래, 그 아이라면 괜찮지. 다른 주인을 만나 잘 지내고 있다니 다행이구려. 허면 카르시타까지 어찌 오셨는지 물어도 되겠는가.”

“수대장장이께서 카르시타로 망명하신 후 많은 일이 있었습니다. 저도 쥬세가 타계한 후 우연찮게 카르시타의 은혜를 입을 수 있게 되었습니다. 드릴 수 있는 말은 이것뿐입니다.”

무례하지 않게 말을 아끼는 제르를 무례할 정도로 빤히 바라보던 노엘이 땀에 젖은 턱을 훑어내며 고개를 끄덕였다.

“그렇지. 내가 떠난 이후에도 많은 일이 있었겠지. 이리 보게 되니 참 이걸 기뻐해야 할는지…….”

“기뻐해주시면 좋겠습니다. 전부터 늘, 언젠가 노엘께 한 번쯤은 감사하다는 말을 드리고 싶었습니다.”

“내가 한 게 무엇이 있다고.”

창백한 여자의 만면에 미소가 어렸다.

그들은 데바람으로부터 도망친 동지이며 벗이었다.

"뭐, 소문이야 여기까지 들리기는 하지만…… 다른 녀석들은 혹 잘 지내고 있던가?"

제르와 노엘은 수년 만에 마주앉아 평화로운 이야기를 주고받았다. 그는 제르의 근황을 물었다. 제르는 담담히 자신이 카르시타의 왕족으로 망명했다는 사실을 알렸다. 왕명을 받았다는 이야기에 노엘은 크게 놀랐다. 또 제르 역시 노엘의 삶에 약간의 관심을 두었다. 노엘은 자신이 카르시타 왕실의 지원을 받아 근근이 철을 벼리는 것으로 생활하고 있다고 말했다.

얼마간 그런 이야기를 나눈 후, 그들은 작별 인사를 했다.

"좋아 보이니 좋소이다."

"……건강하십시오."

이제 또 언제 다시 볼까 싶은 상대지만 붙잡기에는 그들이 공유한 과거가 지독했다. 묵묵히 그녀를 전송하려던 노엘은 뒤도 돌아보지 않고 떠나려는 제르를 향해 불쑥 물었다.

"그러고 보니……, 조금 전의 그 청년과 구면이었소?"

제르가 고개를 비스듬히 돌려 그를 바라보았다. 조금 전의 그 청년이라면 테이였다.

"……그다지."

대장간 입구를 벗어나자 서늘한 바깥 공기가 몸에 밴 열기를 식혔다. 제르는 다소 홀가분한 기분으로 밖으로 나왔다. 노엘을 만나기 전 연신 가슴을 무겁게 했던 것들이 어느 정도 벗겨져 나간 듯 걸음은 가벼웠다.

그때, 달갑지 않은 목소리가 그녀의 자그마한 만족을 깼다.

"무슨 일로 대장간까지 왔어?"

남자는 아직도 떠나지 않은 건지 문간에 기대어 서 있었다.

"남이사."

"또 이렇게 비싸게 구네. 다시 보니까 진짜 반갑다."

설마 저를 기다렸나 싶어 제르의 표정이 찡그려졌다. 왠지 모르게 고까운 기분에 제르가 노골적으로 남자를 훑었다. 그는 생각보다 멀끔한 차림이었다. 실내에서 봤을 때는 어두워서 몰랐는데, 그가 입은 옷과 망토는 지저분해 보이긴 했지만 결코 싸구려가 아니었다. 가만히 그를 살핀 제르는 에드하인다의 기사가 돌아오길 기다리며 묵묵히 섰다.

그는 제르가 문 앞에 서서 움직이지 않자 끈질기게 물었다.

"너도 누구 기다려?"

"너도 기다리는 이가 있다면 내게 신경 끄고 네 일이나 해라."

"난 너 기다렸어. 어떻게 신경을 끄냐?"

또 헛소리.

"넌 누구 기다리는데? 혼자 걸어오진 않았을 테니까…… 뭐, 데리러 올 사람?"

알렉시스는 그녀의 냉담한 태도가 보이지 않는 사람처럼, 몹시도 자연스럽게 말을 이어 붙였다. 어쩐지 이 우연한 조우를 진짜로 기뻐하는 것 같아서 도리어 그녀가 괴이한 기분에 잠겨야 했다. 그와 자신이 무슨 연고가 있다고 저리 반가워하나.

"무슨 일로 엘올라에 온 거야? 너도 카르시타 여행 중이었던 건가?"

"너야말로 떠돌이 악공이라더니 제법 신수가 훤한데."

"아……, 뭐, 엘올라는 일단 내 고향이라."

"고향이라?"

"음, 비슷해."

무언가 이야기하기 위해 입술을 벌리려던 알렉시스는 말 대신 웃음을 택했다. 그는 진심으로 몹시 그녀가 반가웠다. 얼마 전 그녀를 봤던 건 착각이 아니었다는 기쁨에 더해 노엘과 면식이 있는 사이라는 것으로 미루어 그녀가 데바람 출신이라는 것 또한 확신을 얻었다.

"넌 안 반가워? 정말 신기하잖아. 깡촌에서 우연히 만났는데 여기서 또 만난다는 게."

"네가 나와 무슨 연고가 있다고 내가 너를 반가워해."

"옷깃만 스쳐도 인연이라잖아. 난 진짜 너 다시 한 번 만나보고 싶었는데. 그날도 뒤도 안 돌아보고 가서 많이 서운했어."

그날?

가만히 기억을 되짚던 제르가 불쾌하다는 듯 얼굴을 구겼다.

"몰래 숨어서 지켜보고 있었나?"

알렉시스가 어깨를 으쓱했다. 제르는 무슨 말을 해도 그가 진지하게 듣지 않으리라는 것을 확신했으므로 다시 오솔길 끝으로 시선을 옮겼다. 질문은 계속해서 던져졌다.

"엘올라에 온 지 얼마나 됐어?"

"……."

"구경은 좀 했어? 내가 이래 봬도 토박이라, 데리고 다녀줄 수 있는데."

"……."

"대답 않으면 좋다는 걸로 알고……."

"싫다."

귀머거리처럼 서 있던 제르가 칼처럼 답하자 알렉시스가 크게 웃었다.

불쾌한 기색 없는 유쾌한 웃음소리는 대장간 주위를 크게 뒤흔들었다. 그의 웃음소리는 귀에 거슬리는 그런 웃음은 아니었다. 굳이 말하자면 듣는 이까지 기분을 들뜨게 하는 그런 즐거운 소리였다. 거기까지 생각한 제르는 퍽 미간을 찌푸렸다.

'쓸데없어.'

한참 후에야 웃음을 그친 남자가 뒷머리를 긁적이며 말했다.

"여전하구만, 신원 미상 아가씨는."

제르는 어처구니가 없어 눈만 깜빡였다.

"맞잖아. 이름도 모르고, 어디 사는 사람인지도 모르고, 뭐 하는지도 모르고…… 신원 미상이지. 그렇게 불리기 싫으면 알려주든가."

저놈은 대체 자신이 누구에게 저리 지껄이는 건지 짐작이나 할까.

"……넌 알고 싶지 않을걸."

깔보는 듯한 미소를 머금은 제르가 고개를 돌려 그와 눈을 맞추었다. 그의 키가 머리 하나 반은 더 커서 그녀가 고개를 꺾어 올려다보아야 했다.

"왜, 뭐 살인마 이런 건 아니지?"

"뭐?"

"아니면 전염병 환자라거나."

"지금 장난하나."

"것도 아니면 지체 높아서 내가 목이 꺾여라 올려다봐야 하는 분이

신가?"
알렉시스는 끝까지 그녀를 내려다보며 장난조로 말했다.
어쩔 수 없는 신체적인 이유로 고개를 젖히고 있던 그녀의 입가에서 미소가 걷혔다. 알렉시스는 그녀의 불쾌감을 간파하기라도 한 사람처럼 느리게 허리를 숙였다.
비슷한 높이의 까만 눈동자와 붉은 눈동자가 허공에서 묘한 기류를 띠고 맞물렸다.
"지체 높은 신원 미상 아가씨를 좀 웃겨보고 싶은데, 역시 어렵네."
알렉시스의 손이 느리게 제르의 뺨을 스치더니 몹시도 자연스러운 손길로 입가를 꼬집고 지나갔다. 미처 피할 새도 없이 섰던 제르는 멍청하니 입술을 벌리고 뺨을 감쌌다.
"너, 너, 너…… 누가 멋대로……!"
"뒤 조심해."
뒷걸음질 치던 제르가 문턱에 걸려 휘청이며 벽에 쾅 뒷머릴 부딪쳤다. 그녀의 얼굴이 금세 불그스름해지자 알렉시스는 다시 한 번 신나게 웃어젖혔다. 그 바람에 제르도 화가 날 만큼 나버렸다.
"이…… 이 머저리 같은 놈이!"
그러나 알렉시스는 이젠 자동반사이기라도 한 것처럼 그녀의 말 한 마디 한 마디에 웃어댔다.
결국 제르가 자리를 피하자 알렉시스가 졸졸 따라와 섰다.
"어디 가?"
"따라오지 마."
"너 누구 기다리는 거 아녔어?"
"신경 꺼!"

"어, 어, 화난 거야? 미안. 사과할게."

알렉시스가 악수를 청하듯 손을 내밀었다.

제르는 매몰차게 그의 손을 외면하고 숲길 저편으로 시선을 옮겼다. 에드하인다의 그 기사는 언제 오는 걸까. 아직 두 시간이 지나지 않았나. 이 빌어먹을 빨간 머리는 왜 제 곁을 지겹게 맴도는 건지도 알 수가 없었다.

"하여간 성질머리 하고는. 정 알려주기 싫으면, 어디 머물고 있는지라도 알 수 있을까? 신원 미상 아가씨. 여기서 다시 만난 것도 인연인데 차나 한잔하자고. 이번에도 내가 낼 테니까."

그의 뻔뻔한 말에 짜증을 참는 것도 한계였다.

에드하인다가 오지 않는다 해도 그녀는 이 자리를 벗어날 수 있었다. 아무리 엘올라가 넓어도 지나는 이들에게 물어물어 찾는다면 에드하인다 가문의 사저를 찾는 건 어렵지 않을 것이다. 막 결심을 굳힌 제르가 울타리 밖으로 걸음을 옮기려는데, 멀리서 미진한 땅울림 소리가 났다. 곧이어 익숙한 인영이 모습을 드러냈다.

말은 빠르게 가까워지고 있었기 때문에 기사의 제복과 망토를 두른 이라는 것을 알아차리는 덴 오래 걸리지 않았다.

분명히 오늘 그녀를 이곳까지 안내했던 에드하인다의 기사였다.

"……?"

"넌 이제 네 용건 봐라."

"아, 저 기사가……."

에드하인다 가문의 마구를 알아차린 알렉시스가 조용히 후드를 둘러썼다. 알렉시스가 슬그머니 거리를 벌리는 것이 느껴져 제르는 내심 비웃었다.

이름 모를 기사는 제르의 앞에 말을 세웠다. 말에서 내린 기사가 깍듯이 예를 갖추었다.

"왕하, 모시러 왔습니다."

아주 때맞춘 시기였다. 그가 조금이라도 더 늦었더라면 엇갈렸을 터다. 그를 따라 말에 오르려던 제르는 무심코 고개를 돌렸다. 조금 전까지만 해도 그녀의 속을 뒤집으며 능청을 떨던 남자의 모습이 보이지 않았다.

기사가 지척에 이르기 전 알렉시스는 아슬아슬하게 대장간 안으로 몸을 피해 있었다. 딱히 그들을 꺼려한다기보다는 에드하인다의 기사가 자신을 알아보기라도 한다든가 하는 상황이 벌어지면 왠지 모르게 불편할 것 같아, 순전히 그런 의미의 피신이었다.

에드하인다는 솔직히 상상하지도 못한 등장이었다. 에드하인다와 연줄이 있는 여자라면 확실히 좀 지위가 있는 여자구나 싶었다. 왕도의 귀족이 아닌 지방의 지체 높은 아가씨일지 모른다.

'데바람에서 와서 에드하인다와 연고가 깊은 여자라…….'

그리 이런저런 생각을 정리하던 그는 벽 너머로 들린 목소리에 모든 생각을 잘라냈다.

"왕하, 모시러 왔습니다."

'왕하?'

알렉시스는 잠깐 눈을 깜빡였다. 이내 말굽 소리가 멀어지기 시작했다.

'뭐?'

이해가 가지 않아 한참이나 멍하니 기사의 말을 곱씹던 알렉시스가 뒤늦게 밖을 내다보았다. 그들은 이미 멀어져 있었다. 알렉시스는 홀린 듯 귓전을 때리는 망치 소리를 뒤로한 채 몇 걸음 밖으로 나왔다.

왕하.

그건 자신이 일평생 들어온 칭호였다. 왕하. 직계와 방계를 망라한 모든 카르시탄에게 부여되는 호칭이다.

왕하?

별생각 없이 흘려보냈던 지난 기억들이 순차적으로 떠올랐다.

'……에드하인다 백작의 장자가 그분의 기사로 퀸시오에 있더군요.'

'……그러고 보니 얼마 전에 에드하인다 백이 귀환했다더군요. 제이하이와 함께.'

'아아, 그 여자, 말이지…… 퀸시오에 있는 그 시건방진 여자.'

퀸시오에 있던 시건방진 여자. 이윽고 가느스름 접히는 눈꼬리가 매력적인, 귀하디귀한 여자의 미소가 잇따랐다.

'……넌 알고 싶지 않을걸.'

전신을 관통하는 어떤 확신에 그의 입가가 잘게 떨렸다.

세상에.

알렉시스가 작게 입을 벌리더니 이내 힘이 빠진 사람처럼 쪼그려 앉았다.

'데바람 사람이 아니었다고?'

모루 두드리는 소리가 쨍하니 귓전을 때렸다. 그러나 거슬리던 소리들은 번뇌에 떠밀려 잊혔다. 얼마 지나지 않아 그가 어깨를 들썩이며 웃기 시작했다.

'세상에!'

그 소문 자자한 여자가 진짜 저 여자였다고!

"꼬맹아."

의식하지 못한 사이 노엘은 그의 지척까지 다가와 있었다. 발치로 드리워지는 그림자를 내려다보던 알렉시스가 고개를 들어 올렸다.

"노엘."

"저 꼬마한테는 접근하지 마라."

무슨 뜬금없는 소리냐 물을 계제도 아니었다. 알렉시스는 기가 막힌 얼굴로 웃음을 터뜨리다, 되물었다.

"아니, 제가 뭘요. 아무리 전 정혼자가 바람이 나서 비참한 꼴이라지만 저 싫다는 여자한테 매달릴 만큼 절박하진 않습니다."

노엘은 입구 밖으로 이미 보이지 않을 만큼 멀어진 제르의 뒷모습을 응시했다. 그러곤 긴 한숨을 내쉬었다.

"저 여자 누굽니까? 데바람 사람인 줄 알았는데."

"장난이라도 저 아이에겐."

"노엘은 왕명이 있는 여자라는 거 아셨습니까? 무슨 일로 노엘을 찾아왔답니까? 제이하이가."

바로 직전 그녀로부터 이야기를 들었기에 노엘은 말없이 긍정했다.

"어찌 아는 사입니까?"

"……개인적인 일이다."

"노엘."

노엘의 얼굴에 짙은 그림자가 드리워졌다.

"넌 안 돼. 절대 안 된다."

"대체 뭐가 그리 안 된다는 건지는 모르겠지만, 이유라도 들어보지요."

"넌 이 나라의 왕위 후보가 아니냐."

"그게 무슨 상관입니까."

"저 아이가 더는 험한 꼴 보는 걸 바라지 않는다. 저 아이는 겪을 만큼 겪었다. 내버려둬."

노엘은 거기까지 말한 후 그를 외면했다.

알렉시스는 아직까지도 얼떨떨한 기분 속에서 헤어나지 못했다.

왕하, 왕하라. 퀸시오의 그 명성 자자한 여자가 제르였다. 사실 어찌 보면 처음부터 의심할 수 있었던 일이다. 그녀를 데바람의 사람일 거라 단정 짓지 않았더라면 조금 더 일찍 알아차릴 수 있었을 터였다.

하지만 여전히 의문은 남았다.

그녀는 카르시탄이라기엔 지나치게 초라했다. 다 뜯겨 나가 아무것도 남지 않은 초라한 나목처럼.

곰곰이 생각에 잠겨 있던 그가 훌쩍 몸을 일으켰다.

"걱정 마십시오, 노엘. 생각하시는 그런 게 아닙니다. 근데 만약 사실이라면 이거 제가 큰 실례를 저지른 것 같은데…… 이를 어쩐다."

뉘사나의 속을 긁기 위해 제가 했던 말이 떠오른 것이다. 사실을 몰랐을 때까지만 해도 몹시 일이 재미있을 거라 생각했다. 그러나, 상대가 저 여자라는 것을 알고 나니…… 내키지가 않았다. 뉘사나의 성정은 만만히 볼 수 없었다. 그는 출생이라는 태생적 결점을 자신감으로 채워 제 입지를 완성한 자가 아닌가.

에드하인다의 사저에 어수룩한 어둠이 내려앉았다. 곳곳에 켜진 불

빛만이 적막한 저택에 실낱같은 활기를 불어넣고 있었다. 아스난은 모처럼 돌아온 왕도에 쌓여 있는 개인적인 일거리들로 인해 정신없이 바빴다. 왕성에 갔다 이틀 만에 저택으로 돌아온 아스난은 최대한 소란스럽지 않게 침실로 향했다.

침실은 은은한 라임 향기가 감돌고 있었다. 숨을 한 움큼 들이마시는 것만으로도 피로가 풀렸다. 그가 돌아오길 기다리며 침실에 앉아 있던 아넬라가 그를 맞이했다.

"늦으셨네요. 피곤하시죠?"

"괜찮소."

그녀는 가장 먼저 그의 얇은 외투를 받아 팔에 걸쳤다.

의복 시종이 따로 있었지만 그녀는 손수 아스난을 돌보곤 했다. 예법에 익숙해 있던 아스난도 처음엔 놀라며 거북스러워했지만, 이제 그 정도는 익숙했다. 그의 정복에 채워진 자잘한 단추들을 끌러내며 아넬라가 미소를 머금었다.

"시장하지는 않으시고요? 식사 거르셨다면 지금이라도 준비해 오라 이를까요?"

"아니, 그냥 쉬고 싶군."

아스난이 피곤한 듯 목 언저리를 문지르며 대꾸했다. 그의 옷을 다 정리한 아넬라는 반걸음 떨어져 빙그레 웃었다. 아스난이 물었다.

"별일은 없었고?"

"무슨 일이 있겠어요. 아스난 당신이 여기 와 있는데. 일이라면 그게 일이지요."

아스난이 낮은 웃음을 터뜨리며 아넬라의 이마에 짧은 입맞춤을 남겼다. 침대로 향하지 않고 바로 책장으로 걸음을 옮긴 그가 책꽂이에

꽂힌 책들을 쭉 살폈다.

"언제까지 머무실 거라고 하셨죠? 아버님께서 내일이나 모레쯤 한 번 찾아오라셨어요."

"네반 플라무나가 끝나고 주군의 용건이 끝나면 바로."

"바로요?"

"아마."

"……이번에도 얼마 못 머무시겠네요."

먼지 하나 없이 깨끗이 관리된 책장을 훑던 아스난의 입술 사이로 쓴 숨이 흘러나왔다. 아넬라가 아무리 담담하게 그의 좌천을 받아들였다고는 해도, 그가 언제까지 퀸시오에 머물게 될지 모르는 상황에서 신경이 쓰이지 않을 리가 없었다.

"아무래도……."

그러나 아넬라는 서운한 기색을 내비치는 대신 걱정스럽다는 듯 아스난의 허리를 끌어안았다.

"상당히 춥다 하던데, 감기라도 들면 누가 돌봐줄지. 좋은 옷 한 벌 지어 보내드리지 못해 마음이 이만저만 불편한 게 아니었어요."

"내가 없는 동안 많이 바빴다는 이야긴 들었소. 그리 말할 것 없어."

아스난이 몸을 돌려 아넬라의 머리를 끌어당겨 안았다.

아넬라는 봄바람 내음이 밴 그의 목덜미에 코를 비비며 듣기 좋은 웃음소릴 냈다. 한참을 그렇게 장난 아닌 장난으로, 입술 사이의 웃음소리를 주고받던 아넬라와 아스난이 침대로 자리를 옮겼다.

아넬라의 허리를 어루만지며 그녀의 레이스 끈을 풀어 당기는 아스난은 피로조차 잊은 편안한 얼굴이었다. 그의 뺨을 감싸 가볍게 쪽 입맞춘 아넬라가 조심스러운 태도로 운을 뗐다.

“아스난, 왕하께서 오늘 자규 왕하의 초대를 거절하셨어요.”

아스난이 움직임을 멈추고 아넬라를 내려다보았다.

하필이면 지금 꼭 그 얘기를 했어야 했나.

약간의 아쉬움이 남았지만 제르에 관한 것이니, 그리고 뉘사나에 관한 것이니 중요한 문제인 건 맞았다.

“자규 왕하의 초대?”

“네.”

아스난이 아넬라의 옆자리에 엉덩이를 붙이고 앉았다. 침대 위로 반쯤 누워 있던 아넬라가 상체를 일으켜 그를 돌아보았다.

“자규 왕하의 눈 밖에 나셨을까 걱정스러워요. 주제넘은 것 같기도 하지만 아무래도…….”

걱정해야 할 일이었다. 제르는 이미 퀸시오에서도 한 번 그의 초청을 거절한 적이 있었다.

엘올라에 도착한 후의 두 번째 거절이라면 분명 뉘사나 또한 좋게 받아들이지는 않을 것이다. 제르의 부족한 사교성은 아마 오랜 시간 지체 높은 자리에 머물다 온 탓일지도 모르겠지만, 지금의 그녀는…….

“괜찮을 거요.”

아스난은 자신 없는 목소리로 중얼거렸다.

제르가 아예 대책 없이 행동하는 여자는 아니라는 건 지난 수개월의 경험을 통해 알았다. 그녀는 오히려 많은 것을 경계하고 조심하는 사람이었다. 하지만 종종 이해할 수 없는 행동을 한다는 것도 사실이었다. 그녀의 배경을 고려해보아도 도무지 납득이 가지 않는 사소한 고집들이 그렇다.

"그리고 혹시 기억하시나요? 노엘 존이요. 데바람에서 건너왔다던 대장장이."

"그자는 왜?"

"오늘 왕하께서 그 사람의 거처를 물으시더라고요. 아는 분인 것 같던데. 혹시…… 나 해서. 별일은 아니겠지만."

노엘 존은 데바람의 최고 대장장이였다.

"아아…… 그래서 다녀오셨나?"

"예. 사람을 붙여서 안내해드렸어요. 잘 다녀오신 것 같더라고요. 제가 괜한 일 했나요?"

제르 또한 과거 데바람의 왕궁에 살았을 터이니, 그와 면식이 있다 해도 이상할 일은 아니었다. 총비와 대장장이가 어떻게 인연을 이을 수 있는지는 짐작이 가지 않지만.

"별일 아니오. 걱정할 것 없소."

"그래요. 다행이네요. 그런데 왕하는 그러고 보니 혼인은 하지 않으신 거예요?"

아넬라의 넌짓한 물음에 아스난이 무의식적으로 침음했다.

"……아마."

"그러시구나. 어쩐지…… 외로워 보이세요. 이야기를 들어보니 왕하께서는 엘올라에 친분이 있는 이들도 별로 없다 하시는 것 같고……."

"……."

하지만 그녀는 스스로를 고립시키는 사람이었다.

"왕하께서도 홀로 지내신다는 이야기 때문에 제 마음이 더 안쓰러워 그런 건지는 모르겠지만 이번에 사교 무도회에서 아스난이 왕하의 에

스코트를 대신 해주면 어떨까요?"

"하지만."

"저는 페이랑을 데리고 들어가면 괜찮지 않을까요? 아무리 왕하께서 왕성으로 초대받으신 건 아니라지만 그래도 명색이 카르시탄이신데. 어느 정도 그럴듯한 에스코트 상대는 있어야 하지 않겠어요?"

아스난의 미간이 퍽 좁아졌다. 불쾌해서는 아니었다. 조금 당황했을 뿐이다.

"부인."

"그래서 좀 괜찮은 청년들과 이야기도 나누게 해주고, 어울려 지내는 즐거움을 알게 해주세요. 제이하이 왕하께서는 유흥이나 여가를 어떻게 보내야 하는지 잘 모르시는 것 같더라고요. 꼭 어디 억눌려 계신 분 같아요."

아스난은 예리하게 정곡을 짚어내는 아넬라를 무거운 눈빛으로 내려다보았다. 그러나 제르는 그의 주군이었다. 그가 가타부타 이리하고 저리하라 말할 수는 없었다. 사실 저런 이야기는 르니아가 아니라면 누구도 입에 담기 어려운 섣부른 동정이었다.

"그분은 원래……."

"원래?"

"원래 성정이 냉정한 분이라."

"하지만 간혹 농담도 하시고 저희랑은 잘 지내시는걸요."

하기야, 간간이 기사들에게 농도 걸고 대작도 받아주는 것을 보면 그녀가 천성적으로 어울리는 것을 싫어하는 건 아닐 것이다. 다만 어찌 어울려야 하는지, 상대의 이야기에 어떻게 대처해야 하는지 잘 몰라 그런 걸지도 모른다.

하루 종일 왕궁에서 지인들을 만나는데 진을 다 쏟은 후인지라, 잠깐 그녀에 대해 생각하는 것만으로도 머리가 아파왔다. 아스난이 대충 고개를 끄덕여 답했다.

“그래, 그리 하지. 하지만 주군께서 허락하신다면.”

“그리고 왕하께 잘 보여서 빨리 돌아와요. 보채려는 건 아니지만…… 테르테오가 자라는 모습을 다 놓치고 있잖아요, 당신.”

그건 아스난으로서도 몹시 유감스러운 일이었다. 그의 얼굴에 피어난 쓴웃음에 아넬라는 그의 속이 불편해졌다는 것을 눈치 빠르게 알아차리고 자연스레 화두를 돌렸다.

“그런데 내일도 왕궁으로 들어가시나요?”

“그럴 필요는 없을 것 같소.”

그가 느린 음성으로 말하며 그대로 침대 위로 드러누웠다. 그의 옆에 엎드려 누운 아넬라가 아스난의 뺨을 콕 찔렀다.

“피곤한가 보네요, 아스난.”

아스난이 그로서는 드물게 눈가를 접어 웃으며 “조금.” 하고 덧붙였다.

“왕하가 좋은 분이라, 저도 마음이 한결 놓이네요.”

아넬라의 상냥한 한 마디에 아스난이 빙그레 미소 지었다.

테르테오는 확실히, 분명하게 제르를 무서워했다. 어린 꼬마 숙녀가 얼마나 제르를 무서워했느냐면 달려가다가도 제르와 눈이 마주치면 넘어지고, 무언가를 먹다가도 제르와 눈이 마주치면 음식을 떨어

뜨리고 딸꾹질을 했다.

딱히 겁을 준 것도 아닌데 너무 노골적으로 겁을 먹는지라 아넬라와 아스난도 여간 곤란한 게 아니었다. 게다가 오늘은 사교 무도회가 있는 날이었다. 아넬라가 하루 종일 제르의 시중을 들기를 자청했기에 테르테오는 더 안달이 나 있었다. 제르는 자신 때문에 아넬라에게 다가오지도 못하는 어린 소녀를 오히려 난처하게 바라보았다.

"나가 있으렴."

아넬라가 외려 엄하게 테르테오를 꾸짖을수록 제르의 기분만 더 불편해졌다. 하지만 아넬라는 분명한 테르테오의 무례라고 몇 번이나 사과하며 그녀의 시중들기에 전념했다.

아넬라는 그날의 오전을 제르의 목욕 시중과 드레스를 고르는 데에 소비하고 오후부터는 장신구와 구두, 그리고 머리를 다듬는 데에 사용했다. 아넬라의 십분 발휘된 미적 감각은 빈말이 아닐 만큼 탁월했다.

"어때요?"

제르는 왕실의 고관 귀족들을 상징하는 자줏빛 드레스를 내려다보며 새삼 감탄했다. 은실로 모란처럼 잎 많은 꽃무늬를 새겨 넣은 자줏빛 드레스는 그 자체로도 막 피어난 꽃처럼 아름다웠다. 아넬라와 시녀들이 달라붙어 그녀의 긴 머리를 땋아 내릴 때만 해도 괜한 노력이라 여겼건만, 아랫부분만 큼직이 땋은 머리를 조심스레 틀어 올리니, 스스로도 제법 괜찮은 꼴이다 싶을 만큼이 되었다.

지나친 열성에 그녀가 중간에 당신도 준비해야 하지 않겠느냐 물었지만 아넬라는 오늘 가장 중요한 건 왕하라며 도리어 몸을 낮추었다. 마음이 녹지 않을 수 없는 상냥함이었다.

결국 멀찍이 주위만 맴돌던 테르테오가 거의 울음을 터뜨리기 직전, 르니아가 에드하인다 사저에 도착하면서 분위기는 반전되었다.

"시나와 님! 저 왔어요!"

"리니?"

"세상에! 이게 누구야! 오늘 무슨 날이에요? 너무 예쁘잖아요!"

르니아의 노골적인 찬사에 매우 흡족한 얼굴을 하던 아넬라는 르니아와 짧게 인사를 나눈 후 물러갔다. 르니아가 대신 시중들기를 자처해 더 있을 필요가 없어진 탓이다. 테르테오는 아넬라가 제르의 방 밖으로 나오자마자 잽싸게 제 어미의 치맛자락에 안겼다.

저녁 시간에 이르자 준비는 마무리되었다. 장장 하루를 다 소모한 준비였다.

"완벽해. 정말 이건 완벽해!"

르니아는 연신 제르를 향해 감탄사를 연발했다. 도리어 듣는 제르가 민망해질 정도라 몇 번인가 말렸지만 듣는 기색이 아니었다.

"그럼 쉬고 있으렴, 리니. 다녀올 테니까."

"네! 재미있는 얘기 들려주셔야 해요!"

르니아는 작위 귀족도 아니었고 초대받지도 못했기 때문에 시중인으로서도 참석할 수 없었다. 아쉬운 마음을 뒤로한 채, 제르는 유스카리의 배려 아닌 배려로 그녀를 모시기 위해 온 왕궁의 사두마차에 올랐다.

황금 독수리가 양각된 값비싼 마차에는 아스난이 함께 탔다. 그 또한 전에 없이 고상한 차림이었는데 그가 입은 하늘빛 실로 수놓인 상아색 옷은 그와 참 잘 어울렸다. 규칙적으로 배열된 문양과 어깨 술까지 기품 있었다. 오늘 그의 차림을 한 마디로 정의하자면 지체 높은 귀

족 그 자체였다. 아마 아넬라의 미적 감각이 발휘된 것일지도 모른다고 제르는 홀로 생각했다.

"상당히 잘 어울리는군. 앞으로 자주자주 입어. 나풀나풀 화려한 게 이제야 백작 후계처럼 보이니."

"칭찬으로 듣겠습니다."

또 다른 마차가 아넬라와 페이랑을 싣고 따라오는 것을 창 밖으로 곁눈질한 제르가 말했다.

"헌데 정말 그러지 않아도 되는데."

"……아, 아닙니다. 괜찮습니다."

부인인 아넬라가 아닌 자신을 에스코트하겠다 나선 아스난에게 고맙지 않은 건 아니었다. 그들 내외가 자신에게 무던한 관심과 신경을 쏟고 있다는 걸 제르 또한 잘 알았다.

"르니아도 왔으니까 이제 내게 너무 신경 쓰지 않아도 괜찮다. 지나치게 신경 쓰는 건 오히려 내 쪽이 더 불편하니까……."

제르의 구두 끝에 머물러 있던 그의 시선은 서서히 치마로, 어깨를 가린 숄로, 그리고 하얗게 드러난 목선과 턱, 그리고 뺨을 따라 올라가다 이내 제르의 속 모르게 검은 눈동자에서 멈추었다.

불편한 침묵 속에서 그와 눈을 마주친 제르가 마지못해 말을 붙여 늘였다.

"……고맙지만 적당히 하라는 거야."

"응당 해야 할 일을 하는 것뿐입니다."

"내가 너희에게 더 신경이 쓰여 그런다."

"제 부인에게 보답하고 싶으시다면 주군께서도 편히 즐기십시오. 안사람은 원래 다른 사람들을 챙기는 걸 즐겨 합니다. 주군께서 기분 좋게 지내다 오신다면 제 안사람은 더할 나위 없이 기뻐할 겁니다."

"……나는."

제르는 무언가 말을 하려다 말고 침묵했다. 아스난이 차분하게 말을 이었다.

"사실, 자규 왕하의 이야기도 전해 들었습니다. 주군께서 평소보다 배로 날카로워지신 것도 알지만…… 가끔은 이런 시간도 나쁘지는 않을 겁니다. 이건 제 안사람의 바람이기도 하지만 제 바람이기도 합니다."

"……."

"사실 제게는 주군의 행위를 왈가왈부할 권한이 없습니다. 따르기로 했으면 따라야 하는 거니까요. 하지만 저는 주군을 따르기로 했으니 충정 어린 마음의 조언 정도는 할 권리가 있다고도 봅니다. 참견이라고 말하신다면 어쩔 수 없겠습니다만."

그로서는 드물게, 정말 긴 속마음이었다. 그럴 이유가 하등 없었음인데 괜스레 가슴 한구석이 쓰라렸다. 한참을 침묵하던 제르가 작은 미소를 달고 물었다.

"내가 불쌍해 보이나?"

빈정거린다거나, 조소한다거나 하는 의미는 아니었다.

"……저는 단지."

"내가 썩 불쌍해 보였던 모양이구나. 그래, 어찌 여겨도 좋다."

"주군."

"……다만, 동정으로 누군가를 강제로 네 틀에 끼워 넣으려 하지는 마라. 좋지 않은 버릇이니까. 나는 지금이 편해."

아스난은 조용히 시선을 내렸다.

담담한 체하는 그녀의 말이 너무나도 뾰족해서, 귓속이 아렸다.

네반 플라무나. 꽃 축제의 전야제라는 이름에 걸맞게 사교장으로 가는 길목은 온통 꽃 내음으로 자욱했다.

요란하게 아름다운 밤이었다. 말 우는 소리가 가슴을 울리고, 마차 바퀴 소리가 어깨를 때리고, 인사를 건네는 이들의 스치는 음성에 귀가 기우는, 벚나무가 눈 시린 밤.

벚꽃 잎은 아직 잊지 못한 지난겨울의 눈발처럼 흐드러졌다. 화려한 사두마차들이 달리는 길목은 전부 꽃잎으로 푸근히 덮여 있었다.

보름달빛 내려앉은 꽃길 위를 달리는 마차에 올라, 제르는 가까워지는 왕궁을 응시했다. 사교 무도회는 왕궁 내부가 아닌, 왕궁의 지근거리에 있는 거대한 클레멘 홀에서 열린다고 했지만 그녀의 마음은 이미 왕궁으로 달리고 있었다.

마차가 멈추고, 테일런의 목소리가 울렸다.

"도착했습니다."

아스난이 먼저 마차에서 내려 그녀에게 손을 내밀었다. 제르는 무덤덤한 얼굴로 그의 손을 잡고 내려와 가장 먼저 보이는 웅장한 건축물을 올려다보았다.

수십 개의 계단이 깎아지른 듯 있었고, 계단의 중앙으로 두껍게 깔린 붉은 융단은 그들이 달려온 길 끝까지 이어져 있었다. 계단이 끝나는 편편한 대리석 위로는 시원한 물소리를 내며 허공으로 튀어 오르는 분수가 위치했다. 향유를 탄 듯 향긋한 물 냄새가 번졌다.

곧 뒤따라 아넬라와 페이랑을 태운 에드하인다의 마차도 도착했다. 마차는 곧 어둠 속으로 달려갔다.

네반 플라무나의 전야제 사교 무도회는 모든 엘올라의 백성들과 고관 귀족들이 손꼽는 연례행사라고 했던가.

제르는 서늘하게 뺨을 간질이는 바람이 불어오는 방향을 응시했다. 왕궁. 그녀의 시선은 이내 손 뻗으면 닿을 듯한 왕궁에 머물렀다 거둬졌다.

많은 사람들의 시선이 왕실 마차를 타고 나타난 묘령의 여인에게 향했다. 그럴 수밖에 없었다. 왕실의 마차는 왕의 초대를 받은 이라는 반증이었으므로. 게다가 그녀의 옆에 선 것은 명성 자자한 에드하인다 대백작가의 장남이었다. 부채로 입술을 가린 귀부인들도, 지팡이를 짚고 선 남성 귀족들도 그녀와 눈이 마주치면 응당 그래야 한다는 듯 깍듯한 예우를 갖추었다. 제르는 감정 없는 눈동자로 그들의 인사를 받았다.

그러나 하나도 기쁘지 않다. 어깨가 높아지지도 않았다.

그녀는 붉은 융단을 딛고 계단을 올랐다.

물소리가 귓전에서 아른거린다.

언젠가의 강물 소리처럼 아득하게.

궁 밖은 전야제의 축제로 소란했지만 그건 알렉시스에게는 남 일이었다. 소파에 길게 기대어 누워 있던 알렉시스는 늘어져라 고개를 젖혔다. 이래저래 생각이 많은 얼굴이었다.

"흠."

"흠이 아닌 것 같습니다만?"

그의 부름에 초저녁부터 궁에 든 레피스가 기막힌 얼굴로 끼고 있던 팔짱을 풀었다. 금발에 푸른 눈동자가 몹시도 매력적인 미남은 과거 퀸시오까지 함께 동행했던 '레이스'였다. 레이스라는 이름의 유래에 대해 짤막하게 이야기하자면, 밀행 중에 하도 재잘거리며 충고랍시고 떠들어대기에 한 번 레이스라고 불렀더니 반응이 격해서, 그때부터 쭉 밀행 중의 가명 삼아 그를 놀리곤 했었다.

하지만 실제로 그는 에드하인다와 필적하는 베이하크 백작 가문의 젊은 주인, 오랫동안 그를 따라온 벗이며 측근이며 심복 같은 자였다.

"흠."

"이보십시오, 알렉시스 님."

아니나 다를까, 몹시도 사소한 장난으로 벌어진 약간의 문제를 털어놓기 무섭게 레피스는 그를 쪼아대기 시작했다.

"대체 무슨 짓을 한 겁니까?"

"그냥 좀 놀렸다니까. 가끔 보면 우리 형님도 참 단순하지."

"그러다가 나중에 더 크게 당하실 수가 있습니다. 웃을 일이 아닙니다."

알렉시스가 어쩔 수 없는 일이었다 변명하며 웃었다. '이 한심한 자식아.'를 눈빛으로 역설하던 레피스는 조금 전의 알렉시스가 그랬듯 똑같이 긴 한숨을 내쉬었다.

"……대체 왜 자꾸 자규 왕하를 건드리시는 겁니까?"

"말은 바로 하지. 늘 나를 먼저 건드리는 건 형님이야."

"박수도 손뼉이 맞아야 치는 겁니다. 제가 보기엔 두 분 다 문제가 있습니다."

알렉시스가 어깨를 으쓱하며 화두를 돌렸다.

"그래서 숙부께서 왕실 마차를 보냈다고? 오늘 형님도 사교 무도회에 가고 그 여자도 무도회에 간다는 거잖아? 어, 근데 넌 왜 안 갔나."

"알렉시스 님께서 부르셨잖습니까."

"언제부터 네가 내가 부르면 부른다고 조르르 쫓아왔다고."

"그럼 그냥 갈까요?"

"아니, 기다려봐. 어떻게 해야 하지, 이거?"

레피스는 한심하단 눈으로 알렉시스를 노려보았다.

또 언제 무슨 내기 따위를 하며 놀았는지는 모르겠으나, 이야기를 종합해볼 때 그가 또다시 얼간이 짓을 했다는 것만큼은 확실했다. 제이하이의 무릎이 땅에 닿느냐 마느냐를 두고 뉘사나와 내기 따위를 했다는 게 알려지면 이만저만 곤란한 게 아니었다.

"어쩌실 겁니까? 지금이라도 철회하시는 것이."

"아니, 내가 뱉은 말을 번복하기는 좀 그렇고…… 그렇다고 들을 형님도 아니니까. 오히려 더 흥분할걸. 생각 좀 해봐."

"대체 왜 자꾸 이런 일에 저를 끌어들이시는 겁니까?"

"믿을 만한 놈이 너밖에 없으니까."

쳇. 레피스가 홱 고개를 돌렸다. 그가 뱉는 입에 발린 말에 대한 불신의 기색이 역력했지만 싫은 낌새는 아니었다.

"……자규 왕하의 체면도 있으니 대놓고 무례하게 굴지는 않을 겁니다. 벵제일로의 제이하이라면 그래도 우대받는 혈통이니까요. 그냥 두 분 사이의 비밀로 하고 별일 없기만을 바라십시오."

딱히 뉘사나와 제이하이가 마주치는 걸 막을 방도가 없다는 말이었다. 결국 레피스도 묘안이 없다는 말이다. 실망하는 대신 곰곰이 생각에 잠기던 알렉시스가 돌연 자리를 털고 일어섰다. 레피스의 시선이

자연스레 그의 동선을 따라 올라왔다.

"그래, 별수 없네. 일단 나도 준비를 좀 해야겠군."

"뭘 말입니까."

"무도회."

"왜요?"

"왜긴 왜야."

"안 가신다고 노래 노래를 부르지 않으셨습니까?"

"근데?"

"왜 마음이 바뀌셨는데요?"

깐깐하기로 유명한 레피스가 가자미눈을 뜨고 물으니 알렉시스로서는 딱히 할 말이 없었다.

어차피 뉘사나와 이제야 이름을 알게 된 그 여자, 제르 시나와 엘 제이하이 카르시탄 사이의 일은 엎질러진 물이었다. 하지만 알렉시스는 직감했다. 휘느니 꺾여 죽을 것 같은 여자와 휘어잡다 못해 꺾어 짓밟고도 남을 뉘사나가 이대로 마주하게 되면 일은 작게 끝나지 않을 것이다. 무도회에는 수십 명이 넘는 엘올라의 귀족들이 모여 있을 터이고, 일이 커지게 되면 정말이지 단순한 재미만으로 끝나지 않으리라.

의심이 덕지덕지 붙은 눈빛으로 저를 흘기는 레피스에게 솔직하게 그때 퀸시오에서 만났던 여자가 그 여자라더라, 하는 것을 알려줘도 좋았겠지만 왠지 그러기는 싫었다. 남모르는 진실을 소유한다는 것으로부터 오는 기묘한 두근거림 탓이었다.

그는 능쳐 답했다.

"그냥."

"지금 제가 몇 달을 참석해달라 애걸했던 걸 뿌리치시고서 변심하신

이유가 그냥, 그냥이라고요?"

"이번에 내가 사교 무도회에 참석해서 지난 상처를 극복할 영애들을 만나 잘 성사되면 하고 너도 바라는 거 아니었나?"

"당연한 말이지만, 어이가 없어서."

알렉시스가 중얼거렸다. 너는 말버릇이 글러먹었어. 내가 만만하지.

"어쩌시려고요?"

"숙부께서 왕실 마차까지 친히 내어주셨다지…… 왜 왕성으로 거처를 내어주지 않으시고 박대하나 했는데, 또 그것도 아닌 것 같네."

레피스가 묘하게 불편한 표정으로 알렉시스의 말에 동의했다.

"그건 저도 좀 의문이긴 했습니다만. 그런데 알렉시스 님, 설마 그 차림으로 가실 겁니까?"

알렉시스는 대충 걸친 바지와 헐렁한 상의, 그리고 질박하기 짝이 없는 외투 하나뿐인 자신의 차림을 돌아보았다. 어. 그가 대수롭잖다는 듯 고개를 끄덕이며 다른 말을 꺼냈다.

"근데 숙부께서는 오늘 자리에 참석하신다 하던가?"

"아니요. 왕비 전하와 함께 내궁에 머무실 거라 들었습니다. 그런데 이왕이면 조금 늦게 도착하더라도 의복을 좀 갖춰 입으시는 것이…… 그곳엔 고관 귀족들도 많고, 자규 왕하와 그 카르시탄께서도……."

"그래서 이러고 가는 거야."

레피스의 표정이 일그러졌다.

이젠 그냥 이 인간을 포기하는 게 나을까 싶다.

도대체가 무슨 생각을 하고 사는지 알 수가 없으니 하루하루 폭삭 늙어가는 기분이었다. 알아서 해라, 알아서 해. 어차피 내 말은 귓등

으로도 듣지 않을 것이다. 레피스가 얕은 한숨을 내키며 화두를 돌렸다.

"그리고 소블란 후작 영애가 또 저를 찾아왔습니다."

막 자리를 벗어나려는데 들린 낯설지 않은 이름에 알렉시스의 한숨이 짙어졌다.

"라니가 은근히 끈질기다니까. 와서 정신머리를 두고 온 사람처럼 헛소리만 늘어놔대니, 나도 귀찮아."

"한 번 이렇게 데셨으니, 이번엔 제대로 된 여자를 만나셔야 합니다. 그 꼴로는 불가능하겠지만."

"그니까, 만나길 바라는 거야? 못 만나길 바라는 거야?"

알렉시스가 낮은 웃음을 흘렸다. 레피스는 그의 모호한 태도가 마음에 들지 않는 사람처럼 얼굴을 찡그리다 마지못해 그를 따라 일어섰다. 방 밖으로 나선 알렉시스는 복도를 따라 걷기 시작했다. 레피스가 그의 뒤를 따랐다.

알렉시스가 물었다.

"아, 그러고 보니 말로리는 지금 널 기다리고 있는 건가?"

"올해 말로리는 오지 않았습니다. 헌데 소블란 후작에게서는 별말이 없었습니까?"

"하긴 지겹기도 할 테지. 그리고 소블란이 내게 무슨 말을 더 하겠나. 아니면 뭐, 내가 라니를 받아주길 바랐어?"

레피스가 퍽 얼굴을 찡그렸다.

"다시 한 번 말하지만 후에 왕비 전하가 되실지도 모르는 분이 안 좋은 소문에 휘말린다는 건 좋지 않습니다."

'왕비 전하가 되실지도 모르는 분'이라는 말에 알렉시스가 눈을 내리깔았다. 레피스는 못 본 체 다시 말문을 열었다.

"어쨌건 오늘 무도회장에 가시면 만나보실 만한 영애들이 여럿 있습니다. 루쉬튼 백작가의 둘째 영애나, 아젠가드 가문의 장녀도 나이가 좀 있지만 괜찮을 것 같고 칼시단가는…… 분명 쓸 만하지만."

"쓸 만하지만 영 꺼림칙하단 말이지. 그쪽은 논외로 해."

알렉시스가 덤덤히 답했다. 여자들을 품평하는 것으로 시작되었던 이야기는 조금 더 은밀한 본의로 이어졌다.

"체자스 공은 형님이랑 자주 만나는 걸 보면 그쪽이라 봐도 무방하겠고, 피노제 대공은 두말할 것 없이 핏덩이를 감싸고 돌 테고…… 루덴 공은……."

"루덴 공에게는 애석하게도 미혼의 딸이 없으니까요."

이러니저러니 해도 누구도 믿기 어려운 실정이었다. 현재 권력의 판도가 누구 하나만 삐끗해도 뒤바뀔 기세라 섣불리 둥지를 찾지 못하고 헤매는 이들이 많다. 그것은 자신의 세력으로 끌어들일 여지가 있다는 말도 되지만 반대로 보면 금세 배반하고 등 돌릴 이도 많다는 것이다.

"그럼 그쪽은 됐어. 설사 딸이 있대도 루덴 쪽은 숙모님과 친분이 도타우니 후보로 올리기 어렵군. 애초에 나를 그다지 좋아하는 것 같지도 않고. 핏줄에 미친 사람 아닌가, 그 괴팍한 녀석."

레피스가 걸음을 늦추며 주위를 살폈다. 다행스럽게도 아무도 없었다.

"말을 좀 조심하셔야 할 것 같습니다."

알렉시스가 사람 좋은 웃음소리를 내며 웃었다.

"그가 내가 한 말을 들었다면 오히려 더 자랑스러워할걸. 그 괴짜."

"어찌 와전될지 모를 일입니다."

그래. 그래.

문득 무작정 알렉시스를 따라 걷던 레피스의 눈빛에 의아함이 떠올랐다.

"길을 잘못 드셨습니다."

"맞게 가고 있어."

문득 왕궁 깊숙한 내궁으로 향하고 있다는 것을 깨달은 레피스의 등줄기로 불안감이 번져들었다.

"아닌데요. 왕하. 여긴……."

눈을 깜빡이고 봐도 분명 왕과 왕비가 머무는 내궁으로 향하는 길이었다.

"……설마 지금."

"왜?"

알렉시스가 하얀 이를 드러내며 능구렁이처럼 웃었다.

레피스는 기가 막힌 눈으로 텅 빈 복도 끝, 내궁으로 이어진 문을 응시했다.

'못 당하겠군.'

도무지가 알렉시스의 잔머리만큼은 따라갈 수가 없었다.

"제이하이 왕하와 엘보르트 경 드십니다."

문지기가 큰 소리로 일렀다.

제르는 밀랍인형처럼 차가운 얼굴로 문 안으로 발을 디뎠다. 수많은 이들의 시선이 부담스러우리만치 강렬하게 쏟아졌다.

총비로 살던 시절 그녀는 더 끔찍한 시선들도 견뎌왔기에 저들의 호기심 어린 주목은 크게 불편할 것이 없었다. 그녀와 눈이 마주치면 지체 높은 고관의 귀족 부인들이 한 손으로 가슴을 가리며 우아하게 무릎을 굽혔다 폈다.

신사들은 비스듬히 한 팔을 벌린 후 깊숙이 허리를 숙여 예우를 다했다.

클레멘 홀에서 열리는 무도회는 대부분의 무도회가 그렇듯 홀의 중앙을 비우고 가장자리에 둘러선 풍경이었다. 귀족들을 위해 봉사하는 시녀와 시종들 역시 양손에 가득 음식과 술을 들고 바삐 돌아다녔다. 우아하고 고급스럽다는 느낌보다는 분주하고 번잡한 느낌이 먼저였다. 그러나 사람이 이렇게 많으니, 어쩔 수 없다는 것도 잘 알았다.

제르는 느긋하게 주위를 둘러보았다. 식별할 수 있는 얼굴이 없었다.

왠지 모르게 안심했다.

"왕하, 다시 만나 뵙는군요."

안심도 잠깐이었다. 제르가 고개를 돌렸다. 갈색 머리를 반듯하게 넘긴 낯설지 않은 잘생긴 청년이 전체적으로 남색과 은색을 적절히 엮어 만든 무도회 예복 차림으로 서 있었다. 처음엔 훤하게 드러난 얼굴을 못 알아볼 뻔했지만, 곧 제르는 기억해냈다.

"베다시아, 베다시아 헨로 경?"

"예. 잘 지내셨습니까? 엘보르트 경도 오랜만입니다."

아스난과 그가 짧게 인사를 주고받았다. 베다시아는 그의 옆에 서 있는 여자를 소개해주었다. 오늘 그가 에스코트하기로 한 상대, 델란

토르라는 여자였다.

"델란토르 양, 이분이 최근 그 떠들썩한 소문의 왕하 카르시탄입니다."

"소문이란 늘…… 과장되기 마련이지. 과소평가되거나. 아이베흐 백은 없나?"

제 장난스러운 소개에 지지 않고 조롱하듯 되묻는 그녀를 마주한 베다시아의 표정에 깊은 시름이 어렸다.

"왕하, 악취미가 여전하십니다."

"시간이 얼마나 지났다고."

제르의 진한 화장으로 그려 올라간 눈매가 가늘게 접혔다.

"아이베흐 백은 영지로 돌아가 칩거에 들어간 지 좀 되었습니다. 이유는 왕하께서도 잘 아시겠지만."

"그가 잘 쉬고 있다니 다행이군. 델란토르 양이라고 했던가. 두 분 다 즐거운 시간 보내시게."

제르는 예의상의 인사치레를 끝낸 후 몸을 돌렸다. 그녀는 곧 기억의 끄트머리에 흐리게 남은 익숙한 남자를 발견하고 침묵했다.

"왕하."

로렌이었다. 과연 백작가의 자제라더니, 귀티가 물씬 풍기는 차림이 몹시도 잘 어울렸다.

퀸시오에 머물 때는 늘 칙칙한 검은 제복이나 망토만 두르고 있는 것을 보아왔기 때문일까, 새삼스러운 기분이었다. 하기야, 지금 제 옆에서 조용히 그녀를 에스코트하고 있는 아스난도 그랬다.

로렌은 그를 따라온 서너 명의 아가씨들에게 정중히 양해를 구한 후, 그녀에게 공손히 집중했다.

“오랜만에 뵙습니다.”

“잘 지내는 듯 보이는군.”

“덕분에 그럭저럭 지내고 있습니다. 돌아오셨다는 소문은 전해 들었습니다. 엘보르트 경도 이리 다시 뵙게 되어 반갑습니다. 그간 변고 없이 무탈하셨습니까?”

아스난은 빙그레 웃으며 로렌이 내민 손을 맞잡았다.

제르는 로렌과 몇 마디 이야기를 더 주고받은 후 갈라졌다. 기억에 남은 인물들을 연이어 만나니 그녀 또한 아닌 체해도 들뜨기 시작했다. 그녀의 얼굴에 떠오른 불그스름한 홍조에 아스난의 입가에도 미소가 걸렸다.

베다시아나 로렌 같은 면식 있는 자들 말고도, 열 명이 넘는 사람들이 그녀에게 다가와 차례차례 인사를 건넸다.

현재 무도회장에 있는 유일한 카르시탄이라는 사실이 그들에게 매력적으로 다가왔던 모양이었다. 대부분은 그녀가 어림으로 아는 제이하이에 대한 찬미를 늘어놓았고, 그다음이 과거 위세를 떨쳤던 방계들에 대한 이야기였다. 이미 아는 이야기였거나 관심 분야가 아닌 이야기가 대부분이라 그녀는 흘려들었다.

시간이 지나니 점점 몸이 힘들어지는 것이 여간 고역이 아니었다.

결국 한 시간도 채 버티지 못하고 제르는 홀의 가장자리에 놓인 의자에 기대어 앉았다.

“괜찮으십니까?”

“좀…… 쉬어야겠다.”

이런 무도회를 즐기기에는 체력이 지나치게 약했다. 사람들이 너무 많아 숨통이 죄어드는 기분이었다. 아스난이 물이라도 가져오겠다며

잠깐 자리를 비웠다.

제르는 고개를 숙인 채로 가빠진 호흡이 정상으로 돌아오길 기다렸다. 그 탓에 아넬라가 꼼꼼히 손봐주었던 머리가 다소 흐트러졌지만 신경 쓸 정신이 없었다.

아스난이 돌아오기를 기다리고 있는 그녀의 귓가로 또 다른 나팔 소리가 울렸다. 그녀의 무도회 참석을 알렸던 문지기가 소리쳤다.

"자규 왕하와 소겔가드의 영애 드십니다."

힘없이 아래로 떨어졌던 제르의 흑안에 이채가 어렸다.

뉘사나의 모습은 제르가 있는 자리에서 아주 잘 보였다.

머리끝부터 발끝까지 화려함으로 무장한 남자는 사람 좋은 얼굴로 웃으며 그에게 인사를 건네는 이들의 악수를 모두 받아주었다. 그의 옆에 선 여자는 아름다운 미소로 당연스럽다는 듯 그들에게 쏟아지는 관심에 미소로 화답하고 있었다. 덕분에 그녀에게 향했던 관심은 모두 그들에게로 돌아갔다.

제르는 상상 속의 뉘사나와는 조금 다른 그의 외양에 잠깐 시선을 두었다가, 그의 자신감 넘치는 걸음과 손짓에 덜컥 불안을 느꼈다. 저자가, 세드로를 위협할 자였다. 그는 베제스만큼이나 강건한 사내였다.

베제스.

떠올리는 것만으로도 구역질이 치민다. 현기증이 그녀를 엄습했다. 내색하지 않기 위해 그녀는 더욱더 견고하게 표정을 유지해야 했다.

얼굴의 근육이 마비된 것 같은 느낌이었다.

물이 갈라지는 기적처럼 뉘사나의 앞길엔 어떤 장애물도 없었다.

공교롭게도 제르는 점차 가까워지는 그를 의식하지 않을 수 없었다. 곧 누군가가 "제이하이 카르시탄."이라는 말을 그에게 속삭이는 소리가 들렸다. 곧 얼마 떨어지지 않은 곳에 서 있던 뉘사나도 걸음을 멈추고 그녀를 바라보았다. 제르 역시 피하지 않고 그를 마주 보았다. 뉘사나도, 제르도 알았다.

서로가 서로에게 좋지 않은 상대였다.

제르는 마지못해 굳은 얼굴로 몸을 일으켜 세웠다. 아스난은 아직이었다.

무릎을 굽혀 인사하지도, 시선을 피하지도 않는 그녀를 못마땅한 듯 바라보던 뉘사나가 다가왔다.

"제이하이, 이리 만나는군."

그의 고압적인 기선 제압에 제르는 아주 짧게 거짓 미소로 답한 후 침묵했다.

"귀한 몸이라 들었는데 말이야."

"자규 왕하만 하겠습니까."

"그대 소문이 자자하던데 사실인가 보군."

"무슨 소문을 말하시는 건지 모르겠군요."

제르는 모른 체 눈을 살짝 치켜떴다. 그녀와 눈이 마주친 뉘사나가 상체를 살짝 기울여 제르의 귓가에 속삭였다.

"제이하이의 위에 누가 있는지 모른다는 그런 소문 말이야."

갑작스레 가까워지는 그의 얼굴에 반사적으로 제르가 놀라 물러나려 했지만 그의 손이 어느새 조심스럽게, 몹시 신사적인 태도로 그녀

의 손목을 움켜쥐고 있었다. 하지만 힘만큼은 거셌다. 손목이 부서질 것 같았다. 예기치 않고 가해진 악력에 제르는 크게 놀라 노골적으로 그의 손을 크게 떨쳐냈다.

그러곤 황급히 물러나 손목을 문질렀다.

마치 더러운 것이라도 묻었다는 듯한 태도라 뉘사나의 표정이 노골적으로 험악해졌다.

"지금 뭐 하는 거냐?"

제르는 그의 말을 듣고 있지 않았다. 그녀는 위협이라도 당한 사람처럼 그와 거리를 벌린 후 주위를 둘러보았다.

'아스난, 아스난은 어디 있지.'

좋지 않았다. 내장이 경련을 일으키는 것처럼 구역질이 날 것 같았다. 그에게 잡혀 벌건 자국이 남은 손목 위로 달갑지 않은 기억이 덧씌워졌다. 아픈 것보다도 거북스러워 견딜 수가 없었다.

제르는 곧 멀지 않은 곳에서 인파를 피해 돌아오는 아스난을 발견하고 걸음을 옮겼다.

"실례하지요."

잔뜩 힘이 들어간 제르의 싸늘하게까지 느껴지는 대꾸에 뉘사나는 기가 막힌 표정을 지었다.

"거기 서지. 초면부터 이리 말하긴 그렇지만 지금 제이하이께서 굉장히 무례한 것 같은데 그러면 곤란하지 않겠나? 오늘처럼 좋은 날."

뉘사나는 말미에 강세를 두며 서늘한 음조로 경고했다. 누가 들어도 그녀를 얕보는 투였다. 헛웃음이 목구멍을 간질였다. 반쯤 몸을 돌렸던 제르가 날카로운 눈빛으로 뉘사나를 돌아보았다.

"……초면부터 무례를 지적하고 싶지는 않으나, 왕하께서 제 무례를 지적하셨으니 저도 한마디 하지요."

뉘사나의 몇 걸음 떨어진 뒤에 서 있던 리안이 곤란한 표정으로 뉘사나를 올려다보다가, 제르에게로 시선을 옮겼다.

제르는 리안과 눈이 마주치자 거짓 미소로 그녀를 향해 눈빛에 화답한 후 말했다. 그러나 표정과는 판이하게 다른 서늘한 음성이었다.

"내 그대에게 하대를 들을 이유가 없다 생각하는데."

그녀의 한 마디는 무도회장을 온통 정적으로 뒤덮었다.

뉘사나와 제르의 조우를 지켜보고 있던 이들 중에는 베다시아도 있었다. 풉. 베다시아는 그도 모르게 바람 빠지는 웃음을 터뜨렸다가 눈치를 보며 헛기침했고, 그 반대편에 서 있던 로렌 또한 반쯤 포기한 얼굴로 멍청하니 그들을 바라보고 있었다. 저 여자가 여기에서까지 또…… 그런 얼굴이었다.

흥미진진하게 두 카르시탄을 살펴보던 이들 중에는 경악해 입을 가리는 사람도 있었다.

아스난 역시 몇 걸음 떨어지지 않은 곳에서 멈춰 섰다.

"뭐?"

뉘사나의 낯빛에서 예의상의 미소마저도 사라졌다. 리안은 어쩔 줄 모르겠다는 얼굴로 한숨을 푹 내쉬더니 제르에게 눈짓했다. 마치, 그만두라는 듯이.

그러나 제르는 물러나지 않았다.

"선왕의 누이였던 카르시탄이 그대의 어미라는 이야기는 들었으나, 이러니저러니 해도 그대의 아비가 체자스 공작가와 가까운 가문의 손아래 형제라 들었는데. 아비가 카르시탄이 아니라면 반쪽짜리 카르시탄이 아닌가……? 그대도 나와 마찬가지로 방계일 뿐인데."

리안이 작게 입을 벌렸다.

의도한 것인지, 아닌지는 모르나 태생에 관한 것은 뉘사나가 가진 최악의 콤플렉스였다. 이젠 그녀가 나서서 무마시킬 수 있는 수준이 아니었다. 제르는 서늘한 눈빛에 창백한 얼굴까지 더해져 더할 나위 없이 냉랭했다. 뉘사나는 번복할 기색 없는 그녀를 어처구니없다는 듯 바라보다가 서서히 입술을 다물었다.

제르는 살며시 미소까지 내보이며 촌철살인을 맺었다.

“사과를 하겠다면 받아는 주지.”

팽팽하던 정적의 실이 요란한 소릴 내며 끊어졌다.

뉘사나의 일그러진 얼굴이 성난 노호를 토해냈다.

“감히…… 이 건방진 계집이……!”

음악마저 멈춘 무도회장의 침묵 속에서 그의 목소리는 구석구석까지 울려 퍼졌다.

“감히 그대가 내게 그런 실례를 했지.”

아스난이 듣다못해 다가와 그들 사이를 중재했다.

“자규 왕하를 뵙습니다. 왕하, 오늘은 보는 눈이 많으니 그만두시는 것이 좋을 듯합니다.”

“비켜라, 에드하인다.”

“시시비비는 후에 가리시는 것이 좋겠습니다.”

리안도 아스난의 중재에 힘입어 슬그머니 뉘사나의 옷자락을 끌어당겼다. “오늘은…… 그만해요……. 응? 뉘사나…….” 아무리 사랑하는 여자의 청이 있다 할지라도 더는 멈출 수 없는 수준이었다. 아니, 오히려 리안이 있어 뉘사나는 물러날 수 없었다. 그녀의 앞에서 모욕당한다는 건 그로서는 씻을 수 없는 치욕이었다.

“자규 왕하, 어찌 된 상황인지는 잘 모르겠으나 때와 장소가 좋지 않습니다. 오해가 있는 것 같습니다만, 그에 대해서는 제가 대신 용서를…….”

제르가 한 치의 주저도 없이 아스난의 말을 자르며 뉘사나를 쏘아보았다.

“사과는 저치가 내게 해야지.”

뉘사나의 기세가 험악해질수록 제르의 기세 또한 표독스러워졌다.

아스난은 뒷목이 당기는 어지러움을 느끼며 주먹을 쥐락펴락했다. 카르시탄 사이의 일에 이 이상 끼어드는 것도 실례였다. 그러나 공교롭게도 이 자리엔 저 두 사람을 말려줄 이가 없었다.

“너는 지금 나를 모욕했다.”

“모욕하려는 건 아니었지만, 모욕이라 느껴졌다면 오해라 말해줘야겠군.”

“네가 지금 누굴 대하고 있는지 모르나?”

“시작은 네가 먼저 했다, 자규.”

뉘사나가 이를 드러내며 으르렁거렸다. 당장이라도 제르에게 달려들어 그녀의 가느다란 목을 꺾어버릴 것처럼 흉악한 기세였다.

“더 할 말이 있나?”

“사죄해라.”

“왜?”

가만히 되물은 제르가 이내 코웃음 쳤다.

“뭐, 그래. 어려울 것도 없겠지. 사과하지.”

“진정성이 느껴지지 않는데.”

“진심을 보여줄 수 없다는 것이 애석할 따름이군.”

"애석해?"

그리고 사태는 최악으로 치달았다.

"병사!"

뉘사나가 쩌렁쩌렁 고함쳤다. 그의 음성에 한쪽 벽을 지키고 있던 경비병 둘과 문을 지키고 있던 문지기 병사들까지도 무슨 일인가 하며 허둥지둥 달려왔다.

"꿇려라. 이 여자. 진심을 보여줄 수가 없어 애석하시다니."

뉘사나가 뚝뚝 끊어 명했다.

놀란 건 아스난뿐만이 아니었다. 리안 역시 깜짝 놀라 뉘사나를 올려다보았다. 리안이 손으로 입을 가린 채로 한숨처럼 연거푸 중얼거렸다.

맙소사. 맙소사.

그는 진심이었다.

"뉘사나, 나를 봐서라도 오늘은……."

리안이 제르와 뉘사나의 사이를 가로막으며 애써 상냥하게 웃어 보였다. 그러나 그녀의 노력은 무용지물이었다. 제르의 고저 없는 음성이 무덤덤히 울려 퍼졌다.

"내 무릎을 꿇리겠다면 해보시지."

뉘사나가 리안을 스쳐 지나, 성큼성큼 제르에게로 다가갔다. 당장이라도 한 대 칠 것 같은 분위기에 병사들은 어쩔 줄 모르고 머뭇거렸다. 그녀를 향해 뻗은 손을 막은 건 아스난이었다.

"감히 손댄 것을 용서해주십시오. 송구합니다, 왕하. 우선 진정해주시면……."

"이 계집이, 대체 뭘 믿고 이리도."

"자규께서는 뒷배를 챙겨놓아야 마음 놓고 날뛰는 모양이지?"

오오, 제발, 주군. 아스난의 표정이 참담함으로 일그러졌다. 멀리서 베다시아가 포복절도하는 것이 보였다.

"너희는 뭐 하고 있나!"

뉘사나가 크게 소리치자 일정한 간격을 두고 선 채로 상황을 조마조마하게 지켜보던 경비 병사들이 인파를 뚫고 다가갔다.

"꿇려."

경비병들은 어쩔 줄 몰라 하며 서로의 눈치를 보기 급급해 하는데, 당연하게 반발할 거라 생각했던 제르는 침묵으로 침착했다.

뉘사나의 표정에 비로소 약간의 만족감이 어렸다.

"여긴 네가 무슨 짓을 하고, 무슨 말을 지껄여도 될 요크의 땅덩어리가 아니라는 걸 알아야지."

"뉘사나."

"네 머리 위에 있는 게 누군지 똑똑히 배워둬라."

"뉘사나."

리안이 떨리는 음성으로 반복해 그를 불렀다.

서늘하게 입가를 비틀던 뉘사나는 문득 유령이라도 본 것처럼 눈을 크게 뜬 아스난을 발견하고 고개를 돌렸다.

그의 시선은 제 등 뒤에 있었다.

그리고.

'……빌어먹을.'

고갤 돌리던 뉘사나는 어느새 다섯 걸음 남짓한 거리에 서서 무표정하게 자신을 노려보는 남자를 발견하고 욕지거리를 씹어 삼켰다.

흰머리가 간혹 보이는 인상 선한 외숙의 등장은 이 상황과 맞물려

최악이었다.

머리 위에는 황금 독수리의 작은 관을 쓰고 어깨 뒤로는 근엄한 붉은 망토를 두르고 있는 남자는 카르시타의 독존, 유스카리였다.

예정에 없던 왕의 행차에 놀란 건 뉘사나뿐만이 아니었다. 숨 막히게 이어지던 상황 속에서 정신을 차린 사람들이 하나둘씩, 무릎을 굽혔다.

"전하를 뵙습니다."

"전하를 뵙습니다!"

여인들은 다소곳이 한 손으로 가슴 부근을 가리며, 남자들은 깊숙이 허릴 꾸벅 숙이며 경의를 표했다. 한참 후에야 그들의 동시다발적인 칭송은 멈추었다.

제르는 넋을 놓고 그를 응시하고 있었다. 뉘사나가 이 자리에 나타날지 모른다는 건 이미 들어 알았지만, 유스카리가 나타날 거란 기대는 않았기 때문이었다. 그는 부쩍 늙어 있었다.

가만히 제르를 바라보던 유스카리는 복잡한 얼굴로 뉘사나를 향해 말했다.

"무슨 일인지 모르겠으나 제이하이는 자규, 그대에게 낮출 필요가 없는 여자다."

뉘사나가 분노로 얼굴이 벌겋게 달아오르자 리안이 유스카리의 앞으로 급히 뛰어 들어와 가슴을 가리고 허리 숙였다.

"전하를 뵙습니다. 옥체 강녕하신지요."

"소겔가드."

"물의를 일으켜 송구스럽게 생각합니다. 전하, 부디 하해와 같은 아량으로 부족한 저희를 보아 넘겨주십시오."

"제이하이는 귀한 나의 손님이니 한 번만 더 이런 무례를 저지른다면 그때는 훈화로 그치지 않을 것이다."

너무나도 노골적인 역성이었다.

뉘사나는 기가 막힌 얼굴로 유스카리를 직시했다.

어디서 굴러먹다 온 건지도 모를 계집의 역성을 드는 것이, 지금 그의 체면을 다 깎아먹고 있다는 걸 알 터였다. 이유가 무엇인진 모르겠으나 단 한 가지만큼은 알았다.

먼 척토의 땅에 나타난 저 여자는 유스카리와 한통속이었다.

하기야 모종의 무언가가 있으니 독립권이라는 것까지 인정을 해준 것일 터. 뉘사나가 벌게진 눈동자로 제르와 아스난을 번갈아 바라보았다.

'저 계집이……!'

그러나 제르 역시 당황스럽긴 매한가지였다. 거줌 2년 만의 유스카리였다. 그는 기억 속의 얼굴보다 조금 더 나이 든 모습이었다.

그날, 그에게 안겼던 밤의 기억이 왈칵 밀려들었다. 그날 그녀에게 세드로를 주었다가 다시 가져간 남자. 갑자기 속이 메스꺼워졌다. 배속이 뒤집어지는 기분이었다. 참지 못할 토기를 느끼며 제르가 입을 틀어막고 자릴 피했다.

당황한 아스난이 그녀를 뒤따라가려 하는데, 유스카리가 그를 호명했다.

"에드하인다는 남도록. 내 잠시 그대와 볼일이 있으니."

제르는 이미 인파 속으로 사라지고 있었다. 아스난이 멀어지는 그녀의 뒷모습과 그를 똑바로 바라보고 있는 유스카리를 번갈아 본 후 힘겹게 고개를 조아렸다.

“예.”

제르가 자리를 비키고 나자, 그제야 정신을 차린 사람처럼 뉘사나가 이를 악물고 중얼거렸다.

“올해에도 참석지 않으실 거라더니…… 어서 오십시오, 전하.”

“이런 즐겁지 않은 일이 있을 줄 알았다면 나도 오지 않았을 것이다. 다만, 올리비에가 내게 채근하더군.”

알렉시스? 뉘사나의 눈썹이 휙 치켜 올라갔다.

알렉시스가 유스카리의 뒤에서 빼꼼 고개를 내밀었다. 생글생글 웃고 있는 그는 거의 평민들의 차림에 가까울 정도로 성의 없는 복장을 하고 있었다.

“형님, 저도 왔습니다.”

뉘사나의 표정이 오만상으로 일그러지는 걸 바라보는 유스카리의 입술 사이로 얕은 한숨이 흘러나왔다.

“오지 않겠다더니?”

“갑자기 마음이 바뀌었지 뭡니까.”

“그래. 그래 보인다. 해서 지금 그 꼴로 네반 플라무나의 전야 무도회장을 찾아온 거냐?”

알렉시스가 어깨를 으쓱이며 능청 떨었다. 왜 오늘 보는 이들마다 제 옷을 가지고 불평을 늘어놓는지 모르겠습니다. 유스카리가 초조한 얼굴로 침묵하는 아스난을 빤히 응시하며 그들의 말을 잘랐다.

“흥이 사라졌다. 에드하인다는 나를 따라오도록.”

뉘사나는 애써 입가를 당겨 웃으며 평정을 가장했다. 유스카리는 몸을 돌리다 말고 뉘사나를 응시했다. 그러더니 다소 불편한 기색으로 말을 맺었다.

"그리고 마지막으로 경고하는데 혈통의 고하를 떠나, 제이하이에게 부당한 대우를 하는 것을 다시 한 번 적발할 시엔 내 직접 처단하리라. 어느 누구라도 예외는 없다."

그는 아스난을 데리고 왔던 길을 되돌아 사라졌다.

그는 떠났으나 연회장에 남은 그의 마지막 말은 어마어마한 여파를 몰고 왔다.

유스카리가 그들의 알력 다툼에 끼어든 적이 있었나?

그런 적 없었다.

뉘사나와 알렉시스가 아주 오래전부터 서로의 욕심으로 인한 갖가지 위험에 처했을 때도 방기했던 자였다. 유스카리가 있다면 적당히 무마될 거라는 생각에 그를 졸라 함께 온 묘안은 분명히 효과를 보았지만, 유스카리는 뜻밖에도 알렉시스조차도 놀랄 만큼 제이하이에게 우호적이었다.

저 '유스카리'가? 자신의 '그' 숙부가?

한 번 망쳐진 무도회장의 분위기는 쉽사리 돌아올 줄을 몰랐다. 굳어버린 사람들은 서로의 눈치만 보기 바빴다. 유스카리가 무도회장 밖으로 나갔다는 것을 어깨 너머로 확인한 뉘사나가 알렉시스를 향해 으르렁거렸다.

"알, 이게 무슨 짓이냐."

"이렇게 될 줄은 몰랐지요, 저도."

"대체 무슨 꿍꿍이로? 그리 싫다고 학을 떼던 무도회장에 직접 찾아와서, 그것도 외숙을 보채?"

"너무 나쁘게만 생각지 마십시오, 형님. 좋은 구경 다 같이 하면 더 좋은 거 아닙니까. 비록 못 봤지만 본의 아니게 제가 방해하게 된 것

같으니…… 빚 두 가지는 탕감해드리죠. 아쉽네."

마음에도 없는 소리를 심드렁히 내뱉으며 알렉시스는 주위를 둘러보았다.

"빌어먹을."

뉘사나가 짧게 욕지거리를 씹어 삼키며 밖으로 나갔다.

1분 1초도 더 이 자리에 있고 싶지 않다는 투였다. 그러나 그러건 말건 알렉시스의 눈은 본인의 의도와는 상관없이 제르가 사라진 자취를 쫓고 있었다. 사람들 속에서도 눈에 띌 검은 머리칼을 찾아 구르던 알렉시스의 불그스름한 눈동자에 그도 모를 조급함이 어렸다. 그녀는 시야 밖으로 아예 나가버린 모양이었다.

알렉시스도 곧 걸음을 옮겼다. 즉시 여자가 사라진 길을 쫓아가려던 그는 문득 마음을 바꾸어 반대로 걸어갔다. 그에게 말을 거는 이들에게 의미 없는 미소를 지어주는 것도 잊지 않았다. 이윽고 연주를 이어가는 악공들의 무대 앞에 선 알렉시스가 팔짱을 끼고 그들을 한 명 한 명 훑었다.

왕성에서 자주 연주를 했던 악단의 지휘자는 몹시도 남루한 차림의 붉은 머리 청년이 알렉시스라는 걸 알아보고는 놀라 더 열성적으로 손을 휘저었다. 그러나 그의 눈은 악공들이 들고 있는 악기에 있었다.

"잠깐."

알렉시스가 손을 들어 보였다. 어쩔 수 없이 연주가 멈추었다.

"거기 너."

후카와 조금 닮은, 그러나 후카보다는 가느다란 소리를 내는 고급 악기를 연주하던 악공이 갑작스러운 호명에 눈을 휘둥그렇게 떴다. 알렉시스가 자상하게 웃으며 턱짓했다.

"그거 가져와."

바깥 공기를 찾아 헤매다 발견한 테라스로 뛰쳐나간 제르는 난간 아래 주저앉아 헛구역질을 거듭했다. 조금만 신경을 느슨히 하면 정신을 잃을 것처럼 극심한 현기증이 밀려와 견딜 수가 없었다. 그녀가 밖으로 나간 것을 발견하고 슬그머니 따라 나온 이들이 주위를 배회했다.

그들은 조금 전까지 뉘사나와 그녀를 호기심 어린 눈으로 지켜보던 이들이었다.

"괜찮으십니까?"

꺼져버려.

제르는 온몸이 마비된 듯 웅크린 채로 힘없이 중얼거렸지만 사실은 알아들을 수 없는 신음에 가까웠다. 몇 번이나 그들의 말을 못 들은 채 무시하고 있으니, 그들 중 대부분은 곧 말없이 물러났다. 난간에 기대어 웅크린 채로 힘없이 고개를 든 제르의 눈에 왈칵 눈물이 치솟았다.

유스카리.

상상처럼 막연히 이곳 어딘가에 있겠지 여겼던 세드로의 존재는, 유스카리를 목도하는 것으로 현실이 되었다. 하필이면 왕궁의 가장 휘황한 일면을 배경으로 한 테라스 너머의 풍경을 올려다보며 제르는 제 어리석음을 후회했다.

이곳도 자신이 있을 곳이 아니었다.

저 빛나는 왕성 어딘가에 있을 세드로를 향한 갈망에 목 안으로부터

끓는 신음이 흘러나왔다.

악공으로부터 악단 외투와 악기를 빼앗은 알렉시스는 그를 향해 접근하는 이들을 상냥한 미소로 단호하게 물리친 후, 제르의 행적을 쫓아 테라스 입구에 이르렀다. 잘 닦인 창 바깥쪽으로 웅크린 여자의 자그마한 등이 보였다.

그는 바로 안으로 들어가지 않고 가까운 벽에 몸을 기댔다. 안에는 기회를 보아 그녀에게 말을 걸기 위해 서성이는 남자가 있었다. 눈엣가시처럼 느껴졌다. 알렉시스가 손을 들어 가볍게 톡톡 창을 치자, 젊은 사내가 고개를 돌려 그를 응시했다.

'너, 나와.'

알렉시스는 오만하게 턱짓했다.

그를 알아본 사내는 놀란 얼굴로 황급히 고개를 숙이더니 주춤주춤 테라스 밖으로 나왔다. 그 후 알렉시스는 가장 먼저, 테라스로 아무도 들어오지 말라는 명을 내린 후 느른한 걸음을 옮겼다. 그는 테라스에 비치된 의자에 기대어 앉아, 주위엔 하등 관심 없는 제르의 뒷모습을 응시했다.

그가 들고 있던 악기를 퉁, 울렸다.

별안간 들린 청명한 악기 소리에 비로소 제르가 고개를 돌렸다.

"홀로 낭만에라도 젖어 계신 모양입니다, 왕하."

붉은 머리칼, 넉살 좋은 말투. 그녀가 익히 아는 자였다.

꾸밈없는 간소한 차림에 악공들이나 입을 얇은 조끼를 걸친 그의 손에 들린 건 악기였다. 제르는 주위를 살폈다. 그를 제외하고는 아무도 없었다.

그의 손끝이 의미 없이 퉁기는 음조에 그녀의 호흡도 차츰 가라앉았다. 알렉시스가 빙그레 웃었다.

"이곳에서 뵐 수 있는 분이었다니 몹시 놀랐습니다."

조금은 태도가 달라질 거라 예상했지만 알렉시스는 아주 약간의 존중만 더했을 뿐, 한결같았다. 제르가 때에 맞지 않게 헛웃음 지었다.

"……내가 누군지 아직도 모르나?"

"모를 리가. 지금 저 안이 난리인걸요."

"네가 지금 누구에게 그런 말버릇을 하는 건지 내 다시 일러줘야 하나?"

"가뜩이나 화제의 중심에 계신 분께서…… 하룻밤에 두 번이나 구설수에 휘말리고 싶은 건 아니실 테지요?"

그의 말을 부정할 수는 없었다. 하지만 저놈은 대체 뭘 믿고 저러는지 모르겠다.

"지금 당장 경비를 불러 네놈에게 왕족 모독죄를 묻게 할 수도 있다."

"그러고 싶지 않을걸요. 이래 봬도 유명하고, 유능한 인재라."

너무 어처구니가 없는 뻔뻔함이라 화도 나지 않았다. 지금 그녀는 누군가에게 화를 내는 것으로 불쾌함을 표하기에는 몹시 지쳐 있었다. 침묵을 어찌 해석한 것인지, 알렉시스는 한술 더 떴다.

"이름도 이제야 알았네요. 제르, 이야…… 진짜 이름 한 번 듣기 힘들었네."

저 기막힌 태도에 반박할 기운도 없었다.

"……너 왕실 악공이었나?"

알렉시스가 빙그레 웃으며 살짝 고개를 숙였다 들었다.

"어찌 악공이라는 자가 그리 마음대로 무도회장을 빠져나와 이러고 있는 거냐?"

"자유 시간입니다."

"미친놈……."

"입도 여전히 험하시고."

늘 그랬듯, 기분 좋은 웃음소리가 울렸다.

제르는 입술을 꾹 다문 채로 의심스럽게 그를 응시했다. 차림새를 보나 무얼 보나 악공인 건 맞았다. 하지만 단순한 악공이라기엔 수상쩍었다.

"왕하께서는 모르겠지만 신분고하를 떠나 유망한 인재는 대우받는 법이지요."

저 정도로 뻔뻔하려면 정말 뒷배가 있지 않고서는 불가능할 것이다. 난간에 등을 기댄 제르가 눈을 가느스름하게 뜨고 빈정거렸다.

"그 잘난 입으로 꽤 괜찮은 이를 구워삶았나 보군."

"뭐…… 비슷하다 여기셔도 됩니다."

"네 대책 없는 방만함을 내버려두는 멍청한 귀족 나부랭이가 누구냐, 대체."

알렉시스가 능청스레 웃었다.

"아주 대단한 이름을 가진 분이라고만 하지요."

"이름 있는 가문의 아들이냐?"

"이야, 추궁하시는 거 봐. 근데 말 놓으면 안 될까요? 왕하?"

"네 뒤를 봐주는 이가 얼마나 드높기에? 후작가?"

"거 참, 묘하게 집착적인 것도 여전하네."

"공작가냐?"

"그래도 이리 관심을 주니 기쁜걸요, 카르시탄?"

"왕족이냐?"

대답에 잠깐 간격을 둔 알렉시스가 미지근하게 눈매를 올렸다.

"……글쎄, 어떨까요."

그는 대답할 생각이 없어 보였다. 제르가 빈정이 상한 사람처럼 고갤 돌렸다.

앙탈을 부리듯 새침한 표정이 된 그녀의 옆모습을 응시하던 알렉시스는 새삼 오늘 있었던 뉘사나와 제르의 갈등에 약간의 책임감을 느꼈다. 하지만 그런 한편, 유스카리가 끼어들지 않았더라면 뉘사나와 제르의 담판이 어떻게 결말지어졌을까 궁금하기도 했다.

"오늘 고초가 많았을 것 같은데."

"말을 내려도 좋다 하지 않았다."

"아무 말도 않으시기에."

침묵은 보통 부정이 아니던가. 아니, 애초에 악공과 방계 왕족의 격차는 천지차이였다. 출신이 어찌 되기에 저리도 방자하게 구는 건지 당최 감을 잡을 수가 없었다. 제가 카르시탄이라는 것을 알고도 저럴 정도라면 제법 영향력 있는 자의 후원을 받고 있거나, 썩 이름 있는 가문과 연관되어 있을 가능성이 컸다.

그도 아니라면 단순히 미친놈이거나.

"뭐, 그럼 왕하 좋으실 대로. 그나저나 전하께서 나타나지 않으셨다면 어쩌려고 했습니까?"

존대를 하는 것이 더 비꼬는 것처럼 들리는데, 저쯤 되면 재능이었다.

"네 알 바 아니지."

"다들 궁금해 할걸."

잠깐 침묵.

"요."

"제길, 그리 멋대로 지껄여라."

오히려 더 조롱당하는 기분이라 제르가 신경질적으로 말을 끊었다. 알렉시스는 진짜 기쁜 듯이 웃었는데, 그의 태도가 너무나도 솔직해서 오히려 그녀가 이상해지는 기분이었다.

"그럼 분부대로. 전하께서 안 오셨으면 어떻게 하려 했어?"

목 윗부분이 없는 건지, 아니면 간덩이가 남들의 열 배는 되는 건지. 이젠 생각도 하기 싫었다. 세세한 것까지 따지고 들기에 그녀는 너무 피곤했다.

"……아마 결국 그의 바람대로 했겠지."

그건 알렉시스로서도 예상치 못한 답변이었다.

자존심 때문에라도 부정할 거라 생각했는데. 알렉시스가 약간의 안쓰러운 표정을 담아 그녀를 응시했다. 그러나 그것으로 끝이 아니었다.

"그 후에 기회를 보아 그놈을 죽여버리면 될 일이니까."

알렉시스가 잠깐 헛기침했다.

'내가 뭘 잘못 들었나.'

장난으로도 농담이라고 덧붙이지 않는 제르의 말 한 마디 한 마디에는 그를 긴장하게 하는 면이 있었다. 그리 말하면 겁먹고 도망이라도 갈 거라 생각했는지, 은근한 비웃음을 달고 알렉시스를 내려다보던 제르가 곧 지겨운 표정을 지었다.

어색한 침묵을 깨기 위해 알렉시스가 재빠르게 화두를 돌렸다.

"네가인 오렐라를 연주해드릴까요? 지체 높은 아가씨?"

제르가 싸늘히 거절했다.

"싫어."

"어, 좋아할 줄 알았는데."

"……넌 대체 왜."

"퀸시오에서 내 제자에게 연주할 줄 아느냐고 물어보기에."

"……기억력도 좋구나."

"넌 안색이 안 좋은데 괜찮아?"

그는 정말 자신이 제 친구라도 되는 줄 아는 모양이었다.

비록 작위도, 왕명도 없을 당시 처음 만난 관계라지만, 가진 것 하나 없이 아무것도 아니었던 그 시절조차도 그녀는 악공보다 고귀했다. 신분이라는 견고한 장벽을 짚어줄까 하며 그를 흘기던 제르는 더 이상 그와 말을 섞고 싶지 않아 그를 등지고 섰다.

저 녀석과 한 공간에 있다는 사실 때문에 감성은 조금 말라붙었으나, 왕궁의 풍경은 여전히 그녀를 아릿하게 했다. 그저 보고 있는 것만으로도 온몸의 신경이 비탄에 떨었다. 곧 지근거리에서 느린 구둣발 소리가 울렸다. 악기를 조심히 내려놓은 알렉시스가 그녀의 옆에 다가섰다.

"제법 야경이 좋지, 엘올라의 궁은."

"……."

"퀸시오도 설경이 아름답지만 엘올라는 정말 따뜻하게 아름다운 곳이야."

바람 소리처럼 흐르는 음성이 귀에 걸렸다. 그의 말처럼 이곳은 따뜻한 빛이 있는 곳이었다. 그녀의 빛도 그 따뜻한 빛 속 어딘가에서 숨

쉬고 있을 터다. 괜스레 울컥하는 기분이 든 그녀가 흐린 음성으로 물었다.

"너는 왕궁 악사라면…… 저 안에 들어가본 적도 있겠구나."

"……꽤나 자주?"

"카르시탄들을 자주 만나겠군. 그래서 네가 이리 내게 오만방자한가."

"국왕 전하도, 왕비 전하도, 아까 네게 실례를 한 자규 왕하도 종종 뵙지. 그리고 세드로 왕자 저하도 가끔."

세드로.

제르의 주먹이 꾹 쥐어졌다. 그녀의 시선이 왕성에서 떠나지 않는다는 걸 깨달은 알렉시스가 그녀와 똑같이 난간에 팔꿈치를 대고 기대었다.

"들어가보고 싶은 거야? 카르시탄이면 왕성에 드나드는 건 쉽지 않나?"

"……너, 어느 가문이지?"

"그걸 묻고 싶은 게 아닌 것 같은데."

제르가 마른 입술을 깨물었다. 심장이 쿵쾅쿵쾅 뛰었다.

"세드로 저하는."

목소리가 노골적으로 떨려서 그녀는 잠깐 숨을 골라야 했다.

"어떤 분이시냐?"

"……공식 석상에는 얼굴을 잘 비치지는 않지만 몇 번 봤지. 유스카리 전하를 빼닮으신 분이다. 그리고 보라색 눈이 귀엽더라. 왕비 전하와 국왕 전하 중 누굴 닮은 건진 모르겠지만."

보라색 눈. 체렌시와의 빛이다.

왈칵 눈물이 치밀어 올랐다. 제르는 애써 고개를 젖혔다. 눈도 깜빡이지 않고 입술을 꾹 깨문 그녀가 난간을 세게 쥐었다. 핏줄이 퍼렇게 도드라진 그녀의 손등을 내려다보던 알렉시스가 턱을 괴었다.

"그런데 세드로 저하는 왜?"

"……궁금해서."

"왜 궁금한데?"

"……."

"만나게 해줄까?"

바람이 붉은 머리칼을 쓸고 지나간 자리에는 오직 진실한 눈만이 남아 있었다.

제르는 예기치 못한 제안에 숨이 턱 막힌 사람처럼 몸을 굳혔다. 그는 마치 그녀의 길다랗게 썩어들어간 속을 고스란히 읽어내는 사람처럼 허점을 찔러냈다. 고작 악공 주제에 무슨 수로. 비천한 네가 어떻게 왕자를 만나게 해주겠다는 거냐. 그리 화를 냈어야 했다.

그러나 삼킨 눈물 대신 흘러나오는 건 나약한 물음이었다.

"……네가 그리 해줄 수 있다?"

풀벌레 우는 소리가 앵앵 공기를 갈랐다. 테라스 안쪽에서 새어나오는 그 모든 소음들이 봄밤의 침묵에 삭아들었다.

무언가 기묘한 이질감을 깨닫기라도 한 사람처럼 알렉시스는 왕성을 한 번, 그리고 제르를 한 번 돌아보더니 나른하게 물었다.

"불가능하지는 않은데, 왜 그렇게 세드로 저하에게 관심이 많아? 단순히 궁금해서라는 근거는 너무 빈약한걸요."

"아니, 어차피 불가능한 일일 테지. 일개 악공에 불과한 네가 무슨 수로."

“대충 이렇게 저렇게 꾀를 부리면 되지요.”

저걸 지금 말이라고.

“……너는 왜 그리 생각 없이 할 말 못 할 말 가리지를 못하나? 왜 그리 생각 없이.”

별안간 분위기가 반전되었다.

냉랭한 대꾸에 눈을 휘둥그레 뜨던 알렉시스가 어깨를 들썩이며 웃기 시작했다.

“아, 진짜. 돌려 말할 줄을 모르는 분이라니까. 내가 대답하면 너도 대답하는 거다? 대화는 주거니 받거니 하는 거지, 한 명만 일방적으로 캐물으면 대답하는 쪽은 재미가 없어요.”

제르는 대꾸 없이 입술을 다물었지만 알렉시스는 아랑곳 않은 태도로 목을 풀었다.

“나는 말이야, 왕하, 한 번 사는 인생 무언가에 얽매여서 하고 싶은 거 못 하고, 먹고 싶은 거 못 먹고 사는 게 제일 불행하다고 생각하거든? 언제 죽을지 모르는데 하고 싶은 대로 하면서 사는 게 제일이지. 나름 내 행복을 위한 거랄까. 그리고 진짜로 내가 생각 없이 살았으면 왕하는 지금 길길이 날뛰고 있었을걸.”

“뭐?”

“이렇게 바라보고만 있는 게 아니라.”

알렉시스가 삐딱하게 턱을 기울이며 웃었다.

“키스했을 거거든.”

화들짝 놀란 제르가 순식간에 뒷걸음질하자 알렉시스는 참을 수 없다는 듯 큭큭거리며 웃기 시작했다. 그의 잘던 웃음은 금세 자지러질 듯 큰 폭소로 번졌다.

그의 예지처럼 제르는 노여움을 참지 못하고 길길이 날뛰기 시작했다.

미친놈! 정신 나간 놈!

그녀는 테라스 밖에 위치한 병사를 부르기 위해 소리를 쳤다. 그러나 애석하게도 이곳에 들기 전 알렉시스가 그들을 다 물린 후라는 것을 몰랐다. 아무도 그녀의 부름에 응하지 않자, 그녀는 직무 태만이라며 애먼 병사들을 향해서도 온갖 비난을 토해냈다.

그녀가 끝내는 알렉시스를 향해 온갖 욕지거리를 쏟아부으며 테라스를 벗어나려는데, 알렉시스의 한 마디가 그녀의 모든 노여움을 꺼뜨렸다.

참으로,

마법 같은 말이었다.

"진짜로 장난 아니고 왕자 저하, 만나게 해줄까? 나 이래저래 연줄이 좀 많거든."

테라스의 창을 열려던 그녀의 가는 손끝이 사시나무처럼 떨렸다.

그럴 수밖에 없는 유혹에 제르가 고개를 돌렸다. 긴 다리를 꼬아 난간에 기대고 서 있던 사내가 팔짱을 낀 채로 그녀를 향해 뜻 모를 미소를 지어 보였다. 제르는 무심코 반걸음 물러섰다.

그녀의 등이 차가운 테라스의 창에 닿았다.

"대신 네반 플라무나에 나와 함께 참석해줄래?"

견딜 수가 없었다.

에오판 섬에 정박한 해적선들의 관리는 오롯하게 르니아의 몫이었

다. 그 때문에 제르보다 늦게 이곳에 도착할 수밖에 없었다. 제르와 에드하인다 내외가 무도회에 참석하고 나자, 르니아는 할 일이 없어졌다.

그녀는 녹음이 즐비한 에드하인다의 내정에 드러누웠다.

피곤하기도 했지만, 그보다는 심심했다.

카르시탄의 시종이라는 지위가 제법 되는지 그녀에게 편히 말을 건네는 이도 없었고, 왈패 같은 페이랑마저 자리에 없다 보니 남은 건 테일런뿐이었다.

그러나 익히 알다시피 테일런은 이야기상대로 좋은 사람은 아니었다.

"그리 맨바닥에 누워 있는 건 체통에 어긋납니다, 르니아 양."

"밤하늘이 예뻐요. 제 옆에 누워보실래요?"

르니아는 그의 타박이 들리지 않는 사람처럼 개구지게 웃으며 손을 흔들었다.

"됐습니다. 피곤하면 들어가 쉬십시오."

"에이, 그 정도는 아니에요."

테일런은 못마땅한 얼굴로 르니아를 내려다보았다. 사람들이 다 보는 길 한복판에 저렇듯 늘어져 있는 모습은 그다지 눈에 달지 않았다. 퀸시오에서야 제르가 신경을 쓰지 않으니 그저 눈감았지만, 이곳은 엘올라가 아닌가.

그녀에게는 카르시탄의 시종이라는 막중한 위치에 대한 경각심이 전혀 없었다.

"공기도 좋고."

"안 축축합니까."

"괜찮은데요?"

테일런이 긴 한숨을 내쉬며 고개를 저었다.

"후안 경에게 이르겠습니다."

반응은 즉각 돌아왔다. 벌떡 일어난 르니아가 벌건 얼굴로 더듬더듬 하기 시작한 것이다.

"셀파 님이 여기서 갑자기 왜 나와요! 아무, 아무 사이도 아닌데!"

"아니긴."

테일런이 그다지 신뢰가 가지 않는다는 투로 팔짱을 끼자 르니아가 손부채질을 하며 투덜거렸다.

"이제 보니 테일런 님 진짜 웃긴 사람이네!"

"르니아 양만 하겠습니까? 일어나셨으면 들어가십시오. 보는 눈이 많으니."

과연 에드하인다 사저의 가솔들이 길가다 한 번씩 돌아볼 법한 풍경이었다. 왕족의 시종이라는 여자가 길거리의 비렁뱅이처럼 벌렁 누워 있으니 그럴 만도 했다.

"아휴, 낭만이 없어, 낭만이."

르니아가 작게 투덜거리며 엉덩이를 털고 일어났다. 테일런은 꽤나 만족한 얼굴로 물러섰다. 넓은 내정을 가로질러 사저로 돌아가는 두 사람은 그다지 대화랄 것 없이 침묵했다. 얼마간 걷던 르니아의 걸음을 멈춰 세운 건 테일런이었다.

"주군께서."

르니아가 몸을 돌렸다.

"예?"

"종종 악몽을 꾸십니다. 엘올라에 이르러 빈도가 좀 잦아지신 것 같

은데.”

“……아…….”

르니아는 무심코 고개를 돌렸다. 에드하인다 사저에서 끄트머리만 간신히 보이는 왕성이 그녀의 시선을 붙잡았다.

지금 제르의 속이 어떨지, 얼마나 치열할지는 그녀가 누구보다 잘 알았다. 하지만 그래도 어쩔 수 없는 일이었다.

“견딜 수 있어요, 시나와 님은.”

언제나 그랬듯. 그녀는 견뎌낼 것이다.

늘 남을 위해 자신을 희생했던 제르에게 있어서 인내란 건 그녀의 삶 자체가 되었으므로. 만에 하나, 만에 하나 그녀의 인내심이 바닥까지 말라붙어 무너지게 된다면 그때는 자신이 그녀를 위해 섶을 지고 불길로 들어갈 각오도 되어 있었다.

“테일런 님도 괜한 걱정이 많으시네요.”

르니아가 입가를 당겨 웃었다. 평소 제르의 일이라면 한 몸 투신할 듯 헌신적인 르니아의 태도와 달리 듣기에 냉정한 말이라 테일런은 약간의 불편한 감정을 갈무리하며 그녀를 응시했다.

“견디는 것만이 능사는 아닙니다.”

“그렇게 살아왔어요. 그리고 괜찮아요. 앞으로도 쭉 시나와 님 곁엔 제가 있을 테니까.”

사실 그녀들의 미래에서 퀸시오의 기사들은 그다지 큰 위치를 차지하지 못한다는 말과 진배없었다. 그것은 사실이기도 했다. 제르와 르니아 두 사람의 유대는 어떤 감정적 결속보다도 견고했다. 르니아가 저렇듯 단정 짓는다면 괜찮은 걸지도 모른다. 그러나 테일런은 괜찮다고 해도 싫었다. 금방이라도 죽어버릴 듯 웅크리는 제르를 지켜보는 것도, 겁에 질려 비명을 지르며 몸부림치는 제르를 보는 것도. 아니, 사실은 아무것도 못하는 자신이 싫었던 건지도 모른다.

가볍지 않은 이야기가 오간 필연으로 대화는 중단되었다.

어색한 분위기가 감돌았다.

그러던 중 테일런과 르니아는 사저 입구에 선 한 남자를 발견하고 약속이나 한 듯이 멈춰 섰다. 커다란 장신의 기사였다. 익숙한 인영. 그러나 그들이 발길을 멈춘 건 인영이 익숙해서만은 아니었다.

정겨운 목소리였다.

"아니, 잠깐 볼일이 있으니 찾아왔다고 이야기를 좀 해주시라니까……?"

활짝 얼굴을 편 그녀가 총총 달려갔다. 테일런 또한 묘한 반가움을 느끼고 뒤따랐다.

"소우로 님! 세상에! 세상에! 여기서 뭐 하세요!"

에드하인다 사저의 입구에서 문지기 병사들에게 가로막혀 승강이를 벌이던 소우로가 반색하며 화통 삶아 먹은 사람처럼 목청을 높였다.

"여어! 이게 누구야!"

거줌 몇 달 만에 보는 얼굴이었다. 비록 짧은 시간이었지만 퀸시오에서 동고동락했던 추억이 있는지라 적잖이 반가웠다.

"세상에, 얼굴 반반해지신 거 봐?"

"말투는 여전하네. 르니아 양은 더 예뻐졌는데?"

르니아가 깔깔 웃으며 소우로의 어깨를 퍽 쳤다. 별안간 강타당한 소우로가 헉 하며 몸을 부르르 떨었다. 이윽고 테일런까지 도착하자

병사들은 당황스러운 표정을 지어 보였다.
르니아는 카르시탄의 괴상한 시종이었고, 테일런은 카르시탄의 기사였다.
테일런이 병사들에게 나직이 양해를 구했다.
"왕하께서 아시는 분입니다. 괜찮다면."
병사들이 난처한 표정을 짓더니 길을 텄다.

주인 없는 사저 안까지는 들이기 뭣했던지라 르니아와 테일런은 소우로와 함께 내정에 마련된 휴식 공간으로 향했다.
"아이고, 다행이요. 둘이라도 있어서."
어두워 제대로 보이지는 않았지만 오랜만에 본 소우로는 턱수염이 더 길어졌고, 조금 더 얼굴이 타 있었다. 르니아가 아무렇지도 않게 소우로의 어깨를 툭툭 치며 기분 좋은 웃음소리를 냈다.
"오늘 축제라는데 소우로 님은 일하시나 봐요?"
"야간 경비대로 일하고 있는데, 아마 다음 달쯤에 고향으로 내려갈 거요. 클로이스 경도 여전히 쇠심줄로 잘 버티고 있군."
설핏 웃은 테일런은 이렇다 할 대답 대신 느리게 고개를 끄덕였다. 르니아는 아무래도 좋다는 듯 소리 높여 웃었다. 에드하인다 사저의 가솔들이 죄 쳐다보는 것도 하나도 신경 쓰이지 않는 모양이었다.
소우로는 곧 고향으로 내려가 그곳 자경단으로 자리 잡을 것 같다 이야기했다. 왕도의 기사였으니 어딜 가서도 웬만한 대우는 받으리라며.
"잘됐어요. 근데 좀 나중에 오시지. 지금 다들 전야제 사교 무도회에 가셨는데."

"내가 내일부터는 쉴 수가 없을 것 같아서 왔는데 말이요…… 페이랑은 여기 없소?"

소우로의 음성이 돌연 한층 낮아졌다.

"페이랑도 지금 그 같잖은 작위 들고 사교 무도회에 갔는데."

"르니아 양, 말을 좀."

"에이, 뭐 사실이잖아요."

피로 따윈 모조리 날아가버린 사람처럼 연신 싱글벙글하는 르니아를 어쩔 수 없다는 듯 바라보던 테일런이 물었다.

"헌데, 세닉 경은 왜 찾으십니까?"

소우로의 얼굴에 조금 전까지 오랜만의 재회를 반가워하던 사람의 얼굴이라곤 상상할 수 없을 만큼 어두운 그림자가 드리워졌다.

"아, 그…… 그게……."

유스카리와 짧은 산책을 마친 아스난은 그 나름대로 복잡한 심경으로 급히 되돌아가고 있었다. 마지막에 제르가 좋지 않은 표정으로 자리를 떠난 것이 계속 눈앞에 아른거리던 차였다.

'그 여인은 어찌 지내나?'

사적인 일로 단 한 번도 이야기를 나누어본 적 없는 왕의 음성이 이질적으로 걸려 있었다.

'그곳이 꽤 춥다 하던데.'

유스카리는 이루 말할 수 없는 복잡한 얼굴로 마지막으로 그리 맺었다.

'잘 돌봐주시게. 편안하도록.'

대체 왜 왕이 직접 그에게까지 그리 말해야 하는 건지, 어째서 유스카리가 뉘사나의 명예를 내동댕이치면서까지 그녀의 역성을 든 건지 아직도 이해할 수 없었다. 단순히 데바라네라는 이유라는 건 도리어 말이 안 된다. 데바라네라는 배경이 크게 작용하고 있었다면 도리어 데바람 출신의 귀족이 카르시타의 왕족을 모욕하는 것을 꾸짖어야 맞았다.

대체 무슨 사연이길래.

차마 신하 된 도리로 자세한 내막까지 캐물을 수 없어 몇 번이고 목구멍까지 치밀어 오른 의문을 삼켜야 했다. 아스난은 붉은 융단이 깔린 높다란 계단에 이르자 생각을 그쳤다. 우선은 제르를 찾는 게 먼저였다.

아무래도 그녀를 혼자 둔 것이 마음에 걸렸다.

그때였다. 눈에 익은 드레스를 입은 여자가 입구 밖으로 뛰쳐나왔다.

머리도, 옷차림도 헝클어진 채였다. 놀란 아스난이 한달음에 계단 위로 뛰어 올라갔다. 제르는 넋을 놓은 사람처럼 빠르게 걷고 있었다. 그녀의 뒤를 페이랑과 아넬라가 종종걸음으로 따랐다.

"왕하, 왕하, 자, 잠시만."

아넬라는 높은 구두 굽으로 인해 몇 번이나 휘청거리면서도 제르를 붙잡기 위해 빠르게 걸었지만 제르가 훨씬 빨랐다. 페이랑 또한 완벽히 그들을 무시하고 계단을 내려가는 제르를 어찌하지도 못하고 발만 구르며 좇았다.

계단 아래에서 멀거니 그들을 올려다보는 아스난과 눈이 마주친 아넬라와 페이랑이 멈춰 섰다.

제르는 지금 자신의 걸음이 어디로 향하는지도 몰랐다. 한 가지 확실한 건 미친 소리를 가능한 한 말처럼 포장해대는 붉은 머리 사내에게서 도망치기 위한 걸음이었다. 숨을 쉬기 위해, 살기 위해 도망치는 걸음이었다.

그의 마지막 물음에 자신이 무어라 대답했는지도 기억이 나지 않았다. 아마, 아무 말도 하지 않은 것 같다. 무슨 말을 할 수 있었을까. 그가 내건 단말의 유혹은, 사실 그녀를 더 깊숙한 수렁으로 밀어 넣는 일에 지나지 않았다.

누군가에게 부탁하지 않으면 얼굴조차 볼 수 없는 아이였다.

그것은 스스로가 초래한 현실이었다.

비참하게도.

반쯤 정신이 나가 달리듯 계단을 내려오던 제르는 아스난을 발견하고 멈춰 섰다. 계단을 올라오던 아스난도 걸음을 멈추고 그녀를 응시했다. 그를 마주하자 순식간에 잔뜩 곤두서 있던 신경이 풀렸다.

그와 눈이 마주친 제르가 무언가를 억누르듯 아랫입술을 끌어당겨 물었다.

"……어디를."

곱고 아름다운 얼굴이 일그러졌다.

"너 지금 어디를."

그가 보기에 제르는 지금 몹시 화가 난 상태였다.

제법 멀찍이서 그들을 지켜보던 아넬라와 페이랑에게 슬쩍 눈짓한 아스난이 태연하게 한 칸 계단을 올랐다.

"주군."

"어디를 다녀오는 거냐, 허락도 없이."

분수대에서 허공으로 번져 오르는 물방울 소리가 타닥타닥 튀어 올랐다.

아스난은 지극히 당연한 경외심을 품고 그녀를 올려다보았다. 그녀는 언제나처럼 높은 곳에 서 있었으므로. 하지만 오늘따라 아래에서 올려다보는 그녀는 더없이 처절해 보였다.

"어디를 마음대로 돌아다녀!"

이상했다. 그녀가 답지 않게 고함을 치는 것도, 그저 아프게만 들렸다.

"네가, 네가 그리 말도 없이 사라지면 안 되는 거잖아!"

그는 문득 깨달았다. 그녀는 정말, 자그마했다.

"왜 대답을 않아, 엘보르트 경!"

벚꽃 잎이 흩날려 내렸다. 봄눈처럼 떨어지는 꽃잎을 디디며 아스난은 조용히 계단을 올랐다. 그리 걷고 걸어 두 칸 아래에 멈춰 서자 눈높이가 꼭 맞았다.

무슨 일이 있었던 건지, 겁에 질린 듯도, 절망에 빠진 듯도 한 검은 눈동자가 온통 습했다. 총총 뜬 별처럼, 까맣게 반짝인다. 젖은 눈으로 입술을 짓씹으며 그를 노려보는 표독스러운 노여움의 눈길은 전과 달리 위협적이지 않았다.

정말로 안쓰러운 사람이었다.

'잘 돌봐주시게. 편안하도록.'

유스카리의 마지막 당부를 감히 조금은 이해하겠다 말하겠다. 제르는 한낱 여자였다. 제 동생과 같은 한낱 아이. 아무리 철옹 같은 가시로 주위 사람들을 쳐내고, 쳐내고, 쳐내고, 쳐내도 외로움을 떨치지 못하는 평범한 사람이었다. 원수국의 데바라네가 이곳까지 오기까지에는 필경 모종의 무언가가 존재했을 테지만, 그와 별개로 유스카리도 그녀가 얼마나 고독한 사람인지 알고 있어 그녀의 편에 서준 것일지도 모른다.

'얻은 것보다 잃은 게 더 많은 삶이었다. 사실 지금도 크게 다르다고 생각하지는 않아.'

그녀는 아주 어린 시절부터 왕국의 가장 아름다운 성에서 많은 이들의 보필을 받고 자랐을 터였다. 그리고 그건 외로움의 대가로 얻는 최소한의 보상이었을지도 모른다. 많은 것을 강요당하며 저리 모난 성격이 될 때까지 그녀는 수십 번 상처받고 상처받아, 결국 냉혈한의 껍데기를 뒤집어쓰고 만 걸지도.

그는 감히 홀로 추측했다.

아스난이 나직이 말했다.

"……주군, 제가 잘못했습니다."

그로서는 익숙하지 않은 사사로운 사과였다. 그는 다시 한 번 부드럽게 어리광부리는 아이를 얼렀다.

"제가 잘못했습니다."

송구합니다, 하고 딱딱하게 거리를 두었던 지난 시간과는 조금은 다른 순간. 임무를 방만히 한 것에 대한 사죄가 아닌, 그녀를 불안하게 한 것에 대한 미안함이었다.

그의 눈높이는 비로소 그녀와 같은 위치에 있었다.

그녀는 그의 작은 주군이었다.

스스로가 마음을 열고 있다는 것도 몰라, 그저.

화만 내는 어른 아이.

그들은 결국 더 있지 못하고 무도회장을 떠났다. 아넬라와 페이랑은 더 있어도 된다 말했지만 즐길 만큼 즐겼다며 함께 떠나기로 했다.

제르는 왕실에서 그녀에게 내어준 마차를 기다리지 않고, 아넬라와 페이랑이 타고 온 에드하인다의 마차에 함께 올랐다. 제르는 몹시 흥분한 모습을 보인 것이 굉장히 수치스러웠던 듯 한 마디도 않고 침묵했고, 아스난도 창 밖만 바라보며 골똘한 생각에 잠겨 있었다. 아넬라와 페이랑이 간간이 말을 꺼내긴 했지만 길게 이어지지는 않았다.

제르는 페이랑이 계속 제 쪽을 힐끔거리며 무언가를 말하고 싶어 한다는 걸 알아차렸다. 하지만 일일이 그의 호기심을 받아줄 여력이 없어 무시했다. 뻔했다. 지금 이 침묵은 사실 뉘사나와 자신 사이에 있었던 일에 대해 저들이 온 신경을 기울이고 있다는 속삭임과도 같았으므로.

사람은 둘이나 늘었는데, 귀가하는 길은 여느 때보다도 엄숙했다.

긴장이 풀린 듯 노곤함이 밀려왔다.

테이가 헤집어놓은 속의 풀이를 아스난에게 퍼붓는 바람에 약간 민망한 상황이 되기도 했지만, 그저 노곤했다.

오늘 밤은 끝없는 피로 속에 빠져 잠들 수 있을 것 같았다.

하지만 그녀의 하루는 아직 끝난 것이 아니었다.

저택에 이르자마자 그들은 르니아와 테일런과 함께 내정에 앉아 있는 소우로를 발견했다. 아스난은 크게 내색하지는 않았으나 반가운 기색이었다. 마찬가지로 마차 안을 꽉 채우고 있던 불편했던 분위기에서 벗어난 페이랑은 노골적으로 그를 반기며 달려갔다.

"던함 경! 언제 왔어요!"

소우로의 옆에 앉아 있는 르니아와 테일런의 표정이 영 좋지 않았다. 소우로 역시 마찬가지였다. 그는 외려 활짝 웃고 있는 페이랑과 눈이 마주치자 푹 고개를 숙였다.

"왜 그래요? 무슨 일 있어? 분위기가 왜 이래?"

"저…… 페이랑, 그게."

르니아가 마지못해 더듬더듬 운을 뗐다. 소우로가 긴 한숨을 쉬며 그간의 사정을 몹시도 조심스러운 투로 일렀다.

페이랑의 얼굴에서 웃음이 사라졌다.

페이랑이 달려 나갔다.

제르는 자리에 선 채로 그의 뒷모습을 끝까지 바라보았다.

좋지 않은 소식은, 늘 급작스럽다.

일곱 번째 장

그들은 꽃을 지르밟고

세력이 약한 가문들이 무너지는 일이야 드문 일은 아니었다. 그러나 그것이 가까운 사람의 일이 되면, 세상에 둘도 없는 비극이 되는 셈이다. 페이랑에게는 아보인가의 일이 그러했다. 앞으로 이레 동안 이어질 네반 플라무나가 시작되었다는 것조차도 완전히 잊힐 정도였다.

소우로가 전한 것은 재회의 짧은 기쁨과 비극적인 소식의 단편뿐이었다.

페이랑이 어린 시절부터 연모해 머잖은 미래에 혼인까지 생각했던 여자의 가문이 한 줌 먼지만도 못한 역사 속으로 사라져버렸다는 것.

사실, 항쟁이야 으레 있는 일이기에 페이랑의 인생이 특별히 기구하다고만은 할 수 없었다. 그러나 말했듯이 가까운 사람의 일이기에 그건 더 큼직이 다가오는 것도 사실이었다.

바르디스에 위치한 아보인 가문은 예전부터 그다지 세가 강하지 않은 가문이었다. 왕도에 아보인가의 저택을 짓는 대신, 작은 별장을 하나 두고 생활했다 하니 알 만했다. 근근이 체면 깎기만 겨우 면하고 살던 아보인가는 전 아보인 남작이 죽으면서 경제적으로 크게 어려움을 겪었다고 했다. 그래서 왕도의 초라한 별장과 작은 영지를 오가며 지냈고.

페이랑은 여기까지는 알고 있었다.

상황이 크게 어려웠다가 개선되는 시점에서 페이랑은 퀸시오로 떠나게 되었다. 그 이후 실질적인 가장이 된 아보인가의 장녀, 펜시는 여러모로 많은 고초를 겪었던 모양이었다. 그러다 어떤 악덕 귀족에게 돈을 빌린 것이 문제의 발단이었다.

약 금편 1,000닢.

메린하프 백작이라 불리는 성질 나쁜 엘올라 출신의 악덕 귀족은 이

미 사교계에서도 개새끼로 정평이 난 자였다. 뉘사나의 세력과 몹시 밀접한 자로서, 그들이 관련된 가문의 검은 돈을 깨끗이 세탁해준다는 이야기도 왕왕 들렸다. 그는 공교롭게도 소우로가 몸담은 야간 경비대에 봉급을 나누어주는 그의 상관이기도 했다. 직무로 인해 종종 메린하프가를 방문하며 이야기를 주워들은 소우로가 덧붙이기로, 그녀가 빌린 대부분의 돈은 빈곤한 영지민들에게 쓰였다고 했다.

어쨌건 간에 메린하프 백작은 유능한 악인이었고 펜시는 선량한 채무자였다.

빚은 몇 달도 채 지나기 전에 1,200닢, 1,800닢, 2,000닢에 이르렀고 소녀는 결국 파산한 것이다. 아보인가가 가졌던 자그마한 영지는 모조리 메린하프 백작의 산하로 몰수, 왕도에 있는 별장 또한 메린하프가의 소유로 바뀌었다고 했다. 그러고도 모자라 지금 메린하프가의 노예가 되어 어딘가로 팔려갈 것이라고.

페이랑이 미치는 것도 당연했다.

소우로가 찾아와 소식을 전해주고 떠난 날, 뛰쳐나가 어디론가 사라졌던 페이랑은 이틀 후에야 온통 누군가에게 얻어맞은 몰골로 되돌아왔다.

대책 없이 메린하프가의 저택으로 찾아갔다가 몰매를 맞고 나왔다는 이야기였다. 아스난은 참담한 분노를 금하지 못하고 메린하프가의 저택으로 사람을 보냈다.

돌아온 대답은 그들의 예상을 크게 벗어나지 않는 거절이었다.

아보인의 딸을 돌려받고 싶다면 금화 5,000닢을 내어놓으라는 배부른 으름장. 금화 5,000닢이라면 퀸시오의 1년 예산의 반을 넘기는 수준이었다. 페이랑에겐 그만한 돈이 없었고, 에드하인다 역시 단시간에 영지의 자산을 함부로 끌어올 수도 없는 상태였다. 아넬라는 자신이 신경을 쓰지 않아 일이 이리 된 것이라며 시름에 빠졌다. 그 덕에 에드하인다 저택은 전에 없이 고요한 우울에 잠겨 있었다.

제르는 창가에 기대어 얕은 한숨을 내쉬었다. 그녀의 시선 끝에는 몇 시간째 꿈쩍도 않고 앉아 있는 페이랑의 뒷모습이 비쳤다. 다른 기사들이 몇 번인가 그에게 말을 걸었지만 그마저도 다 무시하는 눈치였다.

"페이랑…… 아직도 그러고 있어요?"

르니아 역시 침울한 얼굴이었다.

왕도로 들어오자마자 벌어진 사건에 르니아는 페이랑에게 제대로 인사조차 하지 못한 상태였다.

사실 진지한 연애 감정이라는 걸 믿지 않는 제르에게도 페이랑의 절망은 확연히 닿아올 정도였다. 타인의 절망에 무딘 그녀가 느낄 정도라면 상심의 크기는 무시할 만한 것이 아니었다.

"아무것도. 해줄 수 있는 게 없는 거구나. 결국."

"다시 한 번 가볼까요?"

제르가 고개를 저었다.

"어차피…… 자규와 나에 관한 이야기가 다 퍼졌을 거다. 에드하인다에게도 그런 태도를 보였던 자가 내게 우호적으로 나오지는 않을 거야."

르니아가 푹푹 한숨을 내쉬었다. 간밤 식음을 전폐하고 폐인이 된 페이랑을 딱하게 여긴 제르는 그녀답지 않은 일을 했다.

다른 이들 모르게 르니아를 메린하프 백작의 사저로 보낸 것이다. 그가 뉘사나와 밀접한 관련이 있다는 것을 알고 있었지만, 안 될 걸 알

았지만 시도해보지 않을 수는 없었다. 카르시탄이라는 이름. 그 보잘것없는 이름에 스스로를 팔아치우는 것을 경계하리라며 늘 마음먹었지만, 사실 생각보다 그녀는 자신의 이름을 많이 믿었던 것 같다.

결과적으로는 그녀 또한 무기력증을 느끼게 되기 충분했다.

지난 사교 무도회의 일에 대해서 생각할 겨를도 없을 만큼 진한 무력감이었다.

"르니아."

"예, 시나와 님."

"너랑 체렌시와는 어땠어?"

르니아는 흘러내린 머리칼을 쓸어 올리다 말고, 그녀의 물음에 눈을 둥글게 떴다. 제르는 여전히 페이랑을 바라보고 있는 채였다.

"체렌시와 님이랑…… 저는 사실 너무 어릴 때고."

스스로의 인격조차 온전하지 못할 적의 인연이었다. 그리고 그를 마음속 깊이 연모하긴 했으나 사실 체렌시와는 그녀에게 있어 빛과 같은 존재에 더 가까웠다. 힘겨워하는 제르를 일으켜 세워주고, 어린 동생들을 세파로부터 지키기 위해 애쓰던 그는 어쩔 수 없이 존경으로 사랑해야 하는 사람이었다.

"하지만 확실한 건 체렌시와 님은 저를 저렇게까지 생각해주실 수 없었을 거예요. 첼시 님의 머릿속은 시나와 님으로 꽉 차 있었으니까요. 그리고 저는 정말 체렌시와 님을 아끼고 사랑하기도 했지만 사실, 우상에 더 가까웠던 거 같기도 해요. 지금 생각해보면."

어쩔 수 없는 일이었다. 대책 없는 해적들 사이에서 살다가 반듯하게 자란 도련님을 처음 봤을 때의 그 충격이란. 전혀 다른 미지의 땅을 밟은 것처럼 가슴 설레는 모험심을 불태우기 충분하지 않겠나.

제르의 낯빛에 쓴웃음이 어렸다.

"……정말 좋은 분이셨으니까요. 시나와 님과 두 아기씨들뿐이던 첼시 님의 울타리 안에 제 자리가 조금이나마 생겼다는 걸 알았을 때는 세상이 망해도 웃으며 죽을 수 있을 만큼 기뻤어요. 사실 별것 아닌 것처럼 보여도, 제게 별것 아닌 일은 아니었죠. 해적의 딸이 남이랑 무언가를 공유한다는 건, 정말 대단한 일이란 말이에요."

어련했겠구나. 제르의 웃음기 어린 대답에 르니아가 입꼬리를 올려 애써 환한 웃음을 그렸다.

"하지만 괜찮아요. 지금도 시나와 님이 있으니까."

"……후안 경에게는 말하지 마라. 삐지겠다."

사뭇 진지하게 기억을 더듬으며 눈을 굴리던 르니아의 표정이 화들짝 놀란 사람처럼 찡그려졌다. 그녀는 곧 노골적으로 과장된 한숨을 내쉬었다.

"아니, 하, 아니. 대체 왜 자꾸 셀파 님 이야기를 하는지 모르겠네요. 테일런 님도 그렇고 시나와 님도 그렇고."

"테일런도? 그 녀석이 가장 먼저 입을 열었구나."

"입을 열다뇨?"

"너랑 후안 경 빼고는 다 아는 일인걸."

"뭐, 뭐, 뭘요?"

짧게 웃은 제르는 이렇다 할 대답 대신 표정을 갈무리하고 페이랑에게로 다시 시선을 옮겼다. 사실, 누군가를 사랑해 스스로를 벼랑 끝까지 몰아세우는 건 그녀로서는 납득하기 어려운 일이었다.

하지만 그럼에도 가슴이 저린 건 페이랑이 겪을 상실의 고통이 조금은 그려지기 때문이다. 두 눈 뜨고 사랑하는 이를 떠나보내야 하는 심

정이란 그녀의 인생 전반에 거듭된 아픔들이었다.
한평생 잊지 못하고 가슴에 담아두어야 할, 그런 기억들.
이미 알았다. 어쩔 수 없는 일들을 오래 뇌리에 붙잡아두어봐야 결국 자기 고문밖에 되지 않는다는 걸. 제르는 몸을 일으켜 르니아가 준비해둔 티 테이블에 앉았다.
한동안 꽁한 얼굴로 창 밖을 내다보던 르니아도 표정을 바꾸어 마주 앉았다.
"아, 그러고 보니 메린하프에 다녀오는 길에 그곳에서 이야기를 들었는데, 시나와 님 선왕의 아들요. 두 번째 왕위 후보. 그 남자랑도 친분을 쌓으셨다면서요?"
애써 쓸데없는 생각을 잊기 위해 호흡을 고르던 제르가 움직임을 멈추었다.
"자규의 눈 밖에 났다면 맞는 말이지만, 두 번째 왕위 후보라면 올리비에인가 하는 그자가 아닌가? 누군지도 모르는 자야. 자규와 척을 지게 되니 이젠 별의별 소문이 다 도는구나."
제르는 그저 뜬소문으로 치부했다. 뉘사나와 알렉시스가 척을 진 관계였으므로 가능성이 전혀 없지는 않은 이야기였다. 르니아 또한 고개를 갸웃하며 그래요? 하는 것으로 의문을 그쳤다. 제르는 그녀가 알고 있는 근거를 댔다.
"그래. 올리비에는 본 적도 없다."
"사교 무도회에 그분도 가지 않으셨어요?"
"아니. 내가 돌아온 후에 간 거라면 모르지만."
"……아, 그럼 제가 잘못 들었을 수도 있겠네요."
사교 무도회. 그녀의 기억을 아무리 더듬어도 제2 왕위 계승권자인

올리비에에 관한 것은 없었다.

잠깐 머리 밖으로 치워두었던 무도회에 관한 것을 떠올리니, 다시 묘한 불편함이 찾아왔다. 이제는 거줌 꿈이 되어버린 것처럼 아득하기만 한 밤이었다.

온통 테이에 대한 것들로 뒤덮인.

'테이…… 라 했던가.'

말없이 차를 홀짝이던 제르가 한층 낮아진 음성으로 운을 뗐다.

"리니."

"예?"

"퀸시오에서 만났던 그 붉은 머리, 기억하고 있지?"

"예, 당연하죠. 그 정신 나간 놈."

"사교 무도장에서 그를 보았다. 왕실의 악공이라더군."

르니아가 눈을 껌벅였다.

"그놈이요?"

"그래. 테이라는 이름이었다. 어떤 가문의 후원을 받고 있는지 알아봐. 또 그놈도 범상한 신분은 아닌 듯해 보였는데 어떤 가문의 출신인지도, 낱낱이."

메린하프 백작가의 밑바닥 시녀 인생이 된 소녀가 곧 백작의 딸과 함께 이한국으로 떠나게 될 것이라는 소식은 가까스로 스스로를 추스르고 있던 페이랑을 무너뜨렸다. 그러지 않았더라면 그날 제르는 평소보다 조금 더 곤한 잠을 잘 수 있었을 터였다.

이른 소란에 제르가 눈을 떴을 때 가장 먼저 보인 것은 테일런과 크게 언쟁을 벌이는 페이랑이었다. 소식을 들은 건지, 시기적절하게 아스난이 나타나지 않았다면 테일런과 페이랑 사이에 어떤 일이 벌어졌을지 몰랐다. 그만큼 심각했다.

"무슨 일인가?"

테일런이 화난 음성으로 대꾸했다.

"이른 아침부터 주군이 기침하시기도 전에 막무가내로 들이닥쳤습니다. 그만 돌아가시라 말씀드렸습니다, 세닉 경."

"비켜! 주군, 단 한 번만 부탁드리겠습니다. 제발, 펜시를 구해주세요!"

강제로 잠에서 깬 제르가 상체를 일으켜 세웠다. 정리되지 않은 머리칼이 힘없이 흘러내렸다. 아직도 몽롱했다. 제르는 시야를 가리는 머리칼을 쓸어 넘기며 잠긴 음성으로 물었다.

"이 무슨 소란이냐."

그녀가 일어난 걸 알아차린 테일런이 한숨을 내쉬는 것과 동시에 페이랑의 목소리가 절박하게 높아졌다.

"제발요, 주군!"

상황을 지켜보던 아스난이 화난 얼굴로 다가와 페이랑의 따귀를 올려붙였다. 한 치의 주저도 없이 날아든 따귀를 피하지 못한 페이랑이 휘청이며 뒷걸음질했다. 그와 논쟁을 벌이던 테일런조차도 당황한 얼굴이었다.

"주군의 처소다. 무슨 소동이냐. 군사 징계를 내리겠다."

"그까짓 징계 얼마든지 받아도 좋습니다! 제발, 제발요, 주군. 펜시를……."

페이랑의 울음 같은 청원을 가만히 듣고 있던 제르가 짧은 신음을 삼켰다. 난동 소리에 귀가 아파 슬슬 정신이 깨어났다.

"세닉 경, 방 앞에서 대기하게. 이런 꼴로 이야길 들을 수는 없으니."

아스난이 단호하게 그녀의 말을 대신 받았다.

"아닙니다, 주군. 먼저 이런 난장을 부린 세닉 경에게 징계를 내리고 훈육하겠습니다."

"……내가 듣고 싶어 그러니, 엘보르트 경도 그만하고 나가."

테일런이 못마땅한 얼굴로 페이랑을 흘긴 후 물러섰다. 아스난 또한 여전히 화가 풀리지 않은 얼굴이었다. 페이랑은 지푸라기라도 움키려 몸부림치는 사람처럼 제르를 하염없이 바라보다가 문밖으로 나갔다.

제르가 옷을 갈아입고 매무새를 단정히 한 후 그들을 불러들였다. 그녀는 시녀에게 다과를 내오라 간단히 지시한 후 절망적인 얼굴로 고개를 숙인 페이랑을 마주 보았다. 아스난에게 맞은 뺨이 벌써 벌겋게 부어올라 있었다. 제르가 혀를 찼다.

"이른 아침부터 왜 그런 소란을 부렸느냐."

아스난의 표정이 침통하게 굳어졌다.

"펜시가 메린하프 백작가에 붙잡혀 있습니다."

"이미 아는 이야기야."

"한 달 뒤, 메린하프의 장녀와 함께 이한국으로 떠날 거라고 합니다. 안 돼요. 안 돼요. 제발 펜시를 구해주세요. 주군. 제발요."

제르는 낯선 이름을 혀끝으로 굴려보았다. 이한이라. 멀기도 하다.

"왜 이한으로?"

아스난이 속이 타는 사람처럼 얕은 한숨을 내킨 후 대신 부연했다.

"메린하프가는 권세 있는 가문입니다. 주로 외교 쪽에 많은 영향력을 발휘하며 이 일대 상권의 일부를 가지고 있습니다. 이한의 상인과 혼인하는 메린하프가의 딸에게 지참금처럼 딸려 보낼 모양입니다. 또한 그곳의 노예 제도는 이곳 카르시타만큼이나 명확합니다."

아예, 손닿지 않는 곳으로 떠나버린다는 말이었다. 그게 사별과 다를 게 무언가.

페이랑은 어느새 뚝뚝 눈물을 흘리고 있었다. 빚을 대신 갚아줄 능력도, 메린하프를 꺾고 그녀를 빼내 올 방법도 없었다. 그러나 그와 마찬가지로 제르 또한 할 수 있는 일이 없었다.

"메린하프 백작 영애가 노예들을 때려죽인다는 얘기도 있습니다! 안 됩니다. 주군, 살려주십시오!"

그러니까 굉장히 악질적인 가문이란 말이었다. 막연히 고리대금주 정도로 생각했던 것보다 근본적으로 더 악질이었다. 제르는 아프게 넘실대는 감정을 억눌렀다.

"세닉 경, 그대 또한 보았겠지. 자규와 내 사이가 그다지 좋지 않다는 건 지금쯤 왕도의 모든 귀족들이 알고 있을 이야기니까. 메린하프가 자규를 전폭적으로 지지하는 자라 들었다. 에드하인다에게도 그런 거절을 해왔는데 내게 그리 주청해봐야 소용없는 일이야."

말미의 음성은 조금 흐려졌다. 페이랑은 눈물을 쓰윽 훔쳐내며 떨리는 목소리로 청원했다.

"하지만 주군은 카르시탄이시잖아요? 아무리 그래도 카르시타의 말이라면 분명 들어주실……."

이미 거절당했다.

그 쓴 현실을 일러주어 그녀 스스로가 얼마나 볼품없고 초라한 왕족인지를 다시 한 번 일깨워줄 필요는 없었다. 제르가 단호히 답했다.

"도리가 없구나."

페이랑이 납작 엎드렸다.

"제발요, 제발요……!"

"내가 바로잡아줄 수 있는 상황이 아니야. 그만 일어나. 세닉 경."

"주군! 그러지 마세요. 제발, 주군은 카르시탄이잖아요!"

마지막은 거의 악이었다.

괜스레 제르의 눈가가 뜨거워질 정도였다. 허울뿐인 이름이었다. 스스로도 그녀가 얼마나 초라한 상황인지 잘 알았다. 카르시탄이라는 이름을 가지고도 한참 아래 지위의 귀족 한 명 마음대로 구슬릴 수 없다는 건.

그저 펜시라는 아가씨의 인생이 흘러갈 여로가 눈에 훤히 보이는 듯해 입술이 무거워진다. 이 시간은 자신의 무능력을 마주 보는 것과도 같았다.

"수가 있는 것을 없다 눙치는 것이 아니다. 이미 엘보르트 경이 시도한 바, 묵살당했으니 별수 없겠지."

페이랑은 끈질기게 애원했다.

"왜 해보지도 않고 안 된다고만 하시는 겁니까! 주군! 주군은 자규왕하에게도 물러서지 않으셨잖아요! 왜요! 제발요. 이렇게 빌게요."

"페이랑……."

아스난이 더는 보고 있기 힘든 사람처럼 고개를 돌렸다. 테일런 또한 어두운 낯빛으로 시선을 내리고 있었다. 제르는 아무 말도 하지 않았다. 숨 막히는 슬픔이었다. 그녀는 흐트러지는 시선을 눈꺼풀 안에 가두었다.

세상에는 어찌할 수 없는 일이 있다는 걸, 페이랑은 너무 큰 대가를 주고 배우고 있었다.

자신처럼.

"내게 번거로운 일을 부탁하지 마라, 세닉 경. 무례는 잊어줄 테니 물러가."

아스난의 표정이 잠깐 찡그려졌다가 이내 갈무리되었다. 페이랑은 배신이라도 당한 사람처럼 부들부들 떨며 제르를 노려보았다. 그녀의 곁에 남은 기사들 중, 유일하게 웃음이 넘치는 아이였다. 그의 얼굴이 전에 없던 울분으로 뒤덮여 제게 향한다는 건 제르로서도 껄끄러운 기분이 들지 않을 수 없었다.

"……됐습니다. 제가 직접 가서 데리고 나올 겁니다."

"무슨 수로?"

"직접 쳐들어가 펜시를 꺼내 올 겁니다."

"그리고 평생 수배자가 되어 약혼녀와 백년해로할 심산이냐."

얼핏 빈정거리는 냉담한 투에 페이랑의 눈에 살기가 서렸다. 노골적인 적의가 살갗으로 느껴질 정도였다. 지켜보던 테일런이 그의 앞을 가로막았다.

"마지막으로 경고하겠습니다. 강제로 끌어내기 전에 나가십시오, 세닉 경."

페이랑이 욕지거리를 토하며 벌떡 일어나 뛰쳐나갔다. 제르는 시선조차 주지 않은 채로 얕게 숨을 내켰다. 아스난은 속이 깎여나가는 기분이었다. 그의 무례에 손을 올리긴 했지만 그의 절박함까지는 비난할 수 없었다. 펜시와 페이랑의 관계는 아스난도 잘 알고 있었다.

차라리 제르가 아주 작은 긍정이라도 보여주었더라면 나았을 것이다. 편지 한 통을 써본다거나, 수를 찾아보겠다, 하는 정도의 위로 같은 것. 그녀에게는 바라기 어려운 것이라는 걸 알지만 어쩔 수 없었다.

페이랑의 고함 소리가 멀어지자 제르가 짧게 명령했다.

"클로이스 경, 지켜봐라."

테일런이 그답지 않게 짜증스러운 표정으로 페이랑을 쫓아 나갔다.

방에는 아스난과 그녀, 단둘만 남았다. 한참이나 나가지 않고 자리를 지키고 섰던 아스난이 입술을 열었다.

"주제넘은 것인 줄 압니다만. 지나치셨습니다."

"헛된 희망은 주는 법이 아니다. 더 독이 될 뿐이야."

"위로와 포용이 항상 헛된 것만은 아닙니다."

제르의 입가에 자조가 어렸다. 비스듬히 앉은 그녀는 턱을 괸 채로 눈을 내리깔았다.

힘 빠진 목소리가 흘러나왔다.

"……그래서 지금 내가 그대에게 실망을 안겨줬나?"

"왜 르니아 양을 보냈다는 걸 말하지 않으셨습니까?"

별안간의 물음에 눈을 깜빡이던 제르가 몸을 바로 일으켰다.

"네가 어찌?"

"이 저택을 드나드는 이들에 관한 건 전부 제게 보고됩니다. 르니아 양이 아무리 신출귀몰하다고 해도 피할 수 없습니다. 당연한 일입니다."

놀란 제르와는 대조적으로 덤덤한 대답이었다. 가만히 그와 시선을 맞추던 제르가 허탈하게 웃었다.

"내가 숨긴 걸 안다면…… 끝까지 모른 척해주지 그랬나. 엘보르트

경, 내가 그리도, 무능력하다는 걸 굳이 내 입으로 말해야, 그 성이 차겠나?"

띄엄띄엄 이어지는 음성이 넝마처럼 초라했다.

"쉬십시오, 주군."

아스난은 더 말을 잇지 못하고 물러났다.

페이랑의 일로 인해 전체적으로 분위기가 가라앉은 탓에, 에드하인다 저택에 거처를 둔 대부분의 이들은 본의 아니게 네반 플라무나의 일정을 칩거하며 보내게 되었다. 그나마 자유로이 이곳저곳을 돌아다니는 건 제르의 개인적인 명령을 받고 돌아다니는 르니아뿐이었다.

아넬라는 그 와중에도 현명한 부인답게 정신을 추스르고 제르를 배려해 축제 구경을 가는 건 어떻겠느냐는 제안을 넌짓 건넸지만, 제르가 내키지 않는다며 거절했다.

그리고 네반 플라무나의 넷째 날인 오늘 아침, 결국 페이랑이 사고를 쳤다는 소식이 들렸다. 메린하프 백작 사저에 단신으로 검을 뽑아 들고 들어갔다가 경비대에 연행되었다고.

놀랍지도 않은 이야기였다. 그 때문에 테일런은 바쁜 아스난 대신 페이랑을 감옥에서 빼내기 위해 자리를 비웠다.

제르는 테일런도, 르니아도 없는 모처럼의 적요한 평온 속에서 소파에 앉아 책을 읽기를 택했다. 하지만 그다지 눈에 들어오지 않았다.

제르는 다시금 의미 없이 장을 넘기던 책을 내려놓았다. 사실 그녀는 지금 페이랑의 문제 말고도 또 다른 심기가 불편한 문제를 겪고 있었다.

네반 플라무나는 이레 동안 이어지는 꽃 축제였다.

'진짜로 장난 아니고 왕자 저하, 만나게 해줄까? 나 이래저래 연줄이 좀 많거든.'

'대신 네반 플라무나에 나와 함께 참석해줄래?'

하루하루 시간이 지날수록 그녀는 테이라는 남자에 대해 거듭 생각하지 않을 수 없었다. 르니아의 조사 또한 그다지 진척이 없는 듯해 더 신경이 쓰였다. 그러는 와중에도 시간은 계속 흐르고 있었다.

'대신 네반 플라무나에 나와 함께 참석해줄래?'

아, 바보 같다.

연거푸 되감기는 그의 음성을 떨치기 위해 눈을 깜빡이던 제르는 그대로 소파에 길게 누워 책으로 얼굴을 덮어 가렸다. 진짜로 그가 어떤 연줄이 있어 제 바람을 들어줄지도 모른다, 내심 그리 생각했는지도 모른다. 네반 플라무나가 시작된 지 나흘째가 되고 나서야 그녀는 자신이 그를 기다렸음을 알았다.

'대체 내가 뭘 바라서.'

더할 나위 없는 멍청함이었다. 한숨이 헛웃음의 탈을 쓰고 흘러나왔다.

그녀는 까무룩 잠이 들었다 깼다. 모처럼의 단잠이었다. 시간이 얼마나 흐른 건지도 알 수 없었다. 그녀가 정신을 차린 것은 문 열리는 소리 탓이었다. 노크도 하지 않고, 누구인지 고하지도 않고 그녀를 찾아올 사람은 한 명뿐이었다.

"리니, 이제 왔……."

“왕하, 자는 걸 깨웠어?”
제르가 소스라치게 놀라며 몸을 일으켰다. 잠이 확 달아났다.
“너, 너, 너…… 어, 어떻게.”
그자였다.
제르는 거의 비명을 지르기라도 할 것 같은 사람처럼 신음했다. 알렉시스는 곧 성큼성큼 걸어오더니 창을 꽉 가린 두꺼운 커튼을 휙 걷어버렸다.
“이렇게 어둠침침하니까 잠이 오지.”
쏟아져 들어오는 햇살과 함께 감춰두었던 왕궁의 귀퉁이가 모습을 드러냈다. 제르가 그를 올려다보았다. 붉은 머리칼이 유난히 부드럽게 헝클어져 길강아지 같은 얼굴이었다. 붉은 여명의 빛처럼 색 예쁜 눈동자가 그녀를 향해 초승달처럼 웃었다.
“어떻게 네가 에드하인다의 저택에.”
“연줄이 좀 있다니까.”
정말인 모양이었다. 제르는 그에게 추궁을 하거나 증명을 하라는 말도 안 되는 소리로 실랑이를 하는 대신, 멍청하니 그의 옷차림을 응시했다. 단출한 색감의 갈색 외투는 질감만으로도 몹시 값비싸 보였다. 외투의 밑단부터 윗단까지 일정한 문양을 그린 것은 금실이었다. 단추는 보석인 듯 보이는 둥글고 각진 돌이었다. 그 안으로는 하얀 상의와 무도회의 밤에 그랬듯 편안한 검은 하의가 비치고 있었다. 분명히 평민이나 범상한 자가 입고 다닐 만한 옷은 아니었다.
대체 어떤 가문 출신의 악공이기에 저리 돌아다니는 건가. 새삼 놀라웠다.
“우리 아가씨는 여기서 쉬는구나.”

우리 아가씨? 도저히 그의 사고를 따라갈 수가 없었다.

'침착하자. 침착하자.'

제르가 이 갑작스러운 상황에 납득하기 위해 스스로를 채찍질하고 있으려니, 주위를 두리번거리던 테이가 감상이라도 하듯 혼잣말로 중얼거렸다.

"흐음, 예쁘네. 괜찮은 방이야. 차기 에드하인다 백작 부인의 미적 감각이 나쁘지 않으시군. 어, 저 도자기 제법 비싸 보이는데. 이 탁자도 가나사 지역의 장인이 수제로 만든 거네. 에드하인다가 꽤 괜찮은데?"

"네가 무슨 연줄로 에드하인다 저택에 들어온 건지는 모르겠지만 내 방에 들어와도 좋다 한 적 없다. 당장 기사들을 부르겠다."

"불러도 소용없어. 튕기지 말고, 일단 일어나봐. 아, 너 닿는 거 싫어하지."

그녀의 팔을 잡으려던 알렉시스가 멈칫 손을 거두고 되물었다.

"소용없다고?"

"응. 그러니까 쓸데없는 데에 진 빼지 말고 이리와봐."

말문이 막힌 제르는 무어라 대답해야 할지 몰라 엉거주춤 그를 따라 일어났다. 문 앞에 바르게 선 알렉시스는 으레 한 팔을 벌리며 허리를 비스듬 기울였다.

"자, 그럼 가실까요, 왕하?"

"어딜?"

"놀러."

그가 했던 말을 마음에 새겨두고 있었던 건 맞지만 이렇게 미친 사람처럼 쳐들어오길 기대한 건 아니었다. 한참이나 정신이 혼미한 이

상황에 적응하지 못해 머뭇대던 그녀가 정신을 차렸을 때는 이미 그에게 정중히 떠밀려 나간 후였다.

"……마차는?"

"마차가 왜 필요해? 걸어 다니는 게 최고지."

'설마.'

그녀는 그의 실없는 말을 믿지 않았다. 카르시탄을 데리고 나왔다면 응당 그에 상응하는 대우가 있어야 한다는 걸 그도 알 것이다. 그러나 그는 놀랍게도 진심이었던 모양이었다. 알렉시스는 정말로 이동 수단 없이 걷기 시작했다.

설마, 설마 하던 것이 현실이 되었을 때는, 화를 내기엔 너무 늦었다는 것을 깨달았을 뿐이다.

거리는 꽃을 한아름 들고 가는 아이들과 화환을 목에 걸고 돌아다니는 연인들과 가족들로 붐볐다. 갈피를 잡지 못한 채로 밖으로 끌려 나온 제르는 멍하니 테이의 뒤를 쫓아 걸었다. 길 잃은 미아가 될까 두려운 사람처럼 조급한 걸음이었다.

처음에는 제법 말쑥이 차려입고 왔기에 귀족들의 쉼터 쪽으로 향할 거라 생각했던 그녀의 예상은 완전히 박살 났다. 테이는 마치 당연하다는 듯 엘올라의 한복판, 사람들로 북적대는 공들여 가꾼 꽃들이 만개한 광장으로 목적지를 잡은 것이다.

광장에서 두 골목 남짓한 거리에 이르렀을 때 인파는 최고조에 이르렀다. 제르는 마구 밀치고 지나가는 이들을 피하기 위해 이리저리 몸을 틀어야 했다. 그나마도 테이가 눈치껏 막아주지 않았다면 애초에 나동그라졌을 터였다. 이런 식으로 밖을 다녀보는 것은 처음이었다.

제대로 치장조차 하지 않은 수수한 여자와 조금은 화려한 남자는 알록달록한 꽃들 사이에서는 그다지 눈에 띄지 않았다. 얼마간 걷던 그가 물었다.

"배고픈데, 밥 먹을까?"

반감이 목구멍까지 차올라 동의하고 싶지는 않았지만 그녀 또한 허기가 졌다. 테이는 대답도 기다리지 않고 그녀를 광장의 뒤쪽 골목으로 데리고 들어갔다. 이윽고 오가는 사람들로 소란스러운 공터가 나왔다. 탁자와 의자들도 줄지어 늘어서 있었다. 그녀는 그를 쫓느라 바빴다. 꽁무니를 따라다니는 것처럼 보이기는 싫었지만 이것저것 재며 동행할 상황도 아니었다. 테이가 그녀를 보고는 늘 그랬던 것처럼 시원한 웃음을 터뜨렸다.

저 미친놈은 왜 자신만 보면 웃어대는지 모르겠다. 진지하게.

"내가 걸음이 너무 빨랐어?"

제르가 입술을 앙다물고 그를 노려보자 테이는 어깨를 으쓱하더니 한결 느려진 걸음으로 이번에는 제르를 앞장세웠다. 그의 팔이, 그녀에게 부딪치려는 것들을 조심스레 떨어뜨렸다.

"쭉 가. 저기 빈 테이블에 앉자."

노골적인 보호였다. 기분이 나쁘다. 몹시 나쁘다.

누군가가 그녀의 발을 밟고 지나갔을 때, 제르는 결국 참지 못한 짜증을 토했다.

"머저리 같은 놈!"

"오늘은 네반 플라무나라고. 그 정도는 참아줘."
저놈은 진짜 정신이 나갔다.
"곧 저쪽에서 노래 공연도 시작할 거야. 한 시간 정도 남았나?"
"넌 대체 왜 오늘에야 나타나서 이렇게 멋대로……!"
"어?"
테이가 고개를 갸웃하더니 못내 기분이 좋은 사람처럼 입술 끝을 올렸다.
"기다렸어?"
"닥쳐."
"이거 기분 좋은데. 왕하, 제 변명 좀 들어주시겠어요? 불꽃놀이랑 플라나노이의 행진은 나흘째부터 시작한다고요. 나도 얼마나 왕하를 다시 만나길 기다렸는지 몰라."
괜한 말을 꺼냈다. 어차피 무슨 말을 해도 저놈은 미친 소리만 지껄일 터인데. 제르는 대꾸하기를 포기했다. 그리고 테이는 대답을 듣기를 포기한 사람 같았다.
"아, 해 질 녘쯤에 있을 플라나노이 행진이 꽤 기니까, 미리 많이 먹어두는 게 좋아. 체력이 없으면 놀지도 못한다니까."
곧 제르는 인적이 비교적 뜸한 구석진 자리의 테이블에 앉았다. 이미 수많은 사람들이 오갔는지 이리저리 떨어진 음식물들이 결코 청결해 보이지 않았다.
진짜로? 진짜로 지금? 여기서? 제르가 믿을 수 없다는 얼굴로 테이를 올려다보자 테이는 신경도 쓰지 않는 기색이었다.
"먹고 싶은 거 있어?"
"……."

"못 먹는 건?"

"……."

"좋아, 그럼 내가 가서 대충 먹을 만한 걸로 골라 올 테니까 기다려. 앉아서 자리 지켜요, 왕하."

집 지키는 개가 된 기분이다.

제르는 이제 반쯤 정신을 놓았다. 그리 오래 걷지도 않았는데 이리 치이고 저리 치이느라 온몸은 벌써 반 녹초였고, 테이의 저 끝 모를 뻔뻔함에 정신이 닳아 사라지는 기분이었다.

테이는 금방 돌아왔다. 그의 양손엔 커다란 트레이가 들려 있었는데 트레이 위에는 생전 듣도 보도 못 한 괴괴한 음식들이 넘칠 듯 가득했다. 생김도 냄새도 그다지 구미가 당기지 않았다.

제르가 얼빠진 얼굴로 트레이 위의 음식을 바라보고 있으니, 곧 그가 제르의 머리를 장난스럽게 헝클었다. 어떻게 반응할 새도 없이 눈 깜짝할 사이에 일어난 일이었다. 그녀가 무어라 화를 내려 했을 때, 그는 이미 앉아 음식을 집어 들고 있었다.

맙소사.

"자, 이건 야채들을 볶은 거고 이건 여기 이 빵 속에 고기가 들어 있는 거야. 내가 좋아하는 것들로만 가져왔는데 한번 먹어봐. 정말 맛있어."

악공이라는 건 크게 의심하지 않았지만, 적어도 어느 정도 유력 가문의 영식일지도 모른다고 생각했던 스스로가 한심했다.

귀족일 리가 없었다. 그냥 입만 산 평민이었다. 대충 만들어 온 것이 눈에 보이는 음식들 천지였다. 언뜻 탄 부분까지 고스란히 드러내는 연갈색 빵 세 덩어리와 그 사이에 쑤셔 박힌 짓무른 야채 쪼가리들, 그

리고 정체 모를 고기. 종이로 만든 접시 위 가득 담긴 야채 볶음은 값싼 기름으로 범벅되어 있었다.

아무리 비참하게 살아왔다지만 그 힘든 시절에도 그녀는 먹고 마시는 것으로 이런 곤혹을 겪은 적이 없었다. 현기증이 밀려왔다.

"……이런 걸 내게 먹으라고."

"왜? 일단 먹어보고 얘기해."

테이가 짓무른 야채들이 뚝뚝 떨어지는 빵을 내밀었다.

단 냄새와 탄 냄새가 섞여 눈살이 찌푸려졌다. 그는 몹시도 맛있다는 듯 먹는데, 도무지 엄두가 나지 않았다. 건네받은 빵을 다시 내려놓으려는데 테이가 빈정거리듯 말했다.

"뭐 그리 꺼려해? 높은 곳의 공기를 마시다 보면 가끔은 낮은 공기를 마실 필요도 있는 거야."

"……."

"다 사람 먹는 음식들인걸."

테이가 주위를 턱짓했다. 많은 평범한 사람들이 이런 음식들을 먹고 있었다. 평범한 사람들. 문득 그녀는 그것이 자신이 몹시도 바라왔던 일이었다는 걸 떠올렸다. 제르가 용기를 내어 조심스럽게 빵을 베어 물었다. 딱딱한 데다 맛도 없었다. 그렇지만 이상하게 마음이 들뜨기 시작하는 것 같았다.

"높으신 분들 이야기나 들으면서 마음에도 없는 소릴 하는 걸로 지루하게 시간을 보내는 것보다는 이렇게 마음 편하게 즐기는 게 좋은 거잖아?"

제르는 자신이 베어 문 몹시도 초라한 빵 덩어리를 내려다보았다. 오물오물 씹어 삼키니, 그의 말처럼 못 먹을 만한 건 아니었다. 그녀가 용기를 내어 질 나쁜 나무 꼬치로 야채 볶음을 쿡 찔렀을 때였다.
다정한 음성이 복작거리는 인파 속에 울렸다.
“왕도에 온 걸 환영해, 제르.”
그가 자신의 이름을 불렀다는 걸 알았지만 흘려 넘겼다.
그녀는 처음으로 무언가에 도전하고 있었으므로, 아무래도 좋았다.

르니아가 인파를 헤치며 달렸다. 그녀는 이미 땀투성이였다. 그리 숨이 찰 때까지 달리고도 모자란지 그녀의 발은 잠시도 쉴 줄 몰랐다. 이리저리 사람들을 밀치고 치이면서 에드하인다 백작 사저에 이른 그녀는 텅 빈 제르의 방을 확인하고 좌절했다.
‘어디 가신 거지.’
늘 제르와 함께 있던 테일런도 함께 사라진 걸 보면 같이 밖으로 나간 걸 수도 있었다. 르니아의 눈동자에 다급함이 어렸다. 제르의 명에 따라 테이라는 이름의 악공에 대해 수소문하는 건 몹시도 어려웠다. 정보 길드를 찾아가 왕실 악단 단원 중 테이라는 이름의 악공이 있는지 물어봤으나 명단에는 없다는 대답만 돌아왔을 뿐이다. 그녀는 생각을 바꾸어 혹시 그게 가명일 가능성을 떠올렸다. 그녀가 인상착의를 말했을 때, 정보 길드의 직원은 아주 쉽게도 결론지었다.
‘붉은 머리칼에, 눈까지 불그스름하다고 했고…… 이리저리 떠돌다 만났고…… 테이라는 이름에 전야제 사교 무도회에 나타났고…… 귀족일지도 모른다……? 그런 사람이 한둘인가? 근데 적발적안이라 하니 올리비에 왕하가 생각나는데. 흔하지 않으니까.’

'아니, 악공이라고 했어요. 악기를 켜요.'

'카르시탄이라면 악기 두세 가지쯤이야 어렵지 않을걸.'

그때부터 어쩐지 예감이 좋지 않더라. 그리고 최종적으로 누군가 쐐기를 박았다.

'테이라면 올리비에 왕하의 아명이잖아.'

정신을 차린 르니아는 단숨에 왔던 길을 돌아 달렸다. 저택의 내정과 후원 곳곳을 헤매던 그녀는 결국 사저 어디에도 그녀가 없다는 것을 확인하고 입구로 향했다. 제르와 알렉시스 테피온은 만난 적이 있었다. 그녀가 잘못 들었던 게 아니었다.

알렉시스 테피온. 제2 왕위 후보자.

'맙소사.'

레피스는 자타가 공인하는 깐깐하고 무정한, 유능한 인재였다. 또한 그가 물려받은 가문은 소겔가드 다음으로 가장 큰 군사력을 상비하고 있었고, 역사는 타 공작가나 에드하인다 대백작 가문의 것만큼 길지는 않았지만 뼈대 있는 가문이었다. 하루에도 수십 가지의 사안들이 그의 말과 손을 통해 결제가 되는데, 그에는 한 치의 오차도 없었다. 매일이 같았다.

그러나 그조차도 어떻게 할 수 없는 일이 있었으니, 그건 알렉시스를 다루는 일이었다. 알렉시스는 선왕의 하나뿐인 자식으로 유명한 자였다. 매사가 여유롭고 느긋한 그는 때때로 막무가내로 굴기도 했다. 또한 운인지 실력인지, 인망이 있어 따르는 이들도 많다. 그는 필요한 것을 놓치는 법이 없었다. 또 가끔은 비상하게 미친 잔머리를 굴리기도 했다. 지난 사교 무도회의 일처럼. 작은 사건은 더 큰 사건으로 덮는다. 당연한 말이지만 유스카리를 강제로 운신하게 할 거라 누가 생각했을까. 새삼 알렉시스의 상식 이상의 사고를 걱정하지 않을 수가 없었다.

오늘도 그렇다. 이야기를 들어보니 에드하인다 가문으로 갔다고 하더라. 그곳엔 제이하이가 있었다.

'정신이 나가도 제대로 나가셨지…….'

만일 자신이 플라나노이 행진 책임으로 바쁘지 않았더라면 당장에 쫓아가서 그의 뒷덜미를 쥐고 질질 끌고 왔을 것이다.

유스카리가 그리 견고하게 등을 지켜주는 여자에게 접근해서 무얼 얻어내겠다는 건지.

그러나 무엇보다도 그를 걱정하게 하는 건 에드하인다였다. 유스카리가 제이하이를 옹호하고, 에드하인다는 제이하이의 휘하로 보내졌다. 무도회가 있던 밤에 유스카리와 에드하인다의 장자가 독대를 했다는 소문도 있었다.

'……그게 좌천이 아니었던 건가?'

레피스가 느리게 미간을 문질렀다. 지나친 비약이다.

'……퀸시오. 에드하인다도 이제 견제를 해야 하는 건가……. 칼시단의 금군 대장과도 친분이 있다 들었으니 이상할 건 없지만…… 퀸시오라.'

최근 들어 이상하리만치 자주 거론되는 이름이었다.

소블란을 잃고 대내외적으로 갖가지 문제를 끌어안고 있는 상황에, 공무까지 더해지니 몹시도 지쳤다. 알렉시스는 적당히 시간이 지나면

알아서 걸러질 것이라며 천하태평한 소리나 지껄이고.

“이한도 준비가 다 끝나서, 지금 베이하크 백을 기다리고 계신다 합니다.”

낯익은 음성이 정신을 일깨웠다. 레피스는 가늘게 흐트러진 금발을 쓸어 올리며 얕은 한숨을 내켰다. 데바람과 이한과 그 밖의 소소한 나라들의 사신들을 맞이해야 하는 것도 그의 몫이었다. 이리 생각에 빠져 있을 시간도 없다.

이래저래 정신없는 하루가 될 것이다.

테이는 사람들과 어울리는 데에 능한 자였다. 그는 간간이 부딪치는 행인들과 아무렇지도 않게 인사를 주고받거나, 이런저런 농담으로 호의를 사서 다양한 정보를 물어 오기도 했다. 앞선 그를 따라가면 길도 그다지 힘들지 않았다. 쉴 틈 없이 움직이는 그는 이곳 토박이라는 말이 거짓이 아니었던지 곳곳의 지름길로 그녀를 안내했다. 단 한 번도 헤매는 법이 없었다.

노래 공연이 끝나고 나자 어느덧 해가 저물기 시작했다. 흩어지는 사람들을 바라보고 있으려니 그녀의 마음도 함께 불편해졌다. 아무에게도 말하지 않고 그와 함께 나온 것이 뒤늦게 마음에 걸린 것이다. 르니아나 아스난이나 테일런이 그녀가 사라진 걸 안다면 걱정할지도 몰랐다. 그러나 그녀의 초조하게 찔리는 마음을 아는지 모르는지, 테이는 마치 당연하다는 듯 그녀에게 다음 일정을 제안했다.

“좀 쉬자. 어디 좀 들어갈까?”

제르가 의심스러운 눈빛을 쏘아 보냈지만 그녀 역시 상당히 지쳐 있었다.

아니나 다를까. 테이가 그녀를 인솔한 곳은 광장에서 조금 떨어진 낡고 허름한 선술집이었다. 외곽인데도 불구하고 사람들로 북적였다.

그녀와 테이는 줄을 서서 기다려야 했다. 이런 경험 또한 처음인지라 제르는 좋다 싫다 말도 꺼내지 못하고 멍하니 그의 옆에 바짝 섰다. 곳곳에서 걸걸한 남자들의 소란과 호탕한 웃음소리가 끊이지 않았다. 10분쯤 지났을까, 자리가 났다는 이야기에 그들은 선술집 안쪽으로 안내되었다. 시끄럽지 않은 구석이었다.

몹시도 낡은 의자와 탁자가 금방이라도 무너질 것처럼 삐걱거렸다. 제르는 의자에 앉다 말고 깜짝 놀라 몸을 일으켰다. 테이가 우스갯소리를 했다.

"왕하가 무거워 의자가 무너져도 배상은 내가 할 테니까. 어이, 아가씨. 여기 시원한 밀주[1] 두 잔!"

발끈한 제르가 무어라 쏘아붙이기도 전에 테이는 이미 번쩍 손을 들고 소리를 치고 있었다.

한창 바쁘게 술과 음식을 나르던 소녀가 앞치마를 바로 두르며 경박스러울 만큼 큰 소리로 답했다.

"순서 기다려! 내가 몸이 뭐 열 개라도 되는 줄 알아! 호겐, 저기 테이 씨 테이블에 밀주 둘! 그리고 입구 쪽에 주정뱅이 좀 치워!"

---

1) 꿀과 메밀가루를 섞어서 빚은 술.

퀸시오에서 들렀던 술집과 크게 다른 분위기도 아니었는데, 축제 탓인지 활기가 위협스러울 정도였다. 곧 밀주 두 잔이 그들의 탁자 위로 요란한 소리를 내며 놓였다. 거품이 확 튀어 제르가 놀라 피하자 여종업원은 앞치마로 대충 흘린 술을 슥 훔쳐냈다. 사죄도 없이.

"테이 씨, 오랜만이에요? 이 아가씨는 누구?"

"앙카, 잘 지냈어? 누굴 거 같아?"

"애인인가? 어휴, 뭐 내 알 바도 아니지. 지금 너무 바빠서 정신이 없어. 또 필요한 거 없어?"

"제르, 뭐 필요해?"

"……아니."

제르는 괜스레 기가 죽어 뻣뻣한 표정을 지었다. 앙카라는 여종업원이 탁자를 툭툭 치며 보채자 테이가 곧 귀찮다는 듯 손을 저어 보냈다. 종업원이 사라지고 나서야 약간 분위기가 정돈되었다. 제르는 괜스레 두근거리는 가슴을 가라앉혔다.

"이, 이런 데에 자주 오는 모양이지?"

"뭐, 시간 날 때마다 들르는 곳이지. 하지만 이거 비밀이다. 아, 시원하다. 너도 마셔. 술 잘하잖아."

가끔 저 녀석은 예상치 못한 부분에서 세심한 기억력을 발휘하는 때가 있다.

아닌 체해도 몸에 밴 예의였다. 그렇지만 사실 저자가 예의를 따지기나 하는지 의문스럽기도 하다. 아무렇지도 않게 말을 놓는 것부터. 겪어본 적 없는 상황들에 능수능란하게 대처하기에 그녀는 너무나도 경험이 적었다.

그녀는 말없이 찬 물기가 맺힌 잔을 쥐었다.

"천천히 마셔도 돼. 안 빼앗아 먹으니까."

"내가 애도 아니고."

"어땠어? 이런 거 처음인 거 같던데. 원래 엉덩이 무거운 높은 분들은 대부분 그래. 가끔 보면 왜 그리 재미없게들 사는지 모르겠어."

"……나쁘지 않았다는 것은 인정하지만."

"좋아. 거기까지. 하지만은 빼자."

제르가 깊은 한숨을 내쉬었다. 확실히 나쁘지는 않았다. 얼결에 정신없이 끌려 다닌 거긴 했지만 기억에 남는 것들이 많았다. 꽃보다도 사람들이 더 인상 깊었던 것 같다. 침묵을 사이에 두고 잔을 내려다보던 제르가 입술을 뗐다.

"그만 돌아가봐야 할 것 같다. 해가 저물 때가 되었으니까. 충분히 보았고, 충분히 피곤해."

"이제부터가 진짜인데? 그리고 나 다른 여자들이 매달리는 거 다 사양하고 너한테 온 건데."

"네 혀는 미친 소릴 안 하면 뽑히기라도 한다던가."

"하고 싶은 말 안 하면 가시가 돋친다고 하자."

"나는 네가 왜 그러는지 모르겠다."

제르가 똑바로 그를 응시했다. 능청스러운 웃음으로 그녀를 응시하던 테이의 미소는 이내 다정함으로 바뀌었다. 제르는 못내 참아왔던 이야기를 꺼냈다. 스스로도 그다지 인정하고 싶지 않은 이야기였다.

"내가 카르시탄이라는 것이 네게는 그럴듯해 보이나?"

"아아……."

"만약 그런 거라면 헛꿈을 꾸고 있는 거다. 내 왕명은 그저 허울뿐이니까."

제르의 표정은 담담했다. 너무 담담해, 오만하기까지 했다.

자기 경멸이라거나 부끄러움이라거나 하는 기색 없이 스스로의 치부를 받아들이는 모습은 왠지 모르게 이질적이었다. 탁자의 끄트머리에 팔꿈치를 걸치고 턱을 괸 테이는 빤히 제르의 얼굴을 응시했다. 너무 노골적인 시선이라 얼굴이 간지러울 정도였다.

"오해는 하지 마. 네 배경 따위에 관심 없어. 그래도 굳이 이유가 필요하다면 카르시탄의 이름보다는 네가 미녀라서 좋다고 하자. 건배할까?"

"……정신 나간 놈."

"그런 얘기 종종 들어."

테이가 사람 좋은 웃음으로 그녀를 향해 잔을 내밀었다. 어쩐지 개구진 듯, 단정하게 잘생긴 저 남자는 사람들을 끌어 모으는 무언가가 있었다. 처음 만났을 적 그리 당당하게 스스로를 높이던 태도를 납득해버릴 만큼.

그녀의 호오를 떠나, 그는 생각보다 나쁘지 않은 사람이었다.

"모자 사세요. 꽃 모자, 밀짚 모자, 축제용 모자 팔아요."

테이는 상점을 드나들며 챙이 넓은 가죽 모자를 파는 꼬마 아이를 발견하고 손짓했다. 꼬마 아이가 다가오자 테이는 아이가 든 모자들을 쭉 살피더니, 마음에 들지 않는다는 듯 심드렁한 표정을 지었다. 땀을 삘삘 흘리던 꼬마 아이의 표정에 실망감이 어렸다. 테이는 곧 아이가 쓰고 있던 낡디낡은 모자를 스윽 빼앗아 제 머리 위에 눌러썼다.

"이거."

"아, 그, 그건."

"이게 마음에 든다. 어때? 어울려?"

그의 귀티 나는 얼굴에는 어울리지 않는, 기운 흔적 가득한 낡은 모자였다. 그러나 어울리지 않는다고 솔직하게 답하려던 제르는 꼬마 아이와 눈이 마주치고 마음을 바꾸었다.

"꽤."

테이는 아이에게 모자 값을 지불한 후 만족스러운 표정을 지었다.

낡은 모자를 팔게 된 꼬마는 못내 미안한 듯 한참을 그들 주위를 맴돌더니 작은 꽃팔찌를 제르에게 건네주고 도망갔다. 미약한 꽃 내음이 났다. 제르가 꽃팔찌를 마른 손목에 감았다. 그녀는 어느새 소란한 술집의 풍경 속으로 녹아든 스스로를 깨닫고 웃었다.

"넌 네 스스로도 많은 인맥이 있고, 실제로도 왕궁에서도 일을 한다고 했는데. 그렇다면 이런 지저분한 곳이 익숙지 않을 터다. 왜 이런 곳에 출입하는 거지?"

테이는 진짜로 모자가 마음에 들기라도 한 사람처럼 이리저리 돌려 보며 대꾸했다.

"이런 곳이 뭐 어때서?"

"더럽고 낡고 불결한 장소인데."

"그리고 자유로운 곳이지."

그는 가끔, 부정할 수 없는 대답을 던져온다.

"네가 오늘 얌전히 이렇게 따라와준 건 역시, 내가 건 조건 때문이지?"

제르의 손이 조그맣게 오그라졌다. 아니라고 한다면 거짓일 터였다. 돌아가고 싶을 때마다 몇 번이나 혹시나, 혹시나 하는 마음으로 참은 것도 사실이다.

"부정하지 않겠다."
"만나서 뭐 하게?"
"……."
"제이하이라는 이름은 유명해. 너도 알겠지만. 그래서 나도 몇몇 분들에게 이야기를 좀 들어보긴 했는데…… 아, 오해는 하지 마. 널 의심하거나 어떤 악감정이 있어서 그런 건 아니니까. 올해 들어 갑자기 회자되기 시작한 너에 대해서 조사해본 사람들이 많더라고. 근데 이상하게 올해 이전의 행적은 카르시타 어디에도 없더라. 되게 궁금한데, 넌 어디에 있다 갑자기 나타난 거야? 분명 사정이 어찌 된 건지 아는 사람이 있을 텐데, 왜 알 만한 이들은 다 입을 다무는 건지도 궁금하고."
"네 인맥이 그것밖에 안 되는 모양이지."
제르가 힘없는 웃음으로 중얼거렸다. 알렉시스는 무슨 생각을 하는 건지, 잠깐 신음 같은 소리를 내더니 빙그레 웃었다.
"난 약속은 하늘이 쪼개져도 지켜. 그러려고 정말 노력할 거고. 정말 세드로 왕자 저하를 만나고 싶은 거야? 너 그날, 대답도 않고 갔잖아."
어떻게 답해야 할지 몰라 도망쳤지만, 사실 가슴 깊은 곳에서는 바라고 있었다.
어찌 그러지 않을 수 있을까. 그러나 그녀는 세드로를 둔 도박을 할 수는 없었다. 잠깐 얼굴을 보는 것을 대가로 그를 위험하게 하는 것은, 유스카리와의 약조를 어기는 것은 어떤 결과를 불러일으킬지 몰랐다.
"……제르?"

그녀는 언제나처럼 스스로의 인내를 견고히 했다.

아직은 때가 아니다.

그녀는 여전히 세상에는 마음대로 되지 않는 일들이 많다는 것을 배우는 과정 속에 산다. 휴식은 죽음의 저편에 있으리라. 이미 받아들였다.

페이랑이 곧 이르게 될 체념이었다.

느리게 눈을 깜빡이던 제르가 눈꺼풀을 들어 올렸다.

그녀의 눈이 테이의 자신만만한 눈빛을 바로 향했다. 언젠가 그랬던 것처럼, 그녀의 시선은 그의 다정한 온기에 얽혔다.

닻 달린 듯 무겁게 다물렸던 입술이 열렸다.

"……인맥들이 많다고 했지. 메린하프 백작에 대해서도 알고 있나……?"

"메린하프라면 친분이 있는 건 아니지만 잘 알지. 유명하니까. 근데 왜?"

"사람을 하나 빼 올 수 있는지 묻고 싶다."

제르의 표정 변화, 눈짓 한 번, 손가락의 움직임, 모든 것을 유의 깊게 살펴보고 있던 알렉시스의 표정에 의아함이 떠올랐다.

"왜 갑자기 마음이 바뀌셨지?"

"대답해."

"노예?"

"몰락한 아보인이라는 가문의 딸이라고 하더군. 펜시라는 이름이야."

알렉시스가 팔짱을 끼고 혀를 차듯 딱딱 소리를 냈다. 그로서도 의외였던 모양이었다.

“아보인이라는 가문은 처음 듣는데…… 메린하프 백작이라.”

그의 기억 속 메린하프 백작은 그다지 상대하고 싶은 이가 아니었다.

음침한 생김과 걸맞게 온갖 악행을 밤쥐처럼 저지르고 다닌다는 악명이 퍼진 지도 오래였다. 게다가 그는 뉘사나의 사람이었다. 극도로 뉘사나를 따르는 강경파 중 한 명. 우스갯소리로 뉘사나의 미친개라 부르는 이도 있었다. 세드로와 알렉시스라는 이름만 들어도 이를 간다던데. 뭐, 그건 뜬소문이니 차치하고.

“네가 나서도 되지 않나? 왕하도 카르시탄이잖아. 카르시탄은…….”

“너 같은 시정잡배도 나를 이리 막 대하는데.”

제르의 날카로운 일침에 알렉시스는 이내 자지러지게 웃었다. 너무 크게 웃어서 곁을 지나던 앙카가 소리칠 정도였다. 제르는 까다로운 조건까지 덧붙였다.

“도망자로 만드는 것도, 법적으로 문제를 일으키는 것도 안 된다. 비록 가문이 몰락했다고는 하나 그 역시 귀족. 적법하게 빼낼 자신이 있나?”

테이의 입가에 다정한 웃음이 배었다.

“불꽃놀이가 끝나면 얘기해줄게.”

어쩔 수 없이 제르에게 축객을 당한 테일런은 명령대로 주위를 돌아다니기 시작했다.

딱히 이유 없이 거리를 배회한 적이 드물었던 터라, 무얼 해야 할지도 알 수 없어 곤혹스러웠다. 그녀가 자신을 신경 써준 것을 알기에 그대로 돌아가기도 뭣했던 그는 말없이 저택을 벗어나 인적 드문 골목길을 걸었다. 무르익은 꽃 내음이 습한 골목 안쪽까지 흘러들었다. 조금 더 걸어 골목을 벗어나니 수줍게 핀 풀꽃들이 속속 눈에 띄었다.

네반 플라무나. 지난해까지 엘올라에 머물던 시절에는 매년 보아온 광경이었다. 자괴의 날이기도 했다. 마니랄프의 골목길을 배회하던 지울 수 없는 유년의 시절. 부러워하지는 않았으나, 동경한 적은 있었던 것 같다. 그것이 이제는 아무것도 아닌 그저 지나는 날이 되어버렸지만.

테일런은 걷고, 걷고, 걷다가 남쪽으로 방향을 돌렸다. 엘올라에 왔으니 한 번쯤 만나야 할 사람이 있긴 했다.

테일런은 피노제 저택의 기사들 사이에서도 유명했다. 그 덕택에 아르노만을 만나는 건 어렵지 않았다. 몇 번인가 면식이 있던 아르노만의 집사가 그를 안내했다.

집무실 문은 반쯤 열려 있었다. 아르노만의 집무실은 왕비의 친부가 가장 오랜 시간을 보내는 방답게 드넓고 화려했다. 귀한 액자에 끼워진 수십 점의 명화와 태피스트리와 책장과 카펫과 소파와 탁자, 거의 모든 것이 구비된 공간이었다.

테일런은 그다지 놀라는 기색 없이 집사의 보고를 기다렸다. 공교롭게도 그 시간, 아르노만은 한 기사에게 고함을 치고 있었다. 테일런은 문 옆에서 소리 없이 멈추었다. 거의 그와 동시에 아르노만도 테일런을 발견했다.

듣는 이의 오금이 저릴 만큼 무섭게 고함을 높이던 그가 뚝 멈추더니, 먼저 있던 기사를 내쫓았다. 기사는 테일런과 눈이 마주치자 몹시도 고마운 얼굴을 하며 빠르게 물러났다. 아르노만의 성정을 알기에 그의 마음이 이해가 갔다.

테일런은 아르노만과 눈이 마주치자 약간의 긴장으로 마른 입술을 그러 물었다. 단단한 턱과 잘 정돈한 턱수염부터 시작해 다부지게 다문 입꼬리와 부리부리한 눈까지. 그는 더 짙어진 흰머리를 제외하고는 달라진 게 없었다.

두꺼운 팔뚝을 꼬아 팔짱을 낀 그에게 테일런이 정중히 예를 갖추었다. 테일런은 그가 입을 열 때까지 인내심 있게 기다렸다.

아르노만이 턱짓했다.

"앉아라."

테일런이 공손하게 그의 건넌 자리에 앉았다.

"그래, 네가 돌아왔다는 소식은 들었다. 이제야 얼굴을 들이미는군. 게을러 터진 녀석 같으니라고."

"다망했습니다. 송구합니다."

"그래서 네 새로운 주인은 어떤 여자냐."

이렇다 할 안부 인사도 없는 직설적인 물음이었다. 테일런은 당황하지 않고 부드럽게 답했다.

"제게 그분은 각하만큼이나 좋은 분이십니다."

잘은 모르겠지만 제르에게 마음이 많이 쓰이는 건 단순히 주군이기 때문이라기보다는, 그녀와 함께하는 시간이 많아서일 것이다.

누군가는 보지 못할 그녀의 연약한 일면을 관음하듯 지켜보는 것은 때때로는 그에게도 고통이었다. 신분도 체면도 다 잊고 그냥 달려가 안아달래고 싶을 만큼 곤혹스러운 기분을 느낄 때도 있었다. 안아주고 포근히 어루만져주고 싶은, 답지 않은 마음. 그는 이미 받아들였다.

"그리고?"

"주군은 소문이랑은 다릅니다. 다정한 분이십니다."

아르노만의 표정이 일그러졌다.

수년을 테일런을 제 슬하에 두었다. 그 수년 동안 저런 말을 들어본 적이 있던가. 저런 표현을 할 줄 아는 놈이었던가. 아니, 애초에 그가 아는 테일런은 쓸데없는 말을 사족으로 붙이는 일 따위는 하지 않았다. 등받이에 등을 기댄 아르노만이 불편하게 물었다.

"주군이라?"

테일런은 눈을 내리깔았다.

"네가 누구의 명으로 퀸시오로 간 건지 잊은 거냐?"

늙은 노익장의 목소리가 비수처럼 가슴을 쑤셨다. 테일런은 끝내 무거운 입술로 선언했다.

"각하께서 저를 보내셨고 제게 주군은, 그분이십니다."

무거운 침묵이 그들 사이를 조여왔다. 테일런이 잠깐 마른 입술을 핥은 후 이었다.

"각하의 은혜를 잊은 것은 아닙니다. 각하께 폐 되는 일은 없도록 죽는 날까지 염두에 둘 것입니다."

"이 배은망덕한 놈!"

아르노만이 버럭 고함을 지르며 몸을 일으켰다. 테일런의 어깨가 잠깐 떨렸다.

그러나 테일런은 물러나지 않았다.

“무어라 하셔도 상관없습니다, 각하.”

아르노만이 집어 던진 책이 테일런의 이마를 강타하고 떨어졌다.

“내가 그리 배신하라 너를 보낸 것인 줄 아느냐! 이 한심한 자식이! 창피한 것도 모르고……!”

이마가 묵직하니 아팠지만 테일런은 당황하지 않고 묵묵히 그가 침착을 되찾기를 기다렸다. 아르노만은 결국 고래고래 소리를 지르다가, 멈추었다.

그리고 단호하게 명령했다.

“꺼져라.”

테일런은 소매로 살짝 흘러내린 피를 훔쳐낸 후, 조용히 몸을 일으켰다.

“평온하십시오.”

테일런이 나가고 한참이 지나도록 아르노만은 복잡한 표정으로 집무실의 두꺼운 갈색 문을 노려보았다.

제르. 세드로의 친모라는 건 이미 모든 일이 시작되기 전부터 알고 있었다. 카르시타의 혈통에서 피노제를 밀어낸 여자. 좋아할 수 있을 리가 없었다. 그러나 화가 좀 누그러지고 나니 한편으로는 헛웃음도 났다.

테일런은 하나밖에 볼 줄 모르는 놈이었다.

그리고 분명 수개월 전까지 테일런은 온전한 제 사람이었다.

그 몇 달 사이에 무슨 일이 벌어진 건가.

‘무어라 하셔도 상관없습니다, 각하.’

감히 그가 제게 저런 말을 할 수 있는 날이 오리라고는 생각지 못했다. 세상 모든 사람들이 미친 소리를 지껄인다 해도, 테일런에게는 불가능할 것 같은 이야기였다. 슬하에 있을 적 그리도 저 자신을 버릴 만큼 맹목적인 성격을 바꾸어보려 했으나 포기했다. 그런데 어찌 저리 변해 돌아왔단 말인가.

"……살다 보니, 이런 일이 다 있군."

훌륭히 키운 기사 하나 잃은 것은 그다지 아쉬운 일은 아니었다.

다만 질투였다. 유스카리의 아들을 낳아 제 딸과 제 가문에 죽을 때까지 지워지지 않을 짐을 안겨준 계집은, 이제 그에게서 또 하나를 빼앗아갔다.

참 대단한 여자다.

차라리 그냥 제르가 돌아오길 기다리는 게 더 빠를 거라는 판단이 내려진 건 광장 한복판에 이른 후였다. 이리저리 자신을 치고 지나가는 사람들 덕에 르니아는 성질이 곤두설 대로 곤두선 채였다. 그녀는 결국 광장을 벗어나 그나마 인적 드문 골목으로 피신했다. 스스로가 이렇게 지칠 수 있다는 게 놀라울 정도로 극심한 피로가 밀려왔다. 초조함에 더한 몸의 피로는 그녀를 쪼그려 앉게 했다. 아무리 그녀가 제르를 찾는 데에 도가 텄다고 해도, 이렇게 많은 사람들 속에서는 무리였다.

꽃 한 송이 제대로 볼 여력이 없었다. 골목 으슥한 곳에 앉아 이를 어쩌면 좋은가, 다시 저택으로 돌아가야 하나, 고민에 고민을 거듭하고 있으려니, 아니나 다를까, 어디에나 꼭 한두 무리쯤은 있는 패거리

가 그녀에게 다가왔다. 건들건들하게 그녀에게 다가와 묻는다.

"돈 좀 있냐?"

르니아의 이마에 힘줄이 돋았다.

잠시 후,

"그니까, 내가 지금 사람을 찾는데 너희가 좀 도와줘야겠어. 얼굴 하얗고, 키는 누나보다 조금 더 작고, 긴 검은 머리야. 누나는 참을성이 많지 않으니까 10분마다 하나씩 너희 대장 손가락을 꺾어버릴 거야."

패거리 중 가장 덩치가 큰 청년을 깔아뭉갠 르니아는 상냥하게 설명을 마쳤다. 부지불식간에 패대기쳐진 청년을 소처럼 커다란 눈으로 내려다보는 엘올라의 양아치들은 악한은 아니었다. 르니아는 청년들이 위협용으로 가지고 왔던 막대기로 바닥을 세게 내려쳤다. 우득. 소리가 나며 두꺼운 나무 막대기가 동강 났다.

"보여줘야 믿겠어?"

어쩔 줄 몰라 하며 기절한 청년을 내려다보던 네 명의 청년들이 허겁지겁 골목 밖으로 달려 나갔다. 그제야 르니아의 얼굴에 만족스러운 미소가 어렸다.

이렇게 쉬운 방법이 있는 걸 왜 깜빡하고 있었을까. 제르의 아래에 오래 있어 몸으로 뛰어다니는 하녀 근성이 몸에 밴 모양이었다. 맙소사. 하녀 근성이라니. 그건 좀 곤란한데.

르니아가 툭툭 제 밑에 깔려 널브러진 청년의 뺨을 찔렀다.

"너 정신 차린 거 알아. 눈 떠."

청년의 눈꺼풀이 파르르 떨리더니 슬그머니 열렸다. 르니아가 유쾌하게 웃으며 중얼거렸다.

“앞으로는 상대 봐가면서 덤벼라? 그리고 웬만하면 도적질은 하지 마. 운 나빠서 질 나쁜 상대한테 걸렸다간 험한 꼴 못 피해. 나이도 어린 게, 다른 직업 찾아라.”

조금 전 그녀가 보였던 손속없는 폭력성에 비해 상냥한 어투라, 청년이 입술을 오물거리다 대꾸했다.

“이, 이게 무슨 직업이에요. 근데 좀 일어나시면 안 돼요? 바닥 더러운데.”

“싫어. 도망갈 거잖아. 그리고 당연히 도적질도 직업이지.”

“도적질이 왜 직업이에요. 그건 도적질이지 그냥.”

주객이 전도된 이상한 상황이었다는 것을 느꼈지만 청년은 말없이 엎어져 신음만 했다. 시간이 꽤 흘렀다. 10분은 이미 애초에 넘긴 것 같았다.

“좀 늦네. 얼마나 더 기다려야 되는 거야. 지겹게.”

청년이 불안한 눈동자를 굴리자 르니아가 깔깔거리며 그의 뒤통수를 퍽 소리가 나게 때렸다.

“야, 걱정 마. 손가락을 꺾겠다고 한 건 농담이었으니까.”

“누나…… 안 도망칠 테니까 좀 비켜주면 안 돼요? 여자한테 깔려 있는 거 창피한데.”

벌겋게 익은 청년이 콧구멍을 벌름거리며 우물거렸다. 높게 웃은 르니아가 엉덩이를 털고 일어났다. 청년도 휘청휘청 팔에 힘을 주어 상체를 일으켜 담장에 등을 기댔다. 오늘은 똥 밟은 날이었다.

얼마 지나지 않아 뿔뿔이 흩어졌던 청년들 중 한 명이 헐레벌떡 되돌아왔다.

"찾았어요! 검은 머리 여자! 플라나노이 행진로 쪽으로 가는 것 같던데요!"

"어느 방향인데?"

"저쪽요!"

청년이 골목 길 끝을 가리켰다.

"지금 하늘나메레 주점에서 나오는 거 봤어요. 어떤 남자랑 같이 있더라고요."

'……남자?'

르니아가 눈을 가늘게 떴다. 어쩐지 느낌이 좋지 않았다.

"인상착의는?"

"에, 키 크고, 화려한 옷 입고 있고, 모자를 쓰고 있어서 잘 못 봤는데 붉은 머리…… 였던 것 같아요. 네, 네. 맞아요!"

'미치겠구나…….'

제르가 아는 붉은 머리라면 테이뿐이었다. 아니, 알렉시스 테피온. 그러나 왕족쯤 되는 이가 평민들 사이에서 부대끼고 있다는 건 납득이 되지 않았다. 아니, 퀸시오까지 그런 여행자 꼴로 오갔던 걸 생각하면 가능성이 전혀 없지도 않은 듯했다. 그가 제르를 속이고 능멸하고 있을 것을 상상하니 이가 갈렸다.

르니아가 짧게 작별을 고했다.

"고맙다. 너네 이제 정신 차리고 살아."

르니아는 빠르게 골목을 벗어났다. 숨도 돌렸겠다, 어느 정도 정신이 돌아왔으니 제르를 찾아 떠날 때다. 그리고 '어머, 시나와 님, 망할 빨간 머리 개자식이 알고 보니 이 나라의 왕위 후보래요. 카르시타에 망조가 보이는 것 같죠?'라며 이 놀라운 소식을 알려줘야 할 차례.

어쩐지 두근거리고, 어쩐지 우울했다.

엘올라를 둘러 잇는 길고 넓은 도로에서 각국 사절단의 봄 축제 퍼레이드가 벌어진다고 했다.

테이가 체면 차리는 것 없이 소리쳤다.

"거, 아줌마, 밀지 마요!"

불꽃놀이 운운하며 그녀를 붙잡아두려 했을 때, 매정하게 무시했어야 했다. 하지만 그러지 못한 이유는 여전히 알 수 없었다. 하루가 나름 즐거웠기 때문인지, 아니면 페이랑의 사정이 못내 발길을 잡아둔 것인지도. 술 두어 잔으로 목을 축이고 어느 정도 기운을 차린 제르는 사람들이 많은 곳만 골라 다니는 테이의 벌건 뒤통수를 궂게 노려보았다. 사람이 너무 많다 보니, 누군가의 접촉을 극도로 꺼리는 제르마저도 그러려니 하게 될 정도였다.

누가 치면 치는구나, 밀면 미는구나. 테이와도 본의 아니게 몹시도 가까이 붙어 있게 되었는데 그건 좀 신경이 쓰였다. 그는 아무 생각도 없어 보였지만.

그는 미어터지는 사람들을 헤치고 끝내 행진의 양 가장자리 앞자리에 그녀를 밀어 세우더니 마치 칭찬해달라는 듯 그녀를 바라보았다.

제르는 어느새 제 무릎 높이와 허리 높이로 행진 길을 따라 이어진 금줄을 물끄러미 바라보았다. 잘 다져진 흙길을 중심으로 좌우로 걸린 금줄을 따라 사람들이 빽빽이 들어차 있었다. 그녀가 서 있는 쪽도 마찬가지라, 이제 빠져나가기도 글렀다. 본디 얄밉다는 이유만으로

누군가를 때리고 싶다는 생각은 해본 적이 없는데, 테이를 향해 그런 충동이 잠시 들었다.

"이제 곧 시작해. 제르, 저쪽 봐."

무심한 얼굴로 제르가 고개를 돌렸다. 얼마 지나지 않아 넓은 대로 끝에서 무언가가 모습을 드러냈다. 사람들이 환호하며 바구니에 들고 있던 꽃잎들을 하늘로 흩뿌렸다. 하늘하늘, 꽃비가 내린다.

화려한 의상을 입은 외국 사절들이 다양한 장식과 조형물을 자랑하며 그들 사이를 찬찬히 가로질렀다. 그녀의 바로 뒤에 바짝 붙어 있던 테이가 살그머니 귓가에 속삭였다.

"언제나 꽃 같은 아가씨들이 첫 번째 무대를 차지하지. 네가 해도 잘 어울렸을지도 몰라."

"닥쳐. 제발."

당황해 나오는 대로 뱉긴 했지만, 제르는 곧 그가 말한 꽃 같은 아가씨가 놀리는 말이 아니었다는 걸 알게 되었다.

하늘하늘한 얇은 천을 몸에 두르고 허리 아래에 알록달록한 치마를 덧댄 여자들이 마차 주위를 빙글 돌 때마다, 치마가 나팔꽃처럼 부드럽게 펄럭였다.

수줍고 아름다운 미소가, 눈을 혹하게 하는 재미가 있었다. 혹여라도 맨발의 아가씨들이 다칠까 저어하기라도 하듯 관중들은 너나 할 것 없이 바구니의 꽃잎을 길 위로 던졌다. 그녀들의 걸음은 나비처럼 가벼워, 꽃잎에 상처조차 내지 못했다.

크고 작은 분홍의, 주홍의, 노랑의 꽃잎들이 눈처럼 떨어진다. 제르는 허공으로 고개를 젖혔다. 뱅글뱅글 돌아 떨어지는 꽃잎들이 아름다웠다. 기울어가는 햇빛이 보내는 온기가 눈이 부셨다.

“매년 있는 행사라지만, 네반 플라무나가 인기 있는 건 볼거리가 많아서야. 해를 거듭할수록 더 화려해지거든. 다른 나라에서도 이 행사에 많이 참가해. 큰 나라들은 거의 매년이고, 자잘한 소국들에서는 그 해의 상황에 맞춰서. 카르시타가 제일이지만 다른 나라가 보는 봄을 구경하는 것도 재미있을 거야.”

테이의 설명은 알아듣기 쉽고 상냥했다. 잇따라 초록 드레스로 온몸을 감싼 여자들의 공연과 ‘풀꽃만큼 작아진 아이들’이라는 제목의 어린아이들이 분홍빛 연노랑빛 드레스를 입고 종종 뛰어다니는 행진이 이어졌다. 끝 모르고 흩날리는 꽃잎들 사이에서 그들은 그 자체로 아름다웠다. 보고 있는 것만으로도 자꾸만 눈가가 뜨거워졌다.

이곳 또한 내 있을 곳이 아니리라.

은연중 그런 괴리감 속에 살았다. 얼어붙었던 가슴 위로 풍경이 박혀 눈을 뗄 수가 없었다. 폐허처럼 적막한 심중, 존재하리라 생각지도 못했던 열망이라는 것이 천천히 온도를 높이기 시작했다. 눈시울이 시큰거렸다.

혹, 나의 땅도 이리 아름다워질 수 있다면.

부질없는 생각이라는 것을 알았다. 그렇지만 비로소, 그토록 원예에 열을 올렸던 퀴네도사이가 이해되는 것도 같다.

반쯤 넋을 놓은 탓에 그녀는 테이의 손이 다가오는 것도 눈치 채지 못했다. 그의 손이 그녀의 머리를 훑고 지나간 후에야 알아차렸다.

"얘네들은 네가 얼마나 어려운 여자인지 모르나 보다."

테이의 웃음소리는 몹시도 가까웠다. 제르가 소스라치며 고개를 돌리자 테이가 양 손바닥을 내보이며 다정하게 웃었다.

"뭘 그렇게 또 놀라. 서운하게."

말문이 막혔다. 기분이 몹시도 이상했다.

심장이 콩콩 뛰고 있었다. 제르는 갑자기 주저앉고 싶어지는 기분에 애써 그를 외면하고 깊이 숨을 골랐다. 등 뒤로 테이의 팔이 닿았다. 그녀의 등 위로 살짝 얹은 손바닥이 따뜻했다.

매년 있는 행사라고 해도, 예년에 그랬듯 금년에도 가장 인기 있는 건 네반 플라무나의 순회공연인 플라나노이 행진이었다. 그 탓에 지금도 엘올라 도처로 무리지어 몰려 있던 이들의 반 이상은 대부분 행진로 주위에 빽빽이 몰려 있었다.

제르의 위치에 대한 단서를 좁히긴 했지만 르니아는 쉽사리 그녀를 찾아낼 수 없었다. 아무리 제르가 그 근처 어디에 있다는 이야길 들었다 해도 사람이 좀 많고, 엘올라의 둘레 길이 좀 긴가 말이다. 거의 한 시간 가까이 쉬지 않고 사람들 사이를 이리저리 비집고 돌아다니던 르니아는, 거의 포기하기 직전에 운 좋게 제르를 발견했다. 그러나 애석하게도 길 건너편에 있었다.

쏟아지는 꽃잎들을 올려다보고 있는 제르의 뒤에는 모자를 푹 눌러쓴 남자가 한 명 서 있었다. 살짝 고개를 숙여 제르의 귓가에 다정하게 무언가를 속삭이는 그를, 놀랍게도 제르는 밀어내지 않았다.

르니아가 입술을 꾹 깨물었다. 지친 탓인지, 화가 난 탓인지 눈가가 뜨거워졌다.

길 건너까지 들리도록 크게 소리를 칠 수도 있었다.

저놈은 아니라고. 그는 지금 당신을 속이고 있다고.

그러나 평온하게, 아닌 듯 상기된 얼굴로 사람들 속에 섞여 있는 그녀에게 그럴 수 없었다. 누군가는 그냥 평소보다 조금 편한 얼굴이라 말할지 몰라도 그 평소보다 조금 나은 얼굴을 보기 위해 얼마나 많은 노력이 필요한지 알기에.

'……왜 하필 저 사람이야.'

대체 왜.

'하필…… 저 남자야.'

이제야 사람들에게 조금씩 마음 한편 나눠주기 시작한 그녀에게 또 다른 배반감을 안겨줘야 하나. 그녀의 평온한 얼굴을 바라보는 르니아의 눈에 눈물이 고였다. 서러워 어깨가 떨렸다. 또 한 조각 더해진 배신도 눈물 없이 흘려보낼 그녀를 대신해 대신 울었다.

르니아는 낮은 곳을 올려다보며 환호하는 사람들 사이에서 고개를 숙였다.

곧 행진하는 이들과 속도를 맞추어 흐르던 음악이 바뀌었다. 조금 더 웅장하고 기교를 부린 음악. 어딘가에서 들어본 음악이었다.

눈물을 훔쳐내던 르니아의 눈에, 서서히 선득한 이채가 어렸다.

그건 행진의 막바지에 이르렀을 때 벌어진 일이었다.

둔중한 악기 소리가 둥, 둥 심장을 때리기 시작하자 제르의 가슴도 또 다른 의미로 쿵쿵거리기 시작했다. 익숙한 소리였다. 익숙한 복장의, 익숙한 외모의 사람들이 꽃잎으로 수북한 길을 지났다. 제르의 눈은 그대로 멈추었다. 잠시나마 녹아내렸던 가슴이 얼어붙었다.

매년 보아 이제는 별 새로울 것도 없는 풍경 대신 남몰래 제르를 바라보고 있던 알렉시스는 그녀의 변화를 알아차렸다. 그녀의 팔이 미세하게 떨렸다.

둥. 둥. 북소리는 점차 가까워졌다. 비스듬 고개를 숙여 그녀의 얼굴을 응시한 알렉시스의 표정에 당혹감이 떠올랐다. 살기. 제르의 새까만 눈동자가 전에 없는 노여움으로 떨리고 있었다. 알렉시스의 노골적인 시선에도, 제르의 눈동자는 한곳에 향해 있었다.

알렉시스가 고개를 들었다. 지근거리에서 회색 정장 예복을 갖춰 입은 데바람의 장수가 우람한 준마를 타고 위풍당당하게 걸어오고 있었다. 훤칠한 신장에 얼핏 보아도 근육으로 단련된 몸, 데바람 인 특유의 깊은 눈과 매서운 코끝, 인상만으로 평하자면 들개 같은 남자였다. 알렉시스 역시 실제로 보는 것은 처음인지라 한참을 그를 살폈다.

'오스와르 에반켈이라 했던가.'

잠깐 그 남자에 대한 일련의 정보를 상기한 알렉시스는 다시 제르에게로 고개를 돌렸다. 제르는 여전히 그에게서 눈을 떼지 않은 채였다. 그녀의 입술이 어떤 소리를 냈다.

"오스와르……."

알렉시스는 침묵했다.

오스와르는 데바람의 왕 베제스의 좌수로 호전적인 성격의 사내라고 했다. 그는 베제스를 위해서라면 무엇이라도 다 한다 알려져 있을 만큼 충성심이 높고 열정적인 자라. 제르가 그를 알고 있다는 게 의외였지만 그녀 또한 카르시탄이므로 전혀 불가능한 일은 아니었다.

다만 알렉시스의 입을 다물게 한 건 밑도 끝도 없는 살의와 공포였다.

제르가 갑자기 확 몸을 돌렸다. 그 바람에 바로 옆에 있던 남자와 크게 부딪혀 휘청했다. 알렉시스가 황급히 제르를 멈춰 세웠다. 그녀는 덜덜 떨리는 몸을 주체하지 못하고 이내 주저앉았다. 다시 힘겹게 일어섰다.

"괜찮아?"

괜찮은가? 제르는 느리게 눈을 감았다 떴다.

괜찮을 리가. 처음 데바람에서 왕왕 들었던 음악들이 흘러나오기 시작했을 때, 데바람의 복식을 갖춘 자들이 웃음을 흘리며 그들 사이를 지나갈 때만 해도 스스로를 주체할 수 있었다. 그러나 오스와르는 아니었다. 그는 아니었다. 첫 아이를 때려죽이고, 엘지를 그녀의 눈앞에서 죽여 치운 베제스와 함께 그녀를 지옥으로 떠밀었던 자였다.

부지불식간에 위장이 뒤틀리는 듯한 통증이 밀려오는 것과 동시에 구역질이 나기 시작했다. 사람들로 꽉 찬 공간에서 어찌 피할 곳도 없었던 터라 제르는 가쁘게 숨을 몰아쉬며 금줄을 그러쥐었다.

"오스와르. 오스와르."

"저자를 알아? 데바람의 상장군이라던데."

어린 나이에 좋은 자릴 꿰찼구나 싶었다. 그래, 그랬겠지. 저 자릴 꿰차기 위해 왕의 아이마저 낙태시킨 종자다. 시간이 되돌아간다. 제르는 다리에 힘을 주고 서서 고개를 숙였다. 심장이 귓가에서 쿵쿵 뛰는 것 같았다.

끔찍한 지옥의 시간.

제르는 고개조차 들지 못한 채, 머리를 감쌌다. 들켜서는 안 된다. 그들에게 자신은 영원히 사라진 사람이어야 했다. 이건 제 일신을 위한 것이 아닌, 하나 남은 희망을 위해서였다. 제르는 후드가 없는 제 외투를 절박하게 더듬었다. 도망쳐야 했다.

"나가, 나가고 싶다."

목소리가 심하게 떨렸다. 그녀의 상태가 심각하다는 것을 알아차린 알렉시스가 당혹스러운 얼굴로 오스와르와 그녀를 번갈아 보았다.

마치 도망치고 싶어 하는 사람처럼, 인파를 비집는 그녀는 몇 걸음도 제대로 떼지 못했다. 알렉시스가 사람들을 밀치고 그녀의 팔을 잡았다.

"잠깐만, 잠깐만."

"……놔."

"잠깐만, 제르! 갑자기 왜……."

"부르지 마!"

앙칼진 고함 소리가 비명처럼 울렸다.

놔아아! 비키란 말이야! 그녀는 경기라도 일으키는 사람처럼 악을 썼다. 그 바람에 놀란 관중들이 그들을 중심으로 반걸음 남짓 물러났다.

둥 둥 둥 울리는 북소리와 사람들의 환호 사이로, 비명은 넓게 번져 나갔다.

행진이 멈췄다.

알렉시스는 어쩔 줄 모르고 갑작스레 돌변한 제르를 망연히 바라보았다. 말굽 소리가 가까워졌다. 지나치게.

제르의 몸이 사시나무처럼 떨리기 시작했다.

한 남자의 음성이 귓속을 찔렀다.

"……거기, 너."

낮고 감미로운 목소리였다. 제르는 느리게 턱을 들어 하염없이 멀리 비치는 엘올라의 왕궁을 응시했다. 그녀는 귀머거리처럼 한참을 등 돌린 채 서 있었다. 오스와르가 멈춘 덕분에 행진은 완전히 정지 상태에 이르렀다. 알렉시스는 금줄까지 넘어 들어온 오스와르를 어처구니없는 얼굴로 올려다보며 사태를 이해하기 위해 애써야 했다.

"안 들리나?"

어쩐지, 희열에 잠긴 목소리처럼 떨리는 음성이었다.

제르가 고개를 돌렸다.

관중들이 놀라 멀찌감치 물러났다. 제르는 조금 전까지 도망치고 싶어 했던 사람이라고는 믿을 수 없을 만큼 맹렬한 적의로 그를 노려보고 있었다. 알렉시스는 파국을 향해 치닫는 상황 속에서도 그녀가 내비치는 감정의 깊이에 아무것도 할 수가 없었다.

이윽고 그녀와 눈이 마주친 오스와르가 크게 웃음을 터뜨렸다.

제르는 말없이 벌겋게 충혈된 눈으로 그를 직시했다.

"아직도 뒈지지 않고 살아 있었나?"

알렉시스의 표정이 서늘히 굳어졌다. 제르를 향했던 호의와 사감을 떠나 그녀는 카르시탄이었다. 그러나 화를 내리라 생각했던 제르는 알렉시스의 예상을 깨고 덤덤하게 그의 말을 받아쳤다.

"……몇 년 사이에 높은 자리까지 올랐구나."

"이게 다 누구 덕인지, 자다가도 벌떡 일어나 감사하고 싶을 정도

지. 네가 살아 있다는 걸 알면 다들 좋아할 거야."

제르의 용모에서 데바람 인의 느낌이 난다는 건 익히 알았다.

애초에 방계 왕족들은 혼혈들이 많았고 타국에 거주하는 이들도 왕왕 있었으므로 제르와 오스와르가 구면이라는 것이 큰 문제는 아니었다. 다만 저들의 대화는 명백히 적대적이었다. 우선 완전히 멈춰버린 행사를 의식한 알렉시스가 오스와르의 말 앞을 막아섰다.

"행사가 끝나지 않았는데 우선은 돌아가시는 것이 어떻겠습니까. 축하의 사절이 잔치를 망친다는 건 카르시타 쪽에서도 그다지 달가워하지 않을 테니까."

"꺼져라. 너 따위 놈에겐 볼일이 없으니."

알렉시스의 입가에 서늘한 노기가 어렸다. 제르는 여전히 그를 올려다보고 있었다. 그저 간신히 서 있는 모양새로.

알렉시스가 주먹을 꾹 쥐며 최대한 분노를 가라앉혔다. 왕국의 큰 행사를 망친 것도 모자라, 지금 그는 제르와 자신에게 차례차례 모욕을 주고 있었다.

"자리로, 돌아가는 게 좋을 거다."

알렉시스의 불그스름한 눈동자가 선득한 빛으로 오스와르를 향했다. 그와 눈이 마주친 오스와르가 고삐를 당겨 말 머리를 돌렸다.

"지금 뭐라고 지껄였나?"

오늘 하루, 충분히 기분 좋게 끝낼 수 있었다. 그러길 바랐다.

알렉시스는 제르를 돌아보았다. 그녀는 스스로가 카르시탄이라는 것을 밝히지 않았다. 평소 그리 오만하고 사나운 여자가 침묵하는 데에는 그럴 만한 이유가 있을 터였다. 하지만 그 또한 모욕에 익숙지 않은 이였다.

'……'

복잡한 예감이 범람했다. 어떤 직감이 그의 목을 죄었다. 자신이 스스로를 드러내고 나면 그녀는 이제까지보다 더 먼 곳으로 떠나버릴지도 모른다는 그런 불길한 직감이었다. 입술이 무겁게 다물렸다.

그녀와 자신이 사실 아무것도 아닌 관계임을 알면서도 알렉시스는 주저했다.

"테이, 물러나. 네가 끼어들 일이 아니니."

제르가 심상찮아지는 분위기 속에서 알렉시스의 옷깃을 끌어당겼다. 몹시도 위태롭게 떨리는 음성은, 하등 그의 진정에 도움이 되지 않았다.

테이. 그러고 보니 처음으로 듣는 제 이름이었다.

테이. 그녀가 부른 제 이름은 기대 이상으로 귀에 오랫동안 남았다. 그러나 사실, 그 또한 아무 의미 없는 소리에 불과했다. 그의 이름이 아니었으므로. 언젠가 그녀가 제 진짜 이름을 부를 날이 올까. 그건 알 수 없는 일이었다.

"테이, 물러나. 부탁이다."

그러나 알렉시스는 물러나는 대신 사나운 눈으로 오스와르를 올려다보았다. 올려다본다는 것은 그에게 있어 그다지 좋은 기분은 아니었다.

"죽고 싶어 작정을 한 모양이구나. 네놈은 목숨이 열 개는 되는 모양이지?"

오스와르가 위협적으로 비웃으며 말에서 내렸다. 그의 커다란 발이 도처에 깔린 꽃들을 짓밟았다. 건장한 몸이 한 걸음, 한 걸음 움직일 때마다 그의 근육이 위협스럽게 움직였다. 먹이를 사냥하는 맹수

의 것처럼. 제르가 뒷걸음질했다. 알렉시스는 오스와르의 눈을 피하지 않은 채로 제르와 그의 사이를 가로막았다. 제르의 손이 애처롭게 그의 옷자락을 끌어당겼다. 애원이라도 하듯이.

그는 그녀의 공포를 고스란히 느꼈다. 울컥 무언가가 치밀어 올랐다.

왜 네가. 고작 저런 데바람의 남자에게.

급한 말굽 소리가 났다.

"오스와르 님."

행진이 완전히 멈추었다는 소식에 부리나케 달려온 건 이번 플라나노이 행진의 책임 지휘를 맡고 있던 레피스였다.

레피스와 함께 나란히 걸으며 이런저런 이야기를 나누고 있던 이한 사절의 대표인 솔린도 뒤따라왔다. 그녀는 레피스와는 달리 거리를 두고 서서 그들을 살피는 것으로 상황만 살폈다. 레피스가 등장한 후에도 사태는 점점 심각해졌다.

알렉시스는 입술을 꾹 다문 채로 쓰고 있던 모자를 움켜쥐었다. 금세 지척으로 다가온 레피스가 당혹스러운 표정을 지었다. 가장 처음 그의 눈에 든 건 뱀 허리에 구멍이 난 듯 텅 빈 길에 선 제르였다.

워낙 경황이 없었던 탓에 다른 생각을 할 여력도 없었다. 그가 위협적인 표정을 하고 선 오스와르를 향해 급히 물었다.

"무슨 일이십니까?"

"때마침 잘 왔군, 베이하크."

이미 저자는 선을 넘었다.

알렉시스는 서늘한 눈으로 레피스를 응시했다. 상황을 이해하기 위해 주위를 살피던 레피스는 허름하고 낡은 모자를 쓴 사내와 눈이 마주치고 얼어붙었다.

"이자가 목숨이 여럿인 모양이더군. 나를 모독했소."

알렉시스의 얼굴에서 표정이 사라졌다. 레피스가 당황스러운 얼굴로 말 아래로 내려선 오스와르의 정수리를 내려다보았다. 오스와르는 그것도 모른 채로 말을 이었다.

"괜찮다면 내가 직접 손봐주고 싶은데."

오스와르의 서늘한 음성을 가만히 듣던 알렉시스가 입매를 비틀어 올렸다.

레피스는 오스와르에게 지금 당신이 당면한 곤란한 상황에 대해 설명을 하기 위해 입을 열려 했다. 그러나 제발 입 다물고 있어주길 바랐던 알렉시스는 기어코 빈정거렸다.

"데바람에서는 이런 무례하고 정신 나간 놈을 카르시타로 보냈나."

오스와르가 일그러진 얼굴로 레피스를 돌아보았다. 진정으로 직접 손을 보기라도 할 것 같은 얼굴이었다.

"저, 자, 잠깐. 잠깐."

"잠깐? 지금 저런 미친한 자에게 외국 사절이 모욕을 당하게 둘 셈인가? 저런 모욕을 듣고도 내가 가만히 있을 거라 생각하나."

"……우선, 진정하십시오. 지금 아무래도 상황이 조금 꼬인 듯하니."

제르는 아득히 멀게만 들리는 그들의 음성을 흘리고 있었다.

바로 조금 전까지만 해도 여느 때와 다름없던 하루가, 조금은 기분 좋았던 하루가 꿈처럼 느껴졌다. 테이의 옷자락을 쥐어 당기는 것 말고는 할 수 있는 게 없었다. 두려워서, 겁이 나서, 고개조차 들 수 없었

다.

그런 그녀의 정신을 일깨운 건 뒤늦게 합류한 한 남자의 목소리였다.

"진정하십시오."

"베이하크 백, 지금 당신도 듣지 않았나?"

어디선가 들어본 듯한 목소리. 그러나 귀에 익은 건 결코 아니었다.

조금은 신경질적이지만 담담하게 힘이 있는.

'……꼭 그리 부르셔야 성이 차시겠습니까?'

'테이 님, 그만하시죠.'

'입 좀 다무십시오, 테이 님. 취하셨습니다.'

들어본 적 있는.

제르가 고개를 들었다.

말끔하게 넘겨 올린 금발 아래, 처음 보았던 그날처럼 날카로운 벽안의 남자가 말 위에서 그녀를 내려다보고 있었다.

"베이하크, 귀족 능멸죄가 카르시타에서는 어찌 적용되나."

오스와르의 위협도 멀어진다.

베이하크 백작 가문. 그는 그녀 또한 익히 아는 유서 깊은 가문의 이름이었다. 레피스와 눈을 맞춘 제르는 다시 한 번 현실을 자각했다. 레피스는 이미 그녀가 누구인지 알고 있는 듯 놀란 기색 하나 없이 시선을 맞출 뿐이었다.

"물으시니 일단 답은 드리겠습니다. 예법에 엄격한 카르시타에서는 아랫것이 귀족의 앞에서 경거망동을 하는 것은 예법에 어긋나는 것으로 간주, 기사는 평민, 노예 가릴 것 없이 즉결 처분이 가능합니다."

“그럼 저놈을 죽여버려도 된다는 말이군.”

오스와르의 사나운 응수에도 테이는 두려운 기색 하나 없이 붙박이처럼 서 있었다.

제르의 시선이 테이의 뒷모습에 맺혔다.

레피스의 목소리가 이어졌다.

“맞습니다. 다만, 지금은 에반켈 상장군께서 큰 무례를 범하시고 있다는 것을 알아주셨으면 합니다.”

모자 아래 드러난 붉은 머리칼이 눈에 맺힌다.

“무슨 소리요?”

“까부는 것도 상대를 봐가면서 까불어야지. 주제넘게 굴지 말라는 말을 이해를 못 하나?”

레피스의 침묵과 오스와르의 당혹과 알렉시스의 노여움이 뒤섞인 가운데, 그녀 홀로 이방인이었다.

그녀는 넋을 놓은 눈동자로 알렉시스를 응망했다.

그럴 리가.

레피스가 소개했다.

“경황이 없어 일찍 말씀드리지 못했습니다. 이런 자리에서의 배알은 서로 원치 않으셨으리라 생각하지만, 늦었으나 소개해드리겠습니다. 이분은…….”

레피스의 건조하고 담담한 목소리.

숨이 사그라든다.

아주 잠깐, 그의 고개가 제게 돌았다. 짜증스러울 정도로 장난기 넘쳤던 불그스름한 눈동자가 전에 없이 서늘히 얼어 있었다. 시선이 떠났다. 알렉시스가 모자를 벗었다.

시간이 멈춘 것처럼, 일대가 고요 속으로 침닉했다. 1초가 1년처럼 느리게 흘러갔다. 저물던 태양이 멈추어 그들의 머리 위로 흘러내리는 찬란한 빛 속에서.

멈춰버린 뇌리를 많은 것들이 바람처럼 스치고 지났다.

"이분은…… 알렉시스 테피온 펜 올리비에 카르시탄 왕하이십니다. 아시겠지만 선왕 제누바시스 전하의 적자이신……."

붉은 머리칼이 자연스럽게 흘러내렸다.

멈추었던 햇빛과 함께 부서지는 붉은 빛이 시야에서 어른거렸다. 시작이 어찌 된 것인지도 모른다. 누군가 바닥에 이마를 대며 엎드렸다. 경건한 복배였다.

일대에 몰려 있던 수십, 수백의 백성들이 납작하게 몸을 낮추었다.

"왕하!"

촉촉한 풀 위로 번지는 불길처럼 느리게, 그러나 확실하게 번져나가는 백성들의 낮은 절. 그건 이내 들불이 되었다. 오스와르가 말문이 막힌 사람처럼 입을 벌린 채 뒷걸음질하며 주위를 둘러보았다.

절하지 않은 이는 그들뿐이었다.

레피스의 음성이 지친 듯 이어졌다.

"이 일에 관한 건 후일 마무리했으면 좋겠습니다. 아직 행사가 마무리되지 않았으니 에반켈 상장군께서도 말에 올라주시길 권고합니다."

오스와르가 어쩔 줄 모르는 사람처럼 괴상한 신음을 내다가, 알렉시스와 눈이 마주치고는 허겁지겁 말에 올랐다. 충격받지 않은 이는 알렉시스뿐이었다. 오스와르는 당황을 금치 못하고 도망치듯 자리에서 물러났다.

그가 충분히 멀어진 것을 확인한 레피스는 긴 한숨과 함께 말 머리를 돌리며 말했다.

"올리비에 왕하께서도 여마가 있으니 함께 성으로 돌아가시는 게 어떠신지요."

저물어가는 태양을 등지고 경배하는 이들과, 머리 위로 내려앉는 바람과 함께 마지막 꽃잎이 떨어졌을 때 제르가 물었다.

나를 속였나.

불꽃놀이가 참 아름다웠을 텐데. 아쉽구나, 제르.

되돌아온 답은 그게 전부였다.

그날, 제르는 베이하크 가문의 기사 한 명과 함께 저택으로 돌아왔다. 아넬라가 그녀를 맞았다. 방문을 지키고 있던 테일런이 그녀를 발견하고 고개를 숙였다. 아스난이 베이하크가의 기사와 함께 나타난 이유를 물었다. 그녀는 아무 말 없이 침대 위로 누웠다. 손목에 감겨 있는 풀로 엮은 팔찌가 물기를 잃고 거무죽죽 시들어 있었다.

그녀는 말없이 끊어냈다. 웅크렸다.

아프다. 온몸이 아팠다. 내장을 헤집는 고통이 찾아왔다. 구역질을 견딜 수가 없어 몸부림쳤다. 르니아가 필요했다.

반쯤 열린 창으로부터 밤의 냄새가 났다.

'리니…….'

그날 밤, 이튿날, 그다음 날까지도 르니아는 돌아오지 않았다.

왕궁 제1 왕위 후보의 거처. 소파에 앉은 뉘사나는 찻잔을 든 채로 새로 들여온 명화를 벽에 거는 시녀들에게 간간이 지시를 내리고 있었다. 얼마 지나지 않아 배치가 마무리되었다. 그는 반듯하게 걸린 그림을 보며 만족스러운 표정을 지었다.

하지만 그건 오래가지 않았다. 알렉시스가 그의 반대편에 앉아 있다는 것을 상기한 탓이다.

"이리 갑자기 나를 찾아온 용건이 뭔데?"

거만하게 팔을 걸치고 소파에 기대어 앉은 알렉시스는 찻잔에는 손도 대지 않은 채였다. 그는 조금 전까지도 시녀들이 열과 성을 다해 배치한 액자를 바라보며 중얼거렸다.

"채광이 별로인데, 반대편 벽의 저 음침한 그림이랑 바꿔 거는 건 어떻겠습니까?"

"사설은 그만두고. 왜 찾아온 거냐."

"형님에게서 빚을 받으러 왔습니다. 두 가지를 감해드렸지만 하나 남았죠."

뉘사나의 표정이 일그러졌다. 그는 아직 지난 사교 무도회에서 알렉시스가 저지른 멍청한 짓에 대해 화가 풀리지 않은 채였다. 하지만 약속은 약속이었다.

"말해."

알렉시스가 느릿한 음성으로 답했다.

"아를캥의 상권 유통권 지분이 대부분 형님 쪽에 있다지요?"

"그래서? 아를캥의 상권을 원하나? 얼마나?"

"아를캥의 영주."

뉘사나가 차를 홀짝이다 말고 눈을 치켜떴다. 알렉시스의 평이한 음성이 이어졌다.

"현 영주의 땅을 몰수하고 제게 통째로 넘기십시오."

아를캥은 카르시타 제일의 예술 도시로 유명한 땅이었다.

엘올라의 동쪽에 위치한 그 땅은 수많은 여행객들과 외국 귀족들이 휴양을 오는 경제 도시로서 어마어마한 실질 가치를 가지고 있었다. 게다가 지금 그곳을 지배하는 건 공공연하게 뉘사나를 따르는 페리 백작으로, 그는 뉘사나의 충실한 심복이었다.

"과하다."

서늘한 투로 짧게 일갈한 뉘사나가 다시 차를 한 모금 마셨다. 알렉시스는 표정 하나 바꾸지 않은 채로 턱을 치켜들었다. 특유의 능청스러운 미소가 걸렸다.

"형님이 먼저 시작한 내기 아닙니까?"

"……."

"그러면 선택권을 드리겠습니다. 형수님에게 주었던 목걸이, 이름이 뭐더라. 모르겠네. 그쯤 대단한 목걸이이니 이름은 있을 것 같은데. 그거 아니면 아를캥입니다. 더 이상의 합의는 없습니다."

뉘사나는 기가 막힌 얼굴로 알렉시스를 응시했다.

그들이 어릴 적부터 종종 이런 장난으로 합의 하에 여러 가지를 빼앗고 빼앗기긴 했지만 어느 정도의 선이라는 게 있었다. 여태까지 그들은 그들 소유의, 혹은 휘하의 일부 지방 지역의 상권이라거나, 통행권이라거나, 소장 중인 귀중품이라거나 하는 것들을 암묵적인 규칙으로 삼았다.

농담인가 싶은 생각에 다시 한 번 못마땅한 눈으로 알렉시스를 뜯어보지만 그는 번복의 기미가 없었다.

"형님이 하신 말을 못 지키시겠다는 겁니까? 제가 보기엔 참 간단한 선택인데요."

뉘사나의 낯빛에 진한 짜증이 어렸다.

"기간은?"

"없습니다."

"미쳤구나. 후환이 두렵지도 않은가 보지?"

알렉시스가 한쪽 입꼬리를 끌어올렸다.

리안에게 미안하게도 아주 잠깐 뉘사나는 고민했다.

아를캥은 그 자체로도 어마어마한 자산이 되는 땅이었다. 예술적인 아름다움과 부의 가치가 있는 곳. 언급했듯, 그곳의 주인인 페리 백작은 그의 충실한 심복이었다. 만일 아를캥을 알렉시스에게 영구히 내놓게 된다면 그는 아름다움과 부와 심복을 일시에 잃어버리게 되는 셈이었다. 하지만 리안과의 혼인 예물이었던 목걸이는 사실 애초에 고려의 대상조차 되지 못했으므로, 그가 할 수 있는 선택은 없었다. 그도 알 것이다.

"어차피 주인이 바뀔 뿐이니 형님에게 크게 손해 가는 건 없을 겁니다. 뭐, 아를캥에서 나오는 그깟 푼돈에 연연하실 형님도 아니지 않습니까?"

그깟 푼돈이라 말하는 건 사실 푼돈은 아니었다. 그 작은 땅에서 끌어 오는 자금이 엘올라 반년 예산의 5분의 1은 거뜬했으니까.

뉘사나는 턱에 힘을 주고 그를 노려보았다.

"이번에 네가 놀이 수준을 넘어선 무리한 요구를 하고 있다는 걸 알고는 있는 거겠지?"

"위험 부담이 클수록 재미있는 법 아니겠습니까?"

"아를캥으로 해."

뉘사나가 신경질적으로 대꾸했다.

"계약서는 이 자리에서 마무리하죠."

알렉시스가 기다렸다는 듯이 준비해 왔던 고급 양피지를 꺼내었다. 아를캥의 새 영주로 베이하크를 지목한다는 항목이 쓰여 있었다.

"그놈이 아를캥까지 신경 쓸 여력이나 있는 놈인가?"

"걱정하지 않으셔도 됩니다."

"아를캥은 지금 페리 백 휘하에서 잘 돌아가고 있어. 네놈이 그걸 망쳤다간……."

알렉시스는 유달리 예술적인 분야에 집착하는 뉘사나의 성정을 익히 알고 있던 터라, 낮게 웃으며 어깨를 으쓱했다.

뉘사나는 신경질적으로 서명을 마쳤다. 이제 페리 백작에게 다른 땅을 내어주어야 했다. 손해가 이만저만이 아니었다. 뉘사나의 서명이 확실히 담긴 계약서의 잉크가 마르길 기다렸다가, 그것을 둘둘 말에 챙긴 알렉시스는 처음 그랬듯 편안히 소파에 기대어 앉았다.

"왜 안 나가?"

"기다리는 사람이 있습니다."

"내 거처에서?"

"예. 근데 좀 느리네요. 군기들이 빠졌습니다, 형님?"

이건 또 무슨 장난질인가 싶어 눈살을 찌푸리던 찰나, 똑똑똑, 하는 노크 소리가 울렸다.

"셰빈 님께서 찾아오셨습니다."

"들어와."

호랑이도 제 말 하면 나타난다더니만. 알렉시스의 입가에 희미한 미소가 어렸다. 뉘사나의 거처로 찾아온 것은 메린하프 백작이었다. 그리고 뒤따라 그의 시종 두 명이 들었다. 그는 땀을 뻘뻘 흘리고 있었는데 숨을 헐떡이는 것이 급히 달려온 모양이었다. 그는 무례하게도 알렉시스를 무시한 채 몹시도 황송하다는 듯이 뉘사나의 앞에 엎드렸다.

"부름에 이리 달려왔습니다. 명하신 대로 그 아이도 데리고 왔습니다, 왕하."

"……부름?"

뉘사나는 난데없이 들이닥친 메린하프 백의 정수리를 내려다보다가 수상쩍은 눈길로 알렉시스를 돌아보았다.

"이건 무슨 소리냐?"

"제가 형님을 사칭했습니다."

"예?"

메린하프 백이 황당한 신음을 하며 고개를 들었다.

"나를 사칭?"

"저자의 엉덩이를 좀 움직이게 해볼까 싶어."

상황을 간파한 뉘사나가 서늘하게 으르렁거렸다.

"대가를 치르게 될 거다."

알렉시스는 노골적으로 유쾌하다는 듯 웃으며 한 마디 더했다.

"인장도 확인하지 않고 달려온 저 멍청이부터 갈아 치우시는 게 더 낫지 않겠습니까?"

바짝 엎드려 있던 메린하프 백이 고개를 들어 알렉시스를 노려보았다.

"오, 올리비에 왕하. 지금 무슨…… 어찌……."

귀까지 벌게진 그가 숨을 끊듯 띄엄띄엄 말했다. 당장이라도 알렉시스의 멱을 쥐고 소리치고 싶은 사람처럼 일그러진 얼굴이었다. 뉘사나가 피식 웃었다.

"됐다, 셰빈. 일단 왜 이런 짓을 했는지나 들어보지."

뉘사나는 서늘히 굳은 얼굴로 메린하프 백작과 그의 뒤쪽에 엎드려 있는 두 시녀를 내려다보았다. 한 명은 크고 짧은 머리의 시녀로 전에 본 기억이 있었다. 그 옆의 연한 갈색 머리칼을 한쪽으로 땋아 내린 다른 한 명은 아담한 체구였는데 작은 몸을 사시나무 떨 듯 떨고 있었다. 처음 보는 아이였다.

"명한 대로 아이를 데려왔다는 건 뭐냐?"

쭉 뻗은 다리를 꼬고 앉아 거만하게 손끝을 까닥이던 알렉시스가 냉한 음성으로 물었다.

"아보인가의 계집이 어느 쪽이냐. 일어나라."

몸을 오들오들 떨고 있던 작은 체구의 여자가 몸을 일으켰다.

"네가 펜시냐?"

시선을 바닥에 박은 채로 아무 말도 못 하고 선 여자의 위아래를 살피던 알렉시스가 메린하프 백에게 명했다.

"메린하프 백, 저 아이를 적절한 보상과 함께 에드하인다로 돌려보내."

알렉시스의 농간질에 한달음에 뉘사나의 거처까지 달려온 것만으로도 이미 그의 체면은 구겨질 대로 구겨져 있었다. 공손히 일어나 메기수염을 스윽 한 번 쓰다듬은 메린하프 백작이 뱁새눈을 하며 뻔뻔히 대꾸했다.

"불가합니다. 저 계집은 진 빚을 갚지 못해 지금 대신 일을 시키고 있는 노예입니다."

"그런데?"

"이 아이에 대해 어찌 아신 건지는 모르겠지만, 저 아이는 지금 저희 가문의 자산으로 빚을 다 갚을 때까지는 내보낼 수 없습니다."

처음 눠사나에게 납작 엎드려 와앙하! 를 외치던 투와는 노골적으로 사나운 대꾸에 알렉시스는 피식 웃었다. 눠사나는 팔짱을 낀 채로 알렉시스와 펜시를 번갈아 보았다.

"빚을 졌다면 얼마나 졌기에?"

"날로 날로 이자가 불어 5,000닢은 됩니다."

일개 노예의 몸값이라고 하기에는 악독한 액수였다. 하지만 알렉시스는 대수롭잖다는 투로 답했다.

"별것도 아니군. 넌 에드하인다로 돌아가라."

"왕하, 대체 무슨 말을 하시는 겁니까? 이 계집은 저희 집안의…… 대신 갚아주시려는 겁니까?"

"너, 이게 뭔지 보이나?"

알렉시스가 조금 전 눠사나에게서 받은 계약서를 펼쳐 보였다.

아를캥의 소유권을 베이하크에게로 넘기겠다 쓰인 서류였다. 메린하프 백은 뱁새눈을 최대한 크게 떠 계약서를 훑은 후, 말미에 남은 눠사나의 서명을 확인하더니 경악했다. 아를캥이라면 적잖은 가치의 땅이었다.

"아, 아니, 자규 왕하. 어째서 아를캥을……."

눠사나는 표정 하나 바뀌지 않은 채로 계약서를 들고 싱글싱글 웃고 있는 알렉시스를 바라보았다.

"메린하프 백, 그거 아나? 사실 내게는 이 땅이 필요가 없어."

'밉살스러운 놈…….'

뉘사나가 코웃음 치며 고개를 돌렸다.

"5,000닢을 아보인가의 펜시에게 내어주고 에드하인다로 무사히 돌려보낸다면, 이 계약서를 내가 네게 줄 거야. 그러면 너는 기쁘게 이걸 다시 형님에게 갖다 바칠 수 있는 영광을 갖게 되는 거지."

메린하프 백은 어찌 돌아가는 상황인지 이해가 가지 않는 사람처럼 고개를 움찔움찔 경련했다. 그가 뉘사나를 향해 어떤 설명이라도 듣길 바라는 것 같은 그렁그렁한 표정을 지었지만 뉘사나도 알렉시스의 기행에 대해 딱히 덧붙일 말이 없었다.

알렉시스는 메린하프 백의 노골적인 동요가 마음에 들었는지, 음침하게 다정한 미소로 쐐기를 박았다.

"거절하고 싶으면 거절해. 그냥 넌 고작 5,000닢과 노예 한 명을 아를캥과 바꾼 것뿐이니까. 형님에게 약간의 미운털이 박힐지도 모르지만…… 뭐, 형님은 아를캥의 푼돈에는 관심 없으시니 혹시 모르지."

뉘사나는 하얗게 질린 메린하프 백의 얼굴을 바라보며 내심 혀를 찼다. 아를캥은 해에 몇십만 닢의 가치가 있는 땅이었다. 멀쩡한 머리가 있다면 그걸 5,000닢과 바꾸지는 않을 것이다.

한 가지 확실해진 건, 알렉시스는 애초부터 아를캥에는 관심도 없었다.

짧게 비웃은 뉘사나가 눈썹을 찡그렸다.

'괘씸한 자식 같으니라고.'

결국 메린하프는 빚을 모조리 탕감하고 그녀를 에드하인다로 돌려보내는 것도 모자라 그 위에 웃돈까지 얹어주겠다는 약조를 거듭했

다. 그러나 알렉시스는 그로 그치지 않고 메린하프 백을 짓궂게 놀렸다.

“계약서가 갖고 싶다면 자비로운 알렉시스 님 만세를 세 번 복창하도록.”

알렉시스를 노골적으로 싫어하는 메린하프 백에게 있어 그건 벌레 삼키는 것보다 더 고통스러운 말이었던 모양이었다.

“자…… 비…… 로…… 우으으은…….”

더듬더듬 음절이 더해질수록 메린하프 백의 얼굴은 분노와 모멸감으로 뒤범벅된 푸르딩딩한 빛으로 물들었다. 더 내버려두었다간 혀라도 깨물 기세라, 결국 뉘사나가 나서서 그와 그를 따라 들어온 시녀 둘을 함께 내보냈다.

알렉시스는 계약서를 탁자 위에 내려놓은 후 느른하게 기지개를 켰다.

“용무는 끝났으니 이제 가보겠습니다. 재미있었습니다, 형님.”

“애초에 처음부터 내게 저 여자를 빼내어달라 청하지 그랬냐.”

“메린하프라면 여러 가지로 유명하지 않습니까. 저 건방진 놈에게 수모를 줄 기회인데 제가 어찌 놓칠까요.”

알렉시스가 희미하게 웃었다.

뉘사나는 알렉시스가 내려놓은 계약서를 촛불 위로 가져다 옮겼다. 느리게 불이 붙은 계약서가 점점 큰 불길을 일으키며 타올랐다. 그는 곧 베이하크의 이름과 제 서명이 소실된 것을 확인한 후, 찻주전자 속에 계약서를 툭 떨어뜨렸다. 치지직 하는 소리와 함께 불씨가 꺼졌다.

“저 여자는 누군데?”

간단한 답이 흘러나왔다.

"모릅니다."

"단순히 메린하프를 엿 먹이기 위해 알지도 못하는 노예를 풀어주라 한 거라고? 내가 그 말을 믿을 것 같으냐."

"안 믿으셔도 상관은 없습니다만 오늘 처음 본 여잡니다. 어쨌든 앞으로 한동안 못 볼 테니, 무탈히 계십시오."

알렉시스가 느릿느릿 걸어가며 말을 맺었다. 그의 뒤통수로 뉘사나의 빈정거림이 던져졌다.

"또 어딜 나가려고?"

"형님에게서 도망치려고요."

"네가 도망갈 수 있을 것 같으냐."

"도망은 못 가도 잡히지도 않잖습니까?"

뉘사나가 짧게 경고했다.

"조심해라. 안부도 전하고."

알렉시스가 서늘히 뜬 붉은 눈동자를 곁으로 흘리며 중얼거렸다.

"형님도 정도는 잊지 마십시오. 당하고 사는 취미는 없으니."

네반 플라무나의 마지막 날이었다.

오스와르는 유스카리를 알현하고 돌아가는 길이었다. 다행스럽게도, 네반 플라무나라는 카르시타의 국경절 마지막 날인 오늘도 알렉시스는 보이지 않았다. 축제 중 생겼던 일을 크게 문제 삼을 줄 알고 잔뜩 긴장해 있던 그에게는 천행이었다. 어차피 닷새 후면 다시 데바

람으로 돌아갈 예정이었다. 적당히 닷새만 조용히 지내다 떠나면 될 것이다. 알렉시스 테피온을 생각하니, 자연스럽게 그녀에게로 사고가 옮겨졌다.

제르 시나와 엘 네들리타 데바라네. 선왕 쥬세의 총비였던 여자였다. 그가 카르시타 내에서 알아볼 수 있는 정보의 넓이는 몹시 협소했지만, 그럼에도 그녀가 호의호식하고 있다는 것만큼은 잘 알겠다. 선왕을 홀려 베제스를 위협했던 여자가 살아 도망쳤다는 이야기를 들었을 때까지만 해도 그다지 걱정하지는 않았다. 그런데 카르시타에서 왕위 후보와 함께 있다니. 이건 분명 데바람에서도 문제가 될 일이었다.

베제스가 그녀의 소식을 들으면 또 얼마나 기뻐할까. 오스와르의 낯빛에 비열한 미소가 만면했다. 계집을 발견했다는 걸 한시라도 빨리 고해바치지 않으면 혀에 가시가 돋칠 것 같아 급히 파발을 올린 게 그 제였다.

그때였다. 한 기사가 급히 달려오는 게 보였다. 막 알현실에서 나와 생각에 잠겨 있던 오스와르는 기사를 미처 피하지 못하고 부딪쳤다. 그러나 기사는 사과도 없이 그대로 그를 지나쳐 달려갔다. 자세히 보니 금군 대장이라 했던 남자였다.

'란다마이어…… 라고 했던가.'

아무리 바빠도 무례는 무례였다. 오스와르가 한참이나 말뚝처럼 서서 제피언의 뒷망토를 노려보았다. 그런데 얼마 지나지 않아 또 다른 군화 소리가 복도를 소란하게 울렸다.

"오, 오스와르 님, 문제가…… 생겼습니다."

오스와르가 고개를 돌렸다. 데바람에서 이곳까지 오는 내내 그를 보좌했던 부관이었다. 부관의 얼굴이 새파랗게 질려 있었다. 꽤 먼 곳에서 알현실 문이 쿠웅 하고 닫히는 소리가 들렸다. 예감이 좋지 않았다.

"뭐냐."

"본국으로 돌려보냈던 파발마가 죽었습니다."

'……뭐?'

처음엔 자신이 잘못 들었나 하는 생각을 했다.

"그게 무슨."

알벤 경은 그의 휘하 기사들 중 가장 노련한 자였다.

"알벤 경이 엘올라를 채 빠져나가기도 전에 습격당했습니다. 방금 전, 시신이 발견되었습니다."

데바람의 기사 살해는 그게 끝이 아니었다. 축제가 끝나기 무섭게 벌어지는 연쇄 살인에 엘올라는 싸늘한 두려움으로 얼어붙었다. 하루 이틀 사이 뒤바뀐 극명한 온도 차이였다.

"이한에서 온 기사들을 손대지 않고 데바람의 사절만 줄줄이 죽인다는 게 석연찮습니다. 이한의 사절로 온 솔린 레쉴리도 이 상황에 몹시 유감이라는 의사를 표했습니다."

"데바람 인 중 벌써 다섯이 죽었습니다. 겨우 이틀 만에 벌어진 일입니다. 데바람 군사들의 통행을 금지하는 것이 좋겠습니다."

"가둬두기라도 하자는 겁니까."

연병장에 종대로 선 왕실 금군은 각 대장들의 명을 기다렸다. 그러

나 이렇다 할 구체적인 명령은 몹시도 더디게 하달되었다. 단서도, 소리 소문도 없이 죽어나간 기사들의 살해범을 잡는다는 건 몹시도 어려웠기 때문이다. 살해의 목적과 이유와 방식, 목격자, 아무것도 아는 게 없었기에 당장 그들이 할 수 있는 거라고는 경비를 강화하는 것뿐이었다.

처음 엘올라 성 외곽의 수풀 속에 떨어져 있던 알벤 경의 목, 그 이튿날 동이 트기도 전에 엘올라의 서쪽에서 발견된 또 다른 데바람의 기사 둘. 그다음 날 또다시 둘. 심지어 마지막 시체는 사람들이 자주 다니는 광장 가장자리 골목에서였다. 두껍고 예리한 것에 단칼에 몸이 쪼개져, 내장이 다 흘러나온 모습은 참극이라 해도 과언이 아니었다.

카르시타의 심장부에서 벌어진 타국 기사의 살해 사건인지라 사안이 긴급으로 넘어간 지 오래다. 유스카리는 노호하며 왕실 기사들을 압박하고 있고, 제피언은 그로 인해 몹시도 골치를 앓고 있었다. 이번 일로 인해 그의 능력이 의심받는 수준까지 이른 것이다.

왕도 한복판에서 훈련받은 기사들을 죽이고 다니고도 꼬리 하나 밟히지 않는다는 건, 보통 이상의 실력자라는 말이었다.

설상가상 속수무책으로 죽어 발견되는 제 기사들을 본 오스와르는 노골적으로 카르시타를 비난하며 악담을 퍼부어댔다. 조금만 더 내버려두었다가는 데바람을 노린 왕국의 음모가 아니냐는 말까지 나올 기세였다.

그는 심지어 왕성 밖으로 나가지 말아달라는 정중한 제안에 도리어 고함을 지르며 직접 범인을 잡아내겠다 뛰쳐나갔다.

메린하프 저택의 사저에 들어가 검을 휘두른 페이랑이 정식 기사 명단에서 제명되는 것은 어쩔 수 없는 일이었다. 아스난이 힘써보려 했지만 에드하인다의 이름으로도 덮을 수 없는 일이었다. 상대가 메린하프였다는 것이 불운이었다. 기사로서 해선 안 될 행위를 했다는 것만큼은 부정할 수 없는 사실이기에 페이랑은 제명당했다는 이야기를 담담히 들었다.

사실 제명 같은 건 하나도 중요하게 느껴지지 않았다.

펜시는 그가 지켰어야 할 그의 여자였다. 하지만 페이랑의 가문은 그다지 대단치 않았고, 그다지 부유하지도 않아 손도 쓸 수 없었다. 무언가를 해보지도 못한다는 건 어마어마한 절망이었다. 영원히 빠져나오지 못할 것 같은 무력감과 자기혐오 속에서 페이랑은 폐인처럼 에드하인다의 저택 입구에 앉아 있었다.

요 며칠, 기사들을 죽이고 다니는 연쇄 살인마가 돌아다닌다는 이야기로 온 왕도가 떠들썩했지만 알 게 뭔가. 그 때문에 아스난이 저택을 비웠지만 마치 자신과는 전혀 상관없는 이야기처럼 느껴졌다.

전부 다 잃었다. 자기 자신을 잃은 것과도 같았다. 펜시를 잃고, 제명을 당하고, 아무것도 남은 것이 없었다. 덜그럭. 덜그럭. 어딘가에서 마차 소리가 들렸다. 페이랑은 텅 빈 눈으로 에드하인다 가문의 입구에 멈춰 선 마차를 응시했다.

메린하프 가문의 마차였다.

페이랑의 입술이 덜덜 떨리기 시작했다. 그가 비틀거리며 일어섰다. 메린하프의 마차가 열리며 누군가가 조심스럽게 에드하인다의 내

정을 디뎠다. 단정한 하얀 드레스를 입은 여자가 주위를 두리번거리다 그와 눈이 마주치자 환한 미소를 지어 보였다.

페이랑이 눈물 삼킨 얼굴로 달려갔다.

"펜시이이!"

제르는 그녀의 앞에 엎드린 페이랑을 열없는 눈으로 응시했다. 제명당할 만큼 심한 짓을 벌이고 몇 날 며칠을 금방이라도 죽어버릴 듯 그리 침묵하던 페이랑이 엎드려 울고 있었다. 그의 옆에 무릎을 꿇은 여자는 생전 처음 보는 이였다. 그렇지만 제르는 묻지 않아도 누구인지 알 수 있었다.

"감사합니다…… 감사합니다……."

이건 알렉시스의 호의라. 제르의 눈에 작은 동요가 어렸다.

지난 며칠 동안, 그는 두 번의 비공식적인 만남을 요청했었다. 그리고 제르는 모조리 거절함으로써 그와 더 엮이지 않을 것임을 분명히 했다. 때문에 펜시는, 그녀에게 알렉시스가 해줄 수 있는 최대한의 사과였다.

"감사합니다…… 왕하. 불충했던 저를 용서해주십사고는, 감히 말하지 못하겠습니다. 다만, 정말 감사합니다."

생색내려 한 적 없는 친절이 낱낱이 까발려진 것은 그리 기뻐할 일만은 아니었다. 제르는 더 이상 그녀를 주군이라 부르지 못하는, 이제는 제적당해 카르시탄의 기사로서 머물지 못할 페이랑을 조금은 씁쓸하게 바라보았다.

"……이제부터 어떻게 할 텐가?"

"저는……."

"……금편을 5,000닢이나 함께 보냈다지, 그만한 돈이면 일생 평온히 함께 살 수 있겠군. 어딜 가더라도 괜찮을 테지."

펜시가 다소곳한 음성으로 조용히 아뢨다.

"카르시탄께 한 말씀 올리고 싶습니다. 금편 5,000닢의 반은 왕하께 상납하고 싶습니다. 그것으로 은혜를 갚으려는 것은 아니지만 그리하고 싶습니다. 그리고 나머지 반은 이제는 돌아갈 수 없는 고향의 지주에게 맡기려 합니다."

페이랑이 눈물을 뚝뚝 떨어뜨리며 그녀를 올려다보았다.

"이젠 서품조차 없는 멍청이지만, 주…… 왕하의 곁에 남아 평생 은혜를 갚고 싶습니다."

가만히 제르의 등 뒤에 서 있던 테일런 역시 울음으로 범벅된 그의 얼굴이 몹시 안타까웠던 듯 쓴 표정으로 외면했다. 제르는 한참이나 물끄러미 페이랑의 토끼 같은 눈을 내려다보았다.

펜시 또한 눈물을 멈추지 못하는 페이랑을 따라 훌쩍이기 시작했다.

"우는 건 질색이야."

제르가 덤덤히 중얼거렸다.

"하지만 살림을 차리고 살 거라면 퀸시오보다는 따뜻한 곳이 좋지 않겠나. 세닉 경도 영지가 있다 들었는데. 어디에 머물더라도 퀸시오보다는 낫겠지."

"제명당한 제가 가문으로 되돌아가는 것만큼 파렴치한 일은 없을 겁니다. 그리고 설사 그렇지 않더라도 왕하와 함께 가고 싶습니다. 부디, 용서해주십시오. 받아주세요, 왕하."

제르는 펜시와 페이랑을 번갈아 바라보았다. 괜스레 우는 사람들 사이에 있으니 눈물이 날 것 같다. 알렉시스는 펜시를 구해줌으로써 두

사람을 구했다. 비록 자신을 속이고 조롱했으나 고마운 건 고마운 일이었다. 의자에서 일어난 제르가 허리를 숙여 페이랑의 뒤통수를 툭툭 쳤다.

페이랑이 코를 훌쩍이며 그녀를 올려다보았다.

제르는 툭 한 마디 던진 후 돌아갔다.

"주군이라 불러라."

냉랭한 온도 없는 음성이지만 듣는 이의 얼굴엔 눈물꽃이 피어났다.

페이랑과 펜시를 뒤로한 제르는 에드하인다의 사저 내정으로 걸음을 옮겼다.

그들의 이야기가 잘 풀렸다면 그걸로 되었다. 알렉시스 테피온에 대한 생각이 잠깐 그녀의 걸음을 늦추었지만 멈추지는 않았다. 복도를 쭉 가로질러 밖으로 빠져나온 제르가 유달리 고요한 정원의 풍경을 응시했다.

르니아는 오늘도 돌아오지 않으려는 모양이었다.

"르니아를 찾아보라던 건 어찌 되었나?"

"……여전히 소식이 없습니다."

불길한 예감이 들었다. 그녀 역시 최근 들어 벌어진 데바람 인을 살해하고 다니는 이에 대한 이야기를 전해 들었다. 데바람 기사들을 살해한다.

그녀의 직감이 속살거리고 있었다.

'르니아…….'

백골 깊은 원한의 심판이라.

그 시각 오스와르는 심판대에 올라 있었다. 제피언의 말을 무시하고 온 도성을 돌아다닌 지 정확히 하루가 지난 날이었다. 그의 분노는 더할 나위 없이 컸고, 데바람의 기사들 역시 악심으로 똘똘 뭉친 상황이었다.

카르시타 왕실에서는 그가 데바람의 기사들과 함께 왕성 안에 숨어 있기를 바랐지만, 이건 국존심이 달린 문제였다. 훈련받은 기사들을 죽이고 다니는 살해자를 찾아내어 사지를 찢어 죽이리라. 만일 그가 카르시타 인이라면 카르시타 왕실에 직접적인 문제를 제기할 수도 있었다.

눈을 부릅뜨고 기사들과 함께 일대를 샅샅이 수색하던 그의 앞에 자그마한 체구의 그림자가 드리워졌다. 머리끝부터 발끝까지 회색 망토를 뒤집어쓴 자였다. 허리에 차고 있는 피 묻은 도끼 자루가 보였다.

그는 직감적으로 알아차렸다.

'저놈이다.'

그런데 생각보다 체구가 작았다. 아니, 자세히 보니 여자였다. 위협스러운 분위기로 가만히 그들의 길목을 가로막고 서 있던 괴한이 저벅저벅 다가왔다. 구두 끝이 온통 붉게 물들어 있었다. 괴한의 두건 속에서 나직한 음성이 흘러나왔다.

"드디어 네놈이 기어 나왔구나."

놀랍게도 상대는 여자였다. 막 검을 빼어 든 오스와르의 표정이 돌연 굳어졌다.

"기다렸어."

들어본 적 있는 목소리였다.

'……뭐지?'

서늘한 감각이 척추를 훑고 지났다. 그의 등 뒤를 따르던 두 기사도 차례차례 검을 뽑아 들었다. 오스와르가 그들을 잠깐 멈춰 세운 후 명했다.

"얼굴을 보여라."

오스와르가 딱딱하게 명했다. 작은 웃음소리가 울렸다. 여자가 대수롭잖다는 손길로 얼굴을 가리고 있던 후드를 벗었다. 하나로 묶어 올린 익숙한 갈색 머리칼, 그 아래로 섬뜩한 빛을 발하는 눈동자가 몹시도 익숙했다.

오스와르는 돌연 소스라치는 기분을 느끼고 입술을 꽉 깨물었다.

"너 혹시."

"높으신 분에게 무례한 건 여전한 거 같던데, 오스와르. 꽤나 출세하셨어. 좋은 옷에 좋은 잠자리에."

그는 저런 눈빛의 사람을 둘 알았다. 한 명은 과거 데바람 왕실의 큰 골칫거리였던 퀴네도사이였고, 또 한 명은 그의 여동생이었다.

"로마탄 그레온의 딸."

그의 입가가 희열로 떨렸다.

"그래, 그 계집이 카르시타에 있으니 네년이 여기 있다 해도 이상할 것은 없지. 본국의 기사들을 살해한 것도 네년의 짓이렷다. 그러고도 뻔뻔하게 내 앞에 나타나다니 간이 크구나. 예전부터 너희 남매는 겁대가리가 없었지."

르니아가 싱긋 웃었다. 그녀는 피가 검질기게 말라붙은 도끼자루를 매만지며 느릿느릿 거리를 좁혔다.

"겁대가리를 상실한 게 누군지 아직도 모르는 모양이구나."

"천한 해적 년이 건방지게!"

"어쩜 그리도 변한 게 없니?"

르니아가 로브를 뒤로 젖히며 펄럭이자 벌건 피가 말라붙은 커다란 도끼가 드러났다. 그녀가 허리춤으로 손을 옮겼다.

"저 계집을 잡……!"

그 순간 무언가가 사나운 바람을 일으키며 그의 귀 옆을 스쳐 지났다. 콰득. 무언가 날카로운 것이 딱딱한 것을 짓이기는 소리가 났다. 놀라 말 머리를 돌리니 그를 뒤따르고 있던 기사 중 한 명의 얼굴 한복판에 단검이 박혀 있었다. 무슨 일이 벌어진 것인지 이해하지 못한 사람처럼 크게 뜬 눈으로 오스와르와 르니아를 번갈아 응시하던 기사는 이내 말 아래로 초라하게 떨어져 숨을 거두었다.

그리 놀란 사이, 엄청난 속도로 달려온 르니아가 추락한 기사가 놓친 검을 그대로 주워들더니, 오스와르의 뒤에 서 있는 기사의 말 다리를 베어 넘어뜨렸다.

"이, 으헉……!"

말의 육중한 몸통에 깔려 나동그라진 기사가 정신을 수습하기도 전에, 그녀는 말의 몸통을 훌쩍 뛰어넘었다. 그녀가 쥔 데바람 왕실의 검이 투구 아래 드러난 뒷목을 정확하게 파고들었다. 그녀의 검은 기사의 뼈를 완전히 으깨 죽였다.

그녀가 몸을 돌렸다.

"이 미친 계집이……! 태생은 못 속인다고!"

분노로 그녀를 향해 말을 달리던 오스와르가 멈추었다. 르니아의 도끼가 정확히 그를 향해 겨누어져 있었다. 무거워 보이는 도끼를 겨눈

그녀의 동작에는 빈틈이 없었다. 오스와르가 역하게 번지는 피 냄새에 얼굴을 찌푸리며 숨을 골랐다. 식은땀이 맺혔다.

르니아가 서늘하게 웃었다.

"그날, 네 다리를 저렇게 산 채로 잘라버리고 싶었어."

오스와르는 저릿하게 곤두서는 솜털을 느끼며 검을 쥔 손에 힘을 주었다.

"난 네가 목매달아 못사는 그 비천한 년의 목을 부러뜨리고 싶었다."

"서로 참았네. 하지만 이 정도로 하자. 인연이 너무 질기잖아."

"데바람으로 이미 또 다른 전령을 보냈다. 카르시타의 도움을 받았지. 멍청한 년, 베제스 전하가 아시면 너희는……!"

르니아가 광소를 터뜨렸다. 아주 웃긴 이야기를 들었다는 듯이.

"제법 머리를 좀 썼더라. 카르시타 병사의 갑옷이라니. 근데, 아무리 머리를 써도 멍청이는 멍청이인가 봐. 기사의 갑옷도 아니고 병사의 갑옷을 입은 놈이 기사처럼 말을 타고 가는데 눈에 띄더라고. 그래서."

쿵. 그녀의 도끼가 바닥을 찍었다.

"이렇게 해줬지."

자세히 보니 그녀의 도끼에 미처 마르지 않은 선혈이 묻어 있었다. 오스와르의 표정이 서서히 사라졌다. 데바람 왕실에 머물 적부터 퀴네도사이와 르니아의 성정이 포악하다는 건 알았지만 저 정도일 줄은 몰랐다. 한 명도 아닌 자그마치 일곱 명. 훈련받은 기사 일곱을 사흘만에 잡아 죽인 것은 보통이 아니었다.

오스와르의 눈에 떠오른 감추지 못한 당혹과 두려움을 읽어내기라도 한 사람처럼, 르니아가 어르는 투로 말했다.

"괜찮아. 넌 살려줄게. 내려와. 한판 제대로 붙어보자."

"……기사를 만만히 보지 마라, 해적의 딸."

오스와르는 정신을 바로잡고 말에서 내려 그녀를 노려보았다. 르니아가 지루한 사람처럼 도끼를 좌우 위아래로 느릿느릿 흔들며 말을 이었다.

"그렇게 잘 먹고 잘 살고 싶어 했는데…… 그래서 그 자리까지 올랐는데 오래오래 사셔야지. 안 그래? 그냥 이 참에 죽고 싶어도 못 죽는 몸으로 만들어줄게. 거지처럼, 개처럼 기게 해줄게. 네가 저지른 일들, 하나하나 곱씹으면서 그리 살다 뒈질 때까지. 아무리 너 같은 개자식이라도…… 죽기 전엔 회개하겠지."

도끼를 바로 쥔 르니아가 입꼬릴 올려 웃었다.

오스와르가 달려들었다. 검과 도끼가 부딪쳤다. 그녀의 망토가 흩날렸다.

지려 밟힌 꽃잎 위로 붉은 선혈이 뒤덮였다.

그날 오후, 살해당한 두 기사와 함께 끔찍한 몰골로 발견된 오스와르로 인해 왕도는 다시 한 번 크게 뒤집혔다. 가십거리처럼 떠드는 이도 없었다. 혀가 잘리고, 손목과 발목의 인대가 끊어지고, 근육이 산 채로 도려내진 채 발견된 오스와르는 가까스로 목숨만 붙어 있는 정도였다. 카르시타의 왕실 어의들 십수 명이 달라붙어 할 수 있었던 건, 고작 그의 목숨만 붙여놓는 정도였다.

데바람의 상장군이 병신이 되어 발견되는 사태까지 벌어지자 유스카리는 노호해 왕실 기사 제피언의 정직을 명했다. 기이하게도 그 일

을 끝으로 데바람 기사들을 노린 연쇄 살인은 멈추었다. 끝내 범인은 찾지 못했다.

열흘 후 데바람의 기사들은 오스와르의 부상이 채 아물기도 전에 본국으로 되돌아갔다. 개선장군처럼 등장했던 그들의 장군을 마차에 실어 떠나는 얼굴엔 분노가 가득했다.

그렇게 서서히, 어둠이 밀려오고 있었다.

외전

수원의 그루터기

시란력 695년 3월, 대륙의 패권을 쥔 3대 강국 카르시타에서, 접경한 데바람의 국경과 이어진 피잔티아 강의 대규모 개간 사업을 실시했다. 그 법안은 이듬해인 696년 1월 통과되었다. 그리고 4월부터 시작된 대규모 토목 공사에 총 1만8,000여 명의 카르시타 노예들이 동원되었다. 그러나 그해 겨울은 유난히 혹독했고, 토목 공사가 시작된 지 반 년을 조금 넘긴 12월 노예 중 3,000여 명이 대규모로 데바람의 국경으로 이탈했다. 노예들의 대규모 탈주 사건은 카르시타의 대규모 사업에 적잖은 타격을 입혔고, 카르시타와 데바람은 외교 문제를 맞닥뜨리게 되었다.

초기 번거로운 외교 문제와 함께 탈주 노예들을 무시했던 카르시타는 어느 기점으로 데바람에게 노예들을 '반환'하기를 요청했다. 그러나 데바람은 그에 대한 어떠한 확답도 주지 않으며 일을 지연시켰다. 결국 카르시타는 데바람에게 노예들을 돌려주지 않을 시에 심각한 외교 분쟁이 있으리라 공포했다.

그리고 제르가 태어난 샤말론은 데바람과 카르시타의 국경 근처, 피잔티아 강의 중류를 끼고 있는 누스말에 속한 땅이었다. 그들이 이곳에 터를 잡은 이유는 과거 카르시타의 사람이었던 오랜 조상이 이곳을 마음에 들어 했기 때문이라고 했다. 아마 먼 옛날에는 꽤나 권세를 누렸던 사람이리라. 그녀의 가문은 그 점을 몹시도 자랑스러워했지만, 사실 오늘날 누구도 그걸 기억하는 이는 없었다.

그곳에서 나고 자란 제르도 마찬가지였다.

그녀는 한산한 땅, 적은 사람들과 어울려 지내는 자연 속의 오롯한 성채에서 자라났다. 때때로 지루했지만 그녀에겐 함께 깔깔거리며 웃

고 떠들 동생들이 있었다.

제르는 요즘 얼마 전에 태어난 쌍둥이 동생들을 돌보느라 여념이 없었다. 밤을 새워가며 이 아이들이 태어나길 간절히 바랐다. 그녀보다 세 살 어린 일곱 살배기 남동생 체렌시와는 그녀만큼 기다린 건 아니었던 것 같지만 사랑스러운 아기들은 심술이 난 소년의 마음마저 죄 녹였던 게 분명했다.

체렌시와는 아이들의 울음소리를 싫어했지만 방긋방긋 웃고 있을 땐 간이라도 빼어줄 것처럼 좋아 어쩔 줄 몰라 했다. 똑같이 생긴 얼굴, 알아보기도 힘들어 누가 엘지이고 누가 엔사인지도 헷갈리면서도 양팔에 아기들을 끌어안고 키스 세례를 퍼붓기도 수차례였다. 새로운 막내가 태어나면 원래 있던 막내가 질투를 하게 된다는데, 오히려 제르가 더 서운할 정도였다. 하지만 그녀 역시 엘지와 엔사를 사랑했기에 쌍둥이 동생들에게 껌뻑 죽는 체렌시와를 구경하고 있으면 남 일 같지가 않았다.

카르시타와 데바람의 가장 잦은 분쟁 지역인 누스말에 좋지 않은 소식이 날아들었다. 까만 머리칼에 까맣게 맑은 눈동자를 한 어린 소녀가 까치발을 들고 걸어가 살짝 열린 문틈 새로 새어나오는 부모님의 목소릴 훔쳐 들었다.

"이번에는 어찌 될지."

"그래서 지스카르 님이 오신다 하니……."

"하지만 그분은 아직 많이 어리시지 않나요? 또 여기까지 그분이 오셔도……."

"전하께서도 무언가 생각이 있으시겠지."

지스카르?

몰래 숨어 듣던 제르는 눈을 깜빡였다. 지스카르라면 왕자였다. 아버지가 '님'이라는 호칭을 붙일 정도라면 아마 맞을 것이다.

살그머니 부모의 방 앞을 벗어나 체렌시와를 찾아간 제르는 양 허리에 손을 얹고 불편한 표정을 지었다. 하라는 공부는 않고 역사 선생과 딱밤 먹이기를 하며 놀고 있던 어린 동생이 화들짝 놀라 입을 쏙 다물었다.

"누나 왜? 왜, 왜 갑자기 말도 없이 찾아오고 그래?"

높은 임금을 받고 그들의 교육을 담당하던 스승 또한 놀라 부끄러운 듯 얼굴을 돌렸다. 제르는 헛기침을 한 후 뱁새처럼 눈을 흘기며 체렌시와의 정수리에 딱밤을 놓았다.

"그렇게 딱밤이 맞고 싶다면 내가 해줄게."

"아야! 누나가 왜 때려!"

"다 이른다?"

체렌시와의 얼굴이 허옇게 질렸다. 그의 스승은 그녀의 스승이기도 해서 사실 진짜 이를 생각은 없었지만, 그렇다고 이르지 않을 이유도 없었던지라 체렌시와는 곧 조용해졌다.

제르는 자리에 앉아 어색하게 웃는 선생에게 물었다.

"그런데요, 선생님."

"말씀하세요, 아가씨. 혼내시려는 거라면 귀를 크게 열고 듣겠습니다."

자상한 스승의 미소에 제르가 마주 웃으며 고개를 저었다.

"그냥 궁금한 게 생겨서요."

"뭔데요?"

"지스카르 왕자님이 이곳까지 오시는 건 정말 큰일이 났기 때문이에요?"

어린아이들에게 주어지는 정보들은 몹시도 적었다. 하지만 데바람에서도 도외시되는 샤말론에 왕자가 직접 행차한다는 건 어린 제르의 귀에도 굉장히 의아쩍게 들렸던 모양이었다. 선생은 눈을 크게 뜨며 물었다.

"지스카르 저하께서 오신다고 합니까?"

"잘 몰라요. 근데 그분은 어떤 분인가요? 예전엔 왕도에도 머무셨다고 하셨었죠? 보신 적 있어요?"

어린 소녀들은 왕자에 대한 일련의 기대치를 품기 마련이었다. 제르 또한 마찬가지였다.

선생은 그저 헛헛하게 웃으며 말을 아꼈다. 하지만 그의 표정을 보니 그다지 좋은 말을 삼킨 것 같지는 않았다. 체렌시와도 눈을 댕글댕글하게 뜨고 제르를 응시했다.

"전형적인 데바라노이십니다."

"그게 어떤 건데요?"

역사 선생은 말을 고르는 데 고심했다. 결국 그에 대한 적나라한 이야기까진 듣지 못했지만 제르는 몇몇 이야기를 더 들을 수 있었다. 데바람 왕실에 관한 흔한 이야기였지만 그녀에겐 생소한 것들이었다. 지스카르는 다른 왕자들과는 달리 몇 달 전 승하한 왕비 전하의 유일무이한 아들이었다.그리고 나이는 어리지만 총명하고 천부적으로 비범한 기세를 가지고 있다 했다. 현 데바람의 왕이자 그의 부왕인 쥬세를 향한 효성 같은 것이 지극하다는 이야기도 있었다. 나이는 이제 열살인 그녀보다 다섯 살 더 많은 열다섯으로 많은 사람들의 인정을 받은 왕자라.

이야기를 들으면 들을수록 그에 대한 환상은 커졌다.

그리고 한 달 후, 지스카르 헨솔 펜 투에리 데바라노가 샤말론에 이르렀다. 개선장군처럼 의기양양하게 어깨를 펴고 나타난 소년 왕자의 등 뒤로는 무섭고 우락부락한 기사들이 줄줄이 따르고 있었다. 제르는 알비온의 등 뒤에 숨어 그를 훔쳐보았다.

짙은 갈색 머리칼, 진녹빛 눈동자가 인상 깊은 소년이었다. 자상하고 따뜻한 사람이길 기대했던 제르는 오만하게 그녀의 아비를 굽어 내려다보는 왕자에게서 좋지 않은 인상을 받을 수밖에 없었다.

그는 말에서 내리지도 않고 꼿꼿이 인사를 올려 받은 후, 어교를 전달했다. 무슨 내용인지는 몰랐지만, 알비온의 표정이 어두워지는 것으로 보아 좋은 건 아니었다. 식사를 하겠느냐는 물음에도 냉랭하게 필요 없다 대꾸한 그가 멀어졌다.

샤말론의 어린 식솔들이 인사조차 건넬 겨를이 없었다.

'엄청 차가우시네.'

그러나 제르와는 달리 체렌시와는 왕자에게 몹시도 감명을 받은 사람처럼 눈을 반짝일 따름이었다. 어머니 레리나의 손을 붙잡은 채로 제르는 피이 하고 뿌루퉁한 표정을 지었다.

"한동안 성에 머무실 테니, 행동거지를 조심해야 한다."

아버지 알비온은 다정한 투로 체렌시와와 제르에게 누차 당부했다.

지스카르는 여러 가지 부분에서 열정적인 왕자였다. 후계자로 낙인

찍힌 첫 번째 왕자라는 위치에 걸맞은 능력을 갖추었다는 평은 물론이거니와 그 스스로의 자존감도 대단했다. 네 살 어린 남동생 베제스와 비교해도 지지 않았다. 그는 어린 나이에도 불구하고 또래의 아이들보다 영민했다. 태사 나하르와 함께 각지를 돌아다니며 쥬세의 친명을 전하는 역할을 확실히 했다. 쥬세의 총애를 받는 왕태자로서 그는 자신의 입장을 잘 활용할 줄 알았다.

"바로 옆 영지인 다라가 카르시타에 의해 침략당했으니, 당분간 이곳을 군사 기지 삼아 살필 수밖에 없다. 이해하길 바란다."

"헨솔 저하께서 이곳을 잠시나마 돌봐주신다니 마음이 든든합니다."

지스카르가 알비온의 말에 조금 우쭐해진 듯 슬쩍 아랫입술을 핥으며 고갤 끄덕였다.

"그래. 내 전력으로 이 일을 해결하고 빠른 시일 내에 떠나겠다. 그 전까지는 이곳의 행정권을 제외한 모든 권한이 내게 있다 생각해도 괜찮겠지?"

"……아, 아아, 물론입니다. 데바람의 모든 것은 데바라노의 것과도 같지 않겠습니까."

알비온은 영악하기까지 한 왕태자를 대하는 데에 전혀 어려워하지 않고 능숙하게 대처했다. 그러나 지스카르는 상상 이상으로 까탈스러운 소년이었다.

"그나저나 이곳은 참 한가롭군."

"모두가 저희를 보살펴주는 전하의 은총 덕택입니다."

"우선 나가지."

머잖은 곳으로부터 불어오는 강바람에 흐트러진 갈색 머리칼을 대충 쓸어 올리던 지스카르는 웃음기 하나 보이지 않은 얼굴로 저택을 나섰다. 산나의 화려한 것들에 파묻혀 자란 그에게는 아름다운 샤말론의 정경도 그다지 눈에 차지 않았다. 녹빛 눈동자에 충만한 긍지와 패기 그리고 우월감.

알비온은 조용히 그런 소년을 뒤따랐다.

얼마간 말없이 소년의 뒤로 걷던 알비온은 소년의 호방한 걸음이 멈추었다는 걸 깨닫고 따라 멈추었다.

"저하?"

알비온이 의아한 얼굴로 그를 바라보았다. 저택 밖 만개한 꽃향기 속에서 지스카르는 한 곳만 응시하고 있었다. 풍경에 취해서는 아니었다.

알비온이 그의 시선을 따라 시선을 옮겼다. 멀지 않은 곳에서 제르와 체렌시와가 깔깔거리며 장난을 치고 있었다.

"네 여식이지?"

"예."

"왼쪽이 장녀라고 했던가."

"예. 큰 아이는 제르, 옆의 작은 아이는 체렌시와라 합니다."

지스카르는 묘한 눈길로 소녀를 응시했다. 수수한 차림을 한 검은 머리의 소녀는 제법 예쁘장한 얼굴이었다. 조금 더 자라면 분명히 미녀가 될 게 분명하다.

'안주인의 미색을 쏙 빼닮았군.'

"저하?"

갸우뚱한 알비온의 시선을 깨달은 지스카르가 헛기침하며 고개를 돌렸다. 그의 인기척 소리에 제르와 체렌시와가 그들을 발견한 건 약

간의 의도하지 않은 우연이었다.

제르는 지스카르와 알비온을 번갈아 바라보다가 곧 흙투성이가 된 자신의 손을 뒤로 숨기며 발간 얼굴을 숙였다. 그녀는 치맛단을 살며시 들며 인사하고 도망치듯 걸음을 옮겼다. 체렌시와 역시 허둥거리다가 꾸벅 인사한 후 제르를 쫓아 달려갔다.

누나!

“왕자 저하?”

지스카르의 반쯤 넋 놓은 얼굴에 알비온이 감히 무례를 무릅쓰고 그를 일깨워야 했다. 지스카르의 표정은 뚱했지만, 귀는 솔직하게도 발갛게 물들어 있었다. 알비온은 잠깐 그의 시선이 쫓는 제 딸의 뒷모습을 바라보다가 이내 웃고 말았다.

이러니저러니 해도, 지스카르 역시 어린아이였다.

지스카르가 이웃 영지에서 벌어진 작은 소동을 정리하고 돌아온 날은, 그가 샤말론에 머문 지 딱 일주일째 되던 날이었다.

알비온은 저녁식사 후의 티타임에 지스카르를 모셔두고, 제르를 불러다 앉혔다. 제르로서는 쌍둥이 동생들과 놀다 말고 끌려와 어안이 벙벙한 상태였다. 지스카르와 사적으로 이렇게 가깝게 앉아 있는 게 처음이기도 했고, 말 한 마디 없는 왕태자가 부담스럽기도 했다. 어떤 말을 해야 할지도 몰라 울상만 짓던 제르는 곧 자리를 비우는 제 아비를 아련하게 응시했다.

무표정하게 차를 홀짝이는 지스카르로서도 내심 당황스러웠다. 제르와 함께 있는 것 자체는 사실 싫지 않았다. 또래의 순진한 꼬마 숙녀들과 이야기를 나눠본 적이 없는 것도 아니었는데 괜스레 긴장이 되었다. 보통 다른 사람들이 그에게 말을 걸면 그는 대답을 하고, 그런 식의 경험이 대부분이었던 지라 저렇듯 말없이 검은 눈동자만 댕글댕글 굴리는 제르를 보는 게 난처했다.

"흠, 흠……. 이름이 제르라고 했지."

지스카르가 헛기침과 함께 말을 꺼냈다.

"네, 네."

"전쟁이 날지도 몰라."

생뚱맞은 말을 꺼낸 지스카르는 즉각 후회했다. 아무리 무슨 말을 해야 할지 모른다고는 하지만 지금 그가 꺼낸 소재는 이런 티타임을 가지면서 할 만한 이야기는 아니었다. 게다가 열 살 남짓한 어린아이에겐 더더욱. 전쟁이라는 단어에 놀란 것처럼 눈을 크게 뜨던 소녀가 고개를 푹 숙였다.

"예……."

"지난달, 카르시타의 왕실에 우리 측의 요구 사항을 전달했다. 카르시타의 왕이 현명하다면 그 요구에 응할 것이고 아니라면 전쟁이라도 불사하게 되겠지."

"그렇군요……."

"그래도, 내가 왔으니 그리 큰 걱정은 하지 않아도 돼."

"예……."

제르는 꾸역꾸역 차만 들이켰다.

아무리 좋게 보아도 그와 함께 있는 게 불편한 얼굴이라 지스카르는 괜스레 우울한 얼굴로 볼 안쪽의 살만 질겅거리며 고개를 돌렸다.

"이곳에 온 이유도, 알비온 성주의 땅에 있는 노예들의 정확한 두수를 파악하기 위함이다."

"저하께서 샤말론까지 행차해주셔서, 참 기뻐요."

의례적이고 상투적인 말이라는 것을 알면서도 듣기 나쁘지 않았다. 지스카르가 은근하게 어깨를 쭉 펴며 말했다.

"괜찮을 거다. 내 아버지는 결코 카르시타의 군이 데바람을 짓밟게 놓아두지 않으실 테니까."

"국왕…… 전하께서."

"그래. 부왕께서는 오늘도 데바람을 위해 고심하고 계신다. 걱정할 것 하나도 없어."

또다시 정적이 찾아왔다. 제르는 데굴데굴 눈을 굴리며 무어라 답해야 할지 모르겠다는 듯 입술을 달싹이다가 그와 눈을 마주치자 살그머니 입꼬리를 올려 웃어 보였다. 지스카르가 화들짝 놀란 사람처럼 어깨에 힘을 주었다.

"나랑 있는 게 불편해 보이니 그 잔을 비우고 나면 나가도 좋아."

"아…… 아니에요. 그냥 아버지께서 갑자기 저를 부르신 이유를 모르겠어서."

지스카르는 알비온의 심중을 이해할 수 있었지만 구태여 입 밖으로 내지는 않았다. 그가 제르에게 호감을 보였다는 걸 당사자에게까지 제 입으로 말할 필요는 없었다. 빈말일 게 뻔했지만 소녀가 우물우물 부정하자 괜스레 기분이 나아지는 듯했다.

지스카르가 마른 입술을 잠깐 우물거리다가 팔짱을 끼고 말했다.

"편하게 해."

"예?"

"지스카르라고 불러."

에? 왜요? 제르가 눈을 껌뻑였다. 자신에게 그런 호의를 베풀 만큼 그와 자신이 가깝다고는 생각하지 않았다. 지스카르는 제르의 물음에 느긋한 얼굴로 답했다.

"싫어?"

"아니, 하지만 어떻게 헨솔 님께."

"그래. 난 상관없으니까. 아니면 뭐 지금 당장이 아니라도 네가 편할 때 불러도……."

똑똑. 누군가가 문을 두드렸다. 하던 대화를 멈춘 지스카르와 제르가 동시에 고갤 돌렸다.

"들어와."

이윽고 문이 열리며 들어온 것은 한 군사였다. 척 봐도 꽤나 높은 데 바람 왕실의 군인이라 제르는 조심스럽게 자릴 피하려 몸을 일으켰다.

"굳이 자릴 피할 필요가 없어. 보고는 나중에 하라고 했을 텐데?"

군사가 꾸벅 고개를 숙였다.

"죄송합니다, 헨솔 님. 왕도에서 파발이 도착했습니다."

병사가 제르는 안중에도 없다는 듯 지스카르에게 다가가 그의 귓가에 무언가를 속삭였다. 병사가 이야기가 끝난 듯 다시 허릴 펴고 뒤로 섰다. 지스카르는 한참이나 이야길 듣다가 웃었다.

"……그래. 그렇다고? 알겠으니 나가봐."

제게 눈길조차 주지 않고 물러나는 병사를 멀거니 돌아보던 제르가 조심스레 물었다.

"……급한 일이 생기신 거 아닌가요?"

"아니."

"아…… 그래요?"

"그래. 아니야. 걱정하지 마라."

왕자가 성에 왔다는 것만으로 무언가 크게 변할 줄 알았다. 하지만 변한 거라고는 왕자 수행원들이 조금 더 성 안을 번잡하게 한 것뿐이었다. 제르는 금세 지스카르를 잊어버렸다. 어린 쌍둥이 동생들을 돌보는 것만으로도 바빴고, 그러지 않을 때엔 승마나 사금 연주로 시간을 보냈기 때문이다. 일가와 식사조차 함께하지 않겠다 오만하게 잘라낸 지스카르와 그녀는 전혀 마주칠 접점이 없었다.

이른 아침부터 날이 활짝 갠 것을 확인하고 체렌시와를 시켜 사금을 들고 나오게 한 제르는 피잔티아 강변으로 향했다. 시녀들에게도 대충 일러둔 후 제르는 체렌시와와 단둘이 걸었다. 작은 걸음으로 15분 정도 숲의 오솔길을 가로지르면 갈대숲으로 즐비한 강가가 나타난다. 그건 샤말론의 가장 아름다운 풍경이었다. 곳곳에서 나는 매미 울음소리, 코끝을 간질이는 꽃 내음은 풍경에 풍미를 더했다.

피잔티아 강은 붉은 적토로 유명한 강이었다. 해 질 녘 드리워지는 붉은 그을음은 어떤 기교도 없는 단조롭게 아름다운 화폭이다.

가끔 물살이 세질 때면 하얗게 부서져 올라오는 거품이, 그리고 거품이 걷히고 물살이 가라앉으면 속이 비치는 맑은 강이 붉은 강바닥을 드러내곤 했다. 낮은 풀들 사이에서 소리 없이 조용하게 흐르는 강물 소리는 듣는 이들을 평안하게 하는 힘이 있었다.

그리고 제르는 강가 깊숙이 뿌리를 둔 나무 한 그루를 특히나 좋아했다. 성인 장정 서넛이 팔을 벌려 안아야 겨우 닿을 거대한 아름드리 나무였다. 얼마나 오랜 시간 그 자리에 버티고 섰을지 가늠조차 할 수 없는 두꺼운 기둥의 나무는 봄에는 수천 송이의 꽃을 피우고 여름엔 그늘과 서늘한 바람을, 가을엔 기분 좋은 낙엽을, 겨울엔 아름다운 설경을 주었다.

제르는 그 나무와 함께 자랐다 은연중에 그리 믿었다.

"지스카르 저하 엄청 대단해."

체렌시와는 그녀를 따라 걷는 내내 지스카르를 칭송했다. 지스카르라면 그다지 좋은 인상으로 남은 게 아니었던지라 제르는 말없이 이야기만 들었다.

"검술도 엄청나시고."

"그분과 얘기를 나누었어?"

"아니, 그건 아니지만 구경했어!"

제르는 성 안의 상황이 이상하게 돌아가는 듯해 오히려 불편한데, 체렌시와는 그저 좋은 모양이었다. 철없는 어린 동생의 뒷머리를 슥슥 훑은 제르는 말에서 내려 나무 아래 자리 잡고 앉았다.

체렌시와는 그녀가 사금을 무릎에 얹자, 언제 떠들었냐는 듯 조용해졌다.

"도련님! 아가씨! 조금만 기다려달라니까요!"

멀리서 그들의 유모가 뛰어왔다. 그들의 호위를 위해 달려오는 친근한 병사들도 보였다. 제르와 체렌시와가 눈을 맞추고 킬킬거렸다.

"하지만 어차피 성 바로 앞인걸?"

"그래도 요즘은 위험해요!"

헐레벌떡 달려와 주장하는 유모의 말엔 신빙성이 없었다. 제르는 보란 듯이 평화로운 강을 턱짓했다. 물수리가 내려앉았다가 떠오르는 여상한 풍경은 고요하기만 했다. 유모는 멋쩍은 사람처럼 뒷머리를 긁적였다.

"아가씨, 저희가 영주님께 혼나요."

제르는 못 들은 체 체렌시와와 눈을 마주쳐 웃으며 조그마한 손가락으로 줄을 퉁겼다.

평화로운 음악 주위로, 사람들이 모여들었다.

카르시타와의 외교 문제로 인해 여러모로 바빠진 지스카르는 닷새만에 샤말론으로 돌아오는 길이었다. 강길의 유역을 따라 올라오던 그는 피로를 이기지 못하고 꾸벅꾸벅 졸았다. 나하르가 그의 말잡이 역할을 해주지 않았다면 우스꽝스러운 꼴을 당했을 것이다. 사실 피로를 무릅쓰고 인근 영지인 키넨에서 머물지 않고 바로 돌아온 건 샤말론의 작은 소녀 때문이었다. 지스카르는 덤덤히 자신이 제르에게 호의를 품었음을 인정했다. 나하르 또한 대충 눈치를 차린 사람처럼 간간이 그를 놀리기도 했다.

강의 유역을 거슬러 올라가던 지스카르는 문득 멀리서 바람과 함께 흘러드는 악기 소리를 들었다. 잔잔한 강가를 휘두르는 평온이 그의 가슴에 스며들었다. 나하르 역시 음악 소리를 들었는지 말의 속도를 늦추며 주위를 두리번거렸다. 지스카르는 곧 멀지 않은 언덕 위에 옹기종기 모여 있는 사람들을 발견했다. 체렌시와가 아름드리나무 그늘 아래 엎드려 누운 채로 말갛게 웃는 것이 보였다. 눈에 익은 이들이었다. 나무 기둥 뒤로, 다소곳이 앉은 제르의 드레스 자락이 비쳤다. 괜스레 가슴이 저린 기분에 지스카르는 뚱하게 표정을 굳혔다.

"샤말론의 식솔들이 나들이라도 나왔나 봅니다."

나하르가 사람 좋은 웃음소리를 내며 느릿느릿 걸음을 계속했다.

"저하, 저 아가씨에게 반하기라도 하셨습니까?"

"아마."

무심코 답한 지스카르가 곧 발갛게 물든 얼굴로 부정했다.

"아니, 아니, 아니. 아니다, 나하르. 아니야."

"크면 미인이 될 겁니다. 사금 같은 어려운 악기도 잘 다루는군요. 저희는 먼저 가볼 테니 함께 나들이나 하다 오십시오."

"아니라니까!"

지스카르가 벌건 얼굴로 고함을 질렀다. 쩌렁쩌렁 강역을 울리는 음성에 음악 소리가 멎었다.

멀찌감치 아름드리나무 아래 모여 있던 사람들이 뒤늦게야 그들 무리를 발견하고 일어섰다. 제르 역시 무릎 위에 악기를 얹은 채 그를 돌아보고 있었다. 제르는 지스카르와 눈이 마주치자 조심스레 미소 지으며 고개를 꾸벅 숙였다.

나하르가 그의 어깨를 툭 쳤다.

"부끄러워 말고 다녀오십시오."

지스카르는 마지못해 홀로 터덜터덜 말을 몰아 그들에게 다가갔다.

제르는 그녀의 연주에 귀기울여주는 관객이 늘어났다는 게 그리도 기뻤는지, 연신 함박웃음 한가득이었다.

제르는 단둘이 있을 때보다 훨씬 편안한 얼굴이었다. 악기를 연주한다는 것 자체가 즐거웠기 때문인지, 아니면 강변에 자욱한 평화가 어린 마음을 안정시켰는지는 모르겠다.

지스카르는 체렌시와의 옆에 앉아서 묵묵히 제르의 손끝이 노니는 악기를 내려다보았다. 그다지 화려하지는 않았지만 질박한 직사각형의 목제 악기는 제르에게 잘 어울렸다. 어린아이의 실력이라곤 믿을 수 없을 만큼 대단한 연주라는 데엔 모두가 동의했다. 다른 샤말론의 식솔들은 익숙한 듯 음악을 들었지만 지스카르에겐 생경하기만 했다. 대단했다.

지스카르는 멍청하니 제르의 발그레 상기된 뺨을 응시하며 생각에 잠겼다. 그 바람에 연주가 끝나고도 한참이나 정신을 차릴 수가 없었다.

"저하?"

"……."

"저하?"

"어?"

체렌시와가 지스카르와 제르의 사이에 앉아 보랏빛 눈동자를 깜빡거렸다. 지스카르는 황급히 치하했다.

"잘, 잘 들었다. 대단한데."

"아니에요. 고만고만한걸요."

"아니, 우리 누나 연주는 최고예요. 음악 선생도 2년 만에 기본은 다 가르쳤다고 하면서 갔는걸요. 헨솔 님도 누나 연주에 반하셨죠!"

체렌시와! 제르가 뺨을 붉히며 엄하게 체렌시와의 입을 막으려 했다. 체렌시와는 데굴데굴 잔디 위를 구르며 웃었다.

지스카르는 자신이 얼빠진 표정을 하고 있었다는 것을 상기하고 부끄러운 기분에 애써 얼굴을 굳혔다. 그가 표정을 일그러뜨리자 제르가 당황한 사람처럼 입술을 오므렸다.

"죄송해요."

"뭐가?"

"괜히 시간을 빼앗은 거 같아서."

지스카르가 고개를 휘휘 털었다.

"좋은 연주였어. 좋은 연주를 듣게 해줬으니, 나도 무언가 보답하고 싶은데. 바라는 게 있다면 말해봐."

제르는 갑작스러운 말에 고개를 갸우뚱갸우뚱하더니 한산한 바람이 불어오는 강가를 돌아보았다.

"그냥, 이곳을 지켜주시는 데에 드리는 보잘것없는 감사라고 생각해주세요."

해 저물녘의 불그스름한 강물이, 눈 시리게 반짝였다.

지스카르의 체류일이 늘어날수록 제르 역시 그를 친근히 따랐다. 별것 아닌 당연한 일이었지만 지스카르는 몹시도 기뻤다. 대부분이 지스카르의 권유였지만 그들은 여유가 날 때면 피잔티아 강 유역으로 산책을 나갔다. 제르가 가장 좋아하는 고목의 그늘에 나란히 앉아 쉴 때면 그곳이 낙원이었다. 그리고 지스카르는 사실 제르뿐만 아니라 샤말론의 아이들이 좋았다. 그들 특유의 순진함과 순수함은 산나에선 겪을 수 없는 종류의 깨끗함이었다.

하지만 지스카르가 누스말의 라잘바누 일대에 머무는 시간이 길어진다는 건 데바람과 카르시타의 관계가 개선되지 않았다는 것과도 상통했다. 필연적으로 국경의 분위기는 시간이 흐를수록 살벌해졌다. 지스카르와 나하르가 나서서 중재를 하는 데도 한계가 있었다.

심지어 쥬세는 최근 카르시타 인들의 오만함에 분노해 데바람으로 넘어온 노예들을 전부 잡아 참수하라는 명까지 내린 후였다. 쥬세의 분노에 불을 붙인 건 혈기 넘치는 기사 하켈이었다. 믿어 의심치 않는 위대한 부왕의 판단에 이견을 달고 싶지는 않지만 지스카르는 전쟁을 피할 수 없으리라는 예감에 못내 마음이 무겁기만 했다.

사실 카르시타의 노예들의 입장에서 보자면 카르시타에 돌아가서 죽나, 데바람에서 죽임을 당하나 별반 차이가 없는 상황이었다. 전쟁이 발발하면 현재 서로를 견제하며 으르렁대는 양국의 악감정으로 미루어 볼 때 못해도 1년은 지속될 것이 뻔했다. 사실 지스카르는 전쟁이란 것 자체에 거부감을 가지지는 않았다. 전쟁을 두려워하는 건 겁쟁이들이나 그렇다고 생각해왔던 탓이다. 처음 누스말의 라잘바누 일대에 이르렀을 때까지만 해도 전쟁이 나면 그곳에서 나하르를 도와 공을 세울 수 있을 거란 계산까지 마친 후였다. 그렇다면 하늘 높은 줄 모르고 기어오르는 베제스와 베제스를 따르는 이들을 단박에 누를 수 있을 거고, 그는 아버지의 더 커다란 신뢰를 얻을 수 있었을 테니까.

그러나 최근의 그는 전쟁이 나지 않길 바랐다. 이곳에서 전쟁이 나게 되면 결국 샤말론에도 피해가 갈 거란 개인적인 사심 때문이었다.

무거운 마음을 뒤로한 채로 샤말론에 돌아오는 날이 빈번해지는 그를 딱하게 여긴 나하르가 이런저런 낙관적인 이야기를 꺼냈지만 그다지 현실성이 없어 보였다. 다만 한 가지 위로가 되는 건, 제르는 아직까지 상황의 심각성을 이해하지 못하고 늘 웃는 얼굴로 그를 맞이해주었다는 것이다.

알비온과 레리나는 그들의 자식들을 몹시도 애지중지 길렀고, 아직 어린 아이들에게 두려움을 심어주고 싶지는 않았던 것이 이유인지라 안쓰러울 정도였다.

지스카르는 근방에 머물며 샤말론의 성을 오가던 지난 반년 동안, 제르뿐만 아니라 체렌시와와도 친해졌다.

제르는 약간 수줍음이 많은 아가씨였지만 체렌시와는 지스카르와 마찬가지로 검을 좋아하고 장난을 좋아하는 천덕꾸러기였다. 지스카르는 간혹 시간이 남을 때면 체렌시와의 훈련 상대가 되어주기도 했다. 체렌시와와 지스카르의 대련은 이젠 드문 풍경이 아니었다.

호리호리하게 큰 지스카르와는 달리 체렌시와는 여직 앳되고 어린 소년에서 벗어나지 못했지만 하루가 다르게 성장하고 있었다. 연무장의 한복판에서 몇 번이고 흙바닥 위를 구르면서도 아픈 신음 한 번 흘리지 않는 어린 소년이 지스카르에게 달려들었다.

내려 베기, 꺾어 베기, 무릎 베기, 체렌시와가 필사의 힘을 다해 휘두르는 검은 지스카르에겐 몹시도 엉성하게 보였지만, 가끔 위험하기도 했다.

땀투성이가 되어 드러누운 체렌시와를 내려다보며 지스카르가 작게 웃었다.

"많이 늘었구나, 라헬."

"아직 멀었습니다, 저하."

"여전히 쓸데없는 습관이 보이긴 하지만 그것만 개선하면 훨씬 더 나아질 거다."

지스카르의 칭찬에 체렌시와가 입술을 오물거리더니 활짝 웃었다.

"언제쯤이면 저도 저하만큼 할 수 있을까요?"

"너무 조바심내지 마."

지스카르게 검을 회수한 후 체렌시와에게 손을 뻗었다. 체렌시와가 그 손을 잡으며 몸을 바로 세웠다.

지스카르가 얼굴에 흐르는 땀을 고급 손수건으로 막 훔치고 있을 때였다. 체렌시와가가 흙 묻은 옷을 탈탈 털며 중얼거렸다.

"아, 그런데 들으셨어요? 제르가 혼인할 것 같아요. 내륙 쪽 영지의 귀족인 것 같아요."

지스카르가 고갤 돌려 체렌시와를 바라보았다. 험악하게 찡그린 얼굴에 체렌시와가 내심 당황해 머릴 긁적였다.

"요…… 며칠 전 부모님이 이야기하시는 걸 우연히 들었거든요. 혼례를 치를 나이가 되었다고 생각하시나 봐요. 요즘 일대가 상황이 안 좋으니까, 국경이랑 먼 곳으로 시집보내시려 하는 것 같기도 하고."

지스카르의 입술이 굳어졌다. 그런 건 상상도 해보지 못했다. 이제 그는 겨우 열일곱을 앞두고 있고, 제르 역시 열한 살의 어린 소녀일 뿐이었다. 그러나 정략결혼이란 게 낯선 건 아니다. 체렌시와의 말처럼 알비온으로서는 그 선택이 가장 제르를 안전하게 할 수 있는 것이라 여긴 것일 터였다.

지스카르의 얼굴에 그림자가 드리워졌다. 그가 손을 들어 욱신거리는 가슴을 꾹 눌렀다. 뜨겁게 뛰는 심장 소리가 바로 귓가에서 울리는 듯했다.

제르와 친해진 지 얼마 되지도 않은 상황이었다. 이제야 조금 제르의 마음을 열었다고 생각했는데 갑자기 그녀를 다른 곳으로 시집보낸다니. 어찌 보면 그다지 놀라울 것도 없는 그들의 사정이었지만 지스카르는 놀라울 정도로 거북스러웠다.

카르시타도, 외교 분쟁도 다 잊힐 정도로 여파는 컸다.

지스카르는 알비온과 레리나를 만날 때마다 제르의 혼인에 관한 진위 여부를 묻고 싶었다. 하지만 경우 없이 대놓고 물을 수도 없었다. 마찬가지로 대답을 듣는다고 해도 그가 어쩔 수 있는 상황이 아니라는 걸 잘 알고 있기도 했다.

"영주, 전쟁이 나면 그대들의 가솔들은 어찌할 요량이지?"

"아이들은 다른 곳으로 보내고, 이곳을 지키려 합니다."

"……다? 어디로?"

"지금 알아보고 있습니다."

제르를 결혼시킬 거냐? 물음이 목구멍까지 치밀어 올랐지만 지스카르는 이내 고개를 휘휘 저었다. 그의 속을 알아차린 사람처럼 알비온이 먼저 운을 뗐다.

"큰아이는 혼인을 시키고, 둘째는 근방 기숙원에 들여보낼 생각입니다. 그 아래 두 아이는 너무 어리니 당분간은 레리나가 돌봐야겠지만 말이지요."

가슴속에 쌓아두었던 방벽이 모래성처럼 허물어지는 기분이었다.

늘 소녀와 이렇듯 함께할 때면 기분이 좋았는데 요 며칠 그의 속은 이만저만 복잡한 것이 아니었다.

늘어진 나무들과 산들바람에 흔들리는, 허리까지 오는 이름 모를 풀들, 피잔티아 강가 생태의 보고를 눈에 담고도 그다지 감흥이 오지 않았다. 사뿐사뿐 강가를 거니는 제르의 얼굴엔 즐거움이 가득했다.

혼인이라니. 저 어린 소녀가 혼인을 한다니 상상도 못했다. 아니, 상상하고 싶지 않았는지도 모른다. 하인들을 뒤로한 채로 강가에 위태롭게 서서 기지개를 켜는 제르를 바라보며 지스카르는 묘한 상실감에 사로잡혔다.

자신은 곧 왕도 산나로 돌아가야 한다. 닥쳐올 전쟁을 대비해 라잘바누로 돌아는 오겠지만 그래도 앞으로 제르의 얼굴을 볼 수 있을 날이 얼마나 있을까. 언제나처럼 두꺼운 뿌리를 두고 선 굵은 아름드리 나무 아래 자리를 깔고 앉은 제르는 아무것도 모르는 사람처럼 말갛게 웃었다.

“왜 그러세요? 헨솔 님.”

새초롬히, 싱그러운 목소리에 가슴이 뛰었다. 지스카르의 굳어졌던 눈동자가 온기를 띠고 유하게 휘어졌다. 그는 무어라 대답해야 할지 몰라 홀린 듯 소녀의 까만 눈동자를 들여다보다가 다채로운 풍경을 향해 시선을 옮겼다. 드넓게 펼쳐진 강폭은 까마득했다. 그 위로 흐르는 잔잔한 물결. 상쾌한 바람, 그 모든 것이 완벽한 조화를 이룬 곳, 피잔티아의 가장 아름답다는 중류.

무릎 위에 사금을 올린 제르가 시녀들에게 자유 시간을 주었다. 시녀들은 지스카르를 불편해 했던 터라, 재빠르게 강가로 향해 저들끼리 모여 놀았다.

“헨솔 님, 오늘은 어떤 걸 연주해드릴까요?”

부서지는 은결에 눈이 따가웠다. 지스카르가 고개를 돌리자 제르는 느긋한 얼굴로 악기의 현을 퉁퉁 건드리고 있었다. 강가의 너울 치는 물소리에 섞인 아무 의미 없는 음조가 다시는 듣지 못할 소리처럼 아프게 귀를 찔렀다. 지스카르는 뒷짐을 지고 있던 팔을 풀고 제르의 옆에 다가가 앉았다.

“아무거나.”

심드렁한 듯, 무심히 대꾸하는 지스카르를 빤히 바라보던 제르는 눈을 깜빡거렸다. 지스카르가 불쑥 물었다.

“정략결혼이 뭔지 알아?”

“……네?”

지스카르가 가장 좋아하는 곡을 타주어야겠다, 그리 생각하던 제르는 난데없는 물음에 흘러내린 머리칼을 귀 뒤로 쓸어 넘기며 그를 응시했다.

"알아요. 부모님들이 혼인 상대를 약속해주시는 거라고 들었어요."
"그런 거 하고 싶어?"
"부모님이 바라시는 거잖아요. 부모님은 늘 저희에게 가장 좋은 거, 안전한 걸 우선으로 하시니까. 부모님이 선택하셨다면 그럴 만한 이유가 있으실 거고 저는 기꺼이 따를 거예요."
그녀는 지스카르의 표정이 굳어지는 걸 알아차리곤 오물오물 답을 마쳤다. 지스카르는 울상을 지으며 입술을 꾹 깨물다가 신경질적으로 뒤통수를 긁적였다.
"그게 뭐야. 하나도 좋지 않다고."
"저하도 그러셔야 하지 않나요?"
허를 찌르는 질문에 지스카르가 작게 입을 벌렸다. 제르는 언제나처럼 말갛게 웃으며 퉁퉁 악기 소리를 냈다.
"누가 제 부군이 되든, 사랑하며 살면 되는 거라고 생각해요."
"……제르."
"네, 헨솔 님."
"왕도에 가보고 싶지 않아?"
"당연히 가보고야 싶죠. 하지만 왕도는 이곳에서 굉장히 멀고, 어머니께서도 요즘 몸이 안 좋으시니 졸라볼 수도 없네요. 산나는 어떤 도시인가요?"
지스카르가 뜸을 들이듯 입술을 다물었다가, 천천히 다정하게 말을 이었다.
"아주 좋아. 시끄럽고, 부산스럽고, 온통 회색으로 덧칠된 곳이야. 하지만 사람들은 라잘바누 사람만큼이나 친절해. 이런 아름다운 풍경을 가지고 있진 않지만 많은 화려한 것들이 산나엔 있지."

"얘기만 들어도 굉장히 신나네요!"

지스카르가 손을 뻗어 제르의 머릴 쓸어내렸다. 소녀의 둥그런 눈이 반짝거렸다. 적어도 지스카르에게 제르의 눈동자는 흐르는 강물의 은결보다 더 찬란히 반짝였다.

"그러면, 제르."

지스카르가 잠시 말을 삼켰다. 입술이 마르는지 아랫입술을 혀로 적시며 살짝 제르의 시선을 피했다.

"나중에 라잘바누의 사태가 안정되면."

어쩐지 이상하게 뜸을 들이는 그의 모습에 제르는 갸우뚱한 표정으로 이어질 말을 기다렸다.

"나와 함께 성으로 가서, 내……."

"……?"

"내, 부……."

제르가 까만 눈을 동그랗게 떴다. 지스카르는 잠시 열었던 입술을 힘없이 닫고 말았다. 도저히 말을 꺼낼 수가 없다. 그는 그런 걸 마음대로 결정할 수 있는 위치가 아니었다. 그가 믿고 존경하며 따르는 부왕이 원하지 않는다면 자신이 원하는 것은 사실 아무 의미가 없었다. 그리고 그녀가 무어라 답할지 몰라 아주 곤혹스러웠다. 충분히 친해지기는 했지만 만일 그녀와 처음 티타임을 가졌던 그날처럼, 제르의 얼굴에 거북스러운 기색이 떠오르기라도 한다면 정말 어찌할 바를 모를 것 같았다.

"헨솔 님?"

"……아니, 아니야. 별거 아냐."

그가 제르와 오래오래 이런 관계를 이어나가려면, 무엇보다도 지금이 라잘바누의 사태가 정리가 되어야 한다. 그전에 알비온에게 미리 의사를 비치는 것이 좋을 것이다. 전쟁을 앞두고서 갑자기 혼인을 허락해달라 쥬세에게 떼를 쓰는 것은 할 수 없으니, 조금 더 일이 정리가 되면. 부왕에게 진지하게 이야기해보리라.

그리 마음먹으며 지스카르는 웃음으로 이야기를 무마했다.

"제르, 좋아해."

큼직이 뜨인 검은 눈동자가 당황스러운 듯 깜빡거리더니, 이내 소녀의 양 뺨이 화드득 붉어졌다.

"저, 저하?"

"정말, 네가 사랑스럽다고 생각해. 너도 나를 조금은 좋아했으면 좋겠어."

"……지, 지스카르 님."

수줍게 오그라지는 음성이었다. 제르는 어쩔 줄 몰라 하며 눈동자만 데굴데굴 굴리다가 지스카르와 시선을 맞추곤 배시시 웃었다.

"저도 지스카르 님이 좋은걸요."

지스카르가 제르의 몸을 조심스레 끌어안았다. 아직 작고 어린 소녀였다. 하지만 지스카르는 자신이 그녀를 사랑한다는 걸 믿어 의심치 않았다.

그날 밤, 지스카르는 알비온에게 찾아가 진지하게 고개를 숙이고 청했다. 알비온은 지스카르가 제르를 향해 보이는 경건하고 순수한 애정에 난처한 듯 웃었다. 결국 지스카르가 원한다면 당장이라도 산나로 사람을 보내어 부왕 쥬세의 확답을 받아 오겠다며 일어서자 알비온으로서도 어쩔 수 없었다.

반드시 지키겠다.

지스카르는 몇 번이고 알비온에게 다짐했다.

그로부터 반년 후, 누스말 일대를 황폐하게 한 큰 전쟁이 벌어졌다.

이제는 어째서 시작하게 되었는지도 모르겠는 전쟁이 이어졌다. 많은 사람들이 죽고, 터전을 잃은 채 일대를 떠돌았다.

제1차 누스말 전은 데바람의 압승으로 끝이 났다. 데바람의 왕 쥬세는 그 여세를 몰아 피잔티아 강줄기를 타고 카르시타의 국경을 넘어 카르시타의 성 두 개를 함락하기까지 했다. 그러나 제2차 누스말 전에 이르러 새로이 바뀐 최고 사령관인 하뉘로 인해 데바람의 군사들은 패전을 반복하기 시작했다. 쥬세의 자랑이었던 암부 제서프랑 역시 하뉘의 발치에도 닿지 못한 채 애먼 목숨만 잃었다.

제1차 누스말 전과는 달리 제2차 누스말 전에서 데바람은 카르시타군이 국경 너머의 라잘바누까지 침공하는 걸 허락해야 했다. 라잘바누의 중심에 있던 샤말론 역시 적들의 창과 칼을 피할 수 없었다.

장례식은 초라했다. 부상당한 병졸들과 하인들이 숙연한 얼굴로 복배하고 있었고, 그 옆에 선 살아남은 귀족 중 몇 없는 라잘바누의 귀족 내외 한 쌍이 참석했고, 어린 쌍둥이 엘사와 엔지를 안고 있는 유모 둘과 친지가 몇 자리하고 있었다.

어머니의 장례였다. 제르와 체렌시와는 묵묵히 추도사가 끝난 후 초라한 파반느와 함께 알비온의 묘 옆에 묻히는 레리나를 지켜보았다. 삽의 두껍고 날카로운 첨단이 땅을 헤집으며 팅팅 돌부리 소리를 낼 때마다 엔사와 엘지 둘 중 어느 아이인지 모를 아이가 딸꾹질 같은 울음소릴 냈다. 울음 없는 참담한 조의 속에서 연노랑 고목으로 만든 관이 토장되었을 때, 엘지와 엔사는 누가 먼저랄 것 없이 울음을 터뜨렸다.

아버지가 죽고, 어머니가 죽었다.

지속된 3년간의 전쟁이 아이들에게 남긴 것은 전쟁의 상처와 슬픔, 그리고 다가올 혼란뿐이었다. 장례식 조문객들을 맞이할 기운조차 없어 열없이 걸음을 옮긴 제르는 레리나와 알비온의 방에 이르렀다. 텅 빈 침대가 눈에 들었다. 그녀의 검은 눈동자가 멍하니 침대 맡의 정리된 베갯머리에 머물렀다. 눈물이 차올랐다.

성의 몰락. 그것은 눈 깜짝할 새였다.

방을 벗어난 제르는 피잔티아의 강변으로 향했다. 어머니와 아버지의 관을 만들기 위해 그녀가 사랑했던 거대한 고목은 베이고 밑동밖에 남지 않은 채였다. 그녀는 그루터기에 걸터앉아 기사들이 뛰어다니는 강변을 뒤덮은 시체와 붉게 흐르는 피의 강을 내려다보았다. 가족과 성 주민을 지키다 알비온은 목숨을 잃었고, 레리나는 무기력감 속에서 시름시름 앓다가 죽음의 세계로 투신했다. 가까스로 성터는 남았지만 마을도, 백성들도 무엇 하나 남지 않았다.

"……누나."

병사들을 대동한 체렌시와가 다가왔다. 제르는 바람 속에 섞여든 다정한 음성에 고개를 돌렸다. 3년 사이에 키가 쑥 커져 자신과 엇비슷해진 의젓한 동생의 얼굴에서는, 예전의 장난기는 찾아볼 수 없었다.

체렌시와가 제르의 어깨를 감쌌다.

"여기 있었어?"

제르는 떨어지지 않는 걸음을 힘없이 옮겼다.

삶의 일부가 송두리째 잘려나갔다는 걸 인정해야 하는 날이라는 강요가 지독했다. 눈을 돌리면 폐허가 된 성벽이 보였다. 타버린 깃발, 매캐하게 일대를 메운 탄 내음과 피 냄새, 적막. 이제 겨우 열넷의 어린 소녀에게 이 모든 건 세상이 뒤집힌 것만큼이나 큰일이었다.

제르가 체렌시와의 옷깃을 쥐며 물었다.

"엔사와 엘지는…… 누가 돌보고 있어?"

"유모들이 보고 있습니다. 걱정하지 마세요."

제르가 힘없이 웃었다. 그녀의 양친은 그들에게 많은 짐을 맡기고 떠났다. 성의 재건과 미처 머리가 크지 않은 동생들. 성의 창고는 이미 도망치던 시중인들이 죄 들고 도망가 남은 것도 없었다. 그녀가 기댈 곳이라고는 그녀보다 어린 남동생 한 명뿐이었다.

"누나, 괜찮아. 괜찮으니까. 힘내자. 정신 차리자."

금방이라도 울음을 기어이 참아 누르는 어린 동생의 모습에 제르가 입술을 꾹 깨물었다. 체렌시와와, 어머니의 마지막 음성이 겹쳐지듯 귓가에서 웅웅거렸다.

정신을 차려야지. 정신을 차려야 했다.

"미안해, 첼시."

"걱정하지 마. 나는 괜찮아……. 나보다는 누나가 더 걱정이야."

"아냐, 나도 괜찮아. 네 몸부터 잘 챙기고 동생들이나 좀 돌봐줘. 앞으로는 내가 좀 바빠질 것 같으니까."

세상에는 사람 몇 명의 바람으로는 어찌 이루어지지 않는 것들이 있다. 그건 흐름이었고, 그녀는 흐름 속에 내팽개쳐진 일엽의 편주였다. 하지만 그 배 위에 타고 있는 건 자신만이 아니다. 그녀의 동생들도 함께였다. 스스로에게 다짐하듯 그렇게 뇌까리는 그녀의 주먹이 꽉 쥐어졌다.

"그리고 조금 전에 헨솔 님도 오셨어요."

체렌시와가 막 생각났다는 얼굴로 웅얼거렸다. 지스카르 헨솔. 반가운 이름에 맥없이 고개를 떨어뜨리던 제르가 희미한 미소를 지었다.

"헨솔 님이."

반년 만이었다. 전쟁터에서 나하르와 함께 위용을 떨치는 그의 이름이야 심심찮게 들어왔지만 그가 샤말론을 잊지 않고 찾아왔다는 건 제르에겐 몹시 감사한 일이었다.

제르 또한 어느덧 숙녀의 모습을 갖추기 시작했지만 지스카르에 비하면 여전히 어린아이였다. 지난 근 3년간을 군사들과 함께 생활하며 성장한 지스카르는 어느덧 열아홉의 청년이 되어 있었다. 가뜩이나 크던 그의 키가 한 뼘 반이나 더 커져서 이제는 제르가 고개를 꺾고 까마득히 올려다보아야 할 정도였다. 기골도 보기 좋게 장대해지고 조금 탄 피부는 그에게서 남성미를 풍기게 했다. 매끄러운 턱 선을 따라 까슬하게 난 수염과 다부진 눈빛에 제르는 단박에 주눅이 들었다.

어린 시절 처음 보았을 때의 지스카르가 미소년과 미청년의 사이 어느 범주에 머무는 멀기만 한 존재였다면, 지금의 지스카르는 완연한

남자였다.

그러나 제르는 죄어드는 가슴을 내색하지 않고 고개를 조아렸다. 지스카르의 날카롭던 눈동자는 이내 제르를 발견하기 무섭게 상냥하게 녹아내렸다.

지스카르가 제르의 머리를 다정하게 안았다.

"제르."

"지스카르 님."

"내가 너무 늦게 왔구나."

제르가 고개를 저었다.

지스카르는 제르의 눈가에 고인 눈물을 엄지손가락 끝으로 조심스레 닦아낸 후 그녀의 이마에 제 입술을 세게 눌렀다.

"유감이다."

"괜찮습니다. 이렇게…… 찾아와주신 것만으로도 부모님께선 기뻐하실 거예요. 영광입니다, 저하."

제르는 부쩍 자라 있었다. 정신적으로도, 육체적으로도. 그녀를 무턱대고 끌어안았던 지스카르는 이제 막 봉긋하게 올라오기 시작한 제르의 성징을 의식하고 그녀를 놓았다. 마음 같아서는 당장이라도 입맞추고 싶었지만 불가능했다. 이런 좋지 않은 날을 틈타 그녀를 노리는 승냥이처럼 보이고 싶지는 않았다.

지스카르는 제르의 뺨을 쥐고 장난처럼 주물거렸다.

"지, 지스카르 님……!"

"많이 상했구나. 고생 많았다."

제르는 그와 눈이 마주치자 금세 울음을 터뜨릴 것 같은 표정을 지었다. 제르가 와락 그에게 안겨들었다.

"……지스카르, 니이임."

스스로 안겨온 제르의 정수리를 내려다보던 지스카르가 단단하게 그녀의 등을 감싸 안았다.

"그래. 그래."

흐윽. 흑. 소녀의 어리고 여윈 어깨가 들썩거렸다.

"무, 무서워요."

무서웠다. 누구에게도 말할 수 없는 무거운 짐들을 떠맡았다는 사실이 그녀를 지독하게 두렵게 했다. 그녀는 고작 열넷이었다. 아직까지는 정적들과 전쟁의 정세에 관한 것보다, 부모를 잃은 슬픔에 젖어 있어야 할 때지만 어깨 위로 지워진 짐에 그럴 수도 없었다.

그 쉬운 한 마디가, 마음속 철창에 갇혀 떠돌았다.

어머니, 아버지가 보고 싶어요. 무서워요.

지스카르를 만나고 나서야, 조금 긴장이 풀렸다.

"아버지가……."

소녀가 흐느끼며 지스카르의 옷깃을 구겨 쥐었다. 전쟁에서 바로 돌아왔을 게 뻔하지만 장례식이라는 이야길 듣고 단정히 차려입은 것인지 척 봐도 값비싸 보이는 검은 상복에 꾸깃꾸깃 자국이 남았다.

"어머니가…… 보고 싶어요."

아무한테도 말하지 못했다. 지스카르의 연민과 애정이 담긴 손길에 제르는 결국 펑펑 울음을 터뜨리고 말았다. 의지할 데 없는 그녀에겐, 빛나는 이정표 같은 사람이었다. 그녀의 진심어린 눈물은 지스카르의 검은 상복에, 가뭄에 마른 땅이 부슬비를 삼키듯, 소리 없이 사라졌다.

"제르."

한참을 운 탓에 제르의 눈은 발갛게 상기가 되어 있었다. 입술 역시 붉게 부어올라 하얀 얼굴에 붉은 눈과 입술만 유독 도드라졌다. 지스카르는 씁쓸히 웃으며 고개를 기울였다. 까만 눈동자가 처연히 반짝거렸다. 지스카르는 떨어지지 않는 입술을 뗐다.

"이제 곧 전쟁이 끝날 거야."

"……끝나다니요? 곧이라면……."

"빠르면 이달, 늦어도 석 달 안에 이 전쟁이 끝난다."

최근의 상황은 데바람에 확실히 불리했다. 이런 상황에서 전쟁이 끝난다는 말이 의미하는 건 하나였다.

"데바람이…… 지나요?"

제르의 눈가에 차오른 눈물이 후드득 떨어졌다. 그리 울고도 또 눈물이 남았는지. 지스카르는 제르의 눈물을 조심스레 닦아냈다. 이 말을 꺼내야 하는 그 또한 속이 깎여나가는 듯했다.

"그래. 데바람이 졌어. 라잘바누를 비롯해 많은 데바람의 외곽이 전쟁으로 황폐화되었다. 물자 조달과 군자금 조달 등으로 인해서 상황이 악화되고 있어. 지고 있는 전쟁을 지원하는 백성들의 민심도 날로 흉흉해지고 있고……. 그래서 휴전 협정을 맺을 거야."

아비의 죽음, 어미의 죽음, 성이 이리 황폐해진 것 모두 부질없는 짓이었다는 의미였다.

"어째서…… 어째서요!"

눈물이 후드득 떨어져 내렸다.

"저쪽도 말은 안 했어도 지난 전쟁으로 사정이 어려워졌다고 하니, 협정은 무리 없을 거야. 하지만 제르, 알비온의 죽음은 용맹했다. 헛된 것이 아니다. 너도 잘 알고 있지? 그러니 마음 쓰지 마. 그리고…….”

지스카르가 강하게 말했다.

“언젠가는 이긴다. 반드시 카르시타를 쳐부술 거야. 이번 전쟁의 패배가 다음 돌아올 전쟁의 큰 승리의 거름이 될 거야.”

비장한 각오였다.

제르는 그에게 수긍했다. 미칠 듯이 슬펐지만, 그녀는 그녀에게 주어진 것들을 마무리해야 했다. 슬퍼할 시간조차 허락되지 않았다. 장례식도 끝났으니 이제 그녀는 체렌시와에게 물려줄 샤말론 성을 다시, 조금이라도 더 예전처럼 되돌리는 데에 힘써야 했다. 어머니의 역할과 아버지의 역할을 모두 해내야 한다는 건 굉장한 부담이었지만 피할 수는 없었다.

그리 애써 마음을 다지는데, 지스카르가 전혀 예상하지 못한 말을 이었다.

“하지만 제르, 전쟁이 끝나도 라잘바누는 한동안은 힘들 거야. 아무리 빨리 복구 작업에 들어간다고 해도 단시간에 예전처럼 돌아오긴 어려운 거, 너도 알고 있을 거라 생각해.”

제르는 현실적인 그의 조언에 눈앞이 깜깜해지는 걸 느꼈다.

“그러니……, 이번 전쟁이 끝나면 나와 함께 왕도로 가지 않을래?”

이미 지스카르는 내정된 혼약자가 생겼다. 싫더라도 어명이므로 따라야 했다. 하지만 이제 와 제르에게 첩이 되어달라 말하기에, 그녀는 소중한 사람이었다. 결국 그가 할 수 있는 거라곤 제 눈 가까운 곳에 제르가 머물러주길 바란다는 것뿐이었다.

제르의 대답은 칼 같았다.

“마음은 감사하지만 죄송해요, 왕자님. 저는 이곳을 떠날 수 없어

요. 어머니와 아버지께서 물려주신 곳인걸요. 체렌시와가 물려받아야 할 땅인걸요."

그녀의 대답이 지나치게 빨랐던 탓에 지스카르는 조금 민망해졌다.

"……당장 결정하라는 것이 아니야. 생각해봐. 체렌시와도 왕도에서 생활하는 게 출세하기 더 무난할 테고, 왕궁은 안 되더라도 왕도 중심가에 가장 좋은 저택으로 집을 구해줄게. 엘지와 엔사도 함께 가자. 여기서 위험을 감수하며 버티는 것보다, 안전하게 사는 것이 더 낫지 않겠어?"

비 맞은 강아지처럼 까맣게 젖은 눈동자를 내리깔던 제르가 절레절레 고개를 흔들었다.

"말씀이 맞아요. 하지만, 그래도 이 땅을 버리지는 않을래요. 힘들어도 다 같이 힘들 테고 제 아버지도 그러셨을 거예요."

"너 혼자만의 일이 아니라 네 동생들도 있고. 게다가, 네가 이곳에 홀로 남으면 난 걱정돼서 밤잠을 못 이룰 거야."

지스카르가 진심 담긴 목소리로 회유했다. 그의 권유가 조금 과한 감이 있다는 걸 인지한 제르가 불쑥 물었다.

"……왜 그렇게, 저를 신경 써주세요? 저는 지스카르 님에 비하면 한없이 하찮은 신분의 어린애일 뿐인데."

지스카르는 제르가 저런 노골적인 질문을 하리라고는 생각지도 못했기 때문에 즉각적으로 답하지 못했다. 어영부영 흘려 넘길 만한 좋은 대답도 떠올리지 못했다. 침묵하던 그는 제르의 말갛고 순수한 눈동자 위로 떠오른 신뢰에 쓰게 웃었다.

그는 그녀를 좋아했다. 그건 사실 부끄러운 것이 아니었다.

하지만 솔직하게 말할 수도 없는 종류의 것. 저 믿음이면 충분했다.

지금은.

지스카르가 제르를 꽉 끌어안았다. 짓이겨진 듯 느리게 갈라진 음성이 흘러나왔다.

“넌 내 친동생만큼이나 소중한 동생이다. 알비온과의 의리도 있고 우리가 그동안 알아온 시간이 있는걸.”

거짓말을 하려니 참 가슴이 저릿했다. 목울대가 자꾸만 꽉 막히려는 기분을 견디기 힘들었다. 남의 속도 모르고, 제르는 감동한 얼굴을 하더니 이내 서글픈 시선을 내렸다.

“……그렇지만, 역시 거절할게요. 하지만 정말 왕자님은 좋은 분이세요. 정말 고마워요. 많은 위로가 되었어요.”

제르의 대답에 지스카르가 한숨처럼 숨을 내쉬었다.

“그러면 아예 떠나지 않아도 좋으니 당분간 상황이 정리될 때까지만이라도 내 말에 따라줘. 일대가 안정되고 난 후에 샤말론 재건에 힘쓰자. 지금은 네가 있어봐야 할 수 있는 게 아무것도 없어.”

“하지만…….”

“네 동생들을 황폐하기만 한 이곳에 머물게 하는 것도 좋지 않을 거야. 당장 대답하지 말고 천천히 생각해봐. 어떤 것이 더 나을지. 이것만은 거절하지 않았으면 좋겠어.”

제르가 고개를 숙였다.

“……숙고하겠습니다. 감사합니다. 정말.”

“뭘.”

지스카르가 흐릿하게 웃으며 제르의 머리를 헝클었다.

휴전 협정이 성사되었다.

[카르시타의 노예들로 인해 벌어진 전쟁이 3년간 지속되었으며, 양국의 왕은 나라를 돌보기 위해 서로 잠시 검을 내리기로 결정한다. 상호 불가침 조약의 유효 기간은 8년. 그 기간에 제1차 누스말 전이 일어난 다라도론과 라잘바누 남북부 일대를 카르시타와 데바람이 공동 통치를 하는 것으로 한다. 혹 불가침 기간 내에 수상한 움직임을 보이거나, 먼저 조약을 깨는 행위를 하게 되면 전후 많은 배상금을 물어내야 한다.]

카르시타군과 데바람의 군사들이 범람하듯 누스말 일대를 뒤덮자 제르도 어쩔 수 없이 지스카르와 함께 산나로 와야 했다. 우선 새로이 샤말론의 영주가 될 체렌시와의 승작을 받아야 한다는 것이 그녀를 움직이게 한 가장 큰 이유였다. 이제 막 아장아장 뛰어다니는 쌍둥이 엘지와 엔사를 두고 올 수도 없어서 먼 길을 함께했다. 패전의 쓰디쓴 아픔과 함께 귀환한 그들을 축제처럼 환영하는 분위기는 없었다. 그저 슬금슬금 서로의 눈치를 보며 입에 발린 '무사히 돌아오셔서 기쁩니다.' 정도의 인사치레만 여기저기서 끊임없이 이어질 뿐이었다.

지스카르는 총사령관 나하르와 부사령관, 그리고 전쟁 참모 등의 지위를 가졌던 많은 내로라하는 귀족들과 함께 먼저 왕의 어전으로 향했다. 그와 함께 산나에 첫발을 디딘 제르는 왕성의 작은 건물에 방을 배

정받았다.

그리고, 왕도에 도착한 이튿날 밤 제르는 그를 만났다.

쥬세 노늘랑. 데바람의 지존이었다.

귀족들이 머물 수 있도록 마련된 커다란 성 안의 저택 중 한곳으로 안내되어 그곳을 둘러본 제르는 착잡하고 무거운 기분을 달래기 위해 엘지와 엔사를 유모들에게 맡긴 후 나란히 저택을 나와 왕성을 둘러보았다. 시중드는 하인들은 수많은 귀족들의 귀환으로 눈코 뜰 새 없이 바빠진 모양인지 어딘가 사라졌다 돌아오기 일쑤였다.

지스카르가 산나에 도착하기 전에 이야기해주었다. 아마도 한동안 바쁠 거라고. 그건 체렌시와가 샤말론을 물려받는 일 또한 그만큼 늦어진다는 암시였다. 첫날은 동생들과 함께 웅크린 채로 옹기종기 모여 방에 처박혀 있었지만, 이튿날이 되고 나니 조금 기운이 났다.

제르는 엘지와 엔사가 나란히 잠든 것을 물끄러미 바라보다가 체렌시와의 성화에 못 이겨 성을 살피기 위해 밖으로 나갔다.

산나는 처음이었고, 조금은 무서웠지만 호기심 넘치는 체렌시와를 이길 재간은 없었다.

"엘지랑 엔사가 깨면……."

"유모들이 있잖아. 그리고 저하께서도 좀 살피면서 산나의 사람들과 사귀어두는 게 좋을 거라고 하셨고."

"어차피 우린 곧 돌아갈 거잖아."

"그래도."

제르는 혹시라도 잃어버릴까 우려하는 사람처럼 체렌시와의 손을 붙잡고 왕성의 홀 왼쪽 편에 쭉 늘어놓인 초상화들을 따라 걷기 시작했다. 아무 생각 없이 그림들을 따라 걷다 들어선 방 안엔 황금 녹여 만든 원숭이 조각상을 비롯한 역대 데바람 왕가의 왕족들의 그림이 다닥다닥 붙어 있었다.

작은 키로 고개를 들어도 제대로 보이지 않을 만큼 높은 곳부터, 허리 정도의 높이까지 되는 낮은 곳까지 유구한 역사를 자랑하는 왕가의 산 증인들의 풍채가 위엄 있었다. 제르는 그림 속의 눈동자들에 의기소침해졌다.

자신의 성에도 이런 방이 있었다. 비록 조각상이나 되는 것은 없었고 그저 성주들의 자상하거나 엄한 얼굴을 한 초상화 몇 점이 띄엄띄엄 걸려 있었을 뿐이지만.

"엄청나다. 헨솔 님의 얼굴도, 언젠가 멋지게 그려져서 이곳에……."

체렌시와의 감탄 어린 목소리가 들렸다. 하지만 제르는 이미 더 이상 초상화들을 보고 있지 않았다. 제르의 시선은 초상화가 이어진 벽의 끄트머리에서 뒷짐을 진 채로 황금 동상을 올려다보고 있는 갈색 머리 소년을 바라보고 있었다.

데바람 왕실의 사람일까?

수행원 하나 없이 돌아다니는 것은 둘째치고 마치 제 집 안방인 양 뒷짐을 진 채 걸어 다니는 소년이라니. 소년은 제르와 체렌시와는 안중에도 없는지 뚫어져라 금빛으로 번뜩거리는 동상을 올려다보고 있었다. 소년은 콧노래라도 부르는 것인지 정체 모를 리듬에 맞추어 몸을 흔들며 흐응-흐응-소릴 냈다. 하지만 그 갈색 눈동자만큼은 어딘지 갈망으로 가득 차 인자한 왕의 형상을 한 황금상을 향해 있었다. 그

것이 쥬세의 동상이라는 것을 알게 된 것은 그리 오래지 않아서였지만 그 당시에 제르는 그 동상이 어떤 왕을 기리는 것인지 알지 못했다.

그저 훌륭하고 위대한 왕의 동상을 이렇게 세워두었구나 생각했을 따름이었다.

제르의 눈에 문득 저편, 낯선 갈색 머리칼의 소년이 띄었다. 값비싼 옷을 입고 있는 것으로 보아 높은 귀족가의 영식인 모양이었다. 어쩐지 느낌이 좋지가 않았다. 체렌시와는 반대편 벽에 서 있는 소년을 아직 눈치 채지 못한 모양이다. 소년과 눈이 마주친 제르는 괜스레 주눅이 들어 고개를 돌렸다.

그러자 소년이 들으란 듯 중얼거렸다.

“이거, 저 머리만 잘라다 팔아도 꽤나 주머니가 두둑해지겠지? 하지만 목을 잘라버리면 가치가 떨어질 테니 훔칠 바엔 몸통까지 훔치는 게 나으려나?”

온통 매끄러운 돌로 뒤덮인 바닥과 벽을 때리는 목소리는 음산하게까지 들렸다. 제르가 흠칫하며 소년을 돌아보았다.

체렌시와 역시 고개를 쭉 빼고 목소리의 근원지를 바라보았다. 체렌시와가 놀라 소년을 향해 몸을 기울였다.

“여어, 처음 보는 얼굴들이다?”

소년은 스스럼없이 웃으며 다가왔다. 조금 전에 제가 한 말은 까맣게 잊은 사람 같았다. 제르는 혼란스러웠다.

“너희 누구야? 이 성에서 내 또래 애들은 그 씹어 먹어도 시원찮을 왕자 새끼들이랑 귀족들이 난봉질 해서 낳은 사생아들밖에 없을 텐데. 어느 가문의 자제분들인가?”

입을 열면 족족 폭언이었다.

‘씨…… 씹어 먹을 왕자…… 새…… 끼들? 귀족들이 난봉질?’

“난봉질이…… 뭐예요?”

“이 여자랑 저 여자랑 이러쿵저러쿵. 몰라?”

제르의 눈이 느리게 깜빡였다. 체렌시와 또한 멍청한 표정을 짓긴 마찬가지였다.

“너네 뭐냐니까?”

제르야말로 되묻고 싶었다. 그쪽은 누구시냐고. 그러나 되묻기에는 소년은 마치 이곳의 주인인 양 굴었다. 산나에서 제르는 아무런 연고도 없는 낮은 귀족가 출신의 딸이었고, 작은 실수라도 범하게 된다면 작위조차 없는 그녀와 동생들은 큰 고초를 치르게 될 것이다.

“뭐야? 사람이 물었는데 왜 대답을 안 해? 그렇게 멍청한 표정만 짓고 있으면 얼마나 등신 같은지 몰라?”

체렌시와와 제르는 한마음으로 충격을 받았다. 이런 날건달 같은 소년이 왕성에서 만난 첫 귀족이라니. 산나에서는 예의범절을 가르치지 않는 걸까.

샤말론에 살 적, 제르와 체렌시와는 엄숙하고 위계질서가 뚜렷하고 화려한 왕궁을 상상해왔다. 이런 거친 소년이 상주하는 곳이 아니라.

“그런 말을…… 함부로 하면 안…… 되지 않을까요?”

제르가 조심스럽게 말을 꺼냈다.

“뭐야. 너 왕성엔 처음이냐? 내가 누군지 모르는구나?”

소년이 비웃었지만 제르는 부정할 수가 없어 얼굴만 벌게졌다. 알턱이 없다.

“내 이름은 퀴네도사이 에스펠라 펜 로만. 서쪽 왕궁에 머물고 있어.”

소년이 소개했다. 그는 왕족이 아니었다. 이름만 들으면 귀족도 아니었다. 퀴네도사이라 스스로를 소개한 소년이 제르의 의문을 해갈시켰다.

“난 귀족은 아니야. 외울 생각도 없지만 듣기도 괴로우니 귀족인지 아닌지 예, 아니요랑 짧게 이름만 말해.”

제르는 당황했다. 귀족도 아니면서 지금 제게 그리 막 대한 건가? 화를 내야 하나? 그녀가 당혹감에 체렌시와와 눈을 맞추었다. 체렌시와의 표정 또한 서서히 일그러지고 있었다.

“샤말론에서 왔어. 네들리타의 제르 시나와야. 이쪽은…… 내 동생.”

이렇게 답해야 하나.

‘이게 아닌데…….’

말하면서도 지는 기분에 괜스레 입안이 썼다.

“오늘 전쟁에서 꼬리 말고 도망친 피투성이 똥개들이 성으로 돌아온다고 들었는데, 그 똥개의 자식이야? 하긴 기죽은 똥개 새끼들도 쓸데야 있으니 수치스러워 혀 깨물고 죽기 전에 먹이고 환영은 해줘야겠지.”

너무나도 당황스러워 뭐라 반응해야 할지도 몰랐다.

똥개니 뭐니 온갖 비하 발언을 계속하는 소년은 지극히도 자연스럽게 말을 이어서 제르는 어떤 타이밍에 그를 꾸짖어야 할지 몰랐다. 자신보다 많아도 한두 살, 혹은 더 어리지 않을까 하는 소년은 주위의 귀를 두려워하지 않는 모양이었다.

“그 옆에 꼬마는?”

“내 동생.”

“쏙 빼닮았다 했어. 칙칙한 얼굴.”

뒷골이 당겼다.

“말이 너무 심하잖아!”

당황해 입술만 뻐끔대는 제르를 대신해 체렌시와가 발끈 소리쳤다. 퀴네도사이는 새끼손가락으로 귀를 후비는 시늉을 했다.

“귀 따갑게 굴지 마. 쥐도 새도 모르게 죽여버릴 수도 있으니까.”

“너, 너야말로 무례한 말은 그만해.”

제르가 정신을 차리고 반박했다.

“뭐, 너 대단해? 너야말로 내게 명령하지 마. 쥬세의 둘째 아들처럼 개 맞듯 맞는 수가 있어.”

소년이 황금상을 가리키며 말했다. 제르는 깨달았다. 저건 쥬세의 황금 동상이었다.

‘근데…… 어? 둘째 아들?’

지스카르가 쥬세 왕의 정비로부터 잉태된 첫째 아들이었고, 그 아래 첩에게서 난 둘째 아들이 있다고는 들었다. 베제스라는 이름이었다. 얼굴도 뭣도 모르지만 저보다 두 살 많은 왕자님이라지 않았나. 그런데, 개 패듯이 때렸다고?

“……너…… 너, 어떻게 그런 불경한 태도를…….”

“맞을래?”

소년이 위협하듯 제르의 멱을 끌어당겼다. 예상치 못한 위협에 놀란 제르가 퀴네도사이에게로 두어 걸음 끌려갔다.

“네가 어디 출신이건, 뭐 하는 계집애건 나는 신경 안 써. 어차피 나랑은 상관도 없고. 근데 내가 말했지. 까불지 말라고.”

퍼뜩 정신을 차린 제르가 퀴네도사이의 손에서 벗어나기 위해 바동거렸다. 소년의 눈에 날카로운 귀기가 어렸다. 진짜로 때릴 것 같았다.

"놔, 놔!"

"이 자식아!"

돌연 체렌시와가 달려들었다. 소년의 노기에 찬 목소리가 메아리처럼 홀을 울렸다. 퀴네도사이에게 달려든 체렌시와는 마구잡이로 주먹을 휘둘렀다.

"이 새끼가!"

한참을 엎치락뒤치락 하며 주먹질을 주고받던 그들의 싸움은 쉬이 끝나지 않았다. 퀴네도사이는 체렌시와의 주먹을 쉽게도 막았다. 하지만 체렌시와 역시 어릴 적부터 훈련을 해온 터라, 쉽사리 당할 것 같지는 않았다.

"그만해! 첼시! 그리고 너도!"

제르는 이러지도 저러지도 못하고 그만두라 소리쳤지만 두 소년은 듣지 않았다. 결국 소란을 알아차리고 출동한 왕궁 기사단의 만류가 있은 후에야 다툼은 끝이 났다. 체렌시와는 눈언저리와 볼이 찢어졌고, 퀴네도사이는 체렌시와보다는 훨씬 멀쩡했지만 선공을 당한 왼뺨이 팅팅 부어 있었다.

위대한 역대 왕족의 혼이 잠들었다 칭송받는 전당에서 난투극을 벌였으니 일이 쉬이 끝날 리가 없었다. 그 일은 결국 어전 회의를 막 끝마친 쥬세의 귀에까지 들어갔다. 제르와 체렌시와는 상처도 미처 수습하기 전에, 어떻게 돌아가는 일인지 파악도 하지 못한 채로 내동댕이치듯 왕의 앞으로 떠밀려 갔다.

체렌시와와 제르는 잔뜩 기가 죽은 채였지만, 퀴네도사이는 어쩜 저런지 놀랄 정도로 당당했다. 공기가 무거웠다. 그녀와 체렌시와와 퀴네도사이를 못마땅히 보는 시선들도 도처에 즐비했다. 하지만 그것들보다도, 황금의 옥좌 위에 앉은 왕의 시선이 그녀를 얼어붙게 했다. 지스카르가 그리도 칭찬하던 그의 아버지였다. 데바람의 아버지이기도 했다.

“로만, 또 문제를 일으켰나? 이번에는 선대왕의 혼백이 잠든 신성한 곳에서?”

그의 음성은 가장 먼저 퀴네도사이에게 닿았다.

“저는 잘못한 것이 없습니다. 다 이 녀석들이 멍청해서 그래요. 먼저 달려든 것도 저 꼬맹입니다, 전하.”

제르는 피가 거꾸로 솟는 것을 느꼈다. 억울한데 발언을 허락받지 않은 상황에서 무어라 할 수가 없었다.

“로만, 내 인내를 시험하는 거라면 그쯤 해둬라. 어린 꼬마의 치기라고 언제까지고 덮어줄 거라 생각하느냐. 아무리 약조가 있다곤 하지만 이곳의 주인은 나다. 더 이상의 소란은 용납하지 않겠다. 익일부터 열흘간 근신하라.”

늙어 피곤한 목소리가 느른히 명했다. 퀴네도사이는 별다른 말대답 대신 칫 하며 고갤 돌려버렸다.

“그리고 너희는 못 보던 얼굴들인데.”

제르와 체렌시와가 바닥에 납작하게 엎드린 채로 읍소하듯 말했다.

“저는 라잘바누의 샤말론 성주의 딸 제르 시나와 엘 샤말란 네들리타라고 합니다. 이 옆은 장차 샤말론의 성주가 되어야 할 동생…….”

“체렌시와 라헬 펜 사하리안 샤말란입니다.”

제르의 말을 받듯 체렌시와가 덧붙이며 말했다. 그러나 대답이 끝나고도 한참이나 주위는 고요하기만 했다.

제르는 후들거리는 목에 가까스로 힘을 주었다. 고개를 숙이고 있으니 주변 상황이 어떻게 돌아가는지 하나도 알 수 없었다. 하지만 일단은 죄까지 지은 마당에 함부로 고개를 들 수도 없었다.

그때 엎드린 제르의 귓가에 지스카르의 목소리가 들렸다. 그도 이곳에 있었던 모양이었다.

"얼마 전 타계한 샤말론 성주 내외의 자제들입니다. 라잘바누의 휴전 협정 이후 그 상황이 좋지 아니함에 제가 그들을 데려왔습니다. 오늘 저녁 만찬이 끝난 후 아버지께 직접 말씀드리려 했습니다만."

지스카르의 침착한 목소리가 넓은 알현실에 울려 퍼졌다.

"그렇다면 갓 왕도에 올라온 풋내기 귀족이 감히 예법도 모르고 선왕들의 앞에서 주먹다짐을 했다 이 말이냐?"

다급해진 제르가 고갤 들며 사죄했다.

"송구합니다, 전하. 아직 어려 감정을 다스리지 못했습니다. 죄송합니다, 전하. 한 번만 너그럽게……."

왕과 눈이 마주친 제르는 말꼬릴 흐렸다. 발언권을 받지 못했는데 함부로 떠든 탓일까. 왕의 표정은 무서워 보였다. 흰머리가 듬성듬성한 나이 든 왕은 성큼성큼 그녀의 앞에 다가와 섰다.

"일어나봐라."

모든 귀족들이 바라보는 가운데였다. 혹 무례가 아닐까 하는 생각에 잠깐 갈등한 제르는 천천히 몸을 일으켰다. 지스카르의 복잡한 얼굴이 왕의 어깨 너머로 얼핏 보였다.

"네 나이가 몇이냐?"

문득 온몸에 소름이 돋았다. 치켜 올라간 눈매 안에 고스란히 녹아 있는 고동색의 탁한 눈동자가 어린 몸을 훑었다. 제르는 뱀 앞에 선 작은 짐승처럼 옴짝달싹할 수 없었다. 작게 숨을 할딱이던 그녀가 가까스로 입을 열었다.

"서, 석 달 후면 열다섯이 됩니다."

황금상에서 보았던 왕의 얼굴이 아니었다. 인자하게만 보였던 황금상과는 다르게 딱딱하고 어둡고 날카로웠다. 쥬세는 한참이나 제르의 불안 젖은 얼굴을 뜯어보았다. 그 눈빛은 뭇 어른들에게 받던 시선과 달리 불편한 느낌이었다.

곧 늙은 남자의 손이 쑥 뻗어와 제르의 턱을 움켜쥐었다.

"고운 입술에 상처 날라."

"죄, 죄송합니다."

깜짝 놀라 반쯤 뒷걸음질 치려던 제르의 몸은 늙은 손아귀에 잡혀 한 걸음도 움직일 수 없었다. 억센 왕의 목소리는 다시 이어졌다.

곧 그녀의 턱을 툭 놓은 쥬세가 왕좌로 되돌아가며 탁한 웃음소릴 냈다.

"좋다. 내 이번 일은 용서해주지."

혹여라 큰 벌이라도 받을까 간 졸이고 있던 체렌시와는 크게 안도했다. 쥬세에게 놀라 기가 눌린 제르도 짧은 숨을 토했다.

그런 연후에야 제르와 체렌시와, 그리고 퀴네도사이는 알현실에서 물러날 수 있었다.

다행이라며 서로를 보듬는 제르와 체렌시와의 뒷모습을 못마땅히 바라보던 퀴네도사이가 팔베개를 하듯 뒷머릴 감싼 채로 투덜거렸다.

"짜증 나네. 왕이면 다라고."

정말 범 무서운 줄 모르는 아이였다. 제르는 째릿 퀴네도사이를 흘겼다. 그녀와 눈이 마주친 퀴네도사이가 걸음을 멈추었다.

퀴네도사이는 순진무구하기까지 한 제르의 얼굴을 물끄러미 응시하다가 혀를 찼다.

“멍청해 보이는데, 너 참 큰일이다.”

“시비 걸지 말아줄래?”

더 험한 독설을 내뱉을 줄 알았던 퀴네도사이는 체렌시와와 그녀를 번갈아 바라보더니 고개를 저었다.

“충고 하나 해줄게.”

“너 같은 몰상식한 애한테 무슨 충고를…….”

“쥬세 왕을 조심하는 게 좋을 거야.”

제르가 말을 멈추었다. 작게 벌어진 입술 사이로 의문이 숨과 함께 새어나갔다.

“어……?”

문득 조금 전 마주쳤던 쥬세의 눈빛이 떠올라 소름이 돋았다. 그는 왕이고 위대한 사람이니 오히려 영광이어야 하는 걸 알면서도 어쩔 수 없는 생리적인 반응이었다.

“뭐, 네가 조심한다고 해서 변할 건 없겠지만.”

지금까지의 모욕과는 다른, 어딘지 조금 동정 섞인 중얼거림이었다. 제르는 못 들은 체 체렌시와의 손을 꽉 붙잡고 걸었다. 퀴네도사이가 그녀의 뒤에 대고 외쳤다.

“내 말 안 들으면 큰일 난다, 너?”

뭐야, 저 정신 나간 놈은.

이상하게 기분이 나쁘다. 어디인지도 모르는 왕성의 제 방을 찾아

헤매며 제르는 애써 불안을 떨쳤다. 일을 크게 만든 게 미안했던지 체렌시와는 연신 퀴네도사이를 욕하면서도 제르의 눈을 마주 보지 못했다.

"헨솔 님에게도 폐가 되었어요, 누님."

지스카르. 문득 그 자리에 있던 지스카르에게도 제대로 인사하지 못했다는 것이 떠올랐다. 나오기 전 언뜻 보았던 야차처럼 굳은 얼굴에 아무 말도 못 한 탓이다. 자신과 체렌시와가 성에 도착하자마자 이런 일에 휘말렸으니 화가 났을 수도 있다. 제르는 지스카르가 찾아오면 자세하게 상황 설명을 하고 사과를 해야겠다 생각했다. 지스카르도 그 자리에서 퀴네도사이라는 꼬마를 보았으니 충분히 이해해줄 것이다.

"혹시 이번에 눈 밖에 나서, 작위 승계를 인정해주지 않거나 하지는 않으시겠지?"

"그러엄. 지스카르 저하가 쥬세 전하는 굉장히 현명하고 지혜로운 분이라 하셨어. 아까 그 미친 꼬마애가 문제였는걸. 괜찮을 거야."

체렌시와는 영 어두운 얼굴이었다. 제르는 그의 어깨를 다독이듯 어루만졌다.

"오늘은 가서 쉬자."

제르는 표정을 풀고 웃어주었다.

쉬자는 말과 달리 제르는 돌아오자마자 어린 쌍둥이 동생들을 찾았다.

"언니이이."

엔사가 가장 먼저 제르를 발견하고 뒤뚱뒤뚱 달려들었다. 엔사와 엘지의 웃음소리를 듣고 나니 마음이 조금 놓였다. 하지만 걱정이 이만저만이 아니었다. 아닌 체해도 그녀와 체렌시와는 왕도에 무지했고, 오늘 큰일을 저질러 지체 높은 왕의 눈 밖에 났으니 조심, 또 조심해야 했다. 지스카르가 오면 이것저것 좀 물어봐야겠다 생각하며 제르는 불안함을 덜어냈다.

"오구오구. 엘지도 이리 와."

"오빠아아."

엘지가 엔사의 머리채를 휙 잡아당기며 체렌시와의 허벅지에 매달리자 엔사가 얼굴을 부풀렸다. 평소와 다름없는 아이들의 얼굴을 보고 나니 체렌시와 역시 마음이 좀 풀린 듯 입을 해죽 벌리며 웃었다.

사실 제르는 왕성에 머물 만한 신분이 아니었다. 사실 함부로 왕성에 발을 디디기도 어려운 천애고아일 뿐이었다. 그러나 지스카르가 얼마나 세심히 자리를 꾸며주었는지, 지스카르의 손님이라는 이유 하나로 제르와 체렌시와, 그리고 어린 동생들은 몹시도 극진한 대접을 받았다. 하지만 지스카르를 만난 건 아주 잠시뿐이었다. 산나에 도착한 이튿날 그는 몹시 바쁜 사람처럼 예고도 없이 찾아와 불편한 것이 있는지만 묻고 돌아갔다.

지스카르는 차기 왕이 될 남자고 그녀가 붙잡아 시간 낭비를 할 수 없다는 것을 잘 알았지만 조금은 서운했다.

왕성에 머문 지 열흘 가까이가 되었는데, 아직도 정리가 안 된 걸까. 제르는 세상 돌아가는 이치를 박식하게 알지 못했다. 그녀가 할 줄 아는 거라고는 악기를 타는 것과 동생들을 돌보는 것뿐이었다. 아무리 의젓한 체해도, 괜찮은 체해도 망망대해 같은 타지에서는 의지할 만

한 사람이 필요했다. 체렌시와는 어느 정도 적응을 했는지 간간이 지나가는 하인들과 두런두런 이야기를 나누기도 하고 불평 없이 지냈지만 제르의 불안은 더 커져갔다.

아무것도 하지 않는 나날이 계속되었다. 나흘 전, 또다시 지스카르가 다녀갔다. 그는 이번엔 아주 짧게 티타임을 가진 후 지친 얼굴로 용무가 있다며 자리를 비켰다. 정말로 피곤해 보이는 낯빛이라 차마 더 잡을 수도 없었다.

사실 왕성 생활에 어떤 환상을 품고 온 것은 아니었지만, 이쯤 되니 그녀와 형제들이 몹시도 의미 없는 사람이 되는 것 같았다. 차라리 이렇게 아무것도 하지 않고 앉아 있을 시간에 샤말론의 재건을 돕는다면 그게 더 옳은 일인 것 같았다. 다시 지스카르가 그녀를 만나러 오면 승계에 관한 것도 넌짓 물어볼 생각이었다.

그런데 그날 밤, 뜻밖에도 그녀는 베제스를 만났다.

베제스는 지스카르보다 조금 더 어린 청년이었다. 지스카르가 믿음직하게 훤칠한 청년이라면 베제스는 조금 더 단단하고 부리부리한 눈을 가졌다. 창가에 기대어 정원을 바라보던 제르가 그를 발견한 것처럼, 그 또한 제르를 발견하고 껑충거리는 걸음으로 다가왔다.

"뭐야, 넌?"

낮은 창 안으로 쑥 들이치는 얼굴에 놀란 제르가 뒷걸음질하자 청년이 눈을 부라렸다.

"왜 도망가? 죽을래?"

제르가 고개를 도리질 쳤다. 얼굴이 팅팅 부은 청년이 초면부터 인상을 일그러뜨리니 몹시 당황스러웠다. 뒤를 돌아보니 늘어지게 누워 검술 교본을 읽고 있던 체렌시와는 어느새 사라지고 없었다.

"네가 그 계집애냐?"

"네?"

"형님이 데려왔다며? 네 얘기가 많이 떠돌던데."

베제스는 낮은 창문을 타고 넘어와 그대로 창턱에 걸터앉았다.

제르가 사람을 불러야 하는 건지, 아니면 저 정체 모를 청년을 받아들여야 하는 건지 몰라 두리번거리는 사이, 청년이 팔을 뻗어 제르의 머리채를 휘어잡았다.

"예의를 모르나?"

꺅. 제르가 새된 비명을 지르며 반쯤 고꾸라져 창 바로 앞까지 끌려갔다.

"아니면 내가 누군지 몰라?"

알 리가 없었다. 그러나 솔직한 대답은 그가 바라는 대답은 아닐 것이다. 본능적인 위기감에 제르가 청년의 손목을 쥐었다. 그때였다.

"베제스!"

노성이 쩌렁쩌렁 울렸다. 등 뒤에서 날아든 고함에 제르의 몸이 경직됨과 동시에 불청객의 손이 떨어져 나갔다. 지스카르르가 들고 있던 커다란 무언가를 내동댕이치듯 침대 위로 내던진 후, 제르에게 다가와 그녀를 포옥 끌어안았다.

"여어, 형님. 외곽 순시를 다녀오는 거 아니었어?"

제르는 달달 떨리는 몸을 가까스로 허물어지지 않게 버텼다.

"저게 예의범절을 몰라."

"입 닥쳐!"

"오늘따라 왜 성질이야?"

지스카르는 베제스를 노려본 후 제르의 흐트러진 머리칼을 정리하며 허리를 숙여 물었다.

"괜찮나?"

제르가 무의식적으로 지스카르의 옷자락을 움켜쥐며 몸을 숨겼다. 베제스라 불린 어린 청년의 웃음소리는 더 이상 단순한 웃음으로만 들리지는 않았다.

"저 계집애 봐라. 내 앞에선 눈 동그랗게 뜨고 고개 빳빳하게 굴더니."

"네가 왜 여기 있어."

"저 앞을 지나다가 눈에 띄기에."

"또 할 일 없이 빈둥거리다가 어디 꼬투리 잡을 게 있나 싶어 돌아다녔겠지."

"그 계집애, 형님 그거야?"

묘한 얼굴을 하던 베제스가 턱을 치켜든 후 혀로 입술을 핥았다.

"그게 뭔데."

"정부라 해야 하나?"

"지랄."

지스카르가 그답지 않게 사나운 말을 씹어 뱉었다. 제르는 지스카르의 이런 공격적인 모습을 본 적이 없어 몹시도 당황했다.

"나는 내 궁에 네가 드는 걸 허락한 적 없다. 나가."

"난 형님 허락 없이 이 왕성 어디든지 돌아다닐 수 있거든."

"퀴네도사이가 내버려둔 반쪽 얼굴도 맞고 싶냐?"

농담처럼 들리는 말이었지만 음조만큼은 신랄했다.

"다, 다, 닥쳐!"

베제스가 돌연 버럭 소리치며 뺨을 감쌌다.

"누, 누가!"

"더 망신당하기 싫으면 나가."

지스카르는 제르의 손목을 꽉 움켜쥐며 서늘히 경고했다. 베제스는 적의 가득한 눈빛으로 지스카르를 노려보다가 발을 쿵쿵 구르며 방 밖으로 나갔다. 창문으로 들어온 것과는 달리 방문을 통해서였다.

"제르, 놀랐겠구나."

"저, 저분은……."

"신경 쓸 것 없어."

하지만 신경 쓰지 않으려야 않을 수가 없었다.

그는 왕태자인 지스카르를 똑바로 노려보고 사납게 고함을 지르는 데 아무런 주저가 없는 청년이었다. 제르를 침대 맡에 앉힌 지스카르는 그녀의 흐트러진 머리를 정리했다.

"내 이복동생이야."

"……."

얼굴 한쪽이 팅팅 부어 있는 소년이 두 번째 왕자라는 것을 알았을 때 제르는 몹시 놀랐다. 생각지도 못했는데, 알고 나니 전에 들은 기억이 있었다. 샤말론에서는 언뜻언뜻 이름만 몇 번, 또 이곳에 온 첫날 퀴네도사이라는 소년에게서도 한 번.

"아……. 제가 무례를."

왕자 저하를 그리도 빤히 바라보았으니 충분한 무례였다.

"아니, 그놈은 원래 앞뒤 가리지 않고 주위를 긁어대는 게 취미야. 네가 잘못한 거 없어."

따뜻한 음성에 제르는 지스카르의 어깨에 이마를 기댔다.

"자꾸만 실수해서…… 죄송해요."

지스카르는 제르의 어깨를 안아 다독인 후 얕은 한숨을 쉬었다.

좋은 성과를 거두지 못하고 돌아온 데다가, 전쟁이 막 끝난 직후라 왕궁 내부는 여전히 어수선했다. 부왕에게 조금이라도 만회하고 싶어 노력하다 보니 예상 이상으로 많은 책무를 떠맡게 되어 눈코 뜰 새 없이 바쁜 보름이었다. 게다가 최근 들어 보이는 쥬세의 특이 행동은 아닌 체하려 해도 지스카르를 몹시 불안하게 만들었다.

쥬세는 요즘 지난 몇 년 멀리하던 여자들을 가까이하기 시작했다. 하필이면 지스카르가 돌아온 날부터였다. 제르가 이곳에 온 날이기도 했다. 그녀가 공교롭게도 어전에 끌려왔던 날 쥬세가 제르에게 관심을 보였다는 건 그 자리에 있던 모든 대소신료들이 알고 있었다. 모르는 건 제르뿐이었다. 제르는 그날의 일을 연거푸 사과했지만 지스카르에겐 사실 퀴네도사이와의 사건은 그다지 중요하지 않았다. 중요한 건 지난 나흘간 그의 아비가 검은 머리의 여자들과 동침을 했다는 이야기였다. 그는 본디, 엷은 갈빛의 수수한 여자를 품기를 즐겼다. 자신의 어미와 닮은. 그가 믿어 의심치 않는 부왕이 간간이 그녀에 대해 묻는 건 점차 그의 의심을 키웠다.

생각을 그친 지스카르는 제르의 하얀 뺨을 쓸었다.

"그보다…… 체렌시와는 어디 있어? 엔사랑 엘지는?"

"지금 유모들과 산책 갔어요. 첼시는 아까까지만 해도 있었는데…… 또 바로 가셔야 하죠? 첼시가 지스카르 님이 다녀가신 걸 알면 몹시 아쉬워할 거예요."

제르가 쑥스러운 듯 고개를 수그리며 중얼거렸다. 아쉬움이 진하게 묻어났다. 베제스가 어찌나 놀라게 했는지 제르는 여전히 그의 옷자락을 세게 쥔 채였다. 그러나 스스로도 의식하지 못하고 있는 듯했다.

지스카르는 그녀의 뺨을 톡톡 건드려 신경을 돌렸다.

"오늘은 조금 오랫동안 이야기하자."

사실 오늘은 사금을 가져다주고 돌아갈 생각이었다. 몸이 으스러지게 뛰어다녀도 시간이 모자랐다. 하지만 제르에게 할애하는 시간이라면 아깝지 않았다. 차라리 잘 시간을 쪼개면 된다. 합리화는 참 쉬웠다.

지스카르가 제르에게로 사금을 끌어다주자, 제르가 반색했다. 아버지와 어머니의 일이 있은 후로 거의 만져보지 못했던 악기였다. 왕실의 것이라 과연 품질부터가 남달랐다. 음색이 훨씬 청아했다. 제르는 몇 번 줄을 퉁겨 음조를 맞추다가, 이내 익숙하게 악기를 얼렀다. 듣기 좋은 소리가 울렸다.

세 곡쯤 연주를 이어가던 제르가 빤히 그녀를 바라보는 지스카르의 시선을 깨닫고 고개를 들었다.

"지스카르 님?"

"응. 말해."

"너무 뚫어져라 보시는데요?"

고양이처럼 끝이 올라간 눈매 안에서 순진무구하게 깜빡이는 눈동자는 반칙이다. 물음을 듣고도 한참이나 말없이 웃던 지스카르가 무심결인 체 그의 검지와 중지로 제 입술을 눌렀다.

"내가 그랬나?"

그리고 별것 아닌 손길처럼 제르의 입술 위로 옮겨 간다. 그가 할 수 있는 최대한의 인내이며 표현이었다.

제르는 이해가 가지 않은 사람처럼 그의 손끝이 떨어져 나간 제 입술을 매만지다가, 조심스레 악기를 무릎 아래로 내려놓았다.

"저…… 드리고 싶은 말이."

"말해, 뭐든지. 불편한 거라도 있어?"

"아뇨, 너무 극진히 잘해주셔서 그게 불편할 정도인걸요. 다만, 제가 이곳에 오래 머무는 건 역시 좀 아닌 것 같아요. 지스카르 님도 바쁘신데 저한테 신경 쓰시느라 더 힘드시고. 작위 승계 관련해서만 좀 도와주시면……."

지스카르가 서서히 표정을 지웠다. 표정 아래 밴 복잡 미묘함까지 감출 수는 없었다.

"제가 혹시 바쁜 분께 더 불편한 말을 한 건가요?"

"아니."

그러나 말과는 달리 지스카르의 표정은 풀릴 줄 몰랐다. 제르가 입술을 오므리며 초조한 사람처럼 눈을 내리깔았다.

제르가 읽어낸 그대로였다. 만일 그녀를 이곳으로 돌아올 때의 마음이었다면, 분명 붙잡았을 것이다. 조금이라도 더 이곳에 정을 붙이게 하고 싶었다. 그래서 혹 과욕을 부려도 된다면, 감당할 만큼 일이 정리가 된다면 그녀를 어떻게든 이곳에 남게 할 생각이었다. 그러나 불안했다.

한참 후에야 지스카르가 평소와 같은 다정한 눈빛을 맞추며 이었다.

"……그럴래?"

뜻밖의 순순함이었다. 역시, 조금은 귀찮았던 건지도 모른다. 아주 조금은 실망하지 않았다 할 수는 없었다. 그렇지만 좋은 게 좋은 것이다.

"그런데 혹시…… 샤말론으로 돌아가면, 다시는 못 뵙는다거나…… 그런 건 아니겠죠?"

"그건 아냐."

사실 그건 누구도 장담할 수 없는 이야기였다. 하지만 제르는 순순한 마음으로 지스카르를 믿었다. 때마침 체렌시와가 물에 젖은 머리를 털어 말리며 들어왔다. 그는 지스카르를 발견하고 활짝 낯을 펴며 예를 갖추었다.

"헨솔 님!"

지스카르는 그리 그를 반기는 체렌시와를 쓰게 응시하다가, 제르의 머리를 한 번 쓰다듬은 후 일어섰다.

"어, 벌써 가세요?"

보랏빛 눈동자가 아쉬움으로 반짝였다. 지스카르는 가볍게 체렌시와의 몸을 당겨 안았다 놓았다.

"나중에 보자."

그리고 보름 후, 지스카르의 도움을 받아 제르는 귀향하기 위한 짐을 꾸릴 수 있었다. 간출하지만 잘 정리되었다. 승계장에 관련해서는 곧 파발을 통해 샤말론으로 보내리라는 약조를 받은 터라 마음은 더없이 가볍기만 했다. 엘지와 엔사는 아직 어려, 왕궁의 풍경조차 기억하지 못할 거라는 게 아쉬웠다. 다 둘러보지도 못했지만 이곳에 발을 디뎌봤다는 것 자체만으로도 의미 있었다.

그러나 제르는 성 밖으로 나갈 수 없었다. 생전 처음 보는 병사들이 그녀의 앞을 가로막았던 것이다. 기사들이 앞에 서서 자신을 관찰하

듯 바라보았을 때, 제르는 기묘한 두려움을 느꼈다. 병사들의 선두에 선 짙은 갈색 머리의 남자가 말에서 내렸다.

그녀를 배웅하기 위해 나왔던 지스카르의 표정이 사납게 굳어졌다.

"뫼시라는 어명입니다."

그리고 그날 밤, 제르는 쥬세의 침대 위로 끌려갔다. 여태까지 겪었던 지옥보다 더한 지옥이 그곳에서 그녀를 기다리고 있었다. 의미심장하게 울리던 어떤 소년의 음성이 귓가에 들러붙었다.

'쥬세 왕을.'

비명을 질러도, 울부짖어도 아무도 도와주지 않는 도망칠 곳 없는 지옥이었다. 살려주세요. 죽이려는 것도 아니건만 죽음을 앞에 둔 것 같은 끔찍한 공포 속에서 애원했다. 잘못했어요. 뭘 잘못했는지도 모르지만 그렇게 애걸했다.

'조심하는 게 좋을 거야.'

제르는 소년의 충고를 그날 밤 이해했다.

제1차 누스말 전쟁의 휴전을 공포한 지 반년. 데바람의 왕실과 사교계가 들썩거렸다. 최근 가장 큰 화젯거리는 금년 마흔일곱이 된 왕 쥬세가 계집질에 정신을 차리지 못한다는 것이다.

소문의 형태는 다양했다. 쥬세가 사랑했던 전 왕비인 제니달을 향한 그리움이 커지고 커져, 그의 정신이 흐려졌다는 것부터 시작해 회춘을 갈망해 어린 소녀를 끌어안는 것이라는 등의 이야기들이었다.

소문은 더욱 멀리까지 퍼져 신분고하 할 것 없이 산나의 모든 이들이 속닥거리느라 시간 가는 줄 모를 만큼 유명해졌다. 한 백작 부인이 남편의 옷을 홀딱 벗겨 내쫓은 이야기보다, 왕태자 지스카르가 광포한 성정을 드러내며 정신 나간 행동을 한다는 것보다, 쥬세 왕이 벌이는 밤놀이 소문이 더욱 자극적으로 와전되었다.

하지만 관계없는 이들의 즐거움과는 대조적으로, 귀족들은 달갑게만 소문을 즐길 수가 없었다. 부인들 역시 마찬가지였다.

"도대체 왜 갑자기 저러시는지."

라잘바누 지역에서 올라왔다는 이제 막 열다섯 된 어린아이를 방 안에 가두어두고 있다는 소문은 이미 파다했다. 사실 쥬세는 숨기려는 노력도 않았으니 당연한 일이었다. 그것이 뜬소문이 아니라는 것 역시 궁을 들락거리는 이들을 통해 알 만한 이들은 다 알았다.

기겁할 노릇. 누가 들어도 그건 괴기스러운 집착이었다.

"그 어린애를 실제로 본 적 있어요?"

"일전 어전 회의에 참석했던 대귀족분들은 모두 다 누군지 알고 계시더군요. 소문을 듣자하니 헨솔 왕자님이 첩으로 삼기 위해 데려왔다고 하던데."

"왕족들을 홀리나?"

"그 비법이 궁금하네요."

"하지만 제가 들은 건 좀 다른데요. 듣자하니 라잘바누의 성주에게 부탁받은 자식들이라고 하더군요. 어여삐 여기는 여동생이라고 이야기하는 걸 바깥사람이 들었어요."

"지금 그게 문제가 아니란 걸 알 텐데요. 다들 사얀 님의 불호령이 두렵지 않으세요?"

방 바로 왼쪽 벽 가장자리에 기대어 속닥거리는 한 여인의 목소리에, 모여 앉은 다른 여인들은 합죽이라도 된 듯 입을 다물었다.

사얀은 현재 내성의 안주인. 왕태자 지스카르 헨솔의 어머니이자 정실 부인이었던 테실 제니달이 타계한 후 비어 있는 정실의 자리를 대신하는 첫 번째 첩이었다. 당연한 이유로 2왕자 베제스의 어머니인 사얀은 여인들의 사교계 대부분을 장악하고 있었다.

정비의 자리가 비었음에도 쥬세는 그녀를 정비로 봉하지 않았고, 그 자릴 비워두겠다 선언했다. 그것도 사얀에겐 큰 불만의 요인인데 느닷없이 굴러들어온 웬 시골의 어리고 아리따운 소녀에게 쥬세가 정신을 차리지 못하니.

하지만 어찌 되었건 관계 밖의 이들에게는 흥미진진한 이야깃거리였다.

"어쩌면 좋아. 사얀 님도 속이 어지간히 타시겠네요."

한 여자의 웃음기 삭인 가식적인 우려를 시작으로 조용해졌던 방 안이 활기를 띠기 시작했다.

"사실 사얀 님께서 걱정하시는 건 그게 아닐 거예요. 지금 쥬세 전하의 총애를 받지 못하는 건 문제도 아니죠. 그 어린애가 덜컥 애라도 배면 어쩔까 하는 게 더 걱정이시겠지."

"어차피 왕좌는 헨솔 왕자님의 것이 될 텐데요."

"물론, 그렇지만요. 당연한 말이죠."

스스로가 불경했다는 걸 은폐하기 위해 살살 눈웃음치는 여자의 얼굴엔 알게 모르게 불신이 배어 있었다.

"그런데, 요즘 왕태자께서 좀, 그런 구설수에 휘말리시는 걸 보면…… 전혀 불가능한 이야기도 아니니…… 불경하려는 건 아니지만.”

“헨솔 님을 제치고, 베제스 님이?”

“왜, 요즘 헨솔 님 이상해지셨잖아요. 예민해 보이시기도 하고, 날카로워지시기도 했고…… 술독에 빠져 난동을 부리시고, 하인들을 마구 매질하시는 모습을 발견한 제 시종도 한둘이 아니고. 그러니 사얀 님으로서는 쾌재를 부를 일이지요.”

“그러고 보니…… 그 여자애, 헨솔 님이 직접 라잘바누에서 데려온 소녀라고 했었죠? 어머.”

“무슨 생각을 하는 거예요?”

“남세스러워요. 아무리 그래도.”

남세스럽다느니, 그럴 리가 없다느니 중얼거리면서도 여인들은 못내 눈가의 미소를 지우지 못했다.

“한번 얼굴이나 보고 싶네요.”

“가당키나 한가요. 쥬세 님께서 가둬두고 방 밖으로는 한 발자국도 나오지 못하게 하신다고 하니…….”

“지난번에는 도망치려 했다는 이야기도 들은 것 같은데.”

“그렸다더라고요.”

“동생들이 있다고 들었는데, 그 동생들도 크게 벌을 받았다고요. 아무리 그래도 감금이라니……. 부모가 없으니 그 꼴을 당해도 아무도 나서지 않는 게죠.”

“맙소사. 불쌍하기도 하지.”

“불쌍하긴. 밤놀이의 요부니까 쥬세 전하가 보인 적 없던 행동까지 하시지. 한 수 배우고 싶네요, 정말.”

“어머? 그런 말도 하시고.”

여자들의 웃음소리가 살롱 안을 울렸다. 속닥속닥. 수군수군. 간혹은 동정을, 간혹은 비웃음을 내비치는 여인들의 음성은 밤이 새도록 이어졌다.

“헨솔, 대체 요즘 무슨 생각을 하고 사는 거야?”

베제스가 대뜸 나타나 히죽거렸다. 상당히 시건방진 태도였다. 지스카르가 왕족들만 출입 가능한 정원의 그물 침대에 누워 쉬고 있다가, 시비에 미간을 찡그렸다.

겨우 두 살 터울이긴 하지만 지스카르는 왕태자였고, 베제스는 첩의 아들이었다.

“부왕이 요즘 좀 그렇지? 노망이 난 것도 아니고 말이야. 열다섯이라니, 조금 징그럽다고 생각하지 않아? 나랑 나이 차이가 겨우 네 살인가? 못 봐주게 생긴 것도 아니고 제법 귀염성도 있으니 그럴 수도 있겠다 싶지만……. 왜, 상상해봐. 다 벗은 노인네랑 어린애란…… 말이야?”

그는 최근 지스카르를 긁을 수 있는 효과적인 방법을 터득했다. 반쯤 풀린 눈으로 그를 무시하던 지스카르는 과연 예상을 벗어나지 않았다.

“그 입 다물고 꺼져.”

“형이 데려온 계집이잖아. 그런 요부는 어디서 데려온 거야? 애당초 아버지에게 바칠 뇌물이라도 되었던 거야? 그전에 내게 한번 맛보게 해주…….”

지스카르가 크게 일어섰다. 그의 얼굴이 노여움으로 일그러진 걸 발견한 베제스가 슬그머니 입술을 다물었다. 본디 드러내놓고 사이가 좋지 않았지만, 지스카르는 늘 베제스를 상대하기보다 무시하는 편이었고 이 정도의 적의는 처음이었다. 살의에 가까웠다.

"……지…… 뭐야. 거 참. 예민하게 구네. 계집애도 아니고."

주먹을 꾹 쥐고 있던 지스카르는 베제스의 얼굴을 노려보다가, 그의 목 언저리에 난 새로운 상처를 발견했다. 턱 안쪽에 퍼런 멍이 들어 있었다.

"……해적의 아들한테 또 얻어맞았냐?"

베제스가 얼굴을 찡그렸다. 매일 대련이라는 명목으로 쥐어 터지지만, 그놈을 두드려 패고 싶다는 오기를 이기지 못한 탓에 상처는 늘 있었다. 퀴네도사이는 곱상하게 생긴 것이 사납기가 한이 없어서, 베제스조차도 가끔은 놀랄 정도의 소년이었다. 베제스는 기필코 퀴네도사이를 이겨 두드려 패리라 다시 한 번 마음을 다졌다.

뻘짓거리는 그만 해라, 평소라면 그리 조언이라도 했겠지만 지금은 그럴 의욕도 없었다. 지스카르가 시선을 돌렸다.

"됐다…… 망신이나 시키고 돌아다니지 마라. 수치다. 내게 용건이 있는 게 아니라면 당장 돌아가 네 할 일이나 해."

"용건이 없는 건 아닌데. 그나저나 요즘 정말 정신이 어디가 이상해졌나 봐? 술 냄새가 아직도 나."

지스카르가 선득하니 날 선 눈빛을 흘리자 베제스가 밉살스레 물러나며 이죽댔다.

"네가 돌았다는 얘기, 재밌더라."

"재미있겠지. 사얀은 내가 이대로 더 미친 짓을 계속해 실각하길 바

라고 있지 않나. 너도 마찬가지고."

지스카르가 창백한 입술을 비틀어 올렸다.

"알면서 왜 그래? 나야 꺼져준다면 환영이지만."

지스카르는 다시 엉덩이를 붙이고 앉았다가, 이내 신경질적으로 등을 돌려 누웠다.

"그 계집이 그렇게 좋았으면 먼저 먹었어야지."

"……."

"왜 이제 와서 이리 얼간이처럼 군담?"

"……."

"내가 며칠 전에 부왕을 뵈러 갔는데 말이야, 방에서 그 계집애가 비명을 지르는데……."

지스카르는 당장이라도 베제스의 목을 비틀어 죽이고 싶은 충동에 휩싸였다. 그러나 꼭 그만큼 스스로를 죽이고 싶은 환멸도 들었다.

밖에서 떠도는 이야기는 그의 귀에도 들린다. 지스카르는 쥬세 다음으로 부리는 이가 많은 왕태자였다. 그에게는 매일같이 새로운 이야기들이 전해진다.

전부 사실이었다. 제르는 제 아버지의 여자가 되었다. 아직 그리도 어린데, 그리 말할 도리밖에 없었다. 그가 그녀를 돌려보내려던 날, 소식을 들은 쥬세는 마치 잃어버릴 뻔한 것을 쥐어 붙들듯 제르를 옭아매기 시작했다. 지스카르는 제르가 쥬세의 방으로 끌려들어가는 것을 멀거니 바라볼 수밖에 없었다. 제르가 애처롭게 자신을 돌아보던 눈빛이 눈에 박혔다.

그러나 그는 꽉 닫힌 문 앞에서 손가락 하나 까딱하지 못했다. 일생 존경하던 부왕이었다. 누구보다도 위대하고 정대하여 그의 삶을 지탱

해주었던 부왕을 거스를 용기 따위는 없었다. 두꺼운 문 틈 사이로 흘러나오는 소리를 들었다. 울음과 애원 소리를 들었다. 제 이름을 부르는 절박한 비명도 들었다. 지스카르는 목석처럼 쥬세가 방 밖으로 나올 때까지 그리 서 있었다. 울부짖음이 그의 발목을 쥐고 놓지 않았기에.

그날 이후로, 그는 그녀의 얼굴을 볼 수가 없었다. 부왕인 쥬세는 바란 것은 얻어내고야 마는 호기 넘치는 이였고, 그는 단 한 번도 부왕을 거역해본 적 없는 올바른 왕태자였다. 그는 잘못한 것이 없었다. 부왕은 무엇이든 할 수 있는 위대한 왕이므로 그의 잘못은 아니었다. 그러나 제르 또한 잘못한 것이 없다.

무엇이 잘못된 건지 모르겠다.

순진하면서도 고집스러운 구석이 있던 제르는 역시나, 호락호락 쥬세를 충족시키지 못했다. 쥬세의 불만족은 그녀가 아끼는 동생들에게 고스란히 화살이 되어 돌아갔다. 지스카르는 지난 두 달을, 그 광경을 눈에 담아야 했다. 체렌시와와 격리된 것은 물론이거니와 이제 막 어설프게 뛰어다니는 엔사와 엘지 두 아이들마저 그녀의 삶의 족쇄가 되었다.

그녀를 지키고 싶었다.

이게 지키는 건가?

비록 그녀는 제 아비의 곁에서 안전했지만, 지스카르는 마음의 무중력 속에서 헤매었다.

베제스가 묵직하게 침전된 지스카르의 분위기를 살피는가 싶더니 키득거렸다.

"그거, 달거리는 하나?"

"……."

"애라도 배면 짜증 날 것 같아."

지스카르는 최대한의 인내심을 발휘했다. 아직도 지난밤 마신 술이 덜 깼다. 그 탓인지 잔뜩 곤두선 신경은 조금만 더 건드리면 베제스고 뭐고 다 죽이고 뛰쳐나갈 것처럼 팽팽했다.

"더 이상 귀찮게 하지 말라고 했다. 마지막 경고다, 베제스."

위협적인 음성에 입술을 오므리던 베제스가 침을 삼켰다.

"그 계집애가 문제가 많다던데. 부왕께서 부르셔. 가보면 알걸."

등줄기로 서늘한 소름이 오른다.

귀를 닫고 싶었다.

침대 위에 시체처럼 널브러진 소녀를 도마에 두고 시녀들은 수군거렸다. 몇 달 사이에 뼈만 앙상하게 남을 만큼 야윈 검은 머리 소녀의 미친 짓은 이제 여상했다. 돌연 눈물을 떨구기도 하고, 미친 사람처럼 벽에 머릴 부딪치기도 하고, 아무 이유 없이 악을 쓰며 달려들기도 하고, 권한 없는 시녀들에게 살려달라며 애원하기도 했다. 저 소녀가 웃는 걸 본 기억이 없었다. 우울한 소녀였다.

사얀을 딱히 여긴 시녀들은 크게 그녀를 동정하지도 않았다. 그녀가 도망치려다 발각되자 그녀 대신 책무 소홀의 죄를 물어 동기 몇이 죽은 이후로는 더더욱.

그나저나 오늘도 끼니를 거르려나 본데? 전하께서 노발대발하실 텐데. 저렇게 살다 죽고 싶은 모양인가 보지. 나 같으면…… 어머, 얘,

말조심해. 들리겠어.

제르는 잡음처럼 이어지는 얼굴 모를 시녀들의 목소리를 흘려들었다.

그녀는 성에서 가장 좋은 방에 누워 있었다. 쥬세의 방은 몹시도 화려해 값비싼 것들로 가득 차 있었다. 침대는 장정 열도 누울 수 있을 만큼 넓었다. 금실로 짠 이불을 덮으며 보옥처럼 청결한 색을 입힌 베개에 얼굴을 파묻은 그녀는 자그마한 소리에도 몸을 떨었다. 그리 꼼짝도 않은 지도 시간이 꽤 지난 것 같았다.

부귀영화가 모두 이 방에 모여 있는 것 같다. 그러나 그러면 무얼 할까. 소녀에게 이곳은 지옥이었다. 체렌시와와 동생들을 만나지 못한 지도 달에 가까워졌다. 그들이 어찌 지내는지조차 알 길이 없었다. 애원을 해도, 부탁을 해도, 협박을 해도 아무것도 먹히지 않았다.

쥬세는 거의 매일 밤 그녀를 찾아왔다. 어린 머리가 받아들이기 힘든 짓을 자행했다. 도망쳐보려고도 했다. 체렌시와와 아이들의 유모와 아이들을 데리고 이 성을 빠져나가려 한 건 그녀의 최대한의 발악이었다. 그러나 결국은 실패했다. 그녀와 체렌시와는 쌍둥이 동생들과 그들의 유모와 함께 노한 쥬세의 앞에 내던져졌다. 유모들은 그 자리에서 참형을 당했다. 끔찍한 살인이었다. 뿐만 아니라 쥬세는 제르를 선동했다는 말도 안 되는 죄목을 붙여 체렌시와에게 쉰 대의 채찍형을 내렸다. 그 후로 그는 제르와 동생들의 만남을 철저히 금했다. 그녀는 그리 고립되었다.

제르에게 있어 단 한 명의 구원줄이었던 지스카르마저 그녀의 눈 밖에서 사라진 지 오래였다. 놓지 못한 희망과 뒤섞인 진득한 배반감을 감당하기 어려웠던 어린 소녀는 습관처럼 제 몸을 할퀴듯 긁었다. 더

러워 견딜 수가 없었다.

“그러지 마세요! 쥬세 님이 보시면 또 언짢아하세요!”

제르는 시녀의 말을 무시하며 더욱더 손톱을 세웠다. 그러자 시녀는 다른 시녀를 부르기 위해 손짓했다. 다른 시녀 하나가 달려와 제르의 손목을 붙잡았다.

“자꾸 이러시면 명령대로 손을 묶어둘 수밖에 없어요!”

그제야 제르가 할퀴기를 멈추었다. 시녀들은 스스로가 무례했다는 것을 모르지 않았던지 조심스레 고개를 조아리며 사죄했다. 그러나 아무 의미 없었다. 진심도, 무엇도 없는. 있다면 비웃음과 약간의 위선적인 동정뿐이다.

한 시녀가 방 침대 뒤 거울을 밀며 음식 쟁반을 들고 나왔다.

제르는 음식들을 보다가 고개를 저었다. 입술이 말라붙어 벌릴 힘도 없었다.

한 마디도 하지 않고 지낸 지도 시간이 많이 흘렀다. 혀를 움직이는 법을 잊어버린 기분이었다. 문이 열렸다. 순간 제르는 반사적으로 화들짝 침대의 이불 속으로 기어들어갔다. 등골이 오싹해지며 순식간에 식은땀이 맺혔다. 턱이 달달 떨려 이 가는 소리가 났다.

제르는 이불 속에 숨은 것으로도 모자라 베갯잇에 얼굴을 파묻고 귀를 막으려고 앙상한 팔에 힘을 주었다. 지난밤의 끔찍했던 기억이 파노라마처럼 뇌리를 스쳤다. 속이 울렁거린다. 이윽고 귀에 익은 음성이 울렸다.

“괜찮으니 나가봐라. 음식은 거기다 두고.”

지스카르였다. 제르는 황급히 이불 속에서 빠져나왔다. 앙상하게 말라비틀어진 검은 머리 소녀는 거의 기어가듯 침대 아래로 내려가 지스카르의 옷자락을 움켜쥐었다.

쥬세의 방에 끌려왔던 첫날 이후로 만난 적 없었다. 지스카르마저 그녀에게 닿지 못하게 했을 것이라 생각했다. 지스카르가 왔다면 구해줄 것이다. 제르는 그리 믿었다.

"지스카르, 지스카르 님."

얼마 만에 소리 내어 부르는 이름인가. 제르는 부지불식간에 차오르는 눈물을 멈추지 못하고 그에게 엉겨 붙었다. 쥬세와는 다른 푸근한 품이었다. 지스카르는 매달리는 그녀를 떨쳐내지 못하고 그녀의 헝클어진 머리칼을 어루만졌다.

"구해주러, 저를 구해주러 오신 거죠? 지스카르 님."

가슴을 때리는 애원이었다. 지스카르는 말문이 막혀 제르의 머리칼만 세게 쥐었다.

그녀는 툭 불거져 벌건 눈으로 그를 올려다보았다. 지스카르는 불안할 정도로 말이 없었다. 그의 어깨로부터 미진하게 전해지는 떨림은 그녀의 가슴엔 커다란 해일을 일으켰다.

"말랐구나."

"괜찮아요. 괜찮아요……."

"아무것도 먹지 않는다고 들었다. 너무 야위었잖아."

"살려주세요. 살려주세요."

제르는 서러움에 북받친 사람처럼 울음을 일그러뜨리며 그의 팔을 움켜쥐었다.

"살려주세요. 도와주세요. 지스카르 님……."

그녀의 부스러질 듯한 눈빛에 당장이라도 그녀를 데리고 도망치고 싶은 충동이 일었다.

'옳지 않다.'

옳지 않은 충동이었다. 지스카르는 왕태자였다. 위대한 부왕의 뒤를 이어 이 왕국을 이끌어야 하는 자였다. 아버지의 여자를 데리고 도망친다는 것은 어불성설이었다. 쥬세는 무엇이든 할 수 있으므로, 그가 원한다면 이루어져야 한다. 거역할 수는 없었다. 그래서 그는 속으로부터 갉아들어가는 혐오감을 견디기 어려웠다. 그가 제르를 떨쳐냈다.

놀란 제르의 얼굴이 굳어졌다. 툭. 눈물은 여전히 떨어진다.

"일단 먹어."

그녀를 외면한 그가 명했다. 쟁반 위에는 제대로 먹지 못한 그녀를 위해 왕실 요리사가 준비한 묽은 수프와 부드러운 빵 조각투성이였다. 하지만 제르는 음식에는 시선조차 주지 않았다. 그러곤 다시금 지스카르의 팔뚝을 잡아 쥐었다. 제 딴에는 세게 쥐는 것이라 쥐는데도 매가리가 하나도 없었다.

"지, 지스카르 님. 왜…… 왜 그러세요."

지스카르는 대답 대신 손수 쟁반을 끌어와 은수저로 수프를 떠냈다.

"자, 어서. 먹어야지. 부왕께서도 네 걱정이 많으시다."

제르의 얼굴이 서서히 일그러지기 시작했다. 그녀의 낯빛 위로 떠오르는 배반감에 지스카르는 그녀의 눈을 피하지 않기 위해 안간힘을 다했다.

제르는 제 입가로 뻗친 숟가락을 멍하니 응시하다가, 사납게 음식이 담긴 쟁반을 엎어뜨렸다. 요란한 소리와 함께 쟁반이 뒹굴었다. 흐트러진 빵과 쏟아져 귀한 카펫을 적시는 수프를 물끄러미 바라보던 지스카르가 욱 치미는 답답함을 참지 못해 소리쳤다.

"굶어 죽기라도 하려는 거냐!"

제르가 그를 노려보았다.

"네가 이런다고 일이 해결될 것 같아! 내게 애원해서 어쩌려고? 나더러 아버지를 거역이라도 하라는 거냐? 제르, 너 혼자만의 일이 아니야. 네 동생들은 생각 안 하는 거냐? 네가 굶어 죽기 직전이 된다면 내 아버지가 너를 놓아줄 것 같아서? 넌 그분을 모른다. 그분은 네 입에 강제로 음식을 처넣는 한이 있어도 절대 가졌던 것을 놓아줄 분이 아니야. 그러니, 일단 먹어."

사실 지스카르는, 제르를 만나고 싶지 않았다. 외면하지 않고서는 견딜 수가 없었기 때문에.

그러나 쥬세는 제르가 날로 야위어가는 것을 마뜩찮게 보다가 결국 그를 끌어들였다. 너를 잘 따랐으니 음식을 먹여 살을 찌우라는 명이었다. 무조건적인 충성. 그것만이 지스카르의 삶의 기준이었다.

"동생들?"

제르는 앙상한 손 마디뼈가 툭 불거져 나올 정도로 세게 이불을 쥐었다.

"동생들을 위해서……? 만나게 해주지도 않잖아……!"

제르가 오열을 터뜨렸다.

"내 동생들, 만나지도 못하게 하시잖아요……! 왜! 저한테 왜 그러세요. 왜……! 제가 그렇게 잘못했나요? 제가 뭘 그렇게 잘못했어요! 왜 저한테 이러세요. 죽을 거 같아요. 제발 살려주세요. 제발. 빌게요. 시키는 건 뭐든지 다 할게요. 제발."

그녀는 정신이 나간 사람처럼 앙칼지게 소리치다가 이내 다시 애원하기 시작했다.

“……다시 음식을 가져와라.”

가슴이 찢기는 것 같은 무력감을 짓누른 지스카르가 시녀에게 명했다.

“그냥 죽이지 그러셨어요! 그냥 죽여! 이 거짓말쟁이야! 저더러 죽으라고 하세요. 죽이라고!”

눈가가 뜨거웠다. 저런 아이가 아니었다. 제르는 저리 누군가에게 악을 토해내는 아이가 아니었다. 그다지 지난 일을 반추하는 사람은 아니지만, 살면서 한 행동 중 후회하는 게 있다면 제르를 이곳에 데려온 것이다.

시녀가 그들의 사나운 신경전 틈새로 새로운 쟁반을 내밀었다.

“받아들여. 어쩔 수 없는 일이야. 네 잘못은 아니지만 어쩔 수 없는 일이 있어. 그래도 이곳이 샤말론보다는 훨씬 안전할 거다.”

제르의 희뿌옇게 젖은 눈동자 위로 절망이 덧씌워졌다. 그녀는 악을 쓰며 이불 속으로 엉금엉금 기어들어가 몸부림쳤다. 지스카르는 묵묵히 침대 맡에 앉았다. 그리고 그녀가 먹을 때까지 방을 벗어나지 않겠다는 협박 아닌 협박까지 한 끝에 해 저물녘에야 숟가락을 들게 할 수 있었다. 먹자마자 바로 토해내는 제르에게 다시 먹이고, 다시 먹이기를 반복하면서.

죽어가고 있다는 걸 느꼈다.

“동생들을 만나게 해주면, 끼니를 거르지 않도록 노력하겠다 했습니다.”

"조건을 달아?"

"……그런 건 아니었습니다."

지스카르가 황급히 정정했지만 쥬세는 듣지 않았다.

"몹쓸 버릇이 들었군."

부왕의 얼굴을 마주하는 게 이리도 불편했던가. 심장이 쿵쾅거렸다. 지스카르는 당장이라도 이 자리를 피하고 싶은 충동을 억눌렀다. 알현실을 찾아가는 건 일상이었다. 매일 문안 인사를 올리고, 그의 명을 받잡아 따르는 삶을 영위해왔던 그로서는 지금의 이 거북스러운 감정이 낯설었다. 그게 고스란히 낯빛 위로 떠오른 모양이었다.

"지스카르, 얼굴에 불만이 가득하구나."

"아닙니다. 감히 제가 어떻게 아버지께."

지스카르는 더욱 깊숙이 고개를 숙였다.

쥬세는 피로한 듯, 귀찮은 듯한 음성으로 한 번 더 물었다.

"불만이 많은 얼굴로 보이는데?"

지스카르의 눈가가 간헐적으로 떨렸다. 부왕의 앞에서는 늘 그는 어린아이였다. 이미 다 큰 몸을 가졌지만, 그의 앞에선 고양이 앞의 쥐만큼이나 작아졌다.

"답해라. 불만이 있느냐?"

엄한 목소리였다. 사실 지스카르도 하고 싶은 말이 있었다. 그러나 지스카르는 목구멍까지 올라오던 그 말들을 삼켰다. 그건 자기혐오의 먹이였다.

"아닙니다. 저는 단지……."

"말끝을 흐리지 말라 누차 말했을 터다."

"송구합니다."

"됐다. 한심한 녀석."

쥬세는 노란 황달기가 도는 눈동자를 움직여 지스카르를 위아래로 훑겼다.

"그래, 그리고 다른 말은 하지 않더냐."

"예."

"한 마디도?"

불신 가득한 반문과 함께 몸을 뒤로 기대는 부왕의 작은 움직임에도 지스카르는 경직했다. 제르가 그리 두려움에 떨듯, 그 또한 조금 다른 의미로 쥬세의 종이었다. 고개조차 들지 않는 지스카르의 침묵에 쥬세가 신경질적으로 혀를 찼다.

"그것은 두지. 어찌 되었건…… 다른 이야기를 해야겠다."

"말씀하십시오."

"요즘 정신이 해이해졌다는 이야기가 들리더군."

지스카르의 주먹이 꾹 쥐어졌다. 십중팔구 사얀의 고자질일 터였다.

"송구합니다."

"왕태자의 직위를 만만히 여기는 게 아니라면 직위를 과신하여 그리 하는 거라 여기는 거냐?"

"송구합니다."

"네 행실이 몹시 못마땅하다."

"……송구합니다."

지스카르는 같은 답으로 일관했다. 변명할 방도도 없었다. 스스로도 알았다. 최근의 나태함과 무력감에 기반한 막돼먹은 행동과 주정은 여지없이 소위 개망나니 같은 행동이었다. 베제스나 할 법한.

줄곧 고개를 조아리는 지스카르를 서늘히 응시하던 쥬세가 수염을 매만지며 말했다.

"그렇다면 만회할 기회를 주겠다. 호스텐으로 가라. 나라 수호의 임무를 주는 것이다. 더는 나를 언짢게 마라."

그를 왕도에서 내쫓겠다는 말과 진배없었다. 호스텐은 이미 십여 년 가까이 인접국과 사소한 마찰로 작은 교전을 벌이는 땅이었다. 그곳은 왕도와 몹시 멀어 오가는 데만 한 달이 훌쩍 넘게 걸렸다.

지스카르의 충격으로 깨진 표정을 만족스러운 듯 바라보던 쥬세가 턱을 괴었다.

"하, 하지만."

"나가봐라."

말허리가 잘린 지스카르는 힘이 들어간 턱을 떨었다. 그러나 입술은 이미 굳은 채였다. 그의 발이 돌았다. 뇌리로 제게 매달려 살려달라 애원하던 소녀의 그림자가 스쳐 지났다. 이리 쫓겨나면 정말로 그녀를 내버리게 되는 것과 같았다. 그의 걸음이 느려졌다.

"……한 가지 여쭈어도 되겠습니까, 전하."

지스카르가 절망적으로 물었다.

"왜 하필 그 아이입니까."

"마음에 들었다."

대답은 간단했다.

부왕보다 더 먼저 제 마음에 들었던 아이입니다.

그리 항변하고 싶었으나 덧없었다. 자신은 무엇도 하지 못했고, 그의 부왕은 어린 소녀를 가졌다. 침실에 눕히고, 거칠고 우악스러운 손으로 순수처럼 보얀 살을 취했다. 이미 늦었다.

지스카르가 아랫입술을 꾹 깨물었다.

"준비가 끝나는 대로 떠나겠습니다. 인사는 따로 드리지 않겠습니다."

2년이라는 시간이 흘러 소녀는 이제 열일곱이 되었다. 지스카르는 떠났고, 제르는 왕의 미친 여자라는 경박한 이름이 아닌 왕의 정식 첩지를 받았다. 어린 동생은 왕실의 반토막짜리 일원이 된 제르를 위해 경멸스러운 결정을 불사했다. 기사 양성소에 들어간 것이다.

보름에 한 번씩 찾아오는 체렌시와와, 일주일에 두어 번 만남을 허락받은 엔사와 엘지를 생각하는 것 말고는 제르에게 남은 건 없었다. 엔사와 엘지는 이제 제법 미운 짓도 하게 되었다. 서로 울며 싸우기도 했다. 점점 죽어가는 그녀의 정신과 달리 점점 살아나는 새싹처럼 싱그러웠다. 그녀의 희망이었다.

쥬세는 처음보다는 뜸했지만 여전히 그녀를 찾았다. 다른 비들을 제치고 당당히 총비라 불리게 된 제르는 이제 속으로 감정을 감추는 법도 배웠다.

인형처럼 앉아 있는 그녀에게 다가온 건 뜻밖의 왕실 인사였다.

"네가, 왕비가 되고 싶다고 했니?"

사얀은 베제스의 어미이자, 왕실의 첫 번째 여자였다. 왕성에 갇혀 지내는 지난 몇 년간 그녀의 얼굴을 본 기억은 손에 꼽았지만, 독사처럼 매섭고 아름다운 용모에 제르는 그녀를 기억했다. 그녀는 쥬세의 명을 거역하는 일은 하지 않는 현명한 여자였으므로, 여태까지 제르를 따로 불러내거나 찾는 일은 없었다. 제르를 자유롭게 만날 수 있는 건 오직 쥬세뿐이라는 것이 이 성의 불문율이었다.

그런데 그런 사얀이 그녀를 찾아왔다. 제르는 멍하니 그녀에게 시선을 보냈다.

"그런 미친 소릴."

제르가 표독스레 뱉었다. 사얀은 서늘히 치켜뜬 눈으로 제 나이의 반도 안 될 어린 계집을 노려보았다. 미색이 곱지만 온통 가시투성이의 어린 계집을 이제껏 놔둔 것은 쥬세의 손아귀에 걸린 것이 가련해서였다. 처음 사얀이 제르를 보았을 때, 제르는 지나가는 이들을 붙잡고 울며 매달리는 어린 소녀였다. 그러나 고작 몇 년 사이, 왕궁의 잔인한 무관심은 소녀를 여자로, 순수를 악으로 뒤바꾸었다.

"너야말로 그리 험악한 말버릇은 못 고쳤구나."

제르가 입꼬리를 올려 코웃음 쳤다.

"용무가 뭡니까."

"네가 왕비가 되고 싶다 전하께 주청을 했느냐 물었다."

"미친 소리라 말한 걸 듣지 못하셨습니까."

다시 한 번 되묻는다면 달려들어 할퀴기라도 할 기세였다.

제르가 쥬세에게 혐오감을 감추지 않는다는 것을 모르는 이는 없었다. 사실 사얀 역시 쥬세를 사랑하지는 않았기에 제르의 마음을 조금은 이해했다. 그러나 대신 그녀는 제르와 달리 쥬세와 가장 가까운 여자라는 위치에 따라오는 권위를 사랑했다. 베제스를 지키기에 왕실을 휘어잡은 여인이라는 이점은 몹시도 유리했으니까.

제게까지 미치는 선득한 증오에, 제르는 쥬세뿐만 아니라 왕실의 모든 사람들에 염증을 느낀다는 것을 어렴풋이 짐작한 사얀이 바람 빠지

는 웃음소리를 내더니 시녀들을 내보냈다. 사얀이 멋대로 자리에 앉고 나자, 그제야 제르가 서늘하게 입꼬리를 올려 물었다.

"앉으시겠습니까."

"기꺼이."

사얀은 어린아이의 장난에 맞장구칠 생각 따위 없었다. 연륜은 깊지만 꼭 그만큼 권위적인 사얀의 눈동자가 제르를 똑바로 향했다.

"내 여태까지 너를 두고 본 것은, 천애고아에 그다지 내게 해될 것이 없는 계집애라 여겼기 때문이란다."

"……."

"너 하나 이 성에서 죽어 사라져도 아무것도 변하지 않거든."

"재미있는 말을 하십니다. 저 하나 폄훼하며 악수를 뻗치는 이 한 명 더 는다고 대수랍니까. 눈 하나 깜빡할 성싶어 보였습니까? 이 내가?"

이미 여러 차례 가까스로 목숨을 건진 제르였다. 사얀의 협박은 귀가 간지럽지도 않았다.

그녀의 건방지고 무례한 대꾸에 사얀은 흥분하지 않았다. 다만 당부하듯 했다.

"미색이 차오르는 아리따운 나이라도, 아직 머리가 덜 자랐다면 덤비지 마려무나."

사얀의 상냥한 듯한 충고 속에는 뼈가시가 있었다. 내리 그녀의 말을 비웃듯 무시하던 제르가 비로소 의문했다. 건조한 음성이 되물었다.

"갑자기 왜 그런 말을 하는지 이해가 가지 않습니다만."

"전하께서 너를 정비의 자리에 앉히겠다 하시는 데에 네 입김이 닿았건 닿지 않았건, 사실 내게는 상관없다."

"정비?"

"전하께선 너를 정비의 자리에 앉히겠다는 의지를 비치셨다."

제가 들은 게 무언가. 넋을 잃은 사람처럼 곰곰이 생각에 잠겨 있던 제르가 돌연 광소했다. 며칠 전 "대체 무얼 주면 마음을 바치겠냐."는 역겨운 물음에 감정 없이 답했던 것이 떠오른 것이다.

'가장 소중한 걸 줘보든가요.'

그랬더니, 정비의 자리를 준단다. 하기야 그가 전 왕비였던 테실 제니달을 얼마나 사랑했는지는 모두가 안다. 제르도 알았다. 제게 보이는 것이 집착이라면 전 왕비에게 보이는 건 온전한 애정이었다.

미친놈.

미친놈!

제르의 소름 끼칠 정도로 사나운 웃음에 사얀이 미간을 살짝 좁혔다. 나이가 들어가는 탓에 최대한 표정을 찡그리지 않기 위해 애썼으나, 놀란 건 어쩔 수 없었다. 제르는 몸 안팎이 온통 독기로 뭉친 계집이 되어 있었다.

한참을 웃던 제르가 탁자를 짚은 채 고개를 들어 사얀을 노려보았다.

"그깟 왕비의 왕관, 개나 주라 하세요."

지금은 어느 정도 마음에서 포기했지만 사얀은 갖지 못해 몹시도 치욕스러웠던 자리였다. 잠깐 불쾌했지만, 제르가 저 정도로 반항적이니 오히려 나았다.

"하지만 전하께서는 네 의견에 그다지 구애받으시지 않을 터인데."

"강제로 목을 꺾어 씌워보라지."

모두가 왕궁에선 검게 물들지만, 제르는 그 정도가 심했다. 사얀은

사납게 뱉은 후 곧 우울하게 흐려지는 그녀의 까만 눈동자를 응시하다 툭 물었다.

"어리석구나."

"그까짓 게 걱정되어 조르르 제게 달려온 당신만 하겠습니까."

사얀은 그녀의 방을 벗어나기 전, 서늘한 비웃음을 지어 보였다. 어리석은 계집. 아닌 체해도 저리 몸을 떠는 것이 두려움에 찬 것이 분명했다.

그러나 제르의 의사와는 상관없이, 총비였던 그녀를 새 왕비의 지위에 옹립한다는 공포는 이루어졌다. 총비가 자살을 기도했다는 소문도 뒤따랐다. 그런 발 빠른 추문은 변경에서 근신하던 지스카르에게까지 닿았다.

지스카르는 살아생전 처음으로 부왕의 명을 무시하고 왕도로 돌아왔다. 예정대로라면 쇼어괴국과의 분쟁이 끝날 때까지는 국경에서 지냈어야 했다. 2년 전 그를 산나에서 내보낸 후 특별한 공식 행사가 있지 않은 한 쥬세는 그를 찾지 않았다. 지스카르는 점차 알아차렸다. 쥬세는 지스카르와 제르가 더 가까워지길 바라지 않았던 것이다. 깊어가는 그의 죄의식을 알았더라면, 쥬세는 그리 하지 않았을 것이다.

어찌 되었건 그는 산나의 성으로 되돌아오자마자 가장 먼저 쥬세를 찾았다.

배신감과 분노는 이루 말할 수 없었다. 그동안 그의 어머니를 위해, 자신을 위해 왕비를 맞이하지 않겠다 했던 건 쥬세였다. 아무리 홀대하고, 아무리 드러낸 애정 보인 적 없어도 그것만은 믿었다.

'정비로? 왕비로 만들겠다?'

그것만큼은 인정할 수 없었다.

아직도 그 아이를 가둬두고 살면서. 왕비다운 대접도 해주지 않을 거면서 허울 좋은 왕관만 그 머리 위에 얹어주겠다고. 게다가 그리되면, 정말로 제르는 그의 윗사람이었다. 이 이상은 안 된다.

"안 됩니다."

자신은 생전 처음으로, 제 아버지에게 반발하고 있었다. 엉망인 꼴로 불쑥 찾아와 대뜸 하는 말이 저것이라 쥬세 역시 기가 막힌 듯 그를 내려다보았다.

"왕비는 안 됩니다."

쥬세는 말없이 지스카르를 응시했다. 지스카르는 훨씬 더 긴장하고, 훨씬 더 남자다워진 태였다. 그는 한동안 슬하의 밖에 내놓았던 자식의 반항에 코웃음 쳤다.

"예의범절을 잊었구나."

"왕비의 자리는 비워두시겠다 제게 약조하신 것 전 아직 잊지 않았습니다."

"왈가왈부 마라. 내 네게 돌아오라 명령까지 내팽개치고 산나로 돌아와도 좋다 하지 않았다. 그를 사죄하지는 못할망정."

"제르가 원했습니까?"

지스카르가 쏘아붙였다.

"왕비의 자릴 누가 마다하겠느냐."

그 자릴 반겼더라면, 자살 기도 따위 할 리가 없었다. 하지만 쥬세는 그런 논리적인 상황은 깡그리 뇌리에서 지운 듯했다.

"그럴 리가 없지요, 아버지. 세상 사람들이 뭐라 하는지 아십니까?

다들 아버지가 계집에 미쳤다고 말합니다."

지스카르의 음성이 덜덜 떨리기 시작했다.

"그녀를 진정으로 비의 자리에 앉히고 싶으셨다면, 애초에 감금하고 혈육을 겁박하는 일은 하시면 안 됐습니다. 이게 가당키나 합니까!"

쥬세가 탁자를 세게 후려쳤다. 둔탁한 소리가 알현실에 메아리가 되어 울렸다. 그러나 지난 2년간 지스카르 역시 독해졌다. 그는 물러서지 않았다.

"몇 번이고 꾸짖으십시오. 어떤 처벌이라도 달게 받겠습니다. 그러나 간언은 올려야겠습니다. 왕비의 자리를 주면, 그 아이가 마음을 줄까 그런 기대라도 하고 계신 겁니까? 현명하던 당신은 어디 갔습니까?"

"지금 네가 뉘 안전이라고 그런 말을 지껄이는 거냐."

쥬세는 화난 기색도 없이 그저 귀찮다는 표정이었다.

"내가 그래도 감행하겠다 하면 네가 뭘 어찌하겠느냐?"

지스카르는 부왕의 조롱 같은 하문에 목과 가슴 사이 어딘가가 콱 막힌 듯한 질식감을 느꼈다. 아무 말도 할 수가 없었다. 지난 2년이란 세월 동안 자라고 자라, 이제 겨우 그에게 항변이란 것을 할 수 있게 되었을 뿐이었다.

그가 아무리 열심히 해도, 부왕인 쥬세의 눈엔 차지 않는다. 오히려 쥬세는 그를 연적마냥 견제하기까지 했으므로 사실 그에게 잘 보이려는 건 전부 허사였을는지 모른다. 지스카르가 아무리 세력을 불려도, 아무리 공로를 쌓아도 그의 위엔 쥬세가 있었다. 쥬세는 손가락 하나로 제 측근들을 모두 죽일 수도 있는 자였다.

지스카르는 분한 마음을 감추지 못하며 막 알현실을 벗어났다. 이 구역질나는 왕궁에서 조금이라도 더 빨리 벗어나지 않으면 질식할 것 같았다. 그런데, 어떤 그림자가 그의 앞을 가로막았다. 소년의 티를 거의 다 벗은 익숙한 얼굴이었다.

다짜고짜 주먹이 날아들었다. 머리 하나 작은 청년의 주먹질에 당황한 지스카르가 반걸음 물러섰다. 얻어맞은 뺨이 얼얼했다. 키가 부쩍 크고 그 표정이 살벌해 순간 누구인지 못 알아볼 뻔했지만 그는 분명 자신이 알던 소년이었다. 소년. 청년. 그중 어떤 단어가 더 어울릴지 모를 만큼 자란 체렌시와는 예전 같은 순진한 얼굴이 아니었다.

죽일 듯한 살기. 누군가에게 저런 살기를 낼 수도 있던 아이였나. 기억을 더듬던 지스카르는 정신을 차리고 손에 힘을 주어 체렌시와의 손을 떨어뜨렸다. 힘도 많이 세지고 몸도 더 민첩해지긴 했지만 그래도 자신은 전쟁터를 돌아다니며 몸을 단련한 남자였다. 이제 막 기사 훈련을 받는 어린 청년에게 눌릴 턱이 없었다.

"라헬."

"내 누이를 어쩔 겁니까."

지스카르가 애써 서늘히 대꾸했다.

"왕비가 된다고 들었다. 축하할 일이지."

체렌시와가 눈을 벌겋게 뜨고 달려들었다.

"왕태자 저하께서 어찌 우리에게 이리!"

체렌시와는 우격다짐식으로 지스카르의 멱을 끌어당겼다. 체렌시와의 얼굴과 가까이 눈을 마주하게 된 지스카르는 눈을 내리깔고 체렌시와를 직시했다.

“지나간 일, 돌이킬 수도 없는 건 말하지 않겠습니다.”

“…….”

“왕비가 될지도 모른다는 이야긴 들으셨겠지요. 뚫린 귀가 있고 멀쩡한 눈이 있으실 테니. 그 정도의 관심은 줬겠지. 여기다 우릴 이렇게 내팽개쳤으면 책임을 져야 할 것 아냐!”

지스카르는 꿀 먹은 벙어리처럼 입술을 다물었다. 체렌시와는 지스카르의 대답은 기대도 하지 않았다는 듯 날카롭게 벼린 말들을 토해냈다.

“양심이 있다면 조금이라도 책임지셔야 할 것 아닙니까! 내 누이를 죽이려 작정했어? 가뜩이나 몸 약한데, 줄기차게 죽이려 하고 모함하는 것들이 떨어져 나가니까 이번엔 왕비? 왕비 자리에서 뒈지라 이겁니까? 독살당할 뻔한 게 자결을 하려 했다는 불명예스러운 소문으로 내 누님을 또 한 번 죽이는데, 이 모든 일이 다 누구 때문인데에에!”

체렌시와가 말을 마치곤 숨이 찬 듯 숨을 몰아쉬었다.

긴 그의 악을 새겨듣던 지스카르의 입술이 작게 벌어졌다.

“……독살?”

순식간에 뒷골이 얻어맞은 것처럼 아파왔다. 경직되었다. 쥬세의 곁에 있으니, 어느 정도 해악에선 벗어날 수 있으리라 믿었다. 실제로 사얀 또한 도리어 제르를 내버려두고 있었으므로. 자잘한 악의쯤이야 무시할 수 있으리라 믿었다.

미처, 그 이면의 더 추악한 인간의 집착까진 생각지 못했다. 제 고통만으로도 괴로워서 생각을 치웠다. 제르에 대해 더 생각하지 않은 건 자신이었다. 독살 시도라는 말만으로도 뇌리에 떠오르는 이름들이 줄줄인데.

이건 아니다.

이건 뭔가 잘못되었다.

지스카르는 멍청하니 늘어선 열주들을 응시했다. 그건 어린 시절 그랬던 것처럼 아름답게 조각되어 그 자리에 있었다. 하지만 이젠 더 이상 아름답다거나 보기 좋다거나 하는 감상이 떠오르지 않는, 어딘지 모르게 신물이 나는 풍경이었다.

뭔가, 잘못되었다.

아버지의 잘못도, 제르의 잘못도 아니었다.

자신이 아무것도 하지 않은 잘못이었다. 모든 것은 자신의 잘못이다.

"비켜."

지스카르가 사납게 체렌시와를 떨쳐낸 후 성큼성큼 걸음을 옮겼다. 등 뒤에서 체렌시와의 욕설 섞인 고함이 뒤따랐지만, 그 정도의 비난, 엉망진창인 왕태자에겐 과하지 않았다.

쥬세를 두려워한 것이 죄다. 옳고 그름의 판가름에 제 아비만을 맹신한 어린 소년은 그 자체로 죄악이었다.

2년 전, 무슨 수작을 부려서라도 제르를 빼돌렸어야 했다. 옳지 않다고 다른 이들을 설득했어야 했다. 제 아비를 설득했어야 했다. 아니, 그가 먼저 분명하게 청혼을 해야 했다. 그의 아비에게 제 여자라 손대지 말라 말했어야 했다. 아니, 아니다. 그것도 아니다. 불충분하다. 라잘바누에서 그 아이들을 데려와선 안 되었다.

카르시타, 카르시타와 전쟁을 해서는 안 되었다. 가슴 짓이기는 후회는 끝없이 이어졌다.

그날로부터 사흘 후, 극심한 고통 속에 눈을 뜬 제르는 진정 효과가 있는 탕약을 마시고 나서야 고르게 숨을 쉴 수 있었다. 제가 쥬세에게 그리 싫다 반항한 것을 보고서도, 그녀가 왕비가 되길 바라지 않는 이들은 동정조차 않았다. 왕비의 왕관 따위 용광로에 던져버리겠다, 그리 고함을 지르는 것을 들은 이가 한둘이 아닌데.

'어리석긴.'

제르는 자조했다. 이 삶은 여전히 지옥이었다. 지옥도 살다 보니 익숙해지더라. 가끔은 체렌시와와 금세 쑥쑥 자라나는 엔사와 엘지를 만나 잊었던 행복감에 젖기도 했다. 어릴 적엔 그냥 죽어버렸으면 바라기도 했다. 그러나 이젠 아니었다. 체렌시와가 그녀를 지키기 위해 굴욕스러운 선택도 감내한 만큼, 제르 또한 동생들을 위해 버텨낼 것이다.

이번 독은 독했던지, 여전히 손발이 마비된 것처럼 감각이 둔했다. 바로 엊그제까지는 사흘 밤낮을 이어 토악질을 해대며 정신조차 차리지 못했다. 고열은 벗처럼 잇따랐다. 왕실 어의가 재빠르게 해독하지 않았다면 필경 이리 정신을 차리기도 전에 죽었을지 모를 일이다.

그녀는 멍청하니 제 앙상한 팔을 응시했다.

건강해야 했다.

동생들을 지키기 위해선.

'또 살이 빠졌어.'

먹기 싫어도 이제 그녀는 동생들을 위해 숨을 잇는다. 그게 그녀의 인생 목표였다.

그때였다.

"시나와 니임. 일어나셨어요……?"

문이 빼꼼 열리며 반가운 목소리가 들렸다. 갈색 머리칼에 갈색 눈동자를 한, 그녀보다 손가락 두어마디 정도 작은 소녀였다. 이름은 르니아라 했다. 손이 야무지고 성격이 유쾌해 제르 또한 그녀를 좋아했다. 듣기로 그녀는 로마탄 그레온이 제공한 볼모였던 퀴네도사이가 저지르는 사고가 점점 규모가 커져 그 대신 맡겨진, 교체된 볼모였다.

쥬세의 명령에 제르의 시종 역할을 겸임하게 된 소녀는, 까칠한 여주인의 성격도 넉살 좋게 받아 넘기는 재주가 있었다. 가끔 말을 가리지 않고 뱉는 제르만큼이나 더 거친 언어를 구사하기도 했다. 사실 그래서 제르는 르니아가 더 편안했다. 르니아는 이 성에서 유일하게 왕궁 사람 느낌이 나지 않는 아이였으므로.

제르는 허공에 시선을 고정한 채로 손을 바깥으로 저었다.

"응. 일어났어."

잔뜩 갈라진 음성에 르니아가 잠깐 머뭇거렸다. 평소라면 재빠르게 물을 가져다줬을 텐데 유독 움직임이 굼떴다. 르니아는 문 앞에 선 채로 눈알을 굴리다 조심스레 아뢨다.

"저, 왕태자 저하께서 오셨습니다."

제르의 숨이 짧게 멎었다. 다시 골라졌다.

"이미 들어왔으니 나가라고는 하지 마."

"그럴 생각도 없었습니다."

제르가 몸을 일으켜 지스카르를 응시했다. 선득한 증오와 원망이 뒤엉킨, 그래서 종국엔 무감정해진 눈빛이 지스카르의 눈빛을 좀먹어갔

다. 2년이 넘는 세월 동안 단 한 번도 만나지 못했다. 사실 만나지 않았다는 것이 정답이지만 어찌 되었건.

제르는 꼿꼿하게 허리를 편 채 왕실 규범대로 턱을 세웠다. 잘 어울렸다. 여전히 앙상하지만, 전보다 오른 살은 그녀를 훨씬 사람처럼 보이게 해주었다.

왜 왔느냐 그리 물을 줄 알았는데. 한참이나 말없이 그를 바라보던 제르는 허를 찌르듯 내뱉었다.

"체렌시와가 무례를 저질렀다지요."

음성, 음조, 손짓, 눈빛, 숨소리, 무엇 하나 그가 알던 제르가 아니었다. 새까만 눈동자에 눈물일랑은 없고, 자욱한 어둠만이 도사렸다. 르니아는 예전부터 체렌시와가 왕태자를 욕하는 걸 들어왔기에 크게 놀라지 않고 슬그머니 물러났다.

제르가 마른 입술을 열었다.

"쥬세 님께서 저를 찾아오시는 것을 허락은 하셨습니까?"

"아니. 여쭙지 않았다. 허락하지도 않으시겠지."

제르가 코웃음 쳤다. 뻔한 얘기였다. 왕태자쯤 되니 이리 마음대로 드나들 수 있는 거겠지만, 오늘이 지나면 그마저도 불가능해질 터였다. 쥬세는 그런 사람이었다.

"그다지 달가운 얼굴이 아닙니다. 용건이 없다면 가주시겠습니까?"

"왕비가 되고 싶었어?"

제르의 눈빛에 선득한 살의가 떠올랐다. 지스카르는 그녀가 무어라 더 반응하기도 전에, 심중 밑바닥에서 긁어 올린 조각난 진심을 내뱉었다.

"……원망, 하는 것 안다."

"원망?"

제르가 창백한 입술 끝을 올려 웃으며 고개를 저었다.

"원망, 그깟 보잘것없는 말로 이 증오를 담을 수나 있겠습니까."

멀찍이 떨어진 곳에서 있던 르니아가 놀라 딸꾹질하는 소릴 냈다. 제르의 눈동자가 잠시 르니아에게로 향했다가 거둬졌다.

"제르."

"당신 낯짝, 꼴도 보기 싫으니 그만 돌아가세요."

제르는 힘없이 쏘아붙인 후, 침대 위로 돌아가 누웠다. 여전히 잔독이 빠지지 않아 피곤한 안색이었다. 지스카르가 느리게 제르의 침대가로 다가갔다. 구두굽이 바닥을 탁, 탁, 때렸다. 그때마다 제르의 어깨가 잘게 움찔거렸다.

죽을 것 같은 낯빛으로, 아무렇지도 않은 표정을 짓는 제르는 수많은 사람들의 방관이 낳은 비극의 산물이었다. 고통을 내색하지 않게 되기까지, 그녀가 얼마나 많은 이들의 악의를 먹고 마시며 살았는지 가늠조차 할 수 없었다.

목젖이 꽉 메었다.

"미안하다."

지스카르는 눈시울이 뜨거워지는 것을 참기 위해, 최대한 숨을 죽여 흐트러진 스스로를 가다듬었다.

잘못되었다.

가장 잘못된 건 자신이었다.

"구해줄게. 내 언젠가는, 반드시 너를 구해줄 테니……."

제르는 답이 없었다.

그럼에도 지스카르는 각오를 다지듯, 몇 번이고 뇌까렸다.

“반드시. 이번엔 반드시.”

“…….”

“네게 돌려줄게.”

얼핏, 웃음소리 같은, 한숨 같은 소리가 난 것도 같았다. 지스카르가 그녀가 덮은 이불 끝을 움켜쥐며 염원했다.

“제발. 살아남아줘. 전부 네게 돌려줄 테니.”

내가 돌아올 때까지.

대답은 듣지 못했다.

그리고 그로부터 한 달 후, 데바람 왕국에 충격적인 소문이 퍼져나가기 시작했다. 데바람의 왕태자 지스카르 헨솔이 왕좌를 포기하고 성을 떠났다는 이야기였다. 구설수가 분분했지만 그가 왕위를 내던진 정확한 이유를 아는 이는 없었다. 폐태자라 불리던 지스카르는 점차 세간에서 잊혔다.

왕위를 버리고 떠난 폐태자의 존재는 그로부터 약 8년 후, 세상으로 되돌아왔다.

여덟 번째 장

지스카르

창 밖에는 어둠이 자욱이 깔렸다. 기묘하리만치 스산한 날이었다.

탁자 위의 잉크가 엎어져 바닥으로 뚝뚝 흐르고 있었다. 잘 정리되어 있었던 종이들 역시 심하게 구겨진 채였다. 선잠에 들었다 깼다는 걸 알아차린 지스카르는 손바닥을 들어 얼굴을 비볐다. 불편한 꿈을 꾸었다.

"하아……."

깨고 나서도 잠깐 남아 있던 긴 꿈은 이내 지우개로 지운 듯 뇌리에서 흐릿해졌다. 으레 있는 일이었다.

꿈이 너무 빨리 잊히는 바람에 제대로 반추할 여력도 없었던 그 시절을, 그는 홀로 되새김질했다. 기억은 나지 않지만 그 시절의 꿈이었다.

피잔티아의 강변에는 커다란 아름드리나무가 한 그루 있었다. 수십 년, 어쩌면 수백 년을 살아왔을 오래된 고목이었다. 고목이 꽃을 피우는 봄이면 강변이 온통 꽃내음으로 진동했던 것 같다. 그 아래로 흐르는 사금 소리. 가늘지만 운치 있게 이어지던 가락들. 음조. 속삭임. 웃음소리. 그리고 그는 귀에 단 음악으로 그를 행복하게 해준 소녀를 하염없이 바라보고 있었다. 소녀는 가늘고 까만 머리칼을 귀 뒤로 쓸어 넘기며 수줍게 눈을 반짝였다. 그 자체로도 빛처럼 아름다워 그는 청혼을 한다.

내 부인이 되어줘.

소녀가 양 볼을 붉히며 웃는다.

그리고 꿈에서 깬다. 승낙일까, 거절일까. 그는 알 수 없는 미지였다.

지스카르가 손바닥으로 얼굴을 덮었다. 사실 이젠 아무 소용도 없는

부질없는 꿈이었다. 빌어먹을 꿈. 그 꿈을 꿀 때면 그리움을 그칠 수가 없었다. 후회, 경멸, 좌절 같은 유년기와 청년기를 거쳐 쌓인 감정들을 모르던 그 시절로 돌아갈 수 있다면 영혼이라도 팔 수 있다. 그러나 불가능한 바람이었고, 그를 붙잡아주는 건 데바람의 평안, 단 하나뿐이었다.

창가에 기대어 앉아 외정원 너머를 응시하고 있는 베제스의 눈빛은 침울했다. 나른하다. 일상이 지루하고 재미가 없었다. 이 자리에 올라오면 뭔가 세상이 달라질 거라 생각했는데 크게 달라진 게 없었다. 일곱 달 전, 베제스는 아이를 잃었다. 그건 제법 속이 쓰린 일이었다. 제 몸 하나 제대로 간수하지 못해 유산해버린 부인에게 정이 떨어져버린 것도 어쩔 수 없는 일이었다. 아이는 참 쉽게 죽는다.

"……사얀 님께서, 뵙고자 하십니다."

"싫다."

타이세르의 말도 짜증이 났다. 타이세르가 짜증이 난 건지, 지껄이는 말이 짜증이 난 건지. 둘 다 더해서일 것이다. 타이세르를 믿기 어려워진 건 넉 달, 아마 그쯤 되었을 것이다. 그가 자신의 어미를 직접 유폐했을 때부터.

"시르시아 공과 케나르는 어딨지? 타이세르."

"정오가 지난 후에 찾아오겠다 하셨으니 곧 오실 겁니다."

느려 터진 것들.

시르시아도, 케나르도 무엇 하나 마음에 들지가 않는다.

이건 모두 지스카르가 제 앞에 무릎을 꿇은 이후부터 생겨난 무료함이었다. 부왕이 서거하자마자, 어디서 나타난 건지도 모를 민병들을 이끌고 되돌아온 지스카르는 일생 동안 그를 억압하던 숙적이었다.

그러나 지스카르는 현명하게도,

'그래. 현명했지.'

현명하게도 베제스의 재위를 인정하겠다는 공포와 함께 그의 앞에 고개를 조아렸다. 무슨 일이 벌어지길 바란 건 아니다. 그렇지만 실망하지 않은 것도 아니다.

"부족해."

고개를 비스듬히 든 베제스가 타이세르를 올려다보았다. 남자답게 두툼한 눈썹과 데바람 인 특유의 깊은 눈동자가 제게 맺히자 타이세르는 천천히 그의 앞에 무릎을 꿇었다. 마치 노예처럼.

"무엇이 필요하십니까?"

"내 업적이 될 만한 일. 오스와르가 내게 좋은 소식을 가져다준다면 더할 나위 없겠지만. 그놈도 점점 군기가 빠지나 보군. 느려 터졌어."

타이세르는 그의 거침없는 언변이 걱정스러웠다. 그 안에 처박혀 뒈지라 소리치며 모후인 사얀을 유폐시킨 것도, 왕후인 리나헬을 향해 갈보 같은 년이라 소리를 친 것도 사실 꽤 유명했다.

"지스카르는 어찌 지낸다 하나?"

"소식을 넣어볼까요?"

베제스는 입술을 비죽 내밀며 턱을 괴었다.

그로부터 보름 후, 상장군 오스와르가 반병신이 되어 돌아왔다는 변고가 산나까지 날아들었다.

지스카르 헨솔 펜 투에리 데바라노가 그의 이름이었다. 데바라노란 왕가의 남자라는 의미로 한때 그는 데바람의 왕태자였다. 선왕의 폭정에 못 이겨 왕성 밖으로 뛰쳐나가지 않았더라면, 아마 지금 데바람의 옥좌에는 베제스가 아닌 그가 앉아 있었을 것이다.

어린 시절 왕태자의 지위를 버리고 떠났던 지스카르는 선왕의 서거 소식이 있은 후 되돌아왔다. 한창 베제스가 왕위를 잇기 위한 준비를 마쳤을 때였다. 결론적으로 지스카르는 베제스의 재위를 인정했다. 그리 한 지도 벌써 해가 다 되어간다.

처음에는 제 자리를 되찾으려 했다. 오랜 시간을 별러왔으므로 주저할 것 없는 진격이었다. 그러나 왕좌에 앉아 있는 베제스를 마주했을 때 그는 마음을 바꾸었다. 모두가 안 된다고 그에게 매달렸다. 저자는 아니라고. 하지만 이미 제르는 사라졌고, 어차피 한 번 버린 자리, 버티지 못해 도망친 자신보다 굳은 바람으로 버틴 베제스에게도 기회를 줄 수 있지 않겠는가 싶었다.

그러나 시간이 흐를수록 지스카르는 자신의 어리석음에 대해 깨닫게 되었다. 나하르가 미친 사람처럼 무릎을 꿇어가며 말릴 때는 귀담아듣지 못했던 것들이 눈에 보이기 시작하니 부정할 수도 없었다. 측근들이 그를 죽이겠다 달려갈 때 붙잡았던 것이 지금에야 약간의 후회가 되었다. 제 찰나의 주저가 소기의 계획 달성 시기를 몹시 늦춘 탓이다.

다른 이들의 말처럼, 베제스는 좋은 왕이 될 인물이 아니었다.

그는 남자답고 거칠어 아랫사람들을 겁줄 수는 있지만 대부분 단순히 감정에 휘둘렸다. 제 기분이 언짢다며 제 어미를 유폐시키고, 무료하다며 음주가무로 하루를 보내고, 지루하니 사냥터에 노예들을 풀어두고 사냥을 하고, 싸움이 보고 싶다며 귀족들의 싸움을 부추기고. 어느 것에서도 성군의 자질을 느낄 수가 없었다.

'후회하실 겁니다.'

누군가가 그리 경고했던 대로 지금 당장이라도 산나로 돌아가 베제스를 끌어내리고 싶었다. 하지만 그를 따르는 군대의 반 가까이가 뿔뿔이 흩어져 있는 상황에서 섣불리 움직일 수는 없는 노릇이라.

그는 데바람과 카르시타의 국경에 밀접해 있는 발비라로 내려왔다. 무언가를 덜어내고 싶은 내재적 욕망에서였다. 사실 죄의식이란 그에겐 몹시 익숙한 감정이었지만, 베제스의 폭정에 죽어가는 전 데바람 백성들의 목숨까지 죄의식의 무게가 되어 그를 짓누르니 조금이라도 덜어내고 싶었다.

발비라를 떠나지 못하는 건, 가슴 한구석에 영원한 화석처럼 굳어진 죄의식을 긁어내기 위한 도피였는지도 모른다.

'제르.'

그는 무언가를 직감하고 있었다. 이곳에서 그리 멀지 않은 시일 내에 무언가가 일어나리라는 것을.

그 소식이 도착한 건, 우중충한 구름이 하늘을 뒤덮은 날이었다. 멀리 서쪽 하늘에서부터 몰려드는 엄청난 비구름이 국경의 병사들에게 새로운 명령을 내렸다. 태풍을 맞을 준비를 해라. 발비라에 거센 폭풍이 몰아칠 거라는 경고는 모두에게 전해졌다.

빗방울이 떨어지기 전 조금이라도 더 단단히 방비하기 위해 분주하

게 뛰어다니는 이들 속에서, 일대의 최고 사령관은 물자 조달에 관련한 보충대 보고서들을 살펴보고 있었다.

대충 묶어 올린 진갈색의 머리칼이 흘러내려 턱 언저리를 덮었다. 부드러운 눈매 안의 진녹색 눈동자는 매의 것처럼 강렬했다. 몹시도 귀하게 자란 귀공자처럼 번듯한 용모의 남자는 다름 아닌 지스카르르였다.

시간이 빠듯해 흉투성이인 그의 손놀림이 바빴다. 오늘은 다른 잡생각에 빠질 여력도 없었다.

그런데 얼마 지나지 않아 빗방울이 타닥타닥 창문을 때리는 소리가 났다. 발소리도 들리기 시작했다.

『여어, 지스칼.』

곧 노크도 없이 문이 열리더니 한 여자가 모습을 드러냈다. 까무잡잡한 피부에 귀까지 오는 짧은 머리를 한 호리호리한 아가씨였다. 이국적인 매력이 물씬 풍기는 여자는 말투가 다소 걸었다.

『어지간히 좀 하지. 그딴 거 안 해도 된다고.』

여자의 허리에는 검 집 없는 날이 둥근 커다란 검과 짧은 단검들이 여러 개 매여 있었다. 대외적으로는 지스카르르가 믿어 의심치 않는 호위 정도로 알려져 있지만 사실 그리 돈독한 관계는 아니었다.

『어이.』

지스카르르는 눈길 한 번 주지 않고 중얼거렸다.

『쉿. 바쁘다.』

『할 일 없이 이 목조 건물에 처박혀가지고 바쁘긴 뭐가 바빠?』

『마이테.』

펜을 멈춘 지스카르르가 불만투성이의 여자를 향해 시선을 옮겼다. 꾸짖는 듯한 시선에 여자의 눈매가 사나워졌다.

『언제까지 이리 찌그러져 멍청한 짓만 하고 있을 건데? 나와 한 약속은 잊은 거냐.』

『때가 되면 약속도 지킬 거다. 조급해 말고 일단 앉아. 말, 누가 들을지 모르니 조심하고.』

지스카르가 쓰게 웃었다. 그의 건너편에 앉은 마이테가 신경질적으로 말했다.

『이미 죽어 나자빠진 놈의 무덤 앞에서 헛소리나 하는 등신 같은 놈이 약조를 지켜줄지 지금 몹시 회의적이야.』

그리 보였을 수도 있겠다 싶은 생각이 뒤늦게야 들었다.

그녀가 말하는 무덤은 엔사와 엘지, 어느 쪽의 보금자리인지도 모르는 작은 묘였다. 카르시타로 갔을지 모른다는 소문만 무성한 제르의 흔적을 쫓다 도착한 곳이 이곳 발비라다. 그리고 그는 수소문 끝에 마지막으로 제르를 만났을지 모르는 한 의원을 발견했다. 우토라는 이름의 희끗희끗한 더벅머리를 한 초라한 중년 남성이었다.

그는 제르의 이야기를 꺼내자마자 형형히 눈을 밝혔었다.

'그, 그분 말입니까? 그분이 브네도에서 저를 마차에 태우시고는 어린 숙녀분의 진료를 맡게 했습니다. 급박하게 도망치는 중이셨던 것 같습니다. 정말, 아름다운 분이셨습니다. 정말 아름다웠지요! 헌데…… 그분은…… 무사…… 하십니까? 나중에 동생의 묘를 보러 오겠다 하셨는데 소식이 없으시기에…….'

그로부터 사정을 들은 의원이 그를 무덤으로 안내해 알게 되었다.

'……그렇지만 끝끝내, 어린 숙녀분은 살아남지 못하셨습니다. 독에 중독된 게 틀림이 없었는데, 독명도 알 수 없이 고열인 데다 손바닥에 파란

반점만 돋아나 있어서…….'

누카아. 사람을 고통 속으로 빠뜨리는 사약이었다.

왕실에서는 누카아의 중독이 크게 희귀하지는 않은 사건이었지만, 시골 의원은 그를 알지 못했다.

'어린애 배 속에…… 그게…… 아이가 자라나고 있었습니다, 그 아이만 아니었더라도 조금 더 오래 살 수 있었을 테지요.'

헛웃음도 나지 않는 이야기. 제르는 이곳에서 마지막 동생을 잃었다.

도망이라. 결국 그리되었구나 싶으면서도 그리될 수밖에 없었나 하는 진한 미련이 남았다.

소녀의 시신을 묻은 무덤은 낮은 둔덕처럼 완만하게 봉긋했다. 보통 어린아이는 죽으면 화장을 한다. 하지만 제르가 부득불 묻어달라 청했다고 한다.

상념에 잠겨 있던 지스카르를 일깨운 건 마이테였다.

『기한이라도 좀 두면 안 되나?』

산나를 떠나 국경으로 와 숨죽이는 것을 마음에 들어 하지 않는다는 걸 잘 알았지만, 지스카르는 모른 체 의뭉 떨었다.

『말이 제법 늘었군. 회의니, 기한이니…… 대륙인 다 됐어.』

『나 무시하지 마라, 희대의 잡놈아. 그리고 너희 같은 놈이랑 비슷해졌다고 말하지도 마. 너뿐만 아니라 너희 데바람 인들은 다 씹어 죽여도 시원찮을 얼간이들이라니까.』

지스카르가 피식 웃으며 어깨를 으쓱했다. 마이테는 끈질겼다.

『잡소리는 다 됐고, 언제까지 여기 있을 생각인데.』

『조금 더.』

『아니, 대체 왜!』

지스카르가 삐딱하게 고개를 기울이며 피로한 눈을 깜빡였다.

『아직은…… 그냥 그런 느낌이 있어.』

『어휴, 이 타조 같은 새끼! 국경 너머로 도망갔으면 도망갔으니 안 올 것이고, 이미 죽어 뒈진 놈은 누워 있으니 못 오겠지! 이제 그만 움직이자고! 이쪽도 급하다고!』

더 이상은 대화를 이어가는 것이 불가능하다 판단한 지스카르가 고의적으로 침묵했다. 어쩔 수 없는 일이고 예상했던 일이기도 했다. 애당초 호전적인 성향의 트란실 인이 몇 개월째 변화 없는 생활을 하고 있으니 가시가 돋칠 만도 했다. 하지만 그렇다고 마이테를 위해 허겁지겁 움직일 수도 없는 일이었다.

이걸 어찌 달래주어야 하나. 지스카르는 약간의 노곤함을 느끼며 의자에 몸을 기대었다.

『……산책이나 갈까.』

『잘하는 짓이다!』

마이테가 고함을 지르며 벌떡 일어나 성큼성큼 멀어졌다.

『……경솔한 행동은 하지 마라.』

『닥쳐! 네 면상에 칼을 박아버리기 전에!』

지스카르의 낮은 웃음이 뒤도 돌아보지 않고 나가는 마이테의 뒷덜미를 간질이다 흩어졌다.

오스와르가 돌아왔다. 돌아는 왔는데, 이미 그들이 알던 '그' 오스와

르가 아니었다. 무슨 일이 있었던 건지. 그를 데리고 온 데바람의 기사들도 몰랐다. 사지의 근육이 모두 도려내지고 혀가 잘린 채 돌아온 오스와르는 침을 질질 흘리며 눈동자만 데굴데굴 굴리는 추한 모습이었다. 교묘하게도 치명적이지 않은 부위만 칼질을 해댄 건지 저 꼴을 당하고도 목숨이 붙어 있다는 게 신기할 정도였다.

카르시타로 갔다 죽어 돌아온 데바람의 기사만 일곱.

베제스는 제 앞에서 침을 질질 흘리는 오스와르를 무덤덤히 응시했다. 추했다. 수치스러운 줄도 모르고 눈물을 보이는 오스와르는 이제 더 이상 그의 심복이 아니었다. 많은 이들이 베제스가 분기탱천하여 길길이 날뛰리라 여겼지만, 베제스는 그대로 오스와르를 상장군의 직위에서 해제한 후 지방으로 치워버렸다.

오스와르와 척을 지고 있던 세력들조차도 그의 처사가 지나치다 느낄 정도로 매정한 모습이었다.

그리고 어느 날 베제스가 말했다.

"내 아끼는 가신이었던 오스와르를 그리 만든 카르시타를 용서할 수가 없다."

누구도 그 말을 믿지 않았다.

베제스는 그런 남자였으므로.

르니아는 엘올라의 네반 플라무나가 끝나고 나흘쯤 되었을 무렵 돌아왔다. 아스난이 그녀의 행적에 대한 추궁을 시작했지만 제르는 말없이 아스난을 제지했다. 그리고 이튿날, 그들은 엘올라를 벗어났다.

성곽까지 배웅을 나온 아넬라와 테르테오와도 아쉬운 석별을 한 그들 무리는 곧 둘로 나뉘었다.

"미리 일러둔 대로 르니아는 세닉 경과 다들 함께 돌아가라. 나는 다녀올 데가 있으니."

내내 비 맞은 개처럼 시무룩한 얼굴을 하고 있던 르니아가 번쩍 고개를 들었다가, 다시 푹 꺾었다.

"시나와 님……."

"돌아가 있어."

"……조심히 다녀오세요."

"……대신 안부 인사는 전해주마."

르니아가 희미하게 웃었다. 미리 이야기를 전해 들었던 아스난과 기사들 일행은 별다른 사족을 붙이지 않고 불란하게 움직였다. 곧 페이랑을 선두로 한 일행이 출발 신호를 보냈다. 페이랑이 인사했다.

"별일 없이 다녀오세요. 먼저 가 있겠습니다."

"그래."

제르는 덤덤히 그들을 떠나보냈다. 무리가 반은 줄어들었다. 제르는 그대로 다시 마차에 올랐다. 아스난은 내키지 않는 기색이었지만 덤덤히 그녀를 따랐다.

마차 바퀴 소리가 요란하게 울렸다. 돌이 튀기는 소리도 심심찮게 들렸다. 그녀와 테일런이 몇몇 호위를 대동하고 향하는 방향은 에르크였다. 에르크는 데바람의 발비라와 이어진 국경선상이자 그녀가 데바람으로부터 도망쳐 나오며 지나쳤던 곳이기도 했다.

엔사는 넘지 못한 곳.

카르시타에서 데바람으로 넘어올 적, 그녀는 그곳의 한 의원에게 엔사의 시신을 수습해달라 부탁했다. 퀸시오 밖으로 이리 나올 수 있는 기회가 또 언제 있을지 모르니, 이참에 한 번 살펴보려는 계획이었다.

엔사는 잘 지내고 있을는지. 따뜻한 곳에 누워 있을는지.

그녀를 태운 마차는 하루를 내리 달리다가 해가 뉘엿뉘엿 저물 즈음 예고도 없이 멈춰 섰다. 어느 시골 평원이었다. 시간이 이른 감이 있었다. 의아해하며 마차에서 내리는 제르를 향해 다가온 아스난이 아뢨다.

"말들이 많이 지쳐 더 속도를 낼 수가 없습니다. 곧 해도 저물 테니 오늘은 이쯤 멈추고 야영을 준비하겠습니다."

그녀는 동의했다. 사실 너무 피로해서 재촉할 기운도 없었다.

테일런이 말뚝에 고삐를 단단히 묶은 후 다가왔다.

"괜찮으십니까?"

제르의 안색은 몹시도 파리했다. 제르는 대답 대신 고개만 끄덕거렸다. 요 며칠 내리 몸이 피곤에 절어 있었다. 잠을 자도 잔 것 같지가 않고, 악몽에 시달리기도 번번이. 속은 수시로 울렁거렸고 현기증도 이유 없이 찾아왔다.

르니아로부터 정제 약물들을 받아 왔지만 푸링귀의 약물을 복용하면 지금 에르크로 향하는 것이 완전히 무용지물이 될 걸 알아 엄두도 낼 수 없었다. 정신 못 차리고 몇 날 며칠을 누워 잠만 자다 돌아올 게 뻔했으니까.

"쉴래."

테일런은 제르의 왼쪽 뒤편에 섰다. 제르가 평원 옆 작게 자란 나무 옆으로 다가가자, 테일런이 눈치 빠르게 천을 겹겹이 쌓아 만든 자리를 폈다.

편안히 나무에 기대어 앉은 제르는 부산스러운 기사들과 마부, 병사들을 응시했다. 사방은 낮은 수풀과 잔디, 잡초 따위로 푸르렀다. 곳곳에서 익숙지 않은 풀냄새가 났다. 얕은 풀 그림자는 느지막이 지는 태양에 길게 누워 있었다.

그러다 툭 뱉었다.

"오랜만에 만난 아르노만 공작은 여전히 정정하시던가?"

가만히 그녀의 옆에 서 있던 테일런이 놀란 사람처럼 눈을 껌뻑였다. 제르는 그에게 시선조차 주지 않은 채였다.

"어찌 아셨습니까?"

"내가 허수아비 같긴 하지만 들릴 만한 건 다 들린단다."

"……여전하십니다."

"다행이구나. 반가웠겠군."

"각하께서는 달갑지 않은 방문이라 여기셨을 것입니다."

제르가 고개를 갸우뚱했다.

"어째서? 아르노만이 경에게 내 근황을 물었을 테고, 경은 주인 만난 개처럼 꼬릴 흔들며 미주알고주알 일러바쳤을 것 아냐?"

테일런이 눈썹을 휙 치켜 올렸다. 반쯤 놀리는 기색이었지만 제르는 농담이라도 농담이라고 덧붙이지 않았다. 애초에 그녀가 뱉는 한 마디 한 마디의 농담에도 다 뼈가시가 박혀 있다는 걸 생각하면 진심도 섞여 있었을 것이다. 테일런은 가늘게 찌푸린 눈으로 제르를 내려다보다가 퉁명스레 답했다.

"제 주군은 당신입니다."

제르가 고개를 젖혀 그를 올려다보았다. 빤한 시선으로 그를 응시하

던 제르가 곧 시큰둥 중얼거리며 외면했다.

"너도 출세하긴 글렀구나."

"……일러바쳤을 거라 말하시는 건 몹시, 불편합니다."

"속도 좁고."

"……."

테일런은 뭐라 답해야 할지 알 수 없어 침묵했다. 제르는 곧 나른한 기지개를 켰다.

"에르크에서 발비라까지 가깝지?"

"예. 하지만 발비라는 데바람의……."

"알아."

테일런이 조용히 물었다.

"국경의 긴장 상태가 무시할 수 없을 정도라 들었습니다. 이리 함부로 찾아가도 되겠습니까, 주군. 국경 수비 최고 사령관은……."

"쇼하인의 큰아들 밀러 헤센이잖나. 굳이 입 아프게 떠들 필요 없네. 이미 한 번 면식이 있던 자이니 홀대는 않을 거야."

"하지만."

"서신은 보냈지?"

"……예."

"그럼 됐어."

제르는 썩 괜찮았던 인품의 남자를 떠올리다가, 퀸시오로 찾아왔던 쇼하인의 둘째 아들을 상기하곤 웃음을 터뜨렸다. 에들렌이었던가.

'……그럼, 그때도 알렉시스 테피온을 찾고 있었던 거군.'

이제야 확실해졌다. 알렉시스 테피온이 퀸시오에 있다는 것을 알게 되어 그를 찾으러 왔던 거였다. 왜 쇼하인 공작의 대리나 되는 놈이 경망스럽게 돌아다니는가 했더니만.

곧 아스난이 다가왔다. 그는 제르에게 식사 준비가 곧 마무리된다는 짤막한 보고를 남긴 후 물러갔다. 제르는 뻣뻣한 그의 태도에 재미없는 놈, 하고 덧붙인 후 테일런과 눈이 마주치자 이내 긴 한숨을 내쉬었다. 그건 테일런을 불편하게 했다. 재미있는 사람이라 생각하지는 않지만, 저리 딱해할 정도인가.

한참을 먼 곳을 향해 시선이 머물고 있던 제르가 입술만 움직여 말했다.

"클로이스 경."

"예?"

"날 좀 도와주겠나?"

그녀의 음성이 한층 낮아졌다. 이곳은 그들 둘뿐인데도 불구하고.

"……예?"

테일런이 고개를 갸웃거리자 제르가 슬그머니 눈꼬리를 접어 웃으며 손바닥을 위아래로 흔들었다. 가까이 다가오라는 표시였다.

"어서."

테일런은 내심 주저했다. 그녀의 목소리가 돌연 들떠 있다는 걸 깨달은 것이다. 어떤 부탁을 해올지 걱정이 더 앞섰다.

테일런이 요지부동으로 바라만 보고 있자, 제르가 썩 기분이 좋지 않은 내색을 했다.

"내가 일어날까?"

"아닙니다."

오래된 고목처럼 굳게 서 있던 테일런이 한쪽 무릎을 굽혀 그녀의 앞에 무릎을 꿇었다.

쑥 낮아진 눈높이가 마음에 들었던지 제르의 안면에 미소가 어렸다. 그녀는 테일런의 푸르스름 검은 눈을 응시하며 작게 속살거렸다.

"너와 나 사이의 비밀이야."

테일런은 지근거리에 머무는 그녀의 얼굴을 본의 아니게 홀린 듯 보게 되었다. 주홍빛 햇살이 그녀의 뺨을 타고 떨어져 부서지듯 빛났다. 그래서 조금은 상기된 듯도 보였다. 붉은 입술이 흘리는 속삭임은 꽃내음처럼 그를 끌어당겼다.

그녀의 눈을 들여다보던 테일런이 작게 중얼거렸다.

"안 들으면 안 되겠습니까?"

"안 된다."

테일런이 드물게 울적한 표정으로 고개를 조아렸다. 그녀의 속삭임에 귓가가 간지러웠다. 가슴이 뛰는 소리를 죽이기 위해 그는 한참이나 숨을 참았다.

발비라와 인접해 있는 에르크에는 그의 사병들이 있었다.

수많은 그의 병사들이 사열종대로 에르크 수비 사령부 앞에 서서 알렉시스를 맞이했다. 대충 3,000여 명이나 되는 군이 사실은 쇼하인의 개인 병사들이었다. 장자인 밀러가 국경에 나와 있고, 에들렌이 아라산에 남아 공작 대리를 겸임하는 이유였다.

알렉시스는 시큰둥한 눈으로 그들을 쭉 훑은 후 말에서 내렸다. 미리 소식을 듣고 기다리고 있던 밀러가 그를 맞이했다.

"잘 지냈나? 헤센 경."

"알렉시스 님, 오는 길은 평온하셨는지. 베이하크 백도 오느라 고생 많았습니다."

"더 수고가 많으신 건 국경 수비에 혼신의 힘을 다하는 헤센 경이지요."

"그런 말씀은. 알렉시스 님을 보필하는 데에 얼마나 세심하고 촉각이 곤두서는 긴장이 필요한지 저 또한 잘 아는 것을요."

밀러의 동정 어린 어투에 레피스가 작게 웃었다.

"제 타는 속을 알아주시는 건 밀러 님밖에 없습니다."

하이고, 둘이 또 쿵짝이. 알렉시스가 내심 투덜거렸다.

"너무 급히 묻는 것 같긴 하지만, 어찌…… 왕도에서는 다들 잘 지내고 있습니까?"

"예, 쇼하인의 둘째 도련님도 아라산에서 잘 지내고 계신다는 연통을 받았습니다. 공작 각하께서도 여전하시고요. 말로리도 에르크로 간다 하니 헤센 경께 안부 전해달라 했습니다."

"그렇습니까. 고맙습니다, 베이하크 백."

"일단 들어가지."

알렉시스는 지겹다는 듯 앞서 걸었다.

그들은 사령 본부로 향했다. 사령 본부라고 해봐야 그리 크지 않은 사택이 있고 그 앞에 천막들이 줄지어 쳐져 있으며 뒤로 드높은 망루 두 개를 둔 게 전부였다. 그러나 국경 특유의 긴장된 분위기 탓인지 평화롭다는 느낌은 덜 들었다.

한 단조롭게 정리된 방에 이른 세 사람은 뒤따라오는 기사들을 물린 후 자리에 앉았다. 알렉시스는 제 집 안방인 양 소파의 등받이에 팔꿈치를 대고 턱을 괴었다. 한 병사에게 일러 차를 내어오게 한 밀러가 먼

저 운을 떼었다.

“왜 저리 뿔이 나신 모양입니까?”

“내버려두십시오. 말도 마세요. 네반 플라무나 이후로 쭉 저러는데 저는 이유도 알기 싫습니다.”

레피스가 학을 뗀 사람처럼 어깨를 떨자 알렉시스의 뿌루퉁한 눈길이 레피스에게로 향했다. 지켜보던 밀러는 어쩔 수 없다는 듯 웃었다.

“뭐, 자세한 이야기는 나중에 듣지요. 그나저나 왕도에서 큰 문제가 생겼다던데.”

“오스와르 에반켈에 대한 소문 말이지.”

알렉시스가 우물거리듯 불명확한 발음으로 답했다.

“예. 오스와르 에반켈과 데바람 기사 여럿이 괴인에게 큰 변을 당했다는 이야기는 들었습니다. 그 바람에 란다마이어도 크게 전하의 눈밖에 났다지요.”

“자세히도 알고 있네.”

“국경 쪽은 늘 위태로운 소식에 예민하니까요. 전쟁이 나겠습니까?”

“그 때문에 왔습니다.”

레피스가 무게감 있게 답했다. 알렉시스가 몸을 고쳐 앉으며 레피스의 말을 받았다.

“전쟁이 난다 해도 이쪽에선 큰 전쟁이 터질 리 없으니 괜찮겠지만 누스말 쪽으로 전쟁이 나서 지원을 요청해도 최대한 자리 보존하라는 말이야. 우리에게 군사들은 한 명 한 명이 소중하니까.”

그의 말은 타당했다. 에르크는 그다지 데바람이 눈여겨보지 않는 땅이었다. 하지만 상황이라는 것이 가끔은 이렇다.

밀러는 요 며칠 생각해온 쓴 예견을 입 밖으로 냈다.

"이곳에서 불씨가 일어날 가능성이 큽니다, 왕하."

레피스도, 알렉시스도 그다지 동의하는 기색이 아니었다. 밀러가 말했다.

"넉 달쯤 전 왕하께서 유스카리 전하의 명에 따라 이곳에 오시기로 하셨지만 오지 않으셨을 시기 즈음에 저쪽 사령관이 바뀌었습니다."

"그 바뀐 놈이 전쟁광이라도 되나."

"지스카르 헨솔입니다."

빈정거리던 알렉시스도, 딱히 걱정하는 얼굴을 하지 않고 있던 레피스도 작게 입술을 벌렸다.

한참 후에야 알렉시스가 눈살을 한껏 찌푸리며 되물었다.

"폐태자? 폐태자가 지금 변방 사령관 노릇을 하고 있다고?"

"예, 그가 지금 발비라의 수비 사령관입니다. ……제가 베제스라면 아마 지스카르가 눈엣가시 같을 테니…… 이곳 또한 전쟁 발발 가능 지역에서 제하실 수는 없을 겁니다."

지스카르라면 전 데바람의 왕 쥬세의 첫째 아들이었다. 청년기에 왕태자의 자리를 걷어차고 뛰쳐나갔다가, 쥬세가 서거한 직후 되돌아와 이복동생인 베제스의 앞에 무릎 꿇었다는 소식은 자자했다. 확실히 폐태자가 저곳에 있다면 문제가 생길 가능성도 컸다.

밀러의 말을 가만히 듣고 있던 레피스가 물었다.

"……현재 에르크 쪽의 병력과 데바람 측의 병력은 어느 정도인지 혹시 추산해보셨습니까?"

"며칠 전 저쪽 기병들 500명이 추가 유입되었고, 기존에 있던 훈련 기사 여든과 중장, 일반 보병 1,500명이 조금 덜 됩니다. 궁병과 창

병은 저희 둔영의 반절쯤 되는 200명 정도인 걸로 압니다. 대충……
2,400 정도.”

“이쪽은?”

“오늘 집결한 기사들까지 포함해 약 200기의 기사가 있고 중장, 일반 보병, 창병과 궁병은 도합 2,000명 조금 덜 됩니다. 일이 터진다면 은거하고 있는 사병들을 끌어 모을 수는 있지만.”

“그건 곤란하지. 우선은…… 이쪽에서 전쟁이 터지지 않길 바라보지.”

알렉시스는 칼처럼 답했다. 쇼하인의 병사들이 보고된 숫자보다 몇 천이나 더 많다는 게 알려지면 위험해지는 건 쇼하인뿐만이 아니었다. 얼마 전 소블란을 잃은 알렉시스로서는 쇼하인을 잃을지 모를 모험을 감내하고 싶은 생각이 눈곱만큼도 없었다.

레피스가 곰곰이 생각에 잠긴 사람처럼 턱을 만지작거리다 물었다.

“지스카르의 동향은 어떻습니까? 오스와르 에반켈의 소문이 저쪽까지 닿았을 터인데요.”

“아직 잠잠합니다. 소식이 전해졌는지에 관해서까지는 잘 모르겠지만.”

레피스가 자리에서 몸을 일으키며 말했다.

“알겠습니다. 일단 근시일 내에 큰일은 없을 테니, 먼저 나가 정리를 좀 하고 와야겠습니다. 헤센 경, 알렉시스 님을 부탁드리겠습니다.”

“레피스도 참, 걱정은 그만하래도.”

근심 가득한 당부에 알렉시스가 어깨를 시큰둥하니 올리며 말하자 레피스가 발끈했다.

"말이나 못 하시면."

레피스는 뿌루퉁한 표정을 짓더니 매몰차게 몸을 돌려 나가버렸다. 막 세 개의 찻잔과 찻물, 그리고 찻잎들을 담아 들어오던 병사가 그와 마주치고 화들짝 몸을 비켰다. 알렉시스는 혀를 쯧쯧 차며 중얼거렸다.

"저 녀석은 매사가 신경질적이야. 글렀어."

"일이 많으시니 어쩔 수 없지요. 내가 직접 하지. 나가보게."

밀러는 병사에게서 티세트가 담긴 트레이를 건네받아 정리한 후 잔에 뜨거운 물을 조심스레 부었다.

"그나저나 소블란가의 일은 잘 해결되었습니까?"

"그래, 비운의 약혼남이 되어 상처받은 남자의 역할을 톡톡히 하고 있지."

"본인의 소문으로 농을 하시면 즐거우십니까. 여전하십니다."

"에들렌은 대놓고 나를 조롱하던데."

"나중에 만나면 그 녀석을 혼쭐을 내줘야겠군요."

"됐다, 됐어. 놀리지 말아주게."

말해놓고도 우스운지 알렉시스가 낮은 웃음을 터뜨렸다.

"그러고 보니 형님이 경에게 안부 전해달라 하더군."

밀러가 대수롭잖게 답했다.

"빈정거리셨겠지요."

"헤센 경은 우리 형님을 너무 잘 알아."

"그분의 행실이 비뚤어진 것이야 하루 이틀이 아니잖습니까. 어찌 되었건 그다지 기쁜 안부는 아닙니다."

"이리 솔직한데, 너랑 레피스가 어떻게 죽이 맞는지 모르겠단 말이

야.”

“둘 다 같은 걸 싫어하니까요.”

평소 크게 호불호를 가려 사람을 대하지 않는 밀러가 가장 싫어하는 사람이 있다면 뉘사나였다. 알렉시스는 가감 없는 그의 대꾸에 작게 어깨를 들썩여 웃었다.

“그 얘기 들었나? 네가 좋아하겠군. 형님이 전야제 사교 무도회에서 아주 거하게 망신을 당했지.”

“사교 무도회에서 말입니까? 누가…….”

“……아아.”

거기까지 말한 알렉시스가 돌연 말꼬리를 흐리더니, 입술을 다물었다. 밀러가 의아한 기색으로 고개를 갸웃했다.

“무슨 일이 있었습니까?”

“아, 모르겠다. 괜한 말을 꺼냈네. 어떤 여자가 있다. 그다지 알려지지 않은 카르시탄 중 한 명이었는데, 그 여자랑 형님이랑 약간 언쟁이 있었다는 그런 얘기다.”

“그렇습니까?”

“말로 하니까 또 시답잖네.”

알렉시스가 곧 신경질적으로 머리를 헝클며 삐뚤게 소파에 기대어 앉았다. 신경질이 난다. 그렇게까지 해줬으면 빈말이라도 고맙다는 말 한 마디 해줄 줄 알았는데. 제르는 끝까지 그를 무시했다. 왜 이리 기분이 우울한지.

눈치가 없는 사람이 아니었다. 그날, 자신을 올려다보던 제르의 눈에 어떤 빛이 떠올랐는지 알았다. 충격이 아닌 시린 분노였다. 배신감이라 해도 이상하지 않으리라.

자신이 높은 신분이라는 걸 알게 되면 뭇 여자들처럼 고분고분해지리라는 기대가 조금도 없지는 않았던 모양이다. 오히려 상대조차 해주지 않으려 한다는 걸 알게 되었을 때 알렉시스는 애가 달았다. 아무렇지도 않은 체해도 아무렇지도 않을 수가 없었다.

차라리 한 번만 만나줬더라면, 마음 터놓고 사과할 기회라도 주었더라면 이리 답답하진 않았을 터였다.

"여자들은 왜 이리 어려운지 모르겠네. 그러고 보니 넌 결혼 안 하냐? 너 때문에 에들렌도 혼기가 다 지나도록 그리 지내는 거 아니냐."

밀러가 뜬금없다는 듯이 그를 돌아보았다.

"저도 곧 왕도로 돌아가게 되면 혼인을 하겠지요. 헌데…… 갑자기 왜 그러십니까? 혹시 여자 문젭니까? 마음 가는 분이 생기셨습니까."

밀러가 웃음을 참기 어려운 사람처럼 나지막이 물었다. 알렉시스는 크게 부정하는 법 없이 중얼거리듯 답했다.

"애초에 가망 없으니 좋아할 것도 없어."

"그래도 베이하크 백이 들으면 좋아할 만한 소식인 것 같은데요. 어느 가문의 아가씨입니까?"

"알고 싶지 않을걸. 내 말 믿어라. 이건 레피스에게도 비밀로 해."

알렉시스가 결국 참지 못하고 몸을 일으켰다.

"바람을 좀 쐬어야겠어, 헤센 경. 나도 가볼 테니 내 걱정일랑 말고 일 보게. 레피스한테는 내가 대충 둘러댈 테니까."

알렉시스는 밀러가 말릴 새도 없이 밖으로 나갔다.

그리고 그날 오후 밀러는 한 통의 서신을 받았다. 사령 본부를 찾아온 면식 없는 기사는 에드하인다가의 기사라고 자신을 소개했다. 에

드하인다라면 유명한 가문이었다.

밀러는 별생각 없이 서신을 뜯어 펼쳤다.

[친애하는 에르크 총사령관]

단정한 필체였다.

[제르 시나와 엘 제이하이 카르시탄. 비록 뒤의 왕명은 낯설지 모르나, 나는 그대가 나의 이름을 기억할 거라고 믿고 있습니다. 지난날 인연의 순수함을 믿기에 감히 조금 무리한 청을 넣어봅니다. 지금 본인이 향하는 곳은 에르크 일대이며, 개인적인 방문입니다. 하지만 제가 이곳에 자취를 남긴다는 것을 누구에게도 알리고 싶지 않으니…… 요청하건대 나의 행적을 비밀에 부쳐 나와 내 동행들의 거처를 마련해주었으면 합니다. 이 전령이 당도한 후 약 사흘 후 도착할 예정이며 기사 다섯과 마차 한 대, 그리고 마부 하나가 전부인 작은 무리입니다. 그대에게는 그리 어렵지 않은 일일 거라 믿습니다. 긍정적인 답을 기대하며 발걸음을 멈추지 않겠습니다.]

제르, 시나와. 그 이름은 기억하고 있었다.

한참이나 넋을 잃고 서신을 내려다보던 밀러가 쓴웃음을 삭였다.

'잘 지내고 있었나.'

왕명을 받게 될 거라더니, 진짜 그리된 모양이었다.

읽고, 또 읽고, 또 읽고 한 자 한 자를 곱씹던 밀러는 주저 없이 새 양피지를 꺼내어 펜을 휘갈겼다.

[친애하는 왕하.

서신은 잘 받았습니다. 무탈하시다는 소식에 반가운 한편, 새삼 흐른 세월을 절감합니다. 저는 여전히 당신께서 제게 주셨던 도움을 기억하고 있습니다. 당신의 부탁은 당신께서 제게 주셨던 도움에 비하면 몹시도 단순하기만 합니다. 에르크 사령부는 현재 왕도에서 온 선객들로 부산스러우니 당도하기 전 사령부의 뒷문을 통해 제게 따로 소식을 전해주십시오. 직접 맞으러 가지는 못할 듯하나, 기꺼이 당신을 위한 거처를 마련해 두겠습니다. 편안하고 안전한 여로 되시길.

당신을 기억하는 밀러로부터.]

왕도에서 누군가가 파견 나와 있다는 이야기에, 제르와 그 일행은 조용히 움직였다. 일단은 자신이 바로 퀸시오로 돌아가지 않았다는 걸 구태여 알릴 이유는 없었다. 밀러가 마련해준 사령 본부 뒤의 작지 않은 건물로 들어선 제르는 문을 지키고 있던 기사들을 발견했다. 그녀가 익히 아는 기사들이었다. 밀러의 배려라는 걸 알게 되니 괜스레 잔웃음이 어렸다.

"어서 오십시오. 기다리고 있었습니다. 이제 왕하라고 불러야 합니까?"

"아, 잘 지내고 있으셨다니 좋네요."

인상 험악한 기사 둘이 먼저 그녀에게 다가와 인사를 건네자 아스난은 몹시도 놀란 얼굴이었다. 제르는 별다른 기색 없이 냉랭하게 그들

의 인사를 받았다.
"그래. 그대들도 잘 지내는군."
"성질머리도 여전하십니다?"
"예전보단 죽었지."
"그런 것 같기도…… 하고?"
제르는 친근하게 말을 붙이는 에르크의 기사들의 농담을 더 받아주는 대신 핀잔을 놓았다.
"안내나 해."
뒤늦게 아스난과 테일런과 눈이 마주친 기사들이 표정을 험악히 하며 인사를 마무리했다. 아직도 저런 쓸데없는 기 싸움을 하나 싶어 코웃음을 친 제르는 느릿느릿 안으로 들어갔다. 조금 걷다 보니 예전 기억이 떠올라 금세 추억에 녹아드는 기분이 들었다. 묘한 향수였다.
"필요한 것이 있다면 언제든지 말씀해주십시오, 왕하. 최근 어수선한 일들이 생겨 밤낮으로 군사들의 움직임이 활발하니, 그 점은 양해 부탁드린다는 전언이 있었습니다. 직접 맞으러 나오지 못하신 건 왕도에서 오신……."
"됐어. 나가봐. 밀러에겐 고맙다고 전해."
"예."
에르크의 기사들은 아스난과 테일런을 비롯한 다른 세 명의 기사들에게 목인사를 건넨 후 물러갔다.
제르는 외투를 대충 벗어 접은 후, 아스난에게 떠안겼다. 얼결에 아스난이 그녀의 외투를 받아들고는 물었다.
"헤센 경은 쇼하인의 장자입니다. 어찌 면식이 있으시다는 겁니까?"

아스난은 너무나도 쉽게 그들을 통과시켜준 밀러의 서신을 내려다보며 물었다. 그때까지만 해도 반신반의했는데 이젠 그로서도 부정하기 어려웠던 모양이다.

'귀찮게.'

"왜. 내가 경보다 인맥이 넓어 부러워졌나?"

"그게 아니라는 걸 잘 아시지 않습니까. 저자들은 무언데 주군께 저리 격의 없이."

"엘보르트 경, 지나친 호기심은 화를 부른다. 알 수도 있는 거지 뭘 그래. 그만 좀 하라고."

제르가 사납게 쏘아붙이자 분위기는 금세 얼어붙었다. 조금 전까지의 장난스러운 기색 없는 냉랭한 눈빛에 말단 기사들은 슬그머니 자리를 피했다.

"클로이스 경도 나가 있어라."

아스난이 제르를 향해 시선을 떼지 않은 채로 명했다. 제르는 도리어 눈을 부릅뜨며 그를 노려보았다. 테일런이 나간 것을 곁눈으로 확인한 후에야 아스난이 입을 열었다.

"밀러 헤센 또한 주군이 데바라네인 것을 알고 있습니까?"

입술 안쪽을 살짝 깨문 제르가 이내 긴 한숨을 내쉬며 시선을 돌렸다.

"짐작했으면서 왜 물어봐, 대체."

"믿을 수 있는 자입니까."

"믿을 수 있는 자야."

아스난의 표정이 짐짓 굳어졌다. 그의 불쾌감을 깨달은 제르가 덧이었다.

"카르시타로 넘어올 때 거쳐 온 곳이 에르크였다. 망명을 시도할 당시 나는 데바람 왕실에 의해 비공식적으로 쫓기고 있었고, 끝끝내 이 한 목숨만은 부지한 채로 넝마가 되어 국경을 넘었어. 하지만 일이 어렵게 꼬여 있었다. 나는 유스카리의 서신을 도망치는 도중 잃어버렸고, 그들은 나의 망명 사실을 믿지 않아 고초를 겪을 뻔했지. 밀러의 도움을 받았다."

하지만 역시나, 너무나도 쉽게 그를 믿는다는 말을 뱉는 제르에게 마음이 상한 얼굴이었다. 그러나 이어지는 뒷말에 아스난은 불만을 가라앉힐 수밖에 없었다.

"그리고 내가 밀러의 목숨을 살렸다. 그는 내게 빚이 있어. 이건 신뢰가 아닌 빚 갚음의 관계야. ……기분 상해 마라, 아스난."

마치 그녀는 어떻게 해야 그의 기분을 달랠 수 있는지 잘 아는 것 같았다.

'기분 상해 마라, 아스난.'

그렇게까지 말하는데 어찌 무어라 더 할 수 있을까. 아스난은 긴 한숨을 삼킨 후 물러났다.

지난 닷새 동안 알렉시스는 에르크의 사령 본부에서 멀지 않은 곳에 떨어져 있는 비밀 야영장의 쇼하인 사병들을 살펴보았다. 그가 신경 써야 할 만한 큰 변동은 없었다. 밀러가 간간이 오가며 잘 처리했기 때문이지만 그래도 너무 지루하다 싶었다. 무언가 집중할 만한 것이 필요했다. 쓸데없는 생각을 하지 않도록. 지난 닷새 동안 오랜만에 만난 기사들이며 병사들과 이야기를 나누는 건 꽤 효과가 좋았다. 하지만 다시 사령 본부로 돌아가는 길은 전에 없이 울적했다.

레피스는 그런 그를 이해하지 못했지만 알렉시스도 딱히 설명할 재간이 없었다. 그도 사실 스스로의 불안이 어디에서 기인했는지 잘 알지 못했기 때문이다.

알렉시스는 스스로가 왕재라는 것을 잘 인식하고 있었다. 이런 일에 신경을 쓸 여력이 없었다. 그에게는 사실 '누군가'라는 것이 크게 의미가 있지는 않았다. 그는 자신에게 필요한 것과 필요치 않은 것을 구분할 만한 머리도 있었다. 쓸데없는 걱정이나 기우를 머릿속에 담고 있는 것만큼 얼간이 같은 짓이 없다는 것도 아주 잘 안다. 그렇지만 결국 그는 다른 일행들과 갈라져 방으로 돌아오자마자 자문하고 말았다.

아무리 자신이 속였다고 한들, 그게 그리 화를 낼 일인가. 그녀의 목숨도 구해주고, 그녀의 부탁도 들어주었다. 솔직히 그녀의 반응은 지나쳤다는 게 그의 심정이었다.

그는 한 손으로 미간을 짚었다.

'치워버리자.'

속였다고 해도 자신이 그녀에게 이리 얽매일 필요는 없었다. 그때였다. 알렉시스의 눈에 웬 마차 한 대가 들어왔다. 창 밖으로 언뜻 보이는 짙은 갈색의 단출한 꾸밈으로 장식된 마차는 적은 수의 기사를 끌고 사령 본부의 후위로 향하고 있었다.

그의 눈이 가늘어졌다. 가장 후방에서 걷는 기사를 본 적도 있는 것 같은데.

'……신경 끄자.'

이곳에 처음 온 것도 아니니 언젠가 스치듯 봤다 해도 이상한 건 아니었다. 한참 동안이나 의자에 앉아 넋을 놓았던 그는 침대로 가 누웠다. 일단 자고 나면 나아질 것이다. 어쩐지 시간이 지날수록 더 초조해지는 것 같았지만 착각일 거다.

얼마간 침대에 누워 잠을 청하던 알렉시스가 신경질적으로 일어났다.

제르가 말한 건 비밀이랄 것도 없는 비밀이었다. 그녀는 에르크 사령 본부에 도착한 날 밤의 세 시간, 딱 세 시간의 자유를 부탁했다. 입장이 입장이니만큼, 비공식으로 밀러 헤센을 만나러 갈 터이니 눈감으라는 말이었다. 비밀로 하는 것이야 그녀가 에르크에 온 것 자체가 비밀이니 그렇다 치지만, 아스난에게까지 속이라는 건 곤란했다. 또 위험 부담이 적더라도 아무리 그래도 국경 사령 본부였다. 어떤 사건 사고가 생길지 모를 일인데. 그러나 그녀에게 더 채근할 수도 없었다. 아스난에게 상황 고민을 털어놓을 수도 없었다.

테일런이 전전긍긍해 하는 게 꽤 재미있었던지 그녀는 간간한 미소를 보이며 그때마다 뜻을 확고히 했다.

"그럼 경도 수고하도록."

"……예. 쉬십시오, 엘보르트 경."

점검을 마친 아스난의 군화 소리가 저벅저벅 멀어졌다. 곧 제르가 기다렸다는 듯이 소리 없이 문을 열어 틈새로 내다보았다.

"갔나?"

"……예. 하지만 주군…… 차라리 엘보르트 경에게……."

"비밀이야."

그녀는 아스난이 돌아갔다는 것을 확인하기 무섭게 갈아입었던 침의를 다시 외출복으로 바꿔 입고, 그 위로 망토와 두건까지 덮어 철저히 준비를 마쳤다.

"쇼하인 공자를 만나러 가는데, 왜 그리……."

살그머니 방문을 빠져나오며, 제르가 쉬잇 손가락을 세워 입술을 가렸다. 테일런이 떨떠름한 음성으로 속삭였다.

"주군, 이건 아닌 것 같습니다. 혹시 모르니……."

"괜찮아. 이제 와서 나를 곤란하게 할 생각일랑 접어둬. 자네가 오늘 할 일은 내가 돌아올 때까지 아무도 내 침소 근처에 어슬렁거리지 못하게 하는 거다. 엘보르트 경이 찾거든 절대로 깨우지 말라고 했다고 하면 돼. 어차피 잠깐 얘기만 나누고 돌아올 테니 그사이에 별일은 없을 거다."

테일런이 정말 곤란한 사람처럼 그답지 않은 울상을 했다. 명령이니 따라야 하긴 하겠는데, 따르자니 무언가 찝찝하기 그지없었다. 게다가 그녀는 밀러를 만나러 간다고 했는데 차림을 보면 그건 아니었다. 밀러 헤센과 야외에서 밀회를 갖는 게 아니라면.

제르는 테일런이 영 내키지 않는 얼굴로 침묵하자 조심스레 달랬다.

"경, 걱정하지 마. 별일 없을 거야. 곧 돌아올 테니."

테일런이 결국 얕은 한숨을 내쉬었다.

"……세 시간입니다. 조심하십시오."

"부탁해."

제르가 드물게 부드러운 어조로 당부하며 종종걸음으로 복도를 달

려갔다. 마르고 가벼운 몸은 발소리조차 자그마했다. 테일런은 금세 계단 아래로 내려가버린 제르의 자취를 눈으로 좇았다. 그는 벽에 기대어 선 채로 긴 한숨을 내쉬었다. 그답지 않은 짜증이 어려 있었다.

'안 된다고 했어야 했는데.'

그러나 그는 알았다. 시간을 되돌려 그 순간이 온다고 해도, 믿음을 갈구하는 그녀의 청에 져버리고 말 거란 걸.

밤에 소란스러울지도 모른다던 경고와는 다르게, 밤 깊은 시각이 되자 일대가 고요한 암흑으로 뒤덮였다. 특히나 그녀가 머무는 본부 뒤쪽의 작은 건물은 인적이 훨씬 드물었다. 바람에 흔들리는 풀잎 소리, 밤벌레 소리가 간헐적으로 울렸다. 제르는 잠깐 주위를 둘러 살피다가 조심스레 두건을 꽉 고쳐 쓰고 어딘가로 향했다.

제르는 자신이 완벽하게 운신하고 있다 믿었다.

망루에서 그녀를 바라보고 있는 붉은 시선이 있었다는 것을 까맣게 모른 채였다.

마이테는 언제나처럼 국경 근처를 어슬렁거리고 있었다. 사위는 어둠뿐이었지만 그다지 위협적이지는 않았다. 뭔가 건덕지라도 보이면 달려들어 물어뜯을 생각이었다. 지스카르를 좇아 이곳에 온 지도 어느덧 반년이 넘어가니 이제 슬슬 자신도 마음을 정해야 할 때가 아닌가 싫었다. 하지만 이제 와 포기하기엔 지난 기다림이 너무나도 아쉽다.

그때였다. 바스락. 마이테가 귀를 쫑긋 세웠다. 숲의 짐승이 아닌 '인간'이 마른 풀잎을 밟아 으스러뜨리는 소리였다. 멀지 않은 곳에 작은 마을이 있다는 것을 알았지만 마을 주민이 야밤에 돌아다니지는 않을 것이다. 국경에서의 그런 조심스러운 행동은 문제를 일으킬 수 있다는 걸 다들 잘 알 테니까. 마이테는 촉각을 곤두세웠다. 장애물 없이 자연스럽게 헤쳐 소리가 나는 쪽을 향해 걸었다. 발소리는 점점 마을이 있는 방향으로 향하고 있었다.

반대편에서 사람들의 음성이 들렸다.

"전쟁 나면 어떻게 되는 건데……?"

"뭐, 지금 걱정해서 뭐 해. 어떻게든 되겠지. 얘기 들어보니 난리도 아니었다던데……."

마이테가 걸음을 멈추고 왼쪽 숲 어귀를 바라보았다. 횃불 두어 개가 손톱만 하게 타오르고 있었다. 지스카르의 순찰병들이 국경 순찰을 도는 모양이었다. 그들의 음성과 함께 작게 이어지던 걸음 소리도 멎었다. 그러다 달린다.

'오호라.'

경비병을 보고 도망간다면 뭔가 걸리는 게 있는 놈일 게 분명했다. 지스카르 쪽 사람이 아니라면 카르시타. 그리 생각하는 게 편했다. 마이테는 인기척을 쫓아 달렸다. 몸이 어찌나 가벼운지 풀 밟는 소리조차 제대로 들리지 않을 정도였다. 달리는 누군가는 마치 헤매듯 이 방향, 저 방향으로 몸을 움직였다. 그렇지만 분명한 건 그녀와 점점 멀어지고 있다는 것이다.

곧 마이테는 숲이 끝난 것을 알아차렸다. 마을이 보였다. 지스카르와 함께 두어 번 방문했던 적이 있는 곳이었다. 어둠 속으로 잔뜩 몸을 낮춘 작은 체구의 사람이 마을 안으로 달려가고 있었다. 머리끝부터 발끝까지 망토로 가려 제대로 보이지 않았다.

추격을 멈춘 그녀는 마을 입구에 드리워진 그늘 속에 숨어 눈을 게슴츠레 떴다. 마을 사람이라면 헛수고를 한 셈이다. 작은 인영은 좁디좁은 마을 어귀를 기웃거리며 돌아다니다가, 한 낡은 집 앞에 멈춰 섰다. 의원의 간판이 작게 쓰여 있는 집이었다.

예감. 예리한 이들에게는 늘 무언가 느껴지는 것이 있다. 작은 그림자가 두드린 문은 이 마을의 유일한 의사인 우토라는 남자의 집이었다.

데바람의 순찰병들이 돌아다닌다는 것을 알게 된 이상은 여유를 부릴 수가 없었다. 허겁지겁 달려와 곳곳의 집들을 살핀 그녀는 낡은 문을 급히 두드렸다. 불은 다 꺼져 있었지만 사람이 있을 것이다. 있어야 했다. 식은땀이 났다. 제르는 연신 불안한 사람처럼 주위를 둘러보았다. 우토는 이 집에 있어야 했다.

한참이나 아무 반응이 없었다.

그녀는 점차 초조해지기 시작했다. 자는 건가. 외출을 한 건가. 설마 마을을 떠난 건가. 혹시 그자가 베제스에 의해 죽어버리거나 한 건 아닌가. 상상만으로도 눈앞이 깜깜해지는 순간이었다. 옅은 불빛이 켜졌다. 곧 현관 옆의 커튼이 살짝 흔들리는가 싶더니, 귀에 익은 남자의 목소리가 들렸다.

"누구시오?"

"……내 전에 부탁했던 일 때문에 왔소. 우토 펜 벨소, 벨소에서 태어난 우토. 맞으시오?"

"맞습니다만…… 부탁이라니?"

"내 누이의 무덤을 살피러 왔소, 우토."

그녀가 말을 마치기 무섭게 문이 벌컥 열렸다. 깜짝 놀란 그녀가 황급히 뒷걸음질했다. 마지막 만남 때보다 훨씬 늙어버린 남자가 그녀를 맞이하기 위해 뛰쳐나왔다.

얼굴에 화색이 만면했다.

"아! 무탈하셨습니까! 그, 그때 그분이시지요?"

제르가 천천히 두건을 벗어 그녀의 얼굴을 확인시키자 우토는 기쁜 사람처럼 연신 호들갑을 떨었다. 그녀는 혹 그의 목소리가 너무 큰 건 아닌지 이만저만 주위가 신경 쓰이는 게 아니었다. 그녀는 간결히 답했다.

"기억해준다니 다행이오."

"여부가 있겠습니까! 한동안 아무 소식도 없으시기에……. 이렇게 다시 찾아주시리라 상상도 못 했습니다. 그때는……."

"시간이 많이 흘렀으니……."

제르가 잠시 멈칫하며 고갤 돌렸다. 어디선가 따가운 시선이 느껴진 탓이다. 하지만 그녀의 눈이 닿는 범위 안에서 수상한 그림자는 보이지 않았다. 어쩐지 떨떠름한 기분에 제르가 조급히 우토에게 말했다.

"시간이 없으니, 안내해주시겠는가."

"아, 예, 예, 내 정신 좀 봐."

우토가 허둥지둥 등불을 들고 앞장섰다.

마이테는 한달음에 데바람 국경수비 총사령부로 달려 들어갔다. 제일 먼저 찾은 것은 역시나, 지스카르였다. 마이테는 “방해하지 말라고 하셨습니다.”라고 말하는 하녀를 폭력적으로 밀치고 방 안으로 쳐들어갔다.

지스카르의 방 안에서는 술집 창부 같은 여인 하나가 그와 대작을 하고 있었다. 사실 마이테의 눈에나 그리 보였을 뿐이지 창부는 아니었다. 그녀는 지스카르를 돕기 위해 찾아온 일대의 참모부 병사 아젤이었다.

아젤은 느닷없이 난입한 마이테를 향해 동그란 눈을 껌뻑였다. 마이테는 아젤의 시선을 무시한 채 지스카르에게 명령하듯 말했다.

『잔 내려.』

지스카르는 마이테를 향해 눈을 흘겼다.

『예의는 지켜.』

『그만 마시라고.』

『할 말이 있다면 나중에 해. 지금은 네 주전론 따위 들을 기분이 아니니까.』

『그리 말한다면 후회하게 될 텐데.』

트란실 어로 오가는 대화를 알아듣기엔 벅찬 탓에, 아젤은 귀를 닫은 사람처럼 술잔을 기울였다. 지스카르는 마이테를 향해 짜증스러운 표정을 지으며 손을 휘저었다.

『나가라. 오늘은 피곤해. 내가 지금 노는 게 아니니까 내버려둬라.』

『네 피곤이야 내 알 바 아니고. 이 소식을 들으면 심장이 떨어질지도 모르는데도?』

지스카르가 풀린 눈동자를 똑바로 마이테에게 고정했다.

『소식이라니?』

『믿기지 않을지도 모르겠는데.』

『빨리 말해라.』

『온 것 같다. 그 여자.』

거기까지 말했을 때, 지스카르가 몸을 벌떡 일으켰다. 아젤은 물론이고 마이테마저 사뭇 놀랐다. 지스카르가 어느새 술에서 다 깨기라도 한 듯 형형한 눈으로 그녀를 다그쳤다.

『무슨 일인지 말해!』

『데바람 인들 앞에서 너희 말을 쓰지 말라며. 의심받는다고.』

『꼬투리 잡지 마. 장난치는 거 아니니까 빨리 말해라.』

마이테가 팔짱을 끼며 가소롭다는 듯 웃었다.

『정확히 내가 본 것을 말해주지. 이곳에 오기 바로 직전 그 우토라는 의사의 집으로 체구가 작고 새까만 머리칼을 한 여자가 숨어드는 걸 봤다. 의사가 매우 반가워하더군. 정확히 난 네 파랑새의 얼굴을 본 적이 없으니, 사실 그 여자일는지 어떤지는 모르지만.』

마이테의 말이 끝나고도 한참을 멍하니 그녀의 입술을 응시하던 지스카르가 초조한 사람처럼 서성이기 시작했다.

"……말, 그래, 당장 말을 준비해. 묘로 간다."

"시간이 늦었습니다, 헨솔 님. 갑자기요?"

아젤이 조심스레 물었으나 지스카르는 듣는 기색이 없었다. 그가 거

칠게 외투를 잡아 걸친 후 밖으로 향했다.

마이테가 삐딱하게 고개를 기울였다.

『그놈의 집으로 안 가고?』

제르는 작은 둔덕 앞에 무릎을 꿇었다. 잘 관리된, 자그마한 묘는 멀찍이 자란 나무들의 한가운데에 놓여 있었다. 바로 가까이에 가리는 것이 없어 볕이 잘 들 것 같다. 그녀는 찬 손으로 묘 위의 풀들을 훑었다.

'엔사.'

그녀는 제 뒤에 선 우토를 의식하고 고개를 돌렸다.

"고맙소."

"아닙니다. 어려운 일도 아니었습니다. 다만, 이름을 일러주지 않으셔서 비석을 세우지 못한 것이 죄송스러웠습니다. 밤에 이리 급히 찾아오신 것을 보면, 곧 떠나실 테지요? 만일 떠나시기 전 이분의 이름을 일러주고 가신다면……."

작게 입을 벌렸던 그녀는 아무 말도 하지 않고 입술을 닫았다. 꽉 억누르고 있던 무언가가 북받쳐 올랐다.

엔사. 이름 하나 말하는 것이 왜 이리 힘든가.

한시도 잊지 않았거늘, 죽은 동생을 세상으로 끌어내는 그 한 마디가 왜 이리 어려운 것인지 모를 일이었다.

그녀가 굳은 듯 뻑뻑한 혀를 움직였다. 몹시 힘겨웠다.

"에…… 엔사."

가까스로 말을 마친 그녀는 천천히 품속에 두었던 엔사의 핀을 꺼내어 내려놓았다.

우토는 고개를 조아렸다.

"……고맙소. 고맙소, 의원. 정말 고마워."

낮에 오지 못한 것이 아쉬움이지만, 아주 잠시라도 이리 가까이 있을 수 있어 행복했다. 제르는 몇 번이나 눈물 삼킨 감사를 표한 후 몸을 일으켰다. 아직도 눈 감으면 눈앞에 훤하다.

'언니.'

엘지도, 엔사도.

'나 대신 엔사를 지켜줘.'

끝내 죽음을 이겨내지 못한 철부지 막내를 미워하기도 했다. 나를 두고 엘지를 뒤따라가니 좋더냐. 아무리 쌍둥이라고 해도, 아직 내가 살아 있는데 어찌 너는 엘지를 따라가. 나도 네 누이인데.

그리 어리석었던 적도 있었다.

잘못은 제 것이었는데도. 아니, 이 모든 것이 자신이 달게 받을 벌이라면 받겠다 여겼다. 제 자식을 잃고도 베제스에게 한 마디도 하지 못했던 어리석은 여자였다. 동생들의 시체를 밟고 살았다. 엔사가 수태를 했다는 것을 알고도 쥬세에게 매달려 목숨만 부지해주십사 빌었던 자신이었다. 그녀는 누이로서 한 것이 아무것도 없었다. 그러니 이것이 죄였다.

선량하고 상냥하던 어린 동생들은 편한 곳으로 가 쉬고, 그녀는 이 지옥 같은 현실을 계속해서 살아나간다. 이건 죄였다.

제르가 천천히 무릎 꿇어 이마를 땅에 대고 절했다. 참지 못한 눈물 한 방울이 툭 떨어졌다.

"또…… 또 오겠다. 또…… 올 테니."

또 올 수 있을까. 왈칵 쏟아지는 눈물에 제르는 입술을 닫았다. 어쩌면, 이리 돌아가고 나면 영원히 돌아오지 못할 수도 있었다. 어쩌면, 몰래 나올 수도 있긴 하겠지만 그러지 못할 수도 있었다. 데바람에서도, 카르시타에서도, 그녀는 여전히 유폐된 총비였다.

"내…… 반드시…… 언젠가……."

언제나처럼 기약 없는 이별이었다.

울음 짓는 여자의 가느다란 약조를 훔쳐 들으며 우토는 눈물을 훔쳤다.

한참을 그리 울던 제르가 우토에게 다가가 깊이 고개를 조아렸다.

"고마워, 정말, 정말 고맙다."

눈물 자국 남기며 멀어지는 여자를 바라보던 우토는 그녀가 두고 간 머리핀을 쓴 얼굴로 내려다보았다. 몹시 진귀하고, 값비싸 보이는 물건이었다. 우토는 조심스레 흙을 파내어 머리핀을 내려두고, 그 위에 흙을 덮었다.

"엔사 아가씨. 기다리시던 분도 왔으니, 평안히 쉬세요. ……이제."

참 오랫동안 알고 싶었던 이름이었다.

'참, 예쁜 이름입니다. 엔사 아가씨.'

"의원 나오게!"

나오라는 말이 무색하게 문을 부수고 쳐들어온 남자는 지스카르였다. 하룻밤 사이에 두 명의 방문객에 정신이 황망해진 우토가 헐레벌떡 막 누웠던 침대 밖으로 기어 나왔다.

"에, 어쩐 일이십니까?"

지스카르의 등 뒤로는 트란실 여자와, 두 명의 기사 그리고 네 명의 병사가 줄지어 서 있었다.

"어딨나."

지스카르가 험악한 음성으로 물었다. 마지막 만남에서의 그는 이리 고압적이지 않았던 터라, 우토는 짐짓 놀랐다.

"무, 무슨 말씀을……."

"무덤에 다녀왔다. 이걸 찾았는데."

지스카르가 주먹을 내밀었다. 순간 때리는 줄 알고 몸을 움츠리던 우토는, 느리게 펴지는 그의 주먹에서 툭 떨어진 엔사의 머리핀을 보고 눈을 끔뻑였다. 우토가 허둥지둥 그것을 주워들었다. 지스카르는 마치 맹수처럼 으르렁거렸다. 우토는 본능적으로 그가 찾는 것이 제르라는 것을 깨달았다. 또한 그녀가 위험해질지도 모른다는 것도.

"수색해!"

"예!"

"예!"

그의 사나운 명령에 기사들이 일사불란하게 움직이기 시작했다. 지스카르 역시 가만히 서 있지 못하고 우토를 밀치고 집 안 깊숙한 곳을 이 잡듯 뒤집고 다니기 시작했다. 우토는 어찌 말리지도 못하고 엉망진창이 되는 집 안 기물들을 멍하니 바라보았다.

"제르! 네가 돌아온 것 안다!"

우토는 지스카르의 태도에 심장이 벌렁거렸다. 분명 그녀를 향해 우호적인 반응을 보였던 것으로 기억하는데, 지금 지스카르는 그 여자

를 찾아 죽일 기세였다. 오직 들리는 것은 씩씩거리는 남자의 고함과 난폭한 파공음뿐이었다.

지스카르는 벌건 눈으로 우토의 집 곳곳을 죄 헤집었다. 무덤을 먼저 찾아갔으나, 그곳에 없었으니 오늘 밤은 이곳에서 묵을지도 모른다는, 한 가닥의 희망이었다.

"제르!"

집 안 구석구석을 뒤지며 온갖 집기들을 집어던지고, 미친 사람마냥 그녀의 이름을 부르는 지스카르를 비웃듯 바라보는 여자도 있었다.

마이테는 팔짱을 낀 채로 그런 지스카르를 바라보고 있었다. 의원이 눈을 어디로 굴리건 제 알 바 아니었다. 지스카르는 그리 미워하던 손아래 형제인 베제스의 앞에서도 웃으며 무릎 꿇던 남자였다. 그 이후로 보여준 행동들이 다 병신 핫바지 같았던 터라, 우유부단하고 겁이 많다고 그에 대한 판단을 바꾸던 중이었는데.

"어디 있나!"

어째서인지 오늘의 그는 다른 사람 같았다.

마이테는 혀를 쯧쯧 찼다. 어차피 저 상태가 되었으니, 자신이 비웃는 것도 모를 것이다.

『……한심한 놈. 계집 하나에 눈이 뒤집혀서는. 제법 무섭게 구네.』

마이테는 사실, 당장이라도 뛰어나가 그녀를 잡아다 목숨만 붙여 지스카르의 앞에 내던질 자신이 있었다. 어디로 갔건 상관없이. 그녀는 그런 여자였다. 그러나 그러지 않은 것은 지스카르가 그 여자를 만나는 게 썩 좋은 일은 아닐 것 같다는 예감에서였다. 저리 눈이 뒤집힌 꼴을 보자니.

어찌 돌아가는 상황인지도 모른 채로, 우토는 이 상황이 빨리 끝나기를 간절히 빌었다. 온 집 안을 뒤져도 나오는 게 없자 결국 불똥은 그에게 튀었다. 지스카르가 성큼성큼 다가와 그의 멱을 잡아 올렸다.

"우토, 라고 했던가."

눈에 선 핏발이 울음을 참는 사람처럼 선명했다.

"어디 있냐. 대답하지 않으면 넌 이 자리에서 죽는다."

"어, 없습니다! 아까 전 이곳을 떠나 돌아가셨습니다……!"

목에 없는 칼이 박힌 듯한 공포에 휩싸인 우토가 눈을 꼭 감았다. 지스카르는 그의 목덜미를 움켜쥐었다. 그리고 꺾어버릴 듯 힘을 주었다. 그를 말린 건 마이테였다.

『지스카르.』

"그리 계속 발뺌하듯 지껄여봐라. 네 사지를 잘라 끓는 기름에 넣고, 네 머리를 통째로 뜯어내어 타 죽는 육신을 보게 해줄 테니까."

『지스칼.』

마이테가 그의 단단하게 힘들어간 어깨를 붙잡아 돌렸다.

지스카르가 사나운 눈으로 그녀를 돌아보았다.

"지스카르, 화풀이 할 시간에 바깥으로 나가 그 계집을 쫓는 게 더 현명할 것 같은데."

지스카르는 곧 우토를 내동댕이치듯 밀친 후, 밖으로 뛰쳐나가 안팎을 수색하던 병사들에게 명했다.

"뿔뿔이 흩어져 수색해!"

숲을 건던 제르가 걸음을 멈추었다.

누군가가 자신의 이름을 부르는 것 같은 환청이 들렸다. 그러나 그

녀가 등지고 온 곳 어느 누구도 자신의 이름을 알지 못했다. 심지어 우토라는 그자도.

'…….'

그녀가 고개를 들었다. 오늘은 반달이었다.

어쩐지, 익숙한 사람의 목소리가 들린 것도 같다.

그때였다. 그녀의 시야 곳곳에서 횃불들이 일시에 오르기 시작했다. 확. 화드득. 화악. 숲 저편이 불야성처럼 밝아지며 횃불들이 바쁘게 뛰어다니기 시작했다. 군사 훈련이라거나 단순한 순찰병들의 움직임은 아니었다.

그리고 들렸다. 아주 먼 곳으로부터, 아니, 어쩌면 그리 멀지 않은 곳으로부터. 환청이 아니었다.

"제르!"

누군가 그녀의 이름을 불렀다.

그녀는 공포에 질려 내달리기 시작했다.

놀라 당황하는 바람에 방향 감각을 잃어 헤맸지만 멈출 수는 없었다.

그녀는 낮은 풀들을 밟으며 숲 속으로 달렸다. 신발을 잃고, 맨발로 맨땅을 디디며, 몇 번이나 가시에 찔리고 돌부리를 밟았다. 공포가 더 커서 아픔은 그다지 선명하지 않았다. 지옥 같은 적막이 그녀가 도망칠 곳이었다. 자신의 이름을 불러젖히는 데바람의 적이 있는 곳이 아니라.

숨이 턱 끝까지 차올라 구역질이 났다. 그녀의 가슴을 옥죄는 증오의 감정 또한 불붙은 듯 일렁였다.

한참을 달렸다고 생각했는데도 그들과의 거리는 멀어지지 않았다. 오히려 더 포위당하는 기분이었다. 제르는 근처에 있는 나무 뒤에 서서 최대한 숨을 골랐다. 수많은 인기척이 느껴졌다. 자신을 잡기 위해서라면, 자신이 제르라는 걸 안다면, 자신이 누구인지도 아는 사람이라는 말이다.

누가, 누가 대체. 나를 알아. 누가.

증오와 공포가 뒤섞여 정신이 혼미했다.

그녀는 가까스로 이성의 끈을 붙잡았다. 그리고 급히 주위를 둘러보았다. 주위는 형체조차 보이지 않는 빽빽한 나무들투성이였다. 온몸이 땀범벅이었다. 하필이면 이때, 현기증과 더불어 복통이 느껴지기 시작했다. 안 돼. 지금은 안 된다. 그녀가 한껏 몸을 낮췄다. 망토를 뒤집어쓰고 숨을 골랐다.

침착하자. 길을 찾자. 어느 쪽으로 가야 하지? 더 이상 헤매면 안 돼. 오른쪽? 왼쪽? 마을에서 불빛이 나고 있다면 마을을 오른쪽으로 등지고 왼쪽으로 달려야 한다.

제르는 판단을 끝내자마자 다시 절박하게 달리기 시작했다. 거의 그와 동시에 그녀의 등 뒤를 향해 소리치는 남자들의 목소리가 들렸다.

"저기 있다! 잡아라!"

제르는 미친 듯이 달렸다. 죽음의 위협이 다시 한 번 그녀를 휘감았다.

자신을 아는 사람. 자신의 이름을 부른 사람. 그녀의 신변을 위협하는 적들이, 무자비하게 그녀를 뒤쫓고 있었다. 더 이상 뛸 수 없을 지

경까지 숨이 차오른 그녀가 앞으로 고꾸라졌다.

"아……."

마른 입술 사이로 괴로운 음성이 격한 숨소리와 함께 흘러나왔다. 그때였다. 누군가가 그녀의 몸을 확 끌어당겨 세우더니, 비탈진 숲의 저지대로 달려가기 시작했다. 누군지도 모른 채로 끌려가던 그녀는 본능적으로 지르려던 비명을 멈추었다. 어두워 보이지는 않았으나 무언가 익숙했다. 정신을 차릴 새도 없이 악의 없는 손길이 그녀를 곧 한 바위 아래에 끌어 앉혔다.

"괜찮아?"

숨이 찼다. 눈앞이 흐렸다.

제르는 호흡 곤란 환자처럼 몸을 웅크려 신음하다가, 이내 정신을 잃었다.

알렉시스는 제르의 얼굴을, 최종적으로 아주 가까이서 확인한 후 도리어 이쪽이 기절하고 싶은 기분을 느꼈다. 어느 작은 무덤 앞에 선 여자의 뒷모습을 훔쳐볼 때까지만 해도 설마 했는데.

왜 이 여자는 이리 예고도 없이 툭툭 튀어나온단 말인가.

"저쪽이다!"

더 계산할 것 없이 알렉시스는 제르를 꽉 끌어안아 바위의 낮은 틈으로 숨겼다. 그러나 언제까지 이리 있을 수 있을지는 미지수였다. 대체 왜 이 여자가 데바람의 군사들에게 쫓기는 건가. 데바람 혼혈 왕족이라서? 하지만 당장에 전쟁을 벌이고 싶은 게 아니라면 저들이 저리

요란하게 카르시탄을 추격하지는 않을 것이다.

밤산책을 나왔다가 우연히 발견한 경계선을 빠져나가는 그림자를 쫓아 나왔을 뿐이었다. 이유는 많았다. 심심해서, 혹시 간자일까 싶어, 그냥 왠지 그러고 싶어서 등등. 등줄기로 식은땀이 흘렀다. 점점 가까워지는 데바람 병사들의 발소리가 그의 온 촉각을 곤두세웠다. 발각된 후가 문제였다. 실수로 저들 병사를 죽이기라도 한다면 그길로 전쟁으로 치닫게 될지도 모를 상황이었다. 잡혀서도 안 되지만 싸울 수도 없었다.

에르크의 국경이 바로 코앞이었다. 그러나 혼자도 아니고 기절한 제르를 데리고 무사히 빠져나갈 방법은 묘연했다. 바랄 수 있는 건 적들이 에르크의 국경임을 의식하고 물러나주는 것뿐이었다. 그러나 그마저도 여의치 않다.

"으……."

제르가 짧은 신음을 흘렸다. 알렉시스가 급히 그녀의 입을 막고 살펴보았다. 그녀의 발이 온통 피투성이였다. 신발은 어디 갔는지 그것도 맨발로.

"이 근처다! 찾아라!"

포위망은 확실히 좁아져오고 있었다. 알렉시스는 아연했다. 홀로 도망칠 수도 없는 노릇이었다.

문득 알렉시스가 잦아든 적들의 고함을 깨닫고 살짝 고개를 내밀어 보았다. 적들의 반대편, 그러니까 그가 마주 보고 있는 에르크 사령본부의 경계 쪽에서 환한 불이 켜졌다. 에르크의 국경이 불야성처럼 형형한 빛을 발하기 시작하자 적들이 주춤했다. 그러나 공교롭게도 그 시기에 나타난 한 사내의 소름 끼치는 고함이 그들의 긴장을 깨부

쉬었다.

"당장, 찾아내!"

명실상부한 데바람 사람이었다. 찾아내라는 건, 제르를 찾아내라는 거다. 알렉시스가 제르의 가느다란 몸을 꽉 끌어안았다. 이러다 정신을 차리면 또 무슨 사달이 날지 모르지만 지금은 찬 밥 더운 밥 가릴 계제가 아니었다.

'이 여자는 대체 뭘 먹고 사는 거야?'

그러다 뒤척이는 제르의 발을 바로 하기 위해 팔을 뻗던 알렉시스의 손바닥이 마른 나뭇가지를 으깼다. 바드득. 유달리 큰 소리가 났다. 그와 함께 나뭇가지에 걸려 있던 돌멩이가 굴러가기 시작했다. 데굴데굴. 그리고 멈췄다.

'빌어먹을.'

알렉시스가 숨을 죽였다.

내내 고함을 지르던 이들이 조용해졌다.

"제르…… 나다! 나와라!"

소리는 바로 그들이 있는 곳을 향해 가까워졌다. 알렉시스는 주먹을 꾹 쥐었다. 검을 가지고 나오긴 했지만, 최악의 상황엔 그가 전쟁의 불씨가 될 수도 있다는 걸 감안해야 하는 상황이었다. 살짝 고개를 내민 그는 한 장신의 남자를 발견했다. 어두워 생김새까지는 알 수 없었지만 풍채가 매우 대단했다. 그리고 기백도 보통이 아니었다.

저 남자는 열 걸음이면 그들이 있는 바위 위로 이를 것이다. 알렉시스는 천천히 손을 움직여 허리춤의 단검을 움켜쥐었다. 여차하면 달려들어 그 목을 베어버릴 요량이었다. 곧 그 남자는 다섯 걸음 남짓한 거리까지 다가왔다.

온몸의 솜털이 곤두선 상황 속에서, 알렉시스가 침을 꿀꺽 삼켰다.

"이게 무슨 소란입니까?"

누군가가 그들의 긴장을 갈기갈기 찢어놓았다. 알렉시스는 별안간의 음성에 소스라치게 놀라 방어적으로 정면을 응시했다. 익숙한 목소리였다. 이 새벽부터 국경의 숲에서 벌어진 소란에 나온 것이 분명한 밀러는 단정한 갑옷 차림이었다. 그의 곁엔 횃불조차 없이 병졸 여섯과 아스난과 함께 서 있었다. 아직 그들 역시 알렉시스와 제르를 미처 발견하지 못한 채였다.

"지스카르 님, 이 시간에 이토록 소란스럽게 에르크의 진영 근처를 고성을 질러대며 배회하는 것은 어떤 타당한 이유가 있어서겠지요. 설명 부탁드리지요."

지스카르? 저자가. 알렉시스의 표정이 구겨졌다. 상대의 음성이 뒷목을 타고 울렸다.

"……에르크의 쇼하인이군."

비난이나 적의는 크게 드러나지 않는 태도라, 긴장감은 한풀 꺾였다.

"흥분하셔서 모르신 모양입니다만, 지금 데바람의 군사들이 에르크의 영역을 침범했습니다. 어찌 받아들이면 좋겠습니까? 개인적으로 저기 대기 중인 병사들이 무기를 들 필요가 없었으면 좋겠습니다."

밀러가 서늘히 말하며 그의 뒤쪽 대각선 위로 턱짓했다. 알렉시스 역시 밀러의 현명한 대처에 안도의 한숨을 삼키며 눈동자를 올렸다. 멀찍이 높은 망루 위에 몇 명이 보이고, 낮은 성곽 위로는 언제든지 화살을 쏠 준비가 된 궁병들이 자리를 잡고 있었다. 또 그의 말처럼 현재 데바람 인들이 딛고 선 저 땅은 에르크의 영역이 분명했다.

지스카르의 음성이 들렸다.

"심야에 소란을 피운 것은 내 직접 해명하지. 도망친 한 여인을 쫓고 있다. 그렇지만 우리의 문제이므로 더 자세한 건 일러주기 어렵소……."

"숫제 사정은 알 수 없으나 물러나주시길 명확히 하는 바입니다. 시국이 좋지 않은 만큼 만반의 준비가 되지 않은 상황에서의 도발은 좋지 않은 결과를 가져올 뿐인 것을 모르지는 않으실 분이시니."

홰 타는 소리가 동굴에 울려 퍼지는 물소리마냥 크게 들렸다. 잠시간의 정적은 급속도로 긴장감으로 전이되었다. 분명 밀러와 지스카르는 평화롭게 서로 그들의 뜻을 전하고 있었으나, 지스카르는 밀러의 경고와 실제로 그들에게 화살을 겨누는 수많은 궁병들을 발견한 후에도 선뜻 발을 돌리지 않았다.

알렉시스는 이 사태가 몹시 더럽게 끝나거나, 최소한 쉽게 끝나지 않으리라는 것을 예감했다.

"오늘 하루만 양해를 구하지."

지스카르가 한 걸음 더 다가왔다. 그의 주위로 병사들의 발소리가 끊이질 않았다.

"……내부 상황이라 하셨습니다만 상황이 상황이니 염치 불구하고 묻겠습니다. 누굴 쫓으시는 겁니까? 위험인물입니까?"

"아니."

"죄인입니까?"

"참견 말고 비켜."

"카르시타의 경계를 넘어오셨으면서도 공격은 원치 않는다 하시니, 이 정도는 알 권리가 있다 봅니다만. 그녀를 찾아 어찌하실 겁니까?"

순간 지스카르의 숨이 멎는 소리가 알렉시스의 귀에까지 들리는 듯했다.

밀러가 확고히 덧붙였다.

“한 걸음만 더 넘어오시면 약속드리건대 화살 받이가 되실 겁니다.”

“쇼하인.”

“물러나십시오. 오늘은 저도 일을 더 이상 키우고 싶지 않으니.”

경고에 이를 부득부득 갈던 지스카르는 그에게로 겨누어진 수십 대의 화살들을 응시했다. 그는 신경질적이고 날카로운 음성으로 소리쳤다.

“……진영으로.”

지스카르가 밀러에게 덧붙였다.

“조만간 보지.”

알렉시스는 숨죽인 채 그들의 음성을 듣고 있었다. 위압적인 발소리가 풀숲 너머로 점차 멀어졌다. 밀러는 지스카르의 뒷모습이 시야에서 사라질 때까지도 경계를 늦추지 않고 망부석처럼 서 있었다. 알렉시스는 한숨 돌린 것을 깨닫고 아예 벌렁 누워버렸다.

숨통이 좀 트이고 나니 살 것 같았다. 진짜 큰일 나는 줄 알았다.

“나오십시오, 알렉시스 님.”

알렉시스가 제르를 안고 일어서자 밀러가 급히 다가와 그의 팔을 끌었다. 아스난이 혼절한 제르를 발견하고 놀란 사람처럼 팔을 뻗었다. 꽉 그녀를 안고 있던 알렉시스가 마지못해 제르를 아스난에게 넘겼다. 아스난은 제르의 맥과 숨을 확인한 후 급히 돌아갔다.

“무슨 일을 벌이고 다니시는 겁니까? 지스카르 총사도 대충 눈치 채고 있었을 겁니다. 그리고 어떻게 제르 님을.”

문득 정신이 든 알렉시스가 놓치지 않고 물었다.

“내가 할 말이야. 어떻게 저 여자가 여기 있나? 헤센 경.”

“자세한 설명은 들어가서 해드리겠습니다, 알렉시스 님. 베이하크 백과 사령 본부 간부들의 눈을 속이느라 고초를 겪고 있을 부관들을 위해서라도 바삐 움직여주셨으면 합니다. 일을 키울 수는 없어서, 긴급 모의 훈련을 지시하고 나온 터입니다.”

“모의 훈련이라니. 잠복한 병사들은?”

“다 거짓말이지요.”

“……어째 너도 점점 쇼하인 공을 닮아가는 것 같단 말야, 밀러.”

“과찬이십니다.”

‘능구렁이 같다는 거야.’ 하고 쏘아주려던 알렉시스는 힘 빠진 기분에 긴 숨을 내켰다. 제르가 대체 왜 이곳에. 그리고 밀러는 대체 왜 저런 모호한 태도를 보이는 건가.

“일단, 필요한 설명은 들어가서 드리겠습니다.”

밀러는 그 말을 끝으로 입을 닫았다.

집무실로 돌아온 밀러는 진이 빠지는 기분에 의자에 앉아 조용히 눈을 감았다. 참으로 기이한 인연이고, 여인이었다.

그녀의 방문으로 인해 떠오른 묘한 추억을 미처 헤아리기도 전에, 이런 큰 사고를 저지른 걸 비난하는 것은 아니었다. 그는 제르가 원래 범상하지 않은 여자란 걸 알고 있었고, 어쩌면 죄의식도 가지고 있다. 쑥 꺼진 제 배를 움켜쥐고 웅크린 여자의 얼굴을 기억하는 그로서는 감히 당치 않은 동정심을 가지고 있다 해도 옳았다.

또한 한때 독살을 당할 뻔한 그를 살린 것이 제르였으므로, 밀러는 그녀를 은인이라 생각하기도 했다. 그것은 약 2년쯤 전, 그녀가 카르시타로 도망치며 시작된 그와 그녀만의 작은 이야기였다. 제대로 된 재회의 인사조차 할 수 없고, 또 그럴 만한 사이도 아니지만 그들은 나름대로의 판단으로 서로를 존중했다. 물론, 마찬가지로 중요하지 않은 이야기다.

오늘 일로 인해 벌어진 현실적 문제가 골치가 아팠다. 야밤의 이 뜬금없는 모의 훈련에 대한 걸 다른 이들에게 어찌 납득시키느냐 하는 것이었다. 그건 그 상황에서 취할 수 있는 최선의 선택이었지만, 다른 이들을 납득시키기 위해서는 제르와 알렉시스의 이야기를 그들에게 설명해야 했다.

그러나 지금 가장 가까운, 큰 문제는 알렉시스였다.

곧 알렉시스가 찾아올 것이다. 밀러가 고민 끝에 눈을 감았다. 알렉시스가 캐물을 것이 두려운 건 아니었다. 그러나 그녀가 화를 낼까 두렵다. 섣불리 무언가를 말했다가 그녀의 불쾌감을 사게 될 것이 꺼려졌다.

밀러가 고개를 돌려 창 밖을 바라보니 깊어진 새벽은 심연으로 가라앉고, 해가 떠오를 시간이 되어가고 있었다.

곧, 노크 소리가 들렸다. 알렉시스였다.

"들어가지."

"……오십시오."

밀러가 몸을 일으켜 그를 맞았다.

자리에 앉아 한참이나 뜸을 들이던 밀러는 불편한 침묵 끝에 운을

뗐다.
“아까 알렉시스 님이 보호하신 그분은, 카르시타로 망명하신.”
“제이하이라는 것은 이미 알고 있어, 밀러. 그보다 난 네가 그녀를 어떻게 알고, 어째서 에르크에 군인이 아닌 이가 머물렀음에도 레피스나 내가 알지 못했다는 게 이해하기가 어렵군.”
“그분께서 그리 해주길 바라셨습니다.”
“암행을 원했나?”
“예.”
알렉시스는 불같이 화를 내기 시작했다.
“그래서 너는 우리에게 일언반구도 하지 않았다는 거냐? 대체 언제부터……!”
“그분은 알렉시스 님께서 이곳에 도착한 나흘 후 도착하셨습니다.”
알렉시스의 표정이 일그러졌다. 그가 아는 밀러는 이런 식의 융통성을 발휘할 만한 위인이 아니었다. 사단 전체에 긴급 모의 훈련이라는 등의 말도 안 되는 짓거리를 시행하면서까지, 자신과 레피스에게 고의적으로 보고를 누락한다는 건 이례적이었다.
알렉시스는 애써 노여움을 가라앉혔다.
“어찌 된 상황인지 나를 납득시켜라.”
“에드하인다의 엘보르트 경이 자정이 조금 넘은 시각에 저를 찾아오셨습니다. 아실지 모르겠습니다만, 에드하인다는…….”
“알아. 제이하이를 따르지.”
“엘보르트 경은 그분이 사라지신 것을 알고서 제게 찾아오셨습니다. 상황은 급박했습니다. 어찌 된 영문인지 알 것 같기도 해 제가 직접 움직이기로 했습니다. 그래서 몰래 근방을 수색하던 도중 숲 쪽이

유난히 소란스럽고 불길로 밝아 아까와 같은 상황을 맞은 것입니다."

알렉시스가 수상하다는 듯 밀러를 바라보았다.

"넌 제르와 어떻게 알지?"

밀러가 알렉시스를 향해 깊은 녹빛 눈동자를 고정시켰다. 그는 잠시 입술을 떨었다가 천천히 운을 뗐다.

"……예. 2년여 전쯤 면식이 있었습니다."

"어떻게 만났지?"

"자세한 것은 말씀드리기가 면괴합니다."

딱 자르는 밀러의 태도에 알렉시스가 표정을 굳혔다.

"……그렇다면 헤센 경, 질문을 바꾸지. 자네가 멋대로 사단을 차출해 일을 덮으려고 할 만큼 제르의 비밀이 중요했나?"

밀러는 무례라는 것을 알고도 무리하게 그의 시선을 피해 미간을 눌렀다.

생각을 고르고 골라도 알렉시스에겐 진실 이외의 모든 것은 변명일 뿐이었다. 그는 한참이나 뜸을 들인 후 겨우 말을 이었다.

"은원관계…… 라고 생각해주십시오."

말미에 힘이 들어가 있었다. 더는 말하지 않겠다는 의지가 역력했다.

알렉시스가 못내 언짢은 표정을 감추지 않은 채로 화두를 돌렸다.

"지스카르 헨솔, 그 자식이었지."

그놈은 분명 위험한 놈이었다. 미친놈 같기도 했다.

"지난 몇 개월간 크고 작은 전투 중 두어 번 마주한 적이 있습니다. 사소한 이유 때문이었습니다만, 그는 충분히 합리적이고 현실적인 사람입니다. 오늘처럼 이런 어처구니없는 행동을 할 만한 이는 아니라

고…….”

“그런데도, 했지.”

알렉시스가 서늘히 말을 맺었다. ‘제르 때문에.’라는 뒷말은 구태여 하지 않아도 알았을 것이다.

“……일단 상황이 안팎으로 좋지 않으니 이 사건은 단순한 사고로 넘기는 편이 나을 것 같습니다.”

말꼬리를 흐리는 것과는 다르게 밀러의 표정은 단호했다.

“……얄미운 녀석.”

알렉시스가 뱁새처럼 눈을 흘겼다.

아스난과 테일런의 목소리가 두런두런 들렸다. 대화라기보단 일방적인 질책과 힐난이었다. 막 정신을 차린 제르는 멍하니 귓가를 둥둥 떠도는 그들의 음성을 흘려들었다. 어떻게 된 건지, 어떻게 이곳까지 돌아온 건지 알아야 했다. 그녀가 몸을 일으켜 침대 밖으로 발을 내딛었다. 발바닥이 땅에 닿는 순간 전신을 관통하는 통증에 그녀는 몸을 웅크렸다.

“으읏……!”

“주군, 일어나셨습니까. 아직 누워 계셔야…….”

테일런을 잡아먹을 기세로 힐책하던 아스난이 먼저 그녀를 발견하고 다가왔다. 제르는 자신을 부축하려는 그의 손을 뿌리치고 어정쩡하게 침대에 걸터앉았다. 테일런은 그저 죄인마냥 고개만 떨구고 있었다. 이렇게 될 줄 몰랐기에 테일런에게 미안한 마음도 조금은 있었다. 담담하니 파리한 안색의 테일런을 물끄러미 보던 그녀가 신경질적으로 엉킨 머리칼을 쓸어 넘기며 물었다.

말라 갈라진 목소리가 흘러나왔다.

"어찌 된 일이야."

"……어젯밤 헤센 경이 일대 수색을 해서 주군을 찾을 수 있었습니다."

아스난의 목소리는 언뜻 화가 난 듯도 했다. 그러건 말건 제르는 막연한 기억을 더듬었다.

어제 일이 꿈 같았다.

"클로이스 경이 주군의 명을 받은 건 알겠습니다만 처벌을 면치는 못할 겁니다. 당분간 클로이스 경은 근신입니다."

"그러지 마."

"이번엔 그래도 적시에 발견되어 다행이었습니다. 예전부터 주군은 그리 함부로 나다니시는 경향이 있었습니다. 이번에 확실히 해두겠습니다. 퀸시오에서도 찬 바닥에 쓰러져 계신 걸 성으로 모셔왔던 적이 있었지요. 기억나십니까. 그리고 이번엔 국경에서, 그것도 언제 전쟁이 날지 모르는 위험 지대에서 그리 또 홀로 돌아다니다 정신을 잃으셨습니다. 도대체가 주군은……."

"잘못했으니, 화 내지 말게."

에? 화를 간신히 참아내던 아스난은 느닷없는 그녀의 사과에 말을 멈췄다. 그러고는 그가 할 수 있는 한 최고의 바보 같은 소리를 냈다.

"뭐라고요?"

"내가 잘못했다고. 이리 될 줄 몰랐어. 클로이스 경의 잘못이 아니니 저치를 탓하는 것도 그만두고. 그나저나 내 발이."

아스난과 테일런에게서 시선을 거둔 제르는 뚱한 얼굴로 상처투성이가 된 발을 내려다보았다. 기절해 있는 사이에 치료를 마친 건지 붕대가 감겨 있었는데, 피로 군데군데 벌건 물이 들어 있었다.

제르는 발에 힘을 주려다가 포기했다. 걸을 수가 없었다.

'빌어먹을.'

이윽고 통증과 함께 자신을 미친 듯이 부르던 누군가의 목소리가 덧씌워졌다.

워낙 경황이 없었던지라 제대로 기억조차 나지 않았지만 들어본 적 있는 목소리였던 것 같다.

"나가 있어. 한숨 더 자야겠다."

그때까지도 제르의 사과에 얼떨떨한 표정을 짓던 아스난이 황급히 낯빛을 갈무리했다.

"……한동안 거동이 불편하실지 모르니, 목발이나…… 앉아 모실 수 있도록 장비를 찾아보겠습니다."

"그래. 알아서 해. 테일런 너도 나가 있어."

아스난의 따가운 눈총에 시무룩한 얼굴을 하고 있던 테일런이 먼저 고개를 숙이고 나갔다. 아스난은 나가기 전까지도 잔소리를 그칠 줄 몰랐다.

"또 어디 도망가시려거든 다음부터는 경고라도 주십시오."

"이 발로 어딜 간다고. 설마 내가 기어서라도 나갈까 봐."

"예."정 없는 녀석. 단칼에 떨어진 그의 대답에 제르가 입술을 찡그리다 마지못해 손을 덧없이 흔들었다.

"알았어. 알았다고."

아스난이 물러났다.

한숨 잔다고는 했지만 사실 잠이 오는 건 아니었다. 오히려 정신은 여느 때보다도 맑았다. 지난밤의 꿈 같은 기억을 차근차근 되짚던 그녀는 불쑥 자신을 끌어다 숨겼던 남자의 악력을 떠올렸다. 정신없는 와중이라 제대로 보지는 못했지만 제 안위를 묻던 음성이 익숙했다.

그마저 꿈이었나.

공포에 삼켜진 기억이 실제와 혼재되어 무엇도 믿기 어려웠다. 제르는 몸을 동글게 만 채로 이불을 끌어당겨 안았다. 자신을 부르던 이는 누구였고, 구해준 이는 누구였나. 둘 다 누구인지 알 것 같으면서도 모르겠다. 납득하기가 어려운 답을 눈앞에 둔 기분이었다.

곧 문 앞이 약간 부산해지는 소리가 났다. 제르는 잠든 체 눈을 감고 꿈쩍도 않았다. 아스난이 또 들어와 잔소리를 하는 것도 사양이고, 사태를 이 지경으로 만든 피해가 고스란히 테일런에게 향할 것을 알아 미안해서 얼굴 보기가 껄끄러웠다. 답지 않은 죄의식이었다.

누군가의 걸음소리가 자박자박 가까워지고 있었다. 제르는 상념에 잠겨 있었다.

국경. 이곳은 데바람과 맞닿은 어느 시골의 국경이었다. 그러고 보니 밀러도 많이 놀랐을 터였다.

숨죽인 발소리가 들리다 멈추었다. 방문자에 그리 큰 신경을 두지 않았던 터라, 그녀는 계속 깊은 생각 속에 머물렀다. 그러다 문득 이상하리만치 조용한 인기척에 그녀가 흘깃 고개를 돌렸다.

'……?'

그녀의 시야로, 쭉 뻗은 남자의 다리가 가장 먼저 보였다. 갑옷 차림은 결코 아니었다. 그녀가 반사적으로 고개를 돌렸다. 그였다.

제르는 자연스럽게 양팔로 침대를 누르고 상체를 일으켜 지탱했다.

그녀의 눈동자가 예상치 못한 조우에 잘게 흔들렸다.

알렉시스.

솔직하게, 만나고 싶지 않았던 사람이었다. 의식적으로 지워내려 했던 남자였다.

그럴 수밖에. 그는 자신을 속인 적이다.

"정신이 들었네."

알렉시스는 그리 말하며 자연스레 그녀의 침대 옆에 걸터앉았다. 그의 손끝이 상처투성이가 된 그녀의 가늘고 하얀 다리를 딱한 듯 훑다가, 이내 이불을 덮어 가렸다.

"여기서 또 볼 줄 몰랐어. 그렇지?"

그래, 지난밤 제 안위를 물어주던 그 남자가 이 남자였다. 인정하고 싶지 않았지만 이이가 자신을 살렸다. 어째서 그 순간, 그 찰나에 그 자리에 있었는지 의문스러웠지만 묻고 싶지는 않았다. 말문이 막혀서, 사실 아무 말도 하지 못할 것 같았다.

제르가 느리게 눈을 깜빡였다. 알렉시스는, 그런 사람이었다. 기이할 정도로 어디에나 있는 사람. 퀸시오에서 그랬듯 엘올라에서도 그랬다. 그러니 에르크에서 그를 만났다는 게 특별하게 느껴지지 않는 것도 사실이었다.

그러나 역시, 만나고 싶지 않은 사람이었다. 제르는 그와 함께 즈려밟았던 꽃길 위로 흘려보냈던 것들을 후회했다. 경계심을 흘려보내고, 싫은 마음을 떨어뜨리고, 불안함을 내려놓았던 그 순간들이 배신으로 돌아왔을 때의 공허함. 그건 다시는 겪고 싶지 않은 정신적인 폭행 중 하나였다.

그를 향해 복배하던, 들불처럼 번져나가던 엘올라의 평민들의 모습이 잠시 겹쳐졌다가, 씁쓸하게 멀어지는 그의 처연한 적주홍의 눈동자가 다시 한 번 떠올랐다.

봄의 조각들이 흐드러지게 떨어지던 날, 그와 자신은 완벽한 타인이 되었어야 했다.

"아보인 영애의 이야기는 들었어. 고맙다, 고 인사하고 싶었다."

제르가 간신히 말을 뱉었다.

"그래."

알렉시스는 시선을 피하는 그녀를 물끄러미 응시하다가 천천히 손을 뻗었다. 제르가 화들짝 놀라자 그가 어색한 미소로 살짝 손가락을 말아 쥐며 손을 거두었다.

"상처가 많이 심한지 보려고 했어. 밀러와 아는 사이라던데……."

"……."

"넌 왜 볼 때마다 항상 무슨 일이 있는 거야."

"……."

"신경 안 쓰고 싶어도 안 쓸 수가 없는 여자라니까."

그가 덮어준 이불이 따뜻했다. 꼭 그만큼 누군가가 목을 쥐고 있는 것처럼 목울대가 아팠다. 늘 쉽기만 하던 꺼지라거나, 나가라거나 하는 말이 유달리 따갑게 목구멍에 박혀 있었다. 알렉시스가 나지막이 한숨 어린 음성으로 물었다.

"이제 상대도 하지 않으려고?"

제르는 그가 제풀에 지쳐 나가기를 기대했다. 긍정도, 부정도 지금 당장은 그녀가 감당할 몫이 아니었다. 그러나 그는 포기하지 않았다. 그리고 그녀의 관심을 받는 데 성공하지 않을 수 없는 한 마디를 덧이었다.

“누구의 무덤이었어?”

제르가 화들짝 놀라며 그를 돌아보았다.

“……뭐?”

“그, 뤼민느라는 사람?”

……네가 그 이름을 어찌.

제르의 입술이 작게 열렸다. 신음 같은 숨이 대답을 대신했다. 미간이 딩하니 울리는 기분에 제르가 입술을 그러 물었다.

“지스카르 헨솔이랑은 어떻게 아는 사이야?”

촌철 같은 마지막 물음에 제르는 완벽하게 침묵 속으로 빠져들었다. 그저 멍하니, 연거푸 귀에 박히는 음성을 새기고 새기고, 곱씹고 곱씹을 뿐이었다.

알렉시스는 한참을 그녀의 입이 열리기를 기다리다가, 결국 빈 대답을 안고 돌아갔다.

“……제이하이, 그럼 몸조리 하십시오.”

처음엔 자신이 잘못 들었나 싶었다. 가슴께가 꽉 막힌 듯 먹먹해 그녀는 스스로를 가누기 위해 얼굴을 덮고 깊이 숨을 골랐다. 제르는 그대로 침대 위로 무너져 엎드렸다.

‘제르.’

그게 지스카르였다.

제르는 배 속이 간지러운 헛웃음을 참기 위해 몸을 웅크린 채 입가를 떨었다.

지스카르였어. 지스카르 헨솔이 그리도 절박하게 자신을 찾고 있었던 거였다. 제가 필요해 그리 매달릴 때는 시선조차 주지 않았던 자가. 뇌리 한편으로 치워두었던 기억들이 물밀 듯 밀려드는 것을 감당할 재간이 없었다.

그녀는 곧 아스난이 가지고 돌아온 목발에 몸을 맡기고 움직였다. 지스카르가 지척에 있다는 것을 알았다면, 그녀가 해야 할 일은 하나뿐이었다. 엔사의 무덤도 돌아보고 왔다. 소기의 목적을 다한 이상 이곳에 더 이상 남아 있을 필요가 없었다.

이곳은 그녀가 있을 곳이 아니었다.

이른 아침부터 찾아온 제르를 발견한 밀러는 적잖이 곤혹스러운 얼굴이었다.

"이리 바로 돌아가시려는 겁니까?"

"그편이 피차 좋겠지요."

제르의 창백한 낯빛이 걱정스러워 밀러의 표정도 좋지 않았다. 그녀가 빠르게 돌아가면 돌아갈수록 신경 쓸 일이 사라지니 그로서도 나쁠 건 없었지만, 그녀의 몸 상태가 심히 걱정스러웠다. 그녀는 예전부터 몸이 몹시 약했다.

"조금 더 쉬었다 가심이."

"아니. 내일 바로 떠나겠습니다. 폐 끼쳤습니다."

그 말에 밀러가 고개를 저었다. 제르는 무언가를 더 말할 듯 입술을 벌렸다가 닫았다가 하며 침묵했다. 밀러는 참을성 있게 그녀의 침묵을 인내했다.

그러나 제르는 더 말을 잇는 대신 차분히 시선을 내린 후 일어섰다.

"사담이 너무 많았군요. 그럼 일어나겠습니다."

"저야말로 피곤하신 분을 붙들고 괜한 이야기를 늘어놓았습니다."

밀러는 제르의 목발을 비스듬히 기울여주었다. 제르가 목발을 건네받고 급히 몸을 일으켰다. 무언가에 쫓기는 사람 같았다. 곧 아스난이 들어와 그녀의 거동을 도왔다. 제르는 뒤도 돌아보지 않고 밖으로 나갔다.

"준비는?"

"내일 아침까지 맞출 수 있습니다. 하지만 주군……."

제르는 계속해서 짓씹어 피멍이 든 입술을 오므렸다. 불안이 가실 줄 몰랐다.

"왜 갑자기 이리 급히."

"그래야 해."

"주군……?"

거의 강박적이었다. 아스난은 미처 낫지도 않은 몸으로 절뚝대면서도 결코 멈추지 않는 제르를 위태로운 눈빛으로 내려다보았다. 또 무슨 생각을 하고 있는 건지, 자그만 머릿속이 갖가지 것들로 복잡하게 엉켜 있는 것이 훤히 보이는데도.

"그럼 이제 바로 퀸시오로 돌아가실 겁니까?"

"그래. 바로, 퀸시오로 가자."

"이곳에서의 용무는 그럼 다 마무리하신 겁니까?"

"응. 그래. 그러니……."

제르는 마치 불안 증세에 시달리는 사람처럼 말이 빨랐다. 자세히 보니 식은땀도 흘리고 있었다. 그녀는 인적 드문 사령 본부 뒷길을 가로질러, 그들이 머무는 별채에 이를 때까지도 몹시도 초조한 사람처럼 굴었다. 두 번이나 계단을 헛디뎌 넘어질 뻔해 결국 아스난이 그녀의 어깨를 세심히 붙잡아주어야 할 만큼이었다.

계단이 많았다. 아스난이 그녀가 혹 미끄러질까 우려하는 사람처럼 조심스레 뒤따랐다. 계단의 끝에 이르자 복도 저편에 그녀의 방이 보였다. 그녀의 방 앞에서는 보초가 의자에 앉아 있었다.

늘 저 역할은 테일런이었다.

"그러고 보니 클로이스 경은?"

"근신 중입니다."

"그 녀석 잘못이 아니래도."

"주군께서 잘못되실 수도 있는 일이었습니다."

적어도 테일런에 관해서만큼은 아스난은 확고한 의견이었다. 제르는 더 말다툼하고 싶지 않은 듯 긴 한숨을 내쉬며 고개를 돌렸다.

전적이 있으니 그의 마음이 이해가 가지 않는 것도 아니지만 답답하긴 마찬가지였다. 보초병은 의자에 엉덩이를 붙이고 앉아 있었는데 졸기라도 하는지 축 늘어진 모양새였다. 제르가 투덜거렸다.

"경비를 세워놔도 저 모양이면 없는 것만 못하지 않아?"

"제대로 버릇을 고쳐놓지요."

"칫."

제르의 투덜거림을 이젠 제법 뻔뻔하게 받아칠 만큼 익숙해진 아스난은 그녀의 콧방귀를 못 들은 체했다. 느린 제르의 걸음에 맞추어 걷던 아스난이 돌연 손에 힘을 주어 제르를 멈춰 세웠다. 깜짝 놀라 뒷걸음질 하려던 제르가 어찌할 수 없을 만큼 강한 힘이었다.

"무, 무슨……. 갑자기 왜!"

"쉿. 움직이지 마십시오."

그의 목소리가 심상찮게 깔렸다. 그제야 제르는 뭔가 이상한 것을 느꼈다.

제르는 눈살을 찡그리며 제 방의 반쯤 열린 문을 응시했다. 그리고

그 옆에 앉아 있는 보초병에게로 시선을 옮겼다. 보초병의 얼굴이 잔인하게 목 뒤로 돌아가 있었다.

등골을 후비는 한기에 제르가 몸을 움츠렸다. 아스난이 그녀의 앞을 막아 선 후 주위를 둘러보았다. 인기척 하나 없는 복도. 보초는 잔인하게 살해당했다. 머릿속이 순식간에 어지러워졌다.

검을 빼어든 아스난이 천천히 다가가 제르의 방문을 조심스레 밀었다. 끼이이익. 아주 자그마한, 소름 끼치는 소리가 났다. 그의 갈색 눈동자가 재빠르게 상황을 살폈다. 제르의 방은 여전히 깨끗하고 한 점 흐트러짐도 없었다. 창은 닫혀 있고, 흐트러진 것도 없었다. 좌우로 움직이던 눈동자가 이내 어느 한 점에 멈추었다. 제르의 침대 위에 누군가가 누워 웃고 있었다.

까만 머리의 까무잡잡한 피부를 한, 트란실 인이었다.

『안녕.』

제르가 납치당했다는 이야기는 순식간에 퍼져나갔다. 오후 무렵 식사 준비를 알리기 위해 별채로 찾아간 병사는 혼절한 아스난과 처참하게 죽어 있는 동료 병사를 각각 제르의 방 안과 방 밖에서 발견했고, 사령 본부에는 금세 비상이 걸렸다. 수색 결과 별채 뒤에 같은 방식으로 살해당한 것이 분명한 병사 셋이 더 있었다. 별채는 자주 쓰이지 않는 곳인지라 보안이 비교적 취약하다고는 하지만 이런 식으로 군사 살해를 하는 이가 나타날 줄은 몰랐다.

결국 네 명의 군사가 죽고, 두 명의 기사가 부상을 당했다. 하지만 그것보다 더 큰 문제는 카르시탄의 피랍이었다.

먼저 경계선 입구 언저리에서 암습당해 정신을 잃었던 견습 기사의 증언에 따르면 트란실 인으로 의심되는 여자라고 했다. 까만 머리에 까만 피부, 고동빛 눈동자, 거친 목소리. 그게 증언의 전부였다.

제르의 방에서 쓰러진 채 발견된 아스난이 정신을 차릴 때까지는 무엇도 단정 지을 수 없었다. 지금으로서는 아스난만이 이 사건의 실마리였다.

소식을 듣고 달려온 밀러는 이 말도 안 되는 소식에 침음했다. 여자 혼자서, 부상당해 목발을 짚고 다니는 여자를 소리 소문 없이 빼낸다는 건 몹시도 어려운 일이다. 혼자가 아니라면 공범이 있다는 말인데.

'설마.'

설마 지스카르인가. 아주 잠깐 그런 의심이 들었다. 사실 그건 거의 확신이었다. 데바람 발비라의 진영에서 지스카르의 주위를 맴도는 트란실 계집에 대한 이야기를 전해 들은 적이 있었다. 이번에 사령 본부 별채까지 숨어들어왔던 이가 그 계집이라면, 모든 이야기가 맞아떨어진다.

뒤늦게 소식을 듣고 달려온 레피스가 정신 잃은 아스난을 내려다보며 신음했다.

"이게 대체 무슨 날벼락 같은 소식입니까. 카르시탄이 왜 에르크에."

"그게 중요한 게 아닙니다. 피랍되신 것 같습니다."

레피스는 아직도 얼떨떨했다. 제이하이의 피랍 소식은 정말로 청천벽력처럼 뜬금없었다. 하지만 그는 금세 상황을 받아들였다.

"어찌하고 있습니까?"

"혹시 몰라 수색병들을 풀어두었으니 혹…… 운이 좋다면 발견할 수 있을지도 모릅니다. 그러나 최악의 상황도 생각해봐야 할 것 같습니다."

"트란실 인? 트란실이 개입된 건 아닐 테고."

"듣기로는 지스카르 헨솔이 데리고 다니는 트란실 여자가 한 명 있었습니다."

"지스카르 헨솔이 범인이라는 말입니까?"

"지금으로서는 뭐라 확답 드리기가 어렵군요."

애매하게 눙쳐 넘겼지만 밀러는 내심 확신했다. 데바람의 짓이었다. 바로 지지난 새벽의 일만 떠올려도 짐작하기 어렵지는 않았다. 하지만 문제는 만일 데바람 진영의 짓이라 해도 흔적 하나 남기지 않은 상황에서는 움직이기가 힘들었다. 그를 떠볼 수도, 대놓고 데바람에 싸움을 걸어 그들의 진영을 침략해 그녀를 되찾아올 수도 없었다. 바로 얼마 전에 오스와르 에반켈의 일로 긴장이 극에 달한 국경 지대였다. 조그마한 불씨라도 던진다면 바로 카르시타–데바람 전쟁이 일어날 것이 자명했고 밀러는 그 전쟁의 원인이 될 수 없었다.

레피스도 마찬가지로 참담한 얼굴이었다.

"정말, 카르시탄이 피랍된 게…… 확실한 겁니까?"

간절히 아니길 바라는 음성이었다.

"확실합니다."

밀러가 허투루 말하지는 않을 것이다. 이미 사병들은 경비를 강화하고 있고, 순찰병들 역시 근처를 엄히 단속하고 있었다. 그럼에도 그녀가 발견되지 않는다는 건 진짜로 피랍되었기 때문일 가능성이 컸다.

오, 맙소사. 맙소사. 레피스가 머리를 감싸며 신음했다. 카르시탄의 피랍은 보통 문제가 아니었다.

"침입자의 침입 경로에 대한 조사가 마무리되면 일러드리겠습니다. 그리고 당장은, 일단 엘보르트 경이 눈을 뜰 때를 기다리는 수밖에 없겠습니다만……. 올리비에 왕하는 괜찮으십니까?"

"알렉시스 님은 별일 없으시니 걱정하실 것 없습니다. 지금은 제이하이 왕하가 먼접니다."

"예. 혹시 모를 최악의 상황을 대비해주십시오, 베이하크."

절대 있어서는 안 되지만 만에 하나 있을 최악의 상황을 대비하라는 말이 불길했다.

레피스는 창백히 가라앉은 낯빛으로 주먹을 꾹 쥐었다. 제이하이…… 그 여자만 마주치면 일이 터진다는 생각을 떨칠 수가 없었다.

퀸시오 때는 우연이었지만 소블란이 일을 터뜨렸고 엘올라에서는 오스와르가, 그리고 이번에 에르크에서는…….

'아니, 애초에, 그 여자가 왜 여기에.'

뒤늦게 떠오르는 의문에 레피스가 눈을 가느다랗게 뜨고 아스난을 내려다보았다.

그때, 시기적절하게 아스난이 번쩍 눈을 떴다. 너무나도 돌발적이라 레피스가 깜짝 놀라 물러날 정도였다. 아스난은 벌떡 일어나 제 허리와 몸을 더듬기 시작했다.

밀러가 말했다.

"정신 드셨습니까. 검은 저쪽에 치워두었습니다."

"어찌…… 된……."

"제가 묻고 싶은 말입니다, 엘보르트 경."

곧 아스난이 뼈가 으스러진 것처럼 아픈 통증을 호소하는 뒷목을 움

켜쥐고 신음했다.

"주군은……."

"무슨 일이 있었는지 먼저 말하십시오."

『안녕?』

그 여자가 그리 인사한 후, 무슨 일이 있었나.

여자는 트란실의 여전사였다. 그것도 고도로 훈련받은 야생의 들짐승 같은 이였다. 살기로 그득한 눈빛에 아스난은 주저 없이 여자를 적으로 인식했다. 그리고, 여자와 짧은 난투를 벌였다. 그 과정에서 아스난은 여자의 어깨를 베었고, 그 여자는 제 목을…….

거기까지 떠올린 아스난이 선득한 감촉에 목울대를 매만졌다. 트란실 여자의 검 놀림은 거의 귀재의 수준이었다. 짧은 단도의 단점을 극복하고도 남을 기민함으로 그의 안쪽으로 파고든 여자의 검은, 분명 그의 목숨을 앗아갈 기회가 있었다.

제르가 나서지 않았더라면 자신은 죽은 목숨이었다.

'그에게 손대면, 넌 내 시체를 보게 될 거다. 지스카르가 그런 걸 원하지는 않을 거라 생각해.'

처음엔 무슨 말인지 몰랐지만, 이내 알게 되었다. 정체 모를 트란실인은 제르를 살려 데려가고 싶어 했고, 제르는 그걸 알고 있었다.

'네가 자살 시도를 하는 게 빠를까, 내가 이걸 죽이고 널 낚아채는 게 더 빠를까?'

'알고 싶으면 해봐.'

알고 있다 뿐인가, 그녀는 아주 담담히 받아들이는 사람처럼 보였다. 겉보기에는.

그러나 속에서 요동치는 불안까지 감출 수 없었다. 그녀는 분명 불안해 하고 있었다. 아닌 체해도 겁에 질려 있었다. 하지만 아스난이 미처 어찌 다음 행동을 취하기도 전, 날카로운 수도가 날아들어 그의 뒷목을 후려쳤다. 온 골이 울리는 통증이 전신을 강타하고 그 후로 기억이 없었다.

아스난이 제 텅 빈 양손을 내려다보았다. 치욕스러워 고개를 들 수가 없었다.

"상황을 보고해주십시오. 시간이 없으니."

밀러는 더 이상 말을 낭비하고 싶지 않은 사람처럼 다시 한 번 채근했다.

"사안이 사안이니 지체할 시간이 없습니다."

아스난이 가까스로 어지러운 머릿속을 정리했다.

"……지스카르, 라고 했습니다. 주군과 함께 밀러 경의 집무실에서 돌아간 후, 저는 방 앞에서 죽어 있는 보초병을 발견했습니다. 조심스레 방 안을 살피기 위해 문을 열자 그 여자가 있었습니다. 트란실 인이었습니다. 난투가 벌어졌고……."

죽을 뻔했다.

제르가 대신 가기로 선택하지 않았다면, 필경 자신은 죽었을 것이다.

아스난이 신음하며 머리를 감쌌다.

"주군께서는 트란실 여인의 요구에 응하신 것…… 같습니다."

"요구가 뭐였기에."

"……제게 손대지 않는 것에 대한 대가로…… 잡혀가시겠다는."

아스난은 침음성으로 말을 끊었다. 밀러도, 레피스도 당황스러운

얼굴이었다. 아스난은 입술을 꾹 닫은 채로 눈을 느리게 감았다 떴다. 가슴이 분노로 두근거렸다.

그는 정신을 잃기 전 가물가물하게 남은 마지막 울림을 곱씹었다.

'……네 탓이 아니야. 걱정 하지 마, 아스난.'

그래서 더 비참했다. 누구에게도 실토할 수 없는 그녀의 위로였다.

자신만큼이나 지스카르의 마음 역시 조급했던 모양이다. 트란실의 여자가 단신으로 그녀를 잡아가기 위해 찾아오리라는 것까지 예상한 건 아니었지만, 병사가 죽은 것을 본 순간 알았다. 지스카르다. 자신을 찾기 위해 그 여자는 사람까지 죽였다. 피할 수 없구나. 그녀는 판단했다. 그래서 무저항 항복을 했고, 그녀를 가뿐히 들쳐 업은 트란실의 여자는 거침없이 사령 본부를 빠져나왔다.

이런 길이 있었나 싶을 정도로 험준한 샛길을 헤쳐, 걷고 걸어 데바람의 둔영으로 들어갔다. 사람 하나를 들쳐 업고서 반나절을 걷고도 지친 기색 하나 없는 트란실의 여자를 막는 이는 없었다.

제르는 곧 어떤 막사로 안내되었다. 안내되었다기보다는 실어 날라졌다 해야 옳았지만 어쨌든. 그녀를 낡고 후줄근한 막사에 앉힌 트란실의 여자는 어깨를 풀며 연신 욕지거리를 지껄였다. 평소 신경질적인 사람이거나, 아니면 자신을 이곳에 데려온 게 마음에 들지 않는 모양이었다. 마이테는 제르의 다친 발을 툭툭 발끝으로 쳤다.

『생각보다 특별하진 않네. 생긴 것도 고만고만하고 대체 이런 계집애가 뭐…….』

『특별하지 않아서 실망했나?』

오는 내내 그녀의 불만을 참았던 제르가 결국 짜증스레 받아쳤다. 마이테가 의외란 기색을 비치더니 이내 입꼬리를 올리며 웃었다.

『오, 우리말을 하는 두 번째 데바람 사람이네. 근데 왜 여태까지 조용했어?』

『네가 귀찮게 할까 봐.』

『건방진 건 딱 지스칼 판박이군.』

제르는 건조한 눈으로 마이테를 쏘아보았다.

『근데 피부색 말고는 우리랑 좀 비슷한 것도 같고.』

마이테는 자신과 비슷하지만 확연히 다른 제르의 긴 까만 머리칼을 슥 쓸어 만져보더니, 갸웃갸웃했다. 제르가 신경질적으로 그녀의 손을 쳐냈다.

『치워라.』

『도도하기도 하셔라.』

무어라 더 빈정거릴 듯 입술을 열었던 마이테가 느릿느릿 일어나 막사 밖으로 나갔다. 적대적이지는 않았지만 호의적이지도 않은 이상한 여자였다. 제르는 침착을 가장한 얼굴로 그녀가 떠난 뒷모습을 노려보았다. 부질없는 일이었지만 화가 나 어쩔 수가 없었다. 그녀는 오는 길에 이곳저곳 할퀴어져 상처가 심해진 발을 감쌌다.

심장이 두근거리는 것을 애써 무시했다.

데바람의 땅. 낡은 막사 밖 곳곳에서 느껴지는 데바람 특유의 분위기가 그녀를 더욱 위축되게 했다. 거북스러움이 밀려왔다.

곧 보폭이 넓은 빠른 걸음 소리가 났다. 그건 제르가 앉아 있는 막사 앞에서 멈추었다. 제르는 절로 곤두서는 신경을 가라앉히며 옷자락을

쥐어 손바닥의 땀을 닦았다. 심장 소리가 자꾸만 커졌다. 이유도 없이 계속해서 쿵쿵거리는 심장 소리를 견디지 못한 제르가 눈을 감았다. 서서히 눈꺼풀을 들었다. 휘장이 걷히며, 이곳에 이르기까지 수십 번을 상상했던 과거가 그녀에게 다가왔다.

역광을 등진 남자의 목소리가 익숙했다.

휘장이 내려졌다. 지스카르의 얼굴을 마주한 순간, 울컥 무언가가 치밀었다. 기억 속의 모습보다 훨씬 남자다워진 그는, 오래전 그녀가 믿었던 유일한 데바람의 왕족이었다. 그리고 그녀를 벼랑 아래로 떠밀어버리고 도망친 폐태자. 오랜 추억이 그녀의 앞으로 파도처럼 떠밀려왔다.

그가 그리 떠난 후로 단 한순간도 잊은 적이 없었다. 경멸로, 혐오로, 증오로. 세상에 존재하는 모든 부정적인 감정으로.

"……오랜만입니다, 헨솔 님."

그의 이름을 불렀다.

쥬세와 베제스를 증오라는 단어로 대체한다면 지스카르는 원망이었다. 사실 그리 간단히 나누어 생각할 수 있는 문제는 아니지만 그녀는 어쩌면 쥬세와 베제스보다도 지스카르를 더 혐오했다. 그는 그녀를 산나까지 끌고 들어가 쥬세의 앞에 내던지고 도망친 악인이었다.

"놀랐겠구나. 미안하다. 마이테가 겁먹게 했나?"

놀랐다. 너와 이 자리에서 만나리라 생각지 못했기 때문에. 트란실 여자의 이름이 마이테인가. 짧게 그리 생각한 제르는 자조했다. 이미 저항 없이 그 여자에게 끌려오면서 알고 있었다. 목숨이 보장되어 있다는 것을 어찌 모를까. 지스카르 헨솔은 이미 수십 번 자신을 배반했던 그녀 앞의 죄인이었다.

그저 서로의 얼굴을 마주한 것만으로도 지난 수년이 그들 사이로 스쳐 지나고 있었다.

네가 감히 무슨 염치로.

잇새로 노기가 새어나왔다. 제르가 이를 갈며 그를 노려보았지만 지스카르는 개의하는 기색이 아니었다. 하기야 그에겐 지금 이 모든 것이 각본일지도 모를 일이다. 지스카르는 제르의 피투성이 발을 내려다보며 마치 제 아픔인 양 쓰라린 표정을 지었다.

"왜, 그리 도망쳤어."

"당신이 무슨 낯짝으로."

제르가 간신히 씹어 뱉듯 말했다. 목소리가 떨리고 있었다.

지스카르가 그녀에게 한 걸음 다가섰다.

"……잘, 아니, 잘은 아니겠지만 그래도 이리 보니 기쁘다."

제르는 무감동한 눈으로 지스카르를 바라보았다. 하지만 그녀의 무의식은 떨고 있었다. 제르는 두려움을 내비치지 않기 위해 이를 악물었다. 그래도 버틸 만하다. 그래도 지난밤과는 다르다.

그의 목소리에 쫓겨 심장이 터질듯 도망치던 그때야말로 지옥이었으니.

"상처, 봐도 되겠나?"

그의 한껏 낮은, 자상함을 빙자한 목소리에 제르가 사납게 발을 끌어다 치마 속으로 감추었다. 노골적인 거절에 마른 입술을 핥은 지스카르가 간격을 두고 물었다.

"어째서 네가 카르시타에 있는 거냐."

"베제스의 휘하로 들어갔다는 이야기가 자자한데, 데바람 왕실에

내 이야기일랑 없을까요."

반쯤 비꼬는 이야기였다. 지스카르는 침착하게 답했다.

"제르, 너에 관한 것은 떠났다는 이야기만 나도 어디선가 들었을 뿐이다. 베제스조차 알지 못할 만큼 꼭꼭 숨었더구나……. 물론 카르시타에 있을 것이란 추측을 하는 이가 많긴 했지만 정확한 걸 아는 이들은 없었어. 그래서."

하기야…… 오스와르 역시 엘올라에서 자신을 발견하곤 기뻐 날뛰지 않았나.

지스카르가 조심스럽게 그녀의 건너편에 앉았다.

"돌아와서 가장 먼저 너를 찾으려 했지만 내가 가진 단서라고는 네가 마지막으로 목격된 지역이 이곳 근처라는 것뿐이었다. 이곳에서…… 네 동생이 죽었다는 이야기를 듣고, 무덤이 있다는 말에 언젠가 네가 찾아오리라 여겼다. 그리고 네가 정말 왔구나."

"그런 이야기로 현혹하려 해도 소용없습니다, 헨솔 님."

지스카르의 어조가 푹신하게 부드러울수록 제르의 음성은 더욱 차게 식었다.

"네가 변한 것을 탓하지 않는다."

"헨솔 님과 제가 만나, 그 어떤 촌극을 보고 싶으셨기에 이리 백주대낮에 사람을 납치하였습니까. 제가 오길 기다리셨다? 얼마나 기다리셨는지요. 한 달? 두 달? 반년? 한 해? 나는 자그마치 수년을 당신을 기다렸습니다. 그래, 그랬어. 난."

독기 서린 눈빛에 지스카르가 입술을 닫았다. 제르는 한층 격앙된 음성으로 쏘아붙였다.

"쥬세가 두려워 벌벌 떨다 모든 걸 버리고 도망치지 않았습니까? 그런데 이제 와 쥬세가 뒈지고 나니."

거기까지 말한 제르가 신음하며 입술을 꾹 닫았다. 울분을 삭이기 위해 애쓰듯이. 그녀가 그리 독설을 퍼붓는데도 지스카르는 표정 하나 바뀌지 않은 채였다. 그저 담담히 그녀가 하는 한 마디 마디를 귀에 담는 얼굴처럼 보였다. 아니, 어쩌면 듣고 있지도 않은 사람처럼. 제르는 한순간 평정을 잃었다.

"당신도 베제스와 똑같아. 당신이야말로 내 일생 증오해 마지않을 개자식이야."

"……제르."

"누가 감히 제 이름을 불러도 좋다 했습니까?"

그가 조곤조곤 달래듯 부르는 투가 마치, 아주 오래전의 그처럼 다정했다. 잠깐 휩쓸리듯 기억에 잠겨 있던 제르의 얼굴에 진한 비웃음이 번졌다. 얼핏 절망처럼 깊고 어두운 미소였다.

"헨솔 님…… 아니, 헨솔. 나의 남편이 너의 아비였으니, 그리 부르는 것도 무례는 아니겠지요. 비록 총비였으나, 왕비의 자리에 오를 수도 있었으니까."

"……."

"그래, 말해봐라, 지스카르 헨솔. 왜 나를 이리 잡아 온 건지 말해. 이참에 추억팔이라도 해볼 심산인가? 너에겐 추억, 나에겐 악몽이었던 그 시간들?"

지스카르의 시선이 서서히 바닥으로 떨어졌다.

연무장에 처박혀 소일거리나 하고 있던 알렉시스는 설렁설렁 걸으며 병사의 보고를 들었다. 레피스의 심부름으로 온 병사는 알렉시스를 종종 쫓으며 그의 눈치를 살피고 있었다. 몸을 혹사해 간신히 바닥까지 곤두박질친 기분을 평소 수준까지 끌어올렸건만, 소식은 다시 그의 평온을 산산조각 낼 만한 말도 안 되는 이야기였다. 그가 입매를 일그러뜨렸다.

"기가 차는군. 트란실의 여인 하나를 잡지 못해서?"

알렉시스가 평이한 어조로 턱 아래로 흐르는 땀을 닦아내며 되물었다.

"예, 왕하. 지금 헤센 경께서 대책을 세우시는 것 같습니다. 발비라의 최고 사령관이 관여된 일인 것 같다 합니다."

알렉시스가 눈을 내리깔았다. 어쩐지 그래서 오늘 오후 내내 레피스가 코빼기도 비치지 않았던 모양이었다.

"카르시타의 기사라는 것들의 군기가 얼마나 빠졌으면."

노골적인 폄하였지만 병사도 그도 지나치다는 생각은 않았다. 상황이 어처구니없어도 너무 어처구니가 없었다. 제르가 피랍되었다. 국경 사령 본부에서 카르시탄이 납치를 당한다는 건 몹시도 치욕스러운 일이었다.

'지스카르 헨솔.'

대체 무슨 관계가 있는 걸까. 그러고 보면 제르는 오스와르 에반켈과도 구면이었다. 데바람 왕실과 관련된 이들과 연고가 있는 카르시탄이라. 전혀 불가능한 건 아니지만 이쯤 되면 그가 모르는 어떤 이유가 있다 여길 수밖에 없었다. 이윽고 잇따르는 의문에 알렉시스가 허공을 노려보았다.

'헌데 어째서 숙부는 그 여자한테 왕명을 하사하셨을까. 제이하이의 혈통이 맞긴 한가? 느닷없이 나타난 제이하이 종숙의 혈통이란 것부터가 수상했지. 대체 왜 데바람의 폐태자가 제르를 노리는데?'

제르가 입을 다물었을 때, 진득하니 앉아 캐물어야 했다.

하지만 그녀는 완전히 그를 차단했다. 그를 없는 사람처럼 멍하니. 마치 알렉시스는 그녀에게 죽은 사람이 된 것 같은 서글픔을 느꼈다. 그래도 조금 더 사정을 알아봤어야 했는데. 뒤늦은 후회에 그가 마른 세수 하듯 얼굴을 문질렀다.

'제르에게 어떤 정치적인 이점이 있어서? 카르시탄이라고는 하지만 퀸시오에 작은 봉토를 하나 가진 게 전부라고 아는데.'

머리가 뜨거웠다. 불쾌감이 온 전신을 휘돌았다.

'미치겠군.'

그가 간신히 침음을 삭이며 물었다.

"지금 취해진 조처는 뭔가."

"비상 경계령을 내리셨고, 헤센 경께서는 서신 한 통을 적 진영으로……."

"레피스는?"

"베이하크 경께서는 현재 왕도 군사들을 정비하고 계십니다. 아마 오늘 새벽 중 다시 한 번 논의를 하실 것 같습니다."

군사는 알렉시스를 향해 조심스레 설명했다. 카르시탄에게 카르시탄이 납치되었다는 소식을 알리는 건 몹시도 주의해야 할 일이었다. 사실 알렉시스는 현재 군사적 권한 없이 이곳을 방문한 상황이었지만 에르크의 국경 사령관인 밀러 헤센의 가문 쇼하인과 몹시도 가까운 사람이자 이곳에 있는 최고 계급자이기도 했다. 알렉시스는 그의 말이 끝나고도 한참 동안 말이 없다가 긴 한숨을 내쉬었다.

"그래. 알았다. 수고해."

그는 화를 낸다거나 하지 않고 느린 걸음으로 어딘가로 향했다.

"어, 어디 가십니까?"

군사가 반사적으로 물었다. 그 물음에 알렉시스가 퍽 미간을 찡그리며 장난처럼 되물었다.

"목욕하러. 왜, 따라올 테냐?"

제르의 사나운 일갈을 예상하지 못한 건 아니었다. 그러나 소문보다 훨씬 독해진 그녀의 반응을 눈으로 보는 것은 예상과는 또 다른 의미의 충격이었다. 지스카르는 달리 대꾸할 말을 찾지 못한 사람처럼 작게 입술을 벌렸다가 천천히 그녀의 앞에 고개를 조아렸다.

"그리 해, 그리 해서 전 데바람의 총비님의 기분이 풀린다면 못 할 것도 없지요."

"……참으로 관대해졌구나, 헨솔."

제르는 그의 덤덤한 반응에 도리어 흥미 잃은 사람처럼 서늘히 중얼거렸다. 또다시 불편한 침묵이 찾아왔다. 지스카르가 그녀의 얼굴을 마주 보며 다시 한 번 말했다.

"이런 말 할 자격이 없다는 것은 알지만 나는 약속을 지키기 위해 왔다, 제르. 네게 돌려주고 싶어서."

"……돌려줘?"

"내가 얼마나 어리석은지 나도 안다. 네가 그리 나를 힐난하지 않아도 나는 지금껏 나를 힐난하며 살았어."

"……돌려준다?"

"그래, 네가 샤말론을 지킬 수 있도록 도와주겠다고 했던 약속, 지켜주겠다는 약속, 너와 라헬과…… 엘지와 엔사를 그리……."

텅 빈 듯 검은 공허로 그를 향했던 제르의 눈빛에 순식간에 경멸이 차올랐다.

"네가 그 아이들의 이름을 입에 올려……!"

지스카르는 놀라지 않고 말을 이어나갔다.

"용서를 구하고 싶었다. 그때의 나는 너무 어리고 교만했다. 하지만 이제라도 네게, 다시 어린 시절 행복했던 데바람을 다시 돌려주고 싶어. 이미 늦었다고 해도 어떻게서든."

"……나를 외면했던 그날의 네 파렴치함이 혐오스럽거든, 나에게서 용서받고 싶거든 내가 잃은 것들을, 내 어린 시절을, 내 소중한 혈육을 저승에서 불러다 내게 안겨줘야 할 거다. 감히 네가 돌려준다는 것들, 이미 돌이킬 수 없는 곳으로 떠났는데 네가 뭐라고 그걸 돌려주겠다는 거짓 약조를 내세워! 네가 뭐라고……!"

제르의 비명 같은 고함에 지스카르의 입술이 꾹 다물렸다.

"이미 나는 나의…… 숨 하나 건사하는 것만으로도 벅차니, 네가 내게 데바람을 돌려준다 해도, 거절이다. 데바람으로 돌아가고 싶으냐고? 미쳤니? 내가 여전히 데바람의 사람으로 보이나? 난 너네가 싫어, 데바람을 증오해. 너를 죽을 때까지 저주할 거다. 네놈과 베제스와 이미 뒈져버린 쥬세를 찢어발기고 싶은 악심이 이 생명 꺼지기 전에 잊히지 않을까 두려운데. 그것을 안고 살아가기로 마음먹은 내게, 그런 삶을 선물해줬던 네가……! 제 아비에게 겁먹어 신의도, 약조도

다 내팽개치고 도망쳐버린 네가……!"

지스카르가 느리게 눈꺼풀을 닫았다 뜨며 말했다. 하염없이 겸허한 음조였다.

"시간은 나를 바꾸었다, 제르."

제르가 미친 듯이 웃었다. 미친 소리. 미친 소리!

그녀는 손에 잡히는 것, 모래 한 줌까지도 지스카르를 향해 내던졌다. 얼굴 위로 끼얹어진 모래와 자잘한 돌멩이들을 피하지 않고 고스란히 맞은 지스카르의 입술 사이로 긴 숨이 새어나왔다. 제르가 노기에 찬 말을 이었다.

"시간이 네게만 허락된 것이더냐?"

지스카르는 그녀가 난동을 부리는 바람에 다시 드러난 피투성이 발을 내려다보았다. 그가 조심스레 손을 뻗어 그녀의 발을 감쌌다.

"그래, 제르. 어차피 당장은 어려우리라고 생각했다. 나는…… 그저 무리해서라도 너를 만날 기회를 놓칠 수가 없었을 뿐이니까. 지금은."

제르가 그를 걷어차려 했지만 지스카르는 그것만큼은 완고했다. 맞는 것을 피하려 한다기보다 그녀의 발이 더 상할까 우려되었던 탓이었다.

그는 제르의 비명과 손찌검을 죄 감내하고도 굳게 그녀의 발목을 움켜쥔 채로 천천히 붕대를 풀었다. 벌겋게 벌어진 상처에서 피가 배어 나오고 있었다. 그는 이미 지저분해진 붕대를 내던지고, 곧 품 안에 가지고 있던 상아색 손수건을 꺼내어 그녀의 발 위로 감았다.

"하지 마! 이 개자식아!"

"이것만 묶고."

"하지 말라고……! 닿지 마! 닿지 말란 말이야!"

제르는 거의 경기를 일으킬 사람처럼 악다구니를 쳤다. 그러나 작정을 하고 잡은 사내의 손을 피할 수는 없었다. 지스카르가 그녀의 난동을 부리는 그녀의 다리를 힘주어 살짝 잡아당기는 순간 가까스로 버티고 앉아 있던 제르가 뒤로 나동그라졌다.

쿵쿵. 심장이 거세게 뛰었다. 순간 제르는 뇌리 한편에 숨어 있던 자그마한 기억을 열었다. 이런 일을 겪어본 적이 있었다. 아주 사소하지만, 숱한 기억 속의 하루였다. 사내가 도망치려는 그녀의 발목을 끌어당겨 붙잡는다. 거칠고 징그러운 손이 그녀의 치맛자락을 얼굴까지 덮어 올린다. 아무것도 보이지 않는 두려움 속에서 늙은이에게 범해지며 그녀는 고통 때문인지, 수치스러워서인지, 두려움 때문인지도 모른 채로 울었다. 몸부림을 치면 칠수록 더욱 세게 죄어드는 끔찍한 구속이었다.

혀가 얼어붙었다. 그녀는 숨을 들이켠 채로 몸을 떨었다. 조심스레 손수건을 매어 묶은 지스카르가 갑자기 조용해진 제르의 얼굴을 굽어보듯 내려다보았다. 그가 조심스레 그녀의 발목을 내려놓고 드레스 자락을 바르게 덮었다.

허공을 올려다보는 그녀의 눈에서 눈물이 떨어졌다.

"왜……."

대체 왜.

그때는 그리도 나를 외면하더니. 그녀가 몸을 웅크리고 엎드렸다.

지스카르가 소리 없이 우는 그녀의 얼굴을 피해 고개를 돌렸다.

"……제르."

"네 아비가 나를 강간했다."

선득하니 떨리는 음성이었다.

"당하고, 당하고, 당하고, 또 당해서 그저 이게 삶이구나 하고 미쳐 버릴 때까지."

지스카르는 침묵했다. 그 또한 모를 리 없는 이야기였다. 제 아비가 어떤 식으로 제르를 다루었는지 그는 오랜 시간 참고 지켜보았다. 참다가, 참다가 스스로가 망가져버리기 직전 그는 모든 것을 뒤로한 채 떠났다.

"네 아비가……!"

"제르."

"그러고도 성이 차지 않아 내 아이도 죽였다. 나 하나면 괜찮았어. 나는 버틸 수 있었다. 나는…… 나는 네가 생각한 것보다 강했어. 나는 버틸 수 있었어. 그런데 쥬세와 베제스와 테벤과 오스와르가 작당을 하고 패 죽이니 구할 재간이 없더구나. 시체를 배 속에 두어본 적이 있나? 얼마나 끔찍한 기분인지 넌 모를 거야. 시체. 죽은 것이다. 죽은 것을 배 속에 담고 있는 게 얼마나 끔찍한지, 그래. 그랬지. 그리고? 네 아비는 그 꼴을 보고도 성이 안 차 엔사를 겁간했다! 그러고도 성이 안 차 엘지를 죽였어! 그리고, 그리고……!"

제르가 고개를 치켜들고 그를 향해 마구 고함을 내질렀다. 말미는 거줌 숨이 떨려 말을 잇지도 못했다.

지스카르는 그녀의 입 밖으로 쏟아져 나오는 무거운 죄목들에 눈을 감아버렸다. 갈래갈래 갈라진 절규가 그의 귀청을 찢을 듯 파고들었다.

"그리고 네가 나를 네 아비에게 집어던졌지 않나!"

아마, 영원히. 용서받지 못할지도 모른다.

그런 두려움이 들었다.

지스카르는 한 손으로 얼굴을 덮었다. 제르의 우는 모습을 보고 있기가 버거웠다. 듣고 싶지 않았다. 자신이 내버리고 간 후의 이야기들, 그리하여 잃었다는 원망. 사실이기에 더욱더 피하고 싶었다.

지스카르가 떨리는 음성으로 애써 웃었다.

"……그래, 그러고 보니 네 사금 연주가 일품이었지. 아직도 네 실력은 훌륭하겠지?"

그리 쏟아내었는데, 참고 참았던 것들 다 내보였는데 저자는 여전히 도망자였다.

저자는.

여태까지의 울분이 다 거짓이었던 듯 말끔하게 씻겨나갔다. 그저 남은 것은 경멸과 원망과 혐오뿐이었다. 눈물이 멎었다. 제르는 아무렇지도 않은 사람처럼 몸을 바로 앉히고 서늘히 답했다.

"악기는 놓은 지 오래다."

"……그마저, 놓았나."

불편한 침묵이 다시 한 번 맴돌았다. 또 한 번, 둘 사이로 과거가 흐른다. 아마도 한때는 그는 왕이 되고, 그녀는 한 작은 땅의 영주로서, 혹은 누군가의 부인으로서 편안한 삶을 영위하며 돈독히 지낼 수 있었을지도 몰랐다. 그러나 결국은 한 사람은 폐태자가 되었고 한 명은 고향 땅과 모국을 버린 망명자가 되었다.

모진 세월이 그리도 거셌더라.

"기회가 되면 듣고 싶다."

"내 손가락을 다 잘라 가는 한이 있어도."

"그리 말하지 마, 제르. 미안하다. 듣고 싶다 하지 않을 테니 그런 말 하지 마. 그래도 네가 살아 있어 기쁘다. 네가 아무리 나를 거부한

다 해도 진심으로.”

지스카르의 음성이 잠깐 멈췄다 이어졌다.

“네가 살아 있어서 기쁘다. 진심으로. 또 진심으로 데바람 또한 바뀔 거다. 그러니…… 아니, 자세한 건 나중에 마저 이야기하자.”

제르는 표독스러운 눈빛으로 그를 노려보았다. 지스카르는 평소와 다를 바 없는 다정한 미소로 그녀의 시선에 화답한 후 몸을 일으켜 돌렸다.

때마침 막사 밖에서 인기척이 났다.

“지스카르 님, 에르크의 서신이 도착했습니다.”

지스카르의 시선이 잠깐 그녀에게로 향했다. 제르는 그의 시선을 피하지 않고 격렬히 맞받아쳤다. 얼마간 눈싸움이라도 하듯 그렇게 서로를 바라보던 두 사람의 시선은 지스카르의 패배로 어긋났다.

지스카르는 말없이 밖으로 나갔다.

그가 나가고도 바깥은 한참이나 소란스러웠다. 개중엔 언뜻 자신의 정체를 궁금해 하는 데바람 병사들의 목소리도 섞여 들어왔다.

제르는 발에 묶인 지스카르의 손수건을 멍한 얼굴로 응시하다가 이내 거칠게 풀어 던졌다. 데바람의 것은, 단 하나도 필요 없었다. 데바람의 것은 다 내버릴 수 있었다.

고향도, 추억도.

이 몸뚱이까지도.

레피스가 인상을 쓰며 말했다.

“무얼 노린 것일까요. 인질로 삼아 땅덩이라도 요구할까요? 현재로서 가장 최선의 방책은 교섭이고 그것이 실패할 경우에 선택할 수 있는 게 구출인데, 문제는 교섭에 사용할 만한 좋은 패가 없고, 구출 또한 국가 분쟁으로 이어지는 것은 물론 카르시탄을 위험에 빠지게 할 가능성이 있어 치밀한 계획과 대책 없이는 불가능합니다.”

아스난이 당장이라도 뛰쳐나갈 기세로 몸을 일으키다 휘청했다.

“주군의 구출에 제가 앞장서겠습니다.”

레피스가 딱딱하게 중얼거렸다.

“제 말은, 지금 당장 출전이 어렵다는 겁니다. 그 말은 지금 당장 구출도 불가능하단 말이고요, 엘보르트 경.”

아스난의 낯빛이 목이라도 졸린 사람처럼 일그러졌다. 제르가 그를 구하는 대가로 대신 그 여자와 동행했다고 했으니 이해 못 할 바는 아니었다. 그러나 분명 지금의 그는 현명하지 못했다. 밀러가 흥분한 아스난의 어깨를 천천히 잡아 침대 위로 누르며 단호히 말했다.

“제이하이께서 대신 포로가 되어 끌려가셨다니 엘보르트 경의 마음이 얼마나 어지러울지 헤아릴 만하지만 지금은 냉정한 판단이 필요할 때입니다.”

“대신 포로가 돼?”

문이 열리는 소리와 함께 젖은 머릴 수건으로 문지르는 붉은 머리의 남자가 모습을 드러냈다. 모두의 시선이 그에게로 쏠렸다. 물기가 덜 마른 붉은 머리칼을 보니 막 씻고 온 모양이었다. 다른 이들은 사태의 심각성에 끼니조차 때우지 못하고 뛰어다니는데, 참 태평하기 그지없었다.

알렉시스가 아스난을 눈으로 서늘하게 훑은 후 혼잣말했다.

"다들 꽁무니에 불붙은 사람마냥 안색이 말이 아닌데. 듣자하니 치욕스러운 사건이 생겼다 들었는데 내가 들은 게 사실이라면 참……."

알렉시스가 적주홍 눈동자로 그윽하게 방 안의 사람들을 갈마보았다. 이윽고 그의 입가에 조롱 같은 미소가 번졌다.

"참…… 뭐 됐고. 자, 그럼 다들 하던 이야기마저 끝내야 하지 않겠나."

밀러는 알렉시스의 언사에도 언짢은 기색 없이 차분한 어조로 말을 이었다.

"적으로부터 내일까지 회답이 오지 않을 경우를 가정하겠습니다. 만일 카르시탄의 목숨을 담보로 협박이라도 하는 사태가 벌어질 경우…… 가급적이면 유혈 사태가 없길 바라지만 최악의 상황, 무력을 동원해야 하는 사태에 이를 수 있습니다. 물론 무슨 일이 생기더라도 카르시탄은 무사히 지켜져야 합니다. 적 진영에 잠입해 있던 이들로부터 꾸준히 얻어온 정보들로도 적잖이 구체적인 그들의 상황을 파악할 수 있으니, 준비만 철저하다면 순식간에 그들을 압도할 수 있을 겁니다. 엘보르트 경의 말에 따르면 적의 총사는 어떤 이유에서인지 카르시탄을 무리해서까지 데리고 가고 싶어 하였다 하니…… 그들의 목적이 달성될 때까지 카르시탄에게 변고는 없으리라 여깁니다. 물론, 그렇다고 시간 여유가 많은 것 또한 아닙니다."

분위기는 한없이 무거웠다. 아스난의 얼굴은 밀러의 말이 길어질수록 짓이겨진 사람처럼 더욱더 참담히 일그러졌다. 레피스도 딱히 묘안이 떠오르지 않아 별 도리 없이 침묵하는 와중, 알렉시스가 고개를 갸우뚱하며 되물었다.

"지금 밀러의 말을 내가 제대로 이해한 게 맞나? 교섭이 실패할 가능성이 크다는 건 알겠다마는, 어째서 전제가 최악의 상황이야? 전쟁 이야기는 차치하지. 자칫하다간 누스말 전쟁 때처럼 일이 커질 수가 있다고. 전쟁이 잦아지면 데바람도 데바람이지만 우리도 좋을 일이 없어. 경솔한 선택은 피를 부르는 법이야."

따끔한 충고였지만 현실적이지는 않았다. 불측의 교섭을 제외하면 남는 수단이라고는 무력뿐이었다.

알렉시스는 느릿느릿 말을 계속했다.

"가뜩이나 위태로운 상황에서…… 정확한 증거도 없이 무턱대고 내놓으라 하면 저쪽은 모르는 일이라 잡아떼면 그만이겠지. 교섭 같은 건 정말 쓸데없는 분란만 조장하는 짓이야. 엘올라에서 데바람 사절들이 살해당한 게 미처 한 달도 되지 않은 시점이라는 것을 다들 잊은 건 아닌가?"

"제 귀로 똑똑히 들었습니다. 심증이 아닙니다."

아스난이 노골적인 반기를 드러내며 으르렁거렸다. 그의 눈빛은 노여움으로 불타고 있었다. 알렉시스는 그의 온몸이 내비치는 불안을 읽어내고는 고개를 절레절레 저었다.

하지만 비관적인 태도를 꺾지는 않았다.

"그러면 물증이 있나? 데바람의 지스카르가 먼저 문제를 일으켰다는 것을 증명해보게. 에드하인다, 자네가 증인이라 주장하는 게 증거의 전부라면 난 자네에게 몹시 실망할 것 같은데."

레피스가 생각하기에도 지금 알렉시스의 발언은 지나쳤다. 아무 이유 없이 저런 비관적인 말을 늘어놓을 리는 없는데, 무슨 꿍꿍이로 저러는 건지 짐작이 가지 않았다.

“알렉시스 님, 하지만…….”

“하지만은 무슨 하지만. 언제 전쟁이 나도 이상하지 않을 시기야. 저쪽이 그토록 치밀하게 침투시켰다면 이쪽 역시 무턱대고 치고 들어가서는 안 되지. 밀러도 이 상황이 어떻게 돌아가는지는 충분히 이해하겠지?”

“왕하의 말씀이 옳습니다. 지금 우리가 카르시탄을 구하기 위해 그들을 자극한다면 몹시 안 좋은 상황이 될 수 있습니다. 그러나 카르시탄을 구해내지 못한다면 그건 명백하게 전쟁화될 겁니다.”

“전하께서는 지금 전쟁을 막기 위해 데바람의 사신 피살 건조차도 철저하게 검증하려 하신다. 금군 대장도 정직을 당했어. 그런 상황인데 국경에서 제멋대로 전쟁의 불씨를 피워대는 걸 달가워하실 것 같지는 않군.”

“하지만 다른 누구도 아닌 카르시탄의 명예가 걸린 일입니다.”

“나 또한 카르시탄이다.”

“왕하의 말씀은 지당하나…….”

레피스의 눈이 새우 눈처럼 작아지더니 서서히 일그러졌다.

실제로 그의 말은 옳았지만 레피스가 느끼기엔 알렉시스답지 않았다. 적어도 무언가 꿍꿍이가 있을 때만 저리 에둘러 말하는 알렉시스의 성정을 익히 아는 탓이었다.

“하지만 아무것도 못하고 가만히 두 손 놓고 있기에는…….”

제르의 피랍을 방관해야 한다는 쪽으로 의견이 쏠리기 시작하자 아스난의 표정은 거의 흙빛이 되었다. 밀러가 그의 기색을 알아차리고 얕은 한숨을 내쉬며 생각을 골랐다.

“그렇다면 왕하께선 저들이 먼저 움직이기를 바라시는 겁니까?”

"만일, 그러지 않고 모른 체할 가능성에 관해서는 생각해보셨습니까."

아스난이 밀러의 말을 대신 받아 되물었다.

그는 제르가 데바람의 전 총비라는 걸 아는 유일한 사람이었다. 이곳에 온 것 역시 데바람과의 어떤 관계가 있기 때문이리라 스스로 납득한 이유이기도 했다. 그래서 그는 이 상황에 더욱 비관적이었다. 지스카르 헨솔은 제르의 전남편인 왕 쥬세의 적자였다. 그가 그녀를 모르고서 납치했을 리가 없었다. 무리해서까지 그녀를 데려간 데에는 그만한 이유가 있을 터였다. 그러나 이건 누구에게도 말할 수 없는 그녀와 자신 사이의 이야기였다.

절망적이었다. 솔직하게 말을 해야 하나. 그리고 이들에게 도움을 청해야 하나. 절박함에 오락가락하는 정신을 간신히 붙들고 있는데, 알렉시스의 능청스러운 음성이 이어졌다.

"카르시타의 자존심이 걸린 문제잖나, 이게 사실. 대놓고 사령 본부에서 납치당한 이를 내어놓으라고 땡깡을 부리는 것도 웃기지."

"하지만 그렇다고 해서……."

"저쪽이 비공식으로 움직였다면, 우리도 비공식으로 움직이면 될 일이잖나."

레피스가 알렉시스의 말에 눈썹을 치켜 올렸다. 무언가 거슬리는 단어를 잡아냈기 때문이다. 알렉시스는 꼿꼿하게 허리를 세운 채로 팔짱을 끼며 고개를 까딱했다.

"잠…… 깐, 왕하. 비공식으로 움직인다는 게?"

레피스의 불안함 담긴 목소리에 알렉시스는 기다렸다는 듯 답했다.

"내가 가서 데려온다."

그때까지도 알렉시스를 노려보던 아스난의 얼굴에 충격이 떠올랐다.

당연한 일이었지만 레피스는 미친 듯이 알렉시스를 뜯어말리기 시작했다. 밀러는 당혹스러운 사람처럼 레피스와 알렉시스를 번갈아 보고 있었는데 그 또한 내켜하는 기색은 아니었다. 아스난도 마찬가지였다. 조금 전까지만 해도 무슨 수를 쓰더라도 제르를 구해 와야 한다 여겼건만, 알렉시스의 발언이 너무 여파가 컸던 탓에 잠깐 사고가 정지했다.

"말도 안 됩니다. 말은 가려하십시오. 다른 수를 찾을 겁니다."

"에르크 경계 사령 본부에만 포진한 수백 군사들과 사령 본부를 지키는 기사들이, 눈 뜨고도 적이 코 베어 가는 것조차 모르고 놀고 있었는데 그들을 믿고 또 맡겨야 하나? 그리고 나는 내가 지휘하려는 게 아니라 의견을 내놓고 있을 뿐이거든, 레피스."

시치미 떼며 말하는 알렉시스의 뻔뻔함에 레피스는 당장이라도 알렉시스의 머리채를 쥐고 흔들고 싶은 충동을 참았다.

"안 된다는 거 아시죠."

"저것보다 더 좋은 묘안이 있다면 포기하지."

이쯤 되니 아스난도 알렉시스를 말려야 하는 건가 하는 생각까지 들었다. 알렉시스는 왕위 후보였다. 게다가 선왕의 아들이므로 그에게 변고가 생긴다는 건 제르에게 변고가 생기는 것 이상의 큰 문제를 불러일으킬 터였다.

"설마 내가 못 데려올 거라고 생각해서 그러는 거야?"

"왕하의 실력을 의심하는 게 아니라 적들의 심중을 파악할 수가 없으니 위험 부담을 가지고 싶지 않아서 그런 겁니다!"

"만약 내 목숨이 조금이라도 덜 질겼더라면 이미 토막 나서 형님의 발아래 죽어 있지 않겠어?"

알렉시스는 스스로가 말하고도 재밌다는 듯 키득거렸다. 이런 미친! 레피스가 화들짝 놀라 아스난과 밀러의 기색을 살폈다. 밀러는 애초부터 한숨을 쉬고 있었고, 아스난은 얼떨떨한 얼굴로 고개를 조아렸다.

"단순하게 보자고, 레피스, 적과 나, 이렇게. 적진에서 훈련받은 전사를 보냈으니, 이쪽에서도 비슷한 훈련을 받아본 사람이 가는 게 낫겠지? 그리고 예상할 수 없는 적의 암살자를 피하는 것보다, 계획하고 적의 영역에 숨어드는 게 더 쉬운 법이야."

"자꾸 잊으시는 것 같은데, 왕하는 카르시탄이십니다!"

"제이하이도 마찬가지다. 그리고 전쟁이 일어나는 건 불가해. 이것만은 확실해."

"아무리 알렉시스 님이 나아시온에 몸담고 계셨다고는 하지만, 발을 빼신 지도 오래되셨고…… 혹여 일이 잘못되면 이번 사태는 걷잡을 수가 없이 커집니다. 적들의 의중을 알지 못하는 이 와중에 괜히 더 일을 벌였다가는…… 차라리 그냥 기다려보시는 게 어떻겠습니까……?"

나아시온? 아스난의 표정에 당혹감이 떠올랐다. 밀러는 아예 노골적으로 긴 한숨만 내쉬고 있었다.

"기다리다가 정말 에드하인다의 주장대로 일이 벌어진다면 그 또한 후회할 일이야."

설득하기를 포기한 레피스는 멍청하니 입을 벌린 채로 허공을 올려다보았다. 역시나, 알렉시스가 저토록 침착하게 맞는 말만 했던 것은 이유가 있었다. 레피스를 안쓰럽게 바라보던 알렉시스가 넉살 좋게 웃으며 그의 어깨를 다독였다.

"진정하라고, 레피스."

누구 때문인지 모르냐며 윽박이라도 지르고 싶은 심정이었다.

하지만 그가 왜 저리 자신감이 넘치는지도 알기에 가타부타 덧붙일 만한 말도 없었다.

알렉시스 테피온 펜 올리비에 카르시탄. 그의 이름은 카르시타 대륙에서 알지 못하는 이가 없을 만큼 유명했다. 그리고 그가 뉘사나와 대립하고 있다는 것 또한 모르는 이 없을 만큼 명명백백한 사실. 필연 따라오는 왕위를 두고 벌어지는 왕가와 귀족들의 암투에서 그는 알려지지 않은 암살의 위기를 여러 차례 겪어야 했고, 공개 석상에서의 습격 또한 양손으로 꼽기도 어려울 만큼 많았다. 사정을 아는 어떤 이들은 지금까지 살아 있는 그에게 천운이 따른다며 감탄했고, 어떤 이들은 그에게 독하디독해 꺼지지 않는 불꽃이라며 빈정거렸다. 하지만 사실 그가 살아남을 수 있었던 건 스스로 투신한 나아시온에서의 경험 덕분이었다.

나아시온이란 카르시타 왕실의 높고 높으신 이들 사이에서만 떠도는 흉물스럽고 괴기스러운 집단을 의미하는 명칭이었다. 다른 말로 풀이하면 왕가 직속 은밀 부대. 초대 대장이라 알려진 자칸은 눈을 감고도 접근하는 수십의 적을 속일 수 있을 만큼 민첩하고 은밀했으며, 잔인함은 어린아이와 여인에게도 손속을 두지 않았다고 했다. 그들은 기본적으로 호불호, 친불친의 여하를 떠나 명령만 있다면 제 아내와 아이도 살해할 수 있는 살인귀들의 집단이었다.

초기, 그들의 위명은 전 국가를 두려움에 떨게 하였으나 지나치게 위험한 이들의 만행과 잇따른 요인 암살이 계속되자 각기 신료들의 경계와 군사권 요구가 심해져 결국 백여 년 전, 카르시타의 왕 비오네는 그들을 해체했다. 하지만 암살 집단의 뿌리는 사라지지 않고 지금까지도 어둠 속에 건재했다. 그리고 치열하게 살아남기 위해 그들에게 귀한 몸 투신했던 알렉시스는, 그들의 모든 것을 이어받은 이들 중 한 명이었다.

레피스는 그 사실을 너무나도 잘 알고 있었다.

그리고 알렉시스가 끝끝내 뜻을 꺾지 않을 의지를 내비친 것을 인정한 순간, 반쯤 진심을 담아 이렇게 생각했다.

'제길, 그냥 저놈이 그때 독약 먹고 죽어버렸어야 내가 이 꼴을 안 볼 텐데!'

알렉시스는 레피스의 그런 자조 어린 저주를 눈치 챈 모양이었다. 그렇지 않고서야 넉살 좋은 표정으로 레피스에게 "후회해도 소용없지."라는 말을 중얼거리지 않았을 테니까.

레피스는 끝까지 그를 만류했지만 알렉시스의 고집을 꺾기엔 역부족이었다. 결국 간단한 계획을 세워 실행하게 된 작전에 동의한 건 아스난과 밀러, 그리고 알렉시스뿐이었다. 아스난은 사실 차라리 자신이 직접 가겠다며 의견을 냈지만 알렉시스는 그를 완벽하게 묵살했다. 아스난은 사소한 임무를 받는 것으로 그의 작전을 돕기로 결정되었다.

발비라의 경계 둔영 근처에 자리 잡은 알렉시스가 다시 한 번 옷깃을 여미고 숨을 죽였다. 밤잠을 이기지 못한 인근 숲은 음산한 분위기를 풍겼다. 그는 까맣고 가벼운 얇은 옷으로 온몸을 가리고, 양 허리에는 짧게 휘어진 단검과 그보다 조금 더 긴 검을 차고 있었다. 터번처럼 감아 올린 검은 천으로 머리칼까지 완벽하게 감추고, 까만 수건을 복면처럼 덮어 가린 얼굴에서 드러난 건 형형히 붉게 빛나는 눈동자뿐이었다.

'몇 년 만의 실전인가…….'

예리하게 주위를 살피던 그는 이내 숲의 그림자 속에 녹아들었다.

레피스는 지금 알렉시스의 이런 행동을 이해하지 못해 화가 크게 난 상태지만, 알렉시스 역시 마찬가지였다. 굳이 이럴 필요까지는 없었다. 레피스의 말대로 자신은 왕위 후보이니, 이런 일은 군사들에게 맡기고서 뒤에서 손가락이나 빨고 앉아 있는 것이 체통을 지키는 빌어먹을 방법이었다.

하지만 이러지 않을 수가 없었다. 스스로가 통제되지 않는다는 건 그로서는 굉장히 견디기 어려운 일이었다.

제르의 피랍 소식이, 그만큼 그에겐 불안이었다.

알렉시스는 밀러에게 들은 수집 정보를 머릿속으로 다시 한 번 정리했다. 순찰병은 달이 정중앙일 때, 반쯤 기울 때, 그렇게 두 번 경계선 근처를 돈다고 하였다. 적의 우방으로 들어가면 여섯 개의 막사가 있고, 오른쪽 갈림길로 조금 더 깊이 들어가면 식량고가, 그리고 식량고 왼편으로는 무기고가 있다고 하였다.

지금 자신이 침입한 좌방으로 깊숙이 들어가면 커다란 공터 가운데에 아름드리나무 하나가 굳건히 하늘을 향해 솟아 있고, 보초들의 초소가 서너 개. 그 나무 곁으로 열 보, 적을 교란하기 위해 똑같은 생김으로 지어 올린 막사들이 다섯 개가 된다고 했다. 지스카르의 막사는 그중 두 번째로 가장 많은 보초들이 서 있다고 했다.

그는 짧은 단검의 옆면을 손끝으로 훑으며 마른 입술을 적셨다. 옛 기억이 새록새록 떠올랐다. 한때 살아남기 위해 이런 것들을 배웠다. 몰래 다가가는 법, 몰래 접근하는 이들의 기척을 알아차리는 법, 소리 없이 누군가를 죽이고, 소리 없이 제압하는 법들이었다. 적들을 죽이기 위한 절박한 몸부림이라고 해도 옳았다. 이를 이용해 누군가를 구한다는 건, 몹시 생소한 일이다.

흐르는 바람에서 타고 남은 홰의 냄새가 은은히 흘러들어왔다. 나무와 수풀 아래로 몸을 숨긴 그는 휘영청 밝은 보름달이 구름에 가려지는 것을 바라보았다. 그는 제 허리춤의 무구를 다시 한 번 확인하며 머릿속으로 동선을 그려 넣었다.

하늘로 불이 붙은 무언가가 초라하게 솟아올랐다.

신호였다. 알렉시스는 다시금 그림자 속으로 녹아들었다.

데바람의 사령부 둔영이 순식간에 환하게 밝아지더니, 소란함으로 뒤덮였다. 등불이 꺼진 줄도 모르고 생각에 잠겨 막사 안에 홀로 앉아 있던 지스카르는 문득 주위가 밝아진 것을 알아차리고 몸을 일으켰다. 그의 부관이 헐레벌떡 달려와 보고했다.

"지스카르 님, 불붙은 돌이 날아들어 무기고 근처의 보초병 초소를 태웠습니다! 화재 진압 중이며 일부 군사들을 파견해 진상을 확인 중

입니다."

"불이 붙은 돌멩이?"

"예, 순찰을 돌던 병사 둘이 목격했답니다. 처음엔 화살인 줄 알았는데, 여러 개가 떨어졌는데 가서 보니 돌덩이에 기름을 먹인 천을 감싸 불을 붙인 거라 합니다. ……카르시타 인들의 소행일까요?"

지스카르가 입꼬릴 끌어올렸다. 무슨 일이 벌어지는 것인지 짐작이 갔다. 그러나 저들의 대처가 생각보다 빠르다는 게 놀랍기도 했다. 이번 습격이 카르시타의 소행이라는 전제 하에.

'일을 크게 벌이려는 건 아닐 테고…….'

정면으로 밀고 들어올 만큼 밀러 헤센이 바보 같은 이일 거라고는 생각지 않았다.

만일 그가 이리 일을 저지를 생각이었다면, 그런 서신을 보내지 않았을 터였다. 핵심을 피해, 데바람에 체류 중이라 알려진 트란실 인의 신병을 논하고 싶다는 이야기가 대부분이었지만 어투는 몹시도 간곡했고, 절박했다. 애초에 이러려 했다면 그리 말하지는 않았을 터였다.

"속단하지는 말아라. 무기고 근처라면 화약을 옮기고 마구간의 말을 먼저 보호도록. 막사 한두 개쯤은 타버려도 상관없으니 사상자가 나지 않는 선에서 주의를 기울이도록. 나가봐."

"예!"

병사는 화살처럼 튕겨나갔다. 병사가 나가고 그가 검을 챙겨 드는데, 갑옷으로 중무장한 마이테가 느릿느릿 막사 안으로 걸어 들어왔다. 완전 무장을 한 후 허락 없이 출입하는 것은 안 될 일이었지만 그녀에게 데바람의 규칙은 그다지 중요하지 않았다. 지스카르가 화등에 기름을 채워 불을 붙이며 말했다.

"보고할 거라도 있나?"

『계집 하나를 두고 재미있는 불놀이가 벌어지는구나.』

막사를 받치는 기둥에 등을 기댄 마이테는 집조차 없는 큰 칼을 손가락 사이로 돌리며 조롱했다. 지스카르는 무언의 미소를 지으며 까만 털로 덮인 외투를 어깨 위에 걸쳤다.

『변명의 여지가 없군.』

『내가 카르시타 인을 죽이면 어찌 되나?』

『전쟁이 나겠지. 하지만 바깥으로 하는 전쟁은 지금 우리에겐 그다지 의미가 없다는 걸 알잖아?』

마이테의 얼굴에 뚱한 기색이 서렸다.

『그럼 난 뭐 하라고? 그 계집이나 지키고 있을까?』

『아니, 너는 가서 병사들을 도와라.』

지스카르는 찬바람을 일으키며 그녀를 지나쳤다. 그의 뒤통수를 노려보던 마이테가 짜증스레 입술을 일그러뜨렸다.

푹신한 천 바닥에 앉은 제르는 무릎 위로 팔꿈치를 대고 턱을 괴었다. 따분한 기색이 역력했다. 두꺼운 막사 밖으로부터는 조금 전부터 강한 불빛이 스며들어오고 있었다. 밤이라는 걸 고려해보면 작위적인 빛이었다. 기묘한 어둠 위로는 사람들의 긴장감이 농밀히 뒤덮여 살갗으로 느껴질 정도였다.

설상가상 무기까지 찬 지스카르가 들이닥쳤다.

"……이 시간에 찾아온 걸 보면, 무슨 소란이 난 모양이지."

지스카르가 희게 웃으며 긍정했다.

“생각보다 훨씬 빠르게 움직였어. 카르시타에서는 너를 꽤나 되찾고 싶어 하는 모양이야.”

“어느 멍청한 종자가 일을 꾸몄는지는 모르겠지만 대책 없군.”

“기뻐할 줄 알았는데.”

“기뻐해야 하나?”

제르는 흔들리는 막사 휘장 저편을 응시했다.

“……하긴, 나고 자랐던 곳에서는 수년간 갇혀 살면서도 누구도 나를 구하려 하지 않았는데, 카르시타의 사람들이 나를 구하려 한다는 건 재미있구나. 재미있어. 하지만 쓸데없는 일에 위험을 무릅쓰는 걸 기뻐할 리가 없지 않나.”

자조에 가까운 혼잣말을 잇던 제르의 눈이 서서히 치켜 뜨였다.

“어차피 넌 날 돌려보냈을 테니까.”

“왜 그리 확신하지. 넌 데바람의 땅에서 나고 자란 데바람의 백성이다. 왜 내가 너를 카르시타로 돌려보내야 한다고…….”

“넌 아직도 내가 누군지 잘 모르는 모양이구나.”

제르가 낮게 비웃음 소리를 냈다.

“여전히 그리도 멍청해. 내가 카르시타에 있는 이유조차 모르면서 무에 그리 잘났다고…….”

“……내가 알지 못하는 게 있다면, 말해주지 않겠나?”

“내가 망명한 걸 알았다면 어떻게, 어떤 이유로, 어떤 식으로 카르시타에 자리 잡았는지 너는 알고 싶어 했어야지. 이리 무턱대고 사람을 납치해 오기 전에.”

“넌…….”

"카르시탄이다."

제르의 냉담한 한 마디가 떨어지고 난 후에야 지스카르의 낯빛이 서서히 굳어졌다.

"카르시탄……?"

"그래."

"카르시탄이라. 왕명을 말하는 건가."

지스카르의 굳어졌던 입술 사이로 설핏한 웃음이 흘러나왔다.

"왕명, 하, 왕명. 데바람의 왕비 자리를 거절하고, 카르시타 왕가의 일원이 되었다…… 그래, 이상하지 않다. 데바람의 내부 사정을 팔아 그 지위를 얻었다 해도 비난하지 않을 거다. 하지만 카르시타는 일부일처라 하였으니, 네가 유스카리의 후비가 되지는 않았을 터……."

"방계 왕족의 이름을 받았다."

"그렇다면 저들이 저토록 막무가내로 예까지 습격한 이유를 납득할 수 있겠군."

"너랑 더 이런 이야기로 시간 보내고 싶지 않아. 날 내보내."

제르가 서늘히 명령했다. 지스카르가 간격을 두고 고개를 저었다.

"하지만 나는 아직 결정하지 못했다. 데바람의 총비로서 너를 대해야 할지, 인질이 된 카르시탄으로서 너를 이용해야 할지……."

그리 말하면서도, 답은 하나뿐이라는 걸 알 터였다. 제르는 그의 미련함을 조소했다. 지스카르의 흔들거리는 갈색 눈동자를 직시하던 제르가 이내 지겨운 사람처럼 눈을 내리깔았다. 비스듬 깔린 시선 아래 그림자가 드리워져 있었다.

자신의 그림자와, 지스카르의 그림자와 또 다른 하나.

놀란 제르가 눈을 크게 뜨는 순간, 지스카르 역시 기척을 알아차린

사람처럼 검을 바로잡았다. 하지만 그는 뒤돌거나 하지 않았다.

"썩, 나쁘지 않은 잠입이군. 이런 실력자가 에르크 일대에 있다고 들은 적은 없는데."

제르는 비로소 왜 지스카르가 적을 돌아보지 않는지 알아차렸다. 적의 손에 들린 짧게 날이 휘어진 검이 지스카르의 귀와 목 사이를 겨누고 있었던 탓이다. 검은 터번과 복면으로 얼굴을 가리고 선 남자는 대답 대신 제르와 눈을 맞추었다.

불그스름한 빛이 눈에 익었다.

'……어?'

"다른 잔병들의 주의를 돌리고, 제르를 빼내겠다…… 좋게 좋게 일을 해결하는 방법이지."

그리 중얼거린 지스카르가 눈을 가늘게 떴다. 후위를 점령당했지만 지스카르는 사실 두려움보다는 자존심이 더 상했다. 암살자의 존재를 깨달은 건 그가 다가와 목에 날을 겨누었을 때였다. 만일 이런 상황이 아니었더라면 죽었을 것이다.

'나도 아직 멀었군.'

제르는 미동조차 않고 앉은 채로 복면의 사내를 바라보았다.

터번 아래로 언뜻 비치는 불그스름한 안광은 막사 안으로 숨어들어온 불길의 반영이 아니었다.

'설마…….'

암살자는 예고도 없이 지스카르의 무릎 옆을 후려쳤다. 지스카르가 휘청하며 균형을 잃는 사이를 놓치지 않고, 지스카르의 허리에 걸려 있던 검을 집어 던졌다. 그러나 지스카르도 호락호락 당하지만은 않았다. 지스카르는 직접적 위협에서 벗어나기 무섭게 몸을 돌려 그를 세게 걷어찼다. 암살자는 당황하지 않고 훌쩍 물러나 자세를 낮추었다.

똑바로 대치하여 그를 바라볼 수 있게 된 지스카르는 묘한 표정을 지었다.

"길이가 판이하게 다른 두 자루의 검이라?"

암살자는 본디 암살자라는 이름처럼 몰래 다가가 일격에 판가름을 내지 못하면 열세에 몰리는 존재다. 꼭 살해만이 목적이 아니라 해도, 제르를 몰래 빼내고 싶었다면 제가 자리를 비울 때까지 어딘가에서 은신을 했어야 옳았다.

저놈은 뭔가 이상했다. 좁디좁아 은신할 곳도 없는 막사에서, 언제 사람들이 몰려올지 모르는데도 지금껏 도망치지 않고 남아 있다는 건 무언가 이유가 있다는 거다. 문득 데바람의 악명 높은 암살자들인 제서프랑을 떠올린 지스카르의 시선에 이채가 돌았다.

"카르시타의 나아시온인가."

알렉시스도 사뭇 놀랐다. 나아시온. 멸망한 암살대가 아직까지 건재하다는 것을 아는 이는 극소수가 아닌가. 이 짧은 찰나에 나아시온이라는 이름을 떠올렸다는 것은 상대가 상당한 정보력을 가졌다는 것을 반증했다. 무엇보다도, 카르시타 내부의 정보를 알고 있다는 것이 가장 중했다. 왕위조차 버리고 세속에서 유령처럼 사라졌던 이가 어떻게 저 사실을 알고 있을까.

알렉시스가 긴 검을 천천히 뽑아 들었다.

알렉시스의 검이 지스카르의 허벅지를 노리고 수직으로 떨어졌다. 지스카르가 반사적으로 좌로 몸을 피하는 순간, 이미 그의 등 뒤에는 알렉시스의 짧은 단도가 날아들고 있었다. 놀란 그가 바짝 몸을 숙여

한 바퀴 뒤굴러 일어났다.

사실 정식 기사가 아닌 칼잡이들 중에는 두 자루의 검을 쓰는 이들이 왕왕 있었다. 하지만 검이란 것은 본디 사정거리가 있어 검격에 간격을 두어야 한다. 너무 가까워도 어렵고, 너무 멀면 닿지가 않는다. 헌데 이자에게는 사정거리라는 것이 무색했다.

자칫 양 검의 무게 차이로 인해 중심을 잃고 허점을 내보일 수밖에 없게 되는 위험한 조합인 것인데 그는 길고 짧은 두 자루의 검을 자유자재로 위치까지 바꿔가며 움직이는데, 몹시도 현란하고 위협적이었다. 남자는 되레 익숙하다는 듯이 자유자재로 몸을 움직였다. 마치 깃털처럼 가벼운 놀림은 어릴 적 보았던 쥬세의 제서프랑보다도 현란하기 짝이 없다.

비록 몹시 당황하긴 했지만, 지스카르 역시 쉽사리 당할 생각은 없었다. 알렉시스의 연계 공격이 끝나지 않고 그의 팔을 향해 쇄도했을 때, 지스카르는 팔을 숨겨 피하는 대신 그의 옆 목을 그대로 팔뚝으로 후려쳐 넘어뜨렸다. 그 바람에 암살자의 짧은 검이 지스카르의 어깨에 얕은 상처를 냈다.

넘어졌던 알렉시스가 다시 일어서기도 전에, 지스카르는 검을 고쳐 쥐고는 상대의 흉부를 노리고 강력하게 횡으로 휘둘렀다. 검의 잔영이 눈에 남을 만치 재빠른 일격이었다. 알렉시스는 그 검을 위로 쳐내듯 올려치며 큰 보폭으로 지스카르의 팔 안쪽으로 파고들었다. 지스카르가 습관처럼 몸을 돌려 찌르기를 피하자, 이번엔 검이 능숙하게 수직으로 눕더니 지스카르의 목을 노리고 날카롭게 쳐 올라왔다.

아슬아슬하게 허리를 뒤로 젖혀 피한 지스카르의 표정이 사나워졌다. 알렉시스가 다시금 천천히 거리를 벌렸다.

"기가 막히는군."

제르는 넋을 놓은 채로 서로를 위협하는 그들의 대치를 바라보고 있었다. 지스카르가 중얼거린 말은, 사실 제가 할 말이었다.

기가 막혔다.

바깥의 소란은 정리가 되는 듯했다. 급히 뛰어다니느라 바쁘던 이들도 한 명 한 명 제자리로 돌아오는 듯했다. 불길이 완전히 사그라진 모양이었다. 쥐 죽은 듯 적막하던 막사 근처에서 군화 소리들이 연달아 울렸다.

'미치겠군.'

시간을 너무 끌었다. 그들의 이야기에 잠시 정신을 빼앗겨 단번에 지스카르를 제압하지 못한 게 문제였다.

"초조해 보이는데."

지스카르는 흐린 미소를 내비치며 검을 고쳐 쥐었다. 삽시간에 돌변한 분위기에 알렉시스 역시 흰 단검을 역수로 쥐고 자세를 낮추었다. 지스카르의 눈동자에 짙은 살의가 서렸다.

막사 밖에서 목소리가 울렸다.

"지스카르 님, 소란이 있다는 보고를 듣고……."

"나중에."

지스카르가 덤덤히 답하며 병사를 물리자 알렉시스의 표정이 찡그려졌다.

'뭐 하자는 거냐, 이놈은?'

지스카르는 상대가 잠깐 생각에 팔린 틈을 놓치지 않고 파죽지세처럼 몰아붙였다. 어찌나 빠르고 유연했는지 알렉시스는 그의 검격을

흘려보내지 못하고 가까스로 막아내는 게 전부였다. 어마어마한 힘에 팔뚝의 힘줄이 터져 나갈 것 같았다. 이번에 지스카르는 일격이 막혔다는 것도 상관 않고 그를 힘으로 찍어 누를 작정이었던 모양이다. 지스카르가 이내 그의 터번 끝을 검으로 걷어냈다.

툭. 지스카르의 검 끝에 걸려 있던 긴 천 뭉치가 바닥으로 떨어졌다. 감춰져 있던 붉은 머리카락들이 느릿느릿 흘러내렸다. 그의 적주홍 눈동자가 귀기로 번뜩였다.

'……!'

제르는 숨을 죽였다.

알고는 있었지만 새삼스러운 충격이었다.

자신을 구하기 위해 위험을 무릅써준 카르시타에는 고맙지만, 상대가 알렉시스라는 건 납득할 수 없었다.

만일 지스카르가 그의 정체를 눈치 챈다면…… 문득 소름이 돋았다. 더 이상은 안 된다.

그녀가 정신을 차리고 바싹 말라붙은 입술을 뗐다.

"그만, 헨솔. 난 저자와 함께 가겠다."

열기 없는 선언에 알렉시스와 지스카르가 흘깃 그녀를 향해 시선을 옮겼다.

"지난 세월처럼 나를 유폐시키려는 생각이 없다면 그만둬. 이미 우리가 나누어야 할 이야기는 더 이상 없다."

지스카르는 비수처럼 내꽂히는 그녀의 음성을 가만히 듣고 있었다. 그러곤 이내 씁쓰름한 조소를 흘리며 알렉시스를 노려보았다.

"정말이지…… 의욕을 꺾어주는군."

그가 검 끝을 내렸다. 그러자 한동안 경계하듯 그런 그를 노려보던 알렉시스 역시 몸을 바로 세워 제르에게로 다가갔다. 그녀는 힘겹게 일어섰다. 그러다 발에 힘을 주지 못하고 허물어졌다.

알렉시스는 말없이 그녀를 번쩍 안아 들었다. 제르가 알렉시스에게 성을 내기도 전에, 지스카르의 음성이 내리 박혔다.

"꼭…… 가야 하나."

돌아오는 것은 적막뿐이라, 지스카르는 몸을 비켜 세워 알렉시스의 길을 터주었다.

"다시 만날 거야, 제르."

제르를 안아 올린 알렉시스가 지스카르를 노려보며 조심스러운 걸음을 옮겼다. 그가 예상외의 행동으로 일을 원만하게 마무리하는 데에 도움을 주었지만, 고마운 건 아니었다. 우선 급한 건 제르를 데리고 나가는 것뿐이었다.

막사 밖으로 한 걸음 내디뎠을 때, 알렉시스는 짙게 깔린 어둠 아래 득달같이 모여든 횃불들을 발견하고 긴 한숨을 내켰다.

"누구냐! 정체를 밝혀라."

"지스카르 님은……!"

막사 앞으로 둥글게 포진해 있는 병사들은 못해도 스물이 넘었다. 완전 무장한 그들은 금방이라도 달려들 태세였다. 알렉시스는 문득 그들 사이에 선 트란실 인을 발견하고 눈을 가늘게 떴다.

'저 여자군.'

그녀는 알렉시스가 제르를 안고 나오자 노골적으로 인상을 구겼다. 그녀에게서 살기가 흘렀다. 저 트란실 인은 보통이 아니었다. 알렉시스로서도 긴장하지 않을 수 없었다. 그녀는 집 없는 둥글고 커다란 칼을 좌우로 흔들며 다가왔다.

『지스카르는? 죽었나?』

그들의 뒤로 지스카르가 따라 나오며 짧게 명령했다.

"나는 괜찮으니, 다들 위치로 돌아가라."

병사들이 멈칫했다.

"길을 열어."

지스카르는 다시 한 번 명령을 내렸다. 고압적인 명령에 병사들이 슬금슬금 뒤로 물러났다. 병사들이 물길 갈라지듯 물러나자 알렉시스가 그들 사이를 느릿느릿 걸었다. 마이테는 못마땅한 사람처럼 한숨을 푹 쉬더니 서늘한 눈으로 제르를 쫓았다.

따닥따닥. 횃불 타는 소리만 요란한 밤이었다. 얼마간 그리 걸었나. 지스카르의 찬 음성이 알렉시스의 뒷덜미로 날아들었다.

"다음에는 이렇게 보내지 않을 것이다, 카르시타의 왕자."

걸음을 뚝 멈춘 알렉시스의 고개가 느리게 뒤로 돌았다. 만면에 서늘한 미소가 배어 있었다. 그가 처음으로 입을 열었다.

"기대하지."

타박타박 울리는 조용한 걸음 소리가 귓전을 간질였다. 제르는 여전히 알렉시스에게 안겨 있는 상태였다. 스스로 걷겠다 주장했지만 두 걸음도 가지 못하고 실패해버린 탓에 그녀로서도 별 도리가 없었다. 언제 전쟁이 터질지 모르는 위험 지대라고는 상상할 수 없을 만큼 고요하고 깊은 숲 속, 그녀는 흔들리는 시야를 다잡기 위해 눈을 감았다 떴다. 알렉시스의 얼굴이 바로 가까이에 보였다. 조금 전의 소란 탓에 여전히 가슴이 두근대고 있었다.

알렉시스의 얼굴은 언뜻 화가 난 듯 보이기도 했다. 그답지 않게 진지한 낯빛에 그녀는 아무 말도 하지 못하고 침묵할 수밖에 없었다.

이미 달은 산 중턱 너머로 기울어 있었다.

바스락거리는 나뭇가지를 밟는 남자의 발소리에 맞추어 제르는 숨을 골랐다. 그녀는 숲의 나뭇가지 새로 열어지는 남빛 하늘을 올려다보며 쓴 표정을 지었다. 그녀는 제 목숨이 무사할 것을 직감적으로 알았지만 저들은 그렇지 않았을 터였다. 그 고지식한 아스난은 좌불안석이 되어 있을 것이다. 테일런 역시 걱정할 테고……. 역시 르니아를 데려오지 않은 건 잘한 일이었다. 제르는 생각을 그쳤다.

"무슨 일 없었지?"

한참 후에야 그가 물었다. 너무 늦은 안부가 아닌가 싶은 생각에 제르는 침묵으로 대신 답했다. 긴 거리를 안고 걸어가면서도 힘든 내색 없는 그는…… 그래. 조금은 달라 보였다. 혈혈단신으로 발비라까지 찾아온 것을 칭찬하는 것은 아니지만, 그가 나타났을 때 조금은 눈물이 날 뻔했다는 것도 사실이었다.

데바람에 갇혀 있을 적엔 누구도 그녀를 구해준 적이 없었다. 모두가 그녀를 멀찍이서 지켜보며 값싼 동정과 질시 어린 시선을 보내왔을 따름인지라, 제르는 말뿐인 동정이 얼마나 저열한 것인지 잘 알았다.

그녀를 안쓰럽다 말하면서도 늘 지켜만 보던 사람들.

"잠깐 쉬었다 갈까?"

얼마간 그리 걷자, 숲의 길 끝 너머로 에르크의 깃발이 휘날리는 것이 까마득하게 보이기 시작했다. 다 와가는데 쉬어가자는 말에 미간을 좁히는데, 알렉시스는 늘 그랬듯 사람 좋은 얼굴로 웃기만 했다. 그는 곧 커다란 나무 옆, 편평하게 마모된 바위 위에 그녀를 앉히듯 내려놓았다.

"음, 드디어 좀 편하게 둘이 있게 됐으니까."

알렉시스가 말을 꺼냈다. 평소와 다를 바 없는 음성에 제르는 슬슬 불안을 느꼈다. 또 무슨 미친 소리를 하려고 저러는가. 키가 큰 바위 위에 앉은 제르는 본의 아니게 서 있는 알렉시스와 눈을 마주할 수밖에 없었다.

알렉시스는 먼저, 그녀의 상처투성이 맨발을 살피더니 혀를 끗끗 찼다.

"아니, 아니, 이러면 안 된다니까, 아가씨. 곪아."

왜 이놈이고 저놈이고 제 발에 집착하는지 모르겠다. 상처는 제 몫이거늘.

"신경 꺼."

제르가 갈라진 음성으로 정 없이 일침하자 알렉시스가 고개를 절레절레 저었다.

"아프지는 않아?"

아팠다. 하지만 발이 아픈 건지, 가슴이 아픈 건지, 머리가 아픈 건지도 구분 가지 않았다. 데바람에서 멀어질수록, 현실이 아팠다. 지스카르가 잔인하게 일깨우고 간 제 처지가 미웠다. 희망은 여전히 하나뿐이었다. 세드로. 그 아이가 살아 있어 얼마나 다행인가. 이런 어미 밑에서 자라지 않아 얼마나 다행인가. 그 생각뿐이었다.

그가 불쑥 사과했다.

"미안해."

그녀는 말없이 덩그러니 흔들리는 제 볼품없는 발을 내려다보았다.

"속이려고 너를 속인 것은 아니었어. 그저 말할 기회가 없었을 뿐이야. 아마."

제르는 화가 나기보다 어이가 없어 작게 웃었다.

"……정말…… 기상천외한 방법으로 나를 당황시키는군. 이 와중에 그런 말을 할 정신이 있다니."

그녀는 잠깐 입술을 꾹 다물었다가, 천천히 열었다.

"사과는 되었다. 대관절 네가 무슨 생각을 하고 사는지 알 수가 없어. 왕위 후보인 주제에 제 목숨 아까운 줄 모르고 사지에 뛰어 들어서는, 보는 이의 간담을 서늘케 하질 않나……. 헨솔이 네 정체를 알고도 놓아준 것에 감사해야 할 거다. 만일 그렇지 않았더라면…… 상상조차도 하고 싶지 않군……."

"그래도 가만히 있을 수는 없잖아. 자진해서 끌려갔다던데."

"나는 별일 없을 걸 알았으니까."

"지스카르 헨솔과 아는 사이라?"

제르는 느리게 고개를 끄덕였다. 알렉시스가 낮은 음성으로 물었다.

"……총비였다면, 베제스의?"

제르의 팔이 툭 늘어졌다.

당혹한 입술이 작게 벌어졌다. 지스카르가 한 말을 어디서부터 들은 걸까. 지스카르조차 눈치 채지 못하게 막사 안으로 잠입했으니, 그가 어디부터 어디까지 들은 건지도 막연했다. 제르는 삽시간에 불안한 사람처럼 어깨를 움츠렸다.

"아니지, 네가 카르시타의 왕족이 된 것은 퀸시오가 독립령이 되었을 무렵. 적어도 1년이고 베제스가 실권을 쥐고 왕이 된 것 또한 1년 좀 넘던가, 데바람의 선왕 쥬세…… 의 첩이었나? 그러고 보니. 쥬세가 어린 총비를 두었다고 했던 걸…… 내가 어렸을 때 들었던 것 같기도

하네.”

변함없이 단조롭고 다정한 목소리였다.

제르의 낯빛에 파문이 일었다. 그랬다.

그녀는 사람을 정의하는 고유의 이름보다도, 쥬세의 그늘 아래 엎드린 총비라는 칭호로 더 유명했다. 사실 제르는 쥬세가 자신의 이름을 아는지조차도 의문이었다. 늘 너, 계집, 그리만 불렀더라. 낮은 이들은 총비라, 그녀의 이름을 부를 수 있는 남편은 아주 드물게 그녀를 안으며 속삭이곤 했다.

‘나의 부인.’

하고.

그녀가 애써 냉담하게 대꾸했지만 목소리는 크게 떨리고 있었다.

“듣고도 모르는 척 되묻는 것은 무슨 악랄한 심보냐?”

알렉시스가 작은 웃음소리를 내며 뒷머리를 긁적였다.

“보통이 아니라고는 생각했지만…… 정말 너 대단하구나. 여자가 홀로 망명해 이렇게 살고 있는 거, 참 대단해.”

“알려고만 한다면 누구나 알 수 있는 거겠지, 굳이 감출 것도 아니니 그것으로 협박하려 한 거라면 상대를 잘못 골랐…….”

제르는 말끝을 흐렸다. 알렉시스는 천진하게도 웃고 있었다. 그는 늘 그랬다. 자신이 아무리 못되게, 잔인하게 말해도 한 귀로 듣고 한 귀로 흘리며 제 할 말만 했다.

“왜.”

알렉시스가 손을 뻗어 제르의 흘러내린 머리칼을 뒤로 넘겼다. 손길에 흠칫 몸을 떤 제르가 주먹을 꾹 그러쥐었다. 어쩐지 숨이 막히는 것 같다. 그녀는 돌아가고 싶었다. 갑자기 열이 나는 것도 같아 이 자리를 피하고 싶었다.
"가겠다."
"제르, 발도 성치 않으면서 왜 자꾸 고집을 부려."
알렉시스는 만만한 상대가 아니었다. 그는 바위 아래로 힘겹게 한 발 내디딘 그녀의 허리를 번쩍 안더니, 다시 바위 위로 올려 앉혔다.
"뭐하는 짓이야?"
"너 대체 뭘 제대로 먹기는 하는 거야? 어떻게 허리까지 힘주면 똑 부러질 것 같아. 걱정되게."
"넌 나만 보면 걱정밖에 안 되는 모양이지?"
"네가 하고 다니는 게 걱정스럽게 만드는데 어쩌겠어."
이놈은 아스난이랑 죽이 잘 맞겠군. 내심 그리 중얼거리며 제르가 그를 외면했다. 그녀와 나란히 바위에 엉덩이를 대고 기댄 알렉시스가 고개를 젖혔다.
"그러고 보니 퀸시오가 처음이었지, 너랑 내가 만난 거. 우리 이렇게 자주 만나는 걸 보면 나름 질기기도 하고…… 좀 특별한 거 같지 않아?"
"난 그게 불만이야. 왜 내가 가는 데마다 튀어나와 일을 더 엉망으로 만드는 거냐? 그리고 넌 정말 오늘 네가 얼마나 위험했는지……."
그녀다운 대답이었다. 알렉시스가 장난스러운 표정을 지으며 고개 돌려 물었다.
"날 걱정했어?"
"넌 카르시탄이다."
"왕위 후보라는 거 말이야."
알렉시스의 한숨 같은 음성 새새로 웃음이 걸려 있었다. 입김처럼

퍼지는 음성에 제르가 시선을 내렸다.

"네 눈엔 어찌 보일지 모르겠지만 그다지 편안하고 행복한 자리가 아니야. 잘 모르는 사람들도 많은데 나나 형님이나 시기를 잘못 타고 태어났다 해야 하나. 지금보다 더 어릴 때는 오늘 죽느냐 내일 죽느냐의 차이밖에 없다 느껴질 만큼 사는 게 굉장히 퍽퍽했거든."

왜 갑자기 저런 말을 하는 걸까. 의중은 알 수 없었지만 진솔한 고해였다. 그녀와는 상관없는 그의 지나간 역사. 그러나 공교롭게도 제르는 그의 고해를 제 것처럼 이해했다. 좋은 것, 값비싼 것, 아름다운 것들에 둘러싸여 있다 해도 행복하지 않았다. 늘 그녀와 동생들을 음해하려는 이들 사이에서 그리도 끈질기게 목숨을 이어왔었다.

"예전부터 살아남으려고 이것저것 많이 했거든. 왕재답지 않은 일도 많이 했지. 그래서 오늘 같은 일은 사실 내 생에서 크게 위험했던 날은 아니야. 걱정하지 마."

다들 그리 사는 모양이었다. 다들 이리.

"……그 무덤은."

"응?"

제르가 끓는 신음 같은 소릴 내며 입술을 그러물었다가, 작게 중얼거리듯 말을 이었다.

"……내 동생의 무덤이었다."

한적한 고요를 벗 삼아 조잘거리는 시간. 제르는 저도 모르게 뱉은 진실 한 조각에 몸서리쳤다. 알렉시스는 며칠 전 했던 질문에 비로소 대답이 돌아왔음을 깨닫고 물었다.

"이름이 뭐였어?"

"……엔사."

그가 혹여라도 뤼민느의 이름을 입에 담을까, 제르는 조금 급히 대꾸했다.

"그랬구나."

그 말이 끝나기도 전이었다. 커다란 팔이 뻗어와 그녀의 머리를 감쌌다. 알렉시스의 힘에 얼결에 끌려들어간 제르는 눈을 뚜렷이 뜬 채로 몸을 굳혔다. 그녀의 정수리에 턱을 괸 알렉시스가 혼잣말처럼 중얼거렸다.

"너도 참, 힘들게 산다."

"……치워. 네 턱을 후려치기 전에."

"싫어."

낮은 웃음소리가 머리 위를 떠돌았다. 위협적으로 말하긴 했지만 제르는 그를 공격하거나 하지는 않았다. 온기가 비처럼 뺨을 적셨다. 싸구려 동정보다는 그의 비웃음이 나았다.

얼마간 그리 있었다. 피로한 탓에 잠이 몰려와 제르는 느리게 눈을 깜빡이고 있었다. 노곤해 아무것도 생각하고 싶지가 않았다. 다 잊고, 잠들고 싶었다. 오래 지나지 않아 마지막을 불태우던 그날의 별빛이 여명의 울음에 달아나기 시작했다. 저편으로 내몰리는 남빛 하늘 아래, 불그스름한 햇살이 빛을 흩날려 보냈다.

장난스러운 그의 목소리가 새벽 공기를 갈랐다.

"정말, 미안해."

제르가 휙 그를 밀쳐내고 긴 한숨을 내쉬었다.

"같잖은 사과."

"내가 누군지 알면 네가 나를 피할 거라 생각했어. 사실 이유는 모르겠지만 직감이라고 해야 하나. 그래서 말할 기회를 찾지를 못했다. 그

냥 같이 있는 게 재미있었거든. 몰라도 크게 상관없지 않을까 했는데. 제르 네가 상대해주지 않으니 정말 심심하다고. 그만 용서해주면 안 될까?"

같잖은 사과. 정말 같잖은 사과였다.

하지만 그의 표정에서 드러나는 진한 불안에 그녀는 핀잔을 놓을 시기를 놓치고 고개를 돌리고 말았다. 그녀가 짧게 한숨을 내쳤다.

"……적장조차 한눈에 알아보는 이를 알아보지 못한 내가 둘도 없는 천치인 것을."

"뭐, 그건 그래. 참 너도 가시 박힌 말은 정말 툭툭 잘 뱉는다니까. 그리고 야, 솔직히 조금 전에 구해준 거 좀 감동 아니었어?"

"……언제까지 여기 이러고 앉아 있을 거냐."

"난 네가 마음에 들어."

그녀의 물음과는 전혀 상관없는 대답이었고 그다지 납득이 가지 않는 대꾸였다.

제르는 말을 잃고 그를 응시했다. 조금 전 자신이 데바람의 전 총비였다는 것을 알게 된 남자가 할 말인가, 이게?

"이제야 너를 좀 알겠어."

"……."

제르가 고개를 미미하게 흔들었다. 도대체가 무슨 말을 하고 싶어 하는지 모르겠다.

"이봐, 성격 나쁜 아가씨."

막 날카로운 말을 쏟아내려던 제르는 따뜻한 온기가 덮여오는 제 손등을 내려다보았다.

"대체…… 무슨……."

알렉시스가 그녀의 손등에 천천히 입술을 가져다 눌렀다.

부드러운 입술이, 어쩐지 웃음 밴 숨결이 그녀의 손등에 닿았다가 간지럽게 떨어졌다. 갑작스러운 존경의 태도에 놀란 제르가 어찌할 바를 모르고 눈만 끔뻑이고 있으니, 희붐한 여명을 받아 웃고 있는 남자가 말을 이었다.

"카르시타 왕위 후보의 안사람이 되는 건 어때?"

제가 들은 것이 무슨 말인가.

"나 진짜 네가 마음에 들어서 하는 말이야."

그는 웃으며 말을 이었다.

"때마침 내 옆자리가 비어 있는데. 너 정도의 미녀한테라면 내가 기꺼이……."

제르의 굳어졌던 손끝이 까닥였다. 철썩. 따귀 소리가 울렸다.

청명한 새벽을 나른히 가르는, 좋은 울림이었다.

아스난과 테일런, 그리고 에르크 출신의 두 명의 기사는 말을 근처 나무에 대충 매어두고 사령 본부 입구 언저리를 서성거리고 있었다.

함께 임무를 수행했던 나머지 군사 여덟 명은 보고를 위해 돌아간 후였다. 그들은 불을 질러 적들의 시선을 끌고 바로 도주했다. 결국 급조한 투석기를 하나 버리게 되었지만, 화살을 사용했다면 카르시타의 소행이라는 게 밝혀졌을 테니 별 도리가 없는 일이었다.

테일런도, 아스난도 전에 없이 근심 가득한 얼굴이었다. 현재 사령 본부에서 군사들을 정비하고 있는 밀러와 레피스의 말처럼 일이 잘못

되었을 경우를 가정하지 않을 수가 없었으므로. 그저 희망만 부여잡고 있는 상황이었다.

"엘보르트 경…… 그러다 발바닥 다 닳겠습니다."

한 기사가 쉴 새 없이 서성이는 아스난을 향해 말을 꺼냈다. 하지만 그다지 효과가 있지는 않았다. 테일런이 깊은 숨을 고르며 하늘을 올려다보았다.

별들은 자취를 감추었고, 선선한 새벽 공기가 도처에 가득했다.

"곧, 오실 겁니다."

테일런이 스스로에게 주지시키듯 중얼거렸다. 동이 틀 때까지 돌아오지 않으면 밀러와 레피스는 출병을 하겠다고 확정 지었다. 그러면 정말 전면전이었다. 시간은 점점 다가오고 있었다. 한참을 산만하게 주회하던 아스난이 잠긴 음성으로 말했다.

"내가, 경에게 면목이 없다."

사정을 언뜻 전해 들은 테일런은 섣불리 대답을 내어놓지 못했다.

에르크에 와서 그녀를 지켜야 하는 두 기사가 한 일이라고는 그녀를 위험에 빠뜨리는 것밖에 없었다. 테일런 역시 면목 없긴 마찬가지였다.

이윽고 동이 트기 직전, 파리하게 질린 얼굴의 아스난과 테일런은 어떤 인기척을 느꼈다. 다른 두 기사 역시 발소리를 깨달은 듯 촉각을 곤두세우고 숲길 저편을 노려보았다.

옅은 여명이 언저리를 맴돌았다. 붉은 머리칼의 사내가 가뿐한 걸음으로 다가오고 있었다. 그의 등에 업힌 건 긴 머리를 축 늘어뜨린 제르였다. 아스난이 튕겨나가듯 그들을 향해 달려갔다.

"다들 왜 여기서 기다리고 있었……."

"주군, 주군. 정신이……."

축 늘어진 제르가 죽기라도 했을까 불안에 빠진 사람처럼 허둥거리는 아스난을 향해 알렉시스가 쉿, 바람 소릴 냈다.

"자고 있어."

테일런이 다가왔다.

"제가 대신 업겠습니다."

"아냐. 됐어. 그러다 깨면 난리를 칠 거야."

다정하게 이어지는 음성에, 아스난과 테일런이 느리게 고개를 숙였다. 그들은 최대한 숨을 죽이고 제르를 살폈다. 그녀는 곤히 잠들어 있었다. 평소 침실에서도 깊이 잠드는 법 없는 여자를 익히 알고 있던 터라, 그들은 무례를 무릅쓰는 것을 택했다.

"왕하, 그럼……."

그때 조금 늦게 다가온 에르크의 한 기사가 눈을 휘둥그레 떴다. 그는 감히 알렉시스의 얼굴을 똑바로 바라보며 입술을 벌렸다. 알렉시스의 얼굴 한편에 선명하게 난 손자국과 손톱자국이 몹시도 남세스러웠던 탓이었다.

기사가 이내 분기탱천해 작게 화냈다.

"적진에서 입으신 상처십니까! 어찌 감히 귀한 분께 이런 흉물스러운 자국을! 쳐 죽일 데바람 놈들!"

"쉿…… 일단 들어갈까?"

알렉시스는 아무래도 좋다는 듯 속삭이며 앞장섰다.

『실성이라도 한 거냐? 내게 산 채로 잡아 오라고 개 같은 난장을 피워대더니, 그걸 그리 놓아줘? 그리고 그놈들이 언제 또 쳐들어올지 모르는데 술이나 처마시고 있어?』

마이테는 서늘히 일침하면서도 마찬가지로 술잔을 털어 넘겼다. 본의 아니게 그녀는 지스카르의 대작 상대가 되어 기분이 몹시 나빴다. 지스카르는 주는 족족 잔을 비우고, 제 손으로 따라 비우기도 반복했다. 하지만 역시 그의 허연 얼굴 위로 떠오른 자조는 술안주로는 최악이었다.

『트란실에서는 힘겨루기하다 대화로 마무리하는 것에 익숙하지 않을 테니 이해가 안 갈지도 모르지만, 카르시탄이 피랍당했다는 건 그쪽으로서도 수치스러운 일일 테니 당분간은 별일 없을 거다. 있어서도 안 되고…….』

『카르시탄? 저쪽 놈들 중 높은 사람이란 거 아닌가? 너희 수장의 혈족들.』

『자세한 것은 조사를 해봐야 알겠다.』

사실, 조사해보지 않아도 알 수 있는 일이었다.

혈혈단신으로 제 진영까지 쳐들어온 것도 대단타 싶었는데 터번까지 벗기고 보니 유랑하던 시절 멀찍이서 보았던 카르시타의 왕위 후보였다. 말이 안 된다는 상식에 긴가민가하기도 하였다. 그러나 제르를 안고서 오만하게, 턱을 치켜들고 자리를 뜨는 뒷모습에 확신했다.

'알렉시스 테피온 펜 올리비에 카르시탄.'

알렉시스 테피온, 그가 나타났다는 그 자체로 의미가 컸다.

지스카르 역시 알렉시스 테피온과 쇼하인이 밀접한 관계가 있어 종종 에르크에서 회합을 한다는 이야긴 들었지만 직접 본 건 처음이었다. 게다가 나아시온이라니. 얼마나 치열하게 살아남으려 발버둥 쳤기에 그런 인간 이하의 짓을 하고 살아남았나. 눈에 그려져서 우스웠다.

지스카르는 술이 가득 넘치는 술잔을 눈높이로 들어 올려 응시했다.

『재미있네. 알렉시스 테피온을 살려 보내주게 되다니.』

구해 갔다. 목숨조차 불사해서 그녀를 구해 갔다. 그건 지스카르의 불같은 질투를 불러일으키기 충분했다.

지스카르를 무심히 응시하던 마이테가 제 잔의 술을 털어 넘겼다.

『그러니 네가 미친놈이지.』

『하지만 나아시온이라면 쉽사리 잡히지도 않았을 거다. 제르의 목숨을 빌미 삼을 수도 없었다. 그리고 난 나아시온이나 제서프랑이라면 너희와도 상극일 거라 생각해.』

『그 정도로? 겨뤄보고 싶어지는데.』

『나쁘지 않은 실력이었다. 솔개의 말처럼 정말 기가 막힐 정도로 대책 없는 카르시탄이지만, 부러워지기도 하는군. 내 젊을 적에, 난 어땠나…….』

『취했나. 술안주로 재미없는 이야기나 지껄이려거든 입 닫아라.』

지스카르가 동물 가죽으로 기운 푹신한 소파에 길게 늘어져 웃었다. 서글픈 웃음이었다.

『그래도 지킬 힘이 있는 이들에게 보호받고 있다는 것을 알았으니, 마음이 놓여.』

『지랄도 이런 지랄.』

마이테는 이젠 한 손으로 귀를 긁는 시늉까지 하고 있었다. 지스카르가 가뿐한 놀림으로 술잔을 내밀었다. 그녀는 잔을 채워주는 대신

술병을 통째로 지스카르를 향해 툭 던졌다. 지스카르는 당황하지 않고 호리병을 낚아채어 쥐었다. 그러곤 벌컥벌컥 들이켰다.

술로 젖은 입술과 턱 언저리를 스윽 훔쳐낸 그가 나직이 중얼거렸다.

『차라리 잘됐어. 어차피, 한동안 내 주위도 위험할 테니까.』

그녀는 팔짱을 낀 채로 고개를 삐딱하게 기울였다. 마치 작두날처럼 날카로운 눈빛이 지스카르에게 박혔다.

『듣던 중 반가운 소리인 거 같은데.』

『여기서의 용건은 끝났으니까.』

마이테가 반색하며 껄껄껄 비웃기 시작했다. 하지만 떠난다는 말만으로도 몹시 만족한 듯도 했다.

『결국 저 여자였군. 시작부터 끝까지 저 여자였어!』

그녀가 곧 내려두었던 집 없는 큰 날의 칼을 움켜쥐더니 그대로 술상 한가운데를 내리찍었다.

우지직. 요란한 소리를 내며 상이 반쯤 쪼개져 금이 갔다. 지스카르가 눈살을 찌푸렸지만 그녀는 여전히 기쁜 얼굴이었다.

『아무래도 좋다. 네 이유 따위는 상관없지. 약조대로 이 마이테, 아니, 이 룐희가 앞으로의 일에 최선을 다하여 그대를 도울 거다. 너 또한 네 약조를 지키기 위해 최선을 다하길 바란다.』

희미하게 웃음 지은 지스카르가 몸을 일으켰다. 머리가 빙빙 돌았지만 내색하지 않고 탁자로 다가간 그가 자리에 앉았다. 그의 손끝에 펜과 종이가 잡혔다.

[친애하는]

펜을 멈춘 그가 느리게 눈을 감았다 떴다. 아직도 그날의 풍경이 그립다. 제 유년과 맞바꾸었던 여자를 다시 한 번 떠나보낸 오늘, 그 시절은 돌이킬 수 없어 더욱 아쉬운 미련이었다.

[나의 벗, 푸른 솔개에게]

지스카르의 펜은 멈추지 않고 움직였다. 앞으로의 미래가 험난한 가시밭길이라 할지라도, 용서받을 수 없는 죄를 이고 살 것이란 걸 알아도, 그에게는 해야 하는 일이 있었다. 지금은, 이것으로 되었다.

[때가 무르익은 계절입니다. 당신의 이야기를 듣고 싶습니다.
당신의 벗, 지스칼]

그로부터 한 달 후, 지스카르는 데바람의 발비라를 떠났다. 그리고 석 달 후, 데바람에 내란이 발발했다.

아침의 차가운 공기가 도처에 깔렸다.

두어 시간 후, 잠에서 깬 제르는 테일런이 다시 가져온 목발에 몸을 기대고 밖으로 나갔다. 밀러에게 인사를 하기 위해서였다. 때마침 알렉시스와 한 기사가 멀지 않은 곳에서 무언가 이야기를 나누며 걷다가, 그녀를 발견하고 목 인사를 했다.

제르는 밀러와 베이하크 백작이 함께 회의 막사에 있다는 얘기에 짐짓 불편한 표정을 했다. 베이하크라면 그 '레이스'다. 별 괴상한 이름이 다 있다 싶었지만, 알고 보니 그저 알렉시스의 노리개가 되었을 뿐이던 성질 나쁜 남자.

알렉시스와 그녀는 같은 방향으로 걸었다.

복도를 가로질러, 밖으로 나가 회의 막사로 향하며 설명을 들은 제르는 제 피랍 소식이 생각보다 큰일이었다는 걸 알고 새삼 미안함을 더했다. 밤새도록 군사들은 출정 준비를 했고, 그 바람에 지금 뒷수습을 하느라 중고관급 간부들이 골이 깨진다고. 밀러의 집무실이 아닌 회의 막사에서 회동이 벌어지는 것도 반쯤 그 탓이었다.

좌로는 아스난이, 우로는 테일런이 뒤따르고 있었다. 알렉시스의 뒷모습이 눈앞을 어지르지 않았더라면, 조금은 마음 따뜻한 말을 건넬 수 있었을 것도 같았다.

막사가 성큼 가까워지자, 아스난이 걸음을 멈추고 말했다.

"주군, 다시는 그러지 마십시오."

제르도 덩달아 멈출 수밖에 없었다. 그녀는 여전히 펴질 줄 모르는 아스난의 얼굴을 올려다보다가, 웃고 말았다.

"……뭐, 나쁘지 않구나."

그는 불퉁하게 되물었다.

"뭐가 말입니까."

"에드하인다에 빚을 지운다는 거 말이다. 네 낯짝을 보니 썩 내 기분이 좋아."

"그런 식으로 눙치고 넘기시려거든, 전."

정말 크게 화를 낼 기색이었다. 밤새 한잠도 못 자 눈 밑이 퀭한 아스난이 저리 으름장을 늘어놓으니 웃기지 않았다고는 할 수 없었다.

제르가 마지못해 답하며 손을 흔들었다.

"알았어. 노력할게."

아스난이 한숨을 푹 내쉬었다. 제르는 고개를 돌려 테일런을 응시했다. 테일런도 만만찮게 뿌루퉁한 얼굴이었다. 이곳저곳, 온통 걱정하는 사람들뿐이다. 제르는 괜스레 간지러운 기분에 주먹을 쥐었다 펴며 절뚝절뚝, 걸음을 옮겼다.

그녀는 이번에는 테일런을 향해 말했다.

"일이 안 좋게 풀리긴 했지만 그래도 네 근신령은 철회해줄 테니까."

"주군."

"너도 화를 내려고?"

테일런은 조심스레 그녀의 목발 걸음을 도왔다. 아스난과는 다른 방식으로 화를 내는 테일런은, 조금 더 대하기가 힘이 들었다.

"저희보다는 당신이 더 소중한 분입니다. 그것만 잊지 마십시오."

제르는 찰나 눈을 깜빡이다가, 느릿느릿 웃었다. 그녀의 까만 눈동자가 물기로 반짝였다. 그녀는 괜스레 테일런을 마주 보기가 껄끄러워 고개를 돌렸다. 공교롭게도 알렉시스가 앞서 걷고 있었다.

"……그래, 귀에 쓴 말은 아니구나."

간신히 대꾸한 제르가 걸음을 내디뎠다.

알렉시스가 한 걸음 그녀를 등지고 걸어갈 때마다, 꼭 제르 역시 그만큼의 거리를 걸었다. 왕위 후보의, 바보 같은 인간의, 속 모를 이의, 대단한 남자의 널찍한 등.

갖가지 생각이 머릿속을 떠돌았다.

딱 그만한 거리를 두고 멀어지지도, 가까워지지도 않는 그의 등을 응시하던 제르가 느리게 시선을 돌렸다. 느리게 멀어지는 알렉시스와 일정한 속도로 따르는 제르는 마치 약속이나 한 듯 뒤돌아보는 법도, 멈추는 법도 없었다.

"칼을 들고 뛰쳐나가셨는데, 어째 뺨에 그리 손찌검 자국이 났답니까, 왕하."

레피스는 오만상을 찡그린 채로 알렉시스에게 캐물었다.

"트란실 여자의 짓입니까?"

누가 보더라도 여자의 손이었다.

뒤통수를 긁적이던 알렉시스가 설핏 웃었다. 그의 뺨에 선명히 난 따귀 자국은 이제 거의 멍처럼 푸르스름하게 물들고 있었다. 레피스는 왕재의 얼굴에 이런 자국이 남아 있는 건 망신 중의 개망신이라며 고래고래 소리쳐 의원을 불렀다.

"대체 어느 만치 겁대가리를 상실했기에 왕하의 뺨에 그따위……."

"내가 그랬습니다."

때마침 테일런이 휘장을 걷어준 틈으로 조심스레 아스난에게 의지해 목발을 짚고 들어온 제르가 말했다. 입을 떡 벌리고 있던 레피스의 눈빛이 맹렬해졌다.

"카르시탄께서 말입니까?"

밀러는 예상치 못한 이야기에 놀란 사람처럼 알렉시스와 제르를 번갈아 바라보았다.

"왕재에게 손을 올렸다 벌하려면 벌하시고, 왕성에 고한다 해도 나는 개의치 않겠습니다, 레이스."

"아, 아, 아, 아니, 왕하, 왜 왕하까지 그리 부르신답니까."

"그냥."

제르가 심드렁히 대답하자 레피스의 얼굴이 벌겋게 익었다. 잠깐 크게 흔들렸던 그는 곧 논지로 되돌아갔다.

"하지만 왕하, 알렉시스 님께서는 왕하를 구출하기 위해 위험을 무릅쓰셨는데, 그게 무슨 말입니까."

"맞을 만했으니까."

"무슨 그 말도 안 되는 소리입니까!"

따져 묻는 레피스와 달리 밀러는 알렉시스의 표정을 유심히 살피는 중이었다. 여자에게 뺨을 맞았다는 게 몹시 체면이 구겨지는 일인데도, 정작 알렉시스는 피식피식 웃으며 어깨만 으쓱거리고 있는 게 괴이했던 탓이었다.

"도대체 왕하가 대책 없는 건 알았지만 말입니다. 정도라는 게 있는 법입니다. 알렉시스 님께서는……."

"그대의 알렉시스 님이 정신을 못 차려 체벌로 일깨워줬소. 그것 말고는 방법이 안 보이더군. 내가 무례했다는 건 인정하고, 나도 몹시 유감이오."

"그건 또 무슨 망언을……!"

레피스의 흥분이 더욱 거세졌다. 제르 또한 짜증스러운 표정으로 레피스를 노려보기만 하니 상황이 나아질 것 같지가 않았다.

결국 알렉시스가 나섰다.

"제르 말이 맞아."

“아니, 알렉시스 님에게 손댈 수 있는 이는 아무도 없습니다.”
레피스가 으르렁거리듯 제르를 향해 적의를 드러내자 테일런 역시 드물게 얼굴을 찌푸렸다. 제르가 흥 하고 코웃음 쳤다.
알렉시스가 흥분한 레피스의 어깨를 툭툭 치며 시큰둥하게 말했다.
“결혼하자고 해서 맞은 거야. 그러니까 일단 진정하고 앉아.”
레피스뿐만 아니라 밀러도, 테일런도, 아스난도 굳어졌다.
레피스의 벽안에 해일이 몰아쳤다.
“예?”
“청혼했다고.”
“……누가?”
“내가.”
“……누구한테?”
“제르한테지 누가 또 있나.”
레피스가 한참 후에야 정신을 차린 사람처럼 신음과 함께 씹어 뱉었다.
“대체…… 왜 말입니까?”
“그냥 갑자기 그러고 싶어서. 그랬다가 한 대 맞았지, 뭐.”
레피스의 얼굴이 사정없이 일그러졌다. 제르를 향해 쏘아지던 사나운 눈빛이 온전히 알렉시스에게로 되돌아갔다.
레피스가 헛헛하게 입가를 떨며 물었다.
“정녕…… 알렉시스 님, 제가 죽는 꼴을 봐야 끝이 나겠습니까?”
레피스는 거의 실신 직전의 사람처럼 보였다.
“별일 아니니까 적당히 해. 밀러도 바쁜 사람이야.”
제르가 혀를 차며 약간의 동정 어린 눈길을 보내다가 말했다.

"헤센 경, 나는 최대한 빠르게 이곳을 떠나겠습니다. 이르면 내일 새벽 동이 틀 무렵 떠날 테니, 인사는 미리 하겠습니다. 폐를 끼쳤습니다. 본의 아니게 이리 다들 고생하게 했으니."

그때까지도 넋을 놓고 있던 밀러가 당황을 갈무리했다.

"아닙니다. 무사하신 것만으로도 다행입니다. 조금 더 쉬었다가, 상처가 좀 나으시거든……."

"괜찮습니다. 배웅도 필요하지 않습니다. 그저 조용히 예전처럼 떠날 수 있게 해준다면 마음이 편할 겁니다."

밀러의 눈에 찰나의 죄의식이 떠올랐다 사라졌다. 그가 고개를 끄덕였다.

"알겠습니다."

막 몸을 돌리려던 제르는 얼어붙은 테일런을 발견하고 설핏 웃었다. 아스난 역시 눈을 끔뻑이며 알렉시스를 노골적으로 바라보고 있었다. 당황한 기색이 역력한 얼굴로.

"정신 차리게."

"아, 주군……."

"예, 예."

제르는 밖으로 나가기 전, 마지막으로 고개를 돌려 알렉시스를 응시했다. 알렉시스는 레피스의 사납고도 귀여운 반항에 그저 웃으며 식은땀만 흘리고 있었다.

"반대쪽 뺨에도 자국 하나 내어드릴 수 있다면 소원이 없을 텐데요."

"레피스…… 농담도 그런 무서운 농담을. 참아주면 안 될까? 너한테 맞으면 뺨이 아니라 뼈가 나갈걸."

가만히 그들의 대화를 귀에 담는 낯빛이 서서히 깊은 고요 속으로 침전되었다.

결국 그녀는 알렉시스와 눈이 마주치기 전 몸을 돌려 나왔다. 비틀비틀, 하지만 쓰러지지 않고 꿋꿋하게.

바깥 공기는 금세 따스하게 데워졌다.

봄, 아니, 아마 이제 이곳은 여름이리라. 색을 갈아입는 계절의 문턱에 선 쾌청함을 되새기며 제르는 지난 기억들을 모조리 묻었다. 아스난과 테일런의 시선 때문에 뒤통수가 따가웠지만 그건 차치하고. 테일런은 늘 그랬으니 그러려니 하겠지만 아스난은 유달리 말이 없었다. 적어도 어찌 된 일이냐며 캐물을 거라 생각했는데 그러지도 않아 의외였다.

기가 많이 꺾인 것 같았다. 알고 지낸 지가 시일이 좀 되다 보니 그 정도의 눈썰미는 생겼다.

"……나 못지않게 고지식한 치들이라니까."

제르가 중얼거렸다.

무언가가 변했다. 나고 자란 땅에서조차 받아보지 못한 관심과 보호를 깨닫는다는 건, 서글프게 따스한 일이었다.

기실 지스카르에게 납치당하기 전까지는 느끼지 못한 것들이다.

낯설지 않아야 할 땅이 낯설고, 낯설어야 할 사람들이 익숙했다.

영영 이뤄질 수 없을 청혼을 하는 얼간이 같은 남자도, 사실 생각보다 나쁘지 않을지 모른다고, 아주 잠깐 그런 생각을 하기도 했다. 어떤 게 진짜 얼굴인지도 알 수 없는 남자였지만.

'오늘 같은 날은 모른 척 지나가도 좋지 않겠나.'

그래, 가슴에 묻기 좋은 날이다.

이제 지난날의 악몽에서 깨어나 제 숨이 살아 있는 땅을 디디고, 보금자리로 돌아가리라.

이 눈부신 날에.

"날이 좋구나."

혼잣말처럼 중얼거리며 몇 걸음 걷던 그녀가 고개를 젖혔다.

하늘 가득 드리워진 건 하얀 양떼구름이었다. 낮은 고도에는 간밤의 달이 도망간 자취를 쫓아 달리는 태양이 떠오르고 있었다. 아침은 오후가 되고, 저녁은 밤이 된다. 밤은 새벽이 되고, 새벽은 또다시 아침으로 되돌아온다. 시간이 모여 이룬 세월의 틈바귀 속에서 제르는 이런 벅찬 기분을 느껴본 적이 없었다.

알렉시스의 말과 같았다.

사실, 지스카르를 만난 어제는 그녀의 인생에서 가장 최악이었던 날이 아니었다. 최악의 순간은 지나갔고, 다시는 돌아오지 않으리라. 그건 이 지독한 세상이 그녀에게 준 단 하나의 공평함이었다.

눈물이 날 것 같았다.

제르는 가만히 눈을 감았다.

자그마한 새소리가, 아련하게 조잘거리는 것도 같았다.

제이하이가 에르크에서 목격되었다는 소문이 돌았다.

또한 같은 시기에 알렉시스 테피온 제2왕위 후보 또한 그곳에 있었다더라, 올리비에, 알렉시스는 제이하이가 목도된 이듬달 엘올라로 되돌아갔다. 기록에 따르면, 그달부터 왕실과 엘올라, 나아가 카르시타 전역에 기이한 소문이 돌기 시작했는데 그 소문은…….

외전

밀러 헤센, 관찰자

[밀러 헤센 펜 아라이산 쇼하인.
현재 에르크 일대의 국경 수비대 사령관. 쇼하인가의 장자. 공식적인 쇼하인의 후계자. 온화하지만 대쪽 같은 성정으로 유명. 무예에 일가견이 있다고 전해짐. 사교계에 잘 등장하지 않음. 종종 사고를 치는 동생에게도 무척 관대하며 베이하크 백작가로 시집간 여동생 말로리를 굉장히 아끼는 듯 보임.]

여기까지가, 밀러 헤센이라는 한 사내에 대한 세상의 총체적인 평가다.

그리고 이것은 밀러가 에르크 일대에 파견된 지 2년째 되던 해에 벌어진 일에 관한 일지로서, 그 진위 여부는 불분명하다.

[이것은 아라이산 쇼하인의 장남인 밀러 헤센이 일지에 기록해둔 그녀에 관한 이야기이다. 간결하고 요약되어 있으며 몇몇 날짜는 기록에서 제외되어 있다.]

5월, 비가 내리던 어느 날.

국경을 지키던 와중에, 넝마가 된 한 귀부인의 마차가 그들의 국경을 넘었음을 보고받았다.

5월 10일 비가 내렸다.

오늘따라 빗줄기가 거셌다. 한 병사가 허둥지둥 사령 본부로 달려왔다. 병사의 발에서 옮겨 묻은 진흙에 눈이 찌푸려졌지만 나는 병사의 보고에 놀라 꾸짖는 것도 잊고 말았다. 내가 연행된, 화살로

뒤덮인 마차를 발견했을 때, 그 마차에선 놀랍게도 사람이 내리고 있었다. 마차에서 내린 한 여자가 오도카니 서서 내 쪽을 응시했다. 데바람 국경 언저리에서 넘어왔으니 당연한 말이겠지만, 새까만 머리칼과 눈동자에…… 창백한 얼굴을 한 이국적 미인이었다. 첫 인상에서 그녀의 아름다움을 평했다는 건 몹시도 스스로를 책망할 만한 일이지만, 그걸 생각할 여력도 없었다. 묘령의 여인에게서는 카르시타 왕실이 발부한 왕명을 빙자한 서신이 발견되었다. 진위 감정이 시급하다.

5월 11일

취조하듯 따져 물었다. 그 여자는 데바람의 귀족의 신분으로 카르시타로 망명을 하려 한다고 했다. 이름은 제르. 언젠가 들어본 이름이다 싶었는데 지금은 잊힌, 한때는 유명했던 데바람의 총비와 동명이었다. 실제로 그녀는 데바람 왕가의 여자가 맞았다. 얼마 전 쥬세 왕이 서거했으니 데바람 왕실 내의 분란 끝에 내쫓긴 것이리라 추측도 가능했다. 망명 귀족이기에 총사령부 외곽의 별실을 내주었다. 말 수 적은 여자는 마른 체구에 비하여 음식을 섭취하는 것에 적극적이었다. 하지만 몸이 좋지 않은 것인지 간혹 헛구역질을 한다는 보고가 들어왔다.

5월 12일 날이 화창하게 개었다.

여자는 독설로 내 휘하의 기사들을 모욕하길 주저하지 않는다고 하였다. 나는 업무로 바빠 그녀를 마주할 시간이 없었지만 들려오는 보고에 의하면 손톱을 세우고 기사와 병사들에게 손찌검을 하는 일도 잦다고 했다. 결국 나는 시간을 내어 중요한 업무를 마친 저녁 시간에 그 여자를 만나러 갔다. 허나 결국 그녀와 이야기를 나누지는 못했다. 여자가 울고 있었기 때문이다. 울고 있는 여인에게 다가가 무어라 해야 할지 알지 못해서, 나는 다시 발걸음을 돌렸다.

5월 13일

이웃 영지의 키나 국경선에서 데바람과의 국지적인 전투가 일어났다 보고받았다. 데바람 인들의 난데없는 습격에 에르크 일대 역시 전운의 긴장으로 숨을 죽였다.

5월 19일 맑음

아침식사를 하는데 영 입맛이 없었다. 최근 이리 식욕을 잃는 날이 많았기에 식사를 무르고 연무장으로 향했다. 가는 길에 우연찮게 정원에서 노니는 검은 머리 여인을 발견했다. 카르시타 왕실로부터의 서신은 아직 도착하지 않았기에 나는 무시하고 길을 지났다. 언뜻 본 그녀의 눈은 정원사에게로 향해 있었던 것 같다. 제법 강렬한 눈빛이라 인상이 남았다.

6월 1일 맑음

어제 그녀를 정원 근처에서 만난 것이 떠올라 적당히 귀족의 대우도 해주고 경위도 들을 겸 그녀를 식사에 초대했다. 그런데 그녀는 요리사가 내어오는 요리와 식기를 관찰이나 하듯이 물끄러미 바라보더니 두 입도 대지 않고 속이 좋지 않다며 수저를 놓았다. 어쩐지 몰상식한 여자라는 생각이 잠시 들어 언짢아졌으나 내색하지는 않

았다.

6월 10일 양떼구름이 하늘을 덮음

키나의 소소한 전투가 끝이 난 모양이다. 키나로부터의 서신을 받고 마음을 한 숨 돌렸다. 그러다가 검은 머리 여인이 문득 떠올라 카르시타 왕실이 발부했다고 하는 그녀의 망명 서류를 찬찬히 훑었다. 문득 그녀가 이곳에 온 지 얼마 되지 않은 날 울던 모습이 머릿속을 혼란하게 했다. 최근에 그녀의 행패가 심해졌다는 보고도 받았다. 과연 데바람 왕실의 여자라 콧대가 높은 건지, 물불 가리는 법을 모른다. 요즘은 여름맞이 준비로 또 바빠서 정신이 없으니 저 여인이 좀 얌전해졌으면 좋으련만.

6월 12일

카르시타 왕실의 전서구가 도착했다. 전령이 아니라 전서구를 보낼 거라면 애초에 더 빨리 보냈어도 좋았을 것이다. 행정부 직원 관료들이 게으름을 피운 것이 틀림없었다. 후에 전하께 이런 나태한 관료주의에 대해서 읍소 드려야겠다. 전서구가 전한 서신의 내용은 간단했다. 망명 서류는 카르시타 본 왕실이 발부한 것이 맞으며, 곧 사람을 보내어 인수하겠다는 것. 그때까지 그녀를 억류할 것. 억류라는 단어가 조금 묘하다고 생각하면서 나는 편지를 서랍 안에 넣었다.

6월 13일

식욕이 하나도 없다. 나이가 든 건지, 피로도 쉬이 해소되지 않았다. 군 의원은 딱히 눈에 띄는 이상은 없다며 휴식을 권했다. 하지만 지금 여름 준비를 하는 시점에서 쉬는 건 어렵다. 빈 대답만 했다. 정말 피곤한 게, 과로는 맞는 모양이었다. 그런데 오늘 그 여자가 정신을 잃고 쓰러졌다는 소식이 들려왔다. 일이 하나 늘었다.

6월 14일

그녀가 수태를 한 상태라는 보고에 당황을 금치 못했다. 깡마른 몸에 무슨 임신인가 싶었는데. 반대로 떠올려보니 억지로라도 먹는 것에 집착했다던 보고가 떠올랐다. 스스로 몸조리를 하고 있었던 모양이었다. 그리고 가는 팔다리에 맞지 않게 약간 부해 보이던 몸도 그 때문인가 하면 이해가 되었다. 우선 더 따뜻하고 좋은 환경의 방으로 그녀를 옮겨주고 정기적인 의원의 진찰을 받게 하기로 했다. 이곳에 온 지 한 달여 동안 어떻게 내색 한 번 않은 걸까. 그 여자는 누구도 믿지 않았다. 어떤 삶을 살아온 건지 감히 눈에 그려져 조금은 안타까웠다.

6월 15일

그녀와 다시 식사 자리를 마련했다. 그녀는 이번엔 한 숟가락도 입에 대지 않았다. 심지어는 물 한 모금 마시지 않으며 나를 빤히 바라보기만 했다. 하지만 나도 입맛이 없었기에 식사를 물렸다. 피로가 더 누적되는 기분이었다.

6월 16일 쌀쌀한 날씨

오후에 조금 짬이 나서 그녀에게 티타임을 권했다. 왠지 그녀가 나

와 식사하기를 꺼리는 것 같았기 때문이다. 그녀는 자신의 방으로 오라며 의외로 순순히 나를 초대했다. 나는 식사 후 그녀에게 찾아갔다. 그녀는 찻잔을 내어주며 손수 은가루가 촘촘히 뿌려진 달콤한 차를 내게 권했다. 우아한 손놀림과 접대하는 기품이 분명 지체 높은 여인임이 눈에 보였다.

7월 1일 부슬비 내리며 습한 날씨

베이하크 백작으로부터 서신을 받았다. 웃음이 나왔다. 알렉시스 님이 또 몇 달을 못 견디고 성 밖으로 뛰쳐나가신 모양이다.
이제 부관과 병사들마저 내 과로한 상태를 눈치 챌 정도가 된 모양이다. 얼굴빛이 납빛이라며 안절부절못하는 모습에 쉬겠다 하며 집무실로 돌아왔다. 그 여자는 며칠 잠잠했다. 몸이 안 좋은 건 아닐까. 한 번 찾아가봐야 하나, 하는 쓸데없는 잡생각이 든다.

7월 5일

아버지께서 또 다른 전서구를 보내오셨다. 의외로 현재 사령부 별실에 머무는 그 여자에 대해 물으셨다. 무슨 일일까 하는 생각이 잠시 들었지만 묻지는 않았다. 내가 해야 할 일은 그냥 묵묵히 명을 받드는 것이니까.
덧붙임. 혹시나 알렉시스 님을 발견하면 잡아다 왕도 송환을 해달라는 공문이 내려왔다. 당최가, 이번엔 또 어디로 가셨을는지. 좋은 꼴 볼 리가 없으니…… 에르크로는 안 오셨으면 좋겠다.
덧붙임2. 불충해서 죄송합니다, 알렉시스 님.

7월 6일

제르라는 이름의 여자는 시간이 흐르니 슬슬 웃기도 했다. 비웃음이 더 잦았지만 그래도 경계를 풀고 있다는 말이었다. 기사들에게 행패를 부린다는 보고도 점차 뜸해졌다. 물론 그건 내 눈에는 그녀가 성격을 죽였다기보단 기사들이 알아서 그녀의 앞에서 몸을 사리는 것 같다.

이상한 것이, 오늘 그녀는 나와 눈이 마주치자 희한한 표정을 지었다. 잔뜩 불만이라는 표정이었다. 왜 저러나 싶어 그녀에게 다가가 쓸데없는 잡담을 꺼냈다. 배 속의 아기에 대한 안부를 묻자 그녀가 행복한 건지, 슬픈 건지 알 수 없는 얼굴로 웃었다.

이상하게 그 웃음에 마음에 박힌다. 웃는데도 우는 얼굴 같다고 말한다면 비문일까.

덧붙임. 칼시단의 질녀가 자결한 지 몇 해도 지나지 않았는데, 또 며칠 전 한 젊은이의 부고 소식이 들렸다. 아쉬운 이들의 영별이었다. 조문의 서신을 보내야겠다.

7월 7일

잠시 군사 훈련을 위해 자리를 비운 사이에, 제르 님이 내 집무실에 다녀갔다는 보고가 들렸다. 책상 위에는 낯익은 이름들이 쭉 적힌 종이가 놓여 있었다. 뭔지 모르겠다. 나중에 만나면 물어봐야겠다, 생각하고 서랍 속에 그 종이를 넣었다.

7월 13일

결국 쓰러지고 말았다. 부관이 바락바락 대들며 누워 있어야 한다

고 한다. 평소엔 내 말에 토씨 하나 못 달던 순하던 부관인데 저렇게 야차 같은 얼굴을 한다니 조금 놀라웠다. 하루 종일 수프만 마셔서인지 손 하나 까딱할 힘이 없어 이 일기를 쓸 기운조차 없다…….
덧붙임. 에들렌이 또 엉뚱한 소식을 서신으로 보냈다. 머리가 아프다. 에들렌 이 녀석…….

7월 15일 날이 흐림

꽤나 쉰 것 같은데 몸 상태는 점점 나빠지기만 하는 것 같다. 뜻밖에도 제르 님이 내 병문안을 왔다. 눈에 보일 정도로 부른 배를 조심히 감싸며 다가오는 그녀의 얼굴엔 한심함이 떠올라 있었다. 나는 수프를 먹다 말고 그녀를 맞이하게 되어 몹시 쑥스러웠는데, 그녀는 무례하게도 내게 다가와 내 수프 그릇을 빼앗아 엎었다. 제일 처음 든 생각은 그녀가 기사들에게 행패를 부렸다는 보고에 관한 것이었다. 나도 모르게 화를 냈다. 그러자 그녀는 도리어 언성을 높이며 온갖 욕지거리를 내뱉었다. 이런 일에 끼어들고 싶지 않았다며 바락바락 소릴 지르는 여자에게 기가 눌려 멍청하게 앉아 있으니, 그녀는 곧 차분히 그녀는 내가 독에 중독되었다는 걸 알려주었다. 심지어 두 가지 이상의 복합 중독 상태였다. 그녀가 예전에 책상 위에 두고 간 종이들은 바로 그녀가 발견한 데바람 간자들의 이름이었다.
그녀의 말을 신뢰하지는 않았지만 의원이 사정을 듣더니 기겁을 하며 온갖 독소를 점검하기 시작했다. 결론적으로, 발견된 독은 네 종류였다. 다른 독들은 미미하여 치명적이지는 않았으나 누카아는 아니었다. 나는 적지 않은 충격 끝에 한동안 해독을 위한 요양에 들어

가야 한다는 걸 받아들였다.
덧붙임. 제르가 일렀던 간자들 이외에 요리와 식사를 주관하는 주방에서 역시 간자를 발견했는데 무려 십여 년간 에르크에서 봉사하던 주방장이었다. 그녀가 아니었다면 어떻게 되었을까. 속이 답답하다.

8월 18일

요양하는 중에 정신이 없어 한동안 손에서 놓았던 일지를 쓴다. 독기를 빼는 것은 고되지는 않았으나 자잘한 것들로 인해 오래 걸렸다. 몸은 많이 나았다. 오랜만에 본 제르 님의 배는 어느새 산처럼 불룩했다. 몸을 완전히 추스르는 동안 그녀는 내게 많은 조언을 해주었다. 그 사건이 있은 뒤로 그녀와의 관계는 굉장히 원만해졌다. 그녀도 경계를 많이 풀었고, 나 역시 그녀를 신뢰하기 시작했다. 그녀의 출신과는 상관없이 그녀는 내 은인이었다.
그러고 보니, 오늘 카르시타 중앙으로부터 서신이 왔다. 그들은 의아하게도 그녀의 출산일을 물었다. 의원은 두 달 안에 아이가 나올 것이라고 했다. 썩 좋아하리라 여겨 그녀에게 소식을 전해주었지만 그녀는 웃지 않았다. 왜 그러냐 물으니 그녀가 의미심장하게 답했다. 어차피 손 한번 잡아보지 못할 아이라며. 곧 어머니가 될 사람이 그런 말을 하면 안 된다는 따끔한 충고를 해주었지만 그녀는 시원스러운 대답 대신 웃기만 했다.

9월 3일

또 다른 전서구가 도착했다. 왕비 전하의 왕손 잉태가 뒤늦게 알려

졌다고 한다. 나라의 경사였다. 이야기를 들어보니 왕비 전하께서도 출산이 몇 달 남지 않으시었다고 한다. 혹 있을지 모를 초기 유산을 염려해 확실해지기 전까지 세간에 알리지 않으신 거라며 다들 추측하는 것 같다. 엘올라는 한창 축제 분위기라고 한다. 하지만 기쁜 것과는 별개로 알렉시스 님을 떠올리니 기분이 영 미묘했다. 문득 또 제르 님이 생각났다. 제르 님은 이곳에 피붙이나 친지 하나 없을 테니, 몹시 불안할 것이다. 도울 수 있다면 돕고 싶다.

9월 5일 맑음

그녀가 우울해하는 것 같아 최대한 이것저것 편의를 준비해주려 노력하고 있지만, 그녀는 예전처럼 웃지 않았다. 가끔 보이는 서글프고도 희미한 웃음이 마음이 쓰였다. 오늘은 그녀와 꽤 허물없어진 기사의 아들 중 하나가 그녀의 배 속 아이의 태동을 느끼면 안 되냐며 다가갔다가 그녀의 손찌검을 맞고야 말았다고 한다. 한동안 잠잠했던 그녀의 행패가 시작된 것이 아니냐며 불안해하는 보고가 올라왔다.

9월 6일

맙소사. 충격적인 소식이다.
국경 언저리에서 어떤 괴생물체가 나무를 타고 올라가 진영 벽을 뛰어넘었는데, 죽지 않고 살아서 진영을 뛰어다니고 있다고 보고가 들어왔다. 정체를 밝히고 보니 데바람에서 망명한 제르 님의 시중을 들었던 시종 계집이었다. 시종이란 것을 알게 되고 나서도 한동안 놀람은 가라앉지 않았다. 지금 생각해도 여자의 몸으로 어떻게 저 높은 나무 꼭대기까지 올라가고, 겁도 없이 뛰어내려 높은 담벼락을 넘었는지 모르겠다.
그 여자가 나타나자 제르 님의 기분이 누그러진 것 같아 기본 인적사항을 제한 그 밖의 것은 불문에 부쳤다.

9월 9일

새로 난입한 시종이란 존재 때문에 기사단이 발칵 뒤집혔다. 처음 한 이틀은 잠잠하더니 곧 종횡무진 쏘다니며 제 집마냥 진영을 누비는 바람에 당황한 이들이 한둘이 아니었다. 게다가 여자의 몸으로 "대련하실 분."을 외치면서 연무장 근처를 서성인다고 한다. 데바람의 여자들은 정말 대단한 것 같다.
덧붙임. 저 시종은 대체 정체가 뭘까.

9월 15일

제르 님이 방에 처박혀 나오지 않는다는 이야길 들었다. 바람이라도 쐴 겸 나들이라도 하자 권할까 하는 생각으로 그녀의 방으로 향한 나는 그녀가 시종과 말다툼을 벌이는 걸 우연찮게 엿듣게 되었다. 그들은 도주에 대해 이야기하고 있었다. 듣지 말아야 할 것을 들은 것 같은 기분에 발길을 돌려 집무실로 돌아왔다.
만약 그녀가 도망치려 한다면 어떻게 해야 하나. 애석하게도 나는 왕명을 따라야 하기 때문에, 그저 그런 일이 없길 바란다.

9월 18일

오랜만에 제르 님과 티타임을 가졌다. 그녀의 산처럼 부른 배를 바

라보았다.

그녀의 눈물을 보았다.

10월 1일

곧 그녀의 출산이 다가온다는 것을 알고 그녀와 안면 있는 몇몇 기사들이 기대감 어린 시선을 보냈다. 하지만 그녀는…… 어째서인지 전혀 기뻐 보이지 않는다. 느낌이 좋지 않았다.

10월 10일

요즘 다시 바빠졌다. 날이 풀리고 화동 계획을 짜는 것도 그렇지만 곧 카르시타에서 보낸 이들이 도착한다는 서신을 받았기 때문이다.

10월 11일

그녀가 늦은 오후 진통을 시작했다. 머리털을 쥐어 뜯겨 산발을 한 르니아라는 시녀가 산파를 찾으며 뛰쳐나오는 모습이 에르크 괴담으로 남을 만큼 끔찍했다고 한다. 직접 보지 않아서 다행이다 싶었다. 에르크의 진영엔 산파가 없었기에 급한 김에 의원을 호출하였다. 소식을 들은 머리칼이 별로 남지 않았던 늙은 의원은 모근을 포기하는 마음가짐이라도 다졌는지 방 앞에서 제 얼마 남지 않은 머리털을 안타깝게 만지작거리더니 제르의 방으로 들어갔다. 그리고 얼마 지나지 않아 꽥꽥거리는 소리가 났다. 왠지 나까지 초조해졌다. 공교롭게도 그 비상시에 카르시타 왕실이 보낸 사람들이 도착했다. 그들을 맞이하랴, 그녀를 신경 쓰랴 정신이 없으니 잠시 펜을 놓겠다.

10월 12일

자정.

12시가 넘었으니 12일이라 칭하겠다. 이제 곧 해가 뜰 것 같다. 카르시타의 왕실의 사람들은 수 시간째 진통이 계속되는 여인의 방 앞에서 떠나지 않았다. 여독을 풀고 쉬라 권해보았지만 그들은 꼼짝도 않고 그녀의 방 앞을 지키고 있었다. 그들을 마주하니 시체를 쪼아 먹는 열기 없는 독수리의 눈이 떠올랐다. 불안이 더해졌다. 하지만 난 내색 없이 제르 님의 소식을 기다렸다. 벌써 아홉 시간째였다. 비명이 단말로 삼켜지는 소리가 날 때마다 덜컹덜컹 가슴이 저렸다. 이상하게 내 속이 타들어가는 기분이라 안 마시던 독주도 한 잔 들이켰다.

그리고 달이 기울고 별이 스러지는 선선한 새벽, 우렁찬 아기의 울음소리가 들렸다. 기다리던 이들 모두 하나같이 안도의 한숨을 쉬었다. 얼마 지나지 않아 머리털을 죄다 쥐어뜯긴 르니아가 시체처럼 기어 나오더니 그 뒤를 따라 모근마저 뿌리째 뽑힌 듯 매끈한 머리를 가지게 된 늙은 의원이 나왔다. 그는 기쁘게 웃으며 아기를 보여주었다. 사내아이였다. 산모가 정신을 잃었다는 소식에 놀랐지만 생명에는 지장이 없다 하니 한숨 놓을 수 있었다.

모두의 신경이 아기에게로 집중되었다. 아직 눈도 제대로 뜨지 못한, 말 그대로 조막만 한 아기였다. 아기의 불어터진 눈이 게슴츠레하게 잠시 벌어졌다. 희귀하고도 신비로운 보랏빛 눈동자가 언뜻 보였다가 앙증맞고 쪼글쪼글한 눈두덩에 묻혔다. 모두들 즐거워했다.

덧붙임. 생명의 신비는, 정말 대단하다.

10월 13일

무언가 일이 이상하게 돌아가고 있는 것이 느껴진다.

……아무래도 당분간은 더 이상 일지를 쓸 수가 없을 것 같다. 왕실에서 파견한 사람들의 행동이 이상하다. 알아보아야겠다.

[그의 일지는 10월 13일을 끝으로 끊겼다. 10월 14일, 10월 15일, 10월 18일, 11월 2일, 11월 3일, 11월 4일자의 페이지에 펜으로 날짜와 무언가를 적어놓은 것이 보였지만 명확히 읽어내기가 힘들다.]

11월 15일 부슬비

그녀와 그녀의 시종은 조용히 에르크를 떠났다. 그녀에게 우리는 죄인이었다. 아이가 함께 배 속에서 커가는 것을 지켜본 모든 병사들은 그녀의 슬픔을 제 것처럼 탄식했다. 나는 그녀가 지금 이곳을 떠나서 어디로 갈지도, 어떻게 살겠다는 건지도 모른다. 걱정이 앞섰지만 감히 내가 그녀의 거취를 추궁할 수는 없었다. 나까지 속이 죄 헐어버린 기분이다. 그저 떠나는 여인의 뒷모습이 너무나도 작고 초라해…… 다시 한 번 깨어진 약조를 떠올렸다.

언젠가 다시, 만날 수 있을까.

이곳에서 그녀가 행복할 수 있을까.

그랬으면 좋겠다. 그녀가 이 모든 걸 극복하고 행복해질 수 있었으면 좋겠다.

아홉 번째 장

소리의 추억은 미명을 부른다

"다음."

제르가 지친 음성으로 손바닥을 들어 보이자, 이번에는 테일런이 앞으로 나섰다. 오늘은 테일런까지도 일거리를 물고 들어온 것이다.

"말씀드렸던 소년촌에 관해서도 마지막 인가를 기다리고 있습니다. 바쁘신 건 알지만……."

"클로이스 경, 그 서류는 내 방 침실에 뒀으니까 가져가. 다음."

"아룁니다. 망루 쪽의 보수는 끝났습니다."

"농수로 건설 일손이 부족합니다. 노역꾼들을 좀 더 고용할 수 있도록 재정을 늘려주시거나, 기한을 좀 더 연장해주시면……."

"주군, 니로인의 영주께서 방문하시었습니다. 오후에 있을 응대 준비는 현재 진행 중입니다만, 또다시 전령이 도착했습니다."

집무실이 왁자했다. 제르는 이마를 짚으며 고개를 젖혔다. 눈을 뜨자마자 밀려드는 사람들로 인해 머리가 아파 죽겠다. 성에 돌아온 지 벌써 석 달이 지났는데, 어찌 된 일인지 일거리는 줄지를 않았다.

"수고했다. 헥터 경은 나가봐도 좋다. 그대는 보수가 끝난 곳의 노역꾼들에게 적절한 포상과 휴가를 주도록. 니로인에서 찾아온 이들은 르니아가 알아서 맞아줄 것이다. 그리고 루네비온 만의 조선 공사에 관한 문제에 대해서는 이미 말했듯 퀸시오령의 세율이 그리 높지 않다는 것은 너희도 알고 있을 터다. 기간을 늘이거나 재정을 더 할당한다는 건 지금으로서는 무리다. 최대한 기한에 맞춰. 내게 이런 우는소리 하는 일 없게 해."

제르가 싸늘히 일침한 후 시선을 돌렸다. 아스난이 차례를 기다리고 있었다. 그녀의 입장에서는 제일 피곤한 이였다.

심지어 아스난의 낯빛은 오늘따라 유달리 못마땅한 기색을 드러내

고 있었다.

"또인가……."

"가져오거라. 지잔령에서 온 성의입니다."

아스난의 명령에 하인들이 커다란 상자를 낑낑거리며 들고 들어왔다. 제르의 표정이 삽시간에 일그러졌다. 고운 미간에 주름이 잡힌 것을 발견한 아스난 또한 참지 못한 한숨을 내쉬었다.

최근 들어 심심찮게 벌어지는 일이었다. 친분 없는 땅의 영주가 퀸시오에 성의를 빙자한 뇌물을 바친다. 아마도 이유는 카르시타 전역을 휩쓸고 있는 그 소문 때문일 것이다.

제르로서는 어이가 없어 숨이 넘어갈 것 같은 그 소문.

왕위 후보 알렉시스 테피온이 퀸시오의 왕족에게 청혼했다가 거절당했지만, 포기하지 않고 구애 중이다, 라는 이야기.

제르로서는 미칠 지경이었다.

저들이 왜 저러는지도 알고, 전혀 이해 안 가는 것도 아니지만 무엇보다도 대체 소문이 어떻게 퍼지기 시작했는지 알 수가 없었다. 알렉시스가 청혼에 관한 것을 아무렇지도 않게 떠벌렸을 때 방 안에 있던 이들은 밀러, 레피스, 자신, 테일런 이렇게 넷뿐이다. 레피스는 알렉시스의 일이었기에 앞장서서 입을 다물었을 게 뻔하니 통과. 테일런이나 밀러는 자신이 아는 한 저런 소문을 떠벌릴 이가 아니었다. 그녀 역시 없던 일처럼 침묵하는 와중인데 도대체 어떻게 그 소문이 퍼져나간 건가.

게다가 이 괴소문에 불을 지르는 것은 따로 있었다.

"그리고…… 가져와라."

아스난이 무뚝뚝하게 명령하자, 조금 전 인근 영주의 성의를 안으로 실어 날랐던 이들의 뒤로 곧 어마무지하게 무거워 보이는 상자를 끙끙거리며 들고 들어오는 장정 넷이 보였다. 벌써 세 번째 만남이라 낯설지도 않았다.

그들이 조심조심 들고 들어오는 왕실의 인장이 찍힌 상자는 지난번보다 배는 커져 있었다.

"오늘 아침 일찍…… 올리비에 왕하로부터 도착한 패물이……."

또 알렉시스가 선물들을 보내온 것이다. 그의 행실이 저러하니 괴소문이 석 달이 지난 지금까지도 꺼지지 않고 타올라 휴양 방문을 빙자한 귀족들의 아부성 방문이 끊이지를 않는 것이다. 그 덕에 성은 거의 항시 외부 귀족들로 북적북적했다. 그들이 퀸시오에 퍼주는 돈, 귀족다운 '소비'는 분명 퀸시오 백성들의 시장 경제를 한층 풍족하게 해주기는 하였으나, 그들을 대접하는 데에 성 안 사람들의 등골은 휘다 못해 비틀어질 지경이었다. 치안도 더 신경 써야 했고, 융숭한 대접도 해야 했고, 그들이 지낼 곳을 살피기도 해야 했으니 이만저만 손이 가는 게 아니었다.

마뜩잖은 표정으로 그 상자를 바라보던 제르가 짜증스러운 듯 손사래 쳤다.

"돌려보내."

"돌려보냈더니 이리 되돌아온 겁니다, 주군."

아스난은 이제 거의 자포자기한 모양이었다.

'도대체 무슨 생각인지…… 그 얼간이는.'

제 얼굴에 먹칠을 한 소문을 모르는 것도 아닐 터. 이쯤 되니 그는 되레 즐기는 것이 아닌가 싶기도 했다.

"이번엔 그냥 받으심이."

아스난이 힘겹게 권했다. 그녀 또한 그가 왜 그리 말하는지 잘 알고 있었다. 달을 주기로 도착하는 저 패물을 그대로 돌려보내면, 교활한 알렉시스는 돌려보낸 패물에 더해 또 다른 패물을 얹어 배로 돌려보내는 것이다. 처음의 작달만하던 상자를 생각하면, 지금은 곱절이었다. 차라리 저 미친 짓을 멈추게 하려고 서신이라도 동봉해 레피스에게 돌려보낼까 했지만, 그것도 우스운 꼴이었다.

빰 한 대로는 부족했나.

하지만 그녀 또한 고집은 지지 않았다.

"내…… 저것을 아무 이유 없이 받을 수는 없으니 왕하에게 마음만 받겠다 전하고 돌려보내라."

짐꾼들의 얼굴이 허옇게 질렸다. 이번에 이것을 돌려보내면, 지금이야 네 명이서 간신히 감당하는 정도이지만 다음번엔 육두마차에 실어 와야 할지도 모를 일이었다. 퀸시오와 엘올라를 수차례 왕복하며 이미 지칠 대로 지친 짐꾼 하나가 뛰나와 엎드렸다.

"저, 잠시! 황공하옵니다. 지고한 카르시탄께서 그리 말씀하실 거라 하시며 알렉시스 님께서 서신을 한 통 동봉하셨습니다!"

제르는 내키지 않는 표정으로 서신을 가져오도록 시켰다. 고급스러운 원목 빛의 도톰한 종이를 받아든 제르는 단정한 필체로 '제르에게'라고 쓰인 봉투를 보자마자 찢어버리고 싶은 욕망에 휩싸였다.

잠시나마, 이 얼간이가 나쁘지 않다고 생각했던 한때의 자신이 원망스러울 정도였다.

[친애하는 나의 제르]

꾸깃. 제르가 무의식적으로 편지 봉투를 뭉갰다. 첫 구절만 봐도 뒷이야기가 훤했다. 실제로 지금 그녀의 방에 쌓인, 안부 인사로 위장한 연서가 몇 통인가.

[이제 여름이구나. 네가 없는 여름은 내게는……]

이놈은 어찌 이리 채신머리없이 낯 붉어질 말을 잘하는 걸까. 제르는 한숨을 삼키며 느릿느릿 그 서신을 읽어 내려갔다.

[너무 오랫동안 보지 못하니, 혹시나 네가 나를 잊을까 걱정이 된다. 혹 계속 내 성의를 돌려보내는 것이 내가 직접 찾아가 전해주지 못해 서운해서 그런 건 아닐까 하는 우려에 이렇게 편지를……]

그럴 리가 없다. 저놈도 사실은 잘 알고 있을 것이다.

[이번에도 네가 나의 '성의'에 불만족한다면 다음엔 내가 사죄의 마음으로 직접 찾아가서 내 진심을……]

제르의 얼굴이 싸하게 식었다. 순진한 체 협박까지 일삼는 행태가 아주 볼 만하지 않은가. 확실히 그의 반 협박은 효과적이었다. 그녀는 편지를 구겨 쥔 후 반쯤 체념한 투로 말했다.

"그동안 무거운 짐을 들고 오가느라 수고했네. 돌아가 왕하께 아주 감사히 받겠다고 말하게."

짐꾼들의 얼굴이 환하게 펴졌다. 그들은 혹시나 제르의 마음이 바뀔

세라 발이 보이지 않을 정도로 재빠르게 알현실을 벗어났다. 제르는 왼쪽 벽을 가득 채울 정도로 큼직한 인근 영주의 성의와 알렉시스의 성의들을 바라보면서 한숨을 쉬었다.
"엘보르트 경도 나가보게. 니로인의 전령이 당도하면 알리도록. 지잔에서 받은 것에 대한 답례 또한 알아서 적절히 하고."
"예."
르니아는 이 상황이 그저 재미있다는 듯 작게 키득거리다가 그녀와 눈이 마주치자 슬그머니 혀를 내밀어 보였다. 제르가 괜스레 퉁명스러운 목소릴 냈다.
"그러고 보니 르니아, 너는 내게 할 말이 없니?"
"할 말요?"
"네가 요즘 후안 경과 자주 함께 있는다고?"
눈을 끔뻑이던 르니아의 얼굴이 순식간에 벌겋게 타올랐다. 그녀는 과장된 손짓으로 양손을 저으며 변명했다.
"아, 아니……! 그냥 시나와 님께서 저를 먼저 돌려보내셨을 때, 셀파 님 혼자 군사 훈련을 하시는 걸 몇 번 도와드리면서 친해진 것뿐이에요. 요즘도 종종 도와드릴 수 있으면 도와드리려 하고 있고……."
"지금 세닉 경은 뭘 하나?"
"제가 그걸 어찌 알겠어요?"
"그럼 지금 후안 경은 무얼 하나?"
"아아, 셀파 님은 지금 아침 훈련 중이실 거예요. 아까 지나오면서 봤는데 바빠 보이시더…… 아…… 아휴, 시나와 님도 참! 이런 걸로 놀리시긴! 저 가볼게요."
기다렸다는 듯 셀파의 일정을 술술 늘어놓던 르니아가 빽 소리치며 벌건 얼굴로 나가버렸다. 제르는 그런 르니아의 뒷모습을 뚱하니 바라보다가, 슬며시 입꼬리를 올렸다.

따뜻한 혼잣말이 흘러나왔다.

"하여간……."

니로인의 귀찮은 방문객을 접대해 돌려보낸 후 제르는 평온을 되찾았다. 그녀는 온 퀸시오 도처로 번지는 따스한 날씨를 만끽하기 위해 창문을 열어젖히고, 가만히 음악 소리에 귀를 기울였다. 최근 끊일 줄 모르는 이 음악은 욜랑이 켜는 후카 소리였다. 악기 연주자가 꿈이라 소리치는 맹랑한 꼬맹이의 연주를 종종 들으러 다니던 제르는, 아예 마음을 바꾸어 퀸시오의 내정 누각을 욜랑에게 내어주고 누구든 원하는 이 있다면 들으러 올 수 있도록 성문을 완전히 개방했다. 벌써 한 달째였다.

오늘도 욜랑은 연습을 하는 모양이었다. 여전히 어설프지만 처음보다는 훨씬 자연스러운 악기 소리가 귀에 달았다. 제르는 창턱에 턱을 기댄 채로 멀끄러미 욜랑의 정수리를 내려다보았다. 근처를 오가던 시녀들이나, 고용인들, 혹은 열린 문 안으로 슬그머니 들어와본 여행객들이 욜랑의 주위를 배회하는 게 보였다.

음악이란 그렇다.

음악에는 사람을 끌어들이는 힘이 있었다.

이 방 밖으로 한 걸음만 더 나가면, 바로 다시 전쟁 같은 현실이 그녀를 기다리고 있을 터이나 그걸 알면서도, 지금 그녀에게 모든 업무

는 먼 세계의 이야기처럼 아득하기만 했다.

에르크에서 돌아온 이후로 아스난은 그 어느 때보다도 헌신적으로 임무를 다했다. 얼핏 좋게 들리지만, 제르에겐 썩 달가운 얘기는 아니었다. 그가 헌신적이라는 건 그녀를 더 못살게 군다는 말과도 같았으니까. 어쨌든 그나마도 오늘 그는 그녀의 앞으로 쏟아지는 수많은 뇌물들을 처리하느라 바빠 저녁쯤에나 올 것이고. 테일런은 무슨 바람이 분 건지, 고아 소년들과 관련된 어떤 기획을 차근차근히 진행하고 있어 뜸했다. 그는 예전에 금편을 받겠다며 악바리처럼 달려들던 에노디를 수행원으로 두고 검술과 훈련을 시켜주는 걸 취미로 삼은 듯도 했다. 셀파는 여전히 가끔 르니아와 잡담이나 나누며 연무장과 군사훈련장을 떠나는 법이 없었고 말이다. 르니아는 또, 셀파와 함께 있을 때가 아니면 퀸시오의 남부 시가지에서 새로 자리를 잡고 있는 페이랑과 펜시 내외를 돕느라 이래저래 바빴고…….

그러다 보니 자주 마주치는 이는 렐딘과 몇몇 시녀, 하인들뿐이었는데 제르는 요 며칠 그들 몰래 짧은 즐거움 누리는 데에 재미가 붙었다. 얌전히 성 안에 머무는 그녀에게 아무도 신경 쓰지 않는 지금이 기회였다.

제르가 느린 걸음을 옮겼다. 오후에 시녀들이 차를 가져와 자리를 비운 자신을 발견하면 놀라겠지만, 그다지 대수롭지 않은 일이었다. 때마침 보고서를 가지고 올라오던 렐딘이 제르를 발견했다.

제르는 이 일이 다시 한 번 성을 떠들썩하게 할 것이라고는, 결코 예상하지 못했다.

아스난은 요즘 무척 바빴다. 기사들의 훈련과 대부분의 치안 활동, 제르의 안위, 안보를 모두 맡았던 그였지만 최근 들어 급증한 지방 귀족들의 방문에 몸이 열 개라도 모자랄 만큼 정신이 없었다. 페이랑마저도 공식적으로 그들을 도울 수 없게 된 터라 셀파와 렐딘, 테일런에게 분담시켜야 할 정도였다.

아스난은 마지막까지 페이랑의 기사 작위 복권에 대해 조금 더 힘쓰고 싶었으나, 페이랑이 거절했다. 그는 미련 없이 펜시와 이렇듯 배를 곯지 않고 사는 것만으로도, 간간이 도울 수 있는 일을 하며 퀸시오에 머무는 것만으로도 만족한다고 말했다. 렐딘과 마찬가지로 어릴 적부터 보아 성품은 잘 알았지만, 미안할 정도로 그런 모습이 어울리는 청년이었다. 아니, 이젠 한 가정의 가장이 되었다.

그는 아넬라와 자신의 귀여운 딸아이가 어떻게 지낼지 궁금해졌다. 멀리 변방으로 발령이 나는 바람에 이별 아닌 생이별로 홀로 지내는 그녀를 생각하니 가슴이 쓰렸다. 하지만 그런 감상에 젖어 있을 시간도 없었다. 그는 오늘 루네비온 만 안쪽에 위치한 조그마한 숲을 개간하여 조경 공원을 꾸미는 현장에 나와 있었다. 각종 목자재들이 차례차례 틀을 쌓고 있었다. 그가 이런 현장을 일일이 감독한다는 건 어불성설이었지만, 인력이 부족하니 어쩔 수 없었다.

농담으로라도 부정하지 못할 만큼, 퀸시오는 유례없는 대성황의 발전기를 맞이하고 있었다. 애초에 특산품이라거나 특산물이라거나 하

는 것이 없이, 그저 변방 요크 반도의 부동항, 트란실과의 전쟁의 요충지 정도로만 알려져 있던 도시 곳곳에는 교육당과 공원과 매립지가 생겨나고 있었고, 해적들로 인해 건설하게 된 조선소로 곳곳의 상선들이 드나들었다. 이 모든 것이 고작 1년도 되지 않은 시간 동안 벌어진 일이었다.

대부분의 자금은 퀸시오를 할양받을 때에 제르에게 하사된 유스카리의 장려금, 전 퀸시오 영주가 남기고 간 성 안의 사치품들을 팔고 남은 것들, 일부는 퀸시오의 낮은 비율의 세금으로 취득한 공금이었지만, 사실 로마탄 그레온이 주고 간 것들도 꽤 비중을 차지했다. 자금 사정이 넉넉하다는 건 좋은 거지만, 아스난은 기뻐할 수만은 없었다. 돈세탁은 어쩔 수없이 그의 몫이 되었으니까. 그리고 알렉시스 테피온이 제르에게 연모의 감정을 표시한다는 해괴하고도 기이한 소문이 돌아, 주변 귀족들이 제르와의 연줄을 만들기 위해 발 빠르게 몰려드는 것도 한몫했다.

그래도, 퀸시오의 전 영주가 탕진하고 횡령한 세금으로 인해 넝마 같던 자금 상황과 비교하면 참 많이 나아졌다.

그리고 제르는 성문을 완전히 개방해 원하는 누구든 드나들어도 좋다는 명령까지 내렸다. 단순히 어린 꼬마 악공 한 명 때문이었다. 처음엔 결사반대했지만 누가 그녀의 고집을 꺾을까.

욜랑이라는 꼬마는 매일같이 낡은 후카를 들고 누각에 앉아 연주를 연습했다. 신기한 건, 그들에게 거부감을 보이던 백성들까지도 시간이 남으면 소일거리 삼듯 소년의 연주를 듣기 위해 슬그머니 성을 방문한다는 것이었다. 방문할 때마다 먹거리나 이것저것을 가져다주는 백성들을 내치기도 뭣해 내버려뒀더니 이젠 그저 여상한 풍경이 되어버렸다.

그뿐인가.

테일런도 뜻밖의 기획을 진행하고 있었다. 에노디라는 한 어린아이를 휘하로 들인 테일런은 봉급을 거절하고, 제르에게 2년에 걸쳐 버림받은 아이들을 거두어 머물게 할 수 있는 시설을 세우고 싶다는 의사를 밝혔다. 제르는 마음대로 하라며 방관했지만 간간이 살피는 걸 보면 장려하는 기색이었다. 테일런의 머릿속에서 나온 그 생각은, 아스난은 상상도 할 수 없었던 신선한 것이었다.

그는 루네비온 만의 끄트머리 절벽 위에 자그마한 아이들의 집을 짓고, 엉성한 훈련장까지 만들었다고 했다. 거지처럼 금품을 갈취하거나 소매치기를 하며 연명하던 아이들은 먹고 잘 곳을 대가로, 스스로가 살 집을 짓고 훈련장을 만들었다. 처음에는 스무 명 남짓이던 아이들이, 소문을 듣고 모이고 모여 어느새 쉰 명이 넘었다더라.

한가롭고 평화롭다.

아스난은 목재 위에 걸터앉아 잔잔히 미소 지었다. 이런 평화라면 좌천당해버린 것도 나쁘지는 않구나 싶었다. 그러나 제르를 두고 안심하면 안 된다는 걸 다시 한 번 깨달은 건, 그날 밤의 일이었다.

그날 오전, 평화로운 도시의 여느 고요함과는 상반되는 정적을 깨부수는 소란함이 엘올라에 가득했다.

알현실에는 유스카리를 제하고도 세 명의 공작과 얼마 전 정직에서 풀려난 금군 기사단장 제피언, 그리고 어쩌다 보니 유스카리의 부름

에 찾아온 알렉시스가 앉아 있었다. 늘 묵직한 무게감으로 허튼 말을 하는 법이 없던 루덴 공이 꺼낸 이야기는 그들을 당혹케 하기 충분했다.

"데바람의 내전? 아니, 그건 뜬금없이 무슨 말이란 말입니까? 금방이라도 전쟁을 일으킬 듯 도발해대더니, 한동안 잠잠한 이유가 그거 때문이었답니까?"

유스카리는 피곤한 시선으로 루덴 공을 응시했다.

"데바람 내부에서 내전이 벌어졌습니다. 듣자 하니 국경 수비를 위해 교체되던 데바람군 일부가 우리 카르시타와 접경하는 방향으로 향하다 회군하였다고 합니다."

"데바람의 그 어려서 혈기만 넘치는 놈을 반대하는 이들이 있다고는 들었는데, 회군의 명분이 뭐랍디까."

"베제스의 하야라더군요."

"아니? 그러면 혹 되돌아온 폐태자가 다시 왕권 수복을 위해 반기를 들었다는 말입니까?"

"공교롭게도 실각된 왕자는 반란군의 수뇌로 추대받지는 못한 모양입니다. 이미 베제스의 개가 되었다고 소문이 자자한 와중에 폐태자는 피잔티아 인근 토벌군의 세력에 가담해 반란군을 탄압하고 있는 모양입니다."

유스카리는 희끗한 턱수염을 슬슬 쓸어 넘기며 그들의 이야기에 귀를 기울였다. 꿔다 놓은 보릿자루마냥 앉아 있던 알렉시스는 지스카르의 이름에 흥미가 동한 사람처럼 흐응 하는 콧소릴 내며 팔짱을 꼈다.

키가 작은 몬테인 공이 먼저 땅딸막한 팔을 휙 털어내더니 앞서 나섰다.

"내전이 시작된 지 얼마 되지 않았으니 굳이 심각하게 받아들일 것도 없지만, 데바람에서 내전이 일어난 것은 이례적인 일이 맞습니다. 하지만 반란군이 차기 왕으로 추대하려는 게 폐태자가 아니라면 그럴싸한 명분이 없을 테니……."

"이야기를 들어보니 그들이 어떤 인물을 중심으로 뭉치는지조차 베일에 싸여 있다 하더이다. 그놈들이 자승자박하여 망해준다면 우리야 좋을 일이지만. 타지에 나가 있는 카르시타 인들의 안위를 고려하여 데바람 왕실과의 교역과 수교도 중단하는 것에 대해 검토해봐야 할 듯합니다."

루텐 공이 덤덤히 의견을 냈다. 그러자 몬테인이 예리하게 그의 말을 받아쳤다.

"그 말인즉…… 반란군을 지지하자?"

"그런 말은 아니지만 베제스가 무너지면 우리로서는 환영할 일 아니겠습니까? 그 호전적이고 혈기왕성한 데바람의 왕은 우리에게 있어서는 그다지 달갑지 않은 존재입니다. 게다가 얼마 전, 그 일로."

루텐 공의 시선이 아주 잠깐 제피언에게 머물렀다 떴다.

"전하의 심기도 좋지 않으시니."

"지금 상황에서는 어떤 판단도 비약이 아닌가, 루텐 공."

"판단은 빠를수록 좋습니다. 실수했을 때에도 재수습할 시간도 있고, 또 냉정하게 생각해서, 데바람의 내전이 장기화되어 어떤 형태로든 베제스가 무너졌다 가정할 때 적통이 그를 이어받지 못하면 베제스가 무너진 후의 데바람은 풍전등화입니다. 지금 유일한 데바람의 적자는 얄궂은 운명으로 베제스를 위해 피를 흘리고 있으니 같은 운명을

걷겠지요. 이참에 우리가 데바람을 흔드는 바람이 되는 것도 나쁘지는 않으리라 여겨집니다."

"그렇지만 내전이 쉽게 진압되었을 경우에는 수교를 끊어 타격을 입는 것은 본국입니다. 루텐 공은 현명하시지만 아직 젊어 호기가 넘치시는군. 확실치도 않은 데바람의 내전 소식에 이렇듯 극단적인……."

루텐 공이 딱딱하게 일갈했다.

"믿을 만한 정보통이 있습니다."

유스카리가 입술을 뗐다.

"나 또한 데바람의 상황이 좋지 않다는 이야기를 들은 바 있소. 보름쯤 전, 데바람 근교의 친지로부터 내전의 기미가 있다고 연통을 받았고, 그것이 오가는 시간을 제한다면 내전의 기미와 발발은 대략 한 달 정도 전에 벌어진 것이지. 들리는 소문으로는 데바람의 서른여덟 개의 성 중, 한 달 만에 네 개의 성이 완파되었다던데. 적어도 현 데바람의 왕이 우리 카르시타에 아무런 신경조차 쓰지 못할 만큼 이례적인 일이 벌어진 것은 사실이며, 루텐 공의 의견과 몬테인 공, 쇼하인 공의 의견 역시 명확히 잘 이해한 바요. 귀공들의 말엔 다 각각의 타당성이 있소만……."

그들은 깊이 고개를 조아렸다.

"지금 반란의 세가 크다고는 하지만, 반란이란 곧 진압되기 마련이오. 새 왕조를 이룩하려는 이들은 과거에도 많았지만 성공한 이들은 손에 꼽지. 지금 우리의 논의는 시일이 이르다 생각하는데, 금군 대장은 어찌 생각하나? 경의 이야기도 한 번 들어보고 싶은데."

유스카리의 왼쪽 계단 아래에 서 있던 제피언이 가볍게 묶어 올린 긴 백금발을 뒤로 넘기며 절도 있게 걸어 나왔다.

"미천한 소신, 전하의 명령으로 한 말씀 아뢰옵니다. 전하의 은덕으로 현재 카르시타는 전례에 없던 크나큰 태평성대를 이룩하고 있습니다. 군사적으로도, 경제적으로도, 사회적으로도 어느 것 하나 부족함 없고 풍족한 상황입니다. 다만 현재 카르시타의 엘올라는 북의 수호 가문와 전하의 직속 금군이 호위하는 중입니다. 사만의 금군을 제하고도 지나친 수입니다. 아뢰옵기 황공하오나 휘둘러지지 않는 검엔 녹이 슬 뿐입니다. 지난 태평성대로 백성과 기사들은 평화를 찾았으나 날카로움을 잃었으니, 이번 기회에 시일을 두고 보시었다가 선왕의 위업을 이어받으시어 영토 확장을 하시는 것 또한 현명하시리라 봅니다. 이번을 기회로 베제스가 무너지지 않는다면, 카르시타의 용맹함으로 그를 무릎 꿇리는 것 또한 선왕께서도 바라시던 것이리라 짧은 소견, 말씀드립니다."

"옳은 말이오. 승리 없는 평화가 오래가지 못하는 것도 사실이니…… 확실히 잉여 병력의 문제도 있겠군. 듣자 하니 기강이 해이해지는 경우가 많다던데."

"부끄럽지만 일부 군사들이 제 본연의 임무를 잊고 백성들에게 피해를 주는 경우도 속속 생겨나고 있습니다."

제피언이 의미하는 것은 명확했다. 군사들이 놀고먹어 해이해지고 성 안의 녹만 축내고 있는 것은 국가적인 손실이니 차라리 이참에 눈치 봐서 데바람으로 쳐들어가 영토를 확장하자는 이야기였다.

내내 침묵하던 알렉시스가 참지 못하고 한마디 던졌다.

"허나, 왕도의 군비를 움직이는 경우는 보통 최악의 상황이 벌어졌을 경우 아닌가?"

"올리비에 왕하, 왕도의 각 수호 가문의 기사와 군사들은 적들이 엘

올라의 문턱까지 치고 올라왔을 때에 엘올라를 굳건히 지키기 위해서 존재함은 맞습니다. 그러나 감히 말하건대 엘올라의 방위는 금군 상비 부대만으로도 충분합니다."

알렉시스의 적주홍 눈동자가 느릿하게 감겼다. 알렉시스는 머릿속에 떠오르는 구도를 정리했다. 제피언 란다마이어는 적통 왕자를 지지하는 세력이다. 줄곧 수호 가문과 함께 엘올라를 수호해온 충실한 유스카리의 개.

금군을 제한 나머지 군사들을 엘올라 밖으로 돌리라는 건 몹시 이기적인 발상이었다. 놀고먹는 병사들이 엘올라에 쓸데없이 많은 것은 삼척동자도 아는 사실이나, 금군 하나만으로 엘올라를 지킨다 하는 것은 세력의 균형을 깨뜨리는 일이다.

알렉시스의 묘한 시선이 유스카리에게로 닿아갔다.

'숙부의 생각이십니까?'

그렇게 묻고 싶었지만 참았다. 표면적으로 지금 유스카리는 평화를 주창하는 자애롭고 인자한 왕이었다. 총대를 멘 것은 그의 수족인 금군 대장 제피언이다. 전쟁을 해야 한다고 흘러가는 분위기를 조장하는 것은 루덴 공과 금군 대장.

입술을 깨물던 알렉시스가 무의식적으로 쇼하인 공작을 향해 시선을 던졌다. 쇼하인 공 역시 알렉시스와 마찬가지 생각인지 떫은 표정을 짓고 있었다. 그 안에 모인 일곱의 머리들이 제각기 다른 생각에 휩쓸렸기에 그 후의 논의는 어떻게 흘러갔는지 알 수 없을 정도로 순식간에 끝났다.

해가 중천에 뜨기 전 회의는 파했다.

"알렉시스, 잠깐 남거라."

쇼하인과 서로 눈빛을 주고받으며 몸을 일으키던 알렉시스가 엉거주춤하게 멈췄다.

방 안에 남은 것은 늘 유스카리의 근처를 위성처럼 맴도는 제피언과 알렉시스, 그리고 유스카리뿐이었다. 유스카리는 희끗희끗 세어버린 턱수염을 습관처럼 만지며 알렉시스에게 뭉근한 목소리로 말했다.

"요즘 근황은 어떠냐?"

"염려해주신 덕에 잘 지내고 있습니다, 숙부님."

"재미있는 소문이 돌던데……."

한동안 별말 없던 그가 드디어 '그 일'을 문제 삼으려 하는 모양이었다. 알렉시스가 의뭉 떨며 물었다.

"저에 관한 소문입니까? 숙부님을 즐겁게 해드렸다니, 좋군요."

"소블란과 파혼한 후, 네가 열을 내고 있는 여인이 제이하이라는 추문 말이다. 그 무슨 농간질인가?"

추문이라고 노골적으로 비난하는 유스카리는 강경한 투였다. 알렉시스의 얼굴에 흩어져 있던 서글서글한 미소가 흐려졌다.

"추문이라면 추문이라 할 수는 있겠다 싶지만…… 딱히 그에 대해서는 드릴 말씀이 없습니다. 숙부님의 모자란 조카가 여복이 없는 것인지, 매력이 없는 것인지 아무리 노력해도 여인들의 마음은 알 수가 없으니 말입니다."

유스카리가 목을 빳빳하게 세우며 그를 내려다보았다.

"괜한 장난질로 더 이상 추문에 불을 지피지 말고 자중하라."

유스카리는 그답지 않게 냉정한 음조로 일갈했다. 알렉시스는 제피언에게 흘깃 한 번 시선을 던진 후 아무것도 모르는 순진한 청년처럼

물었다.

“그러고 보니 숙부님께서 지난번 형님이 열었던 무도회에서 제르를 변호해주시고.”

“제이하이.”

“예, 뭐, 제이하이 카르시탄을요. 어쨌건 또 형님을 그 앞에서 따끔하게 꾸중하셨잖습니까……? 저는 그런 친척이 있는 줄도 모르고 여태껏 살아왔으니, 생각해보니 억울할 따름입니다. 게다가 듣자 하니 그 추운 땅에서 자작 노릇을 하고 있다던데. 너무 홀대하시는 것 아닙니까?”

유스카리가 표정을 굳혔다. 알렉시스는 자신의 숙부가 유달리 예민하게 구는 것에 의아함을 느꼈다.

대부분 이번 알렉시스의 기행 아닌 기행에 대한 반응은 두 가지였다. 하나는 뉘사나처럼 노골적으로 비웃고 빈정거리며 불쌍한 눈으로 바라보는 사람들이고, 두 번째는 그의 눈에 잘 들고 싶어서 가식적으로 여인의 마음은 어쩌고저쩌고 설교를 늘어놓는 사람들이다.

어릴 적부터 위엄이나 권위를 내세우기보다는 내키는 대로 즐기며 살아온 알렉시스를 아는 이들은 그저 단순한 스캔들 정도로만 치부하고 가볍게 넘어가는 분위기였지만, 유스카리는 그걸 모르는 바도 아니면서 유달리 강압적이었다.

게다가 유스카리는 알렉시스가 라니 소블란과의 추문에 휩싸였을 때도 그를 불러다 앉혀 술 한 잔을 따라주면서 “남녀 관계라는 것은 그리 마음대로 되는 것만은 아니니 너무 상심하지 말라.”며 좋은 숙부의 연기를 톡톡히 보여주지 않았던가.

“그녀의 처우는 내 공정한 판단으로 이뤄진 것이니, 알렉시스 네가 왈가왈부할 만한 일이 못 된다. 왕실의 명예를 실추시키는 일은 이제 이쯤 하도록."

"사랑에 빠진 남자에게 어찌 왕실의 명예를 실추시킨다 말하십니까. 서운합니다, 숙부님. 비록 보답받지는 못하였으나 미녀를 얻기 위해서는 그만한 대가를 치러야 하는 법 아니겠습니까."

"알렉시스!"

유스카리의 얼굴이 불그스름하게 물들었다.

분명, 이건 좀 이상했다. 여전히 영문을 모르겠다는 표정으로 자신을 바라보는 그를 향해 유스카리는 노골적으로 윽박을 쳤다.

"혼처가 급하다면 내 직접 친선해줄 수도 있다! 그 여자는 안 된다."

"전하, 아니, 왕가의 문제이니 왕과 신하의 관계가 아닌, 숙부와 조카의 관계라고 생각하고 묻겠습니다. 일생에 남자로 태어나 자신이 원하는 여자와 일생을 함께하고 싶다 하는 것이 무엇이 그리 문제가 됩니까? 그녀의 신분이 지저(至低)하여 왕실의 권위를 실추시킬 정도라면 이해하겠으나 카르시탄이 아닙니까. 그녀 역시 홀로 된 몸이니 그것은 문제가 되지 않으리라 생각했습니다. 또한 왕족 간의 혼사는 혈통 유지를 위해 왕실 내에서도 이미 고대부터 종종 있어왔던 것이 아닙니까?"

"자세한 사정까지야 네게 이야기할 이유가 없으니 더 이상은 묻지 마라. 너와 그 여인은 불가하다."

"불가한 이유가 숙부께서 반대하시기 때문이십니까?"

"그 여자는 네 사람이 될 수 없을 것이라는 것을 알기에 네가 더 휩쓸리기 전에 충고하는 것이니 새겨들어라."

알렉시스는 가만히 그를 응시했다. 문득 묻고 싶었다. 데바라네였

던 전 쥬세의 총비를 카르시타까지 들인 연유가 무엇입니까. 만일 저 반대의 이유가 단순히 그녀가 순수 혈통의 카르시탄이 아니기 때문이라면, 사실 알렉시스는 상관없었다.

"제가 알지 못하는 것이 있습니까?"

알렉시스는 공손히 물었다.

그 여자가 좋다는 말은 진심이었다. 사실 이 진심이 어디까지 이어질지는 그로서도 확신하지 못하지만, 지금 느끼는 것이 중요했다. 실제로 알렉시스는 제르가 가엾고 사랑스럽다고 생각했다. 뻣뻣한 성격마저도 같이 있으면 시간 가는 줄 몰라 즐거우니 그거면 되었다고. 호기심, 흥미, 관심, 무어라 해도 상관없었다.

찬 땅에서 처음 만나, 봄을 함께하고, 여름의 문턱에서 그 여자에게 청혼하기까지에는 분명 가벼운 마음도 존재했지만, 그는 늘 진심이었다.

지난 늦봄, 초여름 국경에서의 어느 날.

'카르시타 왕위 후보의 안사람이 되는 건 어때?'

그리 초라하게 청혼하고 말았다. 참을 수가 없어 그랬다.

제르는 얼굴을 붉히지도, 화를 내지도 않고 웃었다. 세상에서 가장 재미있는 농을 들었다는 듯이 그렇게, 그녀답지 않게 소리 낸 웃음이었다. 그 직후에 뺨을 맞지 않았다면, 한참 동안 그녀의 미소에 정신을 놓고 있었을 터였다.

'하늘이 뒤집혀도, 그리는 안 될 거다.'

그녀도 꼭 유스카리와 비슷한 말을 했다. 유스카리와 제르 사이에 모종의 무언가가 있다는 것은 알았지만, 이젠 확신이었다.

'……재밌어지는데.'

가만히 착잡한 속을 달래던 그가 웃음기 어린 얼굴로 고개를 조아렸다.

"그렇다면 언젠가 제가 지쳐 떨어져 나가지 않겠습니까. 하지만 아직은 포기하고 싶지 않습니다. 상처받게 된다고 해도 좋을 만큼요. 부디, 막지 말아주십시오, 숙부님."

퀸시오 성의 내정에는 작은 누각이 있었다.

크게 아름답다거나, 특징적이지 않은 흔한 정원이었지만 자그마한 연못을 낀 누각의 풍경은 보는 이를 평온케 하는 재주가 있었다. 하얀 석고 빛과 때 묻은 진회색이, 그리고 목재 특유의 따뜻한 색상이 어우러진 누각은 성이라기보다는 돌로 지어 올린 거대한 저택 같은 퀸시오 성의 자그마한 명물이었다.

퀸시오 성의 뒤쪽 면에서는 누각이 아주 잘 보였다. 내정이라고는 하지만 후원과도 같아서 종종 성 안의 시녀들도, 하인들도, 기사들도 걸음을 멈추고 그곳을 들여다보고는 했다.

고층으로 올라갈수록 뾰족하고 좁게 설계된 퀸시오 성에서 주로 사용되는 층은 한정적이었는데, 이는 영주인 제르의 답지 않은 게으름 탓이었다.

보통 최고층으로 집무실을 잡는 이들과 달리, 제르는 대부분을 3층에서 보냈다. 그녀의 침실도, 집무실도, 의상실도 전부 3층에 있었다. 계단이 가파르고 쓸데없이 힘이 든다는 이유로 4층 이상을 올라가는 법이 전무했다. 5층을 더 넘어가면 거의 인적이 닿지 않아 그 이상의

층들은 거줌 퀸시오의 기물들을 쟁여두는 창고에 가까워졌다.

조금만 몸을 무리해 움직이면 금세 지쳐버리는 탓에 한정적으로 공간을 사용하던 제르가 새로 찾은 소일거리는, 그래서 더 의외였다. 그녀는 성의 꼭대기 층까지 숨이 차도록 걸어 올라갔다.

귀족들은 대부분 남는 자산을, 예술 작품을 수집하거나 금괴를 쟁여두거나 하는 방식으로 보관을 하곤 했는데 그건 퀸시오의 전 수령이었던 힐레인도 다르지 않았던 모양이었다. 제르는 며칠 전 전 영주가 미처 챙겨 가지 못한 여러 가지 예술 작품과 고서, 악기 등을 모아둔 비밀의 방을 발견했다. 이곳까지 올라왔던 것도 이례적인 일이었는데, 도난을 방지하기 위함이었는지 밖에서만 열리도록 잠금장치를 달아둔 방을 발견한 건 기적이었다.

그녀는 짧은 복도의 끄트머리에 위치한 빗장 걸린 문을 조심스레 열고, 문 옆에 작은 의자를 기대어 닫히지 않도록 한 후 안으로 들어갔다.

시간은 햇살 말간 낮이었지만 실내는 어두웠다. 방 안에 걸린 수십 점의 그림들, 벽이 모자라 그대로 기대어 세워둔 것들, 값비싼 도자기와 직물들, 상아 조각상, 장식품들을 익숙한 듯 훑은 그녀는 층층이 쌓여 있는 물건들 사이를 지나쳐 낡은 경첩이 달린 책장 앞에 섰다. 몹시도 낡아 금방이라도 무너질 듯했지만 그녀는 크게 개의치 않았다. 제르는 마음에 드는 적막 속에서 자연스럽게 책을 꺼내어 들었다.

그녀는 먼지 앉은 의자를 대충 손바닥으로 털어낸 후, 자리에 앉았다. 가끔은 이런 시간도 필요한 법이다. 아주 멀리서, 환청처럼 이어지는 욜랑의 후카 소리도 잊혔다.

먼지 앉은 훌훌 털어가며 책장을 한 장, 한 장 넘기고 있으려니 들릴리 없는 발소리가 들렸다.

"주군?"

제르가 고개를 들었다. 렐딘이었다. 보고를 하러 오던 중이었던 건지, 팔 안엔 종이 뭉치가 한 아름이었다. 자리를 비웠다는 데에 대한 미안함보다도 휴식을 방해받았다는 생각에 기운이 빠졌다.

문간에 선 렐딘은 그녀가 앉아 있는 온갖 예술품으로 즐비한 방 안의 풍경을 빤히 바라보았다.

"용케도 찾았구나."

"찾은 것은 아니고…… 송구하게도 제가 뒤를 쫓았습니다."

문간에 선 렐딘은 그닥지 않게 놀란 얼굴로 두리번거렸다.

제르가 책으로 시선을 옮기며 넌짓 말했다.

"상관없어. 들어와보겠나? 예술에 조예가 있다면 감상하는 재미도 있을 거야."

"여기는 뭡니까?"

"지난 성주가 긁어모아 이곳에 박아둔 모양이야. 나 또한 이런 곳이 있다는 것을 안 지는 얼마 되지 않았으니까. 초상화며, 풍경화며, 조각상이며…… 고서적까지. 모두 다 누군가가 보아야 그 가치가 인정되는 값비싼 것들인데, 그자는 이것들을 이렇게 두고 가버렸지. 만일 이곳을 발견하지 못했더라면 종국엔 잊혔을 것들이 이리도 많아."

제르가 팔랑 책을 넘겼다.

"그 손에 들린 건 어젯밤과 오늘 오전의 보고서겠군."

렐딘은 자신이 들고 있던 종이 뭉치를 잠시 고쳐 쥐며 답했다.

"사안이 사안인지라."

"중하지 않은 게 없지."

"계속 여기 계실 거라면……."

"급한 거면 여기서 서명하면 안 되나?"

힘들게 올라왔는데 또 집무실까지 내려가 일에 시달리고 싶지가 않았다. 이리 말하면 아스난에게는 미안한 말이지만 오늘은 늘어지고 싶은 날이었다. 렐딘이 고민하는 기색을 띠었다.

"아니면 내려가서 좀 기다리면 나도 곧 따라 내려갈 테니까."

렐딘이 고개를 저었다.

"아닙니다. 여기 펜과 잉크가 있다면……."

책을 내려놓은 제르가 협탁으로 고개를 돌려 서랍을 열었다. 처음 이곳저곳을 살펴볼 때 필기구를 본 것 같기도 했는데 확실치가 않았다.

렐딘은 빤히 그녀를 바라보다가, 문고리를 당기고 천천히 안으로 들어섰다. 두 걸음쯤 옮기던 그는 애매하게 열린 문고리를 끌어당겼다. 낡은 경첩 소리에 협탁을 이리저리 살피던 제르가 황급히 고개를 돌렸다.

"아, 문은 닫지……."

"예?"

끼익.

렐딘이 문을 닫는 것과 동시에, 철컹 하는 걸쇠가 내려오는 소리가 났다.

제르의 얼굴이 당혹스러움으로 물들었다.

"……말…… 라고 하려 했는데."

손 두 뼘만큼 작은 창 빼고는 외부로 이어진 통로가 없는 좁은 방 안에서, 제르는 그녀도 모르게 긴 한숨을 내쉬었다. 그때까지도 상황을 이해하지 못한 사람처럼 고개를 갸웃하던 렐딘이 문고리를 잡아 밀었다. 그러나 철컥철컥 하는 소리만 날 뿐이었다.

그의 안색도 서서히 굳어지기 시작했다.

"조금 더 빨리 말해주지 그러셨습니까."

렐딘이 신음처럼 중얼거렸다.

"그게 내 탓이란 말이냐."

제르가 뿌루퉁하게 말하며 꽉 닫힌 문을 바라보았다. 이런 구조의 방은 예전부터 숱하게 보았다. 데바람의 왕성엔 쥬세의 방으로 통하는 비밀 통로도 있었고, 그 안쪽으로 숨겨진 비밀스러운 방도 있었다. 그녀가 머물던 방에도 있었지만 도주를 하려다 붙잡힌 이후로 철저히 폐쇄되었다. 이런 방은 안에 있는 것들을 가둬두고 안전히 보호하기 위한 장치였다.

제르가 다가가 문고리를 세게 돌려 밀어보았다.

하지만 렐딘이 열지 못한 걸 그녀라고 열 수 있을 리가 없었다.

"……꼬였군."

제르가 난처한 기색을 하며 렐딘을 돌아보았다. 렐딘은 그제야 제르가 문 앞에 놓아두었던 낡고 작은 의자의 용도를 깨닫고 짧게 신음했다.

"……송구합니다."

"이를 어쩐다."

거의 아무도 오지 않는다고 해도 과하지 않을 이 성의 꼭대기 층 창고에, 렐딘과 자신이 갇혔다는 것은 두말할 것 없는 사실이었다.

테일런은 테일런대로, 아스난은 아스난대로, 르니아는 르니아대로

바빴다. 테일런은 소년병 마을로 가 있었고 아스난은 외부 감독으로, 르니아는 페이랑 내외를 돕기 위해.

때문에 그들이 제르의 부재를 알게 된 건 초저녁의 일이었다. 아스난이 제르의 집무실에 이르렀을 때, 제르는 부재중이었다. 한참을 기다리던 그는, 아무도 손대지 않은 식은 찻잔을 회수하기 위해 돌아온 시녀를 붙잡고 물었다. 시녀는 모른다고 했다. 해가 저물고 저녁식사 시간에 이르러서도 제르는 소식이 없었다.

제르는 돌아오지 않았다. 제르의 행적을 아는 이는 아무도 없었고, 그 와중에 렐딘까지 사라졌다. 성 안팎에 뿔뿔이 흩어져 있던 셀파, 테일런, 르니아를 비롯해 제르의 방 청소와 보고를 담당하는 하인, 시녀들까지 모조리 불러 알아봤지만 다들 모르쇠로 일관할 뿐이었다. 르니아는 급히 달려온 사람처럼 숨을 몰아쉬며 아연한 얼굴을 했다. 그녀 또한 제르가 말없이 사라졌다는 데 사뭇 놀란 얼굴이었다.

퀸시오 성 안의 사람들에게 제르의 실종 소식은 말에 발 달린 듯 빠르게 퍼져나갔다.

성 안팎의 그녀가 갈 만한 곳을 쭉 수색하고 돌아온 아스난은 지친 얼굴로 르니아를 향해 물었다.

"……짐작 가는 곳이라도 있소?"

르니아는 아스난에게 있어 최후의 보루였다. 그러나 르니아의 고개는 가로저어졌다.

"오면서 자주 가시던 바닷가를 지나왔는데 그곳에서도 못 뵈었어요."

무슨 일이 있는 것도 아니었다. 심기가 불편한 날이면 근처를 서성이며 주회하곤 했지만 르니아가 마지막으로 봤을 때의 제르는 기분이 좋아 보였다.

퀸시오에서 벌어진 두 번째 실종 사건이었다. 지난겨울에는 르니아가 찾아 데려왔기에 큰 사건 없이 일단락되었지만, 이번에도 그리 되리라는 낙관적인 전망으로 두 손 놓고 있을 수만은 없었다.

제르는 말 그대로 사라져버렸다. 그녀가 자주 다니는 곳, 내정, 성 안에서 그녀의 발길이 닿을 만한 방, 성 외곽의 둘레길, 온데를 다 뒤졌지만 흔적조차 없었다. 설상가상 수색만으로도 일손이 부족한데 렐딘마저 어디론가 사라져 보이지 않으니 속이 끓었다. 아스난은 누차 애걸하듯 제르에게 부탁해왔다. 어디론가 갈 거라면 말리지 않을 테니 알리기만 하라고. 그건 에르크에서와 같은 사건을 또다시 겪고 싶지 않았기 때문이다. 그녀는 노력한다 대답했지만 이게 그 결과였던가.

"헥터 경을 마지막으로 본 병사의 말에 의하면, 헥터 경은 주군을 찾아갔던 걸로 보입니다. 지금 헥터 경도 어디 있는지 소재를 알 수가 없으니 주군의 행적과 관련이 있지 않겠습니까."

테일런은 최대한 침착을 가장했지만 불안한 기색까지는 감출 수 없었다. 테일런이 다른 기사들에 비해 유독 제르에게 무조건적으로 복종하고 그녀를 경외한다는 것을 잘 알고 있던 아스난의 표정도 착잡해졌다.

르니아가 초조하게 입술을 매만지며 생각에 잠겼다. 내내 상황을 살피던 셀파가 입술을 열었다.

“어떤 불가피한 사정으로 주군이 잠시 퀸시오를 비우실 가능성은 없겠지요.”

아스난은 즉각 대답하지 못했다. 제르의 성격을 생각하면 전혀 불가능한 것도 아니었다. 하지만 셀파의 말에 동의할 수만은 없었다. 제르가 르니아에게는 알리고 싶지 않다 한 이유로 어쩔 수 없는 비밀이 되어버려 다른 기사들은 모르지만, 제르는 이미 에르크에서 한 번 피랍된 적이 있었다. 그때 지스카르르가 순순히 보내주었다 했다. 그러나 에르크 사령 본부까지 잠입해 벌인 집착이었다. 퀸시오까지 데바람 인의 입김이 전혀 닿지 않았다 자신할 수는 없었다. 아스난이 그런 생각에 뭔가 말하려던 찰나, 테일런이 먼저 침묵을 깨뜨렸다.

“설사 그렇다고 해도 만에 하나 있을 외부 세력의 개입 역시도 배제할 수 없고, 어떤 사고를 당하셨을지도 모르니.”

“성 안에 그분이 가실 법한 곳은 모두 다 뒤져보았으나 안 계시었소.”

“후안 경, 경의 답답함도 이해는 합니다만 찾아야 합니다. 수색 범위를 퀸시오 성 밖으로 확대하고, 어떻게 해서든지 그분을 찾아야 합니다.”

애처롭게까지 들리는 주장이었다. 르니아는 이내 고민을 때려치우고 몸을 돌렸다. 이리 탁상공론을 하고 있는 것보다, 혹시 모를 곳을 다시 돌아보는 편이 더 나았다.

갇혔다. 문을 두드리고 소리를 쳐 사람을 불러보아도 이 성 꼭대기

까지 누군가가 올라와 그들을 발견하리라는 희망은 몹시도 부질없는 것이었다. 그다지 크지 않아 손바닥 두 개만 한 창으로 들어오던 오후의 햇빛마저 사라지자, 방 안은 온통 어둠이었다. 간신히 해가 완전히 저물기 전 낡고 고풍스러운 등불에 불을 붙여 암흑 속에 갇히는 건 피할 수 있었지만, 기름이 떨어지고 나면 그야말로 도리가 없었다.

설상가상. 이곳저곳을 서성이며 또 다른 비밀 탈출구를 찾기 위해 방 안을 돌아다니던 렐딘은 부상을 당했다. 낡아서 삐걱대는 책장과 벽 뒤에 얇은 틈을 보고 혹시나 하는 생각에 책장을 옮기다 벌어진 사고였다. 책이 무너지며 책들을 받치던 선반이 부러져 그의 허벅지를 파고들었다. 피가 철철 흘러넘치는 데 아연해 제르가 급히 걸치고 있던 숄을 그의 다리에 감았지만 출혈을 막는 건 무리였다. 살이 죄 찢겨나가 허연 뼈가 드러날 만큼 크게 다친 그는 금방이라도 죽을 사람처럼 창백하게 벽에 기대어 앉아 있었다.

제르는 스스로를 납득시키듯 상황을 중얼거렸다.

"창이 너무 작으니 밧줄 따위를 발견해도 창으로 나갈 수가 없겠군. 그래도 혹시 모르니……."

"불가능합니다."

"나는 너보다 몸이 가는걸. 네가 저 밖의 창살을 뜯어내주면……."

"……설사 된다 해도 너무 위험합니다."

제르는 동의하지 않았다. 성벽 위에서 투신하려 했던 과거도 있는 여인인데 고작 7층 높이가 무에 그리 두렵겠나. 하지만 그 말을 덧붙이는 우를 범하지도 않았다.

"……그래, 일단 오늘은 기다려보자. 괜찮나?"

"견딜 만합니다."

렐딘의 표정만큼은 평소와 다를 게 없어서, 새삼스레 그가 대단해 보였다. 그녀가 너무 소리를 쳐 쉬어버린 음성으로 말했다.

"지금 당장이라도 우릴 찾으러 올 거야."

"예. 그러길 바라겠습니다."

렐딘은 상처를 더 꽉 조여 닫으며 신음했다.

얼마간 휴식하던 렐딘이 몸을 일으켰다. 그는 한 다리에 힘을 주어 선 채로 닫힌 문을 쾅쾅 때렸다. 밖에서 걸린 단단한 걸쇠를 풀어낼 방법은 없었다. 예술품들로 가득 찬 방의 보안을 위한 문이라면 어지간한 강도로는 불가능할 것이다.

"일단은 그만하는 게 좋겠다, 헥터 경."

"괜찮습니다."

"그러다가 넌 굶어 죽는 게 아니라 부상 때문에 죽을 거야."

이미 방 안은 옅은 피 냄새로 자욱했다. 처음엔 몹시 견디기 힘들었지만 시간이 지나니 차차 익숙해졌다. 결국 문을 두드리던 렐딘이 문가에 기대어 주저앉고 나서야 주위가 고요해졌다.

바깥은 밤이었다.

하늘이 여상하게 침실에 누워 올려다보던 그때보다 한층 가까웠다. 손바닥 두 개만 한 작은 창 밖으로 시선을 옮긴 제르는 긴 한숨을 내쉬었다. 이곳에서 치는 소리는 아래까지 닿지도 않았다. 소란하게 횃불빛이 뛰어다니는 걸 보면 분명 성의 식솔들이 그녀와 렐딘의 부재를 알아차린 것일 터다.

새어들던 별빛 달빛이 구름에 가려지면, 그야말로 방 안은 불그스름한 등불 말곤 아무것도 의지할 데 없는 암흑이었다. 제르는 창 밖으로 손을 내밀어보려 했다. 그러나 두꺼운 벽과 나무 살로 가로막힌 창문

너머로는 손이 닿지가 않았다.

늦여름이다. 퀸시오의 추위는 다른 곳보다 빠르게 찾아오니 이제 가을의 문턱이라 해도 이상할 게 없었다. 그 탓에 바람이 서늘했다.

의자에 웅크리고 앉은 그녀의 눈이 주위를 훑었다.

제법 익숙해진 방 안의 풍경이 새삼스러웠다. 낮에 보았던 아름다운 명화, 초상화 따위도 밤에 보니 기괴하기만 했다. 이름 모를 그림 속 노인의 눈알이 그녀에게로 향한 것처럼 느껴져 솜털이 곤두섰다. 시선을 피하던 그녀는 문득, 무너진 책장 옆의 벽면에 비스듬히 누워 있는 악기를 하나 발견했다.

예전, 테일런이 제게 가져다주었던 그 사금이었다. 처량하게 기대어 있는 악기는 그녀의 신세와 닮아 있었다.

시선을 둘 데가 없었다. 제르는 무릎에 얼굴을 파묻었다.

어둠, 구속, 적막, 위기감은 좋지 않은 기억을 떠오르게 했다. 새장 속의 새처럼 울부짖으며 스스로를 죽이는 것밖에 할 수 없었던 시간이 되감겼다.

그녀가 어깨를 움츠렸다.

"망토가 좀 더럽혀졌습니다만, 드릴까요."

제르가 고개를 저었다.

"싫다. 네 상처나 벌어지지 않게 돌봐."

"해가 뜨면, 다시 시도해볼 테니 주군께서는 좀 쉬십시오."

이 와중에도 저런 평이한 어조라니. 제르가 짜증 섞인 음성으로 중얼거렸다.

"상처부터 돌보라는 말 안 들리나. 멀쩡한 몸으로도 지금 얼마나 버틸 수 있을지 불안한데. 자네가 다리를 잘라버려야 할 정도로 열심히

출구를 모색한다 한다 해도 내가 그걸 고맙다 치하할 위인으로 보이나? 제 몸 하나 관리 못 한 병신 나부랭이라고 내칠 거야."

렐딘은 그녀의 사나운 만류에 별 도리 없이 고개를 숙였다. 그녀는 불안 탓인지 평소보다 예민했다.

"엘보르트 경이랑 정말이지 똑같아. 엘보르트 경은 내 말을 듣는 둥 마는 둥 나를 애 취급하고, 경도 내가 뭐라 하든 그냥 저 하고 싶은 대로 하지. 어쩜 저리 낯짝 하나 안 변하는지."

"아마 그분에 대해 조금이라도 아는 기사들은 엘보르트 경을 경애하고 본받고 싶어 할 겁니다."

"하지만 그를 본받았다가는 출세를 하기도 전에 전부 경처럼 좌천되고 말걸."

속마음이 불쑥 튀어나왔지만 제르는 아랑곳 않았다. 렐딘 또한 그녀의 여과기를 두지 않은 말에 크게 개의하는 기색은 아니었다.

"엘보르트 경을 폄하하려는 건 아니야. 하지만 그가 검술이 뛰어나고 융통성 없이 곧다고 해도 그게 전부잖나."

"그분의 검술은……."

"검술이 뛰어나다고 존경받을 기사라면 칼을 쥔 도적들 중에도 존경받을 살인자가 있을 것이고, 기사도를 외고 지킨다고 기사라면 평민도 기사도를 외고 실천하려 하면 기사라 해야 할 것이고, 가문이 좋아야 기사가 된다면 클로이스 경 같은 경우는 기사가 아닌 것이고, 줄을 잘 타야 기사가 된다면 자네들은 다 기사 작위 박탈이지."

렐딘이 헛웃었다.

"지나치게 극단적인 예시입니다."

"그리고 사실 검술이 뛰어난 것이야 그리 대단한 것도 아니지 않나?"

"주군이 생각하시는 기사란 어떤 것인지 여쭈어도 되겠습니까."

담담한 체 말해도 언뜻 볼멘소리다. 제르는 무릎에 턱을 괸 채로 중얼거리듯 말했다.

"사람 죽이는 사람."

언뜻 서늘하고 소름 끼치는 음성이었다. 적막이 그들 사이로 느리게 똬리를 틀었다.

거기까지 말한 제르는 기억 속에 남은 고향을 떠올렸다. 샤말론. 아름다운 강을 끼고 있는, 모자라지도 넘치지도 않는 땅이었다.

"지키는 사람입니다."

"사람을 죽이면서 지킨다 번드르르한 껍질을 씌우는 이들이지."

"저희 기사들을 전부 그리 보고 계셨습니까?"

"어느 정도는. 하지만 이곳에선 전쟁이 날 일이 없으니까, 너희를 살인자로 보고 있지는 않아."

제르의 무례할 정도로 솔직한 대답에 한참 동안 입을 다물고 있던 렐딘이 불쑥 물었다.

"전쟁을 겪어보셨습니까?"

거리낄 것 없이 이야기를 계속하던 제르의 입술이 굳게 다물렸다. 그녀의 침묵이 상정하는 어떤 대답에 렐딘은 재차 묻지 않고 고개를 끄덕였다.

한참 후에야 제르가 다시 입을 열었다.

"오늘은 어쩔 수 없이 계속 입을 열게 되는구나. 그러고 보니 경과 이리 이야기를 나눠 본 적이 없었군."

렐딘은 평소 같은 무표정으로 고개를 살짝 조아렸다. 두 다리를 펴

고 앉아 있는 터라 그다지 예의 바르게 보이지는 않았지만 제르도, 그도 신경 쓰기 어려운 상황이었다.

제르는 자욱해지는 어둠을 피해 까만 눈동자를 렐딘에게 고정했다.

"……자네에 대한 이야기를 해보게. 내 이야기는 재미없으니. 에드하인다로 입적된 양자라지. 배다른 형제인 줄 알았는데."

제르는 평소와 달리 말이 몹시 많았다. 빠르기도 했다. 강박처럼 계속 소리를 내고 싶어 하는 것 같았다. 가만 그녀를 살피던 렐딘이 창백한 얼굴을 대충 마른세수하듯 손바닥으로 문질러 피로를 밀어낸 후 얕은 한숨을 내쉬었다.

"제 이야기도 지루하실 텐데요."

"말해라."

"별것 없는 이야기입니다."

"그래도 궁금해."

렐딘의 뇌리에, 어느 한구석에 치워두었던 과거가 물밀듯 밀려들었다.

"저는……, 항쟁으로 인해 몰락한 가문의 귀족이었습니다."

그렇게 렐딘의 이야기가 시작되었다.

항쟁이란 왕왕 있어온 암묵적인 서열 정리의 방식이었다. 항쟁에서 살아남지 못한 가문은 몰락하고, 승리한 가문은 승승장구하며 주위를 합병해 규모를 불렸다. 최근에는 은연 중 왕실의 제재가 이어져 뜸해졌지만 바로 유스카리의 전 세대까지만 해도 몹시 비일비재하게 일어나던 일이었다.

렐딘 헥터 펜 쉬로 에드하인다. 누르스름히 빛나는 짙은 머리칼 사이에 위치한 부드러운 원목빛 눈동자가 내리깔렸다.

"렐딘 헥터 펜 쉬로 에드하인다라는 이름은, 에드하인다 백작에게 거두어진 후 받은 이름입니다."

쉬로라는 작은 영지에서 태어난 그는 그다지 세가 강하지는 않은 로쉐 가문의 장남이었다.

로쉐 가문은 비록 기울어가는 가문이었지만 유구한 역사를 가지고 있어, 왕도 이곳저곳에 연줄들이 닿아 있기도 했다.

로쉐 자작은 작은 봉토를 거느리며 검소하게 살았지만, 그의 친모는 화려한 옷에 사치스러운 장신구를 좋아해 여러 번 마찰을 빚기도 했다. 그들 슬하의 후계자가 바로 렐딘이었다.

어쩔 수 없이 맏이였던 그는 장남으로서 많은 이들의 기대를 받고 자랐다. 그에게는 동생이 하나 있었는데 이사딘이라는 이름이었다. 인정하고 싶지 않았지만 이사딘은 렐딘 본인보다 뛰어난 재량의 동생이었다. 검술도, 두뇌도 상당했다. 렐딘은 어린 시절부터 결코 동생을 이길 수 없었다. 하지만 아무리 기사적 재능의 싹이 보인다고 해도 차남은 차남. 이사딘의 재능은 오히려 많은 이들의 시기를 샀다.

그 탓에 이사딘의 시기를 산 건 렐딘이었다. 하지만 이사딘에 대한 렐딘의 감정 역시 마찬가지였다. 간혹 이사딘이 먼저 태어나고 렐딘이 늦게 태어났다면 로쉐 가문은 커다란 부흥을 맞이했을 거라 여담 삼아 떠들어대는 이들이 있었다. 그런 이야기를 잊을 만하면 한 번씩 들으며 자란 탓이었다. 재능이 없는 건 아니지만 그렇다고 동생을 뛰어넘을 정도도 아니라, 그는 주위의 기대를 채워야 한다는 의무감에 피나는 유년기를 보냈다.

"제 동생이었던 이사딘은 나이가 먹으면서 더 노골적으로 바뀌었습니다. 저와 제 부친만 죽으면 된다고 대놓고 이야기하고 다닐 정도까지 이르렀죠."

"친형제라고 하지 않았나."

"그다지 사이는 좋지 않았으니까요."

"하지만 네 모친은……."

"제 모친은 이사딘의 편이었습니다."

한 살 터울의 동생은 그보다도 처세에 빨랐다.

렐딘은 자신과 아버지를 저주하는 이사딘을 꾸짖지도, 그렇다고 피하지도 못한 채 마주 보았다. 마치 자신과는 다른 종류의 사람처럼 느껴져 할 말을 찾지 못한 이유도 있지만, 조금은 무서웠던 것도 같다. 같은 자리에 있던 모친은 언제나처럼 이사딘을 끼고돌았고, 렐딘은 동생의 저주보다도 모친의 무관심한 표정이 더 불편해 자리를 피하곤 했다.

아버지는 장남인 렐딘을 이사딘보다 훨씬 아꼈다. 그러나 그의 어머니는 꼭 아버지와는 반대로 행동을 하지 않으면 목 졸려 죽을 사람처럼, 이사딘만을 사랑했다.

"어릴 때는 그게 부모님 사이의 신경전이라 생각했습니다."

"아니었나?"

"생각보다 사연이 깊더군요."

렐딘은 어머니를 포기했다. 이유도 모른 채 미움받는 건 싫었다. 첫째로 태어났다고 미워하는 건 지나친 일이었다. 그를 낳은 것이 그녀이므로. 그는 그저 자신을 바라봐주는 아버지의 기대에 부응하기 위해 더욱 열심히 검술을 갈고닦고, 공부했다.

이사딘은 늘 렐딘을 보면 시비를 걸었다. 대련을 빙자한 폭행도 서슴지 않았다. 매번 질 걸 알면서도 그의 대련 신청을 받아주는 렐딘을 학습 능력 없는 쓰레기 같은 놈이라 비난한 적도 있었다. 이사딘은 마치 세뇌처럼 그에게 가주에 걸맞은 건 자신이라 주장했다. 부정하지 않는 렐딘을 향해 몹시도 화를 내면서.

"너 같은 게."

어머니를 닮아 짙은 갈색 눈을 한 그 동생의 눈은 야욕으로 충만했다. 그것은 꺼지지 않을 불길처럼 시간이 흐를수록 타오르고, 또 타올랐다.

"이사딘, 가련한 나의 이사딘."

늘 화려한 장신구와 진한 화장, 그리고 역하기까지 한 향수를 뿌리고 다니는 어머니는 백 걸음 밖에서도 눈에 띄었다. 그녀의 눈은 늘 이사딘을 쫓고 있었다. 아름다운 미소로 이사딘의 이마에 입 맞추는 여자는 소름 끼치는 독뱀의 눈을 가졌다. 렐딘은 생각했다.

아마 아버지도, 그녀의 저런 입맞춤을 받아보지 못했을 것이다. 그녀는 제 남편조차 사랑하지 않았다. 이사딘의 앞길을 막는 장애물인 자신을 경멸하는 것은 당연했다. 그녀와 닮은 머리색이 아니었더라면, 렐딘은 그녀가 제 친모인지조차 의심스러웠을 터였다.

그러나 어느 날, 너무 노골적으로 아버지를 모욕하는 이사딘에게 렐딘이 결국 손을 올리고 말았다. 어미는 당장이라도 기절할 것처럼 소리를 지르더니 렐딘의 뺨을 할퀴고 또 할퀴었다. 네놈 따위가 내 아들에게 손을 대냐며. 렐딘은 미친 여자를 이해할 수가 없었다. 나 또한 네게서 태어났다 그리 소리치고 싶었다. 저딴 걸 낳게 했다며 고래고래 고함을 지르는 어머니의 맹비난을 안고도 침묵하는 아버지가 불쌍했다. 슬펐다.

“용납 못 해! 저놈을 쫓아내버려요!’

다행스럽게도 아버지는 그를 쫓아내는 대신, 어머니를 한동안 인근 지인의 영지로 떠나보냈다. 여섯 달 후, 한껏 자유를 만끽하다 돌아온 어머니는 기분이 좋아 보였고 이사딘 또한 마찬가지였다. 전에 없는 평화였다. 하지만 유달리 상냥해진 어머니와 고분고분해진 이사딘은 어딘지 불길했다.

그리고 불길함은 현실이 되었다. 차가운 배신은 불시에 그들의 성문을 두드렸다.

어느 날 밤, 유단의 영지의 백작가의 공습에 성문은 힘없이 열렸다. 낡고 작은 성문을 연 것은 제 동생이었다. 도깨비불처럼 빠르게 움직이는 횃불들을 눈으로 쫓는 것만으로도 어지러웠다. 개선장군처럼 나타난 백작의 옆에 서 있는 이사딘을 발견했을 때, 렐딘은 인두겁을 쓴 악마가 존재한다는 걸 깨달았다.

“그는 내가 처리했어요.”

침상에서 제 남편을 찔러 죽인 독사가 생면부지의 남자를 포옹하는 것을 보았다. 독사는 나이를 잊은 매혹적인 미소로 침략자의 손등에 입을 맞추었다. 항쟁의 한복판에서도 화려한 옷과 장신구로 몸을 두르고 불타는 제 집을 무감동하게 응시했다.

가족 같던 병사들이 비명을 지르는 소리, 불타오르는 성의 몸부림 같은 굉음, 바람과 웃음소리가 뒤섞인 한복판에서 렐딘은 꿈과 현실의 경계 속으로 추락했다.

제 남편을 찔러 죽인 배반의 악취가 풍기는 침실에서, 침의를 벗고 화려한 드레스를 걸치고, 얼굴에 분을 칠하고, 장신구를 매달면서도 그녀는 눈물 한 방울 보이지 않았을 것이다. 구역질이 치밀었다.

사로잡힌 렐딘은 그저 믿을 수가 없었다.

"왜…… 당신은…… 이렇게까지."

이사딘뿐 아니라 그 또한 그녀의 배로 낳은 자식이었거늘.

"그놈의 아들인 너랑, 소엔의 아들인 이사딘이 어찌 같을까."

어머니는 그를 비웃었다. 그것은 더 이상 어머니가 아니었다. 이사딘도 더 이상 그의 동생이 아니었다. 이사딘은 로쉐 가문의 사람도 아니었다.

안에서 일어난 모반으로 손쉽게 영지 하나를 강탈한 어느 가문의 백작은 그를 묶어 데려오라 명한 후 성으로 들어갔다.

그가 스쳐 지나가니, 어머니가 뿌리던 향수 냄새가 짙게 풍겼다. 이사딘은 그를 두드려 팼지만 죽이지는 않았다. 그리 매일같이 죽어 뒈졌으면 좋겠다 지껄였으면서도.

달이 기울기도 전에 자신의 성은 완전히 함락되었다.

렐딘은 이사딘의 손아귀에 머리채가 잡혀 이웃 영지의 깃발이 성의 꼭대기에 게양되는 모습을 지켜보았다. 모든 게 끝났다. 아버지의 시신도 찾지 못한 채로 렐딘은 그대로 성 앞 기둥에 묶여 굶어 죽는 벌을 받게 되었다. 포기했다. 전부.

그때였다.

연기가 미처 다 꺼지기도 전에 백마를 탄 중년의 남자가 찾아왔다. 그의 등 뒤에는 마찬가지로 백마를 탄 수십 기의 기사들이 따르고 있었다. 하얀 말의 기사들은 초라하게 죽음을 기다리던 렐딘의 눈에는 장엄해 보이기까지 했다.

초토화된 성터에 기사들을 이끌고 나타난 그를 본 백작이 혼비백산해 달려 나왔다.

"살아 있는 로쉐의 혈육은 있는가?"

그 남자는 딱 한 마디를 했다. 그러나 칼날 열 개로 찌르는 것보다도 더 따갑고 두려운 무게감이었다. 그 남자는 그를 노려보는 그의 어머니를 발견하고 고갤 저으며 비웃었다. 그의 어머니는 몹시 화를 내며 비명처럼 높은 소리를 냈다.

"빌어먹을 에드하인다!"

어미의 고함에 귀가 째질 듯했다. 에드하인다. 렐딘은 어쩐지 귀에 익은 이름을 혀끝으로 곱씹었다. 그러다 떠올렸다. 아버지의 넓은 인맥 중에 그런 이름이 있었다. 강력한 대백작가의 지위를 가진 가문이었다.

곧 에드하인다 대백작은 품 안에서 낡은 종이 한 장을 꺼내었다.

"이제부터 저 소년의 신병은 에드하인다 가문이 보호, 변호한다. 체이런 경, 저 아이를 데려와라."

"예."

수십 명의 기사가 일사불란하게 안으로 쏟아져 들어왔다. 항쟁의 승리자였던 이웃 영지의 백작 또한 손도 쓰지 못하고 그 광경을 지켜봐야 했다. 구사일생으로 구출된 렐딘은 망연한 얼굴로 에드하인다의 대백작 설리번을 올려다볼 수밖에 없었다.

뿐만 아니라 설리번은 충격적인 선포까지 했다.

"루이스터의 전언…… 아니, 유지대로, 로쉐의 모든 땅과 권한은 보름전 에드하인다 백작령으로 귀속되었다."

사나운 기세로 달려온 그의 어머니가 감히 대백작의 손에서 서신을 빼앗아 들었다.

"에드하인다 백, 저것은 그의 친필이 아닙니다. 송구하지만 그의 부인이었던 제가 그의 친필조차 알아보지 못하겠습니까? 그리고 저것도 제 새끼입니다. 두시지요."

렐딘을 노려보던 그녀는 서신을 갈기갈기 찢더니 추하게 우겼다.

화를 낼 거라고 생각했던 설리번은 오히려 웃으며 이웃 영지의 백작을 내려다보았다.

"같은 뜻인가?"

이웃 영지의 백작은 곧 정신을 차리고 콧대를 세웠다. 설리번은 기사에게 턱짓해 렐딘을 말에 태운 후 조용히 웃었다.

"그 친서가 거짓이라 우길 테면 우겨보거라. 다만, 내가 겨우 서른 기의 기사를 데리고 이곳까지 왔겠는가. 친필이든 아니든 나는 개의치 않겠다. 이곳의 백성들은 모두 내가 거둔다."

뒤늦게 달려온 이사딘이 광포한 고함을 질렀다. 뒈져버리라며. 하지만 가까이 다가오지 못한 걸 보면 그의 눈에도 에드하인다의 위명이 선명했기 때문일 터다.

"……에드하인다 백작."

결국 이웃 영지의 백작은 쓰게 웃었다.

"신병은 넘겨드리지요. 저 또한…… 일단 물러날 테니."

어느 순간 정신을 차리니, 이사딘의 비명이 멀어졌다. 분을 이기지 못하고 고함을 치는 제 모친의 절규도 멀어졌다. 어떻게 된 건지도 알 수 없어 영지의 경계선을 넘어갈 때까지도 렐딘은 한 마디도 하지 못했다.

엘올라의 남부 지방에 위치한 에드하인다의 고장으로 향하던 렐딘은 그들에게서 구출된 지 나흘째 되던 날 물었다.

"군사들은 어디에 있습니까?"

설리번이 웃으며 말했다.

"군사는 무슨. 에드하인다의 군사들을 대동하고 왔다면 거쳐 가는 영지

마다 항쟁이 벌어지는 줄 알고 난리통이었을 게다."

그는 호탕한 사람이었다. 그저 허풍이었다는 말에 당황스러워 하늘만 올려다보았던 기억이 났다. 설리번은 따뜻한 사람이기도 했다.

"네 아비가 너를 목숨 바쳐 지켰으니, 나도 목숨 내거는 시늉이라도 해야 하지 않겠느냐? 바르게만 자라라. 앞으로는 내가 네 뒤에 있을 테니."

눈물이 왈칵 터져 나왔다. 긴 길을 걷는 내내, 그는 계속 울었다.

얼마 후 에드하인다의 영지에 이른 그는 처음으로 아스난을 만났다. 아스난은 이가 나간 낡은 검을 놓지 않는 렐딘을 유심히 바라보다가 그를 직접 자신이 거두겠다 나섰다. 설리번은 허허롭게 웃으며 그리 하라 하였다.

얼마 후 렐딘은 몰락한 로쉐의 이름 대신 '에드하인다'의 이름을 받았다.

그곳은 로쉐의 땅보다도 훨씬 따뜻했다.

"설리번 님께선 현명하고 정이 많은 분이셨습니다. 후일 이야기를 들어보니 제 친부께서는 미리부터 그 여자의 배신을 예상하고 계셨다 합니다. 영지를 모두 내어주는 것으로 저를 살려주시려고요."

"미리 알았다면 그 둘을 내치면 되었을 일인데."

"그분은 살아남을 생각이 없었으니까요."

빼어난 무인이 곧 있을 배신을 알고도 손쓰지 않고 그녀의 검에 찔려 죽었다는 건 그런 의미였다. 사랑이 깊어서인지, 아니면 절망이 깊어서인지는 모른다. 다만 지금에 와서 확신하는 건 자신의 아비는 일생 보답받지 못할 사랑만 하다 죽었다는 것이다. 그의 자식이라는 이유만으로 모친에게서 일생을 경멸당해온 렐딘이 누구보다 잘 알았다.

그러나 그의 자식이 아니라는 이유로 어머니의 사랑을 받았던 이사딘이 부러운 건 아니다. 렐딘은 자신의 부친을 자랑스럽다고 생각했다. 그는, 애석한 낭만에 빠진 위대한 사람이었다.

제르가 작게 웃었다.

"화가 나지 않나?"

"이제 제겐 에드하인다의 입양자로서의 의무가 있고, 해야 할 것이 있습니다. 지난 일에 일일이 분노한다면 은혜갚음을 할 수 없을 겁니다."

"그래, 그렇구나."

제르는 희붐한 빛 속에서 그보다 더 창백한 렐딘의 안색을 응시했다. 문득 예전 기억이 떠올랐다.

"네가 내게 충성 맹세를 했을 때."

그건 아스난조차도 모르는 제르와 렐딘 둘 사이의 이야기였다.

"에드하인다의 곁에서 죽으리라 했지. 퀸시오에 남겨만 두어준다면 개처럼 무슨 명이라도 따르겠다고."

렐딘은 무표정하게 시선을 내렸다.

"그때 참 네가 바보 같다고 생각했다. 그리도 절박했다면 나라면 거짓 충성 맹세를 했을 거야."

"그랬다면 믿으셨겠습니까?"

"너라면 믿겠니?"

렐딘이 드물게도 픽 웃었다.

"어쨌든 그런 이야기입니다. 전 입적은 되었으나 정식 입양은 아니기에 그저 이름만 가진 기사지만 엘보르트 경은 진짜 형님처럼 엄하게, 때로는 상냥하게 저를 돌보아주셨습니다. 설리번 님이 그리도 훌

륭하셨듯, 아스난 형님도 그리 훌륭하셨습니다. 저도 그런 사람이 되고 싶었습니다."

"그래서 성격까지 그 모양 그 꼴로 닮아가려고. 헌데…… 자네의 동생과 어미는 아직 살아 있나?"

렐딘이 고개를 들어 그녀를 응시했다. 완벽한 침착함을 가장한, 서글픈 눈동자였다. 제르가 쓰게 웃으며 중얼거렸다.

"뻔한 결말이었군."

거기까지 말한 렐딘은 단단히 묶은 제 다리를 잠시 내려다보더니 다시 힘겹게 몸을 일으켰다.

"그렇게 때문에 엘보르트 경의 충성 맹세를 받은 당신을 지킵니다. 목숨 걸고 지킬 겁니다."

피로 물든 그의 지혈대를 바라보며 제르는 질린다는 표정을 지었다.

"이미 닮았어. 더 닮지 않아도 돼. 얼마나 더 닮아서 나를 미치게 하려고."

늘 표정 변화랄 것 없이 담담하던 렐딘의 얼굴에 처음으로 장난스러운 미소가 만면했다. 제르가 뚱한 얼굴로 중얼거렸다.

"……칭찬 아니거든."

제르가 사라진 지 사흘째. 퀸시오의 모든 업무는 그녀의 실종과 함께 중단되었다.

이미 수색 범위는 퀸시오 전역으로 넓혀졌다고 하는데, 성 안은 여전히 짝을 이룬 군사들이 쉴 새 없이 뛰어다니는 소리로 시끄러웠다.

전서구들도 쉴 새 없이 날아들었다.

욜랑은 어수선해진 분위기 속에서도 평소처럼 누각 위에 앉았다. 제르가 사라졌다는 소식은 그제 들었다. 걱정스러운 마음에 찾아간 르니아에게 수색을 돕겠다 통사정을 해보았지만 단칼에 거절당했기에 할 수 있는 것이 없었다. 하지만 그렇다고 모른 체하고 있을 수도 없어서 마음만 좌불안석이었다.

혹시나 무슨 소식이라도 들어오는 것이 없나, 누각의 의자에 앉아 주위를 둘러보던 욜랑은 이내 긴 한숨을 내쉬었다.

'왜 나는 안 끼워주는 거야.'

그런 이유로 욜랑의 입은 많이 나왔다.

테일런이 거두었다던 비렁뱅이 소년 에노디는 이미 검을 들고 다니며 아이들과 함께 수색을 돕고 있다는데, 불공평했다. 습관처럼 후카를 가져오긴 했지만 연주할 기분도 아니었다. 하지만 욜랑은 곧 불만을 접었다. 온 성 안의 사람들이 지친 얼굴로 뛰어다니는 건 보고 있는 것만으로도 마음이 짠했다. 즐거워한다거나, 보람찬 얼굴을 하는 사람이라거나, 행복해 하는 이는 하나도 없었다.

얼마 지나지 않아 욜랑은 멀리서 테일런의 뒤를 따라오는 르니아를 발견했다. 그들은 누각으로 가까워지고 있었다.

"테일런 님, 제발 부탁이니 몸이라도 좀 챙기세요. 이러다가 시나와 님이 돌아오시기도 전에 기사님들이 먼저 말라 죽겠어요!"

"괜찮습니다."

"안 괜찮아요. 사흘 내내 한 잠도 안 주무신 거 다 알아요."

"잠은 나중에 자도 됩니다."

"아, 미쳤냐고요! 페이랑이 성 외곽을 수색하고 있고, 아스난 님이

전역을 돌며 찾고 계시니까 한 시간이라도 잠깐 잠 좀 자요. 뭐 드신 것도 없다면서, 그러다 먼저 골로 가고 싶어서 그래요?"

르니아가 보기에 테일런은 지금 제정신이 아니었다. 차림은 흐트러졌고, 금방이라도 죽을 사람처럼 창백한 낯빛으로, 살아 있는 거라곤 힘주어 뜨인 눈뿐이었다. 평소의 그 온유하던 남자가 이리도 곤두선 모습은 오히려 르니아의 불안만 가중시켰다.

"아스난 님도 테일런 님한테 명령했잖아요, 쉬라고!"

"그는 제 주군이 아닙니다."

서늘한 반박에 르니아가 말을 잊고 벙찐 얼굴로 그를 응시했다.

"그리고 만일 불복종에 대한 벌이 있다면 후일 달게 받겠습니다. 제 본래의 임무는 주군을 보필하는 겁니다."

"아, 아스난 님은 현재 시나와 님의 대행이나 마찬가지인데 그분의 명령마저도 안 듣겠다고요? 그리고 지금 임무도 임무지만 테일런 님 말고도 불철주야 뛰어다니는 사람들이 많으니……."

욜랑은 멀찍이서 악기를 쥔 채로 그 둘의 대화를 엿듣게 되었다. 본의는 아니었다.

"그들이 쉬지 않는데 제가 쉬는 건 말도 안 되는 소리입니다."

테일런은 르니아를 뿌리치며 매섭게 일갈했다.

"테일런 님 임무는 멀쩡하게 살아서 시나와 님을 찾는 거지, 과로사로 죽는 게 아니에요."

"상관없습니다."

대화 자체가 불가능할 만큼 논리가 없었다.

"대체 왜 이렇게 고집을……!"

"지금 왜 자꾸 쉬라고 하는 겁니까!"

"테일런 님은 지금 왜 이러는 거예요!"

"제가 이러고 싶어 이러는 줄 압니까!"

테일런의 고함이 쩌렁쩌렁 성벽을 후려치며 울렸다. 멀찍이서 듣고 있던 욜랑이 놀라 어깨를 움츠릴 정도였다. 르니아 또한 깜짝 놀라 뒷걸음질 하며 들고 있던 바구니를 그러쥐었다. 스스로의 고함에 놀란 사람처럼 표정을 굳히던 테일런이 짧게 욕지거리를 내뱉었다.

제길.

르니아는 넋을 놓은 사람처럼 테일런을 바라보았다.

"……테일런 님, 혹시……."

"소리 쳐서 미안합니다. 걱정이 되어 잘 수도 없습니다. 먹으면 체해 전부 다 토해낼 것 같습니다. 쉰다는 핑계로 아무것도 하지 않는다고 해도 쉬는 게 아닙니다. 움직이는 편이 낫습니다."

"……좋아해요? 시나와 님?"

테일런의 태도는 경애 이상이었다. 단순한 존경심으로 제르를 찾는 사람이라기보다 그는 조금 더 절박했다. 테일런이 당혹스러운 사람처럼 입술을 짓씹었다.

"아닙니다."

"맞잖아. 테일런 님 지금 미친놈처럼 보여요."

"말투가…… 아니, 이 상황에서 그게 중요합니까?"

르니아는 긴 숨을 내쉬다 말고 미간을 문지르다가 욜랑과 눈이 마주쳤다.

"혹시 모르니 다시 한 번 성 안을 뒤져볼 겁니다."

"성으로 돌아오셨다면 누군가가 알렸을 거예요."

"이렇듯 흔적도 없이 사라질 리가 없습니다."

그건 거줌 그의 바람처럼 들렸다. 르니아는 어쩔 줄 몰랐다. 그녀 또한 제르가 몹시 걱정이 되었지만 그녀는 제르를 믿는다. 지금 어디에 있더라도 돌아올 거라고. 별일 없을 거라고 믿었다.

테일런이 또다시 성을 수색하겠다 하는 건, 거의 무의미한 발악에 가까웠다. 이미 본성 내부를 이 잡듯 뒤진 것은 물론이거니와 별채와 군 집결소, 연무장, 성에 딸린 작은 숲 속, 심지어는 마구간 안까지도 안 뒤져본 곳이 없었다.

그러나 테일런은 강제로 멈춰 세우면 마치 금방이라도 무너질 사람처럼 보였다. 르니아는 결국 그를 설득하기를 포기하고 타협안을 내밀었다.

"펜시가 기사님들께서 고생하신다는 이야길 듣고 만들어준 거예요. 먹어요. 이거 드시는 거 보고, 놔드릴게요. 아, 정말 미치겠어. 내가 무슨 기사님들 시종도 아니고!"

그녀가 들고 있던 작은 바구니에는 깨끗한 천으로 덮어놓은 주먹밥 세 덩이가 들어 있었다. 간단히 간을 한 쌀 알갱이를 뭉쳐놓은 밋밋한 음식이었다. 그러나 펜시의 걱정스러운 정성이 담겨 있다는 것을 알더라도, 어쩔 수 없는 건 어쩔 수 없는 일이다.

테일런은 1분 1초가 아쉬운 사람처럼 매몰차게 그녀를 지나쳤다. 르니아는 과연, 그녀답게 포기를 몰랐다. 르니아가 우악스러운 손길로 테일런의 옷자락을 움켜쥐었다. 그러고는 그때까지도 그들을 불안한 눈으로 훔쳐보던 욜랑을 향해 빽 소리쳤다.

"욜랑! 너는 훔쳐듣지 말고 네 할 일이나 해!"

욜랑은 깜짝 놀라 고개를 끄덕이며 후카를 쥐었다. 테일런은 성질이 돋은 르니아를 힘겹게 바라보다가 마지못해 주먹밥을 입속에 욱여넣었다. 욜랑은 어린아이의 순수를 담은 눈동자로 그를 응시했다. 소년의 눈에, 그건 충성이라기보다는 그보다 더 깊고 진한 감정이었다.

가슴이 저렸다. 이렇게 많은 사람들을 힘들게 하고, 그녀는 어디로 간 걸까.

문득 떠오르는 곡조에 욜랑이 내동댕이쳤던 후카를 고쳐 쥐었다. 굳은살 박인 작은 손끝이 줄 위로 얹혔다.

'영주님, 영주님을 이렇게 애타게 찾는 사람들이 많아요. 어서 돌아와주세요.'

어린 소년의 간절한 악기 소리가 외롭게 울려 퍼졌다.

이미 사흘이나 아무것도 먹지 못한 탓에 제르도, 렐딘도 가까스로 정신만 붙든 채였다. 하루, 곧 올 것이다. 이틀, 오늘은 발견하겠지. 사흘째 되는 오늘은 사람을 부르기 위해 소리칠 힘도 없었다. 렐딘의 상처는 이미 곪을 대로 곪아가고 있었다. 제르 역시 이만큼 버틴 게 용하다 싶을 만큼 현기증에 시달리고 있었다. 다시 날이 밝았다. 새 아침이 거듭될수록 커지는 건 두려움뿐이었다.

렐딘은 이제 간신히 게슴츠레 눈만 뜨고 있을 뿐이었다.

"……상처가 덧나고 있다."

"그보다, 주군의 안색이 좋지 않습니다."

"나보다 자네가 더 심각해."

이대로 죽나.

그럴지도 모른다는 생각이 들었다.

촌극도 이런 촌극이 없었다. 일이 번거롭다며 홀로 나돌아 다니다가 성의 꼭대기에 갇혀 죽다니. 아마 언젠간 누군가 이곳을 발견할 테지만, 지금 당장이 아니라면 소용없었다. 갇혔다. 갇혔다는 생각에 잠깐 숨이 차올랐다.

이리 허무하게.

말라붙은 목구멍 안쪽이 간지러워, 헛기침과 함께 웃음이 흘러나왔다. 이리 어처구니없이 굶어 죽겠다고 그 모진 시간을 견딘 게 아니었다. 당장이라도 문으로 달려가 부서져라 문을 두드려 소리 지르고 싶지만 달려갈 힘도, 문을 두드릴 힘도 없었다. 시야가 가물가물했다. 제르는 렐딘의 상처를 보기 위해 힘겹게 자리에서 일어나 기어가듯 그에게 다가갔다.

"정신 잃으면 안 된다."

"……예."

그러나 이미 그의 음성에서 생기는 찾을 수 없었다.

어떡하지.

어떻게 해.

아스난의 말을 들을 걸 그랬다. 혼자 이리 돌아다니지 말 걸 그랬다. 뒤늦은 후회에 제르가 주먹을 꾹 쥐었다.

그녀는 렐딘의 옆에 웅크리고 앉아 무릎 사이에 얼굴을 파묻었다. 주마등이 이런 것인지, 지난 시간들이 거듭 떠올라 위태로운 감정을 건드렸다. 급작스레 닥쳐오는 위협보다도 서서히 목을 조이는 이런 두려움이 더 무서웠다.

사실, 죽음 자체가 두려운 건 아니었다. 이미 그녀는 생에 의미를 두기엔 너무나도 닳아빠진 여자였으므로. 좋게 생각해 체렌시와와 엘지와 엔사가 있는 곳에 돌아갈 수 있다면 썩 나쁜 끝은 아닐 터였다. 하지만 세드로, 제 아이의 얼굴은 결국 보지 못하고 죽는 모양이었다. 살아서 먼발치서 얼굴 한 번 훔쳐보지 못하고 이리 죽는다는 건 진득한 서러움이었다.

그리고,

'르니아…….'

르니아가 슬퍼할 걸 생각하니 왈칵 눈물이 치밀었다. 울지 않기 위해 고개를 치켜들던 제르의 눈에 문득 버려진 듯 덩그러니 놓인 사금이 들었다. 누구도 돌봐주지 않아 먼지 쌓인 악기는 한때 내버린 과거의 편린이었다.

"괜찮아……?"

"……."

"상처 때문에 열이 나는데, 곧 누군가가……."

"……."

"이보게."

"……."

"헥터 경, 지금 내 말을……."

대답이 없었다.

제르는 입술을 떨었다. 렐딘의 불규칙한 숨소리가 유독 크게 들렸다. 그녀는 입술을 꾹 깨물어 다문 후 엉금엉금 기어 벽에 기대놓은 사금에 다가갔다. 차가운 나무 악기의 몸을 징그러운 것이라도 되는 양 덜덜 떨며 어루만지던 그녀가 이내 악기를 끌어내려 무릎 위로 올렸

다.

"헥터 경."

"……."

"헥터 경, 음악에 조예가 있나……?"

그녀는 돌아오지 않는 대답을 재촉하며 애써 렐딘을 외면했다. 그녀의 손끝이 사금의 두꺼운 줄 위로 내려앉았다가, 소리 없이 떨어졌다.

"창피해서 말도 못 꺼내겠군. 기사와 영주가 성에 갇혀 굶어 죽는다니."

그녀는 렐딘의 반쯤 감긴 탁한 눈동자를 응시했다. 그가 죽어버리면 그녀는 완벽히 혼자였다.

"……그들이 우릴 찾아내줄 거야, 헥터 경. 내 말이 들리면…… 무슨 말이라도……."

"……예. 그러길, 바랍…… 니다."

쉰 소리처럼 흘러나오는 음성은 안 듣느니만 못했다. 사실 이미 그들은 서로 알고 있었다. 이대로 가다가는 굶어 죽을 것이다. 기사들은 이곳을 찾아내지 못할 테고, 렐딘은 오늘 밤을 넘기지도 못할지 모른다. 긴 침묵이 이어졌다. 이런 침묵은, 싫었다.

이미 낯설어져버린 사금을 무릎에 둔 채로, 제르는 쥐 죽은 고요 속에 덩그러니 앉아 있었다. 그러던 그녀의 귓가에 자그마한 음악 소리가 들렸다. 어설프지만, 끊길 듯 이어지는 자그마한 후카 소리였다. 너무나도 작아서 환청일까 싶을 만큼 아득한.

오늘도 욜랑은 연주를 하는 모양이었다. 그 아이가 장성해 좋은 음악가가 되었으면 좋겠다. 그리 생각하자 참아왔던 눈물이 툭 떨어졌다. 그녀는 먼지 쌓인 악기 위를 동그랗게 적신 눈물을 내려다보았다. 그녀 역시도 한때는 매일같이 악기를 타던 때가 있었다. 샤말론이라는 이름조차도 아스라한 먼 땅에서, 그녀가 이 악기를 연주하는 날이면 사람들이 모여들곤 했다. 체렌시와도, 엘지도, 엔사도, 부모님도…….

이 악기는 삶의 일부였다.

삶의 일부가 죽어 사라지기 전까지만 해도.

제르는 한층 덤덤해진 얼굴로 용기를 내어 손가락을 들어 사금의 현을 눌렀다. 그리고 퉁기듯 뗐다. 질박하게 얇은 실이 떨리며 귀에 익은 소리를 냈다. 순간 악기를 내던져버리고 싶은 충동에 휩싸였지만 그녀는 렐딘의 신음에 마음을 가라앉힐 수 있었다.

"헥터 경."

"……예."

"눈을 감지 말래도."

렐딘의 게슴츠레 뜨여 있던 눈은 느릿느릿 감겼다. 그의 낯에 창백한 미소가 어려 있었다.

"눈 감지 마."

하지만 그는 잠이라도 든 듯이, 완전하게 눈을 감았다.

그녀는 천천히 손을 움직였다. 한 음, 한 음, 귀에 새기듯이. 그럴 때마다 사금 특유의 질박하고 아름다운 음색이 울려 퍼졌다. 렐딘이 내려놓고 간 침묵을 부수는 것은 망가진 과거의 악기가 내는 구슬픈 울음이었다.

제르는 눈을 감고 아득히 울리는 후카 소리에 귀를 기울였다. 그녀의 손이 천천히 지난 기억을 쫓아 움직이기 시작했다. 어색하고, 어설프게 시작된 소리의 나열은 이내 서서히 속도를 잡기 시작했다. 창백

하게 울리는 음악이, 지금 그녀가 낼 수 있는 소리의 전부였다.

음악은 사람에게 닿는다. 쉴 새 없이 공진하는 현을 어루만지며 그녀는 그저 떠오르는, 잊을 수 없었던 곡조를 퉁겼다.

얼굴 한 번 보지 못한 제 아이에게 닿기를 바라며. 이 소리가 남서풍의 벗이 되어 아름다운 도시 엘올라까지 닿기를 바라면서.

더 세게.

더 크게.

영원할 듯 그녀를 얽어매던 과거를 뒤로하고서.

자장가가 울렸다.

르니아가 강제로 먹이다시피 한 주먹밥을 욱여넣었던 테일런은 결국 체하고 말았다. 심한 체기였다. 르니아로서는 어쩌다 보니 일부, 목적을 달성하게 된 셈이지만 기뻐할 수만은 없던지라 난처한 얼굴이었다.

테일런은 결국 현기증과 메스꺼움을 이기지 못하고 주저앉았다.

연주를 하고 있던 욜랑은 테일런이 주저앉자 놀라 악기를 내려놓고 그에게 달려갔다.

"괜찮으세요?"

르니아가 그를 강제로 일으켜 세웠다.

"저기 앉아서 쉬어요."

테일런은 가까스로 다리에 힘을 주어 선 채로 이를 악물었다.

'……좋아해요? 시나와 님?'

르니아의 물음은, 사실 그에겐 꽤 중요한 질문이었다. 그는 퀸시오의 모든 업무가 마비된 것 따위는 안중에도 없었다. 미안하게도 그가 거두었던 소년들에 대한 생각조차 날아가버린 지 오래였다. 제르. 한 번도 소리 내어 불러본 적 없는 이름의 그 여자만이 지금 그의 생각 전부였다.

그는 그녀의 옆에 있었어야 했다.

'……좋아해요? 시나와 님?'

자신의 마음은 중요치 않았다. 그러나 그녀는 중요했다. 테일런이 힘겹게 고개를 들었다. 그의 형형하게 빛나는 남빛 눈동자를 올려다보던 욜랑이 손을 내밀어 르니아의 반대편 팔을 잡았다.

"저도 영주님을 찾고 싶어요."

"……."

"영주님이 오신 이후로, 여기 굉장히 많이 살기 좋아졌어요. 멋진 기사님들도 많아졌다고 했어요. 저희 부모님도 지금 기도하고 계세요. 제 부모님도, 저도 귀찮아서 이렇게 아무것도 하지 않고 있는 게 아니에요. 기사님, 괜찮을 거예요."

"네가 할 일이 악기를 다루는 일이라면, 내가 할 일은 주군을 보필하는 것이다."

"기사님께서 하는 그런 말은 저는 잘 몰라요……. 하지만 영주님은 나중에 제가 다 자랄 때까지 지켜봐준다 하셨으니까. 저는 영주님의 약속 믿어요. 아무 일 없이 오실 거라고."

"이 꼬맹이가 테일런 님보다 더 똑똑하네!"

르니아가 신경질적으로 소리쳤다. 하지만 그녀 또한 욜랑의 말에 조금은 감동한 투였다.

테일런을 누각까지 같이 부축한 욜랑은 곧 후카를 들고 배시시 웃었다.

"아직 모르는 것이 더 많고 배운 게 없어 부족하지만, 연주 한 곡 끝날 때까지만 앉았다 가시면 안 될까요?"

테일런이 이렇다 할 대답을 하기도 전에 욜랑은 손가락을 움직이기 시작했다.

때때로 음악은 사람을 가라앉힌다.

테일런은 진득하게 들러붙는 후카 소리에 한 손으로 얼굴을 덮었다. 잊었던 피로가 몰려오기라도 하는 양 어지러웠다. 마치 절벽 끝에 내몰린 사람처럼 진한 두려움이 밀려왔다.

'주군…… 대체, 어딜 가신 겁니까.'

렐딘과 함께 사라져버린 그녀는 없어서는 안 될 사람이었다.

왜 그런가 묻는다 해도 대답할 방법은 없지만, 그녀는 이미 그런 사람이었다. 그는 그녀를 쫓기로 했다. 그녀의 종착역이 어디이건 상관없이, 그녀가 이른 곳이라면 어디라도 좋을 것이다.

'……좋아해요? 시나와 님?'

테일런의 눈빛이 흐릿하게 풀렸다.

"이건 기사님에게 어울리는 노래예요."

욜랑의 음성에 테일런의 눈동자가 살짝 들렸다.

당신을 위해서라면,

전부 다 주어도 좋아요.

내 작은 손으로 당신을 지키는 것이
삶의 의미가 되었으니
당신은 내게 연둣빛 손수건을 던져주세요.
아이처럼 순수하게
불꽃처럼 거침없이
당신의 곁으로 달려갈 수 있도록.

욜랑이 하얀 이를 드러내며 과장스럽게 웃었다.

왜 다들 제가 그녀를 좋아한다 하는지 모르겠다. 그건 하등 중요치 않은 일일진대.

"다음 곡을 연주해드릴까요?"

테일런은 말없이 어린 소년을 응시했다.

소년은 어리고 천진한 눈으로 무엇을 보고 있는 것일까. 르니아가 옆에서 맞장구쳤다.

"하나 더 해봐. 나도 한 곡만 더 듣고 이제 가봐야겠다."

방긋 웃으며 악기를 고쳐들던 욜랑이 돌연 고개를 갸우뚱했다.

"이번엔 어떤 걸…… 어, 잠시만요."

"아무 노래나……."

"조용히 해봐요, 르니아 누나."

기꺼이 한 곡을 더 연주하겠다던 욜랑은 말과는 다르게 악기를 내려놓고 누각 아래로 내려갔다. 연신 주위를 두리번거리면서 갸우뚱거리는 욜랑을 이상하게 여긴 르니아가 그를 따라 내려왔다. 테일런은 앉은 채 시선만으로 쫓았다.

"왜 그래, 욜랑 꼬맹이?"

“잠깐만 조용히 해봐요.”

욜랑의 목소리가 왠지 모르게 비장했다. 르니아는 이 피도 안 마른 게 누구한테! 하고 중얼거렸지만 딱히 더 큰 소리를 내지는 않았다. 테일런은 순식간에 아리송하게 물든 소년의 얼굴을 멀찍이서 바라보았다. 소년은 퀸시오의 성 어딘가를 올려다보고 있었다.

욜랑은 이상하다? 중얼거리며 르니아와 테일런을 번갈아 바라보았다.

“안 들려요?”

그의 귀엔 분명히 들렸다.

“이 소리요.”

“무슨 소리?”

욜랑은 아주 작은 음악 소리에 귀를 기울였다. 집중하면 할수록 선명하게 들리는 음악은 바람 소리처럼 아름다웠다. 그리고, 그가 아는 음악이었다. 들어본 적 있는.

“무슨 소리가 들리는데 그래?”

어떤 예감을 받은 테일런이 몸을 일으켜 누각에서 내려왔다. 욜랑은 고개를 갸웃갸웃하다가 손뼉을 쳤다.

“아름다운 음악 소리가…… 어, 이거…….”

욜랑은 음악 소리가 나는 방향을 좇아 살금살금 발뒤꿈치를 들고 성벽과 이어진 내정의 둘레를 따라 걸어갔다. 점점 소리는 가까워졌다.

“음악 소리가 들리는데, 저만 들리는 거예요?”

욜랑의 얼굴에 빛이 돌기 시작했다.

‘네가인 오렐라…….’

제르가 자신에게 연주해줄 수 있겠느냐 했던 곡이었다. 욜랑은 홀린 사람처럼 고개를 젖히고, 까마득한 성의 꼭대기를 응시했다.

"……자장가. 영주님께서 좋아하시는 노래라고 했는데."

퀸시오의 성에서 그의 후카 소리 말고 다른 악기 소리가 난 건 오랜만이었다. 가끔 이야기를 듣고선 성 안의 이 아름다운 누각에서 음악을 하여 자신을 알리려고 찾아드는 방랑시인이나 음유시인이 있긴 했지만, 그들조차도 지난 며칠간 제르의 실종으로 인해 방문하지 않았다.

풀벌레와 나뭇잎이 사각거리는 소리와 숨소리, 스스로의 맥박 소리로 가득한 세상에 음악 한 가락이 더해지자, 가슴이 따뜻해졌다. 욜랑이 손가락으로 하늘을 가리키며 말했다.

"네가인 오렐라. 자장가요. 확실해요. 후카는 아니고, 다른 현악기 소리인 것 같은데."

가장 놀란 건 르니아였다.

"그건 시나와 님이……."

첫 아이를 가졌을 적, 매일같이 타곤 했던 음악이었다. 르니아가 놀란 사람처럼 욜랑의 손끝을 쫓아 고개를 젖혔다.

테일런은 무언가에 얻어맞기라도 한 사람처럼 멍하니 섰다. 이 성에서 악기가 있을 만한 곳은 한 군데였고, 그곳은 누구의 손길도 닿지 않은 성의 가장 높은 꼭대기였다. 그곳을 수색했나? 기억이 나질 않았다. 하지 않았던가?

"르니아 양, 제일 꼭대기 층에 다락이 하나 있습니다. 혹시 모르니 의원과 병사들과 사람들을 데리고 따라오십시오."

테일런은 더 이상 생각하는 대신 성 안으로 달려 들어갔다.

르니아는 순식간에 멀어지는 테일런을 쫓아가려다가, 돌연 몸을 돌

려 욜랑을 와락 끌어안았다. 그리고 가벼운 키스 세례를 퍼부었다.

"꼬마야, 고마워. 정말, 정말 고마워."

어울리지 않는 눈물을 그렁그렁 단 채였다.

욜랑은 확 붉어지는 얼굴을 감추기 위해 고개를 돌리며 말간 웃음을 지어 보였다.

여전히 그의 귀에는 악기 소리가 들렸다. 모든 소리가 잠든 고요한 정원을 휘돌아 끊길 듯이 이어지는 자장가.

마치 그에게만 허락된 속삭임처럼 그렇게 작은 소리였다, 조금은 우쭐한 기분도 들었다.

욜랑은 괜스레 굳은살이 박인 제 손끝을 내려다보다가, 주먹을 쥐어 감추었다.

아름답다. 이게 만약 그녀가 하고 있는 연주라면, 자신은 평생 그녀의 앞에서 자장가를 켜지 못할 것 같았다. 네가인 오렐라를 켜게 되면 무엇이든 다 해주마 했던 그녀의 약속은 어쩌면 처음부터 불공평했던 걸지도 모른다.

하지만 음악을 사랑하기에, 마냥 좋았다.

행복한 자장가였다.

테일런은 쉬지 않고 성의 꼭대기를 향해 달려갔다. 수많은 계단을 거슬러 올라가며 그는 지난 며칠 그를 괴롭히던 수많은 생각들을 떨쳐 보냈다. 이유 모를 불안은 더 이상 불명의 감정이 아니었다. 그녀는 그의 새로운 삶에 커다란 자리를 차지한 기둥이었다.

음악 소리가 점점 가까워질수록 가슴이 두방망이질 쳤다. 숨이 차올랐다. 이윽고 성의 꼭대기, 다리에 힘이 풀리려는 것을 가까스로 지탱해 세운 그는 빗장이 내려와 있는 어느 두꺼운 방문에 이르렀다.

왜 이곳을 생각하지 못했던 건지.

그를 부르는 음악 소리는 이곳에서부터 울리고 있었다. 그가 천천히 빗장을 열었다.

끼이익.

음악 소리가 커졌다. 방 안은 탁한 공기로 가득 차 있었다. 음악 소리가 멎었다.

"클로이스 경?"

대신, 그보다 간절했던 목소리가 그의 귓가로 스며들었다. 테일런은 휘청거리며 안쪽으로 달려 들어갔다. 제르는 창백한 얼굴로 그녀의 몸만큼이나 커다란 악기를 무릎에 앉힌 채 앉아 있었다.

너무나도 야위었다. 너무나도 말랐다. 금방이라도 꺾여버릴 듯한 갈대처럼 그녀는 덩그러니 앉아 있었다.

"주군……."

렐딘 또한 게슴츠레 뜬 눈으로 그를 응시하다가, 그와 눈이 마주치자 헛웃었다. 멀지 않은 곳에서 르니아가 달려오는 소리가 났다. 테일런은 제르의 소맷자락에 묻어 있는 피를 발견하고 허둥지둥 달려갔다.

"……주군."

테일런은 저도 모르게 달려가 와락 그녀를 끌어당겨 안았다. 제르가 놀라 사금을 밀어내며 쿵 하는 육중한 소리가 났다. 하지만 테일런은 그녀의 머리를 꽉 끌어당겨 안았다. 쿵쾅거리는 심장 소리, 들켜도 좋

았다. 아무래도 좋았다.

"……숨…… 이보게. 나 숨이 막히는데."

살이 닿는 순간 밀려오는 안도에 그는 자신도 모르게 중얼거렸다.

"죄송합니다. 정말, 정말, 늦어서 죄송합니다."

그의 떨리는 음성에 제르는 그를 밀어내기를 포기했다. 그의 맥박 소리에 그녀는 눈을 느리게 내리깔았다. 습관처럼 얼어버렸던 신경이 서서히 풀렸다. 그녀는 좋은 사람들과 함께였다. 그녀의 눈에 비로소 안도의 물기가 차오르기 시작했다.

"시나와 님!"

뒤늦게 따라온 르니아가 멈춰 서 제르와 테일런과 렐딘을 번갈아 보았다. 그녀는 테일런에게 반쯤 안기다시피 한 제르와 눈이 마주쳤다. 제르가 어색하게 웃으며 렐딘을 향해 손짓했다.

"리니, 나는 괜찮아……. 그보다 어서, 헥터 경을……."

르니아가 뒤늦게 렐딘의 상태가 심각하다는 걸 깨닫고 달려 나갔다. 놀라 의원을 부르는 소리가 요란하게 복도를 때렸다.

테일런이 제르의 자그마한 뒤통수를 절박하게 당겨 매만졌다.

"이리 굶어 죽는 줄 알았는데, 나 참."

어중간하게 손을 늘어뜨리고 있던 제르가 그의 등에 손을 얹었다. 이런 식의 접촉은 몹시도 낯설고 거북스러웠지만, 예전처럼 싫지는 않았다. 그녀는 테일런의 뒷머리를 헝클듯 문지르며 힘없이 웃었다.

"고마워. 그래, 걱정이 많았겠구나."

"주군이 실종되시고, 퀸시오의 모든 업무와 출입이 동결되었습니다."

"이런…… 또 일이 쌓였겠네."

하지만 일에서 도망치겠다고 잠시 자리를 비웠다가 이 사달이 났으니, 더 불평하기도 민망했다.

"헥터 경은 괜찮습니까?"

테일런은 제르를 안은 손을 놓지 않은 채로 고개만 돌려 물었다. 낯부끄러우니 이쯤 하라 지적을 해야 하나. 제르가 눈동자를 데굴데굴 굴렸다. 렐딘의 안도감 어린 음성이 되돌아왔다.

"괜찮습니다. 아직은."

"클로이스 경, 그래도 나보다는 헥터 경을."

"다시는, 이리 홀로 사라지지 마십시오."

제르가 입술을 다물었다. 일부러 이런 사고를 친 게 아니라고 말하고 싶었지만 사실 중요치 않다는 건 알았다.

"당신이, 그 어느 것보다도 소중합니다."

간절히 떨리는 음성이 좁다란 다락을 울렸다. 제르가 힘없이 눈가를 접어 웃었다. 와 닿는 이야기는 아니었지만 저리 말해주니 고마울 뿐이었다. 에르크에서도 테일런은 비슷한 말을 했었다.

"너희가 찾아올 거라 믿었다. 너희를 믿었어."

제르의 가냘프게 떨리는 음성에 테일런이 천천히 그녀를 놓았다. 그와 눈이 마주친 제르가 창백하게 웃었다.

"이제라도 이곳을 찾아볼 생각을 했다면, 역시 너뿐이겠지."

"아닙니다."

"그럼?"

"소리…… 를 들었습니다. 욜랑이."

소리를 들었다는 말에 눈을 깜빡이던 제르가 뒤늦게 의미를 알아차리고 작게 웃었다.

"그 아이에게도…… 큰 보답을 해야겠구나."

괜스레 눈가가 시큰거렸다. 이 어설픈 소리가 들렸다고 한다. 저 멀리 남서쪽의 땅에는 이르지 못하였어도, 자신의 손이 닿는 이 땅의 사람들에겐 분명히 닿은 모양이었다.

곧 의원이 거의 죽을 사람처럼 숨을 헐떡이며 도착했다. 르니아는 의원에게 숨 돌릴 틈도 주지 않고 빽빽 고함을 쳐댔다. 의원은 르니아의 위협에 겁이라도 먹은 사람처럼 허둥거리다가 렐딘의 상처에 응급처치를 한 후 제르에게 다가왔다.

제르는 안도와 함께 밀려온 현기증에 가물가물한 눈으로 의원의 음성을 들었다. 그녀의 고개가 테일런의 어깨로 기울었다.

"주군…… 몸은 어떠십니까."

"좋아. 더할 나위 없이 좋아. 현기증이 나는 걸 빼면……."

"안아 모시겠습니다."

싫다 거절할 계제도 아니었지만 제르가 무어라 말할 새도 없이 테일런은 그런 그녀를 안아 일어섰다. 르니아와 의원이 나란히 렐딘을 부축해 세웠다.

"헥터 경은 저희가."

경직해 눈을 깜빡이던 제르는 테일런에게 안긴 채로 그대로 힘을 풀었다. 늘 그녀의 주위를 맴돌던 사내의 따뜻한 내음이 불안으로 가시돋친 속을 얼렀다. 이상한 일이었다.

"욜랑이."

"예."

"……부끄러운 연주를 무어라……."

제르는 반쯤 흘리듯 중얼거렸다. 걸음을 늦추어 그녀를 내려다보던 테일런이 짧게 웃었다.

"아름답다 했습니다."

음악은, 사람을 끌어들이는 힘이 있었다. 편안함을 불러오고 행복을 안내하는 힘이 있었다.

그 자명한 사실. 너무 오랜 시간 잊고 살았다.

미명의 빛이 그녀의 검은 눈동자 위로 어렸다.

제르의 입가에 괴었던 잔 평온은, 이내 감긴 눈동자 아래로 수몰되었다.

그녀의 실종 사건은 그렇게 일단락되었다. 영주의 귀환 소식에 온 영지민들은 기쁨으로 안도했다. 제르는 가벼운 영양 결핍이라는 진단을 받고 본의 아닌 휴가를 얻어 요양해야 했다. 그 덕에 아스난만 몸이 열 개라도 모자란 상황이 되었지만, 딱히 그녀를 꾸짖지는 않았다. 렐딘은 뼈가 심하게 상했으나 두어 달 쉬면 나아질 거라 했다.

그 후로도 퀸시오에는 언제나처럼 어설픈 음악이 흘렀다. 그러나 꼬마 악공의 후카 소리만 울리는 게 아니었다. 가는 듯 묵직하게 울리는 사금 소리도 간간이 함께 울렸다. 어느 날 맑은 하루, 성 밖으로 이름 모를 음악이 흘러나올 때면, 길을 지나던 퀸시오의 사람들은 걸음을 멈추고 가만히 귀를 기울였다.

어쩐지 애달프고, 어쩐지 서러운, 그래서 더 아름다운 음악이라.

– 3권에서 계속.